『中国家庭必备工具书』

《本草纲目》养生智慧全书

孙 静/编著

北京联合出版公司
Beijing United Publishing Co.,Ltd.

图书在版编目（CIP）数据

《本草纲目》养生智慧全书/孙静编著.－－北京：北京联合出版公司，2015.7（2021.5重印）

ISBN 978-7-5502-4621-8

Ⅰ.①本… Ⅱ.①孙… Ⅲ.①《本草纲目》—养生（中医） Ⅳ.① R281.3 ② R212

中国版本图书馆 CIP 数据核字 (2015) 第 147821 号

《本草纲目》养生智慧全书

编　　著：孙　静
责任编辑：王　巍
封面设计：彼　岸
责任校对：李志刚

北京联合出版公司出版

（北京市西城区德外大街83号楼9层　100088）

三河市龙大印装有限公司印刷　新华书店经销

字数532千字　　720mm×1020mm　1/16　28印张

2015年7月第1版　2021年5月第10次印刷

ISBN 978-7-5502-4621-8

定价：75.00元

前言

　　中医有"药食同源"的理论，认为食物能治疗疾病。中国古代医者治病历来讲究的是"知其所犯，以食治之；食乃不愈，然后命药"，因而这也推动了历代医家、本草学家对食物、药物的四味、五性、归经、主治、采集法、炮制法等进行研究和探索，并出现了众多重要的著述。公元1578年，明代名医李时珍终于完成了本草学、博物学巨著《本草纲目》，在后人看来，这部倾注他毕生心血的著作对当时的医学界来说，完全是件石破天惊的事情，它是集16世纪以前中国本草学之大成的巨著，既是对两千余年中国医药学的总结，也开启了中医药发展新篇章的序幕。在西方科技史学家看来，这代表着明朝最高的科学成就，它就是16世纪中国的百科全书。

　　《本草纲目》是在前人的经验上编写而成，时人王世贞在为该书作序时称李时珍"书考八百余家"，但在许多方面又远远超过了前人的著述，它改进了中国传统的分类方法；纠正了前人对于植物名称、植物气味和主治等方面的错误；新增加了374种药物，使药物种类达1892种，成为有史以来最为全面的一部本草著作；对于许多药物的疗效作了进一步的描述，尤其是发展了药物归经理论，用自己的临证经验，确定和补充了药物归经，并重视属气，属血的区分，大大提高了本草著作的临证指导作用。此外，书中还记载了大量宝贵的医学资料，收录了药方10000多剂，方剂之多，远超前代著述。在所有方剂中，包括出自《伤寒论》等古代经典方书中所载的"经方"，金、元以后流行方书所载的"时方"，广泛流传民间、治疗某种疾病的常用"单方"，临证应用有特效的"验方"，乃至民间祖传的"秘方"，其中以"单方"为最多，这使得《本草纲目》成为集古代医方之大成者，实用价值非常高。

　　这部巨著在成书后至今的400余年里，已深深植根于中国传统文化中，也渗透进国人的生活中，医家将之作为行医用药的准绳，普通百姓将之作为日常食疗养生的指南。今天，我们在中医养生文化热潮地推动下，重新向这部闪耀着古老智慧的经典著作求取永不过时的养生长寿真经，挖掘沉睡数百年的祛病强身、祛病延年的秘方，使之重见天日，惠及今人。

有人也许会说，李时珍是医生和药物学家，又不是养生家，《本草纲目》是药典，又不是养生学专著。这样说，是不懂《本草纲目》。事实上，李时珍在《本草纲目》中冶医药于一炉，结合方药论医理，结合医诊论方药，谈医论药，发千古之奥秘，阐歧黄之精微，实则处处渗透着国医养生的博大智慧，懂得《本草纲目》者会常常发现其中的养生智慧实乃巨大宝库，用之不尽，取之不竭，让人获益无穷。文学巨匠鲁迅先生曾对中医有过许多偏激之词，独赞《本草纲目》，称此书含有丰富的宝藏。现代文学家、科学家郭沫若对此书的价值给予了极高的评价，且称其"造福生民，使多少人延年活命"。

为了方便普通读者阅读，我们精心编写了这部《<本草纲目>养生智慧全书》，力求将这部国医经典中的养生、食疗、长寿智慧简明清晰地呈现在读者面前，具有更高的可读性、实用性和科学性。编写时，编者用现代解读方式，深入挖掘了《本草纲目》中有关养生、食疗、长寿的智慧，辑录了大量诸如补气血，调节身体平衡，美容、瘦身，补心、补脑、健脾胃，延年增寿等日常养生食养妙方和治疗各类疾病的食疗方，并按疗效为原则进行重新归类，帮助读者运用这些神奇的本草方对症治疗现代家庭常见疾病。同时，介绍了《本草纲目》中记载的、当今生活中仍常见的各类食物的功效，让读者认识制身边的小食物在日常养生、防病、治病中的大功效。此外，本书还结合现代人生活特点和饮食习惯，为不同体质、不同年龄、不同工作性质的人群提供了全面实用的本草养生方案，并详细介绍了五脏的食养方法，帮助读者轻松调理五脏，实现健康。为拓展内容的深度和广度，本书对《本草纲目》中涉及的各种有关延年、祛病、增寿、养生、美容等医论作了深入透彻的分析，同时旁征博引，将整个中医养生智慧融合其中，以期让读者真正进入到《本草纲目》中的神妙世界中，领会其中的养生思想精髓、食疗妙方和长寿秘方。

但愿每位读者都能受益于《本草纲目》中的养生智慧，让健康、美丽、长寿不再是遥不可及的梦想。

目录

第一章 ｜ 集医药之大成，《本草纲目》中长盛不衰的养生之道

第二章 本草养生心法，养生之道在一补一泻之间

第三章 《本草纲目》里的"中庸"之道

第四章 药食同源，本草养生乐趣也在吃喝之间

第五章　本草新视点，从本草中发掘现代养生方案

日常小毛病不慌乱，贴心本草来帮忙

利用本草抵抗压力和疲劳，做个健康现代人

第六章 本草成就美丽，《本草纲目》中的女人养颜经

第七章 分门别类识记本草，把脉食物的神奇"天性"

第八章 草木食物，不再让我们的身体"很受伤"

第九章 药食同源，本草食疗是击退痼疾的坚兵利器

第十章 本草中的家庭疗方，男女老少各有本草食疗妙方

第十一章 辨证施治，本草食疗要对症

第十二章 养生如有节，恬淡享天年

要想活到天年，在人不在天

第十三章 长寿无须寻仙丹，本草自有长寿药

源自于本草中的养生长寿方案

第十四章 本草让您的体检每项都是一百分

别让你的筋骨血脉提前退休

五脏六腑，哪个罢工都够呛

第十五章 《本草纲目》中的终极抗衰老计划

提取本草中的脑白金，让大脑时时清醒

心态决定青春——适合的本草，永葆"童心"

第十六章 延寿必究寿道，寿道终在四季轮回中

第一章

集医药之大成，《本草纲目》中长盛不衰的养生之道

● 《本草纲目》认为"饮食为生人之本"，也就是说，人是靠吃饭活着的，饮食的目的是为了养生保健。在中医看来最高明的医生应该是食医。现代医学研究证明，食物是地球上最多样且最完整的营养来源。《本草纲目》极其强调通过食物来调养身心，预防疾病，延年益寿。书中除了大量记载抗老延年医论及方药外，更收载了大量的食疗、粥疗、酒疗等疗疾之法，其内容之广博、医论之精辟、方法之实用，使之成为当之无愧的"中医第一药典"

♥ 走进《本草纲目》的神秘世界

❶ 李时珍其人，《本草纲目》其书

李时珍，字东壁，明代蕲州(今湖北省蕲春县)人，明代著名医药学家，著有药物学名著《本草纲目》。李时珍在阅读古典医籍和行医数十年的过程中，发现本草书中存在着不少错误，他决心重新编纂一部本草书籍。他自35岁起，便为之苦读博览，参考了大量医学专著。为了弄清许多药物的形状、性味、功效等，他"访采四方"，足迹遍及大江南北。经过27年艰苦卓绝的努力和辛勤劳动，终于完成了这部闻名中外的药物学巨著《本草纲目》。《本草纲目》是一部集16世纪以前中国本草学之大成的著作，不仅为我国药物学的发展作出了重大贡献，而且对世界医药学、植物学、动物学、矿物学、化学的发展也产生了深远的影响。

英国著名生物学家达尔文也曾受益于《本草纲目》，称它为"中国古代百科全书"。1956年，郭沫若为本书题词纪念，曰："医中之圣，集中国药学之大成，本草纲目乃1892种药物说明，广罗博采，曾费三十年之殚精。造福生民，使多少人延年活命！伟哉夫子，将随民族生命永生。"

❷ 《本草纲目》说养生："治未病"才是健康大道

自古以来，中医一直以"治未病"作为对抗疾病的最佳医术。从《黄帝内经》开始，中医治未病的指导思想就确立下来。《本草纲目》继承了这一思想，它除了列出各种病症的治疗方剂，还包含了大量的养生智慧，也就是"治未病"的思想。其中最重要的就是药食同源，以食养生。李时珍认为："饮食者人之命脉也。"《本草纲目》除大量记载抗老延年医论及方药外，也注重收载其他强身疗疾之法，如食疗、粥疗、酒疗等。书中收载谷物73种、蔬菜105种、果品127种。所载444种动物中，很多可供食用，并把谷食、肉类、鱼类均列为本草，多达百余种。

我们一直在说"治未病"，那么它到底是一种怎样的防病、治病观念呢？

从字面上看，所谓"治未病"，就是

◎李时珍像。

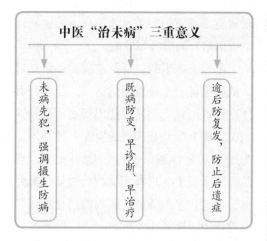

中医"治未病"三重意义

- 未病先犯，强调摄生防病
- 既病防变，早诊断、早治疗
- 逾后防复发，防止后遗症

在疾病到来之前展开医治的工作。也许你会觉得奇怪，人没有生病，哪里需要治病呢？其实，这就是一种未雨绸缪的远见，如果能在生病之前就采取一系列的手段防止疾病的到来，我们就可以避免疾病带来的痛苦。这比起生了病再治病划算得多。

中医常说"上医治未病"，意思是最高明的医生在疾病到来之前就能施展医术，让人不生病。怎样才算是上医呢？扁鹊兄弟三人均为当时的名医，尤以扁鹊最负盛誉。某日扁鹊为魏王针灸，魏王问扁鹊："你们兄弟三人到底哪一位医术最高？"扁鹊不假思索道："长兄最高，我最差。"魏王诧异。扁鹊道："长兄治病于病发之前，一般人不知道他是在为人铲除病源、防患于未然，所以他的医术虽高，名气却不易传开。而我是治疗于病情发作和严重之后，人们看到我为患者把脉开方、敷药刺穴、割肉疗伤，我也确实让不少病人化险为夷，大家就以为我的医术比长兄高明。"

中医之所以倡导"治未病"，是因为当疾病袭来时，各种治疗手段只能算

得上是补救措施。即使补救有效，也难以让本来健康无恙、充满生机活力的身体恢复到最好的状态了。所以预防比治疗更重要，将疾病消弭于无形之中才是真正的高明医术。

其实，现代医学也开始意识到"防病"的重要性，对于亚健康状况的关注就表明了这一点。亚健康是现代医学名词，指经常感觉身体不舒服，但各项指标正常的状态。处于亚健康状态的人虽然没有明显的疾病症状，但时常会感到身体不舒服，主要表现为"一多三退"，即疲劳多，活力、适应能力和反应能力减退，经常出现全身乏力、腰酸肢软、心悸气短、头晕耳鸣、动辄汗出、食欲不佳、失眠健忘、心烦意乱、皮肤瘙痒等一系列症状。

现代医学对亚健康的关注，表明现在人们已经意识到了预防的重要性。而对抗亚健康，中医养生无疑是最有力的武器。我们的老祖宗给我们留下了宝贵的财富，

◎被亚健康困扰已久的现代人只有重拾中医的"治未病"思想才能实现身体的"长治久安"。

一部《本草纲目》里就有用之不竭的养生智慧。它们不是枯燥的医学理论，而是我们能掌握的简单方法，比如吃什么可以增强身体的正气，遇到小伤小病怎么办，哪些本草是我们应该常备的……了解这些之后，你就会发现其实健康原来如此简单。

❸药补不如食补：《本草纲目》中的健康箴言

"药补不如食补"，这是我们经常听到的一句话，而人们也越来越认识到食补的重要。与其生病了再吃药，或者没病吃保健药，不如吃好一日三餐，因为只有食补才是增强人体抵抗力的关键。

俗话说，是药三分毒。和药补比起来，食补不仅经济实惠，更重要的是，食补所用材料都是我们常见的食物，对身体没有副作用。

李时珍在《本草纲目》中说："药补不如食补。"他根据各类食物的药性、药

◎"是药三分毒"，药补不如食补，和药补比起来，食补更安全、更实惠。

理进行了细致的归类，为现代人的食补计划提供很好的参考和借鉴。

不管是在平时，还是在病后，食补对人的健康都有十分重要的意义。虽然病后体虚应该进补，但是可能出现虚不受补的情况。而如果能在未病的时候补养身体，无疑可增强体质，减少疾病的发生。当然，不管是平时进补还是病后食补，都要综合考虑自己的体质、肠胃的消化功能以及食物的属性来选择食物。

许多人认为《本草纲目》只是一部医药学著作，这种看法是片面的，《本草纲目》也是一本健康食谱。虽然它是从食物的角度出发的，可是当你翻开这本书，你就会发现，它并不是单纯在讲食物。李时珍运用巧妙的手法，把人和食物自然地连接在一起，告诉人们什么样的食物对什么人有用，哪些人应该多吃哪些食物等，让人们学会选择对自己有益的食物。这样也就在最广泛的意义上达到了食补的效果。

因此，可以说，学会运用《本草纲目》中的食疗方法，也就等于更好地把握了健康。

事实上，生活中常见的疾病和病态体质，都可以通过食物有效改善比如一个人食欲不振、疲倦乏力、气短懒言，这就是气虚的症状，可以食用羊肉、牛肉、蛋奶、奶制品、花生、核桃、松子等具有补气效果的食物上来"补气"。只要不是非常严重或者长期存在的气虚证，都可以通过食补很快得到缓解。此时，如果盲目服用药物，则很可能导致副作用的发生，对

人体有害。尤其是老年体弱者，如果不适当地进补药物，很可能因为"虚不受补"而产生不良反应。

综上所述，药不并不是理想的进补方式，相比而言，食补能更加安全有效地对人体进行补益。在选择食补或药补进行调理的时候，应该掌握中医辩证方法。如果食补无效，再进行药补。对于不同的病症要遵循辩证施治的原则，以药、食相结合，对症施用，才更安全、有效。

④ 从《本草纲目》中提炼出养生的精华

李时珍的足迹遍及大江南北，他毕生都在给人看病。他致力于医学和药学的研究，除了《本草纲目》外，他还著有《濒湖脉学》、《奇经八脉考》等书，不仅对祖国的本草学作出了巨大贡献，而且在人体生命科学方面也颇有建树。

李时珍在医家和道家的基础上，首次明确提出"脑为元神之府"的论断，就是说大脑是生命的枢机，主宰人体的生命活动。"元神"指人的精神意识活动。元神存则生命在，元神败则生命逝。得神则生，失神则死。他的这一"脑主神明"的见解，改变了长期以来"心主神明"的说法。他的这种观点一直不被医学界和世人认可和支持，直到清代王清任在人体解剖观察基础上提出"灵机记性在脑"的说法，才发展完善了李时珍的"脑为元神之府"的论断。这个学说发展到现代，成为判断死亡

的标准，就是判断一个人的生命是否存活，是以他的大脑是否死亡为标准的，而非心脏是否停止跳动。

李时珍在《本草纲目》中提到多种适宜补脑的食物，如核桃仁、荔枝、红枣、芝麻、鸭肉、牛奶、鲜藕、乌骨鸡等。在生活中有意识地多吃这些食物，可以起到补脑益智、延年益寿的作用。

除此之外，李时珍还十分重视脾胃的作用，并在前人的基础上提出了"脾胃为元气之母"的观点。虽然非独创，却是对《内经》脾胃学说、李东垣"脾胃"理论

《本草纲目》中的补脑食物

核桃仁　　荔枝　　红枣

芝麻　　鸭肉　　牛奶

《本草纲目》中的补脾益胃食物

白扁豆　　莲子　　南瓜

野茼蒿　　红薯　　粳米

方面的论述。他强调脾胃与元气的密切关系，人体的元气有赖于脾胃之滋养，脾胃生理功能正常，则人体元气得其滋养而充实。脾胃为后天之本，整个机体有赖于脾胃摄取营养，为气血生化之源泉，故脾胃的运化功能正常，后天水谷之精充盈，则气血得养而充盛。

他还认为人体气机上下升降运动正常，有赖于脾胃中土的功能协调。脾胃枢纽若升降正常，则心肾相交，肺肝调和，阴阳平衡。若脾胃受伤则升降功能失常，则内伤元气，阴阳失调，严重者还会影响全身而致病。因此，调养脾胃对于养生延年来说是至关重要的。对于如何调养脾胃的问题，李时珍也给出了很好的食疗建议，例如在《本草纲目》中就记载了多种对脾胃有益的食物，如白扁豆、枣、莲子、南瓜、野茼蒿、红薯等，为脾胃虚弱的现代人提供了很好的参考和借鉴。

以上仅是就李时珍的养生观点举了两个例子，《本草纲目》中记载的每一种食物、药物，都说明了其温、热、寒、凉的性质，以及其主治的疾病或对人体有哪些调节作用。因此，在日常生活中，只要我们多阅读这本书，就能轻松地为自己和家人防治疾病，保持身体健康。

⑤ 李时珍养生心法：四性五味，药食同源

李时珍在《本草纲目》中融入了自己的养生心法：四性五味，药食同源。李时珍认为食物和药物一样，有辛、甘、酸、苦、咸五味及寒、热、温、凉四性。选择食物与选择药物一样，要根据四性和五味选择。只有对症，才能温煦脏腑，增强人体的免疫能力。

如《本草纲目》羊附方中的羊肉汤是这样记载的："治寒劳虚羸，及产后心腹疝痛。用肥羊一斤，水一斗，煮汁八升，入当归五两，黄芪八两，生姜六两，煮取二升，分四服。"这是李时珍记录名医张仲景的药方，用来治疗疲劳虚弱以及产后疼痛等各种虚证。以这个方子为例，当归甘温补血止痛，所以是主药，生姜温中散寒，黄芪甘温健脾补气，羊肉温中补虚。这四味本草合在一起就能共起温中补血、祛寒止痛之功。这样一碗有浓浓药香的羊肉汤，最适合产后体弱和大病初愈的人。

传说有一次，有个病人大便干结，排不出，吃不下饭，很虚弱。李时珍仔细为其做了检查，确认是高热引起的便秘。当时如果患者便秘，一般是让病人服用泻火

◎食物与药物一样，也有五味与四性之分，所以，选择食物也要讲究四性、五味。

的药。但李时珍没有用药，而是把蜂蜜煎干捏成细细的长条，慢慢地塞进病人的肛门。煎干的蜂蜜进入肠道后，很快溶化，干结的大便被溶开，一会儿就排了下来。大便畅通，热邪排出体外，病人的病情立刻有了好转。

李时珍记载了不少药用食物，如蜂蜜、生姜、大枣、小麦、羊肉等，利用食物的四性五味辅助治疗疾病。李时珍指出："所食之味，有与病相宜，有与身为害。若得宜则益体，害则成疾。"意思是说，我们所吃的食物中，有的可以治病，有的却对身体有害，吃得对就会对身体有益，吃得不对反而会生病。因此，我们只有根据病症摄取食物，才能收到良好的效果。

此外，食性还要与四时气候相适应，寒冷季节要少吃寒凉性食品，炎热季节要少吃温热性食物，饮食宜忌要随四季气温而变化。

那么食物的四气与五味到底是如何区分的呢？

1.四性

所谓"四性"，即指饮食具有寒、热、温、凉四种性质。另有不寒不热、不温不凉的饮食，属于平性。

凡适用于热性体质和病症的食物，就属于凉性或寒性食物。如适用于发热、口渴、烦躁等症象的西瓜；适用于咳嗽、胸痛、痰多等症象的梨等就属于寒凉性质的食物。温性或热性与凉性或寒性相反，凡适用于寒性体质和病症的食物，就属于温性或热性食物。如适用于风寒感冒、发

热、恶寒、流涕、头痛等症象的生姜、葱白、香菜；适用于腹痛、呕吐、喜热饮等症象的干姜、红茶；适用于肢冷、畏寒、风湿性关节痛等症象的辣椒、酒等都属于温热性质的食物。

平性食物的性质介于寒凉和温热性质食物之间，适合于一般体质，寒凉、热性病症的人都可选用。平性食物多为一般营养保健品。如米、面、黄豆、山芋、萝卜、苹果、牛奶等。从《本草纲目》所记载的常用食物分析，平性食物居多，温、热性次之，寒、凉性居后。一般来说，各种性质的食物除具有营养保健功效之外，寒凉性食物属于阴性，有清热、去火、凉血、解毒等功效；温热性食物属于阳性，有散寒、温经、通络、助阳等功效。

夏天我们主张多吃一点平、寒、凉的食物，如常见的豆类、木耳等。凉性食物中豆腐比较常见，还有冬瓜、丝瓜。寒性食物就是苦瓜、西红柿、西瓜等。

平性食物有：大米、黄豆、黑芝麻、花生、土豆、白菜、圆白菜、胡萝卜、洋葱、黑木耳、柠檬、猪肉、猪蹄、鸡蛋、鱼肉中的鲤鱼、鲫鱼、黄鱼、鲳鱼。另外，我们饮用的牛奶也属于平性食物。

凉性食物有：荞麦、玉米、白萝卜、冬瓜、蘑菇、芹菜、莴笋、油菜、橙子、苹果等等。

2.五味

所谓"五味"，即指饮食所含的酸、苦、甘、辛、咸五种味道。另外，有淡与涩两种味道，古人认为"淡味从甘，涩味从酸"，故未单独列出来，统

以"五味"称之。饮食的味道不同，其作用自有区别。

酸味的食物。具有收敛、固涩、安蛔等作用。例如，碧桃干(桃或山桃未成熟的果实)能收敛止汗，可以治疗自汗、盗汗；石榴皮能涩肠止泻，可以治疗慢性泄泻；酸醋、乌梅有安蛔之功，可治疗胆道蛔虫症等。

苦味的食物。具有清热、去火等作用。例如，莲子心能清心去火、安神，可治心火旺引起的失眠、烦躁之症；茶叶味苦，能清心提神、消食止泻、解渴、利尿、轻身明目，为饮品中之佳品。

甘味的食物。具有调养滋补、缓解痉挛等作用。例如，大枣能补血、养心神，配合甘草、小麦为甘麦大枣汤，可治疗悲伤欲哭、脏燥之症；蜂蜜、饴糖均为滋补之品，前者尤擅润肺、润肠，后者尤擅建中气、解痉挛，临症宜分别选用。

辛味的食物。具有发散风寒、行气止痛等作用。例如，葱、姜能散风寒、治感冒；芫荽能透发麻疹；胡椒能祛寒止痛；茴香能理气、治疝痛；橘皮能化痰、和胃；金橘能疏肝、解郁等。

咸味的食物。具有软坚散结、滋阴潜降等作用。例如，海蜇能软坚化痰；海带、海藻能消瘿散结气，常用对治甲状腺肿大有良好功效。早晨喝一碗淡盐水，对治疗习惯性便秘有润降之功。

食补也要根据人体阴阳偏盛、偏衰的情况，有针对性地进补，以调整脏腑功能

食物的四性与功用

四性	功效	代表食物	疾病主治
温热	温补散寒、壮阳暖胃	羊肉、狗肉、雉肉、鹿肉、辣椒、生葱、生姜、韭菜、肉桂、胡椒、荔枝、桂圆、核桃仁、大蒜、南瓜、鲢鱼、鳝鱼、虾、海参	适宜寒症或阳气不足的人食用。因寒凉引起腹痛、泻下的病人，宜食生姜、大蒜、花椒，以缓解病人寒性。
寒凉	清热泻火、滋阴生津	绿豆、芹菜、菊花、木瓜、枸杞、柿子、梨、香蕉、甘蔗、芒果、枇杷、马蹄、菱角、冬瓜、南瓜、黄瓜、苦瓜、丝瓜、西瓜、白萝卜、金银花、胖大海、淡豆豉、鸭肉、海藻、螺蛳、螃蟹	适宜热证或阳气旺盛的人食用。有发热、口渴、尿黄等热性病症状的人宜吃西瓜、苦瓜、黄瓜、香蕉，能帮助减轻身体热性。
平性	具有保健补益作用	李子、葡萄、白果、花生、莲子、百合、榛子、洋葱、黄花菜、黑芝麻、扁豆、黄豆、马铃薯、豇豆、包菜、胡萝卜、大头菜、鲤鱼、黄鱼、海蜇、猪蹄、猪肉、牛肉、鹅肉、鹌鹑蛋、鸡蛋、鸽子蛋、蜂蜜、牛奶	适宜作为日常保健食品与营养补充或大病初愈的人食用。

食物五味的属性和功能

五味	脏腑归经	功效	代表食物	疾病主治
辛	肺、大肠	发散、行气、行血、健胃	生姜、香菜、陈皮、薤白、胡椒、辣椒	风寒感冒、胃痛、腹痛、痛经、风寒湿痹
甘	脾、胃	滋养、补脾、缓急、润燥	山药、红枣、粳米、鸡肉、饴糖、甘草	气虚、血虚、阴虚、阳虚、拘急腹痛
酸	肝、胆	收敛、固涩	乌梅、酸石榴、李子、金樱子	遗精、久泻、久咳、久喘、多汗、虚汗、尿频
苦	心、小肠	清热、泄降、燥湿、健胃	苦瓜、陈皮、鱼腥草、桔梗	热病烦渴、中暑、目赤、疮痈疔肿、气逆
咸	肾、膀胱	软坚、润下、补肾	海带、海蜇、鸭肉、乌贼鱼	瘰疬、痰咳、痞块、大便燥结、热病津伤、燥咳

的平衡。如热性体质、热性病者宜适当多食寒凉性食物；寒性体质、寒性病者就要适当多食温热性食物。只有这样的食补才能相宜，才能达到预期的效果。

❻ 《本草纲目》中的食疗妙方摘录

为了编撰《本草纲目》，李时珍不辞辛劳地在全国各地巡访，其间也遇到了不少崇尚养生且颇有智慧的长寿老人。每次采药回来之后，李时珍都要对这些收集到的食疗妙方仔细琢磨，研究其功效，然后分门别类记载下来。我们现在看到的《本草纲目》，对可供食疗的药物记载十分广博，而且还将食物也纳入本草中。在这些食物的条目下，李时珍都悉心标出了可以应用的食疗方案。这里从书中摘录一些药方，供大家参阅。

①肾虚腰痛。用茴香炒过，研细，切开猪肾，掺末入内，裹湿纸中煨熟，空心服，盐酒送下。

②脾胃虚冷，吃不下饭。和白干姜在浆水中煮透，取出焙干，捣为末，加陈米粥做成丸子，如梧子大。每服三十至五十丸，白开水送下。其效极验。

③补肝明目。用芜菁子淘过一斤、黄精二斤，和匀，九蒸九晒，研为末。每服二钱，空心服，米汤送下，一天服二次。又方：芜菁子二升、决肯子一升，和匀，以酒五升煮干，晒为末。每服二钱，温水调下，一天服两次。

④长年心痛。用小蒜煮成浓汁，勿蘸盐，饱食，有效。

⑤目生顽翳。用珍珠一两、地榆二两，加水二大碗煎干。取珍珠放醋中浸五日，热水淘去醋气，研为细末。每取少许点眼，至愈为止。

吃药延年不如食物养生

① 有人生病有人健康，区别就在"食"上

随着人们生活水平的提高，饮食水平也越来越高，食品种类越来越丰富，但是吃得好了，并不代表我们的营养摄入就合理了。吃精米、细面、鸡、鱼、肉、蛋、糕点、饮料多了，吃五谷杂粮和蔬菜、水果少了。喝含糖的饮料及纯净水多了，喝茶与白开水少了。膳食结构的不合理，导致高脂血症、肥胖症、高血压等慢性病发病率直线上升。据统计，这些病所造成的死亡人数，已占当前死亡总数的70%，而且居高不下。近年来，有一个时髦的词汇——"富贵病"，包括肥胖、糖尿病、高血压、高脂血症、痛风（高尿酸血症）、脂肪肝等一系列慢性疾病。导致这些高发病的重要原因，是很多人"吃

◎吃无禁忌、膳食结构不合理，是诱发现代人肥胖、糖尿病等"富贵病"最重要的原因之一。

无禁忌"，膳食结构不合理。有些人口味偏重，吃菜爱吃咸的，却不知盐的摄入量过多，会导致血压升高。进食过度和运动少，吃油脂类食物太多，造成营养过剩是患肥胖症的主要原因。肥胖还会导致糖尿病，这就要求人们摄取的总热量少一点，主食、副食，特别是高热量的食物都要注意少吃。

《本草纲目》建议高血脂患者的饮食要清淡，不提倡多吃肉，但也不宜长期吃素，否则营养成分不全面，反而会不利于身体健康。痛风病和体内脂肪代谢紊乱有关，高蛋白饮食可导致脂肪合成增加。若在饮酒的同时进食高蛋白、高脂肪食品，易引起急性痛风病发作。此外，摄入大量油脂后人体的肝、胆、胰等消化器官负荷加大，体内胆固醇水平过高，成为诱发心脑血管疾病的重要危险因素。长期喝酒的人士，其脂肪肝、酒精肝、胆囊炎、胰腺炎等发病率是普通人群的数倍，而脂肪肝、酒精肝患者如不加以控制，将会导致肝硬化、肝腹水、肝癌。所以不合理的膳食导致了"富贵病"的增加。

不仅要警惕那些"富贵病"，更要注意癌症的发生。饮食与人体许多癌症的发生及发展有着密切的关系。据有关资料表明，约有1/3的癌症与饮食有关，因此，主动控制摄食成分和改变饮食习惯，在抗癌中起着至关重要的作用。

长期摄入高油、高糖、低纤维的食

物，如汽水、可乐、罐装饮料、汉堡、薯条等，这种饮食习惯为以后慢性病的发生埋下了隐患。肉类腐坏产生细菌，普通烧煮的温度不能全部杀死细菌，患有血癌的牛和鸡越来越多，长期吃这些食物患血癌的几率就很高。

"民以食为天。"这是一句人人皆知的俗话。但是吃也要会吃，科学地吃，否则会惹病上身的。看看那些常见病哪些跟饮食没有关系？高血压、高血脂、糖尿病是因为吃得咸、吃得甜，癌症是因为吃得垃圾、吃得不合理等。总之，很多疾病都是吃出来的，这向人们敲响了警钟。

② 食物为何是人的安身立命之本

《本草纲目》认为"饮食为生人之本"。这句话的意思就是人靠吃饭活着，饮食的目的是为了养生保健。在中医看来，最高明的医生应该是食医。《本草纲

◎ "五谷为养"，五谷是人安身立命之本。

目》中提到：五谷为养，五果为助，五畜为益，五菜为充。这是什么意思呢？五谷就是指粮食，分指大豆、小豆、小米、米和面这五种粮食，它们都是养生的重要食物，也是人安身立命之本。

现代医学研究证实，食物目前是地球上最多样且最完整的营养来源。天然的食物不仅为人们提供了每日的营养素，如果加以合理利用，还可以调节内分泌，排除人体内的毒素，提高人体的免疫力，甚至抵御癌细胞。

通过食物来调养身心、预防疾病、延年益寿的方法在古代就很盛行。药学家孙思邈十分重视食养，他平时爱吃淡食，较少吃肉，还经常服用蜂蜜、莲子、山药、芝麻、牛乳等，这些对他的长寿都有助益。他极力主张饮食清淡，注意节制，细嚼慢咽，食不过饱，他在总结自己的进食经验时写道："清晨一碗粥，晚饭莫教足。饮酒忌大醉，诸疾自不生。食后行百步，常以手摩腹。"在他看来，饮食须有所节制，不可吃得过饱，应该做到少食多餐，"觉肚空，即需索食，不得饥"。

"养生之道，莫先于食。"利用食物的营养来防治疾病，改善生命质量，延长寿命。

③ 沧海变桑田，食物成良药

大家经常会听到这样一句话"药补不如食补"，那么药和食物到底有什么区别呢？"是药三分毒"，古代人们把药都称作毒。"毒"指的是药的偏性，这种偏性就是指它独特的气、味、归经。药是用来

赈灾的，当一个人生病以后，就可以通过药物来解决人体阴阳偏盛或偏虚的问题。但这只是临时的，你不能天天吃药，因为药是有毒的，长期吃药就会在你的身体里形成毒素。

食补恰恰相反，它是把预防疾病放在前。《黄帝内经》一直提倡圣人不治已病治未病，通过食补来预防疾病，推迟衰老，延年益寿。《黄帝内经》更重视经脉，它讲十二正经和奇经八脉。奇经八脉是储存多余经气的地方，也是藏元气的地方。在所有的中药书里，没有一味药能入奇经八脉。也就是说，没有一味药可以补元气，而食物就能补益元气，补益我们的身体。

食补既方便又实惠，人们乐于接受，一般没有副作用，而且可以起药物起不到的作用。比如一个食欲不振、倦怠乏力的气虚体质者，如果情况不是很严重，只要适量食用羊肉、牛肉、蛋类、花生、核桃之类具有补气效果的食物就能改善体质。如果不分轻重就盲目服用人参、冬虫夏草等助热生火的大补药物，反而会引发体内

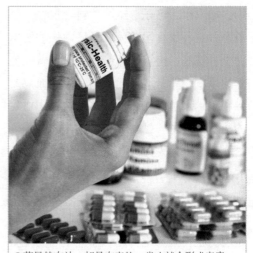
◎药虽然有效，却是有毒的，常吃就会形成毒素。

其他功能的失调。

《本草纲目》提倡食补来改善体质，必须根据体质情况适当进补。肾虚可多吃些补肾抗老的食品，如胡桃肉、栗子、猪肾、甲鱼、狗肉等；防止神经衰弱，可多吃些补脑利眠的食品，如猪脑、百合、大枣等；高血压、冠心病患者应多吃些芹菜、菠菜、黑木耳、山楂、海带等；防止视力退化应多吃蔬菜、胡萝卜、猪肝、甜瓜等。通过食补能使脏腑功能旺盛，气血充实，使机体适应自然界的应变能力增

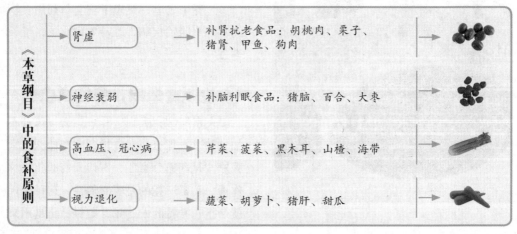

《本草纲目》中的食补原则	肾虚	→	补肾抗老食品：胡桃肉、栗子、猪肾、甲鱼、狗肉	→	
	神经衰弱	→	补脑利眠食品：猪脑、百合、大枣	→	
	高血压、冠心病	→	芹菜、菠菜、黑木耳、山楂、海带	→	
	视力退化	→	蔬菜、胡萝卜、猪肝、甜瓜	→	

强，抵御和防止病邪侵袭，即中医所谓"正气存内，邪不可干"。

邓小平是一代伟人，他75岁健步登上黄山，80多岁仍能在大海中畅游1个多小时。在中央高级领导人中，像邓小平这样长寿且体质一直很好的并不多见，就是在世界伟人中也不多见。讲究饮食营养，主张食补不药补，是邓小平健康长寿的原因之一。邓小平身边工作人员曾对他一日三餐做过记录：早餐爱吃鸡蛋、馒头、稀饭、泡菜；午餐、晚餐常是两素、一荤、一汤。他生活很有规律，每天7点钟起床，到点就开饭，早餐7点半，午餐12点，晚餐6点半，而且不随季节变化，几十年一直如此。除了请客，邓小平从不主动向厨师点菜，也从不挑食。厨师做什么，他就吃什么，只要营养均衡就行。食谱的营养搭配，他则完全听从保健医生的意见。

身体是革命的本钱，健康是一切的基础，要想身体棒就要依靠健康的饮食。

❹ 吃饭前不妨先看看五味的"走向"

《灵枢·九针》："酸走筋，辛走气，苦走血，咸走骨，甘走肉。"《灵枢·五味》："酸先走肝，苦先走心，甘先走脾，辛先走肺，咸先走骨。" 食物有五种味道:酸、苦、甘、辛、咸。食物的味道不同，其作用也各有区别。中医认为五脏各有所喜。例如肝宜甘，因为甘味可以缓解肝气的劲急；心宜酸，因为酸味可以收敛心火；肺宜苦，因为苦味可以助肺气肃降；脾宜咸，因为咸味可以使脾不会运

化过度；肾宜辛，因为辛味可以宣散和提升肾水之阳气。

五脏各有所喜，而食物也是有偏性的，那么食物的偏性是什么呢？

"酸走筋"，酸类的食物是走筋、走肝的，如果你患了肝病就不要吃酸，因为酸具有收敛的作用，太收敛则肝气就不能生发，病就会加重。但是对于多汗、尿频、腹泻、流涕不止等病症却具有很好的效果。

"辛走气"，辛类的食物是走气的。肺主气，如果肺出现了问题，就不能吃辛味食物。但是辛味具有发散风寒、行气止痛等作用，例如葱姜善散风寒、治感冒，胡椒能祛寒止痛，茴香能理气。

"苦走血"，苦味的东西是走血的，即走心。如果病在心上，就少吃苦味食物，让心生发一下。但苦味食物可以清热、泻火。例如莲子心能清心泻火、安神，可以治疗心火旺的失眠、烦躁之症。

"咸走骨"，咸类食物是走骨的，走骨就是走肾。如果病在骨上，就要少吃咸，这样才能把骨养好，把肾养好。但咸味食物具有软坚散结、滋阴潜降等作用。例如早晚喝一碗淡盐汤，对于治疗习惯性便秘有很好的作用。

"甘走肉"，甜味的食物是走肉的，走脾胃。孩子如果特别喜欢吃糖，说明他脾虚。如果病在脾胃，就要少吃甜味的食物和油腻的食物，因为这样的食物会让脾增加代谢负担，使脾更加疲劳。但是甜味食物具有滋养、强壮身体，缓和疼痛的作用。疲劳和胃痛时可以试一试。

⑤ 隐藏在节气里的进补原则

二十四节气是我国古代人民为适应"天时"、"地利"，取得良好的收成，在长期的农耕实践中，综合了天文与物候、农业气象的经验所创设。

从古人对节气最早的命名，如《尚书》记载的"日中"、"宵中"等，可知二十四节气的形成与太阳有着密切的关系。"节"的意思是段落，"气"是指气象物候。

每个节气的专名均含有气候变化、物候特点和农作物生长情况等意义，食补完全可以随着节气走。下面是几个比较重要的节气。

立春(2月3～5日)——立春养生要注意保护阳气，保持心境愉悦的好心态。饮食调养方面宜食辛甘发散之品，不宜食酸收之味，有目的地选择大枣、豆豉、葱、香菜、花生等进食，这些食物能助生发之气。《本草纲目》载："元旦立春以葱、蒜、韭、蓼、芥等辛嫩之菜，杂合食之，取迎新之意。"

雨水(2月18～20日)——雨水节气着重强调"调养脾胃"。多吃新鲜蔬菜、多汁水果以补充人体水分。少食油腻之物，以免助阳外泄。应少酸多甜，以养脾脏之气。可选择韭菜、百合、豌豆苗、荠菜、春笋、山药、藕等。

惊蛰(3月5～7日)——惊蛰节气的养生要根据自然物候现象、自身体质差异进行合理的调养。

阴虚者：形体消瘦，手足心热，心中时烦，少眠，便干，尿黄，不耐春夏，多喜冷饮。饮食要保阴潜阳，多吃清淡食物，如糯米、芝麻、蜂蜜、乳品、豆腐、鱼等。太极拳是较为合适的运动项目。

◎阴虚体质者。

阳虚者：多形体白胖，手足欠温，小便清长，大便时稀，怕寒喜暖。宜多食壮阳食品，如羊肉、狗肉、鸡肉、鹿肉等。散步、慢跑、太极拳、五禽戏及日光浴都是适合的锻炼项目。

春分(3月20～21日)——由于春分节气平分了昼夜、寒暑，人们在保健养生时应注意保持人体的阴阳平衡状态。

此时人体血液和激素水平也处于相对高峰期，此时易发常见的非感染性疾病如高血压、月经失调、痔疮及过敏性疾病等。饮食调养禁忌偏热、偏寒、偏升、偏降的饮食误区，如在烹调鱼、虾、蟹等寒性食物时，必佐以葱、姜、酒等温性调料，以达到阴阳互补之目的。

立夏(5月5～7日)——在整个夏季的

养生中要注重对心脏的特别养护。

清晨可食葱头少许，晚饭宜饮红酒少量，以畅通气血。具体到膳食调养中，我们应以低脂、低盐、清淡为主。

小满（5月20～22日）——在小满节气的养生中，我们要特别提出"未病先防"的养生观点。

小满节气是皮肤病的高发期，饮食调养宜以清爽、清淡的素食为主，常吃具有清热、利湿作用的食物，如赤小豆、绿豆、冬瓜、丝瓜、黄瓜、藕等；忌食膏粱厚味、甘肥滋腻、生湿助湿的食物，如动物脂肪、海腥鱼类等。

白露（9月7～9日）——白露节气中要避免鼻腔疾病、哮喘病和支气管病的发生，特别是对于那些因体质过敏而引发的上述疾病，在饮食调节上更要慎重。凡是因过敏引发的支气管哮喘的病人，平时应少吃或不吃鱼虾海鲜、生冷炙烩腌菜、辛辣酸咸甘肥的食物，如带鱼、螃蟹、虾

类、韭菜花、黄花菜、胡椒等，宜食清淡、易消化且富含维生素的食物。

寒露（10月8～9日）——"金秋之时，燥气当令"，如果调养不当，人体会出现咽干、鼻燥、皮肤干燥等一系列的秋燥症状。所以暮秋时节的饮食调养应以滋阴润燥（肺）为宜，应多食用芝麻、糯米、粳米、蜂蜜、乳制品等柔润食物，少食辛辣之品。

立冬（11月7～8日）——冬季养生应顺应自然界闭藏之规律，以敛阴护阳为根本。饮食调养要少食生冷，但也不宜燥热，应食用一些滋阴潜阳、热量较高的膳食，同时也要多吃新鲜蔬菜以避免维生素的缺乏。

冬至（12月21～23日）——冬至是一年中白天最短的一天。冬至阳气开始生发起来了，应该多吃当归、生姜、羊肉汤等。

小寒（1月5～7日）——人们在经过了春、夏、秋近一年的消耗后，脏腑的阴阳

◎白露时节，凡是因过敏引发的支气管哮喘病人，应少吃或不吃鱼虾海鲜、辛辣酸咸的食物。

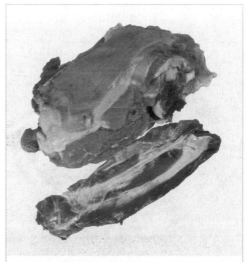

◎冬至应多吃羊肉，既御风寒，又可补身体，对改善女性手脚冰凉的状况尤其有帮助。

气血会有所偏衰，合理进补既可及时补充气血津液，抵御严寒侵袭，又能使来年少生疾病，从而达到事半功倍的养生目的。在冬令进补时应食补、药补相结合，以温补为宜。

大寒(1月20～21日)——大寒是一年中的最后一个节气。古有"大寒大寒，防风御寒，早喝人参、黄芪酒，晚服杞菊地黄丸"的说法。

6 改变不合理的饮食习惯

中国人有些饮食习惯是很讲究文化内涵的。吃饭要用圆桌，因为圆桌意味着吃饭的时候不分贵贱尊卑。吃饭时用的筷子，也是阴阳的体现，动的那个筷子是阳，而不动的那个筷子为阴。中国的饮食文化博大精深，现在很多人的饮食习惯也该改改了。

在以前如果生了孩子就要吃小米粥，而现在人们的生活水平提高了，要喝牛奶

◎中国人吃饭用筷子，也是讲究阴阳的体现。

和鸡汤，但催奶效果并不好。如果喝上一顿小米粥，奶水可能就多了，因为小米是种子，是可以发芽的，所以现在的人最好还是效仿前人的养生之道。

现在的人都爱吃味道浓重的食物，为什么呢？现在的人生活和工作的压力都很大，为了调动身体内的元气来顶住压力，就要多吃浓重的食物，因为盐是最容易调动身体内的元气的，可是经常吃浓重食物的后果就是脾胃虚弱，脾胃虚弱身体内的元气就不足，就要多吃浓重的食物，这样就会形成一种恶性循环，久而久之就会让疾病乘虚而入。

《本草纲目》中有"多食咸则脉凝泣而变色；多食苦则皮槁而毛拔；多食辛则筋急而爪枯；多食酸则肉胝而唇揭；多食甘则骨痛而发落，此五味之所伤也"的记载这句话意思是，咸的东西吃多了，就会抑制血的生发，就会导致血的凝固，最后使脸色变黑；苦的食物吃多了，我们的皮肤就会枯槁，毛发就会脱落；辣的东西吃多了就会使筋失去弹性，手爪就会干枯；酸的东西吃多了就会使肝气生发太过而抑制脾土，使肌肉角质变厚而嘴唇外翻；甜的东西吃多了就会影响肾的收敛功能，损伤头发。现代人应该少吃五味过度的食物。

除此之外，很多人还有很多不良的饮食习惯，殊不知这样对你的健康会造成多么坏的影响，当你真的没有了健康，才知道健康的珍贵，何不开始就让自己健健康康呢？

有些人饮食无规律，晚餐摄入大量的

高能食物，过剩的营养转化成脂肪，导致肥胖。可实行一日三餐或四餐制，定时定量，分配合理，做到"早餐吃好，中午吃饱，晚餐吃少"的膳食原则，养成良好的饮食和生活习惯。

有些人吃饭速度太快，营养专家认为，吃饭太快，大脑的食物中枢神经难以控制，往往在进食了过多的热量才发出停止的信号，但此时体内已进食了过多的热量。因此，吃饭应细嚼慢咽，这样既有利于食物与唾液淀粉酶的充分混合，又可以防止进食多热量，有利于预防肥胖。

有些人喜吃烫的食物，这种人患食管癌的机会就多。调查表明，我国华北地区是食管癌高发区，70%～90%的患者喜欢吃70℃～88℃的烫食。动物试验已证实，对小白鼠用75℃～80℃的热水连续灌注25天后，其食管黏膜上皮增生、坏死，而后发生明显的癌前期病变。有些人偏嗜油炸、熏烤食物，长期过量进食油炸熏烤

◎食物不宜过烫，过烫易诱发多种疾病。

食物，对健康有害。煎炸温度低于200℃时，杂环胺形成很少，如果煎炸温度超过200℃，煎炸时间超过2分钟，则会形成大量杂环胺。杂环胺随油炸食物进入人体，可损伤肝脏，使生长发育迟缓，生育功能减退，还有强烈的致癌作用。

有些人临睡前吃点心、零食，这样容易摄入过多的热量，超出机体的需要，多余的热量会转化为脂肪储存于体内。因此，为了你的体态美和健康，睡前还是尽量不要再进食了。很多人不良的饮食习惯可能远不止这些，希望大家都有一个意识，那就是通过注意饮食习惯来保养自己的身体，不能随心所欲地吃吃喝喝，否则当疾病侵袭的时候已悔之晚矣。

一些年青女性为使身材苗条、均称，早、中餐以水果代替；更有甚者，为使减肥迅速，一天三餐完全以水果代替，不吃米饭、肉类和蔬菜。这是非常不对的。现代医学和营养学研究证实，绝大多数水果所含蛋白质、脂肪、多种维生素和微量元素比较少，故吃水果只能作为正餐之外的补充。如长期水果代替正餐，米饭、肉类和蔬菜进食不足，虽然能帮助减轻体重，但极容易导致蛋白质、碳水化合物和维生素等三大人体必须营养素的缺乏，导致生长发育障碍、精神萎靡不振、工作和学习效率低下，使人易患缺铁性贫血、各种感染性疾病以及伤口修复愈合延迟等等。故为使身材苗条或减肥不能以水果代替正餐；可以适当减少米饭、蔬菜和肉类的摄入，增加水果摄入，以免顾此失彼。

本草食物最养生，吃法更要讲究

① 健康源自营养，美食离不开本草

我们知道，人体所需的各种营养是通过食物获取的，那么如何才能让食物的营养被人体充分吸收，让食物发挥出它们最大的功效呢？看看《本草纲目》给的建议吧。

1.选择新鲜的原料

原料新鲜才能保证食物质优味美，因此我们在购买肉类、蔬菜、水果时，一定要挑选那些新鲜的、优质的。

（1）肉类

①猪肉。新鲜的猪肉质地坚实而且有弹性，脂肪分布匀称，肉皮细嫩，肉色呈浅红色。不新鲜的猪肉有黏性分泌物，有腐坏的臭味。

②牛肉。新鲜的牛肉呈鲜红色，有光泽，肉质坚实，肌纤维较细。嫩牛肉脂肪

◎嫩的牛肉颜色鲜红，肉质坚实。

坚实，呈白色或乳白色。老的牛肉呈紫红色，烹调效果不及嫩牛肉好。

③羊肉。羔羊肉的颜色浅红，肉质坚而细，脂肪匀称、色白，关节处骨质较松，湿润而带色。老羊肉的颜色深红，肉的质地较干、较粗，在关节处骨质较硬，颜色呈白色。

（2）奶类

良好的奶呈白色，稍有淡黄色。煮沸后静置，上结一层奶皮，下无沉淀，无不良气味。

（3）新鲜蔬菜类

一般情况下，新鲜蔬菜在外观上应颜色鲜明，形态匀整，质地保持鲜嫩，含有充足的水分。凡过老、干蔫及有虫害的蔬菜不宜选用。

（4）脏腑类

新鲜的脏腑坚实而且富有弹性，表面湿润，腐坏时质地变软。

①肝。新鲜的肝呈褐色或紫色，手感坚实有弹性。

②肾。新鲜时有光泽，表面不湿润，质地坚韧，呈正常的浅红色。泡过水的肾体积较大，发白，不适于烹调。

（5）鸡鸭类

良好者胸脯丰满，皮润滑，肉坚实，冠部鲜红。

（6）蛋类

新鲜的蛋外壳清洁，表面粗糙，用光照射呈透明状。去壳后，蛋清滑润，蛋黄

圆整、清晰、无斑点。

（7）虾类

新鲜的虾头部完整，青虾与对虾的壳呈灰绿色，白虾呈浅红色。

（8）鱼类

新鲜的鱼会保持原有光泽，鱼鳞整齐附于皮上，不易脱落，鱼鳃呈鲜红色，眼球透明突出，鱼肉硬而富有弹性。

2.要保持饮食卫生

食物可以促进健康，但不洁的食物也很容易造成疾病和食物中毒。要使食物发挥促进健康的作用，除了进行合理的搭配与烹调外，还要重视饮食卫生。

①注意操作的方法：为了达到消毒和杀灭寄生虫的目的，食物的烹制应做到煮熟或炒熟。吃凉菜的时候，应将菜洗净后在沸水中烫半分钟。

②防止制成品被污染：食品制成以后，应尽快盛于洁净的餐具中，及时食用，避免过多地用手接触制成品。

在进行烹饪之前，一定要注意厨房的卫生，这样可以防止食物和食物原料的污染。

3.让食物更有营养的烹调方法

要使食品达到预期的良好效果，窍门很多。总体来讲，日常的饮食需要注意下列几个方面：

①原料的选择：选择原料时，除了注意质量好坏和是否新鲜以外，还应注意选择适用于某种烹制法的品种和部位。如炒肉丝最好选用里脊，蒸米粉肉需用五花肉等。如部位选用不当，就会影响烹调的效果。除此之外，每种食物在切法上各有特点，要加以注意。

②作料：作料与烹调的颜色浓淡有密切的关系，一般应选用上等的作料。作料中最需要的是好汤(鸡汤、肉汤)、好酱油、料酒、葱、姜、蒜、盐、醋等。

③火候与时间：火候即烹调时所需要的温度，通常分为烈火、温火和微火等几种。不同的食物、不同的做法，需要不同的火候。如炒青菜，为了使其脆嫩，并保持青菜的营养，就必须分批少量、烈火急炒。而熘鱼片，就需要微温的火候，才能使其嫩而漂亮。

④颜色：为了使制品美观，除了食物本身之外，常常还需要加上其他颜色的配菜。例如香酥鸡的旁边可衬上生菜和胡萝卜，这样就显得分外美观。在制备时，为了使红菜更红，就需要加醋。每一种做法应保留其固有的颜色，例如清蒸的食品，不应加酱油，颜色就比较好看。

⑤制品的温度：热菜必须热食，冷菜则必须冷食。食物烹制之后，应立即食用，否则会影响味道和外观。

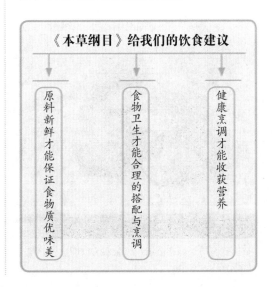

《本草纲目》给我们的饮食建议

原料新鲜才能保证食物质优味美

食物卫生才能合理的搭配与烹调

健康烹调才能收获营养

❷ 要想一生保平安，常有三分饥和寒

过去生活水平比较低，很多人要饿肚子，所以人们经常有饱餐一顿的愿望。现在，饿肚子的情况已不多见，人们可以"顿顿饱餐"。于是，一些人每日三餐都吃得很多、吃得很饱，结果患上一些疾病，甚至威胁到生命。其实，早在两三千年前，《本草纲目》中就提出了"饮食自倍，肠胃乃伤"的观点，告诫人们要"饮食有节"。梁代医学家陶弘景在《养生延年录》中也曾指出："所食愈少，心愈开，年愈寿；所食愈多，心愈塞，年愈损焉。"而李时珍的《本草纲目》里继承了这些思想，也推崇"食到七分为止"的观点。由此可见，古人们很早就发现了长期饮食过量的危害，可是我们现代人在饮食问题上却一错再错。

无节制地大量饮食，致使胃黏膜、肝

◎饮食宜清淡，宜适量，"食到七分即止"，过量则伤胃、伤身。

脏、胰腺等消化器官大量分泌消化液，长期下去会增加这些器官的负担，降低这些器官的功能，导致各种疾病产生。

过量饮食不仅会使血液大量流向胃部，导致供给大脑的血液减少，造成脑功能的衰退，还会加重大脑控制消化吸收神经的负担，使其经常处于兴奋状态，这就必然造成大脑内的语言、记忆、思维等智力活动神经经常处于抑制状态。由此可见，长期饱食会导致大脑的"早衰"，影响我们智力的发育。

长期过量饮食还会导致营养过剩，如果平时再运动不足，就会造成大量的脂肪和垃圾在体内堆积，这也是导致肥胖症产生的重要原因，而肥胖与高血压、糖尿病等疾病有着密切的联系。

俗话说："要想一生保平安，常有三分饥和寒。"这就要求我们在平时的饮食中保持七分饱，在进食的时候应该像"羊吃草"一样，饿了就吃点，但每次都不多吃，使胃肠总保持在不饥不饿不饱的状态。只有这样，我们才能充分发挥自身的自愈能力，真正做到延缓衰老、延年益寿、永葆健康。

❸ 什么都要吃，适可而止地吃

李时珍非常重视食养，他认为，"安神之本，必资于食"，只有吃得好，才能强身防病。李时珍得以高寿，在他的养生之道当中，饮食是很重要的一个方面。中国有很多俗话即可证明：人是铁饭是钢，一顿不吃饿得慌。但在中国人的饮食中，"发物"一词很盛行。长期以来，人们把

◎辛辣食物、海鲜等多为"发物"，生病时虽要忌口，但也不可以一概而论，吃与不吃也要看体质。

吃了不舒服的食物都归为"发物"一类，导致这个不能吃，那个也不能碰，成天战战兢兢，提心吊胆，生怕吃错了东西，踩着埋在身体里的地雷。

"忌嘴"、"忌口"是中医比较常见的词语，不少中医文献中都有忌口的记载，在民间也广为流传。比如治痢疾时忌食油腥物；治疗胃病忌辛辣食物，治疗感冒就应以清淡饮食为主；肝癌患者忌食油炸食品和酒等等。

但是，一些忌口并没有科学依据，非常盲目。例如，有一位肿瘤病人去诊所就诊，说自己食欲差，要求医生给他开一些开胃的中药。医生问他每天的饮食情况，结果让医生大吃一惊：这位病人几乎天天喝稀饭、吃酱菜。

医生问他为什么不吃些鸡、鱼、蛋等食物。病人说："家里人说这些都是发物，吃了会加重病情，不让我吃。"

医生问："那你想不想吃？"

他说："当然想吃了。"

医生说："其实你胃口很好，根本不用服药，只要控制好吃'发物'的量就可以了。"

曾有一个病人问大夫："我有冠心病、糖尿病，您看吃什么好？"

医生问他："您爱吃什么？"

他回答说："我就爱吃东坡肘子、红烧肉。"

大夫说："那可不行，肘子、红烧肉动物脂肪多，您不能吃。"

他说："那猪肝呢？"

医生说："也不能吃。"

"东坡肘子、红烧肉、猪肝、鸡蛋都不能吃，最近说我血糖高，连香蕉、桃子、西瓜都不能吃了。我这也不能吃，那也不能吃，我活着还有什么意思。"

其实，不用这么死搬硬套，平时什么都可以吃，不过我们应该记住四个字——适可而止。

如果检查出了脂肪肝、糖尿病、冠心病，那您就需要格外注意些，特别检查出胆固醇很高时，就更要注意了，需严格控制一下，但仍可以什么都吃。

❹ 五谷为养——不吃主食的时髦赶不得

我们学习《本草纲目》中的养生智慧，不仅仅要看到"吃什么"，也要重视"怎么吃"。其实，李时珍和其他中医养生名家早就提出了一套合理饮食的良方，跟现代保健医学所提倡的"平衡膳食"有异曲同工之妙。可惜现实生活中总是有人

◎主食在一日三餐中必不可少。

忽略这套"食法"。

广告模特小于要拍摄一组时尚杂志照片，为了能达到更佳的上镜效果，本来就很瘦的她又开始突击减肥。除了每天一小时的强化运动以外，她把三餐改为两餐，并且只吃菜不吃主食，据说这是时尚达人最流行的减肥方法。结果一段时间以后，她的体重是下去了，但皮肤变得暗淡无光，气色也很差。面对如此憔悴的小于，杂志编辑和摄影师都大发脾气。

现在有许多人因为减肥而不吃主食，实际上这种方法对健康的伤害是相当大的，最后带给我们的也不是美丽。不吃主食的时髦赶不得，下面让我们首先从迎粮穴说起。

鼻子旁边有个穴位叫迎香穴，嘴巴两旁有个穴位叫迎粮穴。从名字上我们就可以看出，鼻子是用来闻香味的，而嘴巴是用来吃东西的。现在有很多素食主义者，他们觉得吃素就是吃蔬菜，还有些人认为

菜是好东西，比饭好吃，也比饭有营养，所以"少吃饭，多吃菜"的饮食观念也风行起来。

其实祖辈早就给我们指了条明道——"迎粮"，就是说人要多吃大米、玉米、小麦、高粱、地瓜、胡萝卜、土豆之类的食物。

为什么这么说呢？我们知道蔬菜要做得可口需要大量的油，现在这不是什么问题，但在过去，人们缺衣少食，能吃饱就已经是最大的幸福了，想吃点有油水的东西并不容易。所以，以前蔬菜的制作一般都是用水煮，加点盐，根本谈不上可口。而土豆、地瓜等种子类的食物，不需要加油，煮熟后就香喷喷的，能引起人的食欲，还容易饱腹，所以几千年来，我们的祖辈们都是用这类食物作为口粮，蔬菜只是辅助。

虽然如此简单，那时人们的体质也相当不错，很少生病。而现在那些以蔬菜摄

◎米饭为我们提供了身体必须的碳水化合物，尤其是糙米饭能为身体提供多种矿物质和维生素。

入为主的素食者，动不动就上火、生病，体质弱得似乎一阵风就能吹倒。

少吃饭，多吃菜，饭没有营养，营养都在菜里，这种观点从表面上来看似乎很有道理，然而从科学营养的角度来看，如果长期这样下去，对身体健康极其不利。

米饭以及面食的主要成分是碳水化合物，而碳水化合物是我们身体所需的主要"基础原料"。在合理的饮食中，人一天所需要的总热能的50％～60％来自碳水化合物。如果我们每顿都少吃饭、多吃菜，那么就不能摄取足够的碳水化合物来满足人体的需求。长期下去，人就会营养不良，疾病也会不请自来。

有的人为了减肥，就尽量少吃饭、多吃菜，甚至光吃菜、不吃饭，这也是不可取的。肥胖的根本原因在于摄取热量过多而消耗过少，造成热量在体内的过度蓄积。产生热量最多的营养成分是脂肪，所以胖人往往在食量过大、吃肉过多而运动过少的人群中产生。单从饮食上讲，米、面等主食中含有的脂肪成分并不算多，而往往由副食中的油和肉类中获得。多吃蔬菜不是坏事，但大部分蔬菜要用油烹调才可口，这样不仅容易造成热量蓄积，达不到减肥的目的，而且吃下去容易得病。

按照中国人的体质状况，一个成人每天应当至少吃6两米饭，否则，长期吃含有高蛋白、高脂肪、低纤维的菜，极容易得心血管病和肥胖病。即便没有，亚健康也会悄悄袭向你。所以，我们一定要抛弃"少吃饭，多吃菜"的观点，科学、合理地搭配主食与副食。

⑤ 要想肠胃不累，就要干稀搭配

张大爷看到邻居家的小孩子长得白白胖胖的，特别羡慕。因为他的小孙子一上饭桌就闹脾气，总说饭菜干巴巴不想吃，吃不了几口就把碗筷撂到一边，结果看起来一副营养不良的样子。邻居教给张大爷这样一招，每餐多做一些美味的鲜汤，让孩子干稀搭配着吃。张大爷试了试，小孙子果然吃得多了。

平时吃饭时我们都有这样的体会：米饭配炒菜吃起来总觉得干巴巴的，不易下咽。倒不如做些精美的面食，再配上几款鲜汤，干稀搭配，胃肠就觉得舒服多了。当然，人也不能光吃流质食物。如果光吃稀饭、豆浆、菜汤、米汤等稀食，人体摄入的能量就会不足，也就不能满足日常工作生活的需要，而且长期食用单纯的流质食物，还会使人的咀嚼功能退化。所以，

◎《本草纲目》强调人们在日常饮食中要注重干稀搭配，才能为机能补充水分，又能增进食欲。

吃饭一定要做到干稀的合理搭配。这样既补充了水分，又增进了人的食欲，还能让食物容易消化吸收，真是一举三得！李时珍在《本草纲目》中也强调人们在平时饮食时要注意干稀搭配。

当然干稀搭配不是让大家用汤泡饭，提醒大家，汤泡饭不宜吃。有些人喜欢吃饭时将干饭或面食泡在汤里吃，这种饮食习惯不利于健康。我们咀嚼食物，不只是要嚼碎食物，便于咽下，更重要的是要让唾液把食物充分湿润。因为唾液中含有许多消化酶，有帮助消化、吸收及解毒的功效，对健康十分有益。而汤泡饭由于饱含水分，松软易吞，人们往往懒于咀嚼，未经唾液的消化过程就把食物快速吞咽下去，这无疑会加重胃的负担，时间长了容易导致胃病的发生。所以，常吃汤泡饭是不利于健康的。

❻ 饮食"鸳鸯配"，合理才成对

食物的营养搭配对留住食物的营养成分很重要。搭配得好，不但有利于人体很好地吸收其营养成分，使营养价值成倍增加，而且可以减少其中的副作用。相反，如果搭配得不合理，就会在人体内引起一系列不良反应，使人体内必需的微量元素和维生素吸收大大减少，对身体造成损害。比如，富含维生素C的食物就不能和甲壳类食物小虾、对虾等同食，否则维生素C会使甲壳类食物中的五价砷化合物转化为有剧毒的砒霜，砒霜中毒会致死。所以，在日常饮食中一定要注意食物搭配要

合理，下面就为大家推荐几种称得上"鸳鸯配"的饮食搭配方案。

鸭肉配山药

鸭 + 山 = 补肺除腻
肉　　药

《本草纲目》记载鸭肉滋阴，具有消热止咳之效；山药的补阴功效更强，与鸭肉同食，可除油腻，补肺效果也更佳。

羊肉配生姜

羊 + 生 = 治腰背冷
肉　　姜　　痛、四肢
　　　　　风湿疼痛

羊肉可补气血和温肾阳，生姜有止痛、祛风湿等作用，同时生姜既能去腥膻，又能助羊肉温阳祛寒之力。二者搭配，可治腰背冷痛、四肢风湿疼痛等。

甲鱼配蜜糖

甲 + 蜜 = 补充蛋白质
鱼　　糖　　与维生素

甲鱼与蜜糖一起烹调，不仅味甜、鲜美宜人，还含有丰富的蛋白质、不饱和脂肪酸、多种维生素，对心脏病、肠胃病、贫血等有很好的疗效。

鸡肉配栗子

板 + 鸡 = 造血补脾
栗　　肉

鸡肉营养丰富，有造血补脾的功效，板栗也有健脾功效。将二者合烹，不仅使色香味更好，而且提高了营养价值，使造血补脾的功效更强。

鱼肉配豆腐

鱼和豆腐都是高蛋白食物，但所含蛋白质和氨基酸组成都不够合理。如豆腐蛋白质缺乏蛋氨酸和赖氨酸，鱼肉蛋白质则缺乏苯丙氨酸，营养学家称之为不完全蛋白质，若将两种食物同吃，就可以互相取长补短，使蛋白质的组成趋于合理，两种食物的蛋白质都变成了完全蛋白质，利用价值提高了。

猪肝配菠菜

猪肝富含叶酸以及铁等造血原料，菠菜也含有较多的叶酸和铁，同食两种食物，一荤一素，相辅相成，是防治老年贫血的食疗良方。

鸡蛋配西红柿

鸡蛋中含有丰富的蛋白质和各种维生素，比如B族维生素、尼克酸、卵磷脂等，但缺少维生素C，西红柿中含有大量的维生素C，正好弥补了它的缺陷，所以二者放在一起吃能起到营养互补的作用。

鲤鱼配米醋

鲤鱼本身有涤水之功，人体水肿除肾炎外大都是湿肿，米醋有利湿的功效，若与鲤鱼伴食，利湿的功效则更强。

牛肉配土豆

牛肉营养价值高，有暖胃健脾功能，但肉质较粗糙，有时会影响胃黏膜。土豆与牛肉同煮，不但使味道更鲜美，且土豆含有丰富的维生素U，起着保护胃黏膜的作用。

豆腐配萝卜

豆腐属于植物蛋白肉，多食会引起消化不良，叫做"豆腐积"。而《本草纲目》就介绍了一种能消食的食物——萝卜，与豆腐伴食，会使其营养大量被人体所吸收。

⑦ 喝汤应该在饭前，能更好地提升胃气

李时珍认为要想提高人的抗病能力就要提升胃气，因为提升胃气能增强吞噬细胞的活性。如果没有足够的营养，吞噬细胞的数量是很少的。而提升胃气的最好方法是喝肉汤。但是什么时候喝汤比较好呢？很多人习惯饭后喝一碗鲜汤，其实这样容易冲淡胃液，影响食物的吸收和消化，喝汤最好在饭前进行。

有人说"饭前先喝汤，胜过良药方"，这话是有科学道理的。这是因为，从口腔、咽喉、食道到胃，犹如一条通道，是食物必经之路。吃饭前，先喝几口汤，等于给这段消化道加点"润滑剂"，使食物能顺利下咽，防止干硬食物刺激消化道黏膜。

肉汤可以是鸡汤、牛筋汤、猪蹄汤、鱼汤、肉皮汤、羊蹄汤、牛肉汤、排骨汤等。

◎喝汤要缓慢少量，以胃部舒适为度。

肉汤是非常重要的，但由于效用不同，不同的汤可以起到不同的抗病防疾效果。

鸡汤抗感冒：鸡汤，特别是母鸡汤中的特殊养分，可加快咽喉部及支气管膜的血液循环，促进黏液分泌，及时清除呼吸道病毒，缓解咳嗽、咽干、喉痛等症状。煲制鸡汤时，可以放一些海带、香菇等。

排骨汤抗衰老：排骨汤中的特殊养分以及胶原蛋白可促进微循环，50～59岁这10年是人体微循环由盛到衰的转折期，骨骼老化速度快，多喝骨头汤可收到药物难以达到的功效。

鱼汤防哮喘：鱼汤中含有一种特殊的脂肪酸，它具有抗炎作用，可以治疗呼吸道炎症，预防哮喘发作，对儿童哮喘病最为有效。

另外，急性病人要喝鱼汤；慢性病人不仅要喝鱼汤，也要喝牛肉汤；癌症病人不仅要喝鱼汤和牛肉汤，而且要喝牛筋汤；糖尿病和血黏稠的病人不仅要喝鱼汤和牛肉汤，还要吃肉皮冻等。

我们要想健康，就一定要先喝肉汤后吃饭。但需要注意的一点是，饭前喝汤并不是说喝得多就好，要因人而异，一般中晚餐前以半碗汤为宜，而早餐前可适当多些，因经过一夜睡眠后，人体水分损失较多。进汤时间以饭前20分钟左右为好，吃饭时也可缓慢少量进汤。总之，进汤以胃部舒适为度，饭前饭后切忌"狂饮"。

最后，我们还要知道怎么熬肉汤最科学、合理。熬汤的要诀是：旺火烧沸，小火慢煨。这样才能让原料内的蛋白质浸出物等鲜香物质尽可能地溶解出来。

第二章

本草养生心法，
养生之道在一补一泻之间

●日常养生，主动调摄气血是极为重要的，李时珍，说人体最大的导致疾病的隐患就是体内气血不足。气是维持人体生长发育、脏腑运转的基本推动能源；血是内养脏腑、外养毛皮的基础物质。我们通常说"补气养血"，这有理说明了补气和养血是一体的，不可偏废，所以我们补养身体，最好能实现气血双补。《本草纲目》中说，平衡养生的方法有八种，即"汗、吐、下、和、温、清、消、补"，具体采用哪种，要视身体的气血与阴阳而定，这八种方法，看似难懂，但总的说来，养生与治病一样，简单说来，既要补又要泻，该补的时候补，该泻的时候泻，"进补如用兵"，只有把握了度，才能让身体"长治久安"

健康快车补充燃料，强健体魄补充气血

① 气血检测：看看你的气血是否充足

李时珍说：人体最大的导致疾病的隐患就是体内缺少气血。气血不足健康就无从谈起。检测自己的气血水平很简单，只要你仔细观察一下身体上的小细节，就能准确了解自己的气血水平。所示如下：

1.看指甲上的半月形。

正常情况下，半月形应该是除了小指都有。大拇指上的半月形应占指甲面积的1/4～1/5，食指、中指、无名指的应不超过1/5。如果手指上没有半月形或只有大拇指上有半月形说明你的体内寒气重，循环功能差，气血不足，以致血液不能到达手指的末梢；如果半月形过多、过大，则易患甲亢、高血压等病。

2.看皮肤

健康人的皮肤白里透红，有光泽、弹性、无皱纹、无斑代表气血充足。反之，皮肤粗糙、没光泽、暗淡、发白、发青、发红、长斑都代表身体状况不佳，气血不足。

3.看唇色

仔细观察唇色，如果女性的双唇泛白，属气血亏损，或阳虚寒盛、贫血、脾胃虚弱。唇色深红，并非气血佳而是有热在身，属热症。阴虚火旺者，唇红鲜艳如火。唇色深红兼干焦，则内有实热。唇色青紫，多属气滞血淤，血液不流畅，易罹患急性病，特别是心血管疾病。如唇边发黑，但内唇淡白，显示人既有实热，亦气血亏结。

4.看牙龈

牙龈萎缩代表气血不足，只要发现牙齿的缝隙变大了，食物越来越容易塞在牙缝里，就要注意了，说明你的身体已经在走下坡路，衰老正在加快。

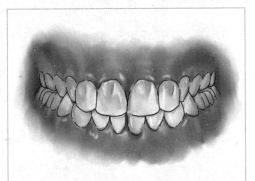

◎中医认为牙龈萎缩是虚证。人体的气血不足时，气血不能到达牙龈，这才是牙龈萎缩的原因。调理脾胃、补充肾阴可以让人气血充足，气血充足则可以到达牙龈，滋养牙龈。

5.看眼睛

看眼睛实际上是看眼白的颜色，平时形容有的女人"人老珠黄"，其实指的就是眼白的颜色变得浑浊、发黄、有血丝，这就表明你气血不足了。眼睛随时都睁得大大的，说明气血充足。反之，眼袋很大、眼睛干涩、眼皮沉重，都代表气血不足。

6.看耳朵

看耳朵主要看色泽如何、有无斑点、有无疼痛。如果呈淡淡的粉红色、有光

健康自查要十看

看指甲上的半月形：除小指外越多越好

看皮肤：健康肌肤白里透红

看唇色：不同颜色不同缺失

看牙龈：经常塞牙要当心

看眼睛：眼神浑浊有问题

看耳朵：粉红无皱才健康

摸手温：双手温热四季健康

看指腹：饱满多肉气血充足

看头发：乌黑浓密最健康

看睡眠：深沉充足气血足

泽、无斑点、无皱纹、饱满代表气血充足，而暗淡、无光泽代表气血已经下降。如果女性的耳朵萎缩、枯燥、有斑点、皱纹多，代表人的肾脏功能开始衰竭，要引起足够的注意。

7.摸手温

如果手一年四季都是温暖的，代表人气血充足。如果手心偏热或者出汗或者手冰冷的"冷"美人，这些都是气血不足的表现。

8.看手指的指腹

无论孩子还是成人，如果手指指腹扁平、薄弱或指尖细细的，都代表气血不足；而手指指腹饱满，肉多有弹性，则说明气血充足。

9.看头发

头发乌黑、浓密、柔顺代表气血充足，头发干枯、脱发、发黄、发白、开叉都是气血不足的表现。

10.看睡眠

如果睡眠沉，呼吸均匀，一觉睡到自然醒，表示气血很足；而入睡困难，易惊易醒，夜尿多，呼吸沉重或打呼噜，则表示血亏。

❷ 千万不要陷入补气血的误区

对养生保健来说，补气血固然重要，主动调养气血也是好事。但由于人云亦云，方法不对，也因此导致了不少啼笑皆非的笑话。

有位女士就曾经兴致勃勃地对朋友说，她们办公室所有女性不论老少，都吃统一的补品——乌鸡白凤丸。人和人体质不同，气血水平不同，补气血怎么可以整齐划一呢？放眼望去，市面上的气血养生误区比比皆是。

很多人认为黑色食物都能补血，经常有这样的广告宣传：黑色食物补肾、补血，如黑芝麻、黑豆、黑米、黑木耳、海带、紫菜、乌鸡骨等。其实并不只然，我们还需要看食物的性味，温热是补，寒凉是泻。

《本草纲目》中记载黑米、乌鸡性温，补血、补肾效果明显；黑芝麻，性平，补肾、补肝、润肠、养发；黑豆，性平，补肾、活血、解毒。但是黑木耳性凉，海带、紫菜性寒，对于这些食物，夏天可以多吃一些，冬天尽量不要吃。所以，补什么食物，一定要看食物的属性，而不应只根据颜色来选用。

养生家认为，保养脾胃就要少食寒凉之物。不过，也不是所有的寒凉食物都不能吃。因为并不是所有的寒凉食物都会对身体产生负面影响，只要与人的体质、吃的季节相适宜，能起到中和、平衡的作用，就可以吃。

《本草纲目》中记载西瓜味甘、性寒，可以消烦止渴，解暑热，治疗咽喉肿痛。夏天时天气炎热，这个时候适量吃些寒性的西瓜，能除燥热，又能补充人体因出汗过多而丢失的水分、糖分，这时的西瓜对身体来讲就能起到协调、补血的作用，而天气凉的时候吃西瓜就容易导致血亏，还会助湿伤脾。

另外寒、热食物要搭配着吃，比如吃大寒的螃蟹时，一定要配上温热性质的生姜。《本草纲目》记载生姜味辛、性温，能够除风邪寒气，所以以姜来中和蟹的寒凉，这样就不会对身体有害，还利于对蟹肉的消化、吸收。

人们在日常饮食上存在着一些补气血的误区。例如很多人认为，补气血是女人的事，甚至只是产后妇女的事。虽然由于生理的原因，女人比男人更容易血虚，但并不能因此就说补气血是女人的专利。在临床上，男人得虚证的也不少。老年多虚证，久病多虚证，其他如先天不足、烦劳过度、饮食不节、饥饱不调等，皆能导致虚证。所以，男人也要注意补气血。另外，还有人认为运动一定能够补充气血。其实运动可打通经络，强化心脏功能，提高清除体内垃圾的能力，但是不会增加人体的气血能量。如果只是单纯地运动，完全不改善生活习惯，增加或者调整睡眠的时间，则运动只是无谓地消耗身体的血气能量而已。

现在许多繁忙的都市人都利用夜间进行运动，人体经过了一整天的体力消耗，到了晚上已经没有多余的能量可供运动。因此运动时身体必定是调动储存的肝火，停止运动后，至少需要两三个小时来消除这种亢奋状态，才可能入睡。由于肝火仍旺，这一夜的睡眠必定不安稳。这种运动对身体不但没有任何益处，如果形成习惯，反而会成为健康的一大杀手。所以，我们补气血一定要更正观念，选择正确的食物，更要有正确的生活方式。

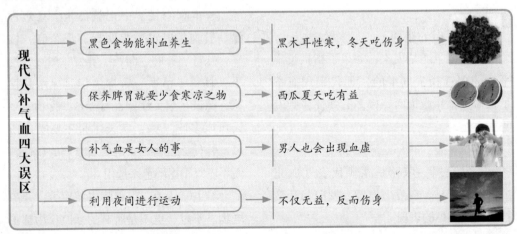

现代人补气血四大误区

- 黑色食物能补血养生 → 黑木耳性寒，冬天吃伤身
- 保养脾胃就要少食寒凉之物 → 西瓜夏天吃有益
- 补气血是女人的事 → 男人也会出现血虚
- 利用夜间进行运动 → 不仅无益，反而伤身

③ 气血是培育人体健康的土壤

在中医学上，"气"是个非常重要的概念，因为它被视为人体的生长发育、脏腑运转、体内物质运输、传递和排泄的基本推动能源。俗话讲的"断气"就是表明一个机体的死亡，没了气就没了命，所以《庄子·知北游》里有"人之生也，气之聚也，聚则为生，散则为死"的说法。

关于气，我们生活里的日常语言就更多了，"受气"、"生气"、"没力气"、"中气不足"等。如果我们身体上的"气"不好好工作的时候，我们的身体就会生病，表现出各种缺失的症状，概括起来有"气滞"、"气郁"、"气逆"、"气陷"等。

"气滞"——就是气的运动不畅，最典型的症状就是胀痛。根据气滞的部位不同，出现的胀痛部位也就不同了。比如：月经引起的小腹胀痛，这是典型的气滞引起的妇科疾病。

"气郁"——指的是气结聚在内，不能通行周身。如果气郁结在内，不能正常运动，人身体脏腑的运转、物质的运输和排泄就会出现一定程度的障碍。如：有的人总是胸闷憋气，这就是气运行不畅所导致的。所以，在平时一定要适当地进行体育锻炼，这样才能保证气血的正常运行。

"气逆"——指的是体内的气上升太过、下降不及给人体造成的疾病。气在人体中的运动是升降有序的，上升作用能保证将体内的营养物质运输到头部，维持各脏器在体内的位置；下降则使进入人体的物质能自上而下地依次传递，并能将各种代谢物向下汇集，通过大小便排出体外。如果上升作用过强就会使头部过度充血，出现头昏脑涨，头痛易怒、两肋胀痛，甚至昏迷、口角歪斜等症；下降作用过弱则会导致饮食传递失常，出现泛酸、恶心、呕吐等症。

"气陷"——和"气逆"正好相反，这种情况是指人体内的气上升不足或下降太过。上升不足则会导致头部缺血、缺氧或脏腑不能固定在原来的位置，出现头晕、健忘、精神不振等症；下降太过则会导致食物的传递过快或代谢物的过度排出，从而出现腹泻、小便频繁等症。

上面讲了人体内的重要能源"气"，那接下来就要讲一讲"血"。

血对女人身体最重要的作用就是滋养，它携带的营养成分和氧气是体内各组织器官进行生命活动的物质基础。血对女人来说非常重要，血充足，则面若桃花，

◎血对女人身体最重要的作用就是滋养。

肤如凝脂，秀发乌黑亮丽。因为血是将气的效能传递到全身各脏器的最好载体，所以中医上又称"血为气之母"，认为"血能载气"。

如果"血"亏损或者运行失常就会导致各种不适，比如失眠、健忘、烦躁、惊悸、面色无华等，长此以往必将导致更严重的疾病。

气、血是构成人体生命、生理活动的基本物质。气、血的调养对女性来说特别重要。由于女性的生理特点，月经时血液会有一定量的消耗和流失，加之经期情绪、心理的变化，身体中的雌性激素分泌降低，月经失调紊乱也就时常发生。随之而来的整个身体状况的变化，可想而知。每天无精打采，精神萎靡，肤色暗淡，眼圈发黑，令人苦恼。所以，补充气血是女人呵护自己生命的首要问题。

❹ 气血最容易"两虚"，我们该怎么补气血

我们经常听到中医说："你需要补气血。"这个气血是合在一起说的，没有分开，这其中是有一定道理的。因为气血很容易"两虚"。《本草纲目》记载，气是生命之本源，元气充盛，才能防病健身，延年长生。而一个人一旦气不足了，就会出现各种各样的疾病。

当人体出现气不足的症状后就要补气，以使正气充足旺盛。但是，在这里要提醒大家的是，当你气不足的时候，千万不能盲目补气，否则不但不会达到补气的目的，还会影响身体健康。因为这里还牵扯到血的问题。中医认为"气为血之帅，血为气之母"。所以，如果你出现气不足的症状，很有可能是血不足造成的。血虚无以载气，气则无所归，故临床常见气血两虚的病症。如果是因为血不足，那就需要先补血，否则就成了干烧器皿，会把内脏烧坏；如果是因为淤滞不通，就可以增加气血，血气同补，这样才能达到补气的目的。

气血同补需食用补血、补气的食物、药物慢慢调养，切不可操之过急。《本草纲目》里记载的补气血的食物有猪肉、猪肚、牛肉、鸡肉等，常与之相配伍的中药有党参、黄芪、当归、熟地等。

药物调理需要在医生的指导下服用。补足了血再补气，或者气血双补才能达到补养的目的。

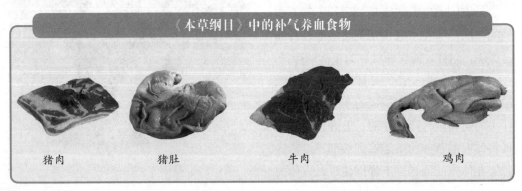

《本草纲目》中的补气养血食物

| 猪肉 | 猪肚 | 牛肉 | 鸡肉 |

《本草纲目》还介绍了一款补养方——四君子汤。所谓"四君子"就是指人参、白术、茯苓、炙甘草四种，《本草纲目》里记载，人参甘温，益气补中为君；白术健脾燥湿，合人参以益气健脾为臣；茯苓渗湿健脾为佐；炙甘草甘缓和中为使。四味皆为平和之品，温而不燥，补而不峻，故名四君子汤。

四君子汤

材料：人参9克，白术9克，茯苓9克，炙甘草6克。

制法：将上述材料用水煎服，可不拘时候服用。

功效：益气健脾。面色萎白、语声低微、气短乏力、食少便溏的人可以用本方。

气血双虚的人可以尝试四君子汤，还要注重精神调摄。因为气虚的人精神常处于低落状态。精神调摄就是要让精神振奋起来，变得乐观、豁达、愉快。我们都知道运动健身，但是气虚的人不宜进行大运

◎四君子汤。

动量的体育锻炼，可多做内养功、强壮功。方法如下：

①摩腰。将腰带松开，双手相搓，以略觉发热为度。将双手置于腰间，上下搓摩腰部，直至感觉发热为止。

②"吹"字功。直立，双脚并拢，两手交叉上举过头，然后弯腰，双手触地，继而下蹲，双手抱膝，心中默念"吹"字，连续做10余次。

③荡腿。端坐，两脚自然下垂。先慢慢左右转动身体3次，然后两脚悬空前后摆动10余次。

④环境调摄。气虚的人适应寒暑变化的能力较差，寒冷季节常感手脚不温、易感冒。因此，冬季要避寒就温。

最后要提醒大家的是，气血虚衰的人，在饮食上也有一定的禁忌。比如山楂虽有开胃消食的作用，但同时又有耗气破气之害。而大蒜味辛，多吃可动火耗血。《本草纲目》说它"辛能散气"。《本草经疏》中有说道："气虚血弱之人，切勿沾唇。"

⑤ 血，以奉养身，莫贵于此

中医理论认为血是人体最宝贵的物质之一，它内养脏腑，外养皮毛筋骨，维持人体各脏腑组织器官的正常机能活动。李时珍认为，妇女以血为用，因为女性的月经、胎孕、产育以及哺乳等生理特点皆易耗损血液，所以女性机体相对容易处于血分不足的状态。正如"妇女之生，有余于气，不足于血，以其数脱血也"。

女性因其生理有周期，耗血多的特点，若不善于养血，就容易出现面色萎

黄、唇甲苍白、头晕眼花、乏力气急等血虚症。《本草纲目》记载，严重贫血者还容易过早发生皱纹、白发、脱牙、步履蹒跚等早衰症状。血足皮肤才能红润，面色才有光泽，女性若要追求面容靓丽、身材窈窕，必须重视养血。

关之琳的美是一种中国人眼中传统的美，美得含蓄内敛，不飞扬跋扈。连老天也会偏爱美人，岁月仿佛鸟儿在天空轻盈飞过一般无痕无迹。关之琳的脸庞美得几乎"人造化"，肌肤就像剥了壳的鸡蛋，细嫩幼滑、红润有光泽。

你一定以为她要不就是美得浑然天成、丽质天生，要不就是保养品满坑满谷、用之不竭，殊不知她的美丽是靠日复一日规律的生活习惯来控制的。她的生活习惯处处以养血为根本，因为她深谙血足才能肌肤红润，身材窈窕。

生活中的女性朋友们更要注意养血，因为我们的生活、工作压力已经吞噬了我们身体里不少的血了。那么，养血要注意

◎蛋中的蛋白质对肝脏组织损伤有修复作用，还可提高人体血浆蛋白量，增强机体的代谢功能。

哪几个方面呢？

①食养。女性日常应适当多吃些富含"造血原料"的优质蛋白质、必需的微量元素（铁、铜等）、叶酸和维生素B_{12}等营养食物。《本草纲目》记载，动物肝脏、肾脏、血、鱼虾、蛋类、豆制品、黑木耳、黑芝麻、红枣、花生以及新鲜的蔬果等是很好的造血食物。

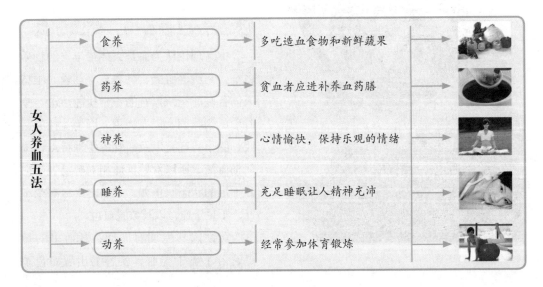

女人养血五法		
食养	→	多吃造血食物和新鲜蔬果
药养	→	贫血者应进补养血药膳
神养	→	心情愉快，保持乐观的情绪
睡养	→	充足睡眠让人精神充沛
动养	→	经常参加体育锻炼

②药养。贫血者应进补养血药膳。可用党参15克、红枣15枚，煎汤代茶饮；也可用首乌20克、枸杞20克、粳米60克、红枣15枚、红糖适量煮粥，此方有有补血养血的功效。

③神养。心情愉快，保持乐观的情绪，不仅可以增强机体的免疫力，而且有利于身心健康，同时还能促进骨髓造血功能旺盛起来，使皮肤红润，面有光泽。

④睡养。充足睡眠能令你有充沛的精力和体力。养成健康的生活方式，不熬夜，不偏食，戒烟限酒，不在月经期或产褥期等特殊生理阶段同房等。

⑤动养。经常参加体育锻炼，特别是生育过的女性，更要经常参加一些体育锻炼和户外活动，每天至少半小时。如健美操、跑步、散步、打球、游泳、跳舞等，可增强体力和造血功能。

⑥ 有些腹胀要靠补气来解

小云很文静，说话声音很小。她长得很瘦弱，三餐吃得不多，但饭后还是容易腹胀。除此之外，她还经常感到疲倦。因为老是肚子胀，她还吃泻药，结果身体更加虚弱。无奈之下她去找老中医看病，对方知道她吃泻药，狠狠批评了她。

原来小云的腹胀是因为脾虚引起的。脾消化饮食，然后把饮食的精华运输给全身。脾气主升，能把饮食中的精气、津液上输于肺，然后输布于其他脏腑以化生气血。通常所说脾有益气作用的"气"，就是代表人体机能的动力。这种动力的产生，依赖于脾发挥正常的运化能力。如果

脾虚，就不能行气，反而引起气滞腹胀。所以，这种时候非但不能泻，还得靠补中益气来治脾虚，补好了脾，自然能够行气解腹胀。

《本草纲目》中记载了很多能补中益气的食物和药材，如人参、黄芪等。其实除了这些名贵中药材，一些日常的食物也有很好的补气作用。

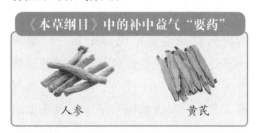

《本草纲目》中的补中益气"要药"

人参　　黄芪

马铃薯：《本草纲目》说它味甘、性平，能够补气健脾，可治脾虚体弱、食欲不振、消化不良。但要注意发芽的马铃薯的芽与皮有毒，不能食用。

香菇：味甘、性平，可治脾胃虚弱、食欲不振、倦怠乏力。但香菇也属于发物，如果得了麻疹和皮肤病、过敏性疾病，就要忌食。

鸡肉：味甘、性温，能补中益气、补精添髓，可治脾胃虚弱、疲乏、纳差、慢性泄泻。

这里介绍一款能够治脾虚食欲不振的膳食——鲫鱼粥。具体做法如下：取鲫鱼1尾，高粱米50克，一个橘子的外皮。先将鲫鱼去骨取肉，与米、橘皮相合煮粥，煮至快熟的时候加入葱、姜、蒜，可作为半流质正餐食用。这款粥既可以补脾，搭配了橘皮又可以行气，适合脾虚腹胀的人食用。

食以养血，食物是气血的"发动机"

①《本草纲目》中的"补血四宝"：当归、熟地、川芎、白芍

《本草纲目》中多次提到"四物汤"，尤其是论及女性补血、调理时，四物汤就一定会出现，比如"骨挛痈漏筋骨疼痛，溃烂成痈，积年累月，终身成为废疾，用土茯苓一两，有热加黄芩、黄连，气虚加四君子汤，血虚加四物汤，煎水代茶饮"。那么，四物汤到底是什么呢？

四物汤是中医方剂中很有名的一种，它包括当归、熟地、川芎、白芍四种中药。当归补血和血，熟地滋阴养血，川芎活血行气，白芍敛阴和血。四药合用，既可补血，又能行血中之滞，补而不滞，共成补血和血，活血调经之效。

我们来分别看看《本草纲目》如何记载这"补血四宝"的。

1.当归

关于当归的名称由来，李时珍在《本草纲目》中写道："古人娶妻为嗣续也，当归调血，为女人要药，有思夫之意，故有'当归'之名。"

当归甘温质润，为补血要药，包括血虚引起的头昏、眼花、心慌、疲倦、面少血色、脉细无力等。著名的当归补血汤，就由当归和黄芪组成。若再加入党参、红枣，补养气血的功效更强。

2.熟地

地黄分为生地和熟地两种。《本草纲目》载："地黄生则大寒而凉血，血热者需用之；熟则微温而补肾，血衰者需用之。"男子多阴虚，宜用熟地黄，女子多血热，宜用生地黄。尤其是熟地，药用"填骨髓，长肌肉，生精血，补五脏，利耳目，黑须发，通血脉"，确系祛病延年之佳品。

3.川芎

川芎具有活血行气、祛风止痛、开郁燥湿等功效。既为妇科要药，又系治疗头痛良方，尤以治疗风寒、风热、血虚之头痛著称。但川芎为血中气药，辛温走窜而

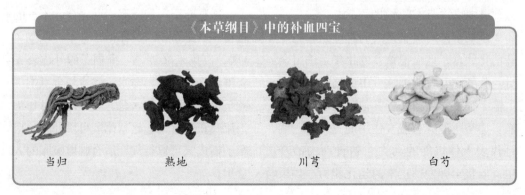

《本草纲目》中的补血四宝

| 当归 | 熟地 | 川芎 | 白芍 |

行气，在使用中应注意辨证与禁忌，凡阴虚火旺、下虚上盛、肝阳火盛、年迈气弱、气逆呕吐、月经过多等均应忌用。

4.白芍

味苦、酸，微寒，归肝经，具有平抑肝阳、养血收阴之功效。主治头胀，头痛，眩晕，耳鸣，烦躁易怒，月经不调，痛经，崩漏，自汗，盗汗，胸胁疼痛，手足疼挛疼痛。认识了这四种养血佳品，我们如何在家中煎煮四物汤呢？

材料：当归10克，川芎8克，白芍12克，熟地12克。

制法：作汤剂，水煎服。一剂煎三次，早、中、晚空腹服。

如果你觉得自己对药量和火候掌握得不够好，也可以去中药店请人帮忙煎药。对于要兼顾家庭和事业的女性朋友们，这款四物汤一定能帮你调理气血，健康与美丽能与你长久相伴。

❷ 气血双补的四味"药"

补气养血不可以偏废，所以我们要补养身体，最好能够气血双补。而李时珍在《本草纲目》中记录了这样一个方子，提出了气血双补的四味药。《本草纲目》记载："用黑豆五斗，淘净，蒸三遍，晒干，去皮为末；火麻子三升，浸去皮，晒研为末；糯米三升，做粥，入前两样和捣为团，如拳大。入甑内，蒸一宿，取晒为末；用小红枣五斗，煮去皮核，入前末和捣如拳大，再蒸一夜，晒干为末。服之以饱为度，最能辟谷。如渴，饮麻子水，能润脏腑；或饮脂麻水亦可，但不得食一切物。" 这个方中的秋麻子为晚秋种植的火麻仁。下面来分别看看《本草纲目》如何论述方中的四味药。

1.黑豆

黑豆性味甘平，无毒，有活血、利水、祛风、清热解毒、滋养健血、补虚乌发的功能。《本草纲目》说："黑豆入肾，能治水、消胀、下气、活血解毒补虚乌发。"

2.火麻子

《本草纲目》收载火麻子于谷部麻麦稻类，说火麻子甘，平，归脾、胃、大肠经，能够补中益气，润燥，滑肠通便，用于血虚津亏、肠燥便秘。

3.糯米

《本草纲目》中有糯米能温暖脾胃，补中益气，有补虚、补血、健脾暖胃、止

《本草纲目》中的气血双补四味"药"

| 黑豆 | 火麻子 | 糯米 | 红枣 |

汗等作用。对脾胃虚寒、食欲不佳、腹胀腹泻有一定缓解作用。

4.红枣

《本草纲目》记载红枣味甘性温，归脾胃经，有补中益气、养血安神、缓和药性的功效。每日吃红枣7枚，或与党参、白术共用，能补中益气、健脾胃，有增加食欲、止泻的功效。很多食疗药膳中常加入红枣补养身体、滋润气血。不过，需要提醒大家的是，红枣含糖量高，糖尿病病人最好少食用。

由此可见，在四味药中，黑豆、火麻子能补中健脾，糯米补中益气，红枣补血，所以四药合用就可以起到很好的气血双补之效。

③ 补养气血，还是细碎食物最可靠

《本草纲目》中多次提到各种粥食，具体的方子我们会在后面的有关章节中详细列出，这里就说说，为什么粥这么受到李时珍的推崇。

很多食物都有补益气血的功效，其中粥的效果最明显。这是因为粥属于细碎流食，这样的食物最容易被人体消化。按现代医学的说法，消化道对食物的消化目的是把食物磨碎，分解成小分子物质，顺利通过消化道的黏膜进入血液，而大分子的物质只能通过粪便排出。胃肠是负责消化的主力军，只有胃肠功能正常，吃进去的食物才能转化成血液，源源不断地供给全身的每一个器官。如果胃肠功能下降，那么把食物转化成血液的能力就会下降，

人体的抵抗力必然受到影响，各种疾病、传染病就会蜂拥而至。如果胃肠功能彻底瘫痪，没有血液生成了，人体各脏器就会"罢工"，人就会面临死亡。

当胃肠功能开始减弱，如果我们往胃肠输送的营养物质都是液体或糊状的细小颗粒，就可以很快消化、吸收。这些营养物质直接生成血，反过来滋养胃肠，就能使虚弱的胃肠起死回生。因此，保住了胃肠这个后天之本，身体就能少生病。

从孩子出生到成人的这个过程，很好地说明了细碎的食物更能快速地补养气血。孩子出生时喝母乳、奶粉等液体食物，不需要任何帮助就直接进入血液。六个月后，才能增添稀饭、面条，各种肉泥、鱼泥、菜泥。因此，在喂养孩子的过程中，孩子才几个月大时，不能大人吃什么就喂孩子吃什么，孩子的牙齿没长全，胃肠又虚弱，不能将食物磨碎、消化。这样下去，用不了多久，原本胖乎乎的孩子

◎细碎、糊状的食物既适合孩子吃，也适合肠胃不好的大人吃。

就会面黄肌瘦。原因就是消化吸收不好，导致营养不良。同样，不管是孩子，还是胃肠不好、大病初愈的大人，吃一些有营养的、糊状的、切碎的食物，可加快气血的生成。

④ 虚弱人群，山药薏米芡实最体贴

老王前段时间生了一场大病，在医院住了一个多月。出院后他的身体一直很虚弱，他的老伴儿变着法儿给他补身子，顿顿都是山珍海味、大鱼大肉。结果老王不仅没恢复生病以前的精神头儿，还经常没胃口，吃不下东西，一天比一天虚弱。后来一个中医朋友给了他们一个方子——山药薏米芡实粥。吃了一段时间后，老王气色明显好了。

《本草纲目》记载，薏米的主要功效在于健脾祛湿。健脾可以补肺，祛湿可以化痰。因此，薏米可解决与体内浊水有关的问题。而芡实止腰膝疼痛，令耳聪目明，长期食用可延年益寿。芡实不但止精，还能生精，祛脾胃中的湿痰，生肾中的真水。

山药、薏米、芡实都有健脾益胃的神效，但用时也各有侧重。山药可补五脏，脾、肺、肾兼顾，益气养阴，又兼具涩敛之功。薏米健脾而清肺，利水而益胃，补中有清，以祛湿浊见长。芡实健脾补肾，止泻止遗，最具收敛固脱之能。将三药打成粉后熬粥再加入大枣，对治疗贫血有很显著的疗效。

有些人吃一点东西就饱胀不适，难以消化；有些人吃下东西，或腹泻，或便秘，或不生精微而生痰涎，或不长气血而长赘肉。这些问题都是因为脾不健运造成的。中医认为，脾胃为后天之本、气血生化之源，要想气血充沛，必须先把脾胃调养好。不管是先天不足的孩子，还是高龄体弱的老人，或者身染重病的患者，山药薏米芡实粥都是补养气血的最佳选择。山药性甘平，气阴两补，补气而不壅滞上火，补阴而不助湿滋腻，为补中气最平和之品。老王大病初愈，身体正虚弱，吃山药薏米芡实粥再好不过了。

就像引来清泉之前先排尽污水一样，服用此粥之前，也要清查身体。体内浊气太多的人，喝完此粥必饱胀难消；肝火太旺的人，必胸闷不适；淤血阻滞的人，必疼痛加剧；津枯血燥、风寒实喘、小便赤

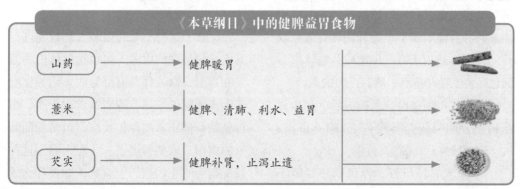

《本草纲目》中的健脾益胃食物		
山药	健脾暖胃	
薏米	健脾、清肺、利水、益胃	
芡实	健脾补肾，止泻止遗	

短、热结便秘者都不适宜。

此粥的制法十分简单，若用于平日保健、山药、薏米、芡实三种材料以1：1：1的比例搭配，打粉熬粥即可。粥里还可以放芝麻、核桃、松子、红枣或肉丸等调味。对于平日有水肿、尿又少的人，可以用山药薏米粥；平日肾虚、尿频、口干舌燥、喜饮水的人，可用山药芡实粥。对于老人，偏重补脾肺的，山药可以2份，薏米或芡实1份；偏重补肾阴的，芡实可为2份，山药1份；偏重祛湿热的，还可以单用薏米，里面可加绿豆。为了保证粥的营养功效，一般不主张在粥里加米，尤其是不要加大米。

不过需要提醒大家的是，薏米性微凉，脾胃过于虚寒，四肢怕冷较重的人不宜食用，孕妇要忌用。

本草养生方

十全大补乌鸡汤

功效 滋阴助阳。

材料 党参、炙黄芪、炒白术、酒白芍、茯苓各10克，肉桂、熟地、当归、炒川芎、炙甘草、乌鸡腿、枸杞、葱、料酒、花椒、食盐、味精各适量

做法 鸡腿剁块，放入沸水中氽烫、捞起、冲净，药材以清水快速冲洗，沥干备用。将鸡腿和所有药材一道盛入炖锅，加7碗水，以武火隔水煮开，转文火慢炖30分钟即成。其间，可用食具适当搅拌，使药材完全入味。

⑤ 中医气血双补要方：十全大补汤

《本草纲目》中在提到瘰疬病的治疗时说："体虚者，可用夏枯草煎汁熬膏服，并以膏涂患处。兼服十全大补汤加香附、贝母、远志更好。"所谓瘰疬，就是现在的淋巴结结核病。我们都知道结核病是容易让人虚损的，所以结核病人一定要注意补养身体。而十全大补汤具有气血双补的作用，适用于血气俱虚或久病体虚、面色萎黄、精神倦怠、腰膝乏力的人。

服用时将汤和肉装入碗内后，加少许味精，食肉喝汤。早晚各吃1碗，每天2次，全部服完后，隔5天再服。

十全大补汤虽好，但风寒感冒者不宜食用。另外，一定要注意时间间隔，不能频繁地使用十全大补汤。曾经有因为过度食用此汤而上火严重的病例。患者太心急，连着喝了好久的汤，结果发烧、流鼻血。所以，汤水再好，也不能过量。

⑥ 鸡肉馄饨补气血，马上"泻立停"

拉肚子这种小毛病很多人都碰到过。其实比较轻微的腹泻，可以排除体内的湿气和毒素，对人体是有好处的。比如你吃了太多油腻的东西，或者饮食不干净，腹泻就是身体正常的保护反应。但是长期频繁的腹泻，就要警惕了。一般人遇到这种情况就会吃止泻药，但有些人却没什么效果，这是为什么呢？

庄先生是一家大型合资企业的中方老总，前一阵子总是腹泻，去医院开了很多止泻药吃，却还是没什么效果。有几次在与重要客户谈判的时候，腹痛难忍，不得不中途退场。他既担心自己的健康，更担心因为身体原因影响了工作，所以抽空去看了中医。

在大夫面前的庄先生，脸色苍白、精神疲乏。大夫询问之下得知他们公司最近受到金融危机的冲击，失去了很多重要客户。庄先生很着急，带着员工经常加班加点，忙个不停。饮食也不规律，有时忙到凌晨才吃东西。这样一段时间以后，他就开始腹泻了。

大夫告诉庄先生，他的腹泻与身体的虚损有很大关系。身体气血消耗太大，胃气也虚损，就很容易导致消化不良、腹泻等一系列的毛病。在这种状况下单纯止泻

本草养生方

鸡肉馄饨

功效 益气补血

材料 鸡肉150克，人参10克，红枣6枚（去核），黄芪10克，葱花适量

做法 鸡肉剁碎做馅，和白面做成馄饨。人参、红枣、黄芪小火慢炖，然后用此汤煮馄饨。吃馄饨，喝汤。

是没有用的，必须要先补气血。大夫给他开了一个方子，让庄先生吃鸡肉馄饨。

在《本草纲目》中有关于鸡肉馄饨记载："黄雌鸡肉五两、白面七两，切肉作馄饨，下五味煮熟，空腹吃。每天一次。"可以治"脾胃弱乏，人萎黄瘦"。此方中鸡肉是补气的食物，人参、黄芪、红枣都是补益气血的佳品。

在中医看来，腹泻是由于各种原因导致脾胃的运化失司，小肠受盛和大肠的传导功能失常所致。比如受到外界的风寒湿热的侵袭，会使脾胃失调。尤其是湿，你如果吃太多的冷饮，或者遇到雷雨季节，是很容易腹泻的。

另外，饮食不节与不洁也会导致腹泻，而情绪对肠胃的影响也很大。比如庄先生，很大的原因就是精神长期高度紧张，导致肠胃失调，最终造成脾胃虚弱，难以运化食物。没有了食物的滋养，气血就会受损。而气血失衡又加重了腹泻，如此恶性循环，当然会"泻不止"。小孩子腹泻大多与小儿肠胃消化功能不足加之喂养不当有关。所以，小孩子腹泻也要注意补养。《本草纲目》记载，山药甘、温、平、无毒，可治脾胃虚弱、不思饮食。《本草纲目》中有一道山药方剂："用薯蓣、白术各一两，人参七钱半，共研为末，加水和糊做成丸子，如小豆大。每服四十至五十丸，米汤送下。"对小孩子来说，人参药性太强，可以减去，只用山药米粥即可。山药粥的做法很简单，家庭中就可经常使用：取山药100克，小米100克。将山药洗净切薄片，小米洗净后

加水适量，用旺火煮开，然后文火慢煮至稀粥状，分次给孩子喂食即可。

❼ 常吃南瓜不但补血还排毒

5岁的丹丹吃了冷饮后腹泻不止。后来，奶奶给她炖了一段时间的南瓜粥。她很喜欢吃，而且进食以后也不再拉肚子了。结果一家人都喜欢上了好吃又养人的南瓜粥。

《本草纲目》记载，南瓜性温味甘，入脾、胃经，具有补中益气、消炎止痛、化痰止咳、解毒杀虫的功能。南瓜可以用于气虚乏力、肋间神经痛、疟疾、痢疾、支气管哮喘、糖尿病等症，还可驱蛔虫、治烫伤、解毒。用南瓜做粥，既可补血又可排毒，而且味道也不错。具体做法如下：取大米、南瓜、糖各适量。将南瓜切成小块，大米淘洗干净，浸泡一会儿。锅中加入适量清水，然后把南瓜和大米一同放入，烧开后转小火煮40分钟。出锅时把南瓜碾碎即可食用。

丹丹吃了冷饮，外感邪气导致湿毒积压在体内，用南瓜粥来补养最合适。既能补中益气，又能排毒，一举两得。

清代名医陈修园也说："南瓜为补血之妙品。"现代营养学也认为，南瓜的营养成分较全，营养价值较高。不仅含有丰富的糖类和淀粉，更含有丰富的维生素，如胡萝卜素、维生素B_1、维生素B_2、维生素C、矿物质、人体必需的8种氨基酸和组氨酸、可溶性纤维、叶黄素和铁、锌等微量元素，这些物质不仅对维护机体的生理功能有重要作用，其中含量较高的铁、钴更有较强的补血作用。

嫩南瓜维生素含量丰富，老南瓜的糖类及微量元素含量较高。南瓜嫩茎叶和花含有丰富的维生素和纤维素，用来做菜别有风味。其种子——南瓜子能食用或榨油。南瓜还含有大量的亚麻仁油酸、软脂酸，均为优质油脂，可以预防血管硬化。

◎南瓜能补中益气、消炎止痛，南瓜粥还有止泻的作用。

◎南瓜嫩叶和花中有丰富的维生素和纤维素。

以泻为补，排出身体的毒素

① 养生求平衡，"补"的同时不要忘了"泻"

《本草纲目》中说，平衡养生的方法有八个，即"汗、吐、下、和、温、清、消、补"。其中汗法是通过发汗以祛除外邪的一种治疗方法；吐法是通过引起呕吐祛除病邪的一种治疗方法，用于治疗痰涎、宿食或毒物停留在胸膈之上；下法是通过泻下大便以祛除病邪的一种治疗方法，用于治疗实邪积滞肠胃，大便秘结不通的里实病症；和法是通过和解或调和作用以消除病邪的治疗方法；温法是通过温中散寒、回阳救逆等作用，使寒去阳复的一种治疗方法；清法是通过清解热邪的作用以祛除里热病邪的一种治疗方法；消法是通过消导和散结的作用，对气、血、痰、食、水、虫等所结成的有形之邪，使

之渐消缓散的一种治疗方法；补法则是通过补益人体气血阴阳的不足，增强机体抗病能力的一种治疗方法。

中医认为身体有阴、阳二气，若阴阳不平衡，人就会上火。阳盛则热，热之极为火。但不是所有的火都是因为阳气太盛，阴虚也会导致火，不过这个火就是虚火了。对待这两种火，办法是不一样的。实热要用清法，而虚火当用温补。这就是补、泻的不同。其他方法也一样，要重视人的体质强弱。比如用消法，或先消后补，或先补后消，或消补兼施。

列举这八大治法，可能有的读者会觉得略有些艰深难懂，其实养生的道理与治病的道理是相通的。简单说来就是既要补，又要泻。而且，该补的时候补，该泻的时候泻。

② 进补如用兵，乱补会伤身

用食物进补有很多的好处，但进补必须遵照一定的尺度，逾越它就可能达不到目的。尤其是现代人做事总是急功近利，什么事情都恨不能一步登天，这个态度也被人们用到养生上。有的人听说食补好处多，就吃一些膏粱厚味、肥腻荤腥，再不就是买一大堆保健品，恨不得一下就把身体补好。其实，这些进补的方法是不科学的。不仅对身体没好处，甚至还会伤害身体。民间有谚语："进补如用兵，乱补会伤身。"进补跟用兵一样，要用得巧、用

◎中医认为身体有阴、阳二气，若阴阳不平衡，人就会上火。

得准才能击溃敌人，否则反而给对方以可乘之机。下面我们就列举几个进补的误区，给大家提个醒。

1.胡乱进补

并不是每个人都需要进补，所以，在决定进补之前，我们应该先了解一下自己属于何种体质，到底需不需要进补。需要进补的话，清楚究竟是哪个脏腑有虚证。这样才能做到有的放矢，真正起到进补的作用。否则不仅浪费钱财，还会扰乱机体的平衡状态而导致疾病。

2.补药越贵越好

中医认为，药物只要运用得当，大黄可以当补药；服药失准，人参也可成毒草。每种补药都有一定的对象和适应证，实用有效才是最好的。

3.进补多多益善

关于进补，"多吃补药，有病治病，无病强身"的观点很流行。其实不管多好的补药服用过量都会成为毒药，如过量服用参茸类补品，可引起腹胀、不思饮食等症。

4.过食滋腻厚味

食用过多肉类，就会在体内堆积过多的脂肪、胆固醇等，可能诱发心脑血管疾病。因此，冬令进补不要过食滋腻厚味，应以易于消化为准则。在适当食用肉类进补的同时，不要忽视蔬菜和水果。

5.带病进补

有人认为在患病的时候要加大进补的力度，其实，在感冒、发热、咳嗽等外感病症及急性病发作时期，要暂缓进补。否则，不光病情迟迟得不到改善，甚至有恶化的危险。

6.以药代食

对于营养不足而致虚损的人来说，不能完全以补药代替食物。应追根溯源，增加营养，平衡膳食与进补适当结合，才能达到恢复健康的目的。

7.盲目忌口

冬季吃滋补药时，一般会有一些食物禁忌。但是，有的人在服用补药期间，怕犯忌，只吃白饭青菜，严格忌口，这是完全没必要的。盲目忌口会使人体摄入的营

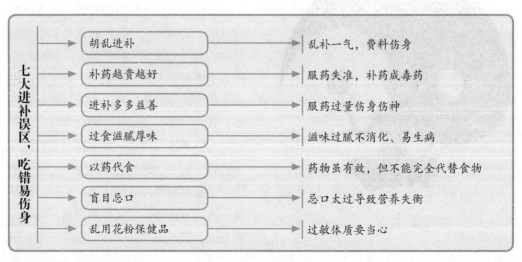

七大进补误区，吃错易伤身	胡乱进补	乱补一气，费料伤身
	补药越贵越好	服药失准，补药成毒药
	进补多多益善	服药过量伤身伤神
	过食滋腻厚味	滋味过腻不消化、易生病
	以药代食	药物虽有效，但不能完全代替食物
	盲目忌口	忌口太过导致营养失衡
	乱用花粉保健品	过敏体质要当心

◎用食物进补需遵循一定的尺度，一旦逾越尺度乱补一气，不仅浪费材料，还会伤身。

养失衡，导致其他疾病，反而起不到进补的作用。

8.胡乱使用花粉类保健品

花粉制成的保健品和某些可食昆虫如蚕蛹、蚂蚱、蜗牛等均可诱发不同程度的过敏。

③ 清茶一杯，补泻兼备

自古以来中国人就有饮茶的习惯，尤其在烈日炎炎、酷暑难当之时，清茶一杯，消暑解渴，如同玉酿琼浆一般，妙不可言。

《本草纲目》中称茶叶"味苦、甘，性寒，无毒"，而传统中医理论认为"甘者补、苦者泻"。茶叶味苦而甘，所以它同时具有补、泻两种功效，是具有苦寒性质，同时可以清热解毒的良药。

不仅如此，茶叶还具有很多功效。茶水中的维生素和微量元素具有保护血管、防治动脉硬化和高血压等作用。茶中所含

的氟有防龋能力，并可助牙质脱敏。所以，在饭后用茶水漱口，可以起到保护牙齿的作用。茶叶与甘草配伍也可以治疗胃痛、腹胀、腹泻。红糖茶还可以通便。以下提供两款茶的具体泡制方法：

甘草茶叶丸

材料：芽茶300克，檀香、白豆蔻各15克，片脑3克。

制法：将上述材料研成细末，用甘草为衣，胃痛时细嚼即可。

红糖茶

材料：茶叶3克，红糖5克。

制法：将上述材料用开水冲泡5分钟，饭后过一段时间即可饮用。

不过茶虽好，但也要饮用有方，才能发挥它的作用，否则得不偿失。这里告诉你几个不宜喝茶的时机。

①空腹：空腹喝太多茶会伤胃。

②睡前：茶有提神的功效，会影响睡眠。

◎清茶一杯，消暑解渴，妙不可言。

③便秘：这些问题的产生主要是肠道废物积。

④服药时：由于药中成分可能会和茶叶中的物质彼此干扰吸收，所以还是以开水送药较为适宜。

⑤饱餐后：茶中含有大量鞣酸，会与蛋白质结合生成鞣酸蛋白。这种物质会使肠道蠕动减弱，从而延长食物残渣在肠道内的滞留时间，进而导致便秘。所以，饱餐后可以茶水漱口，但不要立即饮茶。

❹ 体内毒素简易自查法

如果平时习惯大鱼大肉，饮食无规律，加上一些不良生活习惯，那么，体内难免会有毒素堆积。如果经常出现下列症状，则说明身体内的毒素太多了。毒素是多种疾病产生的原因，因此，排毒是十分必要的。为了更有效地排毒，在排毒之前，可以用下面这个简易的自测法测一下体内毒素的状况。

◎体内毒素是很多疾病产生的根源，如毒素长期沉积在体内脸上就容易长色斑。

口臭、屁味臭、打嗝、胀气、腹胀、便秘：这些问题的产生主要是肠道废物积累过多的缘故。人体大部分的废物都在肠道积存，所以肠道是排毒的重点。

经常疲倦、精力差、感冒或身体过热、易出汗、手足潮湿：倘若人体内的毒素积累到一定的程度，就会增加体内各个器官和系统的负担，从而出现疲劳等现象，免疫力也随之下降。

尿频、尿少、尿刺痛、四肢肿胀：出现下肢水肿，说明某些致病因素或毒素过多，影响了肾脏的正常功能，使得大量水分滞留体内。肾是人体的排泄器官，尿液是人体的排泄物，尿液是体内毒素多少的重要反应。

皮肤干燥或油腻，易起红疹、色斑、小疙瘩，易过敏：皮肤是排除体内毒素和垃圾的重要途径，是身体状况的大镜子。

头脑混浊，记忆力下降，易怒：身体内的毒素积累过多，器官压力过大或者体内循环不畅都会导致供血供氧不足，影响大脑的正常工作，引发情绪和精神问题。

肥胖：细胞的超载、脂肪的堆积是肥胖的真正原因，而毒素过多，影响正常的排泄功能也是肥胖的诱因之一。

一旦你具备了以上状况中的任何一种或几种，那么，你一定要注意了，一定要把排毒计划提上日程。因为，身体的毒素一经形成，必须及时地加以清除，否则会影响你的健康。

❺ 食物是最灵验的"消毒剂"

许多人知道自己身体里有毒素，但

是苦于没有办法排除，于是，市面上各种排毒产品成了热门货。其实，最灵验的"消毒剂"就在我们身边，那就是食物。由于毒素每天都在不断地累积，因此，如何从饮食着手，给身体来个大扫除，就变成了排毒的基本课题。健康专家的建议为：

1.多喝水

喝水排泄是人体排毒的重要方法之一。多饮水可以促进新陈代谢，缩短粪便在肠道停留的时间，减少毒素的吸收，溶解水溶性的毒素。最好在每天清晨空腹喝一杯温开水，每天的饮水量要保证在2升左右，这样才能通过水分冲洗体内的毒素，减轻肾脏的负担。李时珍的《本草纲目》也将"水篇"列为全书首篇，还有"药补不如食补，食补不如水补"等俗语，更是充分表达了水保健的重要性。

2.改变饮食习惯

腌制食品都含有亚硝胺，它是造成身体老化的物质。现代人讲求吃得清淡，甚至兴起一股排毒餐风潮。排毒餐很多是蔬菜、水果，这种观念是正确的。

以天然食品取代精加工食物，新鲜水果是强力净化食物。菠萝、木瓜、奇异果、梨都是不错的选择。此外，宿便之所以会留在人体内，就是因为肠道的蠕动不够。平时多吃富含纤维的食物，比如糙米、蔬菜、水果等，能加快肠道蠕动，减少便秘的发生。

3.控制盐分的摄入

过多的盐会导致闭尿、闭汗，引起体内水分堆积。如果你一向口味偏重，可以试试在日常饮食中用芹菜等含有天然咸味的蔬菜替代食盐。

4.适当补充抗氧化剂

适当补充一些维生素C、E等抗氧化剂，可以消除体内的自由基。

5.吃东西要细嚼慢咽

这样能分泌较多唾液，中和各种有毒物质，引起良性连锁反应，排出更多毒素。除了以上介绍的，再给大家推荐一份一日排毒食谱：

早上：喝足6杯水；

早起后喝一杯清水或苹果汁；

早餐：加酸奶或芝麻做成的新鲜水果沙拉；

中午：鲜果汁；

午餐：加入大量黄瓜、洋葱、橄榄油和柠檬汁的沙拉，坚果；

下午：绿茶；

晚餐：加入柠檬汁和橄榄油的洋蓟、西红柿、洋葱、苹果和菜花了沙拉；

睡前：母菊花和面包片熬成的汤。

❻ 本草中的"排毒明星"

许多食物具有抗污染、清血液、排毒素的功能。经常食用这些食物，能够有效减少体内的毒素，使你更加轻松有活力。以下将介绍食物中的14位"排毒明星"。

1.芦荟

《本草纲目》中记载，芦荟味极苦，性大寒，功能泻下，杀虫、清热。主治肠热便秘、虫积、瘰疬、疥癣、胸膈烦热

◎芦荟可泻下、杀虫、清热，既排毒又补虚。

◎生姜有健脾胃、解表、散寒、排毒的功效。

等。临床上用量为1～3克，只做丸剂、散剂服用，不入汤剂。外用时研末调敷，或用醋、酒泡涂。芦荟能极好地清除肠道、肝脏毒素和清理血管。芦荟中含有多种植物活性成分及多种氨基酸、维生素、多糖和矿物质成分。其中芦荟素可以极好地刺激小肠蠕动，把肠道毒素排出。芦荟因、芦荟纤维素、有机酸能极好地软化血管，扩张毛细血管，清理血管内的毒素。同时，芦荟中的其他营养成分可迅速补充人体缺损的需要。所以，美国人说："清早一杯芦荟，如金币般珍贵。"即言芦荟既能排毒又能补虚。

2.姜

《本草纲目》中记载，姜味辛，性微，有健脾胃、解表、散寒、排毒，利于毛囊孔开放和皮脂分泌物排出等功效。姜中还含有多种芬芳挥发油，具有强心、健脾胃、促进血液循环的作用。口服姜后，机体慢慢吸收，皮肤发汗，

从体内向外发，自然排毒，这比人为地扩张、挤压毛孔的方法要好，能减少正常皮肤组织损伤。另外，姜既经济，又方便。所以，建议长痤疮的朋友们试试。具体方法为：每日口服生姜10～20克，或水煎服，剂量多少要因人而定。在口服姜的最初一段时间，痤疮可能会加重，请不要放弃，要继续吃，坚持一两个月后，你会发现，痤疮慢慢消退，皮肤变得细腻、光滑。

胆结石是以胆固醇为主的"毒素"淤积而结成的"石头"。生姜所含的生姜酚不仅能减少胆固醇的生成，还能促使其排出体外，有效防止因胆固醇过多形成的结石。另外，毒素之中包括各种病原微生物。现代医学证明，生姜中含有的辛辣姜油和姜烯酮，对伤寒、沙门氏菌等病菌有强大的杀灭作用。

3.绿豆

《本草纲目》中记载，绿豆味甘，性

凉，有清热、解毒、去火的功效，是我国中医常用来解多种食物或药物中毒的一味中药。绿豆富含B族维生素、葡萄糖、蛋白质、淀粉酶、氧化酶、铁、钙、磷等多种成分，常饮绿豆汤能帮助排出体内毒素，促进机体的正常代谢。许多人在进食油腻、煎炸、热性的食物之后，很容易出现皮肤痒的症状，长暗疮和痱子，这是由于湿毒溢于肌肤所致。现代医学研究证明，绿豆可以降低胆固醇，又有保肝和抗过敏作用。夏秋季节，绿豆汤是排毒养颜的佳品。

4.苦瓜

苦瓜味甘，性平。中医认为，苦瓜有解毒排毒、养颜美容的功效。《本草纲目》中说苦瓜"除邪热，解劳乏，清心明目"。苦瓜富含蛋白质、糖类、粗纤维、维生素C、维生素B_1、维生素B_2、尼克酸、胡萝卜素、钙、铁等成分。现代医学研究发现，苦瓜中存在一种具有明显抗癌

◎苦瓜有解毒排毒、养颜美容的功效。

作用的活性蛋白质。这种蛋白质能够激发体内免疫系统的防御功能，增加免疫细胞的活性，清除体内的有害物质。苦瓜虽然口感略苦，但余味甘甜，近年来渐渐风靡餐桌。

5.茶叶

《本草纲目》中记载，茶叶味甘、苦，性凉，有清热除烦、消食化积、通利小便等作用。中国是茶之国，自古以来人们对茶都非常重视。古书记载："神农尝百草，一日遇七十二毒，得茶而解之。"这说明茶叶有很好的解毒作用。茶叶富含铁、钙、磷、维生素A、维生素B_1、尼克酸、氨基酸以及多种酶，其醒脑提神、清利头目、消暑解渴的功效尤为显著。现代医学研究表明，茶叶中富含一种活性物质——茶多酚，具有解毒作用。茶多酚作为一种天然抗氧化剂，可清除活性氧自由基、保健强身、延缓衰老。

◎茶叶可清热除烦、消食化积、通利小便。

6.胡萝卜

《本草纲目》中记载，胡萝卜味甘，性凉，有养血排毒、健脾和胃的功效，素有"小人参"之称。胡萝卜富含糖类、脂肪、挥发油、维生素A、维生素B_1、维生素B_2、花青素、胡萝卜素、钙、铁等营养成分。现代医学研究证明，胡萝卜是有效的解毒食物。它不仅含有丰富的胡萝卜素，而且含有大量的维生素A和果胶，这些物质能与体内的汞离子结合之后，能有效降低血液中汞离子的浓度，加速体内汞离子的排出。

7.木耳

《本草纲目》记载，木耳味甘，性平，有排毒解毒、清胃涤肠、和血止血等功效。古书记载，木耳"益气不饥，轻身强志"。木耳富含碳水化合物、胶质、纤维素、葡萄糖、木糖、卵磷脂、胡萝卜素、维生素B_1、维生素B_2、维生素C、蛋白质、铁、钙、磷等多种营养成分，被誉为"素中之荤"。木耳中所含的一种植物胶质，有较强的吸附力，可将残留在人体消化系统的灰尘、杂质集中吸附，再排出体外，从而起到排毒清胃的作用。

8.海带

《本草纲目》记载，海带味咸，性寒，具有消痰平喘、排毒通便的功效。海带富含藻胶酸、甘露醇、蛋白质、脂肪、糖类、粗纤维、胡萝卜素、维生素B_1、维生素B_2、维生素C、尼克酸、碘、钙、磷、铁等多种成分。尤其是含丰富的碘，对人体十分有益，可治疗甲状腺肿大和碘缺乏而引起的病症。它所含的蛋白质中，包括8种氨基酸。海带的碘化物被人体吸收后，能加速病变和炎症渗出物的排出，有降血压、防止动脉硬化、促进有害物质排泄的作用。同时，海带中还含有一种叫硫酸多糖的物质，能够吸收血管中的胆固醇，并把它们排

◎木耳可排毒解毒、清胃涤肠、和血止血。

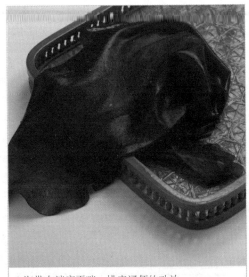

◎海带有消痰平喘、排毒通便的功效。

出体外，使血液中的胆固醇保持正常含量。另外，海带表面上有一层略带甜味的白色粉末，是极具医疗价值的甘露醇，它具有良好的利尿作用，可以治疗药物中毒、浮肿等症。所以，海带是理想的排毒养颜食物。

9.冬菇

《本草纲目》记载，冬菇味甘，性凉，有益气健脾、解毒润燥等功效。冬菇含有谷氨酸等18种氨基酸，在人体必需的8种氨基酸中，冬菇就含有7种。同时，它还含有30多种酶以及葡萄糖、维生素A、维生素B$_1$、维生素B$_2$、尼克酸、铁、磷、钙等成分。现代医学研究认为，冬菇含有多糖类物质，可以提高人体的免疫力和排毒能力，抑制癌细胞生长，增强机体的抗癌能力。此外，冬菇还可降低血压、胆固醇，预防动脉硬化，有强心保肺、宁神定志、促进新陈代谢及加速体内废物排出等作用，是排

◎冬菇有益气健脾、解毒润燥等功效。

毒壮身的最佳食品。

10.蜂蜜

蜂蜜味甘，性平，自古就是滋补强身、排毒养颜的佳品。《神农本草经》记载："久服强志轻身，不老延年。"蜂蜜富含维生素B$_2$、维生素C，以及果糖、葡萄糖、麦芽糖、蔗糖、优质蛋白质、钾、钠、铁、天然香料、乳酸、苹果酸、淀粉酶、氧化酶等多种成分，对润肺止咳、润肠通便、排毒养颜有显著功效。近代医学研究证明，蜂蜜中的主要成分葡萄糖和果糖很容易被人体吸收利用。常喝蜂蜜水能达到排出毒素、美容养颜的效果，对防治心血管疾病和神经衰弱等症也很有好处。

11.黄瓜

《本草纲目》记载，黄瓜味甘，性平，又称青瓜、胡瓜、刺瓜等，原产于印度，具有明显的清热解毒、生津止渴的功效。现代医学认为，黄瓜富含蛋白质、糖

◎黄瓜有清热解毒、生津止渴的功效。

类、维生素B₂、维生素C、维生素E、胡萝卜素、尼克酸、钙、磷、铁等营养成分，同时黄瓜还含有丙醇二酸、葫芦素、柔软的细纤维等成分，是难得的排毒养颜食品。黄瓜所含的黄瓜酸能促进人体的新陈代谢，排出毒素。其维生素C的含量比西瓜高5倍，能美白肌肤，保持肌肤弹性，抑制黑色素的形成。黄瓜还能抑制糖类物质转化为脂肪，对肺、胃、心、肝及排泄系统都非常有益。夏日里容易烦躁、口渴、喉痛或痰多，吃黄瓜有助于化解体内的炎症。

12.荔枝

荔枝味甘、酸，性温，有补脾益肝、生津止渴、解毒止泻等功效。李时珍在《本草纲目》中说："常食荔枝，补脑健身……"《随身居饮食谱》记载："荔枝甘温而香，通神益智，填精充液，辟臭止痛，滋心营，养肝血，果中美品，鲜者尤佳。"现代医学认为，荔枝含维生素A、

维生素B₁、维生素C，还含有果胶、游离氨基酸、蛋白质以及铁、磷、钙等多种营养成分。现代医学研究证明，荔枝有补肾、改善肝功能、加快毒素的排出、促进细胞生成、使皮肤细嫩等作用，是排毒养颜的理想水果。

13.菠菜

《本草求真》记载："菠菜，何书皆言能利肠胃。盖因滑则通窍，菠菜质滑而利，凡人久病大便不通，及痔漏关塞之人，咸宜用之。又言能解热毒、酒毒，盖因寒则疗热，菠菜气味既冷，凡因痈肿毒发，并因酒湿成毒者，须宜用此以服。且毒与热，未有不先由胃而始及肠，故药多从甘入，菠菜既滑且冷，而味又甘，故能入胃清解，而使体内的热与毒尽从肠胃而出矣。"

菠菜可以清理人体肠胃里的热毒，保持排泄的通畅，避免便秘。

◎荔枝具有补脾益肝、生津止渴、解毒止泻等功效。

◎菠菜可以清理人体肠胃里的热毒，保持排泄的通畅，避免便秘。

《本草纲目》中的排毒水果

| 草莓 | 樱桃 | 葡萄 | 苹果 |

14.芹菜

芹菜中富含的纤维可以像提纯装置一样，过滤体内的废物。经常食用可以刺激身体排毒，对付由于身体毒素累积所产成的疾病，如风湿、关节炎等。此外，芹菜还可以调节体内水分的平衡，改善睡眠。

除了上述14种排毒食材，有些水果也可以帮你洗肠、排毒，不同的水果排不同的毒。

草莓：热量不高，又含有维生素C。在自然疗法中，草莓可用来清洁胃肠道。不过，对阿司匹林过敏和肠胃功能不好的人，不宜食用。

樱桃：樱桃的果肉能除毒素和不洁的体液，因而对肾脏排毒具有相当好的辅助功效，还有温和的通便作用。选择时，最好选择果实饱满结实、带有绿梗的樱桃。

葡萄：具有排毒的效果。它能帮助肝、肠、胃、肾清除体内的垃圾。但葡萄热量有点高，40粒葡萄相当于两个苹果的热量。

苹果：除了含有丰富的膳食纤维外，它所含的半乳糖醛酸对排毒也很有帮助，而果胶则能避免食物在肠内腐化。选择苹果时，别忘了常换换不同颜色的苹果品种，这样效果更好。

鲜果蔬汁是体内的"清洁剂"。富含纤维素或叶绿素的食物具有解毒功能，绿叶根茎蔬菜最好榨汁饮用而不经过炒煮。经常饮用鲜果蔬汁可将积聚于细胞内的毒素溶解，起到中和体内酸性毒素、净化体内脏器的作用。

❼ 轻松排毒法：向三餐要健康

所谓的健康排毒餐，一个原则就是摄取您身体该摄取的，而不该摄取的一概不摄取。排毒餐含有蔬菜、水果、奶类等含碱性成分多的食物，能将您的饮食习惯从酸性的摄取变为碱性的摄取，健康体质自

◎健康的早餐，蔬果不可缺少。

然回复!

1.健康排毒之早餐

一种水果:以新鲜为原则,最好是当地、当季盛产的水果。

两种蔬菜:最好食用蔬菜的根、茎、叶、果,不宜吃芽菜类与叶菜类的蔬菜。可选用红萝卜、白萝卜、山药等蔬菜的根;芹菜等蔬菜的叶;西蓝花、大头菜等蔬菜的花;苦瓜、番茄、小黄瓜等蔬菜的果。再吃些地瓜,红色地瓜效果更好。

糙米饭一份:如果觉得光吃糙米饭太单调,可以在糙米饭中加少量小红豆、红枣等。

需要注意的是:要生食水果和蔬菜,最好是连皮吃,完整地摄食是原则。

尽量减少下列食物的摄入:鱼、肉、蛋等;各种奶及乳制品,如奶酪、奶油等;各种油,尤其是动物油。

2.健康排毒餐之午、晚餐

五大基本原则如下:

◎午餐、晚餐要丰富多样,营养要合理搭配。

①蔬菜类:占1/4～1/3。

②豆类和海藻类:占1/10左右。

③五谷杂粮:占1/2左右。

④汤:占1/20左右,可以用紫菜、西红柿、海带等做汤。

⑤水果最好在两餐之间吃。

3.双休日排毒套餐

周六:

起床:一杯水、一杯鲜榨果汁,或一杯蜂蜜水。

早餐:一大碟水煮的蔬菜和一大盘新鲜的水果。

上午小食:一小盘水果(各种水果)和两个核桃或杏仁。

午餐:大盘水煮蔬菜或者蔬菜沙拉。

下午小食:小碟干果、小碟果仁、小碟水果。

晚餐:蔬菜沙拉,或大盘水煮蔬菜、一小盘水果。

睡前:一小杯乳酪或脱脂奶。

周日:

起床:喝上一杯鲜榨的蔬果汁或者凉开水。

早餐:小碗米粥。

上午小食:一小盘瓜子、小盘水果。

午餐:小碗米饭、一大盘水煮青菜。

下午小食:少许干果、果仁、一杯鲜榨果汁。

晚餐:小碗米饭、大盘水煮青菜、小盘水果。

睡前:小杯脱脂奶或奶酪。

必须引起注意的是:

①清除体内毒素期间,任何时候觉得

饿都可以大量喝水，吃水果。水果不仅易消化，能保持肠道清洁，而且其中含有的丰富的维生素、矿物质、天然酶更能提供给身体足够的营养。

②如果平时大鱼大肉吃习惯了，可以每星期利用休息日只吃水果、蔬菜，多喝水，进行体内清洁排毒。

③排毒期间不可抽烟，喝酒，否则不仅前功尽弃，而且毒会加重。

④病人和孕妇以及一切身体不适者在排毒前都要请教医生，不可随意尝试。

⑧ 体内自然排毒法——断食排毒

断食是存在于动物界的最自然的体内排毒法，就是借由切断外来的热量补给、燃烧体内过剩物质如脂肪、酯类和老旧废物，从而达到清除废物、净化身体的目的。

断食进行到半天或一天的时候，身体会先燃烧肝糖；接下来会燃烧体内多余的脂肪以及附着在血管壁上的胆固醇，溶释脂溶性的毒素；最后再燃烧有病的组织、肿瘤、脓肿和疤痕组织等废物蛋白质。因此，断食有清除体内毒素、活化各器官机能、帮助降低血压、减缓衰老、改善酸性体质、减脂和提高免疫力等诸多功能，是"体内环保"的绝佳选择。

一般人在选择断食的方法时，多采用蔬果汁断食、米汤断食、酵素断食、糖浆断食等较安全的方法。以蔬果汁断食来说，可以三餐饮用500毫升的胡萝卜汁加苹果汁，两餐之间再食用红枣、枸杞调制

的补气汤和红糖姜汤等补充体力。如此一来，蔬果汁中丰富的维生素、矿物质、微量元素、酵素，不需要经过消化过程就可以直接被身体吸收，加速细胞的修复。断食不但不会影响自体溶释的过程，排毒解毒效果快速，而且还能平衡体内的酸碱值，改善酸性体质。更重要的是，断食期间可以维持精神旺盛，照常工作，不会影响到正常生活。 由于断食时排毒解毒功能大为增强，会出现许多排毒反应，像恶心、呕吐、头痛、口臭增加、舌苔变厚、分泌物增多、发烧、咳嗽、皮肤痒、想睡觉、腹泻等。这些都是正常的排毒反应，只要体内毒素排除干净，身体净化以后，这些排毒反应便会自然消失，感觉到全身轻松，体力、活力大为增强。

一般人在尝试断食的时候，应遵守减食和复食的步骤，也就是断食前要渐渐减少食物的分量，饮食清淡。断食后再慢慢复食，从少量到正常量。不要快速进入断

◎一般人在选择断食的方法时，多采用蔬果汁断食、米汤断食等较安全的方法。

食状态，或断食后立刻大吃大喝，以免损伤肠胃。没有断食经验的人，最好能请教有断食经验的人，了解详情之后再施行比较安全。

但以下几种人不适合采用断食排毒的办法清除体内毒素：体重太轻（少于标准体重的25%）者、癌症晚期患者、洗肾病人、糖尿病控制不良者、严重感染者和结核病人。

9 本草教你走出排毒误区

每个人的体质都不同,只有针对自己的特点选择适合的排毒方式,才能够事半功倍。然而，生活中我们往往容易走进排毒的误区。

1.排毒也跟风

专家指出，排毒是一个代谢的过程、平衡的过程。饮酒过剩、滥用药物等不良生活习惯都会产生"毒素"，人体积聚了"毒素"以后，就会产生一些表征，如长期咳嗽、便秘、皮肤病等。如果没有出现体内有毒素的身体表征，就不能盲目"排毒"。

2.男人无须排毒

很多男人认为排毒是女人的专利，因为男人不用养颜，也就无须排毒。殊不知，男人，特别是过了30岁的男人，恰恰是需要排毒的一族。高蛋白、高脂肪饮食，食品添加剂，空气中飘散的有毒排放物……越来越多的毒素充斥着男性的生活，不良习惯（抽烟、饮酒、熬夜）又加重了这些毒素在他们体内的堆积。于是，衰老来了，疲倦来了，疾病也来了……男

◎平时饮食无度，缺少锻炼，肥胖型的男性尤其需要排毒。

人更需要排毒！

3.盲目排毒

不少人分不清药品、保健食品和普通食品之间的区别，排毒时随意性很大，对身体造成较大损害。药品必须是在医生的指导下服用，疾病治愈就应停止用药，不应用来保健养生。保健食品安全无毒，可经常食用，但需慎重选择。

4."通便"并非"排毒"

人体的"毒素"主要通过大小便、皮肤、呼吸等排出体外。这些通道受到阻塞时就会产生毒素积聚，因此需要"排毒"。不少人把"排毒"简单地理解为"通便"。这种观念很危险，有的人甚至通过吃泻药来达到排毒的目的。

通便是一种非常重要的排毒方式，但更重要的是恢复人体自身排毒系统的正常功能，使人体内外环境达到统一协调。因此，日常排毒、保健与美容，应选择正规的排毒类保健食品，如芦荟排毒胶囊等。

第三章

《本草纲目》里的 "中庸" 之道

●阴阳是中国传统文化中最为重要的一个概念，这种理论认为万事万物都遵循一阴一阳的道理，"阴阳和则化生万物"。中医认为不仅天地有万物之分，人体也有阴阳之分，人生病的原因，就是因为身体阴阳失调，出现"不通"、"不和"。此外，人的疾病也有阴阳之分，我们治病要根据疾病原因、所属阴阳、症状来分而治之。《本草纲目》也遵循"一阳一阴谓之道"的阴阳学说，对于辑录的本草，均详细阐明其营养、形体、气味、与脏腑的关系、与四季气候及地理方位的关系……我们用食物养生，用本草治病，就要了解本草各自不同的寒凉温热属性，并要根据自身疾病的阴阳性质，做到对症摄取、食到病去。

平衡阴阳，浇灭身体的"邪火"

1 人体内有小阴阳，保持平衡别失调

阴阳的概念是中国传统文化里非常重要的一环，博大精深的中医理论中处处体现出阴阳观。《本草纲目》也遵循"一阴一阳谓之道"的阴阳学说，对于所辑录的本草，阐明了阴阳与物种、形体、气味、脏腑的关系，以及与四时气候、地理方位的关系。

人生病的原因，就是因为身体阴阳失调，出现"不通"、"不和"的情况，而治病养生就必须调和阴阳。《本草纲目》记述，用药必须顺四时阴阳之律。如春天万物化生，阳气向上，就要用辛温之品助气；夏日燥热，就用甘苦辛热之物，以顺成化之气；秋气肃杀，应以酸温之药，以合阳下之气；冬天消沉，得取苦寒之类，以符阴沉之气。这就是《本草纲目》的阴阳观，这也是对我国古代中医理论的继承和发扬。

中医认为天地有阴阳之分，人体有阴阳之分，疾病同样有阴阳之分。阴性疾病和阳性疾病的发病原因不同、症状不同，防治也有所不同。

阴性疾病发病慢，治疗也比较慢，需要经过长期的调理才能痊愈。这种病主要由寒气引起，而寒气主要是从腰腿以下侵入人体。人在受到寒气侵袭的时候，就会肢体蜷缩、禁锢以及手脚僵硬、伸屈不畅的症状。

根据阴性疾病的起因，其预防应着眼于保暖，尤其是脚部。从现代医学来看，天冷时，人的胃肠消化功能就会比较脆弱，因此一些原来就患有肠胃疾病的人，

◎阴阳的概念存在于万事万物之中，中医认为不仅天地有阴阳之分，人体也有阴阳之分。

◎坚持每天用热水泡脚，可预防阴性疾病。

症状会变得多发且更加严重。即使是以前没有肠胃疾病的人，这个时候也很容易免疫力低下，出现胃痛，或者腰部受凉，导致腰肌劳损、腰椎间盘突出症等。

所以，预防阴性疾病首先要注意保暖，坚持每天用热水泡脚，然后用手指搓揉脚跟、脚掌、脚趾和脚背。容易手脚冰凉的人或者关节炎患者，还可以在睡觉时将脚垫高，以改善血液循环。

阳性疾病与阴性疾病恰恰相反，阳性疾病往往属于急性病，发病快，治愈也比较快。这种病主要由热气引起，而热气多是通过人体上半部侵入人体的，表现为肢体舒张、肿胀、活动迟缓、筋骨不适等症状。夏天的时候，应该注意给头部降温，保持头部的清醒。特别是高温天气运动劳作后，头部血管扩张，一定不要用冷水冲洗，否则可能会引发颅内血管功能异常，出现头晕、眼黑、呕吐等症状，严重的话，还可能导致颅内大出血。所以，应该"以热治热"，及时用热毛巾擦汗促进皮肤透气。

人体就像自然界，无论体内阴气过盛还是阳气过盛，都会导致疾病。所以要想健康，阴阳调和就非常重要。应该把人体的阴阳调和作为一个重要的养生法则，坚持合理的生活习惯，调摄精神、饮食、起居、运动等各个方面，这样才能够强身健体、预防百病。

❷ 干、红、肿、热、痛——上火的五大病源

嘴里长泡、口腔溃疡、牙疼、牙龈出

血、咽喉干痛、身体感到燥热、大便干燥……所有的这些都是现代人常遇到的问题，而这些也都是上火的表现症状。

"火"是身体内的某些热性症状。一般所说的上火，是人体阴阳失衡后出现的内热症。上火的具体表现一般在头面部居多，比如咽喉干痛、两眼红赤、鼻腔热烘、口干舌痛以及烂嘴角、流鼻血、牙痛等。实际上，中医认为人体各部位都是有联系的，身体各个部位都应该有不同程度的表现。

元代医学家朱震亨认为，凡动皆属火，火内阴而外阳，且有君、相之分。君火寄位于心，相火寄位于命门、肝、胆、三焦诸脏。人体阴精在发病过程中，极易亏损，各类因素均易致相火妄动，耗伤阴精。情志、色欲、饮食过度，这些因素都易激起脏腑之火，煎熬真阴，阴损则易伤元气而致病。

上火，在内暗伤阴精，于外表现出各

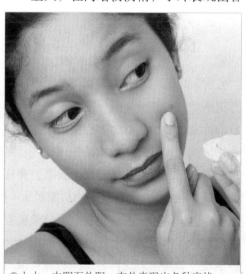

◎上火，内阴而外阳，在外表现出各种症状，一般表现在头面部居多，如面部长痘。

种症状，常见的上火症状有心火和肝火两种，而火又分虚实。

虚火指的是人体阴液的不足，阳相对于偏盛，表现出来的症状一般是：低热、盗汗、小便颜色清、大便稀软、舌苔发白，治疗时要用补法。实火指的是阳盛体征，正常情况下，人体阴阳是平衡的，如果阴是正常的而阳过亢，这样就显示为实火，具体表现症状为：高烧、大汗、口渴爱喝冷饮、口臭、舌苔发红、小便颜色黄气味重、大便干结等。实火的治疗要用清热、降火的泻法。

现代人之所以容易出现红、肿、热、痛、烦等上火症状，与不注重饮食、经常贪吃凉食、吃五谷太少而吃制成品太多、工作压力大、经常熬夜、作息不规律等，有很大的关系。所以要想远离火气，就要戒除这些不良的方式和习惯。

③ 脑出血、脑血栓——都是"心火"惹的祸

"心"为君主之官，它的地位高于"脑"，是主管情感、意识的，所以有"心神"之称。"神明"指精神、思维、意识活动及这些活动所反映的聪明智慧，它们都是由心所主持的。心主神明的功能正常，则精神健旺，神志清楚；反之，则神志异常，出现惊悸、健忘、失眠、癫狂等症候，也可引起其他脏腑的功能紊乱。

心火一动，一般是急症，不急救就有生命危险。常见的突发性病症有脑出血、脑血栓。如果出现这种危急的病症可以服用"急救三宝"，分别是安宫牛黄丸、紫

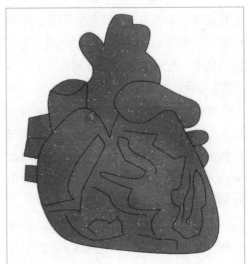

◎ "心"为君主之官，地位高于"脑"，是主管情感、意识的，心火一动，生命堪忧。

雪丹和至宝丹。安宫牛黄丸里有牛黄、麝香、黄连、朱砂、珍珠等中药材。"非典"时期很多病人高烧昏迷，就是用安宫牛黄丸来解救的。适用于高烧不退、神志昏迷不清的患者。

紫雪丹，历史最悠久，药性为大寒，药店比较常见。现代名为"紫雪散"。紫雪丹适用于伴有惊厥、烦躁、手脚抽搐、常发出响声的患者。

至宝丹对昏迷伴发热、神志不清但不声不响的患者更适用。

"急救三宝"过去主要治疗感染性和传染性疾病，一般都有发热、昏迷出现。现在也广泛用在脑损伤、脑血管意外伤，但必须有明显的热象，至少舌头要很红，舌苔要黄。只要符合标准，不管是脑出血、脑血栓，还是因为煤气中毒、外伤导致的昏迷，都可以服用。也保护脑细胞，后患小。能及时吃安宫牛黄丸，可抑制细胞死亡。

“心”火旺盛者，大多会失眠，在中医里是没有安眠药的，中医治疗失眠是从病根子上治疗。一般的病都跟“心”有关。家里经常备一些安神的中药是很有必要的。下面给大家推荐《本草纲目》中的九道去火药丹。

（1）天王补心丹

阴虚血少明显的失眠适用。因为心血被火消耗掉了，所以人不仅失眠，健忘，心里一阵阵发慌，而且手脚心发热、舌头红、舌尖生疮，这个药补的作用更大一些。

（2）牛黄清心丸

这种失眠是心火烧的。除了失眠还有头晕沉、心烦、大便干、舌质红、热象比较突出的人可以选择。

（3）越鞠保和丸

对于失眠而梦多、早上醒来总感觉特别累、胃口不好、舌苔厚腻的人适用。人们常说，失眠就在临睡前喝杯牛奶。但越鞠保和丸对症的失眠患者，千万别再喝牛奶了。否则会加重肠胃的负担，只能加重病情。

（4）解郁安神颗粒

适用于因情绪不畅导致的入睡困难。这种人多梦，而且睡得很轻，一点小声就容易醒，还可有心烦、健忘、胸闷等症状同在。

❹ 脾气大、血压高是肝火引起的

在生活中，我们常常会遇见一些脾气特别火暴的人，一遇着不痛快就马上发泄、吵闹，但是也有一些人爱生闷气，有泪不轻弹，但又不能释怀，有时甚至会气得脸色发青。这两种人都是肝火比较旺的人。在中医里面，有“肝为刚脏，不受怫郁”的说法，也就是说肝脏的阳气很足，火气很大，不能被压抑。如果肝火发不出来，就会损伤五脏。因此，有了肝火要及时宣泄出来。

◎越鞠保和丸和牛奶不能同服，否则会加重患者的肠胃负担，不利于睡眠。

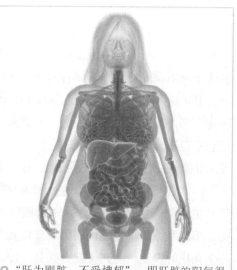

◎“肝为刚脏，不受怫郁”，即肝脏的阳气很足，火气很大，不能被压抑。

高血压的病人中，肝火旺者最多见。肝火旺是高血压最重要的起因。尤其是北方人，一般长得都高大，脾气急，容易口苦，两肋发胀，舌头两边红。如果属于肝阳亢的高血压尚不严重，喝苦丁茶或者枸菊清肝茶都可以代替药物，这两种茶是春天的专属饮料，可以清泻春天里特别旺盛的肝火。

对我们刚才说的第一种人来说，他们发脾气的过程就是宣泄肝火的过程，不会伤到身体；而第二种人不爱发脾气，一旦生气，很容易被压抑，无力宣发，只能停滞在脏腑之间，形成浊气。

由此可见，发脾气也不一定是坏事。因为很多时候我们会发脾气，并不是由于修养差、学问低，而是体内的浊气在作怪。它在你的胸腹中积聚、膨胀，最后无法控制地爆发出来。那么这种气又是如何产生的呢？从根源上来讲，是由情志诱发而起的。其实这种气起初是人体的一股能量，在休内周而复始地运行，起到输送血液、周流全身的作用。肝功能越好的人，气就越旺。肝帮助人体使能量以气的形式推动全身物质的代谢和精神的调适。这种能量非常巨大，如果我们在它生成的时候压抑了它，如在生气的时候强压下怒火，使它不能及时宣发，它就会成为体内一种多余的能量，也就是我们经常说的"上火"。"气有余便是火"，这火因为没有正常的通路可宣发，就会在体内横冲直撞，窜到身体的哪个部位，哪个部位就会产生相应的症状，上到头就会头痛，冲到四肢便成风湿，进入胃肠则成溃疡。而揉

太冲穴就是给这股火找一个宣发的通路，不要让它在体内乱窜。

太冲穴位于大脚趾和第二个脚趾之间，向脚踝方向三指宽处。此穴是肝经的原穴，即肝经的发源、原动力，因此，肝脏所表现的个性和功能都能从太冲穴找到形质。另外，太冲穴还可以缓解急性腰痛。超过半数的成人都出现过急性腰痛症状，多数是由于劳累过度、不正常的姿势、精神紧张以及不合适的寝具等因素引起。这时，就可以用拇指指尖对太冲穴慢慢地进行垂直按压，一次持续5秒钟左右，进行到疼痛缓解为止。

⑤ 上火——阴阳失衡的身体亮起的红灯

正常情况下，人体阴阳是平衡的，如果阳过亢，就出现了我们常说的"上火"。上火的滋味可不好受，嘴上起小泡、口腔溃疡，要不就是牙齿疼痛、出

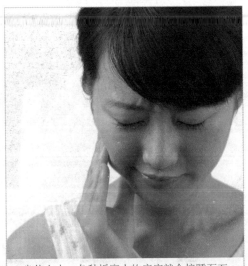

◎身体上火，各种折磨人的病痛就会接踵而至，如上火常见症状——牙痛。

血，咽喉干痛，身体感到燥热，大便干燥……我们每个人可能都会遇到这种情况。一旦出现上火的症状，大家都会使出各种招数，想要压下身体的这股"邪火"。那么哪种方法才是真正有效的呢？

其实人体里本身就是有火的，如果没有火，生命也就停止了，就是所谓的生命之火。当然火也应该保持在一定的范围内，比如体温应该在37℃左右。如果火过亢，人就会不舒服，出现红、肿、热、痛、烦等具体表现，也就是我们常说的"上火"。火在一定的范围内是必需的，超过正常范围就是邪火。不正常的火又分为虚火和实火，不正常的阴偏少，显得阳过亢，这样就显示为虚火。

邪火大部分还是由内而生的，外界原因可以是一种诱因。外感火热最常见的就是中暑，通常都是因为在温度过高、缺水、闷热的环境下待的时间过长，然后体温也会升高。这就是一种典型的外感火热病。但一般来说内生的火热情况比外感火热多，比如现代人工作压力大、经常熬夜、吃辛辣食物等，内生火的因素要大得多。可见，邪火还是由身体的阴阳失调引起的。中医认为：人体生长在大自然中，需要阴阳平衡、虚实平衡。而人体的"阴阳"互为根本，"虚实"互为表里。当人体阴虚阳盛时，往往表现为潮热、盗汗、脸色苍白、疲倦心烦或热盛伤津而见舌红、口燥等上火的症状。此时就需要重新调理人体的阴阳平衡，滋阴降火，让身体恢复正常。

上火有的情况下并不严重，通过自我调节就可以让身体状况恢复正常，但是对于一些特殊人群比如老年人或者有基础疾病如心血管疾病的人来说，还是应该引起注意的。

⑥ 上火了，《本草纲目》告诉我们该怎么应对

办公楼里的白领人士，工作压力大，精神长期紧张，就会经常抱怨："烦，又上火了。"那么，"上火"到底是怎么回事呢？

中医认为，在人体内有一种看不见的"火"，它能温暖身体，提供生命的能源，这种"火"又称"命门之火"。在正常情况下，命门之火应该是藏而不露、动而不散、潜而不越的。如果由于某种原因导致阴阳失调，命门之火便失去制约，改变了正常的潜藏功能，火性就会浮炎于上，人们就会出现咽喉干痛、两眼红赤、鼻腔热烘、口干舌痛以及烂嘴角、流鼻血、牙痛等症状，这就是上火。

引起上火的具体因素有很多，如情绪

《本草纲目》中的去火食物

绿豆 → 绿豆可以消肿通气，清热解毒

梨 → 梨可以治痰喘气急，也有清热之功。

波动过大、中暑、受凉、伤风、嗜烟酒以及过食葱、姜、蒜、辣椒等辛辣之品，贪食羊肉、狗肉等肥腻之品和缺少睡眠等都会引起上火。春季风多雨少，气候干燥，容易上火。为预防上火，我们平时生活要有规律，注意劳逸结合，按时休息；要多吃蔬菜、水果，忌吃辛辣食物，多喝水或清热饮料。

《本草纲目》中记载绿豆可以消肿通气，清热解毒。梨可以治痰喘气急，也有清热之功。《本草纲目》中记载了这样一个方子，对医治上火气急、痰喘很有效。

"用梨挖空。装入小黑豆填满，留盖合上捆好，放糠火中煨熟，捣成饼。每日食适量，甚效。"

这里介绍两款有去火功效的食疗方：

绿豆粥：取石膏粉，粳米，绿豆各适量。先用水煎煮石膏，然后过滤去渣，取其清液，再加入粳米、绿豆煮粥食之。

此粥可以去胃火，便秘、腹胀、舌红的人可以多喝。

梨水：取川贝母10克，香梨2个，冰糖适量。先将川贝母捣碎成末，梨削皮切块，加冰糖适量，清水适量炖服。

此方对头痛、头晕、耳鸣、眼干、口苦口臭、两肋胀痛有疗效。

需要注意的是，上火又分为虚火和实火，正常人的阴阳是平衡的。实火就是阴正常而阳过多，一般症状较重，来势较猛；而虚火是指阳正常阴偏少，这样所表现出的症状轻，但时间长并伴手足心热、潮热盗汗等。通过以下的方法我们可以知道是实火还是虚火。

（1）看小便

小便颜色黄、气味重，同时舌质红，是实火；小便颜色淡、清，说明体内有寒，是虚火。

（2）看大便

大便干结、舌质红为实火；大便干结、舌质淡、舌苔白为虚火；大便稀软或腹泻说明体内有寒，是虚火。

（3）看发热

如果身体出现发热的症状，体温超过37.5℃时，全身燥热、口渴，就说明内热大，是实火；发热时手脚冰冷，身体忽冷忽热，不想喝水，是体内有寒，为虚火。

一般来说，人体轻微上火通过适当调养，会自动恢复；如果上火比较厉害，就需要用一些药物来帮助降火。如果是实火，中医常用各种清热、解毒、降火的药，连吃三天就会降火。但目前单纯上实火的人越来越少，多数都是虚火。如果是虚火，就要用艾叶水泡脚或用大蒜敷脚心降火后再进补。

⑦ 男女老少，清火要对症

这个夏天特别热，老陈头一家人都上火，儿媳给每个人都准备了牛黄解毒丸。结果有人吃了药，情况好转了，而有人还是一如既往。其实上火有不同的情况，男女老少情况各有不同，不能一概而论。要根据不同人的具体情况，对症清火。

1.孩子易发肺火

有些孩子动不动就发热，只要一着凉，体温立刻就会升高，令妈妈们苦恼不已。中医认为，小儿发热多是由于肺卫感受外邪所致。小儿之所以反复受到外邪的侵犯，主要是由于肺卫正气不足，阴阳失衡，可以多吃一些薏仁、木耳、杏仁、梨等润肺食品。

《本草纲目》中记载，梨甘、寒，无毒，可以治咳嗽，清心润肺，清热生津，适合咽干口渴、面赤唇红或燥咳痰稠者饮用。冰糖养阴生津，润肺止咳，对肺燥咳嗽、干咳无痰、咳痰带血都有很好的辅助治疗作用。一般儿童可将雪梨冰糖水当做日常饮品。不过，梨虽好，也不宜多食，因为它性寒，过食容易伤脾胃、助阴湿，故脾虚便溏者慎食。雪梨冰糖水的具体做法如下：

取雪梨2个，冰糖适量。先将雪梨去心切成小块，然后与冰糖同放入锅内，加少量清水，炖30分钟，便可食用。

2.老年易发肾阴虚火

老年人容易肾阴亏虚，从而出现腰膝酸软、心烦、心悸汗出、失眠、入睡困难，同时兼有手足心发热、盗汗、口渴、咽干或口舌糜烂、舌质红，或仅舌尖红、少苔、脉细数，应对症给予滋阴降火的中药，如知柏地黄丸等。饮食上应少吃刺激性及不好消化的食物，如糯米、面团等；

多吃清淡滋补阴液之品，如龟板胶、六味地黄口服液等；多食富含B族维生素、维生素C及铁的食物，如动物肝、蛋黄、西红柿、胡萝卜、红薯、橘子等。

3.女性易发心火

妇女在夏天情绪极不稳定，特别是更年期的妇女，如受到情绪刺激，则会烦躁不安，久久不能入睡。这主要是由于心肾阴阳失调而导致心火亢盛，从而出现失眠多梦、胸中烦热、心悸怔忡、面赤口苦、口舌生疮、潮热盗汗、腰膝酸软、小便短赤疼痛、舌尖红、脉数，应对症滋阴降火。《本草纲目》提出了枣仁安神丸、二至丸等用于滋阴降火的方剂。另外，多吃酸枣、红枣、百合或者动物胎盘等，也可以养心肾。

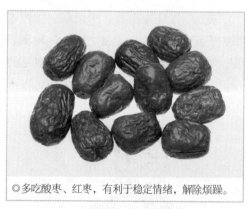

◎多吃酸枣、红枣，有利于稳定情绪，解除烦躁。

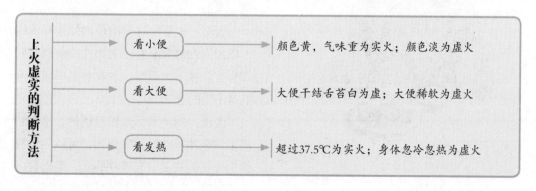

上火虚实的判断方法	看小便	颜色黄，气味重为实火；颜色淡为虚火
	看大便	大便干结舌苔白为虚；大便稀软为虚火
	看发热	超过37.5℃为实火；身体忽冷忽热为虚火

男女阴阳不相同，养护身体有侧重

① 对男人百利而无一害的食物

男人对于营养的需要和女人有着很多的不同，这个其实也很容易理解。但是男人不像女人那样非常注意自己的身体。很多女人都了解自己怀孕的时候应该吃什么，知道吃什么可以防止乳腺癌等，可是男人往往比较粗心，能够按时吃饭就不错了，更别说什么营养问题了。从现在开始，男人们应该学会保养你自己。

牡蛎：只要每天吃两个，男性就可以获得一天所需的抗氧化剂——锌，帮助保护前列腺和修复受损的细胞。除牡蛎外，其他贝壳类食物也是锌的好来源。

香蕉：《本草纲目》中记载，含钾丰富的香蕉也被称为"能量之源"，对于心脏、神经系统都有好处，还有降低血压的作用。香蕉含有丰富的维生素B$_6$，可以提

◎男人对于营养的需要和女人一样，所以也需要通过食补来增强体质、养生保健。

高免疫系统的"工作效率"，促进血红细胞的形成。早餐和锻炼间歇，来根香蕉很不错。

海鱼：肉要吃瘦的，但鱼一定要选越肥越好的深海鱼，如三文鱼、金枪鱼等。这些鱼中的不饱和脂肪酸比河鱼多很多，可以帮助降低甘油三酯水平。挪威人每周至少吃4次三文鱼，所以很少得心血管疾病。

花菜：《本草纲目》中曾提出花菜为十字花科蔬菜（花菜、西兰花、花椰菜等），一直是蔬菜中的健康典范。花菜含有丰富的维生素C，可以让你在工作时保持清醒的头脑。其中的胡萝卜素可以保护你疲惫的眼睛。

鹰嘴豆：这种坚果含有大量的镁，以及男性必不可少的硒，可以保护前列腺免受伤害，还可以降低胆固醇和防止血栓。

谷物、瓜果、糙米和小麦，谷物中的纤维不仅不会产生热量，还能帮助消化、保护肠胃。

植物甾醇强化食品：这种物质对心血管有卓越的保护作用，存在于所有的蔬菜、水果中。

大豆：大豆中富含的植物激素异黄酮不仅对女性健康有益，对男性的前列腺同样有益。除了大豆外，豆腐、豆奶和豆干都是不错的选择。

樱桃：别小看那一粒粒樱桃，里面装满了对人体有益的抗氧化剂，可以为你提供全天候的营养。有条件的话，确保自己

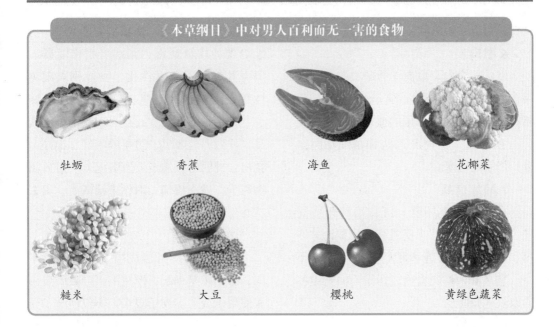

《本草纲目》中对男人百利而无一害的食物

牡蛎　　　香蕉　　　海鱼　　　花椰菜

糙米　　　大豆　　　樱桃　　　黄绿色蔬菜

每天都能吃上这种水果。

黄绿色蔬菜：青椒、南瓜、胡萝卜等蔬菜之所以呈黄绿色，是因为里面富含胡萝卜素，可以帮助修复皮肤细胞。对于在"面子工程"上不拘小节的男性来说，也不失为一种由内养外的好办法。

❷ 这些食物中男人食用要适量

蔬果、牡蛎、坚果等食物可以催情，可是下面这几种食物会败"性"。

1.莲子

莲子虽然具有治脾久泻、梦遗滑精等功效，但莲子心具有清心降欲的作用，所以不能过多食用莲子心。

2.冬瓜

冬瓜又名枕瓜。它含纤维素、尼古酸等。其味甘，性凉，能降欲火、清心热。《本草经疏》说："冬瓜内禀阴土气，外

受霜露之侵，故其味甘，气微寒而性冷。"

3.菱角

菱角又名水菱、沙角。其味甘，性寒，有养神强志之效，可平息男女之欲火。《食疗本草》便有关于菱角食疗功效的记载："凡水中之果，此物最发冷气，人冷藏，损阳，令玉茎消衰。"

4.芥蓝

芥蓝又名玉蔓菁、苤蓝。它含纤维素、糖类等。其味甘，性辛，除有利水化痰、解毒祛风作用外，还有耗人真气的副作用。久食芥蓝，可抑制性激素的分泌。《本草求原》说芥蓝"甘辛、冷，耗气损血"。

5.竹笋

竹笋系寒涩之品，且含有大量草酸，会影响人体对钙和锌的吸收和利用。如吃笋过多，会导致机体缺钙、缺锌，特别是

缺锌，对性欲的影响极为显著。

6.肥肉

红肉（牛肉、熏肉、香肠、午餐肉）所含的饱和脂肪和胆固醇让血管变窄，包括输送血液至性爱部位的血管，充血不充分，如何高举？何况这些都是细小的血管，最容易堵塞。

7.油炸食品

在植物油中加氢，可将油转化成固态，其所含脂肪即为反式脂肪。要论破坏度，反式脂肪比饱和脂肪有过之而无不及。薯条和油炸类食物、饼干、曲奇中都含有反式脂肪。

8.精面粉

在全麦加工成精面包的过程中，锌元素会损失3/4，而对于性欲的培养和生殖的健康，锌恰恰是至关重要的。男人体中锌储量最高处在前列腺，高锌含量的饮食有助于防止前列腺增生。

9.酒精

酒对性功能危害极大，长期酗酒会抑

制雄性激素的代谢，使睾酮生成减少。男性表现为性欲减退、阳痿、射精障碍、睾丸萎缩、乳房女性化；女性则表现为性兴奋困难，性高潮次数、强度显著减少，甚至性高潮丧失，还可引起内分泌紊乱，导致月经不调，过早的闭经、绝经、乳房、外阴等性腺及器官萎缩，阴道分泌物减少，性交疼痛，对性生活淡漠，失去"性"趣。

10.烟

男子吸烟，可造成阴茎血流循环不良，影响阴茎勃起，严重的可导致阳痿，并使精子变态。女子吸烟，不仅使卵子受损害而畸变，而且易发生宫外孕等异位妊娠，并且还会使女性激素分泌异常，而引起月经异常、无月经、性欲低下。需要注意的是：老年男性不要随便补充雄性激素。因为对于正常的男性来说，人为补充雄性激素并不会增强性欲和性交能力，并且补的时间长了，还会使睾丸逐渐萎缩，精子生成减少或者消失。

男人们应少吃的十种食物

| 莲子 | 冬瓜 | 菱角 | 芥蓝 | 竹笋 |
| 肥肉 | 油炸食品 | 精面粉 | 酒精 | 烟 |

❸ 男人冬季藏精御寒有妙方

冬季气温骤降，寒气袭人，阳气收藏，气血趋向于里，因此冬令食疗应以保持体内阴阳平衡，藏精御寒为主。冬季男人养生可参考以下4点：

①温肾填精：《本草纲目》中提到，冬季适当摄入营养丰富，温肾填精，产热量高，易于消化的食物，如羊肉，补体之虚，益肾之气，提高免疫力；或者食用药膳调理，如牛肉200克，鲜山药250克，水煎，待肉烂熟，食肉饮汤，益肺补肾；也可食用温性水果，如大枣、柿子等，补血益肾填精，抵御寒邪。

②果蔬补体：冬天是蔬菜的淡季，应注意多摄入富含维生素的蔬菜，如白菜、白萝卜、胡萝卜、豆芽、油菜等；

还要多吃含钙、铁、钠、钾等丰富的食物，如虾米、虾皮、芝麻酱、猪肝、香蕉等。

③运脾进补：冬季气温骤降，脾受寒困，不运化，所以冬季食疗应以补阳运脾、滋益进补为主。温补脾阳，多吃温性运脾食物，如粳米、莲子、芡实等；鳝鱼、鲢鱼、鲤鱼、带鱼、虾等水产类。

④辨证食疗：冬季要根据自身情况，有针对性地加以食疗。若本身原已有病，要遵照医嘱，不可盲目食疗。比如糖尿病人，可用淮山药、葛粉等作为食疗品，但忌用粳米及其他含糖较多的食物。凡血脂过高、动脉硬化，有冠心病、胆囊炎、痛风等疾病者，绝不可食用高蛋白、高脂肪、多糖分的食品，如甲鱼、桂圆等。因为这类食品会助长病情发展。

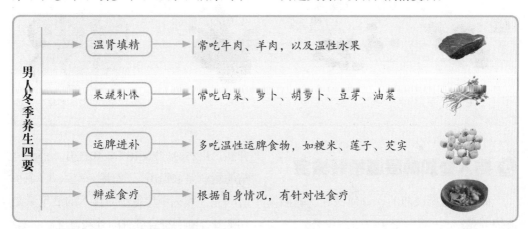

男人冬季养生四要

温肾填精	常吃牛肉、羊肉，以及温性水果
果蔬补体	常吃白菜、萝卜、胡萝卜、豆芽、油菜
运脾进补	多吃温性运脾食物，如粳米、莲子、芡实
辨症食疗	根据自身情况，有针对性食疗

❹ 上班族男人的 "食物助理"

上夜班或者经常熬夜的男士由于用眼过度，眼睛易出现干涩、视物不清等症状；身体违背生理规律及超负荷运转，容易导致身体疲劳。针对这些情况，养生专

家提出了一些进补方法：

早餐要营养充分，以保证旺盛的精力；中餐则可多吃含蛋白质高的食物，如瘦猪肉、牛肉、羊肉、动物内脏等；晚餐宜清淡，多吃维生素含量高的食物，如各种新鲜蔬菜，饭后吃点新鲜水果。

平时要注意多吃富含维生素A、胡萝卜素以及维生素B₂的食品。同时，选用含磷脂高的食物以健脑，如蛋黄、鱼、虾、核桃、花生等。还要有意识地多选用保护眼睛的食物，如鸡蛋、动物的肝、肾、胡萝卜、菠菜、小米、大白菜、番茄、黄花菜、空心菜、枸杞。需要引起注意的是：许多人认为吃零食是女人的专利，殊不知，男人也可以吃零食，正确地选择零食还可以起到补养身体的作用。

中医说"肾是先天之本"，肾也是一切活力的源泉，所以男士们补身应以补肾和补气为主。爱吃肉类的男士，多吃些帮助消化的零食，可令消化系统更顺畅，吸收得更好。

①补脑核桃：补肾又补脑的核桃最适合现代男士，拼搏之余补补虚耗过度的脑力，更有竞争力。

②开胃杏脯：生津开胃的杏脯有帮助消化的功能，但用蜜腌制的果脯含糖量高，不宜多吃。

③降压山楂：消脂降压的山楂是最适合中年男士平日闲嚼的零食。

④花旗参糖去虚火：清热降虚火的花旗参糖，最适合男士，方便易口。

有了这些"食物助理"，上班族的男人将更加精力充沛了。

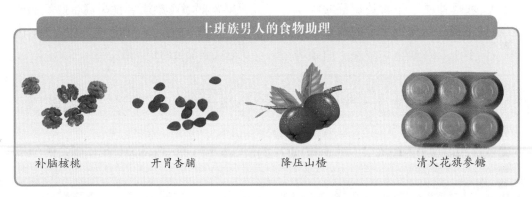

上班族男人的食物助理

| 补脑核桃 | 开胃杏脯 | 降压山楂 | 清火花旗参糖 |

⑤ 男人必知的醒酒护肝法宝

喝酒也是有技巧的，如何做到既喝酒还护肝呢？

1.按理想速度饮酒

理想速度，即不超过肝脏处理能力的饮酒速度。肝脏分解酒精的速度是每小时约10毫升，酒中所含的纯酒精（乙醇）的量，可以通过酒瓶标签上标示的度数计算出来。举个例子，酒精度数为16%的250毫升酒，用250毫升×16%＝40毫升，那么酒精的量就是40毫升。如果一个人花4个小时喝完，那么平均每小时摄入的酒精量是10毫升，刚刚符合肝脏的处理速度。

2.喝清水

酒精有改变机体细胞内外水分平衡的作用。通常，体内水分的2/3都在细胞内，但是酒精增加后，细胞内的水分会移动到血管中。所以，虽然整个身体的水分不变，但因细胞内的水分减少了，也会觉得

◎ "柠檬醒酒水"是缓解酒后不适的方法之一。

干渴。"醒酒水"是缓解酒后不适的方法之一。在满满的一杯水中混入三小撮盐并一口喝下去，会刺激胃使食物吐出。

3.饮用运动型饮料和果汁

含无机盐和糖分的饮料，除了有补给水分的作用之外，还有消除体内酒精的作用。运动型饮料和果汁效果就很好，特别是运动型饮料，其成分构成接近人的体液，易被人体吸收，不仅对宿醉有效，饮酒时如果一起喝，也可防止醉得太厉害。

4.吃柿子

柿子是富含果糖和维生素C的水果，古时即被作为防止醉酒和消除宿醉的有效食品。甜柿中所含的涩味成分可以分解酒精，所含的钾有利尿作用。

5.多食贝类

贝类食物通常含有丰富的维生素B_{12}、牛磺酸和糖原；维生素B_{12}和糖原对于促进肝脏的功能有着重要作用；而氨基酸中的牛磺酸与胆汁酸结合后，可以活化肝脏的解毒作用。

6.喝芦荟汁

芦荟带刺的绿色部分和其内部的胶质中含有多糖体、糖蛋白等物质，能降低酒精分解后产生的有害物质乙醛在血液中的浓度。因此，在饮酒之前，如果喝些芦荟汁，对预防酒后头痛和恶心、脸红等症状很有效。

7.吃富含蛋白质的食物

蛋白质和脂肪在胃内停留的时间最长，所以最适合作为下酒菜。为避免摄入过多高蛋白质食物导致发胖，最好选择鱼类、瘦肉、鸡肉、豆制品、蛋、奶酪等。含有优质蛋白质的牛奶和奶酪等乳制品、鸡蛋、豆腐、扇贝，以及用这些食物制成的汤，对肝脏功能有益，且不会对胃造成负担。

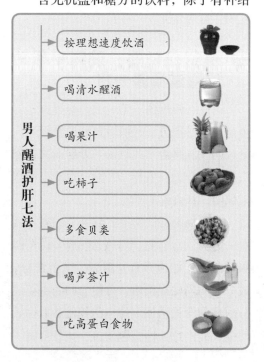

男人醒酒护肝七法

- 按理想速度饮酒
- 喝清水醒酒
- 喝果汁
- 吃柿子
- 多食贝类
- 喝芦荟汁
- 吃高蛋白食物

⑥ 男人年过四十，"六味"正当时

过了40岁的男人们，精就会不足，甚至耗尽。即使没有什么慢性病，每天吃两丸六味地黄丸，也可益寿养生。

中医认为，人的阴气只够供给三十年的生命，所以我们的阴气很早就亏了。那么，益寿养生，补充亏了的阴气也就顺理成章了。

营养学认为人吃的东西和自己的物种离得越远越好，也就是大家常说的四条腿的猪牛羊肉不如两条腿的鸡鸭禽肉，而两条腿的禽类又不如没腿的鱼类。之所以这么说，主要是从食物的脂肪含量上考虑。我们说人过中年就容易发福，但这种"福"并不代表健康。所以，从这个阶段以后，尽量吃脂肪含量低的食物，人就不容易发胖了，不发胖也就少了很多并发症，如高血压、心脑血管病、糖尿病等。

◎过了40岁的男人们，应每天吃两丸六味地黄丸，可益寿养生。

现代男人过了中年，由于社会等各方面的压力，加上家庭的牵绊，身体很容易"上火"。于是神经衰弱、失眠等病症也接踵而来，更加消耗体内的阴精。

大家常说，男人过了40岁往往在性生活面前挺不起腰杆，其实就是过了40岁的男人，需要补肾壮阳。中医认为，男人过40岁以后，先天之精基本荡然无存，完全是靠后天的水谷之精来维系自己。而肾藏精，精又生髓，肾精是不虑其有余，而唯恐其不足的，所以得好好补一补。

那我们应该如何给身体补充这些不足或丧失的"精"呢？我国宋朝有位名医叫钱乙，以茯苓、泽泻、熟地、山茱萸、牡丹皮、山药这六味药组成了一个经典的补肾方，也就是我们现在的六味地黄丸。过了40岁的男人，即便没有什么慢性病，每天吃两丸六味地黄丸，也可避免阴精过度耗竭，益寿养生。

⑦ 桃红四物汤：流传千年的妇科滋阴第一方

"桃红四物汤"是一款美容妙方，但更是一款滋阴方。之所以这样说是因为，桃红四物汤是由"四物汤"发展而来，专门用来治疗妇科血症，补血活血的，而血液属阴，补血就是养阴。

"四物汤"被中医界称为"妇科养血第一方"，由当归、川芎、熟地、白芍四味药组成。熟地含有甘露醇、维生素A等成分，与当归配伍后，可使当归的主要成分阿魏酸含量增加，使当归补血活血疗效增强，能治疗女性脸色苍白、头晕目眩、月经不调、量少或闭经等症。关于桃红四物汤的来历，还有这样一个故事：

有一个姓陈的铁匠，妻子得了很严重的病，很多人都觉得治不好了。名医朱丹溪听说后，主动找上门去。见到陈铁匠的妻子时，她躺在草席床上，脸色发黑，四肢细瘦如柴，远远望去，像鬼一样。朱丹溪见状急忙上前为其诊脉，"你妻子的脉数而涩，重取有弱的感觉，气血不足，需要用四物汤加黄连、黄芩、木通、白术、陈皮、厚朴、生姜熬汤喝，如此调养一年后就会康复"。说也神奇，服用了朱丹溪开的"桃红四物汤"后，一个眼看就要死了的人，一年后便康复了。

"妇人以血为本，血属阴，易于亏欠，非善调摄者不能保全也。"而桃红四物汤是在四物汤的基础上加上桃仁和红花研制而成，专治血虚、血淤导致的月经过多，还能治疗先兆流产、习惯性流产，尤其对养颜健体有特别的功效。

《黄帝内经》里说：肝得到血液营养，眼睛才能看到东西（肝开窍于目）；足得到血液营养，才能正常行走；手掌得到血液营养，才能握物；手指得到血液营养，才能抓物……人体从脏腑到肢体各个层次的组织都离不开血液的营养，血液是维持人体生命活动的基本物质。女性从来月经那天开始，就面临着血液亏损、阴精耗减的问题，在生育时更是如此。俗话说"一个孩子三桶血"，孩子在母亲的腹中是完全依靠母亲的血液喂养大的，整个孕期就是一个耗血失阴的过程。

如果说生命是烛光，那么血液就像蜡烛。当一根蜡烛的蜡油减少并耗尽时，烛光将随之变得微弱以致熄灭。人的生命也是一样，随着人体血液的消耗，生命也将枯萎。血液对人体正常的生命活动至关重要，是人生下来、活下去的保证。所以，女性朋友平时要加强营养，多吃补血食物，把滋阴补血提升到日程。

❽ 特殊时期给自己特别的护理

月经是成年女子的正常生理现象。但月经来潮期间，机体也会受到一定的影响，比如抵抗力降低，情绪容易波动、烦躁、焦虑等。因月经失血，使体内的铁元素丢失较多，尤其是月经过多者。因此，月经期除了避免过分劳累，保持精神愉快外，在饮食方面应注意以下宜忌。

1.忌生冷，宜温热

祖国医学认为，血得热则行，得寒则滞。月经期如食生冷，一则伤脾胃碍消化，二则易损伤人体阳气，易生内寒，寒气凝滞，可使血运行不畅，造成经血过少，甚至痛经。即使在酷暑盛夏季节，月经期也不宜吃冰淇淋及其他冷饮。饮食以温热为宜，有利于血运畅通。在冬季还可以适当吃些具有温补作用的食物，如牛肉、鸡肉、桂圆、枸杞子等。

2.忌酸辣，宜清淡

月经期常可使人感到非常疲劳，消化功能减弱，食欲欠佳。为保持营养的需要，饮食应以新鲜为宜。新鲜食物不仅味道鲜美，易于吸收，而且营养破坏较少，污染也小。月经期的饮食在食物制作上应以清淡易消化为主，少吃或不吃油炸、酸辣等刺激性食物，以免影响消化和辛辣刺激引起经血量过多。

3.荤素搭配，防止缺铁

妇女月经期一般每次失血约为30～50毫升，每毫升含铁0.5毫克，也就是说每次月经要损失铁15～25毫克。铁是人体必需的元素之一，它不仅参与血红蛋白及多种重要酶的合成，而且在免疫、智力、衰老、能量代谢等方面都发挥重要作用。因此，月经期进补含铁丰富和有利于消化吸收的食物是十分必要的。鱼类和各种动物肝、血、瘦肉、蛋黄等食物含铁丰富，生物活性高，容易被人体吸收利用。而大豆、菠菜中富含的铁，则不易被肠胃吸收。所以，制定食谱时最好是荤素搭配，适当地多吃些动物类食品，特别是动物血，不仅含铁丰富，而且还富含优质蛋白质，是价廉物美的月经期保健食品。

总之，月经期仍应遵循平衡膳食的原则，并结合月经期特殊生理需要，供给合

莲藕　　菠菜

红枣　　阿胶

◎女性朋友平时要加强营养，多吃补血食物如红枣、红豆、阿胶、菠菜、莲藕，把滋阴补血提升到日程。

理膳食，注意饮食宜忌而确保健康。

经期护理套餐：

1.早餐：薏苡仁粥+热牛奶

薏苡仁粥的做法如下：

材料：薏苡仁60克，山药60克，粳米200克。

制法：将薏苡仁、山药、粳米洗净，加水适量，煮烂成粥。

用法：随量日常食用。

2.午餐：胡萝卜炖羊肉

材料：胡萝卜300克，羊肉180克，水1200毫升，料酒3小匙，葱、姜、蒜末各1小匙。糖与盐各适量、香油1/2小匙。

制法：

①胡萝卜与羊肉洗净沥干，并将胡萝卜及羊肉切块备用。

②将羊肉放入开水余烫，捞起沥干。

③起油锅，放入5大匙色拉油，将羊肉大火快炒至颜色转白。

④将胡萝卜、水及其他调味料（除香油外），一起放入锅内用大火煮开。

⑤改小火煮约1小时后熄火，加入香油即可起锅。

3.晚餐：山药煲乌鸡

材料：乌鸡一只（净光鸡），山药、枸杞、生姜、盐、鸡精、食用油、清汤、料酒。

制法：

①将乌鸡放入开水中稍煮一下捞出待用。

②将生姜切成片，山药去皮洗净，切成厚片，枸杞洗净待用。

③将乌鸡、山药、枸杞一起放入电气

女性月经期饮食宜忌

忌生冷，宜温热

忌酸辣，宜清淡

荤素搭配，防止缺铁

锅内，倒入清汤和料酒，控制器调到20分钟（或按汤键）。

④待电气锅进入保温状态，卸压后打开盖调味拌匀即可食用。

⑨ 流产不要"流"走健康和容颜

一些女性认为药流等人工流产是件很简单的事，没怎么休养便又上班了。妇科医生告诫我们，这对身体的康复没有好处。因为流产对身体有一定的损伤，丢失一定量的血，加上流产过程中心理上承受的压力和肉体上的痛苦，使流产后的身体比较虚弱，有的人还会有贫血倾向。因此，适当进行补养是完全必要的。补养的时间以半月为宜，平时身体虚弱、体质差、失血多者，可根据身体情况酌情适当延长补养时间。

产妇（流产也属产妇范畴）在休息期间，在饮食上要注意各种营养素充分合理的供给，以利于尽快恢复体质：

1. 人工流产后的饮食原则

人工流产后仍然必须对各种食物在数量上、质量上以及相互搭配上作出合理安排，以满足机体对蛋白质、碳水化合物、

脂肪、维生素、无机盐、水和纤维素的需要。为了促进人工流产后的康复，饮食调整应注重以下几点：

①蛋白质是抗体的重要组成成分，如摄入不足，则机体抵抗力降低。人工流产后半个月之内，蛋白质每公斤体重应给1.5~2克，每日量约100~150克。因此，可多吃些鸡肉、猪瘦肉、蛋类、奶类和豆类、豆类制品等。

②人工流产手术后，由于身体较虚弱，常易出汗。因此补充水分应少量多次，减少水分蒸发量。汗液中排出水溶性维生素较多，尤其维生素C、维生素B_1、维生素B_2，因此，应多吃新鲜蔬菜、水果。这也有利于防止便秘。

◎人工流产手术后，由于身体较虚弱，常易出汗，应多吃新鲜蔬菜、水果。

③在正常饮食的基础上，适当限制脂肪。术后一星期内脂肪控制在每日80克左右。行经紊乱者，忌食刺激性食品，如辣椒、酒、醋、胡椒、姜等。这类食品均能刺激性器官充血，增加月经量。也要忌食

②荔枝大枣汤：干荔枝，干大枣各7枚。共加水煎服，每日1剂。具有补血生津作用。适用于妇女贫血，流产后体虚的调养。

③豆浆大米粥：豆浆2碗，大米50克，白糖适量。将大米淘洗净，以豆浆煮米作粥，熟后加糖调服。每日早空腹服食。具有调和脾胃、清热润燥作用。适用于人工流产后体虚的调养。

④乳鸽枸杞汤：乳鸽1只，枸杞30克，盐少许。将乳鸽去毛及内脏杂物，洗净，放入锅内加水与枸杞共炖，熟时加盐少许。吃肉饮汤，每日2次。具有益气、补血、理虚作用。适用于人流后体虚及病后气虚，体倦乏力，表虚自汗等症。

⑤参芪母鸡汤：老母鸡1只，党参50克，黄芪50克，淮山药50克，大枣50克，黄酒适量。

将宰杀去毛及内脏的母鸡，加黄酒淹浸，其他四味放在鸡周围，隔水蒸熟，分

◎人工流产手术后应适当限制脂肪，行经紊乱者要忌食牡蛎等寒性食物。

螃蟹、田螺、河蚌等寒性食物。

2.人工流产后怎样进行补养

流产后应重视饮食的补养，这对女性身体健康有很大的影响。流产手术者首先要保证优质蛋白质、充足的维生素和无机盐的供给，尤其是应补充足够的铁质，以预防贫血的发生。食物选择既要讲究营养，又要容易消化吸收，可供给鲜鱼、嫩鸡、鸡蛋、动物肝、动物血、瘦肉、大豆制品、乳类、大枣、莲子、新鲜水果和蔬菜。不吃或少吃油腻、生冷食物，不宜食萝卜、山楂、苦瓜、橘子等有理气、活血、寒凉性食物。日常生活中应多吃易于消化的食物。

3.流产后食疗方

①鸡蛋枣汤：鸡蛋2个，红枣10个，红糖适量。锅内放水煮沸后打入鸡蛋卧煮，水再沸下红枣及红糖，文火煮20分钟即可。具有补中益气，养血作用。适用于贫血及病后、产后气血不足的调养。

◎参芪母鸡汤具有益气补血作用，适用于流产后的调补。

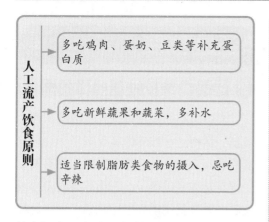

人工流产饮食原则

→ 多吃鸡肉、蛋奶、豆类等补充蛋白质

→ 多吃新鲜蔬果和蔬菜，多补水

→ 适当限制脂肪类食物的摄入，忌吃辛辣

◎准妈妈可多食海产品如海参，可防止出现类似粉刺的黑斑。

数次服食。具有益气补血作用。适用于流产后的调补。

⑩ 准妈妈的美丽健康养护

很多爱美的姑娘总是担心怀孕会破坏她娇美的体形，产生妊娠斑和黑斑以及妊娠纹、脱发等。确实，我们身边有很多这样的例子，白雪公主一旦为人母，似乎就降级为了仆妇。这使得怀孕在一定程度上变成了一种牺牲——鱼和熊掌不可兼得。其实，也有不少聪明女子在为人妻母之后仍然保持她那仪人体态、娇美容颜，这也是一门学问。

在怀孕前半年，女人应做好充分的准备，这包括锻炼身体，多做按摩，坚持冷水擦浴，增强皮肤的弹性。不吃高糖，不吃含味精、咖啡因、防腐剂的食品及辛辣食物。可提前多摄入含硒、镁等微量元素的食物。如黑芝麻、麦芽、虾、动物肾、肝等含较高的硒。镁主要来源于含叶绿素多的有色蔬菜等植物性食物。此外，小米、大麦、小麦、燕麦、豆类、坚果类、海产品等也是镁的良好来源，可防止出现类似粉刺的黑斑。每天喝点绿茶，亦可起

到良好的美容作用。

怀孕后，孕妇容易产生便秘，造成心情狂躁，同时，对皮肤最直接的反应是肤色灰暗、粗糙，出现类似粉刺的黑斑。这时我们可以吃些蜂蜜，用不超过60℃的温开水冲服，同时，蔬菜、水果以及维生素C不仅有助于皮肤的红润健康，还可防止孕妇小腿痉挛及酸胀之症。多吃一些含蛋白质、维生素和矿物质高的食物。

◎常食水果有助于皮肤的红润健康，还可防止孕妇小腿痉挛及酸胀之症。

食物有阴阳，看它温热还是寒凉

❶ 人有体质之分，本草也有"性格"之别

我们一直在强调，无论是治病还是养生，要根据自身体质和其他具体情况辨证施治。而人有体质之分，本草也有自己不同的"性格"。我们用食物来养生，就要好好了解它们各自的性格。

《本草纲目》中记述，每种本草都会首先论述它的"性"，比如性温、性寒等。

这个"性"就是它们的"性格"，有寒、凉、温、热等不同的性质。从历代中医食疗书籍所记载的300多种常用食物的分析来看，我们日常食的食物以平性食物居多，温、热性次之，寒、凉性居后。

寒凉性的食物大多具有清热、泻火、消炎、解毒等作用，适用于夏季发热、汗多口渴或平时体质偏热的人，以及急性热病、发炎、热毒疮疡等。

例如，西瓜能清热祛暑，除烦解渴；绿豆能清热解毒，患疮疡热毒者宜多选用。

温热性的食物大多具有温振阳气、驱散寒邪、驱虫、止痛、抗菌等作用，适用于秋冬寒凉季节肢凉、怕冷或体质偏寒的人，以及虫积、脘腹冷痛等病症。例如，生姜、葱白二味煎汤服之，能发散风寒，可治疗风寒感冒；大蒜有强烈的杀菌作用，对肺结核、肠结核、急慢性肠炎、痢疾等都有很好的补养作用。

❷ 你的口味反映着身体的需要

准妈妈小苏最近特别爱吃酸的东西，山楂、话梅这些酸味的零食买了一大堆。丈夫看到大啖大嚼的妻子，就开玩笑说："你真是越来越馋了。"小苏还没来得及反驳，婆婆就站出来帮她说话了："她怀孕了，爱吃酸是身体的需要。我当年怀你的时候比小苏还能吃酸呢。"为什么怀孕的女人都爱吃酸呢？这是因为怀孕之后，为了保证胎儿的营养，她的血都去养胎了，这就会造成自身肝阴不足。而肝主藏血，酸入肝，所以这时候孕妇就特别想吃酸的。其实，人的口味反映了身体的需要。当五脏六腑需要补的时候，就会促使人产生吃这些东西的想法。食物有酸、甜、苦、辣、咸五种性味，和五脏有一定的关系。《本草纲目》中提到，酸入肝、甘入脾、苦入心、辣入肺、咸入肾，不同味道的食物进入身体会调补不同的脏腑。换句话说就是，当你口味出现改变的时候，其实就反映了你身体的状况。

除了准妈妈们喜欢吃酸，很多小孩子都喜欢吃甜的东西。"甘入脾"，甜味的东西走脾胃，孩子爱吃糖就很可能是脾虚的象。小孩子们大多爱流口水，这也是因为脾虚。还有的人口味特别重，爱吃咸的东西，中医讲咸味是入肾的，爱吃咸的东西说明这个人已经伤了元气，这时一定要注意补元气。

所以说，当你自己特别想吃某个东西

◎口味反映出身体的状况，举例来说，小孩子们大多爱流口水，这是因为脾虚。

◎调理秋燥的方法是从饮食下手，多喝白开水，多吃养阴、润燥的食物如银耳、百合等。

的时候，中医的原则是想吃的东西就可以吃，因为它反映着你自己身体的需要。那么，是不是小孩子爱吃糖，做父母的就任由他吃，喜欢吃咸的、辣的人也随着自己的性子呢？

当然不是这样，我们主张想吃啥就吃啥，但凡事以不过为度，口味也是这样，不能吃得过甜、过咸、过辣等。因为小孩子如果吃糖过多，会生蛀牙；盐可以调节人的元气和肾精，吃的味道太重，会耗元气。爱吃就吃，但一定要有节制，这才是正确的饮食之道。

❸ 热性食物会助长干燥，所以要巧吃

现代人口味很重，很多人喜欢调味料放得特别足的食物，油炸、麻辣食品是很多人的最爱。大三女生小张就最喜欢吃学校附近小摊上的麻辣鸡翅。这家的鸡翅味道特别重，葱、姜、蒜、八角、茴香等放

得特别多，很符合大学生的口味。

这年秋天，小张觉得特别干燥，经常口干舌燥、皮肤脱屑，嘴唇干枯起皮，还时不时地便秘。她只得去看医生，医生询问了她的生活习惯，发现小张基本上每天都要光顾这家小店吃麻辣鸡翅，于是告诉她，让她"干燥不堪"的元凶就是麻辣鸡翅这类热性食物。

原来，热性食物本来就会助长干燥，而到了秋天，赶上"秋燥"，情况就会更严重。如此下来就会伤阴。调理的方法就要从饮食上着手，少吃辛辣、煎炸的热性食物，多喝白开水，并且吃一些养阴、生津、润燥的食物。

《本草纲目》里说，银耳性平无毒，既有补脾开胃的功效，又有益气清肠的作用，还可以滋阴润肺。百合甘寒质润，善养阴润燥。二者同煮粥食用，是对抗秋燥的最好膳食。将银耳、百合、粳米洗净放入锅中，加清水适量，用文火煮熟。可以

加入适量冰糖。每日一次。 小张吃了一段时间百合银耳粥，发现秋燥的症状开始减轻，尤其是嘴唇不像原来那样喜欢起死皮了。同时，她也戒掉了原来顿顿不离的麻辣鸡翅，毕竟还是健康最重要啊！

④ 血虚怕冷，气虚怕饿——胖子也要"补身体"

人体内脂肪积聚过多，体重超过标准体重的20%以上，就称为肥胖症。肥胖之人脂肪多，就像穿了一件"大皮袄"，不容易散热，夏天多汗，容易中暑和长痱子。由于体重增加，足弓消失，容易成为扁平足。即便走路不多，也容易出现腰酸、腿痛、脚掌和脚后跟痛等症状。肥胖的人在活动后还很容易出现心慌、气短、疲乏、多汗，所以人们常常用"虚胖"来形容胖。虚胖就不是健康的状态，这个虚只能用补来解决。

有句话叫"血虚怕冷，气虚怕饿"。血少的人容易发冷，而气虚的人容易饿，总想着吃。针对这种食欲旺盛的情况，最好的方法就是补气。熟知《本草纲目》的人都知道，其中最推崇的补气本草之一就是黄芪。黄芪性温，最能益气壮骨，被称为"补药之长"。用十几片黄芪泡水喝，每晚少吃饭，用10颗桂圆、10枚红枣（这个红枣是炒黑的枣）煮水泡上喝，不至于因为晚上吃得少了而感到饿，同时红枣和桂圆又补了气血。另外，平时要多吃海虾，这也是补气、补肾最好的方法。当把气补足后，就会发现饭量能很好地控制了，不会总觉得饿了。坚持一段时间，体

◎ "虚胖"不仅代表体重的超标，还代表身体很虚，需要用补来解决。

重就会逐渐下降。

对于那些吃得少，也不容易饿的胖人来说，发胖是因为血虚。平时要多吃鳝鱼、黑米粥、海虾和牛肉。气血补足了，肥胖的赘肉自然就消失了。

虚胖的人一般肝脾都不好，所以要想减肥保健康，先得调脾，肝脾和了，然后再进行科学的饮食调理。虚胖的人有三种食物可以多吃：

①莲藕：脆嫩多汁，易消化，可补益气血、增强人体免疫力，特别适合脾胃虚弱的人食用。日常可煲莲藕绿豆汤、海带排骨莲藕汤等，也可以做凉拌莲藕。

②山药：可补脾养胃、补肺益肾、固肠止泻。将其和红枣、小米等煮粥服用，可健脾。

③白萝卜：春季肝火旺盛，适当食用萝卜，可缓解消化不良、感冒、脾胃燥热不适等症状。

第四章

药食同源，
本草养生乐趣也在吃喝之间

● "药食同源，药补不如食补"，这是我们经常听到的一句话，这说明现在越来越多的人认识到食补的重要性，明白与其与时间赛跑，生病了再吃药，不如先顾好一日三餐，在餐桌上求健康。而且，不论是中药、西药，或多或少都有副作用，食补与药补比较中，食补更便捷、更经济，因为食物所用之物大都是常见食材。许多人认为《本草纲目》只是一部药典，其实它也是一本健康食谱，只要你翻开《本草纲目》就会发现，它并不是单纯讲食物，而是用巧妙的手法，把人和食物串联起来，告诉人们什么样的食物对什么样的人最有用。只要我们学会运用《本草纲目》的食疗方法，就能在一日三餐之中收获健康，尽享口福。

❤ "粥是第一补人之物" —— 粥膳本草经

① 每天食粥一大碗，壮脾胃补气血

李时珍一生辛劳，为了编著《本草纲目》耗费了大量心血。他75岁去世，在当时这已经是高寿了。从事如此繁重的工作，他还能健康尽享天年，他的粥养功不可没。李时珍特别推崇以粥养生，他在《本草纲目》中说："每日起食粥一大碗，空腹虚，谷气便作，所补不细，又极柔腻，与肠胃相得，最为饮食之妙也。"

现在看来，李时珍的粥养是非常科学合理的。我们日常所吃的食物大都是复杂的大分子有机物，食入后必须先在消化道内分解成结构简单的小分子物质后，才能通过消化道内的黏膜进入血液，送到身体各处供组织细胞利用，使各个脏器发挥正常的功能，保证身体的生长。西医的营养学里有一种叫"要素饮食"的方法，就是将各种营养食物打成粉状，进入消化道后，易于直接吸收。由此看来，消化、吸收的关键与食物的形态有很大关系，液体的、糊状的食物因分子结构小就可以直接通过消化道的黏膜上皮细胞进入血液循环来滋养人体。所以，在喂养婴儿或者大病初愈、久病体弱的成年人和老年人需要补养肠胃时，都应该给予细碎的食物，这样才能加快气血的生成，促进身体的健康。

此外，常喝粥还以下几大好处：①增强食欲，补充体力。生病时食欲不振，清粥搭配一些色泽鲜艳又开胃的食物，既能促进食欲，又为虚弱的病人补充体力；②防止便秘，稀饭含有大量的水分，平日多喝粥，除能果腹止饥之外，还能为身体补充水分，有效防止便秘；③预防感冒，天冷时，清早起床喝上 碗热粥，可以帮助保暖、增加身体御寒能力，能预防受寒感冒。④防止喉咙干涩，对于喉咙不适、发炎疼痛的人，温热的粥汁能滋润喉咙，有效缓解不适感；⑤调养肠胃，胃功能较弱活溃疡的人，平日应少食多餐，细嚼慢咽，很适合喝稀饭调养肠胃。⑥延年益寿。喝粥可以延年益寿，五谷杂粮熬煮成粥，含有更丰富的营养素与膳食纤维，对于年长，牙齿松动的人，多喝粥可防小病，更是保健养生的良方。

粥能健脾胃、补虚损，最宜养人益寿，这里给大家介绍几款养生粥。

◎每日起食粥一大碗，可以暖身养胃，是饮食养生的绝妙方法。

※ 粥膳养生方 ※

山药人参鸡粥

功效 增强免疫力。

材料 山药100克，人参1根，鸡肝120克，大米80克，盐3克，鸡精1克，葱花少许

做法 ①山药洗净，去皮切片；人参洗净；大米淘净，泡好；鸡肝洗净、切片。②大米放入锅中，放适量清水，旺火煮沸，放入山药、人参，转中火熬煮至米粒开花。③再下入鸡肝，慢火将粥熬至浓稠，加盐、鸡精调味，撒入葱花即可。

蜜枣桂圆粥

功效 保肝护肾。

材料 桂圆肉、枸杞、红枣各适量，大米80克，白糖5克

做法 ①将大米洗净；桂圆肉、枸杞、红枣均洗净，红枣去核，切小块。②锅置火上，倒入清水，放入大米，以大火煮开。③再加入桂圆肉、枸杞、红枣同煮片刻，再以小火煮至浓稠状，调入白糖搅匀入味即可。

玉米车前子大米粥

功效 养心润肺。

材料 玉米粒80克，车前子适量，大米120克，盐2克

做法 ①玉米粒和大米一起泡发，再洗净；车前子洗净，捞起沥干水分。②锅置火上，加入玉米粒和大米，再倒入适量清水烧开。③放入车前子同煮至粥呈糊状，调入盐拌匀即可。

燕窝灵芝粥

功效 补血养颜。

材料 猪肉100克，燕窝5克，灵芝10克，大米120克，青菜适量，盐3克，鸡精1克

做法 ①燕窝泡发洗净，撕片；猪肉洗净，切条；灵芝洗净，掰小块；青菜洗净，切碎；大米泡好。②锅中注水，下入燕窝、大米煮开，改中火，下入猪肉、灵芝，煮至猪肉变熟。③改小火，放入青菜，待粥熬好，下入盐、鸡精调味即可。

❷ 五谷杂粮粥其实是最养人的

很多本草都可以用来做粥，但其中最养人的还是五谷杂粮粥。

《本草纲目》解读：大米性味甘、平，入脾、胃经，有补中益气之功。以大米煮粥服食，当米烂时取其上面的浓米汤饮之，对脾胃亏虚、消化功能薄弱者尤为适宜。粟米性味甘、咸、凉，入脾、胃、肾经，有健脾和胃、补益虚损之功。糯米性味甘、温，入脾、胃、肺经，有补中益气、固表止汗之功。《本草纲目》言其"暖脾胃，止虚寒泄痢，缩小便，收自汗，发痘疮"，很适用于食欲不振、便溏久泄的人。不过需要注意的是，《本草纲目》言糯米"糯性黏滞难化，小儿、病人

◎很多本草都可以用来做粥，但其中最养人的还是五谷杂粮粥。

最忌之"，所以脾胃虚弱者不宜多食。

每天早晚喝一碗这样的粥，最养元气。尤其是老年人和大病初愈的人，脾胃比较虚弱，用这些粥养生极为适宜。

✄ 五谷杂粮养生方 ✄

粟米粥

功效 健脾和胃，补虚疗损。适用于脾胃亏虚，反胃吐食，大便溏泄，产后及病后体虚，食欲不振，头目眩晕等症患者。《本草纲目》言此粥可"益丹田，补虚损，开肠胃"。

材料 粟米、大米适量

做法 将粟米、大米淘净，放入锅中，加清水适量，煮为稀粥服食。

糯米粥

功效 增强免疫力，此粥还有养血、活血、调经之功，适用于月经不调而有血虚、血瘀者。

材料 糯米100克，红糖少许

做法 ①将糯米洗净，泡发。②加适量水煎煮约30分钟，再加入糯米煮至粥成，加红糖调味即可食用。

❸ 补中益气的药粥你不可不知

《本草纲目》中的很多本草都有补中益气的功效，拿来做粥，效果更为明显。这里挑出一些最能益气升阳的做粥的食材给大家，粥方里的本草药材，大家在一般的中药店都可以买到。

黄芪性味甘、微温，入脾、肺经，有补气升阳、固表止汗、利水消肿、托毒生肌之功。用黄芪煮粥对肺脾气虚、汗出异常及平素常常感冒的人都有补养的功效。

白术性味甘、温，入脾、胃经，是中医常用的健脾药。能健脾益气、固表止汗。同大米煮粥服食，更增其补益健脾之力。如果你经常食欲不佳、倦怠乏力，又

上班族男人的食物助理

黄芪　　　白术　　　莲子

大小便异常，本品可以帮你养胃补脾。

莲米性味甘、涩、平，入脾、肾、心经，有补脾止泻、补肾涩精、养心安神之功。《本草纲目》言其"交心肾，厚肠胃，固精气，强筋骨，补虚损……止脾虚久泄痢，赤白浊，女人带下崩中诸血证"。这款莲子粉粥可以"健脾胃，止泄痢"，经常拉肚子的人，应该多喝这种粥。

✖ 补中益气粥膳养生方 ✖

黄芪红豆粥

功效 益气补血。

材料 糯米70克，红豆20克，薏米30克，黄芪、鸡内金粉各适量，白糖3克。

做法 ①糯米、薏米、红豆均洗净，于冷水锅中泡发半小时后捞出沥水备用；黄芪洗净。②锅置火上，倒入清水，放入大米、薏米、红豆同煮开。③加入黄芪、鸡内金粉搅匀，煮至粥呈浓稠状，调入白糖拌匀即可食用。

白术猪骨粥

功效 增强免疫力。

材料 大米150克，猪腿骨120克，枸杞10克，白术适量盐3克，香菜6克，葱花5克。

做法 ①枸杞、白术洗净；猪腿骨洗净，入沸水中汆烫，捞出，再下入沸水锅中煮至汤呈白色；大米淘净，泡好。②将猪腿骨连汁倒入锅中，下入大米煮开，再下入白术、枸杞。③慢熬成粥，调入盐，撒上香菜和葱花即可。

❹ 止咳平喘的药粥是你摆脱病痛的救星

咳嗽是我们在日常生活中经常会遇到的小毛病。中医认为这是外邪入侵，使得脏腑受伤，影响到肺导致的有声有痰之证，所以要祛邪宣肺，还要调理脏腑、气血。本草里能够清肺止咳的种类有很多，以下药粥皆有润肺止咳的功效。

《本草纲目》解读：枇杷叶性味苦、平，入肺、胃经。有化痰止咳、和胃降逆之功。本品性平而偏凉，故能下气止咳、清肺化痰，又能清胃热而止呕逆，故对咳嗽痰稠、胃热呕吐、呃逆等甚效。

麦冬有养阴润肺、养胃生津、清心除烦、润肠通便之功。煮粥服食，对肺胃阴虚、干咳痰少、胃脘隐痛、纳差食少、心烦不寐、大便秘结等有良好治疗效果。

沙参有养阴润肺、益胃生津之功。煮粥服食，对肺胃阴虚所致的各种病症有良好的治疗作用，肺寒痰湿咳嗽者不宜选用本品。

芥菜有宣肺豁痰、温中健胃、散寒解表之功。煮粥服食，化痰止咳、散寒解表，对外感风寒、咳嗽气喘等确有效果。煮制时配点生姜、葱白同用，其效更佳。

白果有敛肺平喘，收涩止带之功。煮粥服食，脾肾双补、脾胃健运、痰湿自化、肾气归元，故喘嗽可止、白带可痊、水循常道、小便自利。不过本品不宜服食过量。

荸荠有清热养阴、生津止渴、消积化痰之功。若煮制时加点麦冬、梨汁、鲜藕汁等同用，其效更佳。本品生食易感染姜片虫，故以熟食为宜。若必须生食时，应充分浸泡后刷洗干净，以沸水烫过，削皮再吃为宜。

梨性味甘、微酸、凉，归肺、胃经。《本草纲目》言其"润肺凉心，消痰降火，解疮毒、酒毒"。有润肺消痰、清热生津之功，适用于热咳或燥咳、热病津伤、或酒后烦渴、消渴等。

《本草纲目》中的止咳平喘佳品

| 枇杷叶 | 麦门冬 | 沙参 | 芥菜 |
| 白果 | 荸荠 | 梨 | 杏仁 |

止咳平喘粥膳养生方

枇杷叶冰糖粥

功效 养心润肺。

材料 枇杷叶适量，大米100克，冰糖4克，香菜末少许

做法 ①大米洗净，泡发半小时；枇杷叶刷洗干净，切成细丝。②锅置火上，倒入清水，放入大米，以大火煮至米粒开花。③再加入枇杷叶丝，以小火煮至粥呈浓稠状，下入冰糖煮至融化，撒上些许香菜末即可。

竹叶甘草麦冬粥

功效 养心润肺。

材料 竹叶、甘草、麦冬、红枣各适量，大米100克，盐3克，葱花适量

做法 ①大米泡发洗净；麦冬洗净；甘草、红枣均洗净，切片；竹叶洗净，加水煮好，取汁待用。②锅置火上，加入适量清水，放入大米，以大火煮开。③加入麦冬、甘草、红枣、竹叶汁同煮至浓稠状，调入盐拌匀，撒上葱花即可。

沙参八宝粥

功效 增强免疫力。

材料 糯米30克，红枣、红豆、薏米、淮山、桂圆、核桃仁各20克，北沙参8克，白糖5克，葱花7克

做法 ①红枣、淮山均洗净，切片。②锅置火上，倒入清水，放入泡发过的糯米、红豆、薏米、淮山，以大火煮开。③加入红枣、桂圆、北沙参、核桃仁同煮至粥呈浓稠状，撒上葱花，调入白糖拌匀即可。

芥菜大米粥

功效 开胃消食。

材料 芥菜20克，大米90克，盐2克，香油适量

做法 ①大米洗净泡发1小时；芥菜洗净，切碎。②锅置火上，注入清水，放入大米，煮至米粒开花。③放入芥菜，改用小火煮至粥成，调入盐入味，再滴入香油，拌匀即可食用。

强身健体还是要多喝一些肉粥

健康饮食一直强调"少食肥腻"，肉吃得太多容易引起肥胖、增高血脂、对心脑血管不利等。其实，任何东西吃多了都不好，就算水果也不例外。我们的身体需要肉类食物的滋养，每天吃二两肉左右是很合适的标准。不过，肉类食物比较难消化，所以煮成肉粥，很适合那些脾胃虚弱的人。

《本草纲目》解读：猪肉性味甘、咸、平，入脾、胃、肾经，有滋阴润燥、健脾益气之功，适用于热病伤津、消渴羸瘦、燥咳、便秘等。《本草纲目》言其"补肾气虚竭"。煮粥服食，再加上适当的调味品，味道鲜美，而且补益人体，对各种虚损性疾病等均有治疗作用。

猪肚性味甘、微温，入脾、胃经，有补虚损、健脾胃、消食积之功。中医脏器食疗学认为，动物脏器即"以脏补脏，以形治形"。同大米煮粥服食，可增强猪肚补益之力，对脾胃亏虚、中气下陷所致的胃下垂等疗效甚佳。平素脾胃虚弱者，经常喝点猪肚粥，很有益处。

羊肝性味甘、苦、凉，入肝经，有补肝明目、养血益精之功，适用于身体消瘦、血虚萎黄、肝虚目暗、眼目昏花等。《本草纲目》言其"补肝，治肝风虚热，目赤暗痛，热病后失"。不过本品不宜久服，过量食用容易导致烦躁不安、皮肤干燥发痒，毛发脱落等症。

鸡肝性味甘、微温，入肝、肾经，有补肝明目、养血补血之功，适用于肝血亏虚所致的目暗、夜盲、小儿疳积、胎漏、产后及病后贫血等。《本草纲目》言其"疗风虚目暗"。

猪肝性味甘、苦、温，入肝经，有补肝明目、养血安神之功，适用于肝血不足所致的头目眩晕、视力下降、眼目干涩及各种贫血等。《本草纲目》言其"补肝明目，疗肝虚浮"。大米能健脾益气，与猪肝一起煮粥服食，对气血亏虚所致的各种疾病都有治疗作用。不过，患有高血压、冠心病、肥胖症及血脂高的人应少吃猪肝，因为肝中胆固醇含量较高。此外，在挑选食材时，有病而变色或有结节的猪肝不应该购买。

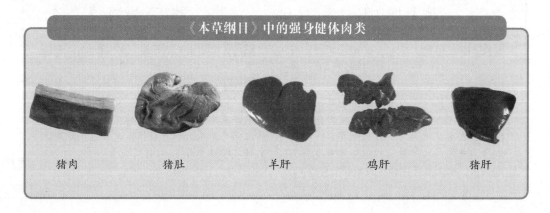

《本草纲目》中的强身健体肉类

| 猪肉 | 猪肚 | 羊肝 | 鸡肝 | 猪肝 |

❖ 强身健体粥膳养生方 ❖

胡椒猪肚粥

功效 开胃消食。

材料 白胡椒粉7克，猪肚100克，大米80克，生抽5克，料酒8克，盐3克，葱花适量

做法 ①大米淘净，浸泡半小时后捞出备用；猪肚洗净切条，用盐、料酒、生抽腌渍。②锅中注水，放入大米，旺火烧沸，下入猪肚，转中火熬煮。③慢火熬煮至粥黏稠，且出香味，加盐、白胡椒粉调味，撒上葱花即可。

羊肉薏米粥

功效 防癌抗癌。

材料 羊肉150克，薏米120克，白萝卜30克，胡萝卜30克，豌豆、芹菜各适量，盐3克，味精1克

做法 ①萝卜去皮切块；羊肉切片，汆水；薏米淘净泡3小时；芹菜切粒。②锅中注水，放入薏米大火煮开，下入羊肉、白萝卜、胡萝卜、豌豆，转中火熬煮。③粥快熬好时，下芹菜，加盐、味精即可。

鸡肝粥

功效 开胃消食。

材料 米50克，鸡肝100克，酱油10克，盐3克，姜20克，葱12克，香油12克

做法 ①米洗净，姜切末，葱切花，鸡肝洗净切丁。②将鸡肝加入姜末及酱油腌15分钟备用。③米放入锅中，加水煮至软烂，再加入鸡肝煮熟，最后加盐，撒上葱末，淋上香油即可。

保肝护肾

功效 保肝护肾。

材料 大米80克，猪肝100克，盐3克，味精2克，料酒4克，青菜、葱花、姜末各适量

做法 ①猪肝洗净切片，用料酒腌渍；大米淘净泡好；青菜洗净。②锅中注水，放入大米，旺火烧沸，下入姜末，转中火熬至米粒开花。③放入猪肝，慢火熬粥至浓稠，加入青菜、盐、味精调味，淋上花生油，撒上葱花即可出锅。

⑥《本草纲目》中的补血粥细细数

中医认为气属阳，血属阴，因而补血类药粥有养阴作用，养阴类药粥也有补血作用。不过，补血类药粥性质偏于黏腻，故平素多痰、胸闷腹胀的人不能过量食用补血粥。

《本草纲目》说阿胶可"疗吐血、衄血，血淋，尿血，肠风……和血滋阴，除风润燥，化痰清肺"。同大米煮粥服食，能增强阿胶补肺之力，是一切血虚、出血及虚劳咳嗽的食疗良方。

龙眼可"开胃益脾，补虚长智"，有补益心脾、养血安神之功。主要用于心脾虚损、气血不足所致的失眠、健忘、惊

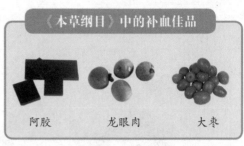

《本草纲目》中的补血佳品

阿胶　　龙眼肉　　大枣

悸、怔忡、眩晕等。本品滋补之中既不滋腻，又不壅气，为滋补良药。常食龙眼肉粥有良好的补益作用。

大枣性平味甘，无毒，能补中益气，养胃健脾，养血壮神，润心肺，调营卫、生津液，悦颜色，通九窍，助十二经，解药毒，调和百药。它因加工方法不同而有红枣、黑枣之分，入药一般以红枣为主。

✖ 补血养颜粥膳养生方 ✖

红枣阿胶粥

功效 补血养颜。

材料 大米100克，阿胶、红枣各20克，白糖5克，葱花少许

做法 ①大米淘洗干净，用清水浸泡；红枣洗净，备用；阿胶洗净，打碎，再入锅中煨至烊化。②锅置火上，注入清水，放入大米煮至八成熟。③放入阿胶、红枣煮至米粒开花，放入白糖稍煮后调匀，撒葱花便可。

红枣乌鸡腿粥

功效 补血养颜。

材料 乌骨鸡腿150克，红枣50克，大米80克，盐3克，胡椒粉5克，葱花适量

做法 ①乌骨鸡腿洗净，剁成块，再下入油锅中炒至熟后，盛出；红枣洗净，去核。②沙锅中加水，放入大米，大火煮沸，放入红枣，转中火熬煮。③下入乌骨鸡腿，待粥熬出香味且粥浓稠时，加盐、胡椒粉调味，撒上葱花即可。

💙 水是最好的药，这样喝可以治病

① 健康生命，水为根基——因为缺水所以你会生病

药王李时珍说："水为万化之源，水去则营竭。水是生命的本源，一个人可以一年不食，但不可以三日无水。"

"人是一只行走的水袋。"人体内食物的消化、吸收、血液循环以及废物排泄等每一个生命过程，都离不开水。免疫力也不例外。

首先，人的各种生理活动都需要水。如水可溶解各种营养物质，脂肪和蛋白质等要成为悬浮于水中的胶体状态才能被吸收。水在血管、细胞之间川流不息，把氧气和营养物质运送到组织细胞，再把代谢废物排出体外。总之，人的各种代谢和生理活动都离不开水。

其次，水在体温调节上有一定的作用。当人呼吸和出汗时都会排出一些水分。比如炎热季节，环境温度往往高于体温，人就靠出汗，使水分蒸发带走一部分热量，来降低体温，使人免于中暑。而在天冷时，由于水储备热量的潜力很大，人体不致因外界温度低而使体温发生明显的波动。

最后，水还是体内的润滑剂。它能滋润皮肤。皮肤缺水，就会变得干燥，失去弹性，显得面容苍老。体内一些关节囊液、浆膜液可使器官之间免于摩擦受损，且能转动灵活。眼泪、唾液也都是相应器官的润滑剂。

更重要的是，水是医疗三大法宝之一。因为病人为了排出人体病源代谢物和多余的废物，则需大量饮水以便产生大量尿液、汗液，通过生理现象，将病源排出体外，同时，促进药物的代谢、减少药物的毒副作用。

另外，水能打通经络。水是良好的导电体，如果身体缺水，经络就会产生导电不良的现象，而使气血滞塞，无法将身体所需的能量送达各器官组织，从而使代谢物无法正常排出，导致气血不畅，生理紊乱，以致体弱、生病。

长期以来，很多人一旦生病就花上一大笔医药费，或是为了保证生命的延续，维持健康而努力吃些"健康食品，无农药

◎水是生命的本源，人的各种生理活动都需要水。

蔬菜、水果，无添加剂的食品"等东西，但其效果却甚微。药补不如食补，食补不如水补。人体七大营养素中，水占第一位，人们若能认识到水的作用及重要性，并有效地利用它，就能维持和促进健康。

② 正确饮用健康之水，方能铸就坚固健康

喝水是最简单的养生方式，但如果喝的水不健康，不仅起不到养生保健的作用，还会对身体造成危害。所以，我们一定要了解哪些水对身体有利，哪些水对身体有害。

水温30℃以下最好。30℃以下的温开水比较符合肠胃道的生理机能，不会过于刺激肠胃道，造成血管收缩或刺激蠕动。

早上盐水好，晚上蜜水好。古语有"朝朝盐水、暮暮蜜糖"的说法。按照中医理论，咸属水归肾经，如果早上喝一杯淡盐水，可以保养一天的精神。到了傍晚的时候，再用温开水（不超过60℃）冲一杯蜂蜜喝，这样可以濡养脾胃，促进肠胃健康。

我们再来总结一下对人体有害的水：生水，生水中含有各种各样对人体有害的细菌、病毒和人畜共患的寄生虫；老化水，即死水，也就是长时间储存不动的水；千滚水，即在炉上沸腾了一夜或很长时间的水及电热水器中反复煮沸的水；蒸锅水，即蒸馒头等的蒸锅水，特别是经过多次反复使用的蒸锅水，亚硝酸盐浓度很高；不开的水，比如自来水；重新煮开的水，这种水烧了又烧，水分再次蒸发，亚硝酸盐会升高，常喝这种水，亚硝酸盐会

◎药补不如食补，食补不如水补。人们若能有效地利用它，就能维持和促进健康。

◎晚上用温开水（不超过60℃）冲一杯蜂蜜喝，这样可以濡养脾胃，促进肠胃健康。

在体内积聚，引起中毒。

由上我们知道了怎样区分健康水和有害水，下面我们再看看喝水的方式。正确地喝水才能提高免疫细胞的功能。

少量多饮。喝水过多、过少都不利健康。一下子饮水过多，即使没有水中毒，但大量的水积聚在胃肠中，使人胸腹感到胀满，还会冲淡胃液，导致胃肠的吸收能力减弱。而饮水过少，则不能令身体真正吸收、利用。正确有效的饮水方法是：一口气将一整杯水（约200～250毫升）喝完，而不是随便喝两口便算。

未渴先饮。有些人没有养成定时喝水的习惯，只有口渴了才想起来要喝水。口渴，实际上是体内已严重缺水，人体很多器官可能已经受到脱水的伤害，因此不要等到身体告诉你它"缺水"了才喝。

不要喝得太快太急。喝水太快太急，无形中会把带着的很多空气一起吞咽，容易引起打嗝或是腹部胀气。肠胃虚弱的人，喝水更要慢。剧烈运动后的喝水方法是，先用水漱漱口，润湿口腔和咽喉，然后喝少量水，停一会儿，再喝一些，让肌体慢慢吸收。

喝哪些水对身体有益，怎么喝我们都知道，还有一条我们也不能忽视，就是喝的量。

一般说来，健康的人体每天消耗2～3升水。这些水必须及时补充，否则就会影响肠道消化和血液组成。因此建议每天至少喝两升水，相当于8杯水。天热的时候适量增加，喝4升水也不为过。而那些爱运动、服用维生素或正在接受治疗的人，

更应该多喝。

那么这8杯水又该怎么喝呢？

每天起床后，空腹先喝一杯水，过十几分钟后再去吃早饭，这是第一杯水。

在早上九十点的时候喝一杯水，在午饭前半小时再喝一杯水，有助于润肠。这是早上3杯水的喝法。

下午时间段较长，可以在13～14点喝一杯水，15～16点喝一杯水，然后在饭前半小时再喝一杯水，这样是6杯水。

晚上在19点到20点之间喝一杯水，然后在睡前半小时再喝一杯水，这样一天8杯水就喝完了。有的人在睡前喝水，第二天眼睛有浮肿现象，这样的人可以减去睡前的这杯水。

③ 水疗，治愈百病最低廉的药

大多数人判断体内缺水的信号是"口干"，其实很多慢性疼痛，比如腰部疼痛、偏头痛、肠炎疼痛等，都是身体因缺水而发出的危机信号。换句话说就是，疼痛是体内缺水的缘故，可以用水来治疗。

以肠炎性疼痛为例。左腹下方出现的肠炎性疼痛是身体缺水的一种信号。这种疼痛往往与便秘有关，是由于身体持续缺水造成的。

大肠的主要功能之一是吸收大便中的水分，以免在消化食物的过程中失去太多水。必须有一定量的水才能排便顺畅。在脱水状态下，食物残渣的含水量自然小于正常含水量，由于食物残渣蠕动的速度减缓，大肠就得加强吸收挤压作用，大肠中的固体残渣的最后一点水分也被吸走。因此，便秘不畅是脱水症的并发症。如果摄入较多食物，输送到大肠的固体废物就会增加，加重排便的负担。这一过程就会引起疼痛。如果我们能摄入足量的水，左腹下方由便秘不畅引发的疼痛就会消失。

再有就是一些冠心病病人，由于出汗、活动、夜尿增多、进水量过少等原因

◎所谓水疗，就是喝水，每日清晨饮一杯开水可清洁胃肠道，长期坚持还可预防多种疾病。

可致血液浓缩、循环阻力增高、心肌供血不足，导致心绞痛。早晨由于生理性血压升高、动脉内的斑块易松动脱落、血小板活性增高等原因，容易诱发急性心肌梗死。若能于每晚睡前及晨间各饮一杯（250毫升）温开水，可使血黏度大大降低，流速加快，有效地预防和减少心绞痛及心肌梗死的发生。

缺血性脑梗塞所致的中风占急性脑血管病的半数以上，尤以老年人为多，且常发生于夜间。由于动脉粥样硬化，管腔狭窄，夜间迷走神经功能亢进，血流减慢，血液变稠，极易发生缺血性脑梗塞，不常饮水及夜尿增多的老人若能在睡前及半夜各饮一杯开水，可降低血黏度，在很大程度上能预防或减少缺血性中风。

另外，水还可以预防癌症。国外专家研究认为，每日饮水2.5升可减少致癌物与膀胱内壁接触的数量及时间，使膀胱癌的发病率减少一半。

此外，每日清晨饮一杯开水可清洁胃肠道，清除残留于消化道黏膜皱襞之间的食糜，促进肠蠕动，软化粪便，加速排泄，减少食糜及粪便中有害物质及致癌物对胃肠道黏膜的刺激。既可通便，防止习惯性便秘的产生，又可预防和减少消化道的癌症。

此外，喝水还有利于稀释血液；清除体内毒素，预防结石；可以防眼干，避免视力快速下降；能保湿润泽皮肤。

水是世界上最廉价、最有治疗力量的奇药，我们一定要及时、科学地饮水，这样才能缓解病痛，促进健康长寿。

❹ 多饮水可防前列腺炎

前列腺炎是男人的多发病，患病后尿频、尿痛，种种不适的症状不但让丈夫痛苦不堪，妻子看了也心疼不已。其实，如果妻子在生活中能够了解一些防治的小窍门，通过日常点点滴滴的小事，无形中就会让丈夫远离前列腺炎。

生活中，许多男人忙于工作，常常忘记饮水，有时甚至整天不饮水。饮水量的减少必然使尿液浓缩，排尿次数减少，尿液内的有害物质残留在体内，"尿液反流"进入前列腺，引发炎症。如果每天饮用水能达到2升以上，就可以充分清洗尿道，对前列腺起到保护作用。而且多排尿对肾脏也十分有益，可防止泌尿系统形成结石。

❺ 睡前一杯水，预防脑血栓

脑血栓是老年人的一种常见疾病，它的发生不仅同高血压、动脉硬化的程度有关，也与老年人的血液黏度增高密切相关。有研究表明，睡前喝杯水可在一定程度上防止脑血栓的发生。

脑血栓的发病时间多在清晨至上午期间，而人的血液黏度也在早晨4点至8点达到最高，这说明血黏度增高同脑血栓的发生有一定关系。

所以，老年人在夜晚入睡前喝下约200毫升水，这样第二天早晨人体的血黏度就会有所下降，从而维持血流通畅，防止血栓形成。当然，脑血栓发生的原因是多方面的，血黏度增高只是众多因素之一，但至少可以肯定，养成睡前饮水的习惯对预防脑血栓的发生会起到一定的作用。

❻ 茶水抗病功效佳

茶叶是很常见的饮品。《本草纲目》中记载，茶叶中的儿茶素有增强微血管弹性、降低血脂和溶解脂肪、防止血液及肝脏中胆固醇和中性脂肪的积聚、预防血管硬化、收缩微血管和消除体内的自由基的作用。茶叶一般分为：绿茶、红茶和乌龙茶三大类。

绿茶中含有多种多酚成分，以儿茶酚为主。儿茶酚是一种抗氧化剂，而且比任何一种抗氧化剂的活性都高。研究证实绿茶有下列作用：抗紫外线伤害、保护表皮内抗氧化剂、防御酶系统免于衰竭、抗癌、抗病毒等。但是绿茶的性质寒凉，胃有寒疾者不宜。

◎绿茶有抗紫外线伤害、抗癌、抗病毒等功效。

◎红茶偏温，有提神益智、暖胃消食的功效。

红茶是全发酵茶，茶中的多酚物质主要是儿茶素经多酚氧化酶与过氧化物酶作用，氧化并聚合生成茶色素。通过动物实验和体外实验发现，口服或皮肤外涂红茶提取物均可抑制化学剂诱导的皮肤癌，还可减轻化学剂或紫外线诱发的皮肤炎症，对射线诱导的人体细胞的DNA损伤具有保护作用。同时，红茶还具有抗突变、抗细胞增生和促进癌细胞凋亡的作用。但是，发烧的人并不适合高浓度的红茶。红茶偏温，刺激性小，并有提神益智，解除疲劳和温胃消食等功能。

因此，喝红茶后胃有舒适感，老年人和有胃病者饮之比较好。但红茶是经过发酵的，维生素C大都被破坏，有效成分损失大。

乌龙茶属于两者之间，作用相似，寒温适中，对大多数人来说都比较合适。并不是喝茶就对人体有益，要挑选适合自己体质状况的茶叶，这样才能达到养生的效果。绿茶偏凉，体质发胖和患有心血管病的人喝绿茶好。但喝得过量，会引起神经失调。睡前喝浓绿茶会导致失眠。

花茶是以绿茶窨制成的，其吸附鲜花香气的性能好，特别是茉莉花茶最受人们喜爱。由于花茶所含营养成分与绿茶基本相同，所以和绿茶有相似的功能和疗效。到底喝哪种茶好，要根据自己的身体情况及嗜好加以合理选择。

❼ 汤水养生，安全又有效

汤是我们所吃的各种食物中既富于营养又最易消化的一种。美国营养学家的一项调查表明，在6万多名接受营养普查的人中，那些营养良好的人，正是经常喝汤的人。尤其是瘦肉、鲜鱼、虾米、去皮的鸡或鸭肉、冬瓜、丝瓜、萝卜、番茄、紫菜、海带、绿豆芽等，都是很好的低脂肪汤料，既能营养身体，又不会增加身体负担。

当然，喝汤顺序也有讲究。饭前喝、饭后喝差别很大：饭前喝汤可使胃内食物充分贴近胃壁，增强饱腹感，从而抑制摄食中枢，降低人的食欲。中午喝汤不易长胖，因为午餐时喝汤吸收的热量最少。

❽ 天然果汁巧搭配，提高免疫力最甜的秘密

《本草纲目》中记载，天然的果汁含有很多天然招牌营养素，能增强免疫力、减少生病、延缓衰老。特别是鲜榨

果汁，具有该水果的绝大部分营养、功效。服用果汁可以使消化系统、泌尿系统和呼吸道患癌症的危险降低一半，同时还能有效预防动脉硬化、高血脂和冠心病等心血管疾患。

不妨试试这些为提高你的免疫力专门研制的果汁搭配：

橙汁100毫升+葡萄汁50毫升+柠檬汁5毫升

功效：可帮助增强免疫功能，协助补养气血，帮助防治感冒或肺炎。一般吃水果最好取单样，这样较不会有胀气或不消化的感觉，消化系统良好者可随意。适合有胃炎或溃疡的患者。

甘蓝菜汁80～100毫升+深色莴苣叶汁

◎常喝果汁可使消化系统、泌尿系统和呼吸道患癌症的危险降低一半。

50毫升

功效：可帮助防治病毒感染，一般服后效果良好，不少人可立即感到明显改善。易腹泻或者处于生理期的女性就不宜喝此茶。

除了上述2个搭配饮品外，下面的天然饮料也是对人体有益处的：

①可帮助防治病毒和细菌感染的精力汤：苜蓿芽+绿豌豆苗（嫩叶）+深色莴苣叶+西红柿+西瓜+苹果+回春水（或清水），打成细泥状食用。

②防中老年人胃癌的发生：叶酸+硒+鲜橘汁。

叶酸与硒有防止胃癌前期病变的作用。大鼠实验与胃炎病人的临床试验均证实这一点。多种绿叶蔬菜与菌菇以及动物肝、肾等食物都是叶酸与硒的"富矿"，可在一日三餐中安排。

此外，每天饮1杯鲜橘汁，也有同样的作用。

除了保健之外，果汁的功效还有美容。很多女性喜欢把新鲜水果的汁液涂抹于面部或直接将小片水果贴在面部。她们不喜欢把时间和金钱浪费在美容院里，而是喜欢躺在自己家里的沙发上，边休息边进行皮肤护理，既经济又方便。

喝果汁并非多多益善。每天大量饮用果汁容易导致水果摄入量的减少，这样会使人体内缺乏纤维素，喝太多果汁也会冲淡胃酸，影响我们的消化、吸收。所以喝果汁也应该做到适量。

在这里给大家介绍几款自制的果汁美容方：

❈ 天然果汁养生方 ❈

美白果汁

功效 美白护肤。

材料 菠萝30克，木瓜30克，苹果30克，柳橙汁、糖水、蜂蜜、冰水、碎冰各适量

做法 ①所有水果洗净，去皮，切小块备用。②所有材料放入榨汁机中搅打均匀即成。

草莓黄瓜汁

功效 美白护肤。

材料 草莓50克，黄瓜50克，葡萄柚1/2个，柠檬1个，冰块少许

做法 ①将草莓洗净、去蒂；去除葡萄柚的果囊，取出种子，只留果肉；黄瓜洗净，切块；柠檬洗净，切片。②将所有材料放入榨汁机榨汁。

葡萄排毒饮

功效 排毒瘦身。

材料 葡萄120克，萝卜200克，贡梨1个，冰块少许

做法 ①葡萄去皮和子；贡梨洗净，切块；萝卜洗净，切块。②将所有原材料放入榨汁机内榨出汁即可。

猕猴桃瘦身汁

功效 排毒瘦身。

材料 葡萄120克，青椒1个，菠萝100克，猕猴桃1个

做法 ①将葡萄去皮，去子；猕猴桃去皮，切成小块。②菠萝去皮，切成小块；青椒洗净，切成小块。③将所有材料放入搅拌机内搅打成汁即可。

❤ 醉翁之意不在酒，在乎康乐之间也

❶ 佳酿适度饮，以酒养生其乐无穷

我国古人有用酒养生的习惯。比如曹雪芹在《红楼梦》中就记述了大观园里的酒经。《红楼梦》第三十八回中，黛玉吃了螃蟹后觉得心口痛，就想要喝口热热的烧酒，也就是我们所说的白酒。宝玉忙令将那"合欢花浸的烧酒"烫一壶来。合欢花有安神、解郁等功效，能够祛除寒气，而且对黛玉的多愁善感、夜间失眠也有独特的功效。另外大观园里的养生酒还有屠苏酒，它是采用赤木桂、防风、蜀椒、桔梗、大黄、赤小豆等浸泡而成，具有祛风寒、清湿热及防病作用。

酒除了能够直接饮用来养生，也能作为药引，达到增强药效的作用。《神农本草经》记载："大寒凝海，惟酒不冰，

◎李时珍认为，酒性善走窜，可宣和百脉，它能使人体更好地吸收药物成分。

明其热性，独冠群物，药家多须以行其势。"这说明，早在古代，中医就已经认识到了酒对于药效的增强作用。

酒如何来增强药效呢？它可以使血脉畅通，能够引药上行，使人体能够更好地吸收药物成分，从而可使药效充分地发挥出来。中药都比较苦，人们往往难以下咽，酒却是普遍受欢迎的。如果将药物配入酒中制成药酒，经常饮用，既强身健体，又享乐其中。

李时珍认为，酒性善走窜，可宣和百脉、舒筋活络，宜酌情配药服用之。《本草纲目》记述了很多药酒，明确标明的药酒有80种之多。这些药酒中，有补虚作用的人参酒等24种；有治疗风湿痹病的薏苡仁酒等16种；有祛风作用的百灵藤酒等16种；有温中散寒，治疗心腹胃痛的蓼汁酒等24种。各种花果露酒在《本草纲目》中有30余种，如人参酒、虎骨酒、五加皮酒、枸杞酒、鹿茸酒、葡萄酒等。

不过喝酒也有适宜的时段。一般而言，秋后和冬季是进补的最佳时期，也最适合服用补酒。补酒性温，有温阳散寒、补养气血、调补肝肾等作用，对阳气虚衰、气血双亏、肝肾不足的人最为适宜。而补酒到春天阳气上升、气候转暖时，一般不宜再服。另外，阴虚阳旺、有低热表现的人，高血压患者以及孕妇和儿童不宜服用。

酒再好，也必须酌情饮用，过量也会伤身。

② 薏苡仁酒——祛风湿，壮筋骨

《本草纲目》中多次提到薏苡仁，它也被称为米仁、六谷或者菩提子。薏苡仁可以健脾除湿，能医治由于脾虚、湿气缠身而导致的各种病症，比如食欲不佳、便溏、水肿、小便不利。薏苡仁经常与清热解毒药一起同用。而用薏苡仁泡酒可以主治腰痛、膝痛等，且祛风湿、强筋健骨。

薏苡仁酒

材料：薏苡仁4克，白砂糖20克，蜂蜜30克，白酒500克。

制法：先将薏苡仁放入石磨内，用小石臼将薏苡仁捣碎或碾成粉状，然后装入布口袋中，扎紧袋口，待用。取干净容器，将糖、蜂蜜放入，加少量沸水，使其充分溶解，然后将装有薏苡仁的布袋放

入，再将白酒放入，浸泡30分钟，搅拌均匀。将容器盖盖紧，放在阴凉处储存30天，即可启封饮用。

备注：《太平圣惠方》上记载薏苡仁酒的古方：薏苡仁3两，防风2两（去芦头），牛膝3两（去苗），独活2两，生干地黄2两，黑豆5两，合炒令熟，当归1两（微炒），酸枣仁3分（微炒），芎1两，丹参1两（去芦头），桂心2两，附子1两炮裂（去皮脐）。上锉细，以生绢袋盛，用清酒2斗，渍5～7宿。

③ 五加皮酒——温补肝肾祛寒湿

五加皮酒是由多种中药材配制而成，熟悉酒文化的朋友都知道最有名的就是致中和五加皮酒。传说，东海龙王的女儿下凡到人间，与凡人致中和相爱。不过他们的生活很清贫，于是公主提出要酿造一种既健身又治病的酒。致中和想破了脑袋也

◎薏苡仁酒。

◎五加皮酒。

想不出酒的配方，于是公主偷偷告诉了他神仙的酿造方法："一味当归补心血，去淤化湿用姜黄。"《本草纲目》中说："甘松醒脾能除恶，散滞和胃广木香。薄荷性凉清头目，木瓜舒络精神爽。独活山楂镇湿邪，风寒顽痹屈能张。五加树皮有奇香，滋补肝肾筋骨壮，调和诸药添甘草，桂枝玉竹不能忘。凑足地支十二数，增增减减皆妙方。"其中包含了十二种中药，这便是五加皮酒的配方。

不过现在五加皮药酒的配方有多种，功能各有不同。以下是五加皮酒方最常见的配法，定时适量饮用可以聪耳明目、祛虚补脾肺，虚劳衰弱者饮之最宜。

五加皮酒

材料：党参0.6克，陈皮0.7克，木香0.8克，五加皮2克，茯苓1克，川芎0.7克，豆蔻仁0.5克，红花1克，当归1克，玉竹2克，白术1克，栀子22克，红曲22克，青皮0.7克，焦糖4克，白砂糖500克，肉桂35克，熟地0.5克，脱臭酒精5000克

制法：将党参、陈皮、木香、五加皮、茯苓、川芎、豆蔻仁、红花、当归、玉竹、白术、栀子、红曲、青皮、肉桂、熟地放入石磨内，用小石臼将其捣碎或碾成粉状。取干净容器，将白砂糖、焦糖放入，加适量沸水，使其充分溶解，然后将党参等物放入，搅拌均匀，浸泡4小时后，再将脱臭酒精放入，搅拌至混合均匀，继续浸泡4小时。将容器盖盖紧，放在阴凉处储存1个月，然后启封进行过滤，去渣取酒液，即可饮用。

❹ 枸杞酒——护肝又明目

枸杞酒是中国传统家庭里常备的养生酒。《本草纲目》记载，枸杞具有滋补虚弱、益精气、祛冷风、壮阳道、止泪、健腰脚等功效。用枸杞泡酒，常饮可以筋骨强健、延年益寿。现代科学研究认为，枸杞的有效成分为枸杞多糖，这种成分具有提高机体免疫力和抗衰老作用，另外还有明显的降血脂、降血糖、耐缺氧、耐疲劳等作用。

枸杞酒

材料：枸杞子，白酒

制法：选取成熟枸杞，挑除发霉变质的劣质果和其他杂物。用清水洗去灰尘等杂质，然后在太阳下曝晒至干备用。将晒好的枸杞碾碎，露出种子。将破碎的枸杞放入容器内，再注入白酒，一般比例为每1000克白酒加300克枸杞，搅匀封口放在阴凉干燥的地方。开始时每2～3天搅动1

◎枸杞酒。

次，7天后，每2天搅动1次，浸泡2周后即可过滤。将泡制好的酒缓缓地通过绢布或纱布（需用4层）滤入另一个容器内，最后将枸杞用力挤压至无酒液滤出时将其扔掉。把过滤好的酒液放置7天后进行2次过滤，绢布需用2层，纱布需用6～8层，如上所述缓缓过滤，这时得到的液体应为橙色透明的液体，置于阴凉处密闭放置30天后即成。

⑤ 仙灵脾酒——益肾壮阳通经络

大家可能对"仙灵脾"这个名字有点陌生，它还有个名字叫"淫羊藿"。据记载，南北朝时的著名医学家陶弘景在采药途中，忽听一位老羊倌说：有种生长在树林灌木丛中的怪草，叶青，状似杏叶，一根数茎，高达一二尺。公羊啃吃以后，与母羊交配次数明显增多，而且阳具长时间坚挺不痿。

◎仙灵脾有很强的补肾壮阳之功。

陶弘景找到这种植物，经过反复验证，证明它具有很强的补肾壮阳之功。陶弘景曾说："服此使人好为阴阳。西川北部有淫羊，一日百遍合，盖食藿所致，故名淫羊藿。"《本草纲目》中记载："豆叶曰藿，此叶似之，故亦名藿。仙灵脾、千两金、放杖、刚前，皆言其功力也。鸡筋、黄连祖，皆因其根形也。"

淫羊藿也可以入酒。《本草纲目》载仙灵脾酒："益丈夫兴阳，理腰膝冷。用淫羊藿一斤，酒一斗，浸三日，逐时饮之。"可以补肾壮阳、强筋骨、祛风湿。

仙灵脾酒

材料：仙灵脾60克，白酒500毫升

制法：将仙灵脾洗净，装入纱布袋中，然后放入酒中浸泡，3日后取出。每次饮10～30毫升，每日1次，睡前服用。

备注：凡阴虚火旺者，不宜饮用此酒。孕妇忌用。

⑥ 天门冬酒——通利血脉，延缓衰老

《本草纲目》中记载："天门冬清金降火，益水之上源，故能下通肾气。"所以天门冬可以补肾益津、通血脉。用天门冬入酒制成天门冬酒，有很好的补益功效。《本草纲目》说天门冬酒"补五脏，调六腑，令人无病"。而且，制成酒以后，能够抑制天门冬本身的寒气。老年人动脉粥样硬化、冠心病等可以适当服用天门冬酒，有通利血脉的功效。而健康人服用天门冬酒，则可以延缓衰老，还有美容之功。

◎天门冬酒有延缓衰老、美容之功效。

天门冬酒

材料：天门冬100克，白酒适量

制法：将天门冬洗净，去心切碎，放酒瓶内，加酒至瓶满，盖好摇动酒瓶，浸泡半月即可饮用。

❼ 菊花酒——滋肝补肾祛头风

重阳节喝菊花酒是中国古时的传统习俗。菊花酒在古代被看作是重阳必饮、消灾祈福的"吉祥酒"。菊花酒能疏风除热、养肝明目、消炎解毒，具有较高的药用价值。李时珍在《本草纲目》中指出，菊花酒具有"治头风、明耳目、治百病"的功效。"用甘菊花煎汁，同曲、米酿酒，或加地黄、当归、枸杞诸药亦佳。"

甘菊花辛、甘，能够疏散风寒、平肝明目。将菊花制成酒，借酒的走窜之性，能够治头风、清头窍，加入地黄、当归、枸杞子，还可以起到滋补肝肾的作用。

菊花酒方一

材料：菊花、生地黄、枸杞根各2500克，糯米35千克，酒曲适量

制法：前3味加水50千克煮至减半，备用；糯米浸泡，沥干，蒸饭，待温，同酒曲（先压细）、药汁同拌，入瓮密封，候熟澄清备用。

每次温服10毫升，日服3次。能够壮筋骨、补精髓、清虚热。

菊花酒方二

材料：甘菊花500克，生地黄300克，枸杞子、当归各100克，糯米3000克，酒曲适量

制法：将前4味水煎2次，取浓汁2500毫升，备用；再将糯米，取药汁500毫升，浸湿，沥干，蒸饭，待凉后，与酒曲（压细）、药汁拌匀，装入瓦坛中发酵，如常法酿酒，味甜后去渣即成。此酒每次服20～30毫升，日服2次。本品养肝明目、滋阴清热，用于肝肾不足之头痛、头昏目眩、耳鸣、腰膝酸软、手足震颤等症。

◎菊花酒有养肝明目、滋阴清热的功效。

家有本草，幸福安康，家庭必备的中草药

❶ 生精补髓当属关东三宝之一——鹿茸

鹿茸是"关东三宝"之一，非常珍贵，因为它是大补之药。现代有些人要么天生虚弱，动不动就感冒；要么容易疲劳，动不动就疲惫；要么久病不愈，总是跟跟跄跄，这个时候鹿茸就可以大显身手，帮你渡过难关。

据《本草纲目》记载："鹿茸味甘，性温，主病下恶血，寒热惊悸，益气强志，生齿不老。"它主要用于治疗虚劳羸瘦、神经疲倦、眩晕、耳聋、目暗、腰膝酸痛、阳痿滑精、子宫虚冷、崩溃带下，还能壮元阳、补气血、益精髓、强筋骨等。目前鹿茸主要被用于全身衰弱、年老或病后体弱，或病后恢复期。

那么鹿茸怎么吃呢？最常见的就是煲

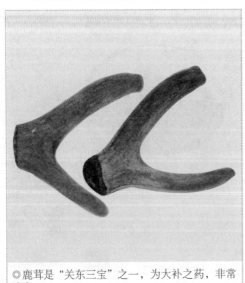

◎鹿茸是"关东三宝"之一，为大补之药，非常珍贵。

汤。取鹿茸片5~10克，与鸡（鸭、鹅、鸽、猪、牛、羊）肉、大枣、枸杞、莲子、百合、当归、人参等随意搭配，放入电饭煲或砂锅内炖3~5小时，之后食用。另外，你还可以用鹿茸来泡茶、熬粥、泡酒，只要坚持食用，一定会收到很好的效果。另外再介绍给大家一款补肾壮阳的药膳——鹿茸鸡汤。

材料：鸡肉400克，肉苁蓉15克，熟地12克，菟丝子10克，山萸肉12克，远志10克，淮山12克，鹿茸3克

制法：将鸡肉洗净、斩块，与鹿茸一起放入炖盅内，加开水适量，炖盅加盖、置锅内用文火隔水炖2小时，备用。然后将肉苁蓉、熟地、菟丝子、山萸肉、远志、淮山分别用清水洗净，一起放入锅内，加水煎汁，汤成去渣留汁，把药汤冲入鸡汤中，调味服用。

但要注意的是，也有不适合服用鹿茸的人群：

①外感风寒及外感风热等外感疾病者均不宜服用鹿茸。

②肾有虚火者不宜服用。

③内有实火者不宜服用。

④高血压、肝病患者慎服。

在这里要提醒你的是，服用鹿茸时最好不要喝茶、吃萝卜，也不要服用含有谷芽、麦芽和山楂等的中药，这些食物都会不同程度地削弱鹿茸的药力。

❷ 钩藤平肝息风降血压

钩藤又名莺爪风，在叶腋处有弯钩，故名钩藤，以带钩茎枝入药，是中医临床常用的平肝解郁类中药。中医学认为，钩藤性味甘、微寒，入肝、心二经，有清热、平肝、止痉的功效。《本草纲目》记载："钩藤，手足厥阴药也，足厥阴主风，手厥阴主火，惊痫眩晕，皆肝风相火之病。钩藤通心包于肝木，风静火息，则诸证自除。"

钩藤入药最初的文字记载见于南北朝陶弘景的《名医别录》。但古代医家认为其气轻清，故多视为小儿的专用药，正如陶弘景指出："疗小儿，不入余方。"后世中医学家不断拓宽它的应用范围，现已成为内、儿、妇科的常用药。近代医家也多用钩藤治疗肝炎患者的心烦意乱、性情暴躁、左胁疼痛，同样取得良好疗效。

除此之外，现代医学研究表明，钩藤

◎钩藤是中医临床常用的平肝解郁类中药。

还具有降压、镇静、抗癫痫和抑制腓肠肌痉挛的作用。钩藤煎剂或钩藤碱等给动物灌服，能抑制血管运动中枢，阻滞交感神经和神经节，扩张外周血管，使血压下降，心率减慢。由于外周阻力降低，从而血压下降。随着血压的下降，头晕、头痛、心慌、气促、失眠等症状亦相应减轻或消失。也许就是钩藤的这些作用，使《红楼梦》中的薛姨妈"略觉安顿些"，"不知不觉地睡了一觉"。可见曹雪芹当时就已经知道了钩藤降压和镇静的作用，所以才有此描写。

中医认为，钩藤不宜久煎，否则影响药效，因此在煎剂时，必须"后下"，即在其他药物煎煮15～20分钟之后再下锅，复煎10分钟即可。若煎煮时间超过20分钟，那么降压的有效成分便被破坏。另外，关于用量，一天用9～15克，若降压效果不佳，增加至60～75克，疗效较好。

❸ 地黄扶正气，服用辨生熟

地黄是中医常用之药，著名的"六味地黄丸"中就有这一成分。它又分为熟地黄、干地黄，功用各有不同：熟地黄善于补血，干地黄偏重滋阴。

熟地黄，又名熟地，为生地黄的炮制加工品。《本草纲目》记载，熟地黄味甘，性微温，入肝、肾二经。有滋阴补血、益精生髓之功效，为临床补血要药。李时珍说它能"填骨髓，长肌肉，生精血，补五脏、内伤不足，通血脉，利耳目，黑须发，男子五劳七伤，女子伤中胞漏，经候不调，胎产百病。"《本草纲

◎地黄是中医常用之药，有生熟之分，熟地黄善于补血。

目》说，生地黄味甘、苦，性寒，入心、肝、肾三经具有清热、生津、滋阴、养血之功效。既可祛邪，又扶正气。生地黄汁可以养阴血而助血运。对于女性产后多虚，气血两亏有疗效。可用温中之姜汁、红糖以行血脉，用作早餐食用。但此粥不宜久食，只作辅助调治之用。

④ 桂圆入心脾，治内邪有奇效

桂圆，又称龙眼肉，因其种圆黑光泽，种脐突起呈白色，看似传说中"龙"的眼睛而得名。新鲜的龙眼肉质极嫩，汁多甜蜜，美味可口，实为其他果品所不及。鲜龙眼烘成干果后即成为中药里的桂圆。

《本草纲目》中记载，桂圆味甘，性温，无毒，入心、脾二经，有补血安神、健脑益智、补养心脾的功效。另有研究发现，桂圆对子宫癌细胞的抑制率超过90%，妇女更年期是妇科肿瘤好发的阶段，适当吃些龙眼有利健康。桂圆还有补益作用，对病后需要调养及体质虚弱的人有辅助疗效。据《得配本草》记载，桂圆"益脾胃、葆心血、润五脏、治怔忡"。在古典名著《红楼梦》中，主人公贾宝玉因悲伤过度，导致魂魄出窍，心悸怔忡，俗称"失心症"，就是用桂圆汤治好的。

但是专家建议，桂圆性属大热，阴虚内热体质的人不宜食用。且因含糖分较高，糖尿病患者当少食或不食。凡外感未清，或内有郁火，痰饮气滞及湿阻中满者忌食龙眼。又因龙眼肉中含有嘌呤类物质，故痛风患者不宜食用。另外，桂圆每次服用不可过量，否则会生火助热。

下面，再为大家推荐一款营养极佳的"蜜枣桂圆粥"。

材料：桂圆、米各180克，红枣10颗，姜20克，蜂蜜1大匙

制法：

①红枣、桂圆洗净；姜去皮，磨成姜

◎桂圆具有补血安神、健脑益智、补养心脾的功效。

汁备用。

②米洗净、放入锅中，加入4杯水煮开，加入所有材料和姜汁煮至软烂，再加入蜂蜜煮匀即可。

功效：此粥具有补气健脾、养血安神的作用，能使脸色红润、增强体力，并可预防贫血及失眠。

注意：蜂蜜是很好的滋润材料，能补中益气、调和营养、使脸色红润，以红糖取代较具暖身、活血的功效，但滋润的效果会较差。

◎枸杞有润肺清肝、滋肾、益气、生精、助阳、祛风、明目、强筋骨的功能。

⑤ 枸杞有神力，滋肝补肾去火气

枸杞子又名地骨子、杞子、甘杞子，营养成分十分丰富，并有很高的药用价值。中医学认为，枸杞子味甘性平，具有滋补肝肾、益精明目的作用。关于枸杞，还有个非常有趣的故事：

相传，盛唐时期，丝绸之路上的一队西域商人，傍晚在客栈住宿，见有少女斥责鞭打一老者。商人上前责问："你何故这般打骂老人？"那女子道："我责罚自己曾孙，与你何干？"闻者皆大吃一惊，一问才知此女竟已三百多岁，老汉受责打是因为不愿意服用草药，弄得未老先衰，两眼昏花。商人惊奇不已，于是恭敬地鞠躬请教。这种草药就是枸杞，后来，枸杞传入中东和西方，被誉为"东方神草"。

枸杞有润肺清肝、滋肾、益气、生精、助阳、祛风、明目、强筋骨的功能。可以嚼食，每天晚上取十几粒放入口中咀嚼，长期食用，可以养颜明目、延年益寿。枸杞还可以泡茶喝：取枸杞15粒，泡于茶中，碧茶红果，色香俱佳，清香醇和、生津止渴，坚持饮用，益肝补肾。另外，煮八宝粥放入适量枸杞，和胃补肾，滋肝活血，最适合老人食用。炖肉时，出锅前10分钟放入枸杞30粒，身瘦体弱，食之最宜。枸杞在做菜、煲汤时均可适量使用，有食补之功。

枸杞因其性平，适合各类人群服用。但是，任何滋补品都不要过量食用，枸杞子也不例外。一般来说，健康的成年人每天吃20克左右的枸杞比较合适，如果想起到治疗的效果，每天最好吃30克左右。

⑥ 麝香辟秽通络，活血散结就找它

麝香，别名元寸，是一种名贵的动物性药材。《神农本草经》列其为上品，来源于哺乳动物麝。

麝，民间称香獐子，习惯在深山密林中生活。主要分布在我国东北、华北及陕、甘、青、新、川、藏、云、贵、湘、皖等地。雄麝上颌犬齿发达，露出唇外，向下微曲，俗称"獠牙"；脐部有香腺囊，囊内包含香。雌麝上颌犬齿小不外露，也无香腺囊。

麝香即为雄麝体下腹部腺香囊中的干燥分泌物，气香强烈而特异。成颗粒状者俗称"当门子"，多呈紫黑色，油润光亮，质量较优；成粉末状者称"元寸香"。麝香的主要成分为麝香酮，约占麝香纯干品的0.5%～2%，此外，还含有多种雄（甾）烷衍生物以及麝吡啶等。中医认为，麝香味辛，性温，入心、脾、肝经，有开窍、辟秽、通络、散淤的功能。主治中风、痰厥、惊痫、中恶烦闷、心腹暴痛、跌打损伤、痈疽肿毒。古书《医学入门》中谈"麝香，通关透窍，上

◎麝香，是一种名贵的动物性药材，来源于哺乳动物麝。

达肌肉。内入骨髓……"。《本草纲目》中记载："……盖麝香走窜，能通诸窍之不利，开经络之壅遏"。其意是说麝香可很快进入肌肉及骨髓，能充分发挥药性。许多临床材料表明，冠心病患者心绞痛发作时，或处于昏厥休克时，服用以麝香为主要成分的苏合丸，病情可以得到缓解。

麝香用于疮疡肿毒、咽喉肿痛时，有良好的活血散结、消肿止痛作用，内服外用均有良效。用治疮疡肿毒，常与雄黄、乳香、没药同用，即醒消丸，或与牛黄、乳香、没药同用；用治咽喉肿痛，可与牛黄、蟾酥、珍珠等配伍，如六神丸。另外，用麝香注射液皮下注射，治疗白癜风，有显效；用麝香埋藏或麝香注射液治疗肝癌及食道、胃、直肠等消化道肿瘤，可改善症状、增进饮食；对小儿麻痹症的瘫痪，亦有一定疗效。

不过，值得注意的是，在应用麝香的过程中要注意以下两点：

①麝香忌过量服用。若内服过量，一方面对消化道有刺激性，另一方面会抑制中枢神经系统，使呼吸麻痹、循环衰竭，并引起严重的凝血机制障碍，导致内脏广泛出血。剂量过大，甚至会导致呼吸、循环衰竭而死亡。

②孕妇禁用。麝香能促使各腺体的分泌，有发汗和利尿作用，其水溶性成分有兴奋子宫作用，可引起流产。李时珍在《本草纲目》中写到："麝香开窍、活血散结、透肌骨、消食积、催生下胎"。所以孕妇应禁用麝香。

❼ 柴胡疏肝解郁，阴虚火旺离不了

柴胡，又名北柴胡、南柴胡、软柴胡、醋柴胡，是伞形科植物北柴胡和狭叶柴胡的根。始载于《神农本草经》，列为上品。历代本草对柴胡的植物形态多有记述。如《本草图经》记载："（柴胡）今关、陕、江湖间，近道皆有之，以银州者为胜。二月生苗，甚香，茎青紫，叶似竹叶稍紫……七月开黄花……根赤色，似前胡而强。芦头有赤毛如鼠尾，独窠长者好。二月八月采根。"

其中，北柴胡又名硬柴胡，药材质较坚韧，不易折断，断面为木质纤维性，主要产于辽宁、甘肃、河北、河南等省。狭叶柴胡的根又名南柴胡、软柴胡、香柴胡，药材质脆，易折断，断面平坦，气微香，主要产于湖北、江苏、四川等省。炮制时需切短节，生用、酒炒或醋炒。

关于"柴胡"名称的由来，还有个民间传说。从前，一地主家有两个长工，一姓柴，一姓胡。有一天姓胡的病了，发热后又发冷。地主把姓胡的赶出家，姓柴的一气之下也出走。他扶了姓胡的逃荒，到了一山中，姓胡的躺在地上走不动了。姓柴的去找吃的。姓胡的肚子饿了，无意中拔了身边的一种叶似竹叶子的草的根入口咀嚼，不久感到身体轻松些了。待姓柴的回来，便以实告。姓柴的认为此草肯定有治病效能，于是再拔一些让胡食之，胡居然好了。他们二人便用此草为人治病，并以此草起名"柴胡"。

◎柴胡具有和解退热、疏肝解郁、升举阳气的作用，常用以治疗肝经郁火、内伤胁痛等症。

中医认为，柴胡性凉味苦，微寒入肝、胆二经，具有和解退热、疏肝解郁、升举阳气的作用，常用以治疗肝经郁火、内伤胁痛、疟疾、寒热往来、口苦目眩、月经不调、子宫脱垂、脱肛等症。《本草纲目》记载其"治阳气下陷，平肝胆三焦包络相火"，《神农本草经》则说柴胡能"去肠胃结气，饮食积聚，寒热邪气，推陈致新"。

值得一提的是，柴胡对肝炎有特殊疗效。目前，中医治疗传染性肝炎的肝气郁滞型，就是用的柴胡疏肝散，其中主药就是柴胡。

另外，柴胡还组成许多复方，如小柴胡汤为和解少阳之要药；逍遥散能治疗肝气郁结所致的胸胁胀痛、头晕目眩、耳鸣及月经不调；补中益气汤的主药有柴胡、升麻、党参、黄芪等，能治疗气虚下陷所致的气短、倦怠、脱肛等症；柴胡疏肝散还能治疗乳腺小叶增生症。但值得注意的是，肝阳上亢、肝风内动、阴虚火旺及气机上逆者忌用或慎用。

下面，我们再为大家推荐一款有食疗功效的"柴胡粥"：

材料：柴胡10克，大米100克，白糖适量

制法：将柴胡择净，放入锅中，加清水适量，水煎取汁，加大米煮粥，待熟时调入白糖，再煮一二沸即成，每日1～2剂，连续3～5天。

功效：和解退热，疏肝解郁，升举阳气。适用于外感发热，少阳寒热往来，肝郁气滞所致的胸胁、乳房胀痛，月经不调，痛经，脏器下垂等。

8 珍珠，美容养颜之上品

珍珠，又名真朱、真珠、蚌珠、濂珠，产在珍珠贝类和珠母贝类软体动物体内，由于内分泌作用而生成的含碳酸钙的矿物（文石）珠粒，是由大量微小的文石晶体集合而成的，皆为妆饰、美容养颜之上品。

珍珠入药，在我国已有两千多年的历史，魏晋时期的《名医别录》把珍珠列为治疗疾病的重要药材，并阐明了珍珠的药效。《日华子本草》记载，珍珠"安心、明目。"《本草汇言》曰："镇心、定志，安魂，解结毒，化恶疮，收内溃破烂。"明代《本草纲目》记载："珍珠涂面，令人润泽好颜色。安魂魄、止遗精、白浊、妇女难产、解痘疗毒。"类似这样的记载，在古典医籍中还有很多。

中医认为，珍珠性味甘咸寒，无毒，入心、肝二经。具有安神定惊，清热滋阴，明目，解毒的功用，适用于热病惊痫、烦热不眠、咽喉肿痛腐烂、口疮、溃疡不收口、目赤翳障等症，并能润泽肌肤。经现代医学分析，珍珠中含有十多种人体需要的氨基酸和多种微量元素，被人体吸收以后，能促进体内酶的活力，调节血液的酸碱度，使细胞的生命力增强，阻止或减慢衰老物质——脂褐质的产生，从而延缓细胞的衰老，延长其寿命，使皮肤皱纹减少，滋润秀丽，达到延年益寿和美容的目的。清代的慈禧太后就是用珍珠来养颜防老的。据记载，她每十天服珍珠粉一银匙，并且是在同一时辰服用，数十年来从不间断。她还命太监在制作香粉时也掺入珍珠粉末，用其扑面化妆。所以慈禧活到年逾古稀，看起来仍像五十多岁的人，皮肤光洁柔润，皱纹甚少。

珍珠除养生防衰、美容护肤、妆饰点缀外，还可用于优生优育、妇科疾病。中

◎珍珠为妆饰、美容之上品。

国古代胎养经书中曾介绍了一种"珍珠玉石类安胎养儿法"，即孕妇（怀孕三月后）佩戴珍珠项链（海水珍珠最好）或手链，每日玩弄、摩挲珍珠，可使孕妇安神定惊、心平气和、消除胎毒，还可使孩子日后相貌端正、肌肤细嫩、光滑柔润。此种方法是取其"外相而内感也"之理。现代医学研究证明，孕妇若经常处于良好的心态环境中，有益于胎儿的生长发育。不少妇女在经前、经期情绪不稳、烦躁易怒、胸肋胀闷、乳房疼痛，而珍珠有平肝潜阳、定惊安神、清肝解郁的作用，佩戴珍珠项链有良好的调节作用，可使情绪平稳，心境安泰。

珍珠美容大致有口服、外用两种。

①口服：把珍珠加工成珍珠粉，每隔10日服1次，每次7克左右，长期服用，可使皮肤白嫩、细腻。

②外搽：可用手指蘸上水或甘油与珍珠粉调匀，轻轻在脸上涂搽，有一定的美容效果，每日1～2次，或使用珍珠做成的化妆品如：珍珠霜、珍珠膏、珍珠粉等，可根据自己的情况选用。

⑨ 活血通经、祛风止痛之凤仙花

凤仙花，又名指甲花。因其花头、翅、尾、足俱翘然如凤状，故又名金凤花。凤仙花属凤仙花科一年生草本花卉。根据清初赵学敏所著《凤仙谱》，我国凤仙有二百多种，其品种变异之多，居世界前列。颜色多种多样，有粉红、朱红、淡黄、紫、白清色等。

《广群芳谱》卷四十七"凤仙"条中记载："女人采红花，同白矾捣烂，先以蒜擦指甲，以花傅上，叶包裹，次日红鲜可爱，数月不退。"富察敦崇《燕京岁时记》云："凤仙花即透骨草，又名指甲草。五月花开之候，闺阁儿女取而捣之，以染指甲，鲜红透骨，经年乃消。"由此可见，用凤仙花染指甲是有据可查的。

除了观赏价值之外，凤仙花亦是一种著名的中药。《本草纲目》中记载，凤仙花花瓣味甘，性温，归肾经，有小毒，有活血通经、祛风止痛的作用，适用于闭经、跌打损伤、淤血肿痛、风湿性关节炎、痈疖疔疮、蛇咬伤、手癣等症；凤仙花种子亦名急性子，味甘，性温，有小毒，为解毒药，有通经、催产、祛痰、消积块的功效，适用于闭经、难产、骨硬咽喉、肿块积聚等症；茎亦名透骨草，味苦、辛，性温，归肾经，有祛风、活血、止痛、消肿之功效，捣烂外敷可治疮疖肿

◎凤仙花有小毒，具有活血通经、祛风止痛的作用。

疼、毒虫咬伤；凤仙花根味甘，性平，具有祛风止痛、活血消肿的功效，适用于风湿关节疼痛、跌打损伤等症。

药理研究表明，凤仙花还对霉菌、金黄色葡萄球菌、溶血性链球菌、伤寒杆菌、痢疾杆菌等有不同程度抑制作用。但因其有活血作用，故孕妇慎用。

下面，我们再为大家推荐两剂以凤仙花为主的药方。

①凤仙花干末3克（鲜品10克），乌贼骨30克，水煎服，每日一剂，连续1周，可治带下病。另外，并用凤仙花全草1棵煎汤，先熏，后洗阴部，有抗菌消炎作用。

②伸筋草、透骨草、红花各30克，共放入搪瓷脸盆中，加清水2000毫升，煮沸10分钟后取出，放入浴盆中，药液温度以50℃~60℃为宜，浸洗患肢。先浸洗手部，再浸洗足部，浸洗时手指、足趾在汤液中进入自主伸屈活动，每次15~20分钟，药液温度下降后可再加热，每日3次，连续2月，可治中风后手足痉挛。

⑩ 肉桂：温中补阳、活血祛淤

肉桂，又名玉桂、桂皮，为樟科植物肉桂的树皮。多于秋季剥取栽培5~10年的树皮和枝皮，晒干或阴干，主要产于云南、广西、广东、福建。中医认为，肉桂味辛、甘，性大热，入肾、脾、心、肝经，有温中补阳、祛风健胃、活血祛淤、散寒止痛之效，适用于脾肾亏虚所致的畏寒肢冷、遗尿尿频、脘腹冷痛、虚寒吐泻、食少便溏、

◎肉桂有温中补阳、祛风健胃、活血祛瘀、散寒止痛之效。

虚寒闭经、痛经等。如《玉楸药解》中记载："肉桂，温暖条畅，大补血中温气。香甘入土，辛甘入木，辛香之气，善行滞结，是以最解肝脾之郁。凡经络堙瘀，藏腑症结，关节闭塞，心腹疼痛等症，无非温气微弱，血分寒冱之故，以至上下脱泄，九窍不守，紫黑成块，腐败不鲜者，皆此症也。女子月期、产后，种种诸病，总不出此。悉用肉桂，余药不能。"《本草经疏》中说："桂枝、桂心、肉桂，夫五味辛甘发散为阳，四气热亦阳；味纯阳，故能散风寒；自内充外，故能实表；辛以散之，热以行之，甘以和之，故能入血行血，润肾燥。"

另据药理研究表明，桂皮含挥发油及鞣质等，对胃肠有缓和的刺激作用，能增强消化机能，排除消化道积气，缓解胃肠痉挛；有中枢性及末梢性血管扩张作用，能增强血液循环；有明显的镇静、解热作用。

下面，我们为大家推荐两款极美味的肉桂食疗方：

1.肉桂粥

材料：肉桂、茯苓各2克，桑白皮3克，大米50克

制法：将上述药水煎取汁，加大米煮为稀粥，每日一剂，作早餐食用。

功效：可温阳化饮，适用于水饮停蓄、上逆于肺所致的胸满、咳逆、痰白稀、欲呕、饮食不下、下则呕逆等。

2.肉桂羊肉汤

材料：羊肉1000克，肉桂10克，草果5个，香菜及调味品适量

制法：将羊肉洗净，切块，余药布包，加水同炖沸后，调入胡椒、姜末、食盐、黄酒等炖至羊肉熟烂后，去药包，调入葱花、味精及香菜等调味，再煮一二沸即可。

功效：可健脾温肾，适用于脾肾阳虚之四肢不温、纳差食少、腰膝酸软、脘腹冷痛等。

⑪ 养肝益肾、乌须美发说首乌

何首乌，又名夜交藤，为蓼科植物何首乌的块根，是一种常用的补益中药。何首乌原来是一个人的名字，据说在唐朝时有个人叫何能嗣，五十八岁仍然性无能，服此药七日而思人道，娶妻后还连生数子。其中一个儿子名叫何延秀，持续服用此药，活到了160岁，也生了很多子女，其中一个取名为何首乌。何首乌也持续服用此药，活到130岁头发都还乌黑亮丽，唐朝文人李翱为他们写了《何首乌传》。

后李时珍根据史料记载，把原来的"夜交藤"改名为"何首乌"。

中医认为，何首乌味苦、甘、涩，性微温，归肝、肾经，具有补肝肾、益精血、乌须发、强筋骨之功效。适用于肝肾阴亏、须发早白、血虚头晕、腰膝酸软、筋骨酸痛、遗精、崩漏、久痢、慢性肝炎、痈肿、瘰疬、肠风、痔疮、红斑狼疮等病症。《本草备要》记载："补肝肾，涩精，养血祛风，为滋补良药。"《开宝本草》云："益气血，黑髭鬓，悦颜色，久服长筋骨，益精髓，延年不老。"

现代医学证实，何首乌中的蒽醌类物质，具有降低胆固醇、降血糖、抗病毒、强心、促进胃肠蠕动等作用；还有促进纤维蛋白溶解活性作用，对心脑血管疾病有一定的防治作用；何首乌中所含卵磷脂是脑组织、血细胞和其他细胞膜的组成物质，经常食用何首乌，对神经衰弱、白发、脱发、贫血等病症有治疗作用；何首乌还有强壮神经的作用，可健脑益智，能够促进血细胞的生长和发育，有显著的抗衰老作用。中年人经常食用何首乌，可防止早衰的发生和发展。其茎为中药"夜交藤"，有安神养心之功，可治疗各种原因引起的失眠。在临床应用上，如果是肝肾不足、精血亏虚、腰膝酸软、头晕耳鸣、须发早白、遗精滑精者，可与当归、枸杞子、菟丝子等配伍；若是血虚精亏、肠失滋润、大便秘结者，可与当归、火麻仁、黑脂麻等配伍，以增强养血润肠通便之效；若痔血便难者，可单味煎服，或与枳壳等同用；若是血虚所致风疹疥癣者，

◎何首乌有补肝肾、益精血、乌须发、强筋骨之功效。

可与荆芥、蔓荆子等配伍内服；凡久疟不止、气血两虚者，多与人参、当归等药材配伍。

下面，我们再为大家推荐一款何首乌粥：选何首乌50克，粳米100克，红枣5枚。将何首乌洗净，放入砂锅内，加水煎取汁，去渣。将米、红枣分别洗净。将米、红枣同煎汁放入砂锅内，加入适量水，用大火煮沸，改用文火煮约30分钟。加入糖再煮段时间即成。每日早晚服食。此粥可养肝益肾，适用于肝肾亏虚、精心不足所致的头目昏花、须发早白等及慢性肝炎、冠心病、高血压、高脂血症、神经衰弱等。

⑫ 理气化痰、舒肝健脾说佛手

佛手不仅有较高的观赏价值，而且具有珍贵的药用价值、经济价值。佛手全身都是宝，其根、茎、叶、花、果均可入药。中医认为，佛手味辛、苦、甘、性温，无毒，入肝、脾、胃三经，有理气化痰、止咳消胀、舒肝健脾和胃之功效，适用于肝郁气滞所致的肋痛、胸闷、脾胃气滞所致的脘腹胀满、纳呆胃痛、嗳气呕恶、咳嗽痰多、胸闷胸痛等症。佛手的果实还能提炼佛手柑精油，是良好的美容护肤品。佛手的花与果实均可食用，可作佛手花粥、佛手笋尖、佛手炖猪肠等。佛手与其他药物相配伍，可治以下诸病：

①肝气郁结、胃腹疼痛：佛手10克，青皮9克，川楝子6克，水煎服。②恶心呕吐：佛手15克，陈皮9克，生姜3克，水煎服。③哮喘：佛手15克，藿香9克，姜皮3克，水煎服。④白带过多：佛手20克，猪小肠适量，共炖，食肉饮汤。⑤慢性胃炎、胃腹寒痛：佛手30克，洗净，清水润透，切片成丁，放瓶中，加低度优质白酒500毫升。密闭，泡10日后饮用，每次15毫升。⑥老年胃弱、消化不良：佛手30克，粳米100克，共煮粥，早晚分食。

◎中医认为，佛手有理气化痰、止咳消胀、健脾和胃之功效。

第五章

本草新视点，
从本草中发掘现代养生方案

●《本草纲目》凝聚了李时珍一生的心血，其所收载药物的可靠性、科学性远胜过古代的任何一部本草著作，这也是《本草纲目》地位长盛不衰、历久弥新的原因所在。即使在医学飞速发展的今天，其作用也不用小觑。现实生活中的头疼脑热、小痛小痛，其实根本不用跑医院，使用本草就有不错的疗效。《本草纲目》中就记录了大量祛头痛的本草，如白芷、川芎等，此外还有可以明目的黄连，可治口腔溃疡的西红柿，可以帮助人克服水土不服的豆腐……只要善用这些本草，就能轻轻松松做个健康人。

♥ 日常小毛病不慌乱，贴心本草来帮忙

① 普通感冒发汗，喝碗姜葱米粥油

感冒是生活中最常见的小病。感冒以后喝一点姜汤，发一身汗，就感觉舒服多了。不过有人不喜欢姜的味道，觉得刺激性太强，那怎么办呢？别着急，还有一个发汗的办法也很好使，那就是喝一碗葱姜米粥油。

什么是粥油呢？粥熬好后，上面浮着一层细腻、黏稠、形如膏油的物质，这就是粥油，也有人叫它米油。通常所说的粥油是由小米或大米熬粥后所得。《本草纲目》中记载，小米和大米味甘性平，具有补中益气、健脾和胃的功效。熬粥后，米中很大一部分营养进入汤中，而含营养最丰富的当属粥油，滋补力之强丝毫不亚于人参等名贵的药材，甚至有"粥油赛参汤"的说法。

米油性味甘平，能滋阴长力，有很好的滋补功效。米油营养丰富，口感细腻，人人都可以吃。特别是对肠胃功能不太好的人，喝米油能配补元气。而婴幼儿喝还能保护他们幼嫩的肠胃。

姜的养生保健作用很高，所以在中医保健作用非常大。姜性热，可以驱邪寒。人体的阴阳平衡中最容易被寒、湿、风等因素打破。尤其是现在都市人，每到夏天不是喝冷饮，就是吹空调，造成体内寒气过多，久积不散，给身体埋下了健康隐患。此时，姜可以发挥发作用。例如，每天早上起床刷牙之后，切一片姜，含在嘴中片刻，然后再嚼碎咽掉，可以驱邪寒，对现代人很有多好处。

假如家里有人感冒了，又喝不下姜汤，不妨试试把大米、生姜、小葱放在一起熬粥，最后取上层的粥油，趁热喝下，然后盖被子发汗。这样的一碗葱姜米粥油，生姜的刺激性味道被压下了很多，病人服用起来也就不会产生抗拒心理了。

不过需要提醒大家注意的是，这个方法只适合普通感冒，不适用于流感患者。因为流感的种类很多，其中有一些是不能喝米汤的。那么，怎样区分流感和普通感冒呢？给病人量量体温，如果病人有感冒症状，但是体温尚属正常，不发烧，就可

◎感冒是生活中最常见的小病，在家就可以食疗，比如喝点姜茶就能立马缓解感冒症状，但很多人觉得姜的味道刺激，这时候就可以选择喝一碗葱姜米粥油。

以使用这个方法。但如果发烧了，就要忌用。

❷ 解头痛，中医推荐白芷、川芎

小海在重点中学上高三，马上面临升学考试，学习压力非常大。可是他最近学习时精力总是难以集中，一看书头就莫明其妙地痛，学习成绩急剧下降。父母很担心，带着他看了中医。医生告诉他们，小海这是紧张性头痛，属于偏头痛的一种。

小海的头痛如果任其发展的话，将会经常、反复发作。面对焦虑万分的小海和父母，医生耐心安抚他们。中医里治疗头痛方法比较多，《本草纲目》中就记载了大量这样的本草。例如白芷，就是治疗头痛的圣药，有明显的止痛作用；川芎具有活血化淤、通络、缓解血管痉挛的作用。

1 白芷

《本草纲目》解读：辛，温，归肺、胃经，能祛风散寒、通窍止痛。

《本草纲目》实录：偏正头风。用白芷炒二两五钱，川芎炒、甘草炒、川乌头半生半熟各一两，共研为末。每服一钱，细茶薄荷汤送下。

2.川芎

《本草纲目》解读：辛，温，归肝、胆经，能活血行气、祛风止痛。

《本草纲目》实录：气虚头痛。用川芎研细，每取二钱，茶汤调服。产后头痛，用川芎、天台乌药，等分为末，每服

《本草纲目》中的治头痛圣药

| 白芷 | 白芷能祛风散寒、通窍止痛 | → |
| 川芎 | 川芎能活血行气、祛风止痛 | → |

二钱，葱茶调下。风热头痛，用川芎一钱、茶叶二钱，加水一盏煎至五成，饭前热服。偏头痛，用川芎锉细，泡酒，每日饮少量。另外建议：饮食上要注意多食用酸甘养阴之物，如西红柿、百合、青菜等，少吃一些辛辣、油腻的食物。

头痛是很常见的疾病，除了小海遇到的紧张性头痛以外，有些人醉酒后也会出现头痛的症状，这个时候就要靠别的东西了。《本草纲目》里说柚子能够解酒："消食，解酒毒，去肠胃中恶气。"所以，经常喝酒的人，酒后吃一点柚子是很有好处的，不仅可以解酒，还能缓解酒后口气。将柚肉切丁，蘸白糖吃更是对消除酒后口腔的酒气和臭气有奇效。

另外，酒后不要饮茶过多，尤其是浓茶。《本草纲目》早有记载，酒后饮茶伤肾，导致腰腿坠重、膀胱冷痛。现代医学研究也指出，茶水会刺激胃酸分泌，同时还会加重心脏负担。此外，酒精进入肝脏后，通过酶的作用分解为水和二氧化碳，经肾脏排出体外。浓茶中含有较多的茶碱，它会使尚未分解的乙醛，而乙醛对肾脏有很大的损害作用。

❸ 黄连虽苦，但可以让你的眼睛明亮

生活中，有的人不哀伤也总是眼泪汪汪，人们称之为"含情眼"，《红楼梦》里林黛玉的眼睛就属此种。中医认为，这是肺气不足、肝的收敛功能不足所致。肝主水道，而肺为水上之源，肺气的宣发和肃降对体内水液的输布、运行和排泄起着疏通和调节的作用。当肝肺之气不足时，水汽就会在上面壅着，或者水道总收敛不住，就会出现眼泪汪汪的现象。还有一些人迎风就流眼泪，在中医看来，这是肝肾阴虚的征兆，因为只有当肝肾阴虚，肾气不纳津，受到冷风的直接刺激后眼睛才会流眼泪。

《本草纲目》里还提出了黄连明目的方子。《本草纲目》中记载，黄连可以治疗各种眼病："用黄连不限多少，捣碎，浸清水中六十天，然后单取汁熬干。另用

艾铺瓦上，燃艾，把熬干的药碗，盖在艾上，受到艾的烟熏。艾烟尽后，刮取碗底药末做成丸子，如小豆大。每服十丸，甜竹叶汤送下。"这里的艾就是我们所说的艾蒿。 另外，如果遇到眼睛突然红痛，《本草纲目》记载，可以"用黄连和冬青叶煎汤洗眼"，或者用"黄连、干姜、杏仁等分为末，用棉包裹浸入热水中，趁热闭目淋洗"。如果眼睛突然觉得又痒又痛，可以"用黄连浸乳中，随时取汁点眼"。而如果眼泪不止，"用黄连浸水成浓汁搽洗"。

人们通常只知道黄连能清热燥湿，却不知道它对眼睛很有益处。平时多翻翻《本草纲目》，看看上面怎么说，相信会有不少意外的收获。

比如眼袋的形成有多种原因，晚上喝水过多、熬夜等，一旦消除这些因素，眼袋就会消失。而有些人准时睡觉，从不熬夜，夜间也没有喝太多的水，但早上起床

◎《本草纲目》中记载，黄连能清热燥湿，可以治疗各种眼病。

◎无花果能帮助消除眼袋，睡前在眼下部皮肤上贴无花果片，可轻松消除眼袋。

时，仍然会出现眼袋，这是为什么呢？中医认为，下眼皮正是小肠经的循行路线，它跟三焦、小肠、肾都有关。这里出了问题，多是阳气不足，化不开水，水液代谢不掉，属于寒邪造成的疾病。另外，我们有的时候蹲后起立，会觉得眼前一片乌黑，或黑花、黑点闪烁，或如飞蝇散乱，俗称"眼花"，这就是目眩。中医认为心主神明，神散了看东西就会老花。一般来说，如果偶尔站起来时有昏眩感，问题并不大，只需多按按中渚穴便能见效。中渚穴在手背的第四掌骨上方，离小拇指和无名指指根约2厘米处。用另一只手的大拇指和食指分别上下用力揉按此穴，先吸一口气，然后慢慢呼出，约按压5～7秒。做完之后，再换另一只手，按同样程序做一遍。每只手做5次。

平时注意饮食和营养的平衡是对眼睛有好处的，多吃些粗粮、杂粮、红绿蔬菜、薯类、豆类、水果等含有维生素、蛋白质和纤维素的食物。此外，木瓜味甘性温，将木瓜加薄荷浸在热水中制成茶，晾凉后经常涂敷在眼下皮肤上，不仅可缓解眼睛疲劳，还有减轻眼袋的作用。无花果和黄瓜也可用来消除眼袋，睡前在眼下部皮肤上贴无花果或黄瓜片，15～20分钟揭掉。生姜皮味辛性凉，食之可以消浮肿、调和脾胃。

❹ "嘴里有问题"别慌，本草就能帮大忙

大学同学十九年后聚会，老杨却一脸痛苦的表情。会餐时，大家都大快朵颐，只有他一个人几次伸出筷子，又收回来，一副犹犹豫豫的样子。老朋友向东问他怎么了，他这才吞吞吐吐地说："最近口腔溃疡，喷了好多药也不管用，吃什么都疼。"向东的太太是中医，向东也跟着学了一些中医的妙招。他告诉老杨一个治疗溃疡的食疗妙招——绿豆鸡蛋花。

《本草纲目》中记："绿豆性凉味甘，有清热解毒、去火的功效，而鸡蛋可以补养。"，"一切口疮。用鸡内金烧灰敷涂。"这"鸡内金"就是家鸡的砂囊内壁。绿豆鸡蛋花的制法：将鸡蛋打入碗内拌成糊状，取适量绿豆放在陶罐内用冷水浸泡十多分钟，放火上煮沸约15分钟，不宜久煮。这时绿豆未熟，取绿豆水冲鸡蛋花饮用。每日早晚各一次，治疗口腔溃疡效果好。

口腔溃疡是人体阴阳失衡的典型表现，它虽不是什么重病，却时时给人的生活带来不便与痛苦。用饮食来治口腔

◎如果是因为吃东西上火引起的口腔溃疡，可以用西红柿来治疗。

溃疡，效果是很好的。如果是因为吃东西上火引起的口腔溃疡，可以用西红柿来治疗。西红柿是蔬菜中含维生素和矿物质最多的，治疗内热上火效果特别好。方法是：将西红柿去皮，切成小块，拌上白糖连吃2次。如果是身体亏虚和寒湿较重所致的口腔溃疡会反复发作，这时要在饮食上忌掉所有的寒凉食物。另外，还要用艾叶煮水泡脚，将虚火引下去，一般泡一两次就好了。

除了溃疡还有很多口腔问题都值得大家注意：

1.牙龈萎缩

中医认为牙龈萎缩是虚证。人体的气血不足时，气血不能到达牙龈，这才是牙龈萎缩的原因。调理脾胃、补充肾阴可以让气血充足，气血充足则可以到达牙龈，滋养牙龈。

2.口水多

如果一个人的口水过多，就说明脾肾出现了问题。多而且黏稠，口中还伴着苦味，往往说明是脾热，这时候一定不要吃辛辣的食物，牛羊肉也尽量少吃，可以吃一些清脾热的药物。《本草纲目》中记载的此类本草有栀子和连翘等。

口水多，且伴有咸味的话，这可能是肾虚的征兆。很多小孩子特别爱流口水，但如果都七八岁了还在流口水，这就说明孩子脾虚。脾是主肌肉的，如果脾虚，嘴角就不紧，不能抑制口水外流。

口水多了不行，但少了也不行。如果嘴里总是干干的，这就说明你的津液不足，是内燥的表现。这个时候要注意多喝水，多吃酸味的食物，多吃水果，苹果、梨、葡萄等都是不错的选择，只要含水分很多就可以了。

⑤ 热水泡泡脚，胜似吃补药

中国人是非常讲究泡脚的，民间就有"热水泡泡脚，胜似吃补药"的说法，简明、精确地道出了热水泡脚对身体的益处。热水泡脚为何有益健康呢？

按照中医经络学的说法，脚不仅是足三阴经的起始点，还是足三阳经的终止处，阳经的末尾与阴经的开头都是阴气最强的地方，所以脚的阴气最重，非常容易受寒，使脚部的血液淤积，导致循环不畅，引起感冒等问题。用现代医学的解释就是：脚掌远离心脏，血液供应少，表面脂肪薄，保温力差，且与上呼吸道尤其是鼻腔黏膜有密切的神经联系，因此脚掌一旦受寒，就会引起上呼吸道局部温度下降

◎每天晚上用热水洗脚就可驱逐脚部寒气，增强人体免疫力。泡脚时还可以加一些药材。

和抵抗力减弱，导致感冒等多种疾病。每天晚上用热水洗脚就可驱逐脚部寒气，增强人体免疫力。

泡脚可以只用热水，也可以加一些药材。如《本草纲目》中记载："足部水肿。削楠木、桐木煮水泡脚，并饮此水少许。每日如此，直至病愈。"此外，还可以在泡脚时加一点姜，适用于初起风寒感冒、风湿、类风湿、关节病；也可以加盐一小勺，适用于上焦有火，经常眼红、牙痛、咽痛、性急爱生气、急躁心烦、上火下寒、腿脚肿胀等；加点花椒粒，可以除脚臭。

除去每天热水泡脚外，中老年人还可以经常按摩双脚：洗脚后，用手掌搓摩脚心，然后再按摩脚背，牵拉每个脚趾。按捏肌肉，可以使脚趾筋膜更坚韧有力，并有防病的作用。另外，脚上有很多穴位，仅脚踝以下就有33个穴位，双脚穴位达66个，它们分别对应着人体的五脏六腑，占全身穴位的10%。经常洗脚就可刺激足部的太冲、隐白、太溪、涌泉以及踝关节以下各穴位，从而起到滋补元气、壮腰强筋、调理脏腑、疏通经络，促进新陈代谢，防治各脏腑功能紊乱、消化不良、便秘、脱发落发、耳鸣耳聋、头昏眼花、牙齿松动、失眠、关节麻木等症的作用，以及强身健体、延缓衰老的功效。

现在有些人，夏天怕热，就光着脚在屋子里走，而且冬天也只穿很薄的鞋子，这样对身体健康极为不利。还有人在夏天用凉水洗脚，这更是不可取的。因为脚底汗腺较为发达，用凉水洗脚，会使毛孔骤

然关闭，久而久之，容易造成排汗机能迟钝。而脚上的感觉神经末梢在受到凉水刺激后，会导致血管收缩功能失调，诱发肢端的动脉痉挛、关节炎和风湿病等。我们的双脚承载着全身的重量，拥有一双健康的脚是身体健康的资本，每个人都应该给自己的脚更多一点的呵护，为它选一双舒适的鞋子，在寒冷的冬天注意为它保暖。

⑥ 鸽子全身是宝，强健肌肉离不了

长期暴饮暴食、饮食不节的人，就会使胃平滑肌抽搐、痉挛，出现难以愈合的黏膜溃疡、萎缩。治疗肌肉萎废的主要手段是服用补益气血、升举阳气的中药。《本草纲目》中记载，鸽肉有补肝肾、添精血之功。所以人们把白鸽作为扶助阳气的强身妙品，认为它有补益肾气、强壮性能的功效。

◎鸽子全身是宝，为扶助阳气的强身妙品。

❼ 克服水土不服，可以多吃豆腐

汤先生是商贸公司的职员，平时工作压力大，但最让他烦恼的还是出差。因为工作关系，他经常要到各地出差，每到一个新的地方他就觉得身体非常不适。整个人没有胃口、精神很疲乏、晚上也睡不好，甚至有的时候还会腹泻、呕吐。同事们告诉他，这就是水土不服。汤先生基本上每次出差都会遇到这类问题，身体感觉吃不消。可是工作又要求他必须经常出差，为此他感到很无奈。这一次他和同事老赵一起到了一个新城市，汤先生一下飞机就觉得难受，老赵就为他点了一道菜——白滑豆腐汤。

这道汤很清淡，汤先生吃了以后，美美地补了一觉，醒来时觉得神清气爽，还有想吃东西的欲望。汤先生觉得奇怪，是吃了豆腐的关系吗？

没错，就是这道小小豆腐餐解决了他的水土不服问题。《本草纲目》里记载，豆腐性平味甘，药食兼用，能养胃和脾、生津止渴、清热润燥、补虚败火、醒脑解乏、益气助力。到了陌生的地方，第一道菜最好先吃用当地的水磨制的豆腐，这样可以在一定程度上预防和克服水土不服。因为每个地方的水、土、粮食、空气、温度、湿度都不一样，再加上出差途中很疲劳，就会引起胃肠不适，所以应该先吃点当地易于消化的食物。一方面对胃肠的刺激小，另一方面能够使肠胃慢慢适应当地的饮食。

◎小小豆腐，既能养胃和脾，又能生津止渴。

下面就介绍一点这道营养又美味的白滑豆腐汤的制法：

材料：豆腐200克，鸡蛋一个，木耳、水淀粉适量

制法：豆腐切成骨牌块；鸡蛋清、水淀粉、精盐少许放入碗内，调成硬糊；水发木耳切成丝，取一平盘，盘上抹匀色拉油，把豆腐蘸匀硬糊平放盘内，上笼蒸透取出备用。汤锅放在火上，放入素汤、木耳，待汤烧开，撇去浮沫，盛入汤碗内，下入蒸好的豆腐即成。

❽ 花椒+按摩，牙疼立刻缓

人们经常用"牙疼不是病，疼起来真要命"来形容牙痛，相信受过牙疼折磨的朋友都对这句话有深刻的体会。牙疼了，去看西医，医生会告诉你这是炎症，然后开一堆消炎药让你回家吃，如果牙坏了，就会建议你把坏牙拔掉。牙坏了，失去了它的正常功能，当然可以拔掉。但是

牙疼，我们真的只有靠止痛药来缓解吗？当然不是。牙疼时我们可以用花椒来治。花椒是做菜常用的调料，也是一味用途广泛的中药。《本草纲目》记载：花椒辛、温，能够健胃、温中散寒、除湿止痛、杀虫解毒、止痒解腥。用花椒煎水外洗可以治疗多种皮肤病，如痱子等。花椒还是止牙痛的一味良药。这里就告诉你如何用花椒缓解牙疼。

取10克花椒，加入适量的水，煮约5分钟，加入一两白酒，完全凉后，将花椒过滤掉，再把白酒花椒水倒入洁净玻璃瓶中备用。牙疼时，用洁净棉签蘸此水后放入牙疼的部位且咬住，很快就能止疼。

不过这只是缓解了疼痛，没有治本。其实，牙疼是上火的一个表现，主要是由风热侵袭、胃炎上蒸、虚火上炎三种原因造成的。要想治本，可以根据病因，采用相应的穴位按摩手法。

◎花椒辛、温，能够健胃、温中散寒、除湿止痛，既是调料，也是一味用途广泛的中药。

（1）风热侵袭

这类原因引起的牙疼，主要表现是：牙疼突然发作，阵发性加重，得冷痛减，受热加重，牙龈肿胀；形寒身热，口渴；舌红苔白或薄黄，脉浮数。

选穴：前三齿上牙疼取迎香、人中，下牙疼取承浆；后五齿上牙疼取下关、颧突凹下处，下牙痛取耳垂与下颌角连线中点、颊车、大迎。以指切压，用力由轻逐渐加重，施压15～20分钟。

（2）胃炎上蒸

由此引起的牙疼主要表现是：牙疼剧烈，牙龈红肿或出脓血，得冷痛减，咀嚼困难；口渴口臭，溲赤便秘，舌红苔黄燥；脉弦数或洪数或滑数。

选穴：按揉二间、内庭，症状立刻就会减轻很多。

（3）虚火上炎

此类牙疼临床表现为：牙疼隐隐，时作时止，日轻夜重，牙龈暗红萎缩，牙根恓动，咬物无力，腰膝酸软，五心烦热，舌嫩红少苔，脉细数。

选穴：每天刺激双侧合谷、手三里、太溪穴。其中，太溪宜在每天晚上泡脚后按揉，每次5分钟，合谷和手三里不定时地按揉可以帮助减轻疼痛。

除穴位疗法外，牙疼患者平时还应注意饮食调节，饮食不宜过温过冷，宜清淡饮食，忌辛辣煎炒，以防火气加重。

⑨ 用食物本草来缓解女性经期诸症

女性在每个月经期中，需要格外爱护

自身。因为这个时段里，女性的抵抗力会降低，稍不注意就容易生病。很多女性还存在着各种经期毛病，比如月经不调、痛经等。这些毛病可大可小，女性朋友们一定要防微杜渐。

月经不调主要是指月经周期或出血量的异常，或是月经前、经期时的腹痛及全身症状，属妇科常见病。中医一般将月经不调归纳为月经先期、月经后期、月经过多或月经过少。月经不调一般有这样一些症状：

①不规则子宫出血。包括：月经过多或持续时间过长；月经过少，经量及经期均少；月经频发即月经间隔少于25天；月经周期延长即月经间隔长于35天；不规则出血，出血无规律性。以上几种情况可由身体的局部原因、内分泌原因或全身性疾病引起。

②功能性子宫出血。指内外生殖器无明显器质性病变，而由内分泌调节系统失调所引起的子宫异常出血，是月经失调中最常见的一种，常见于青春期及更年期。

③绝经后阴道出血。指月经停止6个月后的出血，常由恶性肿瘤、身体炎症等引起。

④闭经。指从未来过月经或月经周期已建立后又停止3个周期以上。

女性在行经期间及经后，应多摄取一些铁、镁、钙，同时补充维生素D、维生素C，以助于钙的吸收，锌、铜的补充量应避免高于正常水平。《本草纲目》认为山楂具有活血化淤的作用，是血淤型痛经、月经不调患者的最佳食品。另外，要多食用一些有缓解精神压力作用的食物，如香蕉、卷心菜、土豆、虾、巧克力、火腿、玉米、西红柿等，还可以食用瘦肉、全谷类、深绿叶蔬菜、牛奶、奶酪等。不适宜的食物有生冷、不易消化和刺激性食物，如辣椒、烈性酒、烟等。

◎经期来临，女性可能会遭遇各种经期毛病，要懂得爱护自己。巧克力能够缓解精神压力，可适当食用。

《本草纲目》中的女性经期调理最佳食品

| 山楂 | 香蕉 | 卷心菜 | 瘦肉 | 全谷类 | 牛奶 |

⑩ 脚臭也是病，本草自有除臭方

小陈喜欢运动，节假日总要约上朋友去健身，或者打一场篮球赛，折腾下来大汗淋漓地回到家里，顿时埋怨声四起。老婆和女儿都不愿意处理他臭气熏天的鞋袜，女儿还老是捏着鼻子对他说："最不喜欢臭爸爸。"更糟糕的是，如果这个时候家里来了客人，也都会面露难色，让小陈格外尴尬。

很多人像小陈一样有脚臭的烦恼，甚至有些人并没有剧烈运动，下班回到家，一脱鞋，脚就很臭。人们通常认为脚臭并不算什么缺点，更不是病，而是天生的汗脚。其实，这种想法是错误的。汗脚和臭脚多是由脾湿造成的，只要将脾调养好，脚臭的问题自然就解决了。中医认为，阳加于阴谓之汗。比如人们在运动的时候，运动生阳，阳气蒸腾阴液，就形成了汗，跟烧水时产生蒸气是一个道理。适度出汗是正常现象，对人体有好处，但"汗为心之液"，如果出汗过多，就容易损伤心阳，成为许多疾病的征兆。如果胸部大汗、面色苍白、气短心慌，这是"亡心阳"的预兆，"亡心阳"就是西医上的水电解质紊乱症，以脱水为主；如果额头出汗，汗珠大如豆，如同油滴，这是虚脱或者要昏倒的先兆，体质虚弱或者有低血糖病史的人尤其要当心；如果偶尔手心、脚掌出汗，尤其是在公共场合，这多半是精神紧张造成的，调整一下心态就可

以了；如果手、脚常年多汗，说明脾胃功能有些失调；如果脚汗特别臭的话，就说明体内湿气很重。

李时珍说，诸湿肿满，皆属于脾。汗脚就属于"湿"的范畴，脚特别臭的人是因为脾大，而脾大则是由于脾脏积湿。脾湿热的时候，人会出又黄又臭的汗，就形成了"汗臭脚"。想告别"汗臭脚"，就应该吃一些清热祛湿的药，然后每晚都用热水或者明矾水泡脚。明矾具有收敛作用，可以燥湿止痒。《本草纲目》记载，扁豆可以健脾祛湿，所以，多吃一些扁豆也可以帮助除湿。

◎《本草纲目》记载，扁豆可以健脾祛湿，所以多吃一些扁豆也可以帮助除湿。

这里告诉大家一个民间土方子，治疗脚臭的效果也不错：把土霉素药片压碎成末，抹在脚趾缝里，就能在一定程度上防止出汗和脚臭，因为土霉素有收敛、祛湿的作用。

⑪ 痔疮、脱肛首选槐花散或凉血地黄汤

俗语里有"十人九痔"的说法，因为痔疮的发病率相当高，男女老少都有可能患上，并可随年龄加重病情。因此，我们每个人都要学一点防治痔疮的知识。

痔疮最主要的症状是便血和脱出，大便时反复多次出血，会使体内流失大量的铁，引起缺铁性贫血。可用脚尖走路以减轻痔疮的困扰：走路时，双脚后跟抬起，只用双脚尖走路。在家中早晚2次，每次走100米左右。长期坚持有利于提肛收气，又能让肛门静脉淤血难以形成痔疮。还可以冷敷，每天大便后，用毛巾或手指蘸冷水敷或清洗肛门。因为冷水洗不但能清洁肛门，还能使肛门收缩，防止由于大便引起的肛门发胀和下垂。

痔疮这种疾病正趋向于低龄化，这与当代人的生活方式有关。当代青年活动量较少，出门就坐车，走路少，再加上饮食不合理，不吃粗粮也不喜欢吃蔬菜，爱吃米、面、肉和海鲜等精细的食物。殊不知，正是这些粗粮和蔬菜对肠道有清理作用，使肠道内的有毒物质较快排出。食物越细，产生的废物就越少，即大便越少。肠道中有毒物质是随着大便排出的，大便少，排出的毒物就少。再加上喜欢吃辛辣食物，因此，痔疮就会反复出现。

中年人负担重，生理功能逐渐下降，因而痔疮加重。老年人虽不工作，但体力差，活动少，肠蠕动慢，吃得也少，废物就少，有限的一点废物又不往

◎中老年人应经常到户外多活动，有利于促进肠道蠕动，便于排便。同时有利于防止痔疮等疾病。

下走动，使大便在肠道里长久停留，水分被过度吸收，大便越发干燥，这样排便就更困难了。

《本草纲目》中有治疗痔疮的妙招，对于血热肠燥型，可用槐花散或凉血地黄汤加减。处方：槐花20克、地榆20克、黄连12克、诃子肉15克、木香12克、乌梅15克、黄檗10克、赤芍12克、生地炭20克、茜草炭20克、丹皮15克、甘草6克，体内的水煎服。可配合槐角丸、消炎合剂、麝香痔疮膏一起使用。

此外，长时间腹泻不愈、久病卧床伤气、大便干结，就会出现脱肛。中医认为，脱肛是人体阳气衰弱导致的。现代人由于工作、生活压力过大，造成了下焦阳气衰弱，不能收摄住，或者中气下陷，而这两种状况的外在表现就是脱肛。每天收缩肛门10～20次，能够提升阳气，有效改善脱肛。

利用本草抵抗压力和疲劳，做个健康现代人

1 让饮食做你的"减压器"

当我们处于忙碌或者压力的情况下，那些预先包装的食品，可放入微波炉的食品、外卖的食品成了我们首选食品，甚至即使烹饪新鲜食物，也选择那些最容易准备的食品。一个公认的事实就是：压力程度和食物之间有着密切的关系。

多吃纤维性，少吃油腻的食品是近年来所提倡的健康饮食。纤维能够降低胆固醇及防止胆固醇停留在肠胃中。纤维含量高的食品包括：麦制类面包、豆类食品、谷类。这些食品不仅富含纤维，还富含维生素及其他营养素，多吃对人体有益。

脂肪类食物包括：肉类、乳类、猪油、巧克力、蛋糕（饱和脂肪）、葵花油、玉米油、色拉油、核桃及油质鱼类（非饱和脂肪）。饮食中不宜摄取太多饱和脂肪，会妨碍人体健康，因为脂肪且含有太多的卡路里，易造成肥胖症。此外，高脂肪会增加胆固醇的含量，堵塞血管，导致心脏病。成人每天的脂肪摄取量不应超过85克。非饱和脂肪则不会提高胆固醇含量，且人体亦需要少量的脂肪以修补细胞。

公认的影响情绪的四大食品有：

1.糖

高糖分虽然可以使人在短时间内拥有充沛的精力，但长期下来，高糖分会使体重增加及造成蛀牙。此外，高糖分也会使肾上腺过度分泌，降低身体抵抗力，出现情绪不安、易怒等症状。

2.咖啡因

咖啡、可乐均含有咖啡因，会刺激肾上腺素使血压增高，刺激心脏及产生压力。

3.盐

每人每天只需要1克盐，但由于我们往往吃多了含盐量高的食品，以致无形中摄入过量的盐分。食用太多盐将会导致高血压、中风或心脏病。

4.酒

短期内，酒可使人放松，但长期过量饮用会导致食欲不振、紧张、头痛，影响和破坏肝胆功能。此外，速食、冷冻食品均含有高单位脂肪及盐分，应尽量避免或少量食用。

人们的身体、精神状态与饮食有着密切的关系。健康的饮食总能进一步减轻压力。所以，当受到压力时，应当特别注意饮食。

公认的影响情绪的四大食物

糖　　　　咖啡因　　　　盐　　　　酒

❷ 让抗压食品替你承受压力

食物为百药之源，从日常生活中的食材里，或许就能找到缓解压力的能量来源。营养师推荐以下16种优质食材，对缓解压力有一定程度的帮助。虽然食物对缓压的作用并不会有立竿见影的效果，但在不知不觉中，它的确能慢慢释放身体压力，让身心轻松起来，不妨一试。

1.番茄

热量低、多种维生素含量丰富的番茄，其中热门成分茄红素，是一款优质的抗氧化物，它能在压力产生时保护人体不受自由基伤害，还能减少各种慢性老化疾病的产生。

2.全谷类食品

全谷类食品含有丰富纤维质及B族维生素，除了改善肠胃道功能，还能避免身体产生疲倦感。例如全麦面包、糙米、麦片等，都是不错的全谷类食品。

3.深海鱼

据研究发现，全世界住在海边的人更容易快乐。这不只是因为大海让人神清气爽，还因为住在海边的人更多地吃鱼。哈佛大学的研究指出，海鱼中的Ω-3脂肪酸与常用的抗郁药如碳酸锂有类似作用，能阻断神经传导路径，增加体内血清素的分泌量。

4.香蕉

香蕉中含有一种称为生物碱的物质，可以振奋精神和提高信心，而且香蕉是色氨酸和维生素B_6的来源，这些都可帮助大脑制造血清素。

5.葡萄柚

葡萄柚含有大量的维生素C，不仅可以维持红细胞的浓度，使身体有抵抗力，而且也可以抗压。最重要的是，在制造多巴胺和肾上腺素时，维生素C是重要成分之一。

6.菠菜

研究人员发现，缺乏叶酸会导致脑中的血清素减少，导致忧郁情绪，而菠菜是富含叶酸的食物。

7.樱桃

樱桃被西方的医生们称为天然的阿司匹林。因为樱桃中有一种叫做花青素的物质，能够制造快乐。科学家们认为，人在心情不好的时候吃20粒樱桃比吃任何药物都有效。

8.大蒜

大蒜虽然会带来不好的口气，但却会带来好心情。德国一项针对大蒜的研究发现，焦虑症患者吃了大蒜制剂后，疲倦和焦虑症状有所缓解，而且也不易发怒了。

9.南瓜

南瓜之所以和好心情有关，是因为它们富含维生素B_6和铁。这两种营养素都有助于身体将储存的血糖转变成葡萄糖，葡萄糖正是大脑的燃料。

10.低脂牛奶

纽约西奈山医药中心研究发现，让有经前综合征的妇女吃1000毫克的钙片，3个月后，3/4的人感到自己更容易快乐，不容易紧张、暴躁或焦虑了。日常生活中，钙的最佳来源是牛奶、酸奶和奶酪。

11.鸡肉

英国心理学家给参与测试者吃了100微克的硒后，他们普遍反应觉得心情更好。硒的丰富来源包括鸡肉。

12.茉莉

茉莉有清新怡人的香味，一般接受度高。泡成花草茶饮用，可以使人精神安定、提神、缓和紧张情绪、安抚焦虑心情，并有消除疲劳的作用。

13.蔬菜色拉

蔬菜、水果中含丰富纤维质，可帮助肠道正常消化，还有抗氧化效果超优的维生素C，搭配乳酪做成调酱，来场无负担

的轻饮食运动。

14.菠萝

除了丰富的B族维生素、维生素C可消除疲劳、释放压力外，菠萝中还含有酵素成分，能够帮助蛋白质消化分解，减轻肠胃道负担。

15.薄荷

草本植物中薄荷散发出来的清凉感能够让人精神振奋，具有消除疲劳、缓和情绪的效果。

16.南瓜子

含丰富不饱和脂肪酸、维生素、锌、铁等营养素。锌对男性前列腺有保护作用，具有安抚情绪、消除疲劳的作用。

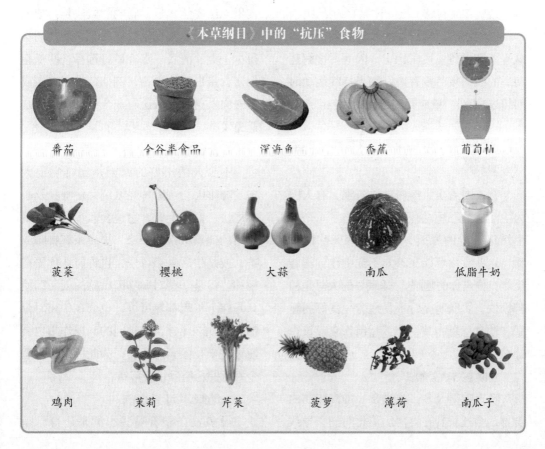

《本草纲目》中的"抗压"食物

番茄	全谷类食品	深海鱼	香蕉	葡萄柚
菠菜	樱桃	大蒜	南瓜	低脂牛奶
鸡肉	茉莉	芹菜	菠萝	薄荷	南瓜子

❸ 疲劳时应该吃什么

工作压力大，人们常常会感到疲劳、浑身无力，这个时候就该想想身体需要补些什么营养。

①B族维生素，如维生素B_1、维生素B_2、维生素B_6等都参与能量代谢过程，对消除神经系统疲劳，调节激素系统的功能有重要的作用。因而当你感到疲劳时，可以适当地补充豆类、蘑菇、花生、葵花子、香蕉、鸡肉、猪肝、发酵食品等。

②经常生吃蔬菜、水果、坚果，这些食物富含活性酶，能够让你更有生机。

③时常嚼两片人参，泡一杯枸杞红枣茶，这些食品有助于恢复你原有的活力。

④矿物质，特别是盐和钙能够促进酸碱平衡和保持渗透压稳定，因而对缓解运动后的肌肉疲劳很有效。如果持续运动时间超过1小时，就应补充含盐的饮料。

❹ 选好睡前饮食，摆脱疲劳困扰

有人因为疾病疼痛难以入眠，有人因为生活压力心烦意乱，大概忽略了一个和生活最贴近的原因，那就是每天吃的食物。这些食物可能在不知不觉中让你辗转反侧，偷走你的睡眠。睡眠好的人总是精神愉快，肌肤明亮，不易疲劳。良好的睡眠与饮食息息相关，那么睡前饮食应该忌什么呢？

1.晚餐丰盛油腻

晚上吃得太多，或进食一堆高脂肪的食物，会延长其在胃内的消化时间，导致

◎晚上吃得太多或进食高脂肪的食物，容易导致夜里无法安然入睡。

夜里无法安然入睡。聪明的做法是，把最丰盛的一餐安排在早餐或午餐，晚餐则吃得少一点、清淡一点。最好选择一些低脂但富含蛋白质的食物，例如鱼类、鸡肉或是瘦肉。这种吃法还有一个好处，那就是避免发胖。

2.含咖啡因的饮料或食物

不少人睡不好的原因是咖啡喝得太多。咖啡因会刺激神经系统，使呼吸及心跳加快、血压上升，它也会减少具有催眠作用的褪黑激素的分泌。早晨来杯咖啡或茶，或是午后喝罐可乐，也许能让你振奋精神。但是一些对咖啡因敏感的人，即使只是在下午喝杯热可可，也会在午夜时分辗转难眠。此外，咖啡因的利尿作用也会使你在半夜频频跑厕所，如此一来，想睡个好觉的希望恐怕会落空。

3.助眠不可靠小酒

很多人会靠着喝些小酒来让自己睡

好。但是，睡前小酌一杯，付出的代价可能是睡眠无法持续，一个晚上醒来好几次，或是隔天起来，觉得精神状况糟透了。另外，有研究指出，一些有酗酒习惯的人常常出现睡眠障碍，他们中的多数人会在半夜醒来数次。

4.有些食物让你不舒服

肚子胀满了气，令人不舒服也睡不着。那么少吃一些产气食物也许会有帮助。可能导致腹部胀气的食物包括：豆类、包心菜、洋葱、菜花、甘蓝、青椒、茄子、马铃薯、地瓜、芋头、玉米、香蕉、面包、柑橘类水果、柚子和添加山梨糖醇（甜味剂）的饮料及甜点等。

经研究发现，辛辣食物干扰睡眠。辣椒、大蒜及生洋葱等辛辣的食物会造成某些人胃部灼热及消化不良，从而干扰睡眠，因此在晚餐时应尽量少吃这些食品。

◎洋葱会造成某些人胃部灼热及消化不良，从而干扰睡眠，因此在晚餐时应尽量少吃这些食品。

⑤ 正确饮食，让你活力四射

矿物质和维生素是人们保持活力的加油剂，应注意补充。新鲜蔬菜和水果，尤其深色蔬菜和水果是胡萝卜素、维生素C、常量及微量元素的良好来源。

对骨骼正在生长的孩子来说，更要注意摄入充足的钙。为此，建议每日摄入一定的奶类和豆制品。值得注意的是，矿物质的摄入量有一个严格的要求，若过高会引起机体中毒，若过低则不足以维持人体的正常生理需要。

1.营养标准

每日钙量：1000～1200毫克。

每日铁量：15～25毫克。

每日维生素C量：100毫克。

铁的流失会引起缺铁性贫血，所以平时应多吃一些富含铁的瘦猪肉、鸡蛋等。同时，动物内脏如猪肝等，也是经济有效

◎水果（如柠檬）里矿物质和维生素是人们保持活力的加油剂，应注意补充。

的补血食品。

2.膳食推荐

蔬菜：500克，其中绿叶蔬菜类不低于300克（每日）。

水果：1~2个（每日）。

猪肝：50克（每周2次）。

牛奶：500毫升（早晚各250毫升）。

红枣：若干（可经常性进食）。

海带、海鱼：按喜好选用若干（可经常性进食）。

❻ 营养缺失后，如何找回活力

如果在日常生活中营养损失，将会导致以下缺乏情况：

①整体能量缺乏：体重出现偏轻或消瘦等。

②维生素缺乏：皮肤受损，免疫力降低，夜视力下降，口角炎症等。

③微量元素缺乏：贫血，出现甲状腺疾病等。

所以，找回丢失的营养对维持身体健康状况很重要。下面就介绍几种找回营养的小妙法。

1.找回因缺维生素A失掉的活力

维生素A缺乏会引起暗视力降低，甚至夜盲症的发生，如不能及时治疗和补充缺乏的维生素A，有可能会导致角膜干涩，溃疡，甚至失明。

饮食对策：补充胡萝卜和动物内脏（猪肝等）。

2.找回因缺维生素B$_2$失掉的活力

维生素B$_2$缺乏最常出现的是口角炎，还有可能引起唇炎、舌炎。维生素B$_2$对生长发育有促进作用。缺乏维生素B$_2$还可能影响到眼睛，使眼睛容易发炎、红肿。

饮食对策：补充瘦肉等动物性食品的摄入。

3.找回因缺维生素C失掉的活力

维生素C缺乏的人会感觉倦怠多疑、虚弱、全身乏力、精神、面色苍白、抑郁、厌食、轻度贫血、牙龈肿胀、出血等。

饮食对策：适当进食柠檬、胡萝卜等含维生素C丰富的食品。

4.找回因缺铁失掉的活力

贫血会使人食欲不振，没有精神，从而没有活力。严重时会影响到学习、工作和生活。

饮食对策：每周进食2次猪肝，每次50克左右。

5.找回因缺碘失掉的活力

缺碘会引起甲状腺肿大，使人消瘦憔悴没有活力，从而影响工作或学习。

饮食对策：适当进食海带、海鱼等含碘丰富的食品。

◎如果营养缺失，身体就会跟着崩溃，所以及时补充维生素对维持身体健康状况很重要。

第六章

本草成就美丽，
《本草纲目》中的女人养颜经

● "粉白黛黑、施芳泽只"、 "面若桃花、气若幽兰"、 "清水出芙蓉、天然出雕饰"……这些浑然天成的美丽是化妆品、保养品、医学美容能造就的吗？当然不能，天然的美丽只能由天然的本草来成就。爱美之心，人皆有之，女人对美的追求，古已有之。一部洋洋洒洒的《本草纲目》不仅是一部药典、一部植物百科全书，更是一部养颜美体的秘籍。据统计，《本草纲目》中共收录和记载了七千多条护肤、美颜、减肥、增寿的医论和药方，称其为女性养颜的经典传世之作也不为过。本草美容养颜，将天然之灵气与精华同女人的身心完美融为一体，达到美人如花、天人合一的境界，其功效比化妆品更彻底、更持久、更安全。

美人美食养颜经，吃出如水好容颜

❶ 美白是女人毕生的事业

因为肤色的差别，东方女性的皮肤有一些黄，但是这并不妨碍美女们对白皙皮肤的追求，更有"一白遮三丑"甚至"一白遮九丑"的说法。的确，皮肤白皙娇嫩的女人更能抢人眼球，女人对于美白的追求可谓疯狂，难怪有人说"美白是女人毕生的事业"。

现在市场上有很多美白产品，宣称一段时间内就会让皮肤显著增白，而通常在短时间内让皮肤变化越大的，对人体造成的伤害也就越大。从中医观点来看，拥有美丽白皙的外表，并不能单靠外在的保养维护，内在的调理至关重要。

要想肤色白皙气色好，平常要多吃红枣、枸杞子等药材做成的药膳。

红枣是性温味甘的药材，归脾、胃经，能补中益气，对于容易血虚的女性还能养血安神，同时红枣富含维生素A、维生素C，也符合西医营养学的美白效用。

枸杞子归肝、肾经，能滋肾、润肺、补肝及明目，也能促进血液循环，而且枸杞子性平味甘而适合各种体质的人食用。

有助美白的还包括玉竹、白术、白芷及白芨等中药材。玉竹性平味甘，能滋阴生津、润肺养胃，帮助女性的肠胃更好地吸收养分，脸上的肌肤能很快变成粉嫩苹果脸；白术性温味甘、苦，主要作用能补肺益气，并能燥湿利水、健胃镇静，有助于消除脾虚水肿，让皮肤更光亮；白芷和白芨现在常被用在中药美白面膜中，用来做药膳也有很好的美白效果。白芷入肺、脾、胃经，为祛风汤化导药，可缓解皮肤湿气，有助排脓、解毒；而白芨能补肺，主要作用能逐瘀及生新，有助皮肤修复及清除黑色素，不只适合外用敷脸，内服也

◎红枣是性温味甘的药材，归脾、胃经，能补中益气，还能养血安神。

◎白芷入肺、脾、胃经，为祛风汤化导药，可缓解皮肤湿气，有助排脓、解毒。

天然食物养生方

桃花杏花美白护肤液

功效 润肤美白，宁心安神。

材料 桃花、杏花若干，矿泉水适量

做法 将桃花、杏花洗净，浸泡于适量矿泉水中，一周后除去花瓣滤汁即成。将汁倒入瓶中储存，每晚倒出适量的液体，加温后用消毒纱布蘸汁洗脸。

草果羊肉汤

功效 润泽肌肤、补虚强身。

材料 羊肉300克，草果10克，姜、葱各5克，料酒15毫升，盐适量

做法 ①羊肉洗净，切成小块；草果洗去浮尘。②汤锅上火，加入适量水和料酒，烧沸，放入羊肉汆去血水。③另起锅加入适量水，放入羊肉、草果、姜、葱，大火煮沸，转小火煮2小时，加盐调味即可。

能美白。

【本草应答】

西红柿可治胃脾虚弱、食欲不振，具有美白功效。常吃西红柿，或将西红柿切成薄片贴在皮肤上，都能起到美白的效果。另外，醋也具有美白功效。《本草纲目》称："醋可消肿痛，散水气，理诸药"。喜爱白皮肤的女士们，可以在中午和晚上吃饭时喝上两小勺醋，不仅可以美白，还可预防血管硬化的发生。除了饮食之外，在化妆台上放一瓶醋，每次在洗手之后先敷一层，保留20分钟后再洗掉，可以使手部的皮肤柔白细嫩。当然，还可以在每天的洗脸水中稍微放一点醋，也能起到美白养颜的作用。

② 扫除黑色素就这么几步

黑色素是肌肤白皙的阻碍，想变白就要适当抑制黑色素的生成。首先让我们对黑色素有个基本的认识，然后再想对治之策吧。

黑色素细胞是人体内产生黑色素的特异细胞。黑色素细胞是从神经脊迁移及分化的,黑色素的形成过程包括黑色素细胞中酪氨酸酶在黑色素体形成过程中的聚集以及黑色素体的黑化、迁移、分泌和降解。其中任一环节发生改变均可影响黑色素的含量和分布，从而导致皮肤色泽的改变。

黑色素在人体皮肤中主要起保护皮肤的作用。当紫外光照射到皮肤上时，黑色素细胞中的酪氨酵素就会被激活，于是刺激酪氨酸转化为黑色素以抵御紫外线对皮肤的伤害。正常情况下，由于皮肤的新陈代谢，过量的黑色素在皮肤中会正常分解，不会影响肤色。但如果在短时间内被紫外光曝晒，黑色素无法借由肌肤代谢循环排出表层外，就会从基底层慢慢往上跑，沉淀在皮肤表皮层内。如果是均匀沉淀的话，肤色就会变黑，日光浴会使皮肤呈现出褐色就是这个道理，如果是局部沉淀的话就会形成斑点。

认识了黑色素的形成原因，我们是不是想到了一些防治方法呢？

1.防晒是预防色素沉着的第一步

每次出门前30分钟涂抹一层防晒霜，可以有效防晒。如果你的肌肤已经因为长期强烈的日晒而变黑，那么可以用芦荟涂抹皮肤。芦荟是一种常绿多肉质草本植物，历史悠久。早在古埃及时代，其药效便被人们接受、认可，称其为"神秘的植

◎每次出门前30分钟涂抹一层防晒霜，可以有效防晒。

物"。后来传入中国，李时珍在《本草纲目》里也记载了芦荟。在这部书中芦荟不仅仅被认作是有用的植物，而且还有"色黑、树脂状"的记载。

用芦荟涂抹晒伤肌肤的方法如下：把新鲜的芦荟清洗干净，去除外面的表皮，涂抹露在外面的肌肤上，可以有效治疗晒伤之后的皮肤，使肌肤慢慢变白。

另外，有些人觉得偶尔几次忘记涂防晒品，不会对皮肤有太大的影响，其实这样的想法也是不正确的。日晒是可以累积的，虽然只是间歇性地接受日晒，对皮肤的伤害却会长期积累下来。或许无法立刻看到后果，但时间长了就会造成肌肤晒黑、脸上出现斑点、皮肤失去弹性、产生皱纹、老化等现象。所以，防晒首先要做到防微杜渐。

2.饮食要有所宜忌

宜：《本草纲目》中记载的卷心菜、花菜、花生等富含维生素E的食品，能抑制黑色素生成，加速黑色素从表皮或经血液循环排出体外。而猕猴桃、草莓、西红柿、橘子等，含有大量维生素C，能有效美白肌肤，淡化和分解已形成的黑色素。

忌：动物肝脏、豆类、桃子等食物所含的铜或锌会使皮肤发黑。另外，像芹菜、茴香、白萝卜、香菜等感光食物也要少吃，它们会促使肌肤在受到日照后产生黑斑。

3.养成良好的生活习惯

充足睡眠，有效缓解生活压力，少抽烟、少喝刺激性饮料，保证睡眠，可保持肌肤柔嫩光润。

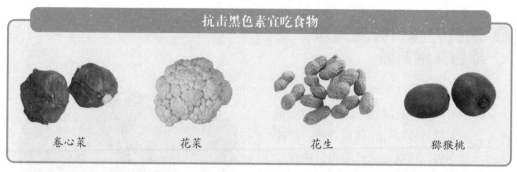

抗击黑色素宜吃食物

卷心菜　　　　花菜　　　　花生　　　　猕猴桃

抗击黑色素忌吃食物

动物肝脏　　　　豆类　　　　桃子　　　　芹菜

4.和顺七情

保持心情舒畅，禁忌忧思恼怒。

5.及时洁肤

外出回家后要及时清洁皮肤，其次通过冷毛巾敷脸来稳定皮肤。

【养颜上工】

苋菜祛黑印

《本草纲目》中记载，苋菜味甘，性凉。归大肠、小肠经。具有清热解毒，除湿止痢，通利二便，利窍止血等功效。适用於痢疾、肠炎、大便涩滞、便秘、淋证、麻疹不透、漆疮瘙痒，暑热等病症。苋菜有祛黑色素及暗疮功效。因苋菜有助排泄，能排脓祛湿解毒、祛皮肤疮毒。以苋菜加蒜头煲半小时成浓汤饮用，可令皮肤更光滑。苋菜药性温和，对一般大众来说，日日饮用也可。

此外，苋菜中富含蛋白质、脂肪。糖

◎苋菜有祛黑色素及暗疮功效。

类及多种维生素和矿物质，其所含的蛋白质比牛奶更能充分被人体吸收，所含胡萝卜素比茄果类高2倍以上，可为人体提供丰富的营养物质，有利于强身健体，提高机体的免疫力，有"长寿菜"之称。

❸ 拥有完美营养的鸡蛋，还你婴儿般肌肤

鸡蛋可以说是自然界的一个奇迹，一个受过精的鸡蛋，在温度、湿度合适的条件下，不需要从外界补充任何养料，就能孵出一只小鸡，这就足以说明鸡蛋的营养是非常完美的。但是你知道吗？鸡蛋不仅可以为身体补充营养，还是非常好的美容养颜用品，它能为你带来如婴儿般细致嫩滑的肌肤。

蛋黄中含有一定量的磷脂，进入人体中的磷脂所分离出来的胆碱，具有防止皮肤衰老，使皮肤光滑美艳的作用。鸡蛋中还含有丰富的铁，100克鸡蛋黄含铁150毫克。铁元素在人体内起造血作用并在血中运输氧和营养物质。人的颜面泛出红润之美，离不开铁元素，如果铁质不足可导致缺铁性贫血，人的脸色就会萎黄，皮肤也就失去了美的光泽。

用鸡蛋美容的一个很简单的方法就是用煮鸡蛋按摩面部，用温水洁面擦净后，将煮好的鸡蛋趁热剥去皮，在脸上滚动，额部从两眉开始，沿肌肉走向向上滚动直到发际；眼部嘴部是环形肌，所以要环形滚动；鼻部是自鼻根沿鼻翼向斜上滚动；颊部是自里至外向斜上方滚动，直到鸡蛋完全冷下来。按摩后用冷毛巾敷面几分钟，这样可以收缩面部毛孔，也可彻底清洁皮肤。

【本草应答】

《本草纲目·禽部·鸡》中关于鸡蛋功效的记载为："鸡胚蛋有治头痛、偏头

◎鸡蛋不仅可以为身体补充营养，还能为你带来如婴儿般细致嫩滑的肌肤。

痛、头疯病及四肢疯瘴之功能。"中医认为，鸡蛋性味甘、平，归脾、胃经，可补肺养血、滋阴润燥，用于气血不足、热病烦渴、胎动不安等，是扶助正气的常用食

❋ 本草养颜方 ❋

蜂蜜蛋清面膜

功效 蜂蜜含有大量能被人体吸收的氨基酸及糖类，能为细胞提供养分，促使它们分裂、生长。

材料 鸡蛋1个，蜂蜜1匙，面膜碗，面膜棒

做法 ①鸡蛋敲破，取出蛋清放入干的面膜碗中，搅拌至起泡。②加入蜂蜜，用面膜棒搅拌均匀即可。

品。蛋白还具有清热解毒、利咽润肺、滋养肌肤的功能，可用于咽喉肿痛、中耳炎、外感风热所致声音嘶哑、某些药物中毒等。

用鸡蛋养生养颜可每天吃白水煮蛋，这是吃鸡蛋最好的方式。其他的如煎、炒、炸、腌制等方式都有其弊端，毛蛋臭蛋更是不能食用。现在有很多人喜欢生吃鸡蛋，认为这样会比较有营养，其实这种观点是错误的，鸡蛋生吃不仅难以吸收而且非常不卫生。另外，吃鸡蛋的量，小孩和老人每天一个，青少年及成人每天两个比较适宜。多吃不利于消化，其营养成分也得不到充分的吸收利用。

❹ 细嫩光滑的皮肤是吃出来的

女性朋友们从25岁起就要预防皮肤老化，30岁更是皮肤保养的一道坎，如不及时针对危险因素、重点部位等进行保养，就特别容易衰老，出现以下衰老症状：皮肤出现皱纹、松弛下垂、腰腹部出现赘肉、月经紊乱、腰酸背痛、胸闷心悸、烦躁多疑、记忆力减退、阴道分泌物减少、性生活质量下降等。

衰老固然不可避免，但是总可以让衰老的脚步放慢些，再慢些。维护、保养卵巢是女性延缓衰老的重要途径，所以建议女性朋友们要多吃胡萝卜。此外，油煎、油炸的马铃薯和熏猪肉容易诱发卵巢癌，也要少吃。

现代医学认为，皮肤的生长、修复、营养以及弹性、张力等都与皮肤中的胶原蛋白有着密切联系。75%的真皮层由胶原蛋白组成，它们担负着抗皱与保湿、美白等关键使命。年轻时人体内能够制造许多胶原蛋白，但它们的产量会随着年龄的增长而减少。有关专家认为，女性的皮肤之所以比男性老得快，是因为她们比男性需要消耗更多的胶原蛋白。经期过后子宫内膜脱落，受损的子宫需要修复，而子宫内膜由胶原纤维组成，这就需要大量的胶原蛋白。此外，生育、人工流产等也会使子宫受到损伤，也需要消耗身体内大量的胶原蛋白。

女人不可能改变衰老的趋势，但可以延缓它的到来。女性朋友们要想让衰老来得更晚一些，就要补充胶原蛋白。

【本草应答】

《本草纲目·菜部·芸薹》中记载猪皮能"治少阴下利、咽痛。"具有补肾健

✖ 本草养颜方 ✖

海带蜂蜜面膜

功效 增加肌肤的含水量，赋予肌肤弹性与紧致，同时可促进肌肤新陈代谢，活化肌肤，防止肌肤老化。

材料 海带粉2大匙，蜂蜜1匙，热水适量，面膜棒，面膜碗

做法 ①将海带粉倒入面膜碗中，加入蜂蜜。②再慢慢加入热水，边加边搅拌，拌成均匀的糊状即成。

脾、润肤减皱的功效。现代医学认为猪皮、猪蹄等富含胶原蛋白，对养护皮肤非常有好处。不仅它们，很多带黏液的食物含胶原蛋白都比较多，所以建议女性朋友们要多吃。

红枣猪皮

材料：猪皮300克，黑豆150克，红枣20颗

制法：将猪皮刮洗干净，用热水焯过后切块；黑豆、红枣（去核）用水洗净，放入煲内加水煲至豆稔，再加猪皮煲半小时，最后放入调味品即可食用。

⑤ "唇唇"欲动，养出娇嫩双唇

健康红润的双唇是女人特有的标签。你用双唇的美丽弧度带出内心的微笑，世界在这一弧度中倾倒。可是干裂、脱皮的嘴唇会让你的笑容变得干涩。不能让瑕疵毁了美丽的微笑。好好呵护双唇，为众人留住灿烂的弧度。

①将毛巾用热水沾湿后，轻轻敷在双唇上2分钟。此步骤用来软化唇面的干皮。注意水温不可过烫，以免致使嘴唇受伤。

②用儿童型软毛牙刷刷掉死皮。顺着皮肤纹理的方向，动作要轻柔。这一步可以去除大范围的死皮。

③把卫生棉签沾湿温水，在唇面上滚动，去除残留的死皮。

④轻柔抹上护唇膏，当然如果你在家中，那完全可以用蜂蜜代替唇膏。《本草纲目》记载，蜂蜜味甘、性平和，有清热、补中、解毒、润燥、止痛的功效。嘴唇干燥或脱皮时，可在就寝前在嘴唇上涂抹少许蜂蜜。

【本草应答】

饮食防治口唇干裂，应摄取食性平和或偏冷的食物。尤其是冬天嘴唇干裂应该多吃下面这些食物。

蔬菜类：如菠菜、芥菜、苋菜、荠菜、黄花菜（鲜黄花菜应经蒸或煮处理后再食用，防止秋水仙碱中毒）、茭白、萝卜、茄子、竹笋、西红柿、冬瓜、黄瓜、丝瓜、苦瓜、蘑菇、银耳、绿豆、大豆及其制品。

粮食及硬果类：如芝麻、松子、黑豆、小米、小麦、大麦。

水产品类：如紫菜、海带、海蜇、蛤蜊、龟肉、田螺、蟹、泥鳅、鲤鱼、鳗鱼、黑鱼、牡蛎。

禽肉蛋类：如乌骨鸡、猪肉、鸭肉、鸭蛋、鹅蛋、鹅肉、猪肺、兔肉及奶类。

◎冬天嘴唇易干裂，常食蟹可防治口唇干裂。

水果类及其他：如桑葚、甘蔗、香蕉、西瓜、甜瓜、枇杷、芒果、梨、罗汉果、柿子、菠萝、椰子、荸荠、莲藕、生菱、莲子、百合、薏苡仁、枸杞子、茶叶、菊花、蜂蜜、冰糖、食盐等。

此外，还可以自己动手做个唇膜，滋润效果更加显著。

1.酸奶柠檬汁唇膜

制法：取一小勺酸奶，挤1～2滴柠檬汁搅拌均匀。用棉签涂在嘴唇上，然后用保鲜膜敷在唇上，10分钟后用清水洗净即可。

2.蛋黄燕麦唇膜

制法：把燕麦片压成粉状，接着把少许的蛋黄倒入碾好的燕麦片中混合，用搅拌棒或筷子搅拌成膏状，在嘴唇上敷上厚厚一层，用保鲜膜盖好，20分钟后揭开，用温热毛巾擦去即可。

3.山药肉桂唇膜

制法：新鲜山药30克洗净后削皮，磨成泥状。加入肉桂粉5克调成糊状。洗完脸后将混合的敷料涂于唇部，敷约15分钟后洗掉即可。

【养颜上工】

1."唇唇欲动"，从按摩唇部开始

年轻女孩嘟嘟嘴，红润而富有弹性的嘴唇俏皮地撅起，可爱之态淋漓尽致。可是随着年龄的增加，这份俏皮也会随着嘴唇的老去而渐渐消减。唇部的老化并不是危言耸听，看一看，你有这些现象吗？

①弹性减弱，纵向的唇纹增多，涂抹唇膏也不能掩盖。

②唇峰渐渐消失，丰厚的唇变得

细薄。

③唇线开始模糊，你在描唇线的时候发现越来越费力。

④唇色日渐暗沉。

如果有了这些现象，你的双唇已经向你敲响衰老的警钟了。别惊慌，动动你的唇，为它做个贴心按摩，衰老的步伐就会渐渐慢下去。

2.紧致嘴部肌肤的"健唇操"

①嘴巴做张合运动，每次尽量将嘴唇张开至最大，重复10次。

②用中间三指从中间往两侧按摩嘴唇四周的肌肉，可以缓解肌肉紧张。

③用双手中指指腹以画圈的方式按摩两侧嘴角，力道不要过重。

3.为嘴唇"减皱"的按摩术

按摩前要清洁手部和唇部，为增强效果可在嘴唇上涂一层薄薄的橄榄油。

减少横向皱纹：用拇指和食指捏住上唇。食指不动，拇指轻轻画圈按摩，从一

◎随着年龄的增长，双唇也会出现老化，别惊慌，动动你的双唇，经常按摩，就能延缓衰老。

◎保养唇部，除了要经常给它按摩，还可以用加湿器熏蒸唇部，保持其湿润。

侧嘴角移至另一侧。反复做3遍。然后用拇指和食指捏住下唇，拇指不动，食指轻轻画圈按摩。重复上唇动作。

减少纵向皱纹：用中指从嘴唇中心部位向两侧嘴角轻推，嘴唇要有被拉长的感觉。先推上唇，再推下唇，重复3遍。按摩完后擦掉油脂，涂润唇膏。

4.办公室可做的唇部肌肤锻炼操

将一支干净的笔杆用鼻尖和上唇夹住，然后向各个方向转动脸部肌肉。这个动作既有趣，又能锻炼唇部肌肉，你在办公室里也可以做。

⑥ 齿绽美丽，本草造就的编贝美齿

女人微笑的时候是最迷人的。朱唇微启，露出如编贝的皓齿，你的笑容才会更加迷人。所以千万不要忽略对牙齿的保养，不仅为了美观，而且牙齿健康与身体健康也有很重要的关系。

医生告诉我们，牙齿不好的人，通常胃功能也不好。因为食物不能在口腔内得到充分咀嚼，便会加重胃部负担，从而引起疾病。牙病对心脏也存在重大威胁，患牙周炎的人，常会出现"菌血症"，此时机体会自发地产生免疫反应，容易导致血栓，诱发心肌梗死。这种种后果不由得让我们警惕，为了美丽，也为了健康，爱护牙齿，刻不容缓。

世界卫生组织颁布的口腔健康标准是：牙齿清洁、无龋齿、无疼痛感、牙龈颜色正常。保护牙齿的健康，首先就要从清洁做起，正确的刷牙方法是第一步。你真的会刷牙吗？

刷牙时要注意正确的方法：顺着牙缝刷，竖着刷，刷完里面再刷外面。不可以横向来回用力刷，这样很容易损伤牙齿。还有，饭后口腔及牙缝中的垢物要分别用漱口、刷牙和牙线来解决，而非牙签。如果不及时用牙线将牙齿剔干净，很容易产生蛀牙。

保养牙齿，除了养成良好的刷牙习惯，

◎吃完东西后要立即用温开水漱口对牙齿保养很有帮助。

之外，吃完东西后要立即用温开水漱口。要少吃糖果，尤其是临睡前不要吃。还应该改掉不良的卫生习惯，比如乱咬手指头、铅笔头、啤酒瓶盖等。另外，食物过于精细油腻也损害牙齿，应适当食用一些纤维素含量高的食物。

此外，每年还要做口腔检查，以及时发现龋齿。因为当你发觉牙疼时，牙齿已经蛀到牙髓了，此时去补牙的话就要麻烦得多。如果有异常出血一定要去检查，以排除牙周炎或者牙结石等症状。

【本草应答】

为了让牙齿变得更白更亮，有些人用洁牙粉。不过这个方法不推荐，因为任何美白牙齿的产品都是对牙齿有损害的。只有天然的，才是最好的。

《本草纲目·果部·甘蔗》中说甘蔗："蔗，脾之果也，其浆甘寒，能泻火热。"甘蔗性平，有清热下气、助脾健胃、利大小肠、止渴消痰、除烦解酒之功效，可改善心烦口渴、便秘、酒醉、口臭、肺热咳嗽、咽喉肿痛等症。而且甘蔗还是

◎微笑是女人最美的表情，朱唇微启，露出如编贝的皓齿，你的笑容才会更加迷人。

口腔的"清洁工"，反复咀嚼可以把残留在口腔以及牙缝中的垢污清除，同时咀嚼甘蔗还可以锻炼牙齿、口腔及面部肌肉，起到美容的作用。所以，想让牙齿变白的女性可以多吃些甘蔗。当然，如果在买不到甘蔗的季节，你可以用口香糖代替。

另外，你可以在刷牙之后，将新鲜柠檬汁涂在牙齿表面，静待一会儿后，用清水漱口。这可以帮助去掉因为香烟、酱油等留给牙齿的颜色。

【养颜上工】

保护牙齿就要改掉下面这些伤齿的坏习惯。

①经常咬过硬的食物，甚至把牙齿当成"开瓶器"。牙齿内有一些纵贯牙体的发育沟、融合线，经常用牙齿咀嚼硬物会使得牙齿容易从这些薄弱部位裂开。

②偏侧咀嚼。咀嚼食物时总是"偏爱"一边，这样会造成肌肉关节及颌骨发育不平衡。

③剔牙。柔软的牙龈其实经不起摧残，经常剔牙会使得牙龈不断萎缩，并且可能增加患牙周炎的几率。

④长期使用一种牙膏。现在大多数的牙膏都含有预防口腔疾病的药物产品，多数是抑制细菌生长、预防口腔溃疡和上火。如果使用一种牙膏时间较长，口腔中的细菌会对这种药物产生耐药性，那么药物对细菌的抑制能力就减弱了。所以要经常更换牙膏，这样更有利于口腔健康。

当然，想美白牙齿除了摈弃掉不良的生活习惯，还可以掌握一些小方法：

①准备1颗草莓，1/2茶匙发酵粉。

《本草纲目》中的健齿亮白佳品

甘蔗　　　　　　柠檬汁

将草莓用勺子碾成糊状，与发酵粉充分混合，用一个柔软的牙刷将混合物均匀涂在牙齿表面，5分钟后用牙膏将混合物刷掉，然后漱口。注意，此法不能做的太频繁，不然草莓里的酸性物质会腐蚀牙齿。每月1次即可

②将家里的食醋（陈醋、白醋均可，但不可用醋精）含在嘴里1~3分钟，然后吐掉，刷牙。此法不能经常做，否则对牙齿不利，大约2个月左右做一次。

③刷牙的时候，在牙刷上用点酵母粉可以帮助牙齿变白的。

④将晒干的桔子皮磨成粉，和牙膏混在一起刷牙，每天坚持牙齿就可以变白。

⑤将生花生嚼碎，不要咽下去，用那生屑当牙膏刷牙，可以美白牙齿。

⑥咀嚼无糖木糖醇口香糖。木糖醇是自然甜味剂，可防止牙菌斑，而普通的糖则容易导致滋生牙菌斑。唾液是我们嘴里的天然清洁剂，可以清洁所有缝隙。而木糖醇还可以平衡嘴里的酸碱平衡并促进分泌唾液。

❼ 关注你的"身份名片"，让身份和容貌都更高一层

纤纤玉手，这是多么美妙的形容。古时评价女子的美丽，双手是一个重要因素。光滑、细腻的手部皮肤往往暗示了其主人优越精致的生活，粗糙、干裂的手则向他人传达着你的辛劳。不仅如此，年龄的秘密也被它泄露。所以，手就像是你的"身份名片"，细致地呵护才能让你的身份格调更高一层。

要保护好双手，爱美的你在日常生活中就要注意一些护手的小细节，避免成为"主妇手"。

1.深层清洁

每天，我们的双手都要接触无数的外物，更易受到侵害。灰尘、细菌也会乘虚而入。所以要经常清洗双手。

洗手时最好能使用温水，或者冷热水交替使用。选择含有蛋白质的磨砂膏混合手部护理乳液，按摩手背和掌部，蛋白质及磨砂粒能帮助漂白及深层洁净皮肤，去除死皮和促进细胞新陈代谢。

2.涂抹手部护肤品

用有舒缓作用的手部修护乳涂抹于手

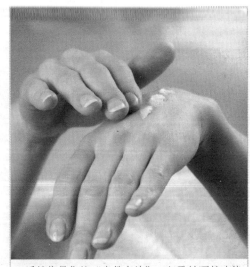

◎手就像是你的"身份名片"，细致地呵护才能让你的身份格调更高一层。

部，注意选择含有维生素及蛋白质的产品，能帮助促进细胞新陈代谢及迅速改善皮肤弹性，令皮肤回复柔软润泽。

3.去角质

用含蛋白质的磨砂膏，混合蛋清、酸奶、蜂蜜加粗盐，为手部进行磨砂即可。更简单的方法是：做菜时顺便留点蛋清抹在手背上，等它稍微干一点再搓掉，也能很好地去角质，让手上的皮肤像婴儿一般嫩滑。

4.日常养护

①用含维生素E的营养油按摩指甲四周及指关节，可去除倒刺及软化粗皮。

②随时做做简单的手指操，可以锻炼手部关节，健美手形。

③美手也需要以内养外，调理好日常饮食。平日应充分摄取富含维生素A、维生素E及锌、硒、钙的食物。

④做家务时最好能戴上塑胶手套，尤其是洗碗、清洁家居时更要用手套防护。

⑤手部也要注意防晒。

◎牛奶和酸奶也可以作为手部的保养品。喝完牛奶或酸奶后，将剩在包装里的奶抹到手上，会令双手嫩滑无比。

【本草应答】

《本草纲目·兽部·羊》中记载，羊乳可"益五脏、补老损，养心肺，利皮肤"；牛奶有"返老还童"之功效。我们可以在喝完牛奶或酸奶后，将剩在包装里的奶抹到手上，约15分钟后用温水洗净双手，这时你会发现双手嫩滑无比。另外，还可以取鸡蛋清，加入适量牛奶、蜂蜜调和均匀后敷在手上，15分钟左右洗净双手，再涂抹护手霜。每星期做一次，对双手有去皱、嫩肤的功效。

另外，还可以自己动手做个手膜，像爱护脸蛋一样呵护双手。

柠檬蛋清手膜

制法：用柠檬汁、蜂蜜、鸡蛋清按照1∶1∶1的方式调成糊状；把调好的手膜糊均匀涂抹在双手上，稍稍按摩两分钟；把双手裹上一层保鲜膜，可以促进手部肌肤对手膜中营养的吸收。敷膜10～15分钟。最后用温水洗净双手，涂上护手霜。

【养颜上工】

民间手部护理良方

醋或者淘米水洗手：双手洗净后，用食用醋水或柠檬水涂抹在手部，可去除残留在肌肤表面的碱性物质。坚持用淘米水洗手，可收到意想不到的效果。煮饭时将淘米水留下，临睡前用淘米水浸泡双手10分钟左右，再用温水洗净、擦干，涂上护手霜即可。

另外，你还可以用温肥皂水洗手，擦干后浸入温热盐水中约5分钟，擦干后再浸入温热的橄榄油中，慢揉5分钟，然后用肥皂水洗净，接着再涂上榛子油或熟猪油。过10~12小时后，双手会变得更加柔软细嫩。

⑧ 祛斑，就看本草的功效

斑点是女性美容路上的一大障碍，尤其是一过30岁，更容易长斑，而且这些斑点随着年纪的增大越发多，颜色也越发深，很影响美观。要祛斑就要从日常饮食着手。

容易长斑的人，饮食上应经常食用富含维生素C、维生素A、维生素E、维生素B_2的食物。这些食物包括香菜、油菜、柿椒、苋菜、芹菜、白萝卜、黄豆、豌豆、鲜枣、芒果、刺梨、杏、牛奶、酸奶及奶油等。饮食上一定要少喝含有色素的饮料，如浓茶、咖啡等，因为这些饮料都可增加皮肤色素沉着，让你的斑点问题越来越严重。

【本草应答】

据《本草纲目·菜部·木耳》记载，黑木耳"可去面上黑斑"。经常服食，可以驻颜祛斑、健美丰肌。大枣和中益气，健脾润肤，有助黑木耳祛除黑斑。看看下面两款祛斑膳食：

黑木耳红枣汤

材料：黑木耳30克，红枣20枚

制法：将黑木耳洗净，红枣去核，加水适量，煮半个小时左右。每日早、晚餐后各一次。

黄瓜粥

材料：大米100克，鲜嫩黄瓜300克，精盐2克，生姜10克

制法：将黄瓜洗净，去皮去心后切成薄片。然后将大米淘洗干净，生姜洗净拍碎后待用。锅内加水约1000毫升，将大米和姜末加入，大火烧开后，改用文火慢慢煮至米烂时下入黄瓜片，再煮至汤稠，入精盐调味即可。每天两次温服。

另外，每日喝1杯西红柿汁或经常吃西红柿，对防治雀斑有较好的作用。因为西红柿中含丰富的维生素C，被誉为"维生素C的仓库"。维生素C可抑制皮肤内酪氨酸酶的活性，有效减少黑色素的形成，从而使皮肤白嫩，黑斑消退。将柠檬榨汁，加冰糖适量饮用也可以祛斑。柠檬中含有丰富的维生素C，此外还含有钙、磷、铁和B族维生素等。常饮柠檬汁，不仅可以白嫩皮肤，防止皮肤血管老化，消除面部色素斑，还具有防治动脉硬化的作用。一些外敷手段，对祛斑有很好的作用，如茯苓能化解一切"黑斑瘢痕"，与蜂蜜搭配使用，既能营养肌肤又能淡化色素斑。用茯苓做面膜效果更好。

◎斑点是女人美丽的天敌，女人要祛斑，就要常喝西红柿汁。

相宜本草——本草好搭档，养出好容颜

① 柠檬加蜂蜜，细致毛孔不粗大

很多女性都面临着毛孔粗大的问题，尤其是鼻翼、脸颊两侧的毛孔，都"张牙舞爪"地向你示威。

造成毛孔粗大的原因有很多，比如污物阻塞、油脂分泌旺盛、挤压痘痘、干燥等。对于年轻女孩来说还不存在因肌肤老化而导致的毛孔粗大问题，所以只要你细心调理，收缩毛孔，细致肌肤也不是难事。

拒绝"孔"慌，首要问题就是要保证彻底的清洁。洗脸如果没能将脸上多余的油脂污垢洗干净，就容易让油脂和脏污滞留在毛孔内，造成毛孔粗大等一系列问题。不过也不能矫枉过正，过于勤快的清洗反而会让肌肤的油水失去平衡，导致外

◎拒绝"孔"慌，首要问题就是要保证彻底的清洁，掌握正确的洗脸方法极为重要。

油内干的情况。

四指并拢在脸上轻轻向上打圈，尤其是T字部位一定要仔细清洁。水温要低一些，比手温稍高即可，用手捧水向脸上泼，一定要将洗面奶洗干净。洗好后不要用毛巾擦干，要用手拍干。毛孔粗大的女孩在洗脸之后最好能用冰冻后的毛巾敷一下脸，这个程序能让毛孔收缩，很有必要。之后再在脸上拍一点收敛水。

毛孔粗大与油脂分泌有很大的关联。所以，如果我们在日常生活中吃得太油腻也会加重问题。常吃辛辣、油炸食品，更易使皮肤燥热，皮脂分泌旺盛，所以要尽量避免。此外，多喝水，多吃新鲜蔬果，都是不错的选择，可以从内到外改善肌肤。

【本草应答】

据《本草纲目·虫部·蜂蜜》记载，蜂蜜可"和营卫，润脏腑，通三焦，调脾胃"。有清热、补中、解毒、润燥、止痛功效。柠檬素来被认为是维生素C的"仓库"，除了具有不俗的美白效果，更可吸收多余的油脂。二者结合可帮助皮肤补水和紧致毛孔。因此，除了每日的清洁程序，毛孔粗大的女孩子还需要每周做一到两次柠檬蜂蜜面膜。

这里就为你详细介绍这款柠檬蜂蜜面膜的做法。

柠檬蜂蜜面膜

制法：将十滴新鲜柠檬汁，三茶匙蜂

蜜，三茶匙酵母粉调和在一起制成面膜，均匀涂在脸部，约15分钟后用温水洗净，每周两到三次。经常敷用能收紧毛孔，亦能促进血液循环，使肌肤回复光亮。

【养颜上工】

对脸部进行按摩也可以紧致肌肤，收缩毛孔。操作方法如下：

①双手洗净后，稍微将手掌搓热，然后用手掌在两颊部位往外画大圆，动作一定要轻柔，做10次。

②以指腹来进行按摩，自下巴、鼻子与额头部位逐一开始轻轻地画螺旋按摩，每个部位重复3次。

③再利用指腹的力量，自下巴开始往上轻轻推向两颊边，重复5次。给予肌肤刺激同时带来活化效果。

② 鸡蛋搭配珍珠粉，去除黑头不留痕

黑头是很常见的皮肤问题，如果将痘痘比喻为活火山，那么黑头就好比是死火山，足以引起特别关注，它是想拥有凝脂肌肤的女性之大敌。

黑头产生的主要原因是皮脂腺分泌过度。毛孔中的油脂聚集并硬化成为楔状，毛孔就被硬化的油脂堵塞。因为毛孔是开放的，硬化的油脂接触到空气被氧化而变黑，这样就形成了我们经常见到的黑头。

我们都知道，油性皮肤更容易沾染环境中的微尘和污垢。这些污染物质会钻入皮肤的毛孔，再加上黑头的存在，会进一步使毛孔变粗，因此，很多油性皮肤慢慢地变得很粗糙，毛孔非常明显。黑头除了

◎鸡蛋＋珍珠粉＝去除黑头不留痕。

不美观以外，它还是粉刺产生的罪魁祸首。当皮肤的某一个毛孔被完全阻塞后，皮脂腺就会被感染而产生粉刺。因此，控制黑头的产生也是有效控制粉刺的途径。

【本草应答】

头虽然让很多女人头疼，但治起来其实并不难。生活中每天都见的鸡蛋，加上点珍珠粉，就可以有效去除黑头。不信的话，就来试试下面的小方法吧。

蛋清珍珠粉面膜

取适量珍珠粉放入小碟中，加一个蛋清调成膏状。然后将调好的珍珠粉均匀地涂在脸上与黑头区域。用脸部按摩的手法在脸上按摩，直到脸上的珍珠粉变干，再用清水将脸洗净即可。如果去得不够干净，重复做一次。

如果是极顽固的黑头，加个蒸面的程序便解决了。方法是：倒一盆沸开水，四周用毛巾围起来，仅留上部让水汽扑面，即可使皮肤湿润、黑头软化，此时再用珍

珠粉面膜。

【养颜上工】

清黑头不可用"挤"法

去黑头一定要讲究方法，千万不能用手挤，那样会严重损伤皮肤的结缔组织。而且指甲内藏污纳垢，容易导致皮肤发炎，使得毛孔越变越大。你可以想象一个油棕果，当我们挤后放松，它会流出更多油脂，而且挤压也会使年轻细嫩的皮肤留下粗毛孔和疤痕。

❸ 胡萝卜携手橄榄油，全面保湿效果好

每个女人都希望自己的肌肤光滑水嫩，像鸡蛋清一样白、滑、亮。但天公总是不作美，总给爱美的女士带来种种烦扰，皮肤干燥就是其中之一。究竟怎样才算皮肤干燥呢？一般具有下面四种状况，我们就可以认为肌肤需要补水了。

①洗完脸1小时左右仍感到面部皮肤

◎胡萝卜+橄榄油=保湿补水。

紧绷，用手掌轻触时无湿润感。

②身上皮肤经常呈现出干巴巴的状态，有的地方有脱皮现象。

③洗过澡后皮肤发痒，尤以肋下、四肢及后背为甚。

④面部皮肤干燥严重到一定程度，会出现"干性脂溢性皮炎"，具体表现是面部起红斑，并伴随口、鼻四周皮肤脱落现象，十分刺痒难受。

这些现象都说明，皮肤"渴"了。那么皮肤为什么会干燥呢？主要有以下几个原因：

①年龄增长。随着年龄增长，皮肤保存水分的能力会下降，皮脂分泌亦会减少，使皮肤中的水分加速蒸发。

②皮脂分泌不足。皮肤的表面是由皮脂膜形成，可帮助肌肤维持适当的水分。一旦皮脂的分泌减少，就无法满足制造皮脂膜的需要，皮肤就会变得干燥。

③气温下降。凛冽的寒冬下，皮脂和汗水的分泌都会急速减少，但由于空气太干了，使得皮肤的水分逐渐蒸发，皮肤的表面就变得更粗糙，抵抗力也会减弱。

④睡眠不足、疲劳。睡眠不足加上疲劳会使身体受到相当程度的伤害，血液循环也会变差。当身体健康失去平衡时，肌肤就会失去活力，容易产生干燥及粗糙的现象。

⑤减肥及偏食。极端的减肥及偏食也会使皮肤变得干燥。当皮肤无法得到充分的营养素时就会失去弹性及水分，变得干燥而脆弱。皮肤干燥症又称为干皮病。此外，室内的暖气温度过高、使用过热的水

洗澡、内分泌改变，如妇女在绝经后雌激素分泌减少等，都会引起皮肤干燥。

【本草应答】

肌肤干燥并不可怕，可怕的是不知道如何应对它。只要找对了方法，就能轻松解决。下面的小方法，内外结合，相信能够助你们一臂之力。

1.内养

《本草纲目·菜部·胡萝卜》中说，胡萝卜味甘性平，有补中下气，调肠胃安五脏等功效，经常吃胡萝卜可使皮肤水嫩光滑。当然你也可以每天喝一杯胡萝卜汁，胡萝卜中含有丰富的维生素A原，维生素A原在体内可转化为维生素A。维生素A具有润滑、强健皮肤的作用，可防止皮肤干燥粗糙。

2.外修

除了内服，充分发挥胡萝卜的养颜功效，还可将之外用。外用胡萝卜可搭配橄榄油使用，效果更佳。

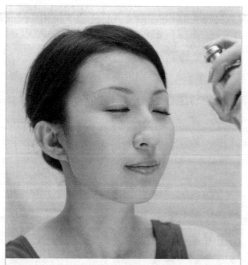

◎肌肤干燥并不可怕，可怕的是不知道如何应对它。只要找对了方法，就能轻松解决。

胡萝卜橄榄油面膜

制法：将鲜胡萝卜研碎挤汁，取10～30毫升，加几滴橄榄油搅拌均匀后敷脸，约10分钟后用温水洗净，每天使用效果更好。

❈ 本草养颜方 ❈

柠檬蛋酒面膜

功效 这款面膜富含丰富的维生素成分，能深层滋润净化肌肤，令肌肤润泽细腻。

材料 柠檬、鸡蛋各1个，奶粉10克，白酒5克，榨汁机，面膜碗，面膜棒

做法 ①柠檬洗净，榨汁，倒入面膜碗中。②鸡蛋取蛋黄放入面膜碗中，加入奶粉、白酒，用面膜棒搅拌均匀即成。

燕麦片牛奶面膜

功效 这款面膜可深层净化及润泽肌肤，吸附面部多余油脂及深层清洁肌肤毛孔。

材料 燕麦片20克，脱脂牛奶10克，面膜碗，面膜棒

做法 ①将燕麦片放入冷水中泡2～3小时。②再将燕麦片、脱脂牛奶搅拌均匀即成。

④ 葡萄爱上圆白菜，紧致肌肤葆青春

除了皱纹，肌肤的松弛也是你年龄的泄密者。很多女性很注意防范皱纹，所以她们的面盘上光滑如初。但人们还是可以看出年龄的变化，为什么呢？这其中很大的原因就是肌肤松弛。

你的面部形态因为肌肤松弛而起了变化，比如有了双下巴，也不再棱角分明。皮肤在地心引力的作用下，开始往下垂，原来面部的最高点也在往下游移。所以，即便你目前脸上还看不出皱纹，旁人仍然可以感觉到岁月的沧桑。女人过了30岁，就应该更加警醒。其实肌肤松弛的问题可能从二十几岁就开始了，只是你没有注意而已。

小测试：检测肌肤的紧致程度。

方法：早晨起床洁面后取一面小镜子观察自己的脸，但是分成三个角度。

◎葡萄+圆白菜=极致肌肤，永葆青春。

①抬头举起镜子观察面部容貌。

②低头镜中观察面部容貌。

③最后平视镜中容貌。

如果你在①中的样子明显比③中的皮肤紧致许多，而②中的样子则与③相差不多的话，说明你已经有了明显的肌肤松弛现象。而如果①、②、③中的皮肤状态相差比较小，说明皮肤的紧致度好。

此外，毛孔增大也是肌肤松弛的征兆。为什么这么说呢？因为女人随着年龄的增长，皮肤血液循环开始变慢，皮下组织脂肪层也开始变得松弛而欠缺弹性，从而导致毛孔之间的张力减小，使得毛孔彰显。所以当你过了25岁，发现自己的毛孔越来越明显的时候，还要警惕肌肤的松弛问题。

【本草应答】

补充水分。提升保湿度与角质层抵抗力，为肌肤补充水分，让肌肤组织结构饱满有弹性，控制肌肤衰老速度。如果有了肌肤松弛的隐患，就要在日常生活中更加注意保养皮肤。多摄取含抗氧化物的蔬果，如胡萝卜、西红柿、葡萄等。葡萄是一种抗衰老的水果，而且由于它味道甜美，深得一些女性喜爱，多吃一些葡萄也能为你的肌肤上一道锁。这里介绍一道圆白菜葡萄汁：取圆白菜100克，葡萄80克。将圆白菜和葡萄洗净后放入榨汁机内榨汁，葡萄最好带皮。每次饮一小杯，经常饮用，可以润泽肌肤，增加肌肤弹性，起到抗衰老的作用。

当然，肌肤松弛不仅仅是脸上的问题，全身的肌肤都有这些症状。所以，关

②用两手的中指沿着嘴唇边缘动作，分别由中间向两侧嘴角轻抹。上唇由人中沟抹至嘴角，下唇由下颏中部抹至嘴角，抹至下唇外侧时，两手指略向上方轻挑。重复20次。可以预防嘴角表情皱纹，防止嘴角下垂。

③轻轻吸一口气含住，把面颊鼓起来，然后用两手轻轻拍打两侧颊部数次。可以使面颊肌肉结实，不易松弛。

④抬高下颏，用两手由下向上轻抹颈部。重复20次。可以防止颈部皱纹产生，防止因肌肉下垂而产生的双下颏。

❺ 猪肝配绿豆，演绎明眸养成术

在人的面貌中，眼睛给人的印象最深刻。赵薇不就是凭着一双古怪精灵的大眼睛受到人们的喜爱吗？所以，我们一定要懂得保养自己的眼睛，美丽的容颜配上动人的眼睛才够完美。

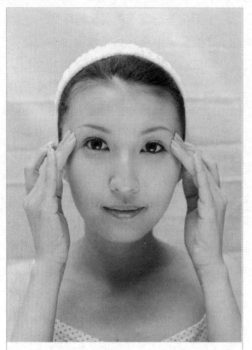

◎有松弛问题的女性不妨考虑一下经常给脸部按摩。

注了脸的女性也别忘了呵护身体其他部位的肌肤。你可以考虑全身泡澡的方式，用生姜、米酒以及醋煮开后，加进洗澡水中，身体洗净后入内浸泡。水不要漫过心脏，每泡5分钟起来休息一下，每回泡30分钟，每星期泡一次即可。此法有紧肤、减肥和美白的功效。

【养颜上工】

有效缓解脸部肌肤松弛的按摩操

①用拇指按在两边太阳穴上，食指弯曲，用第二节侧面分推上下眼眶。上眼眶从眉头到眉梢各一次；下眼眶从内眼角到外眼角各一次。先上后下，一圈各2次，共做20次。可以消除眼睛的疲劳，预防眼部产生皱纹，预防眼袋的出现，也有助于预防颊部皮肤松弛。

◎猪肝＋绿豆＝补肝养血、清热明目。

现代人的工作一般都需要长时间对着电脑，这是很伤眼睛的。中医所说的"五劳所伤"中有一伤就是"久视伤血"，这里的"血"指的就是肝血。因为眼睛与肝脏联系紧密。"肝藏血"，即肝脏具有贮藏血液和调节血量的功能。而且"肝开窍于目"，双眼受到血的给养才能视物，而过度用眼，就会使肝血亏虚，使双目得不到营养的供给，从而出现眼干涩、看东西模糊、夜盲等。另外，长期久坐用眼，除双目供血不足外，颈椎、腰椎也会产生劳损，总得不到缓解，同样会对肝脏造成损害。这种情况下，很容易出现双眼疲劳、视力下降，甚至面色萎黄，头晕眼花的症状。

而且，女性一般都比较心细，大事小事的想得特别多，容易耗损肝血。再加上女性特有的月经、怀孕、产子、哺乳等生理特征，肝血相对男性来说耗损得更多。眼睛是肝的窗户，肝血不足让很多女人过早出现人老珠黄的现象，以及眼角下垂、眼皮松弛、鱼尾纹，眼睛显得呆滞没精神等情况。

因此，女人尤其要注意养护眼睛。平时要"节约用眼"，不要过度劳累之外，还可以通过食疗、按摩等方法进行保养。

【本草应答】

眼疲劳者要注意饮食和营养的平衡，注意食疗和药疗相结合。日常饮食中，建议适当吃些猪肝、鸡肝等动物肝脏，同时补充牛肉、鲫鱼、菠菜、荠菜等富含维生素的食物。根据《本草纲目·草部》记载，当归、白芍等可以补血，菊花、枸杞

◎根据《本草纲目》的记载，菊花、枸杞均有明目功效，经常用眼的人可以将其泡水代茶饮。

则有明目之功效，经常用眼的人可以将其泡水代茶饮。

在这里，给女性朋友们推荐一款非常好喝的养肝护眼膳食——猪肝绿豆粥。它能补肝养血、清热明目、美容润肤，让女人容光焕发，很适合那些面色蜡黄、用眼过度、视力减退的女性。《本草纲目·兽部·畜类》中记载，猪肝可"补肝而使聪耳明目、轻身，使人肌肤润泽，精力旺盛，不易衰老。"

猪肝绿豆粥：取猪肝100克，绿豆60克，大米100克，食盐、味精各适量。先将绿豆、大米洗净同煮，大火煮沸后再改用小火慢熬，煮至八成熟之后，将切成片或条状的猪肝放入锅内同煮，最后加入调味品即可。

【养颜上工】

除了我们上面所推荐的食疗方法外，还

可以通过一些小动作来养护眼睛，简单易操作，长期坚持，一定会收到很好的效果。

1.转眼

经常转眼睛有提高视神经的灵活性、增强视力和减少眼疾的功效。

方法：先左右，后上下，各转十余次眼珠。

需要注意的是运转眼珠，宜不急不躁地进行。

2.用冷水洗眼

眼睛干涩时，有人喜欢用热汤热水来蒸眼洗眼，觉得这样很舒服，其实这种做法是不利的。火攻眼睛，用热水洗眼睛虽然暂时感到滑润，但过一段时间就会感到发涩。眼睛用冷水洗是最好的，虽然刚开始时眼睛发涩，不舒服，但过一段时间就会变滑。

任何养护方法都需要自己的坚持和用心，只要注意饮食，合理用眼，每天坚持转眼，在感觉眼睛干涩难受时用冷水冲洗，你就能拥有一双水波流转的美目。

⑥ 黑芝麻配花生，养护顺滑发丝的不二法则

要想拥有健康的头发，仅仅靠护发素是远远不够的。头发同样需要各种营养，因此，保持平衡饮食，合理摄取富含蛋白质、维生素和矿物质的食品十分重要。《本草纲目》中说："古以胡麻为仙药……以胡麻同米做饭，为仙家食品焉尔。"这里所说的胡麻就是黑芝麻。据《本草纲目》记载，黑芝麻"服至百日，能除一切痼疾。一年身面光泽不饥，年白

◎要想拥有健康的头发，仅仅靠护发素是远远不够的。每次洗完头用柔软的毛巾顺发丝轻轻擦拭能使头发柔顺。

发返黑，三年齿落更生"。黑芝麻具有保健护发功效，食用时可以将其碾成粉末，用开水冲服。也可与大米一起煨煮成稠粥，每日一次，常年食用，可乌须黑发。

此外，养护秀发还需要摄取一些鱼类、牛奶、花生、大豆、菠菜、杏仁、核仁、芒果等富含维生素和蛋白质的食物。

◎黑芝麻+花生=养发、润发。

神奇本草，调出窈窕好身材

① 让S形在自己身上随时流畅——女人们的完美曲线方案

在这个讲究骨感美的时代，每个女人都想做赵飞燕，希望自己能够瘦一点、再瘦一点。为了实现自己越来越苗条的理想，很多女人尝试了各种方法：节食、运动、药物、甚至各种我们意想不到的方法，可谓"无所不用其极"，但是效果往往不尽如人意。伴随而来的各种副作用也足以令人苦恼。减肥真的有那么难吗？

中医理论讲天人相应，人应该顺应四时变化来调养身体，调整饮食，调理五脏，调整身体的气血以保持阴阳平衡。肥胖其实是一种身体阴阳失衡的表现。人禀赋先天之精，离开母体后，依赖的是五谷等食物的摄入，维系着自己独立的生命。

"脾胃为后天之本"，我们后天生命的维系都要依靠脾胃对食物的消化吸收。如果脾胃的功能发生紊乱，就会影响我们整个人体的机能，导致阴阳失衡，反映到人体可能就是变瘦或者变胖，进而衍生出各种其他疾病。

《内经》中讲到脾主四肢肌肉。如果脾气虚弱，便会四肢微软无力，所以好多节食减肥的朋友，减肥后，身上的肉摸起来瘫软没有弹性，人也没有精神。而且脾主运化，如果脾功能失调导致水湿停滞在体内，就会表现为虚胖水肿，局部（大多数下肢胖）肥胖，大便不通等。节食减肥，经常使脾在体内空运化，久而久之，脾的运化功能就会失调。当身体摄入食物时也无法运送到身体各部位，从而造成体内垃圾堆积，人就会越来越胖。所以，即使减肥也要合理膳食，盲目地节食是绝对不可取的。

【本草应答】

中国自古以来就把荷叶奉为瘦身的良药。《本草纲目·草部》记载："荷叶，性温平，味辛，无毒，入心、肝、脾经。清热解暑，升发清阳，除湿祛瘀"，还有利尿通便的作用。有资料报道，荷叶中的生物碱有降血脂作用，临床上常用于肥胖症的治疗。服用荷叶后，在人体肠壁上形成一层脂肪隔离膜，能有效阻止人体对脂肪的吸收，从根本上把体重减下来，还解决了减肥反弹的问题。

◎《本草纲目·草部》记载，"荷叶，性温平，味辛，无毒，入心、肝、脾经。清热解暑，升发清阳，除湿祛瘀"，还有利尿通便的作用。

荷叶茶

制法：将干荷叶10克或鲜荷叶20克放在茶壶或大茶杯里，倒上开水闷五六分钟即可饮用。这样泡出来的荷叶茶减肥效果最好，只喝第一泡的茶汤，再泡减肥的效果就差多了。最好是在饭前空腹饮用。荷叶茶中也可以放陈皮（3克），有理气化痰之功。

喝茶期间不必节食。因为喝一段时间后，对食物的喜好自然就会发生变化，很多人不太爱吃荤腥油腻的食物了。

一杯清清荷叶茶，祛湿减肥去心火，是最安全有效的减肥良法，让有肥胖之苦的人既不用刻意节食也不用乱吃减肥药，尤其适合年轻女孩。但有些体形适中的女孩也想减肥，其实是没有必要的，健康才是真正的美。

【养颜上工】

跳舞是一种主动的全身运动，有较大的运动量，有益于美体塑身。跳舞不需要非得模仿伦巴、牛仔舞那种高难度的动作，只要举起手来，跟着音乐摇摆，就能让人健康愉悦。即使想尝试某些复杂的动作，也不要苛求自己100%姿势到位，只需要全身心投入其中，音乐的氛围、舞蹈的情绪就可以让人"脱胎换骨"。在动作过程中要始终有意识地收腹，这样可以锻炼腹肌。摇摆的幅度越大越刺激腹肌，增加腰背力量；摇摆的方向变换越多，腰腹越能得到均衡的锻炼。

目前被大家津津乐道的几种舞蹈都有比较独特的锻炼价值。迪斯科舞——胯部扭动大，臀部肌肉不断收缩，能有效地减少臀部和大腿的脂肪。据测试，迪斯科舞的运动量相当于每小时长跑8～9千米，每分钟游泳45～50米，每小时以20～25千米的速度骑自行车的运动量。这样的运动量具有明显的瘦身作用，且身心愉快，容易坚持。

拉丁舞——腰胯的8字形摆动，让小腹和腰跟着激情的音乐节奏得到充分的锻炼，使臀部更灵活。

形体芭蕾——舞姿要求优美挺拔，能让腿、胸和颈部得到比较均衡的发展。最大的特色体现在腿部的柔韧性上。

肚皮舞——尽兴舞动腰、臀、肩、臂和腹部，于是细腰、美腹、翘臀在自己的身上开始呈现。

◎跳舞是一种主动的全身运动，有较大的运动量，有益于美体塑身。

❷ 想要杨柳腰，杏仁是个好选择

腰和臀，在女性的"S"曲线中起着承上启下的作用，腰身臀形若恰到好处，在视觉上就能给人曲线玲珑、峰峦起伏的美感。反之，就会显得粗笨。所以，每个女人都要注意塑形美体，让自己有个细腰翘臀的玲珑身材。

要想拥有纤细的腰身，最简单的方法就是在饮食上注意，多吃杏仁、鸡蛋以及豆制品。杏仁中所含的矿物质镁是身体产生能量、塑造肌肉组织和维持血糖的必需品。稳定的血糖能有效防止过度饥饿引起

的暴食及肥胖。杏仁最神奇的功能就是它可以阻止身体对热量的吸收。研究发现，杏仁细胞壁的成分可以降低人体对脂肪的吸收。所以，女性朋友要想让腹部平坦，可以每天吃十几粒杏仁。

另外，鸡蛋、豆制品也是平"腹"的佳品。鸡蛋所含的蛋白质和脂肪会让人有过饱的假象，所以经常吃鸡蛋的女性，在一整天里会较少感到饥饿。

大豆富含抗矿物质、纤维及蛋白质。大豆吃法多样，可以作为零食或者用来做菜、煲汤。豆制品的种类很多，如豆腐和豆浆，都是健康美味又有减肥功效的食品。

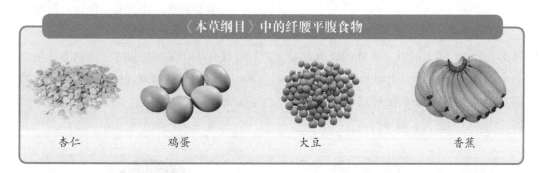

《本草纲目》中的纤腰平腹食物

| 杏仁 | 鸡蛋 | 大豆 | 香蕉 |

其次，要多吃一些新鲜的水果蔬菜。瘦腹效果最好的就是香蕉，它有润肺养阴、清热生津、润肠通便的功能。女性朋友坚持每天吃一两根，就有助于排出体内毒素，收缩腰腹，焕发由内而外的健康美丽。黄瓜、西瓜皮、冬瓜皮等也有抑制肥胖的功效。食用时将西瓜皮，冬瓜皮分别刮去外皮，然后在开水锅内焯一下，待冷却后切成条状，放入少许盐、味精即可。经常食用这些食物，可起到清热除湿减肥之效。

【本草应答】

前面我们曾说到，杏仁对温肺散寒非常有助益，其实杏仁的功效还有很多。《本草纲目》里说，杏仁可"令汝聪明，老而健壮，心力不倦"，并且可以阻止身体对热量的吸收。女性经常食用可以让腹部平坦，还能促进皮肤微循环，起到润泽面容、减少面部皱纹形成和延缓皮肤衰老的作用。另外用其制成粉霜乳膏涂于面部，可在皮肤表面形成一层皮脂膜，既能滋润皮肤，保持皮肤弹性，又能治疗色素

痣等各种皮肤病。

下面介绍一款杏仁食疗方，有润滑皮肤、排毒通畅的功效。皮肤粗糙干皱的人多多食用，可使肌肤丰满、润泽、白皙。风寒咳嗽，聚痰，腹泻者忌食。

杏仁米粥：取杏仁20克，白米50克。将米煮至半熟时加入杏仁，继续煮成粥即可。当早餐服用时加一些白糖和蜂蜜调味。

【养颜上工】

腰部是窈窕身材的关键，但只"细"不"结实"的腰身也不符合美的标准。因此，爱美的女性除了注意饮食外，还要重视腰部锻炼，以增强腰肌张力和柔韧性。下面提供瘦腰方法两例。

敲带脉

躺在床上，然后用手轻捶自己的左右腰部，100次以上即可。人体的经脉都是上下纵向而行的，只有带脉横向环绕一圈。经常敲打带脉不仅可以减掉腰部赘肉，还可以治愈很多妇科疾病。

运动

①收腹运动：可躺在地上伸直双脚，然后提升、放回，不要接触地面。每天保持3～4次，重复做15遍。

②仰卧起坐：膝盖屈成60度，用枕头垫脚。右手搭左膝，同时抬起身到肩膀离地，做10次后，换手再做10次。

③呼吸运动：放松全身，用鼻子吸进大量空气，再用嘴慢慢吐气，吐出约7成后，屏住呼吸。缩起小腹，将剩余的气提升到胸口上方，再鼓起腹部，将气降到腹部。接着将气提到胸口，再降到腹部，慢慢用嘴吐气，重复做5次，共做两组。

④转身运动：左脚站立不动，提起右脚，双手握着用力扭转身体，直到左手肘碰到右膝。左右交替进行20次。

拥有美丽腰际线，才能更好地彰显你的窈窕身段。所以，努力按照上述方法每天坚持练习吧，只要持之以恒，就会拥有杨柳小蛮腰。

❸ 又见杨玉环——永不过时的丰胸秘方

是药三分毒，让自己更丰满一些这无可厚非，但一定要采用安全的方法，比如按摩和食补。

下面来学习按摩的手法：

①五指并拢，由乳头向四周呈放射状按摩乳房1分钟，力量要小。

②用右手掌自左锁骨下方向下，用柔和均匀的力量推摩至乳根部，再向上返回至锁骨下。做3个往返，然后换左手。

只是运用按摩丰胸法取得的效果可能

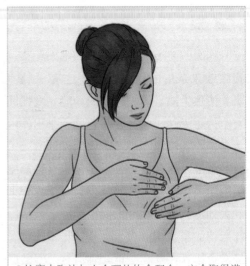

◎按摩丰胸法加上合理的饮食配合，定会取得满意的丰胸效果。

《本草纲目》中的丰胸食物

葛根　　　　　橙子　　　　　葡萄　　　　　核桃

会略逊，如果配合饮食，必会取得满意的效果。鲜奶炖燕窝是丰胸美容甜品。它既可改善胸部的线条，亦可收到美容功效。把燕窝以清水泡上两小时后，拣去绒毛，洗净备用。将红枣去核洗干净。把所有材料放入炖盅，加入鲜奶。加水炖两个小时即可饮用。

《本草纲目》说葛根："止渴，排毒，利大小便，丰胸，解酒，去烦热。"此外橙、葡萄、核桃等具有丰胸之功效。不过，不同年龄有不同的身体条件，选用不同的食疗方可以更对症。青春期的女性可以多吃一些富含维生素E、B族维生素、蛋白质以及能促进性激素分泌的食物，从而达到乳房健美的目的。此时不妨食用下面这剂药膳：

羊肝焖黄鳝

材料：羊肝10克，黄鳝150克，黑枣20克，花生30克，生姜片10克

制法：羊肝切片，黄鳝切段，加调味料腌20分钟，然后用油爆羊肝及黄鳝，加入黑枣、花生、生姜片、调味酱油等，焖熟即食，每晚食一次。

有些成年女人体形偏瘦，乳房中脂肪积聚也较少，故乳房不够丰满。此时应多吃一些热量高的食物，如蛋类、肉类、豆类和含植物油的食品。此种食疗方有：

豆浆炖羊肉

材料：淮山150克，羊肉500克，豆浆500克

制法：将上述材料合炖2小时，加油、盐、姜各少许，每周吃两次。

人参莲子汤

材料：人参5克，干莲子20克，冰糖10克

制法：将上述材料炖1～2小时，隔日服1次。

35岁以上的女人，两侧乳房大小不均者，除了注意睡姿、采取按摩等方法纠正外，食疗方为：

海带煨鲤鱼

材料：海带200克，猪蹄1只，花生150克，鲤鱼500克

制法：先用姜、葱煎鲤鱼，煮后放入配料，即可服。

很多人都知道木瓜具有丰胸功效，且它适合各年龄段的女性食用。在《本草纲目》中是这样记载木瓜的，"性温味酸,平

丰胸食物大盘点

维生素A食物，如花椰菜、甘蓝菜、葵花子油等，有利于激素分泌，帮助乳房发育。B族维生素食物，如粗粮、豆类、牛奶、猪肝、牛肉等，有助于激素的合成。

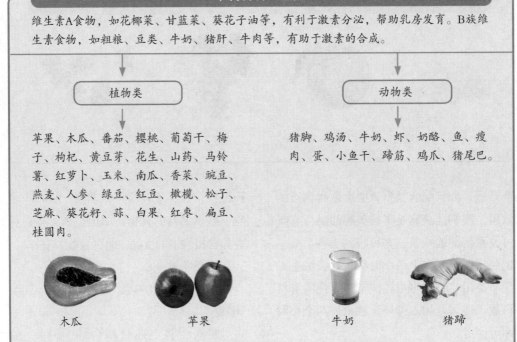

植物类

苹果、木瓜、番茄、樱桃、葡萄干、梅子、枸杞、黄豆芽、花生、山药、马铃薯、红萝卜、玉米、南瓜、香菜、豌豆、燕麦、人参、绿豆、红豆、橄榄、松子、芝麻、葵花籽、蒜、白果、红枣、扁豆、桂圆肉。

动物类

猪脚、鸡汤、牛奶、虾、奶酪、鱼、瘦肉、蛋、小鱼干、蹄筋、鸡爪、猪尾巴。

木瓜　　　　苹果　　　　牛奶　　　　猪蹄

肝和胃，舒筋络，活筋骨，降血压。"可以用新鲜成熟的木瓜、鲜牛奶各适量。将木瓜切细加水适量与砂糖一同煮至木瓜烂熟，再将鲜牛奶兑入，煮沸即可服用。此方有丰胸、美容护肤、乌发之功效。

❹ 将健壮手臂按摩出柔美线条

夏季，当你看着别人裸露结实的臂膀，自己却只能把两臂赘肉藏在袖子里时，心里一定不是滋味。这里告诉你一些简单的瘦手臂的小妙方，只要持之以恒，坚持一两个月，就能告别"蝴蝶袖"，锻炼出结实的臂肌。

纤细匀称的双臂需要从基本的按摩开始，小臂的按摩以平直柔和为佳，上臂的按摩以手半握抓紧为佳，以促进皮下脂肪软化。你不妨每天花十几分钟为双臂进行按摩，在疏通淋巴组织之余，还可减轻浮肿现象，配合具消脂去水功效的纤手产品，效果更佳。具体按摩步骤如下：

①由前臂开始，紧握前臂并用拇指之力，由下而上轻轻按摩，做热身动作。

②利用大拇指和食指握着手臂下方，以一紧一松的手法，慢慢向上移，一直按摩至腋下。

③以打圈的方式从手臂外侧由下往上轻轻按摩。

④再沿手臂内侧由上往下，继续以打圈的方式按至手肘位置。

⑤在手臂内侧肌肉比较松弛的部位，用指腹的力量，以揉搓的方法向上拉。

⑥用手由上而下轻抚手臂，令肌肉得

◎拥有纤细匀称的双臂，是每个女人梦寐以求的。纤细匀称的双臂需要从基本的按摩开始。

以放松。

整套动作可每晚每只手臂各做一次。

【本草应答】

想要瘦手臂，别忘了我们神奇的本草。多吃下面能瘦手臂的食品，一定会有惊喜发生。

①海苔：海苔是维生素的集合体，含有丰富的矿物质和纤维素，是纤细玉臂的美丽武器。

②牛肉干：高蛋白、低脂肪。

《本草纲目》中的纤美手臂食物

| 海苔 | 牛肉干 | 人参果 |
| 石榴 | 韭菜 | 海带 |

③人参果：高蛋白、低糖低脂，富含多种维生素和矿物质，是营养价值极高的瘦手臂水果。

④石榴：含碳水化合物、脂肪、蛋白质、维生素C，还有磷、钙等矿物质成分，营养价值比较高，经常吃石榴能让手臂更美丽。

⑤韭菜：富含纤维质，有通便作用，有助于排出肠道中过多的营养物质，帮助减肥。

⑥海带：脂肪含量少，富含维生素、碘、钙及微量元素，常吃海带可以减肥。

⑤ 极品美女的纤腿秘籍

对于很多女人来说，一天可能会在办公室坐上8个小时甚至更久，慢慢地，你会发现双腿越来越粗壮。台湾著名的美女、有"美容大王"之称的大S也曾经烦恼自己的双腿太粗。不过，经过她自己的

◎腿是全身上下最难瘦的部位之一，想要拥有纤细腿部，每女人都要付出辛勤的"探索"。

一番辛勤的"探索"，终于如愿以偿拥有了修长的双腿。下面我们来看看她是怎么做到的。

大腿和臀部的交接处常会出现橘皮组织，最好用收敛性强的护肤品，用抓和捏的方式让它吸收，也可以达到促进血液循环、加强新陈代谢的效果。你可能会感到很热，但这对于消除橘皮组织、消水肿都很有用。

除了抓捏法，另一种物理性塑身法，就是穿调整型的裤子，经常穿调整形内衣可以改善腿部的线条。

以上是大S提供的紧实大腿秘诀，但是对于第二种方法我们不是很提倡，因为可能会给大家带来不舒适的感觉。当然，如果有人想尝试也未尝不可。

【本草应答】

看了美女大S的纤腿法，有的人可能会觉得方法不太理想，有没有更好的方法呢？答案是肯定的，通过饮食我们一样可以达到纤腿的目的。普普通通的芹菜其实

◎经常食用芹菜，坚持一段时间，双腿就变得纤细修长。

就是我们修长美腿的好拍档。

芹菜是一种能过滤体内废物的排毒蔬菜，更是让女人们拥有修长美腿的好拍档。这是因为芹菜中含有大量的胶质性碳酸钙，容易被人体吸收，补充人体特别是双腿所需的钙质。而且芹菜健胃顺肠，助于消化，对下半身浮肿、修饰腿部曲线有至关重要的作用。用芹菜美腿可以这样吃：准备圆白菜两片、芹菜3根、米醋半勺、砂糖少许、盐少许。去除圆白菜的硬芯，切成细丝，芹菜切成小段备用。然后将切好的圆白菜和芹菜放入容器内，淋上搅拌过的米醋即可。

当然，芹菜可不是只吃一次两次就能达到目的的，要经常食用。坚持一段时间，你会发现在不知不觉中，双腿就变得纤细修长了。

【养颜上工】

除了饮食，我们还可以通过按摩的方法来达到纤腿的目的，只要找准腿部按摩部位，每天进行自我按摩，双腿就变得纤细修长。

1.膝盖与两侧按摩

膝盖周围很少累积脂肪，因为膝盖是骨骼相连的关节部位，只是这个部位很容易浮肿或出现松弛的现象，而使得腿部变粗。具体方法是：由膝盖四周开始按摩，可以改善膝盖四周皮肤松弛现象。不过，按摩的次数要频繁，否则无法达到改善曲线的功效。

2.紧实大腿线条

大腿内侧的皮下脂肪是很容易堆积松弛的。按摩大腿的方法是取坐位，腿部全

部离开地面，臀部支撑身体平衡，双手按住膝盖上部大腿中部，轻轻按摩。这样可以消除腿部的浮肿，让双腿肌肤更加有弹性，修长腿部线条。

3.改善小腿微循环

①减小腿要由打松结实的小腿肥肉开始。双手掌心紧贴腿部，四指并拢，大拇指用力压住腿部肌肉，从脚跟的淋巴结处中速向上旋转，两手旋转的方向必须相反。每条腿各2~3分钟。

②睡前将腿抬高，成90度直角，放在墙壁上，休息二三十分钟再放下，将有助于腿部血液循环，减轻脚部浮肿。

或许我们很多人都无法拥有模特那样的身高，也没有那样魔鬼的身材，但是只要我们不放弃努力，在完美的道路上一直向前走，我们也能拥有纤细匀称的美腿。

⑥ 臀部的多米诺骨牌效应

臀部是好身材的隐形敌人，如果臀部松垮、无弹性，那么腰部以下则会美感尽失，下半身的比例也会给人一种失去平衡的感觉。所以，千万别让臀部的多米诺骨

《本草纲目》中的瘦臀食物

黄豆　　　　虾

香蕉　　　　豆腐

牌效应拖垮了你的身材曲线。

【本草应答】

美臀食物：黄豆、虾、花菜、香蕉等热量低、营养丰富，对瘦身美臀有良好的功效。《本草纲目》中记述："宽中下气，利大肠，消水胀肿毒。"

制法：取花生、去子的红枣、黄豆各100克。将花生及黄豆连皮烘干后磨成粉，红枣切碎，加少许水充分拌匀后将其揉成小球，再压成小圆饼形状（大小可自行决定），而后放入烤箱预热10分钟，再以摄氏150度烘烤15分钟，即可成一款既有营养又可丰胸、美臀，而且不会发胖的小甜点。

臀部圆翘会带动身材曲线。而豆腐是防止臀部下垂的最佳食品！

【养颜上工】

经常倒立可以防止下垂。在书桌前如果坐得过久，或坐在沙发上看电视时间太长，臀部的肌肉就会松弛下垂。所以要想使臀部肌肉结实起来，就要做到劳逸结合，经常做一些臀部运动，比如：

①倒立，每天坚持5分钟以上。

②后抬腿，每次坚持做20下左右。

③站立—蹲下—站立—蹲下，每天做10分钟。

④空中脚踏车，平躺在床上，双腿抬高与身体成90度角，做蹬脚踏车的动作，每晚睡前做100下。

此外，日常生活中不合理的饮食习惯也是造成臀部下垂的重要原因。要知道，若摄取了过多的动物性脂肪，就很容易在下半身囤积，进一步造成臀部下垂。既然

找到了臀部下垂的原因，就让我们先从一日三餐着手，注意多吃一些植物性脂肪或含有植物性蛋白质的食物。

❼ 消除老虎背，演绎背部完美风情

背部肌肤几乎是全身最厚的部分，循环代谢能力较弱，脂肪及废物亦比较容易堆积在背部而形成角质、斑点、粉刺。因此，爱穿露背装的女士们一定要做好背部美容的两个关键：去斑点粉刺和角质。

明星们一向是服饰潮流的先行者，章子怡、范冰冰、莫文蔚等明星的露背装风情万种，让很多女孩羡慕不已。而作为一种潮流，露背装也悄悄蔓延开来，大胆的你也可以尝试这样的性感装扮。

不过，穿露背装的明星，哪个不是背部肌肤光滑如丝绸般细腻？想穿露背装的

◎爱穿露背装的女士们一定要做好背部美容的两个关键：去斑点粉刺和角质，芦荟就是最好的选择之一。

你是否也有完美的背部呢？

【本草应答】

背部的美容有两个关键：去斑点粉刺和角质。

背部肌肤几乎是全身最厚的部分，也正因为如此，背部的循环代谢能力通常较弱，脂肪及废物亦比较容易堆积在背部而形成斑点、粉刺。想要拥有完美的背部肌质，可利用深层洁肤品来清除毛孔中的脏污。另外，若担心洁肤品会使毛孔变粗的话，可在清除洁肤品后再涂抹芦荟汁。芦荟具有消炎杀菌、补水保湿、收敛毛孔的功效。

另外，后背的肌肤上分布着许多皮脂腺，天气闷热时就会出现皮脂腺分泌过剩的情况，进而堵塞毛孔，造成毛孔粗大，形成青春痘或暗疮。要避免这种情况，就要经常去角质。和脸部、颈部不同，去除背部角质我们最好用颗粒状的食盐：将食盐和蜂蜜调在一起，然后让家人帮你涂在背上并轻轻按摩一两分钟，冲洗即可。用食盐去背部角质每月只需做一次，就可抑制油脂分泌过盛，使肌肤变得清爽洁净。

【养颜上工】

中医很注重后背的养生，因为后背为阳，太阳寒水主之，所以很容易受寒。古语有"背者胸中之腑"的说法，这里的腑就是指阳，所以女性朋友们在生活中要注意后背的养生，睡觉时披好后背处的被子，尤其是小产、坐月子中的女性。此外，捏脊是很好的后背养生法：取俯卧位，拇指、中指和食指指腹捏起脊柱上面的皮肤，轻轻提起，从龟尾穴开始，边捻

动边向上走，至大椎穴止。从下向上做，单方向进行，一般捏3～5遍，以皮肤微微发红为度。居家时，可以让爱人帮你完成，既巩固两人之间的感情，又可保健。

⑧ "片甲之地"同样需要精彩

美丽健康的指甲应是粉红、光泽饱满、有月牙白，没有倒刺、断裂、分层等现象的。如果你的指甲没有达到这些标准，就需要下工夫了。

手脚都要美丽，怎能少了指甲？指甲就像一幅美图的点睛之笔，让整幅图景更添了几分灵动的色彩。所以，健康漂亮的指甲是每个精致女人追求的目标。

健康指甲的条件，你要是没有达到，在平时的养护中就要更加注意了。

一般来说，指甲颜色发白，还有些小斑点，表示缺乏铁、锌等微量元素。《本草纲目》里记载，瓜子仁、南瓜仁、豆类等含有丰富的微量元素。所以这类女性可以把瓜子仁或南瓜仁剥好当零食吃，或将豆类和米一起煮成粥，都可以有效补充微量元素。

手指甲上的半月形应该是除了小指都有。大拇指上，半月形应占指甲面积的1/4～1/5，其他食指、中指、无名指应不超过1/5。如果手指上没有半月形或只有大拇指上有半月形，说明人体内寒气重、循环功能差、气血不足，以致血液到不了手指的末梢。《本草纲目》中记载了很多补气血的食物，如小米、菠菜、大枣等，适合此类女性食用。如果半月形过多、过大，则易患甲亢、高血压等病，应及时去医院就诊。

很多女性喜欢涂指甲油，可是忽略了在上油彩之前应该先给指甲涂一层护甲油，久而久之，指甲原本的颜色就变得黄黄的。对于脆弱的指甲来说，护甲油可以防止指甲油造成的色素沉淀，起到防护的作用。

◎指甲颜色发白，还有些小斑点，表示缺乏铁、锌等微量元素，多食南瓜可有效补充微量元素。

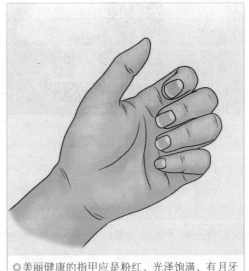

◎美丽健康的指甲应是粉红、光泽饱满、有月牙白的。

小心翼翼，绕过美容保养的雷区

① 美容专家讲述不得不除的美容坏习惯

女人的风姿在举手投足间淋漓尽致地展现，日常生活中，你的一举一动、一颦一笑会将你的美丽流露。可是平时你关注过自己的"小动作"吗？还是大大咧咧地随它们去，让它们把你的美丽出卖得荡然无存，把你的年龄秘密公之于众？还犹豫什么，女人要美丽就是要对自己"严格"一点。

◎你的一举一动、一颦一笑会将你的美丽流露，所以要想美丽，就要对自己严格起来。

1.挠头

有些女士比较腼腆，和别人，特别是不熟悉的人打交道时，总是因为不好意思或者找不到话题而习惯性地挠头。习惯挠头的人自己不觉得什么，但在外人看来，这让人很不舒服，给人"小家子气"、

"没见过世面"的感觉，在形象上也大打折扣。所以，奉劝有挠头习惯的女士要注意：别让不经意的小动作妨碍到自己的美丽形象。

爱挠头既然是习惯就很难改正，对此，中医有自己的独特看法。中医认为人爱挠头，是因为胆经不通。胆经的循行路线是从人的外眼角开始，沿着头部两侧，顺着人体的侧面向下，到达脚的小趾和四趾。"胆主决断"，一旦人有事情想不清楚、决断力不够的时候，经常会做挠头动作。而挠的地方正好是胆经经过的地方，这也是人在刺激胆经以帮助决断。所以爱挠头的女士们，不妨多按摩刺激胆经。

女性爱挠头也可能是因为缺钙，所以要注意补钙，平时多吃些牛奶、海带、虾皮、豆制品等含钙丰富的食物。

◎女性爱挠头也可能是因为缺钙，所以平时要多喝些牛奶来注意补钙。

2.跷二郎腿

爱跷二郎腿的女性常常是出于习惯，觉得交叉着双腿坐比较自在、舒服，一些女性还认为，跷二郎腿显得性感、高雅。但是，常跷二郎腿不仅会导致早衰，还会引发疾病。美国的一个医学研究机构就发起了"女人们，改掉跷二郎腿习惯"的活动。原因是长期跷二郎腿会造成腰椎与胸椎压力的分布不均，压迫神经，引起骨骼变形、弯腰驼背，而且还会妨碍腿部血液循环，影响新陈代谢的正常活动，容易产生疲惫感，造成身体尤其是皮肤与骨骼的早衰。所以，建议跷二郎腿的女性还是早日戒除这个影响美丽的习惯为好。

3.皱眉

有很多女人喜欢皱眉，尤其是在思考问题、写作或读书的时候，会不自觉地皱起眉头。天长日久，双眉之间会出现像"川"字一样的皱纹。面相学中将其称为"川字眉"，认为有这样皱纹的女人会克夫。这听起来很可怕，是真是假我们不去追究，但试想一下一个女人顶着个"川"字的确与美丽格格不入。从女人追求美丽的角度讲也应该把皱眉的小动作戒除掉。喜欢皱眉的人，一般来讲，双眉间的皱纹都比较深，而且一旦形成将很难消退，只能淡化。为此这里给有"川字眉"的女人一个淡化方法：用温水清洗眉间，待毛孔张开后涂上去皱保湿霜，然后横向按摩5分钟，早晚各一次。

4.久坐

很多职业女性一天可能会在办公室坐上七八个小时甚至更长的时间。久坐容易造成血液循环不顺畅，同时也会引发妇科疾病，甚至可能导致不孕症。同时，久坐者大腿也会变得越来越粗壮，腰部的赘肉也会越来越多，影响体形美。为了健康、为了曼妙身材，女性朋友一定要珍惜每个站起来的机会，在工作的间隙寻找机会站起来。

◎有很多女人喜欢皱眉，这个习惯非常不好，天长日久，双眉之间会出现"川"字皱纹。

◎很多职业女性在办公室每天坐七八个小时，这对形体的影响非常大。

❷ 小心，洗脸方法不当会揉出皱纹

洗脸是我们每日的必经步骤，直接将洁面乳涂在脸上搓揉几下，或者用手掌把洗面乳揉出细致的泡沫，然后用蘸满泡沫的手掌在脸上揉搓几下洗净，这是否是你每天洗脸的手法？其实这些洗脸方式是错误的。也许我说的这些你会不屑一顾，洗脸就是洗脸，洗干净就行了，讲究那么多干吗？其实不然，著名影星吴佩慈就很重视肌肤的清洁工作，她说洗脸可是一门大学问。作为一种最基础的清洁和保养皮肤的工作，洗脸很有讲究。正确的洗脸方法可以帮助你更好地清洁和保养皮肤，不正确的洗脸方法则会损伤皮肤，加速皮肤的老化。

正确的洗脸方法是：

①用中指和无名指洗脸。手掌的操作表面和力道都不适合女性细致的面部肌

◎洗脸是每日必经的步骤，正确的洗脸方法可以帮助你更好地清洁和保养皮肤。

肤，而中指和无名指是女性的美容手指，无论是洗脸、面部按摩还是涂抹护肤品，都应该用这两个手指来操作。

②用洗面乳洗脸时，手指轻揉的方向并不是毫无规律的，应该是顺着毛孔打开的方向揉，即两颊由下往上轻轻按摩，从下巴到耳根，两鼻翼处由里向外，从眉心到鼻梁，额头从中部向两侧按摩。只有这样，才能够将毛孔里的脏东西揉出来，并且起到提升脸部肌肉的作用。不正确的手法不但清洁不干净，还会揉出皱纹，加速面部肌肤松弛。

③用冷热交替法洗脸。凉水具有清凉镇静的作用，但用来洗脸清洁得不够彻底。因为凉水会刺激皮肤的毛细血管紧缩，使脸上的污垢甚至是洁面产品的残余不易清洗干净，而残留在毛孔内，久之会堵塞毛孔，引发各种肌肤隐患。正确的方法应该先用温水，让毛孔张开，然后涂上洗面奶把毛孔里的脏东西洗出来，再用冷水洗，以收缩毛孔。完成了上面几步，脸部的清洁工作就算是结束了。但是如果你想让肌肤更白更嫩，那么可以再用醋水洗一遍：放少许醋于温水中，轻轻搅拌后开始蘸水拍打脸部，最后用清水冲洗掉脸上的醋即可。

【养颜上工】

虽然自制脸部面膜会花很多的时间，但可以针对很多用途如清洁、促进循环、抗老化、调理皮肤等来调配。下面再给大家提供一款新面膜。

番茄杏仁面膜

材料：西红柿一个，杏仁粉三茶匙

制法：先将西红柿连皮揉成浆状，再加入杏仁粉搅拌，敷在面上约15分钟，然后用温水洗净。

功效：西红柿含有丰富的维生素C，而且蕴涵丰富的果酸，能有效去除面部死皮及为肌肤补充水分。配合具美白滋润功效的杏仁粉，让肌肤时刻拥有足够水分。

❸ 远离面霜的四个使用误区

年轻的时候我们可以不用眼霜，但不能不用面霜。恐怕很多人从两三个月开始就使用宝宝霜之类的面霜了。和眼霜一样，面霜也需要远离一些误区，才能起到保养肌肤而无副作用的功效。

1.用过面霜后就按摩

很多女性朋友觉得擦完面霜按摩一下，会让面霜吸收得更好。其实这个观点不完全正确。因为专为按摩而设的面霜油分较高，较容易推开，可减少面部在按摩

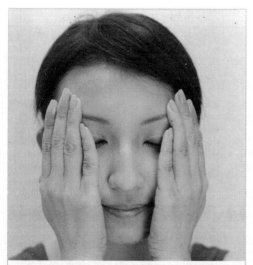

◎年轻的时候眼霜可以不用，但涂面霜是保养不可省略的步骤之一。

时产生的摩擦力，不会拉伤皮肤。若使用了不合适的面霜做按摩，容易产生细纹，效果适得其反。

2.把面霜当面膜使用

有些女性觉得把面霜涂得厚厚的就可以当面膜了，其实这样做是很不科学的。面膜的作用是补充，面霜的作用是保护。只有免洗面膜可以当面霜使用，面霜却不可以当面膜使用的，否则只会适得其反，堵塞你的毛孔。

3.将面霜搽在眼睛周围

有些人总是有意无意地将面霜搽在眼部。殊不知，眼部周围皮肤比较薄、脆弱，面霜是比较营养的东西，长期用面霜代替眼霜，可能会使眼部周围营养过剩，长出一些白白的小颗粒。在搽面霜时最好不要接触到眼部，可以试试先搽眼霜，然后搽面霜，自己感觉一下，有眼霜的地方就不要再搽面霜了。

4.洁面后先搽面霜

很多人搽面霜不讲究顺序，乱用一气。其实保养品的使用应先水后霜，因为越是偏向霜状的产品，其滋润度越高，会在肌肤外层形成一层保护膜。如果你先使用滋润度高的面霜，小分子的精华液便无法渗透肌肤，也就不能发挥作用。

❹ 脂肪粒——错用眼霜惹的祸

现在，大多数女性都在用眼霜。眼霜可以淡化皱纹，防止眼睛衰老，但是不要忘了，这一切都是建立在正确使用的基础上的，否则，不但不会起到预期的效果，还会滋生出脂肪粒，有碍美丽。

1.用量要适中

有些人用眼霜时不知道适量，以为多点会更好，其实眼部皮肤极其嫩薄，眼霜用得太多不但吸收不了，反而会造成负担，加速肌肤衰老。所以，每次只用绿豆大小的两粒就可以了。当然，如果你采用的是自制的黄瓜片之类的天然眼霜，就没有这些后顾之忧，只要敷完眼睛后冲洗一下就可以了。

2.眼霜要涂在正确的部位

有的人用眼霜是因为眼角出现了鱼尾纹，其实下眼皮的老化比眼角更早，只是症状没有眼角的鱼尾纹明显。所以，不管是抹眼霜，还是敷黄瓜片都不能忽视对它们的保养。

3.采用正确的方法涂抹

很多女性涂抹眼霜就像做眼保健操一般，以为用画圈按摩法，能够使眼霜中的营养成分更好地为肌肤所吸收。其实这是十分错误的方法。要知道，眼部肌肤比面

◎眼霜可以淡化皱纹，防止眼睛衰老，但要达到预期的效果，必须要正确使用。

部肌肤薄得多，而画圈按摩时的力量对娇嫩的眼周肌肤而言是一种负担，过多的压迫感甚至会影响眼周正常的血液循环，间接造成黑眼圈。并且，无论从哪一个方向画圈按摩都会扯动皮肤，导致眼部皮肤松弛，进而促使细纹更加明显。

正确涂眼霜的方法是：用无名指的指尖蘸取适量眼霜均匀点于眼周皮肤，然后用指腹由内眼角、上眼皮、眼尾至下眼皮做顺时针缓慢轻柔的点弹动作，直至眼霜被肌肤完全吸收。

4.眼霜不能一概通用

如果你用的不是天然的食物、花草，而是在商场购买的眼霜，那么不要认为只要是眼霜，抹上就行了。其实，眼霜的种类非常丰富，分别针对不同年龄、不同的眼部问题。买眼霜之前一定要先了解自己有什么样的眼部问题，再按需购买，省得花了冤枉钱还解决不了"面子"问题。

【养颜上工】

银耳眼膜

将银耳煮成浓汁，放入冰箱冰镇。每日一次，每次取3～5滴涂于眼角、眼周。

功效：润白去皱、增强皮肤弹性。

丝瓜眼膜

取未成熟的丝瓜去皮、去子，捣成泥后涂于眼部。

功效：抗过敏、增白。

⑤ 刚洗完澡，肌肤对化妆品 Say No

沐浴可以美肤，可以给我们带来清洁和轻松，许多女性朋友更是会乘兴给自己

化妆，这看似小事，实际上对肌肤的伤害却很大。

洗澡不单是一个去除皮肤外层老化表皮以及洗去灰尘的过程。它对人体的自律神经、内分泌系统、皮肤的酸碱度、皮肤温度、酸化还原能力以及皮肤的水分量和发汗量等都有影响。在洗澡的时候，水的温度和湿度会改变正常皮肤的酸碱度，同时由于人为的反复清洗使表面老化的死皮及表面保护性的油脂层消失，使皮肤几乎处于不设防的状态。

洗澡后立即化妆不仅起不到及时补充水分、滋润皮肤的效果，相反的，由于沐浴会使毛细血管扩张，化妆品中的细菌或化学物质极易侵入皮肤，造成感染。所以，女性朋友千万不要在洗澡后马上化妆。

如果洗澡后需要化妆的话，也应在1小时后进行。这个时候，皮肤的酸碱度恢复到原来的状态，化妆品对皮肤的伤害不会太大。

【养颜上工】

常用小苏打水洗澡会延缓衰老。其原理是由小苏打的化学性质决定的。小苏打的化学名字叫做碳酸氢钠，溶于水后能释放出大量的二氧化碳。水中的二氧化碳小气泡能浸透和穿过毛孔及皮肤的角质层，作用于血管细胞和神经，使毛细血管扩张，促进皮肤肌肉的血液循环，从而使细胞的新陈代谢旺盛不衰。用小苏打水洗澡的浓度以1∶5000，水温以40℃为佳。

⑥ 为不同肤质度身打造保湿方法

不同肤质的人保湿方法也不同，所以爱美的女士一定要注意了。

干性皮肤会使人有紧绷的感觉，易起皮屑，易过敏，还可能伴有细小的皱纹分布在眼周围。这类皮肤的抗衰老护理尤为重要，除了要以保湿精华露来补充水分之外，还要每周敷一次保湿面膜。另外，因为干性肌肤本身油脂分泌得就不多，如果频繁洗脸，会让干燥的情况更为严重。因此，每天洗脸最好不要超过两次，且最好以清水洗脸，尽量避免使用洗面皂。洗完脸后应选用含有透明质酸和植物精华等保湿配方的滋润型乳液。干性皮肤随着角质层水分的减少，皮肤易出现细小的裂痕，在给皮肤补水的同时还要适当补充油分，高度补水又不油腻的面霜也是一个不错的选择。

◎长期用洗面皂洗脸会刺激肌肤的表皮细胞，使皮肤失去水分。

许多人认为油性皮肤不会有干燥的问题，其实不然。这样的皮肤即使有丰沛天然的油脂作为保护，也可能因留不住水分，而导致皮肤干燥和老化。因此，对于这种缺水不缺油的皮肤，彻底地清洁和保湿是延缓衰老最重要的步骤。选择保湿护肤品时，最好挑选质地清爽、不含油脂，同时兼具高度保湿效果的产品。使用亲水性强的控油乳液、保湿凝露，配合喷洒矿泉水或化妆水，水分不易蒸发，能保持长时间滋润，同时，也不会给油性的皮肤造成负担。 对于混合性的皮肤，由于出现局部出油而又经常干燥脱皮的现象，除了保湿乳液外，保湿面膜也是必不可少的。最好每周使用保湿面膜敷一次脸，或是用化妆棉蘸化妆水，直接敷在脸部干燥部位来保湿。

中性皮肤既不干也不油，肤质细腻，恰到好处，只需选择一些与皮肤pH值相近的保湿护肤品，配合喷洒适度的脸部矿泉

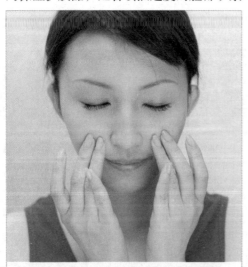
◎在涂完保湿霜后，可用中指和示指点按肌肤，以促进营养吸收，保持水润。

牛奶燕麦面膜

功效 牛奶和燕麦组合能去除肌肤黑色素有美白作用，还能细致毛孔。

材料 牛奶50毫升，燕麦粉20克，蜂蜜适量

做法 ①将燕麦倒入面膜碗里，冲入准备好的牛奶，用面膜棒不停地搅拌至均匀。②调入适量的封面，用面膜棒再次搅匀。③洗完脸后将面膜涂抹在脸上，10~15分钟后洗净即可。

水。尽量不要在晚上睡前使用太过滋润的晚霜，以防止过多的油脂阻塞皮肤的正常呼吸而导致皮肤早衰。

【养颜ﾄ丅】

有些人不知道自己的皮肤是属于什么类型的，就盲目地使用化妆品，这样做就有可能使皮肤受到损害。因此，下面给大家介绍一种简单的鉴定皮肤类型的方法。取一块柔软的卫生纸巾或吸墨纸，在鼻翼两侧或前额部反复擦拭，将皮肤上分泌的皮脂尽量地取下来。如果纸巾上满是油光，说明皮脂腺的分泌功能比较旺盛，属于油性皮肤；纸巾上无油光且颜色较浅，则是干性皮肤；介于两者之间的，属于中性皮肤；如果不同部位的油脂含量不同，则属于混合性皮肤。

❼ 食物养颜，吃对了才有效

每个人都希望自己看上去更年轻、漂亮，尤其是女性，但结果却往往事与愿违，甚至有些人看上去比实际年龄更显老。当然，未老先衰是由多种原因造成的，其中饮食不科学也是一个重要因素。

首先，养颜就不要吃反季节瓜果蔬菜。现在，青菜水果一年四季都有卖，本应夏天才有的东西冬天也能吃到，从一定意义上讲，这给我们的生活带来了方便，但这也让很多人失去了季节感，断送了身体与自然之间的那种微妙的联系。中医理论认为，人以天地之气生四时之法成，养生要顺乎自然应时而变。俗语中的"冬吃萝卜夏吃姜"说的就是这个理。

应季的食物往往最能应对那个季节身体的变化。比如，夏天虽然热，但阳气在表而阴气在内，内脏反而是冷的，所以人很容易腹泻，要多吃暖胃的姜；而冬天就不同，冬天阳气内收，内脏反而容易燥热，所以要吃萝卜来清胃火。如果我们不分时节乱吃东西，夏天有的东西冬天吃，这很可能在需要清火时却吃下了热的东西。另外，反季节的瓜果蔬菜中大部分都含有化学成分，食用之后化学品的残余就会积累在身体里，伤害我们的肝肾。

其次，要多吃小的食物，像小豆子、小芝麻、小鱼、小虾之类的，因为它们的能量是最完整的。有时候那些被我们扔掉的东西比吃下去的更有用。比如吃玉米，玉米胚芽就是接近玉米芯那里一个小小的半圆形的东西，里面富含维生素E，和我

们花大钱去买小麦胚芽油来吃是能起到同样的保健效果。

此外，养颜还要多吃完整的食物。现在的食物长得特别大，好像切一小块就能吃饱了。有些人还只吃食物的一小部分，比如只吃鱼唇、鸭舌。其实一个完整的食物的能量和效用是完整的，分割开来就缺乏了。比如一个鸡蛋，蛋白是凉性的，蛋黄是温热的，加起来吃，鸡蛋是性平的，这对身体最好了。橘子吃多了会上火，可是橘皮却可以清热化痰。

所以，我们一定要多吃完整的食物，吃小小的食物，因为它们的能量未被破坏是最完整的。

那么，什么食物经常吃会让我们脸部长皱纹呢？

牛肉罐头、鱼罐头、沙拉酱、咖啡、冷冻太久的食品、干贝、虾米干、冷冻虾球、巧克力、蛋糕、速食面、油炸物等，都是容易让你长皱纹的食物，不可常吃或吃太多。购头食物时要注意看制造日期，尤其是冷冻及油炸的食物，一旦过期便会

《本草纲目》中的美肌食物

黄瓜　　　柠檬　　　鸡蛋

蜂蜜　　　核桃　　　土豆

变质，对皮肤有很大的影响。

⑧ 果酸美容要慎之又慎

果酸美容时下很流行，各个化妆品公司也都积极开发一些含有果酸的产品，宣称使用之后会使得皮肤变得如何好，真的是这样吗？

果酸焕肤祛斑所选用的是从水果中提取的自然酸，一般低于10%的低浓度果酸配方有滋润的作用，可使皮肤细致、富有弹性，高于20%的果酸则使肌肤外层老化细胞容易脱落，同时促进真皮层内胶原纤维、黏多蛋白的增生，基于这样的原理，用果酸美肤能达到祛斑的效果。

果酸焕肤祛斑可以祛除位于皮肤表皮浅层的斑点，但对位于皮肤表皮深层(基底层)或真皮层的色素斑点则无能为力。此外，利用果酸焕肤祛斑的要求极高。除了要严格无菌控制，由于采用高浓度果酸，

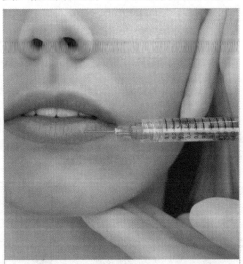

◎果酸美容时下很流行，各个化妆品公司也都积极开发一些含有果酸的产品，利用果酸焕肤祛斑不可避免地要伤及皮肤角质层，利用果酸美容一定要慎之又慎。

在面部停留的时间也要严格监控，否则会起到适得其反的效果。利用果酸焕肤祛斑不可避免地要伤及皮肤角质层，使皮肤抵御外界侵害的能力降低，同时也令肌肤水分过度丧失，极易出现老化。因此，利用果酸美容一定要慎之又慎。

但是，如果你已决定了用果酸美容，那么建议你在焕肤前一周，停止以下行为：脸部美容；烫发和染发；刮脸和脱毛；使用磨砂膏；在脸上使用维A酸产品；游泳过度，晒伤脸部。

【养颜上工】

现在似乎什么都离不开维生素：为了美容，吃维生素产品；每天工作很疲乏，这是缺乏维生素，怎么办？吃维生素片；身体虚弱经常感冒，为了增强体质，服维生素；为了弥补饮食中的营养不足服用多种维生素……但是施农家肥的花才是最美的花，吃天然之食的人患病的风险才会减小。维生素毕竟是化学制品，吃多了会危害健康，给人带来意想不到的危险。所以，我们与其花冤枉钱买维生素吃，不如去买富含维生素的水果和蔬菜，因为水果蔬菜才是我们补充维生素的唯一途径。

⑨ 水果代正餐，减肥不明智

很多女性钟情于"水果代餐减肥法"，用水果代替正餐。她们认为，水果含有糖分，又有维生素，不会使人长胖，还能给人以饱腹感，是最好的减肥食品。殊不知，这种方法也存在着不少误区。

因为水果的营养并不全面。水果中几乎不含脂肪，蛋白质含量也非常低。水果

中的维生素和矿物质含量并不高，其中铁的含量比不上肉类和鱼类，钙的含量远远低于牛奶和豆制品，维生素C和胡萝卜素的含量不如青菜，因此，水果中所含的营养物质远远不能满足人体的需要。

如果用水果做主食，人体得不到足够的蛋白质供应，缺乏必需脂肪酸，各种矿物质含量也严重不足，长此以往，人体的内脏和肌肉会发生萎缩，体能和抵抗力下降。缺乏蛋白质使人形容枯槁，缺乏必需脂肪酸会使人皮肤和毛发质量下降，因贫血导致苍白憔悴，因缺钙导致骨密度降低。这样的状态，又怎么能美丽呢？何况，用此种方法减肥，一旦停止，非常容易反弹，而且很可能比减肥前更胖。因为内脏和肌肉萎缩之后，人体的能量消耗就会减少，即使吃和以前一样多的东西也更容易发胖。

那么，吃水果对减肥究竟有没有作用呢？如果安排得当，还是有帮助的。首

◎用水果代替正餐减肥，虽然一定时间内会有效果，但长时间如此会导致皮肤发黄，失去光泽。

先，可以用水果代替平时爱吃的各种高热量的零食，如巧克力、花生、瓜子、糕点、油炸土豆片之类的小食品。其次，利用水果来减肥的女性最好在餐前吃水果，因为水果内的粗纤维可让胃部有饱胀感，可降低食欲，防止进餐过多而导致肥胖。最后，晚餐时，可以先吃一些水果，然后喝一些粥作为主食，适量地吃一些低脂肪的菜肴，如蔬菜、豆制品、鱼、瘦肉、鸡蛋等。这样就能有效地降低晚餐的能量摄入，对减肥很有帮助。

当然，如果搭配合理，不影响健康，减肥的女性还是可以选择水果减肥法的。下面为大家提供两种方法：

方法一：鸡蛋牛奶+水果素食。

①早餐：水煮蛋1颗，牛奶1杯，苹果半个或马铃薯一些+火腿+沙拉酱。

②中餐：米饭1小碗+菜。

③晚餐在七点吃，与中餐差不多，但只吃到七八分饱，而且九点以后除水果外不能吃任何东西，也可于睡前喝杯果汁。

方法二：苹果餐。

①早餐：牛奶1杯（不加糖）+白煮蛋1颗。

②中晚餐：从中午12:00开始，每2小时吃一个苹果直至晚上8：00一共5个，不要吃其他任何食物。

在利用水果餐减肥期间要谨记以下注意事项：

①少吃零食，绝对不吃夜宵。

②三餐都要吃，但吃八分饱即可，并注意吃饭时细嚼慢咽，可以避免吃下过量的食物。

水果有药性，病人选择需谨慎

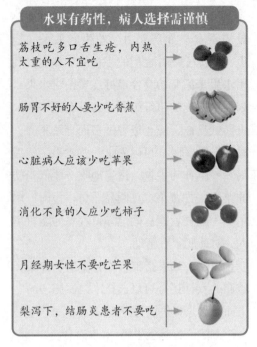

荔枝吃多口舌生疮，内热太重的人不宜吃 →

肠胃不好的人要少吃香蕉 →

心脏病人应该少吃苹果 →

消化不良的人应少吃柿子 →

月经期女性不要吃芒果 →

梨泻下，结肠炎患者不要吃 →

③少吃有着极高热量的油炸食品或是甜食。

【养颜上工】

水果都有药性，病人在选择进食时需谨慎。

①荔枝吃多了会发生口舌生疮、唇裂咽干、声音嘶哑、腹泻等症，严重者出现乏力、昏睡、血压下降、心律不齐等症。胃酸过多、内热太重的人不宜多吃。

②菠萝不宜空腹吃；有溃疡病的人不宜多吃，以免加重溃疡。平日饮食粗茶淡饭者宜少吃，肥甘厚味者可稍多吃，有助消化。

③肠胃不好的人要少吃香蕉，以免发生消化不良、腹泻。香蕉富含钾盐，高钾对人体不利。因此，肾炎、水肿患者不宜多吃香蕉，否则易发生高血钾症，甚至会威胁生命。

④苹果是一种大众化水果，但患心脏病、肾脏病的人宜少吃。

⑤消化不良、溃疡病患者应多注意，少吃柿子。

⑥芒果具有止血的功能，但是来月经的人不要吃，否则会产生子宫肌瘤。

⑦梨、无花果、桑葚、松子、酸角是泻下的，但慢性结肠炎患者不要吃。

大多数人认为食品是天然的，比化妆品中的化学原料安全。其实这个观点比较片面。化妆品配方中使用的化学原料其物理化学性质、化学结构、安全性，以及其生产工艺流程、质量标准等都在专业人员的掌握之中。一旦出现问题，非常容易查出原因，便于解决。而天然食品的安全性很难掌控。因为食品的技术参数是依据人体口服消化系统的需求制定的，而不是直接外敷皮肤的安全需要。如水果吸收的杀虫剂、催熟增色剂、酸性化合物的含量等，都无从知道。所以，热衷于"天然食品美容"的人们，在使用自制的食材美容品时要谨慎。

◎很多女性钟情于"水果代餐减肥法"，用水果代替正餐，这种减肥方法也存在着不少弊端。

第七章

分门别类识记本草，
把脉食物的神奇"天性"

●中药有四气、五味和归经之说，中医认为食物同中药一样，也有性味与归经之说，这就是食物神奇的"天性"所在。了解食物的这些天性对合理膳食具有极重要的参考价值。人们在日常生活中各有所喜，吃到符合自己口味的饮食自然是人生的大乐事，但《黄帝内经》告诫我们："生病起于过用"，过用即过度，其中也包括滥用，日常饮食一旦超越常度就会带来疾病。饮食的"天性"直接关系到人体的健康，我们平时在选择食物时，必须注意调和得当，才能真正有利于健康。

《本草纲目》揭秘各色食物："好色"自有道理

① 红色食物——生命力量的来源

古人认为："枸杞能留得青春美色。"李时珍在《本草纲目》中记载，用枸杞子泡酒，长期饮用可以防老驻颜。可见，枸杞能滋补强壮、养颜润肤。除了泡酒，还可与桂圆肉及冰糖、蜂蜜等一起制成杞圆膏，常吃可滋阴养颜。

红色源于番茄红素、胡萝卜素、铁、部分氨基酸等。红色食物是优质蛋白质、碳水化合物、膳食纤维、B族维生素和多种无机盐的重要来源。

经常感到疲劳或感觉寒冷的人，要常吃红色食物。因为它们有抗疲劳和驱寒的作用，可以令人精神抖擞，增强自信及意志力，使人充满力量。

红色食物还有促进新陈代谢的作用，可以使藏在食品中的脂肪直接燃烧，也利于体内堆积脂肪的燃烧。因此，红色食物既能给人提供营养，又不易使人发胖，是"减肥一族"的良好伙伴。

此外，红色食物还可以促进血液循环，增强人体免疫力，让细胞变得更加有活力，起到延缓衰老的作用。

但是红色食物如果吃得过多，就会引起不安、心情暴躁、易怒，所以千万不能吃太多。

红色食物代表团：胡萝卜、番茄、红豆、红薯、红苹果、红枣、山楂、枸杞子、草莓等。

◎红色食物是优质蛋白质的来源，能给人提供丰富营养。

❈ 本草养生方 ❈

西红柿胡萝卜汤

功效 补血养颜。

材料 西红柿300克，胡萝卜250克，西芹200克，洋葱半个，生姜2片，盐少许

做法 ①将所有材料分别用清水洗净；西红柿每个切成四块，胡萝卜去皮切薄片，西芹切段，洋葱切丝，备用。②煲中注入适量清水，猛火烧开，放入全部材料，以中火煲60分钟。③加少许盐调味即可。

❷ 黄色食物——天然的维生素C源泉

据《本草纲目》记载，玉米，甘平无毒，主治调中开胃。现代医学认为，玉米还能利尿和降血糖，高血压和糖尿病患者可常服用玉米须煮水。黄色源于胡萝卜素和维生素C，二者功效广泛而强大，在抗氧化、提高免疫力、维护皮肤健康等方面更有协同作用。黄色食物是高蛋白、低脂肪食物中的佳品，最适宜患有高脂血症的中老年人食用。

黄色食物可以说是当之无愧的"黄金食物"，它们对人体有着修复的作用。比如有的人因为精神压力过大，或者不科学的减肥，环境污染等因素使身体受到伤害，那么都可以通过多吃黄色食物来修复。

黄色食物还能保持内脏器官的正常工作，提高代谢功能，因此，它的美白效果特别显著。俗话说"一白遮百丑"，想要自己更健康美丽的人一定要多吃黄色食物。

玉米和香蕉等是黄色食物中的代表，它们都是很好的垃圾清理剂，玉米和香蕉有强化消化系统与肝脏的功能，同时还能清除血液中的毒素，能帮助培养正面开朗的心情，增加幽默感。

黄色食物代表团：玉米、生姜、黄豆、橘子、橙子、柠檬、柑、柚子以及调味类的秋郁金、小茴香、豆蔻、桂皮等。

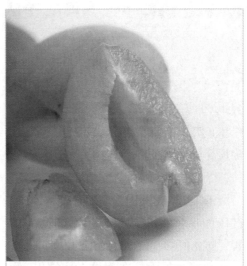

◎黄色食物是当之无愧的"黄金食物"，对人体有修复的作用。黄色食物还能保持内脏器官的正常工作，提高代谢功能。

❈ 本草养生方 ❈

松仁玉米

功效 开胃益智、宁心活血。

材料 松仁30克，甜玉米粒10克，青、红椒50克，盐、味精、白糖、淀粉适量

做法 ①青、红椒去洗净切粒；松仁炸熟。②将玉米粒洗净，放入沸水中煮熟，取出。③油烧热，炒香青、红椒粒，加入玉米，调入调味料炒匀入味，用淀粉勾芡后，装盘，撒上松仁即成。

❸ 绿色食物——人体的天然"清洁工"

李时珍在《本草纲目》中称赞绿豆为："食中药物，菜中佳蔬，真济世之良谷也。"绿豆性味甘、寒，能清热解毒，生津止渴，具有清水利尿、消肿下气、祛寒除烦等功效，难怪李时珍如此推崇。

绿色食物可谓我们体内名副其实的"清洁工"。这是因为它们含有利于肝脏健康的叶绿素和多种维生素，能清理肠胃，防止便秘，减少直肠癌的发病。它们的净化能力很强，在帮助人体排出"垃圾"的同时，还能补充维生素和矿物质，激发体内的原动力，促进消化和吸收。因此，绿色食物具有抗老化的作用。

平时多吃点绿色食物，还能保持体内的酸碱平衡，在压力中强化体质。不仅如此，常吃绿色食品还可以舒缓精神压力，并能预防偏头疼等疾病。

◎绿色食物可谓我们体内名副其实的"清洁工"。它们能清理肠胃，防止便秘，减少直肠癌的发病。

绿色食物代表团：绿豆、雪里红、油菜、莴苣、卷心菜、贝壳菜、韭菜、豆瓣菜、菠菜、小松菜、香菜、柿子椒、萝卜、豆苗、大葱等。

❀ 本草养生方 ❀

凉拌菠菜

功效 增强免疫力。

材料 菠菜300克，红辣椒10克，花生米10克，盐3克，味精2克，香油适量

做法 ①菠菜去根，洗净；花生米炒熟后，擀碎；红辣椒洗净，切成碎粒。②锅中加水烧沸，下入菠菜焯至熟软后，捞出沥干水后，再切碎。③将菠菜、花生碎、红辣椒粒与盐、味精、香油拌匀即可。

❹ 黑色食物——滋阴养肾，非黑莫属

李时珍在《本草纲目》中记载，木耳性甘平，主治益气不饥等，有补气益智，润肺补脑，活血止血之功效。

《本草纲目》中说，"服（黑芝麻）至百日，能除一切痼疾。一年身面光泽不饥，两年白发返黑，三年齿落更生。"由此可见，黑芝麻有益肝、补肾、养血、润燥、乌发、美容作用，是美容保健佳品。

一般认为，黑色是健康的颜色。这样说，是有道理的。因为黑色食物给人带来的好处实在举不胜举。黑色食品营养成分齐全，质优量多；能在一定程度上降低动脉粥样硬化、冠心病、脑卒中等严重疾病的发生率。

黑色食物是当之无愧的滋阴养肾佳品。比如蘑菇中含有促进皮肤新陈代谢和抗衰老的抗氧化物质——硒，它有助于加速血液循环，防止皱纹产生。黑米中含有18种氨基酸，还含有铁、锰、钙等多种微量元素。而黑芝麻中的维生素E含量极丰富，具有益脾补肝的作用。此外，黑色食物还能改善虚弱体质，增强人体的免疫力，提高人体的自愈能力，同时还可以促进荷尔蒙分泌和协调身体平衡，美肤效果出类拔萃。

黑色食物代表团：黑芝麻、黑米、海藻类（裙带菜叶、海苔、褐藻）、黑豆、蘑菇、黑木耳、干蘑菇、蛤蜊等。

◎黑色是健康的颜色。黑色食品营养成分齐全，质优量多，是当之无愧的滋阴养肾佳品。

本草养生方

木须肉

功效 排毒瘦身

材料 水发木耳30克，鸡蛋4只，瘦肉50克，熟笋50克，葱30克，料酒、味精、酱油、精盐、素油等适量。

做法 ①将木耳、瘦肉、熟笋、葱分别切成细丝备用。②将鸡蛋打入碗内搅匀，待炒锅放油烧热后，倒入蛋液翻炒出锅。③原锅上火放油烧热后，投入葱丝、肉丝，煸炒，加入料酒、笋丝、木耳丝、精盐、味精、酱油翻炒数次后，再将炒好的鸡蛋下锅，一起翻炒均匀，起锅即成。

⑤ 白色食物——生命的能量仓库

《本草纲目》中记载，羊乳可益五脏、补劳损、养心肺、利皮肤，牛奶有"返老还童"的功效。因此，奶类是生活中不可缺少的白色食物。

白色食物含有丰富的蛋白质等10多种营养元素，消化吸收后可维持生命和运动，但往往缺少人体所必需的氨基酸。白色食品含纤维素及一些抗氧化物质，具有提高免疫功能、预防溃疡病和胃癌、保护心脏的作用。通常说，白色食品如豆腐、

◎白色食物含有丰富的蛋白质等10多种营养元素。消化吸收后可维持生命和运动，但往往缺少人体所必需的氨基酸。

奶酪等是含钙质丰富的食物。经常吃一些白色的食物能让我们的骨骼更健康。同时各种蛋类和牛奶制品还是富含蛋白质的优质食品。我们常吃的白米，则富含碳水化合物，它是饮食金字塔坚实根基的一部分，更是身体不可或缺的能量之一。

除此之外，白色食物还能活化身体机能，引导出生命的基本原动力。因此，要想健康，白色食物是万万不可少的。

白色食物代表团：米饭，土豆类，大豆，豆腐，牛乳，酸奶，白肉，酒精类，白芝麻等。

❖ 本草养生方 ❖

人参蜂蜜粥

功效 此菜有调中补气，清肠通便，润泽肌肤的作用。

材料 蜂蜜50克、生姜5克、韭菜5克、粳米100克，人参3克

做法 ①将人参洗净，放入清水中泡一夜，备用。②将泡好的人参连同泡参水，与洗净的粳米一起放入砂锅中，待水煮沸后转入文火煨粥。③待粥快要煮熟的时候，放入蜂蜜，切好的生姜片和韭菜末，搅拌、调匀，再煮片刻，即可熄火。

⑥ 蓝色食物——镇定你烦躁的情绪

蓝色的食物并不常见，除了蓝莓及一些浆果类以外，一些白肉的淡水鱼原来也属于蓝色的食物。虽说蓝色的食物有镇定作用，但吃得太多也会适得其反，因为冷静过度会令人情绪低落。为避免失控，进食蓝色食物时，可以放点橙色的食物，如用香橙之类伴碟，便可避免以上情况的发生。

蓝色食物具有良好的抗癌作用，不仅能减慢癌细胞的生长，还能杀死癌细胞。因此，从预防疾病的角度来讲，在平时我们应增加蓝色食物的比重。

◎蓝色食物（如蓝莓）具有良好的抗癌作用。不仅能减慢癌细胞的生长，还能杀死癌细胞。

蓝色食物代表团：蓝莓、海藻类等海洋食品。其中，经过现代医学研究，螺旋藻已被开发成具有很高营养价值的保健品。

本草养生方

蓝莓奶昔

功效 蓝莓能有效降低胆固醇，防止动脉粥样硬化，促进心血管健康。

材料 蓝莓150克，鲜奶100毫升，酸奶50毫升，柠檬汁30毫升

做法 ①用流水清洗蓝莓。②把蓝莓、鲜奶、酸奶和柠檬汁放入果汁机内搅匀。③把蓝莓奶昔倒入杯中即可。

❼ 紫色食物——延年益寿不可少

《本草纲目》上说"茄子味甘、性寒、无毒。主治寒热、五脏劳损及瘟病。吃茄子可散血止痛，去痢利尿，消肿宽肠。"紫色代表着神秘和魔幻，紫色食物也有着同颜色一样的神奇功效。对于压力很大的上班族来说，紫色食物有着非常好的减压作用。在紫色的蔬菜水果中，含有一种特别的物质——花青素，它具备很强的抗氧化能力，能抵抗身体的老化还能预防高血压，保护肝脏。

紫色食物还能改善视力，对长期"用眼一族"来说是非常好的食物。除此之外，甘蓝、茄子以及紫菜都是含碘丰富的食品。紫色食品还是男人的最爱，例如洋葱就是著名的壮阳食品。紫色的葡萄更是为皮肤的养护和心脏的健康立下了汗马功劳，因为葡萄中富含维生素B_1、维生素B_2，能加速身体的血液循环。

◎紫色代表着神秘和魔幻，紫色食物也有着同颜色一样的神奇功效。对于压力很大的上班族来说，紫色食物有着非常好的减压作用。

小蔬菜大功效，强壮身体全靠它

❶ 卷心菜——补肾壮骨通经络之菜

卷心菜，也叫包心菜、甘蓝、蓝菜等。《本草纲目》中记载："卷心菜补骨髓，利五脏六腑，利关节，通经络，中结气，明耳目，健人，少睡，益心力，壮筋骨。"中医认为，卷心菜性平，味甘，可入脾经、胃经，有健脾养胃、行气止痛之功，可用于治疗脾胃不和、脘腹胀满冷痛等症。

卷心菜是一种天然的防癌食品，能抑制体内致癌物的形成，还能清除体内产生的过氧化物，保护正常细胞不被致癌物侵袭。从卷心菜中提取的萝卜硫素，是能活化人体组织的一种活化酶，能够抑制癌细胞的生长繁殖，对治疗乳腺癌和胃癌特别有效。

卷心菜还含有抗溃疡因子，能促进上皮黏膜组织的新陈代谢，加速创面愈合，对胃溃疡和十二指肠溃疡有较好的

◎卷心菜是一种天然的防癌食品，能抑制体内致癌物的形成。

辅助治疗作用。它还含有植物杀毒素，有抗微生物功能，可预防、治疗咽喉疼痛及尿路感染。

但是，卷心菜会干扰甲状腺对碘的利用。如果你生活在缺碘地区，那么最好不吃或少吃卷心菜。

那么，怎样挑选卷心菜呢？一般来讲，优质卷心菜相当坚硬结实，拿在手上很有分量，外面的叶片为绿色并且有光泽。但是，春季的新鲜卷心菜一般包得有一些松散，要选择水灵且柔软的那种。

✠ 本草养生方 ✠

包菜果香肉汤

功效 行气活血。

材料 包菜210克，苹果175克，猪肉30克，盐5克，白糖2克

做法 ①将包菜洗净，切块；苹果洗净，切块；猪肉洗净，切块备用。②汤锅上火倒入水，下入包菜、苹果、猪肉，煲至熟，调入盐、白糖即可。

② 芹菜——降血压排毒素非芹菜莫属

芹菜是一种能过滤体内废物的排毒蔬菜。《本草纲目》中说："旱芹，其性滑利。"意思就是芹菜能清肝利水，可帮助有毒物质通过尿液排出体外。

芹菜中含有丰富的纤维，可以过滤体内的废物。经常食用芹菜可以刺激身体排毒，预防由于身体毒素累积造成疾病。不仅如此，芹菜的食疗功效也让人吃惊。

①降压：医生常告诉高血压病人要多吃芹菜，因为芹菜有良好的降压效果，而且芹菜生吃比熟吃降血压的效果更好。

②镇静安神：从芹菜子中分离出的一种碱性成分，对动物有镇静作用，对人体能起安定作用。

③防癌、抗癌：芹菜是高纤维食物，它经肠内消化作用产生一种木质素或肠内脂的物质。这类物质是一种抗氧化剂，高浓度时可抑制肠内细菌产生致癌物质。它还可以加快粪便在肠内的运转，减少致癌物与结肠黏膜的接触，从而达到预防结肠

◎芹菜中含有丰富的纤维，经常食用芹菜可以刺激身体排毒，其食疗功效让人吃惊。

癌的目的。

④养血补虚：芹菜含铁量较高，能补充女性经血的损失，经常食用能避免皮肤苍白、干燥、面色无华，而且可使目光有神、头发黑亮。大多数人食用芹菜都去其叶，其实芹菜叶营养价值比芹菜茎高，芹菜叶的抗坏血酸含量远大于芹菜茎，且抗癌功效更为显著。芹菜不能和苋菜、鳖同时食用，若同食会中毒。一旦中毒，可用绿豆解毒。

有些人不太喜欢芹菜的气味，但这种气味正是增进健康的"好帮手"。如果吃腻了炒芹菜、拌芹菜，不妨尝试一下新鲜做法，拿来煲汤或者烧烤，除了美味可口，营养也会更加全面。

❖ 本草养生方 ❖

芹菜苦瓜瘦肉汤

功效 保肝护肾。

材料 芹菜、瘦肉各150克，西洋参20克，盐5克

做法 ①芹菜洗净，去叶，梗切段；瘦肉洗净，切块；西洋参洗净，切丁，浸泡。②将瘦肉放入沸水中汆烫，洗去血污。③将芹菜、瘦肉、西洋参放入沸水锅中小火慢炖2小时，再改为大火，调入盐调味，拌匀即可出锅。

❸ 韭菜——春菜第一美食

韭菜也叫起阳菜、壮阳菜，是我国传统蔬菜。它颜色碧绿、味道浓郁，自古就享有"春菜第一美食"的美称。这是因为，春天气候渐暖，人体内的阳气开始生发，需要保护阳气，而韭菜性温，可祛阴散寒，是养阳的佳蔬良药，所以春天一定要多吃韭菜。韭菜的味道以春天时最美，自古以来，赞扬春韭者不计其数。"夜雨剪春韭，新炊间黄粱。"这是唐朝大诗人杜甫的名句。《山家清供》载，六朝的周，清贫寡欲，常年食蔬。文惠太子问他蔬食何味最胜？他答曰："春初早韭，秋末晚菘。"《本草纲目》也记载"正月葱，二月韭"，就是说，农历二月生长的韭菜最有利于人体健康。

按照中医"四季侧重"的养生原则，春季补五脏应以养肝为先，而它正是温补肝肾的首选食物。到了夏季就不宜过多食用韭菜，因为这个时期韭菜已老化，纤维多而粗糙，不易被吸收，多食易引起腹胀、腹泻。

韭菜性温，味甘、辛，具有补肾壮阳、温中开胃、活血化淤之功效，可以治疗跌打损伤、噎嗝、反胃、肠炎、吐血、鼻出血、胸痛、阳痿、早泄、遗精、多尿等症。韭菜中含膳食纤维较多，有预防便秘和肠癌的作用；所含 α-胡萝卜素、β-胡萝卜素可预防上皮细胞癌变；所含维生素C和维生素E均能抗氧化，帮助清除氧自由基，既可提高人体的免疫力，又可增强人体的性功能，并有抗衰老的作用。

此外，春天人体肝气易偏旺，从而影响脾胃消化吸收功能，此时多吃韭菜可增强人体的脾胃之气，对肝功能也有益处。

需要注意的是，韭菜不要与白酒、蜂蜜、牛肉、菠菜同食。

◎韭菜性温，可祛阴散寒，保护阳气，自古就享有"春菜第一美食"的美称。

❈ 本草养生方 ❈

韭菜炒蚕豆

功效 保肝护肾。

材料 蚕豆150克，韭菜100克，盐5克，味精1克。

做法 ①将韭菜洗干净后切成段。②将蚕豆洗净，放入水中煮熟备用。③锅中放油烧热，下入蚕豆、韭菜爆炒熟后调入盐、味精即可。

❹ 绿豆芽——排毒瘦身如意菜

绿豆芽清爽可口，是不少人非常喜爱的食物。但是很多人只知道绿豆芽好吃，却不知道它的营养非常丰富。

◎绿豆芽口味清爽，可以清肠胃、解热毒，维生素C含量也很高。

我国栽培制作绿豆芽已有近千年的历史。《本草纲目》说它"解酒毒热毒，利三焦"。绿豆芽性凉、味甘，不仅能清暑热、通经脉、解诸毒，还能调五脏、美肌肤、利湿热，适用于湿热郁滞、食少体倦、热病烦渴、大便秘结、小便不利、目赤肿痛、口鼻生疮等患者。

而嗜烟、酒、肥腻者，应该常吃绿豆芽，因为它可以清肠胃、解热毒。

绿豆芽的维生素C含量很高。据说，第二次世界大战中，美国海军就是因为无意中吃了受潮发芽的绿豆，治愈了困扰全军多日的坏血病，这就是绿豆芽中维生素C的功劳。它还可以用来治疗口腔溃疡。而且绿豆芽所含热量很低，经常食用，还能起到减肥的作用。

❈ 本草养生方 ❈

红椒绿豆芽

【功效】排毒瘦身。

【材料】绿豆芽200克，红椒15克，盐3克，大蒜、葱各15克

【做法】①把绿豆芽洗净，切去根部；红椒洗净，去籽切丝；葱洗净切碎。②大蒜去皮，洗净后剁成蒜蓉。③炒锅入油，先放入蒜蓉爆香。④再倒入绿豆芽、红椒丝翻炒，加入适量的盐，装盘后撒上葱花即可。

素拌绿豆芽

【功效】降低血压。

【材料】绿豆芽250克，青椒、红椒各20克，盐3克，鸡精1克

【做法】①绿豆芽洗净，入沸水锅中焯水至熟，捞起沥干，装盘待用。②青椒和红椒均洗净，切丝。③锅加油烧热，放入青椒丝和红椒丝爆香，倒在绿豆芽中，加盐和鸡精搅拌均匀即可。

⑤ 黄瓜——体内的"清道夫"

《本草纲目》中说黄瓜有清热、解渴、利水、消肿的功效。也就是说，黄瓜对肺、胃、心、肝及排泄系统都非常有益，能使人体各器官保持通畅，避免体内堆积过多的垃圾，生吃能起到排毒清肠的作用，还能化解口渴、烦躁等症。

黄瓜是难得的排毒养颜食品，黄瓜能美白肌肤，保持肌肤弹性，抑制黑色素的形成。经常食用它或贴在皮肤上可有效对抗皮肤老化，减少皱纹的产生。而且黄瓜所含的黄瓜酸能促进人体的新陈代谢，排出体内毒素。

黄瓜就像是人身体内的"清道夫"，认认真真地打扫着人体的内环境，保持它的清洁和健康。

不过，需要注意的是，黄瓜性凉，患有慢性支气管炎、结肠炎、胃溃疡的人少食为宜。如果要食用，也应先炒熟，避免生食。

◎黄瓜清热、解渴、利水、消肿，是难得的排毒养颜食品。对胃、肝及排泄系统都非常有益。

✄ 本草养生方 ✄

黄瓜扁豆排骨汤

功效 祛寒保暖。

材料 黄瓜400克，扁豆30克，麦冬20克，排骨600克，蜜枣2颗，盐5克

做法 ①黄瓜去瓤，洗净，切段。②排骨斩件，洗净，氽水。③将清水2000克放入瓦煲内，煮沸后加入以上用料，大火煮沸后改用小火煲3小时，加盐调味即可。

蒜泥黄瓜片

功效 排毒瘦身。

材料 黄瓜300克，大蒜20克，盐3克，味精1克，醋6克，生抽10克，香油12克

做法 ①黄瓜洗净，切成连刀片；大蒜洗净，切末。②将黄瓜摆入盘中。③将盐、味精、醋、生抽、香油与蒜末调成汁，浇在黄瓜上面即可。

❻ 红薯——排毒减肥"土人参"

红薯，通常我们叫地瓜。它味道甜美、营养丰富，又易于消化，可供给大量的热量，有的地区还将它作为主食。此外，它还有着"土人参"的美誉。

◎红薯味道甘美、营养丰富，有着"土人参"的美誉。

《本草纲目》中说红薯"性平，味甘，补虚益气、健脾强肾、补胃养心"，因此，红薯适宜脾胃气虚、营养不良、习惯性便秘、慢性肝病和肾病及癌症等患者食用。但胃肠疾病及糖尿病等患者忌食红薯。另外，红薯含有氧化酶，吃后有时会有烧心、吐酸水、肚胀排气等症状出现，但只要一次别吃得过多，而且和米、面搭配着吃，并配以咸菜或喝点菜汤即可避免。食用凉的红薯也可致上腹部不适。

红薯中含有大量胶原和黏多糖物质，不但有保持人体动脉血管弹性和关节腔润滑的作用，而且可预防血管系统的脂肪沉积，防止动脉粥样硬化，减少皮下脂肪。此外，红薯含有大量膳食纤维，能刺激肠道蠕动，通便排毒，帮助减肥。

❈ 本草养生方 ❈

红薯小米粥

功效 开胃消食。

材料 红薯20克，小米90克，白糖4克

做法 ①红薯去皮洗净，切小块；小米泡发洗净。②锅置火上，注入清水，放入小米，用大火煮至米粒绽开。③放入红薯，用小火煮至粥浓稠时，调入白糖入味即可。

胡萝卜红薯猪骨汤

功效 排毒瘦身。

材料 猪骨100克，胡萝卜、红薯各150克，盐适量

做法 ①猪骨洗净，斩开成块；胡萝卜洗净，切块；红薯去皮，洗净切块。②锅入水烧开，下猪骨汆烫至表面无血水，捞出洗净。③将猪骨、胡萝卜、红薯放入炖盅，注入清水，以大火烧开，改小火煲2小时，加盐调味即可。

❼ 山药——益气补脾的"中国人参"

我们知道脾为后天之本，是人体存活下去的根本，只有脾好了，人的身体才能正常运转。生活中的你如果经常流口水、眼皮耷拉，说明你的脾不好，这个时候一定要好好补脾。那么，补脾最好的东西是什么呢？山药。

《本草纲目》对山药的记载是："益肾气，健脾胃，止泻痢，化痰涎，润皮毛。"因为山药作用温和、不寒不热，所以对于补养脾胃非常有好处，适合胃功能不强、脾虚食少、消化不良、腹泻的人食用。患有糖尿病、高血脂的老年人也可适当吃些山药。

山药中以淮山药为最好，是一种具有高营养价值的健康食品，外国人称其为"中国人参"。山药口味甘甜，性质滋润平和，入脾、肺、肾经。它能补益脾胃、生津益肺、补肾固精，对于平素脾胃虚弱以及病后脾虚泄泻、带下者非常适宜。

◎山药益肾气，健脾胃，温和、不寒不热。山药中以淮山药为最好，是一种具有高营养价值的健康食品，外国人称其为"中国人参"。

❖ 本草养生方 ❖

玉米山药猪胰汤

功效 强壮筋骨。

材料 猪胰1条，鲜玉米1条，山药15克，盐5克

做法 ①猪胰洗净，去脂膜，切件；鲜玉米洗净，斩成2～3段。②山药洗净，入水浸泡20分钟。③把全部用料放入煲内，加适量清水，以大火煮沸后转小火煲2小时，调入盐即可食用。

山药养生泥

功效 降低血脂。

材料 山药500克，山楂糕150克，蚕豆泥75克，枣泥50克，熟银杏50克，水淀粉、糖、糖桂花各适量

做法 ①将山药洗净削皮，入锅中煮熟，取出，捣烂成泥。②锅内放油烧热，放入山药泥翻炒，再加入糖炒至黏稠，加少量糖桂花起锅装盘。用水淀粉勾薄芡即可。

8 大枣——一天三枣,终身不老

我国民间一直有"一天三枣，终身不老"，"要使皮肤好，粥里加红枣"的说法，这是对枣的营养价值和美容功效的肯定。李时珍在《本草纲目》中说："枣

◎我国民间一直有"一天三枣，终身不老"的俗语。红枣是一种营养佳品，具有很强的防癌和防高血压的作用。

味甘，性温，能补中益气、养血生津，用于治疗脾虚弱、食少便溏、气血亏虚等疾病。"常食大枣对治疗身体虚弱、神经衰弱、脾胃不和、消化不良、劳伤咳嗽、贫血消瘦及养肝防癌效果尤为突出。

古籍中曾记载过一个病例：有个病人身体非常虚弱，吃不下饭，而且每天腹泻不止，请了很多医生、吃了很多补药都不见效，后来经一个和尚指点，每日按时喝红枣粥，几个月后病就好了。

红枣是一种营养佳品，具有很强的防癌和防高血压的作用。红枣常入药，其具体功用可分为以下几种：

（1）健脾益胃

脾胃虚弱、腹泻、倦怠无力的人，每日吃红枣七颗，或与党参、白术共用，能补中益气、健脾胃，达到增进食欲、止泻

的效果；红枣和生姜、半夏同用，可治疗饮食不慎引起的胃炎，如胃胀、呕吐等。

（2）补气养血

红枣为补养佳品，食疗药膳中常加入红枣补养身体、滋润气血。平时多吃红枣、黄芪、枸杞，能提升身体的元气，增强免疫力。

（3）养血安神

女性躁郁症、哭泣不安、心神不宁等，可服用甘草小麦大枣汤，能起到养血安神、舒肝解郁的功效。

（4）减少老人斑

红枣中所含的维生素C是一种活性很强的还原性抗氧化物质，参与体内的生理氧气还原过程，防止黑色素在体内慢性沉着，可有效减少老年斑的产生。

（5）保肝护肝

红枣中所含的糖类、脂肪、蛋白质是保护肝脏的营养剂。用红枣50克、大米90克熬成稠粥食之，对肝炎患者养脾护肝大有神益。用红枣、花生、冰糖各30~50克，先煮花生，再加红枣与冰糖煮汤，每晚临睡前服用，30天为一疗程，对急慢性肝炎和肝硬化有一定疗效。

如此说来，大枣的好处真是太多了，但是在吃枣的时候也需要注意几个问题：

①腐烂变质的枣忌食用。

②不宜与维生素同时食用。

③不宜和黄瓜或萝卜一起食用。

④不应和动物肝脏同时食用。

⑤服用退热药时忌食用。

⑥服苦味健胃药及祛风健胃药时不应食用。

⑦龋齿疼痛、下腹部胀满、大便秘结者不宜食用，忌与葱、鱼同食。

❀ 本草养生方 ❀

花生红枣大米粥

功效 补血养颜。

材料 花生米30克，红枣20克，大米80克，白糖3克，葱8克。

做法 ①大米泡发洗净；花生米洗净；红枣洗净，去核，切成小块；葱洗净切成葱花。②锅置火上，倒入清水，放入大米、花生米煮开。③再加入红枣同煮至粥呈浓稠状，调入白糖拌匀，撒上葱花即可。

❾ 胡萝卜——健脾"小人参"，常吃长精神

胡萝卜所含营养成分丰富，在蔬菜中享有盛名，民间称它为"小人参"。美国人爱吃的俄罗斯饺子，就是用胡萝卜为馅做成的，他们认为胡萝卜是最好的美容菜。胡萝卜属于舶来品，是公元13世纪从伊朗引进的，自此之后便成了男女老少爱吃的蔬菜。

《本草纲目》里说胡萝卜"性平，味甘，健脾，化滞"，具有健脾消食、补血助发育、养肝明目、下气止咳的功效。

现代医学研究证明，胡萝卜的功效涉及方方面面，它是蔬菜中的"全才"。

（1）美容

胡萝卜可以润皮肤、抗衰老。著名演员蒋雯丽就将胡萝卜视为美容良品，把胡萝卜当成日常水果，甚至切成条随身带着随时取食。

（2）护眼

胡萝卜具有促进机体正常生长与繁殖、维持上皮组织、防止呼吸道感染及保持视力正常、治疗夜盲症和干眼症等功能。维吾尔族人近视率极低，有专家认为这与他们的饮食有关。因为胡萝卜是维吾尔族人经常食用的蔬菜，几乎所有菜色都会用到。经常食用胡萝卜也能减少近视发生的几率。

（3）抗癌

胡萝卜素能增强人体免疫力，有抗癌作用，并可减轻癌症病人的化疗反应，对多种脏器有保护作用。妇女食用胡萝卜可以降低卵巢癌的发病率。

（4）抗菌

胡萝卜的芳香气味是挥发油造成的，

◎胡萝卜所含营养成分丰富，在蔬菜中享有盛名，有健脾消食、补血养肝的功效。

能促进消化，并有杀菌作用。

胡萝卜是有效的解毒食物，能够清除体内毒素，尤其是在排出汞离子上具有特效。胡萝卜能与体内的汞离子结合，有效降低血液中汞离子的浓度，加速体内汞离子的排出。所以，居住地周围有化工厂的人群应该在饮食中多添加胡萝卜等能促进毒素排出的食物。在烹制胡萝卜时要多放油，最好同肉类一起炒。不要生吃胡萝卜，生吃胡萝卜不易消化吸收，且90％胡萝卜素将不被人体吸收而直接排泄掉。

胡萝卜不宜做下酒菜。研究发现，胡萝卜中丰富的胡萝卜素和酒精一同进入人体，会在肝脏中产生毒素，引起肝病。在饮用胡萝卜汁后更不宜马上饮酒。

⑩ 红豆——心之谷

在《本草纲目》中，红豆被称为赤小豆，李时珍说它具有"利小便、消胀、除肿、止吐"的功效。因为它富含淀粉，所以又被人们称为"饭豆"，是人们生活中不可缺少的高营养的杂粮。李时珍称红豆为"心之谷"，可见其食疗功效。吃红豆可预防及治疗脚肿，有减肥的功效。红豆还可增加肠胃蠕动，减少便秘，促进排尿，消除心脏病或者肾病所引起的浮肿。红豆虽好，却不宜多食。因为红豆含有较多的淀粉，吃得过多会导致腹胀、肠胃不适，一次吃50克左右为宜。此外，红豆有利尿功效，尿多的人忌食。

玉米胡萝卜甘蔗猪尾汤

功效 提神健脑。

材料 猪尾1条，胡萝卜、玉米、甘蔗各适量，盐3克

做法 ①猪尾洗净,斩件,氽烫;胡萝卜洗净,切厚片;玉米洗净,切段;甘蔗去皮,洗净切条。②将所有材料放进瓦煲,注入适量清水,大火烧开,改小火煲1.5小时,加盐调味即可。

红豆花生乳鸽汤

功效 祛风化痰。

材料 红豆50克，花生50克，桂圆肉30克，乳鸽200克，盐5克

做法 ①红豆、花生、桂圆洗净后浸泡。②乳鸽去毛、内脏，洗净，斩大件，氽烫。③将清水1800克放入瓦煲内,煮沸后加入全部原料,大火煲沸后改用小火煲2小时,加盐调味即可。

瓜果是滋身养颜的天然佳品

❶ 苹果——全方位的健康水果

苹果是常见水果之一，但是，当你翻开《本草纲目》，为什么找不到有关苹果的记载呢？这是因为，苹果原产于欧洲、中亚、西亚和土耳其一带，19世纪才传入我国。而《本草纲目》的作者李时珍生活在明朝，所以《本草纲目》里没有有关苹果的记载是理所当然的事。中医研究认为，苹果性平，味甘，具有补血益气、止渴生津和开胃健脾之功，对消化不良、食欲欠佳、胃部饱闷、气壅不通者，生吃或挤汁服用，可消食顺气、增加食欲。

英语国家流传一句关于苹果的谚语，大意为：每天吃一个苹果，医生也不需要了。虽然有些夸张，但由此可见苹果的神奇功效。苹果被科学家称为"全方位的健康水果"。现代医学研究还发现了苹果的临床药用价值。

降血脂：日本果树研究所的人体试验表明，每天吃2个苹果，3周后受试者血液中的甘油三酯水平降低了21%，而甘油三酯水平高正是血管硬化的罪魁祸首。

预防癌症：苹果中含有的黄酮类物质是一种高效抗氧化剂，它不但是最好的血管清理剂，而且是癌症的克星。

强化骨骼：苹果中含有能增强骨质的矿物质元素硼和锰。医学专家认为，停经妇女如果每天摄取3克硼，那么她们的钙质流失率就可以减少46%。

治疗便秘：因为苹果所含的有机酸能刺激肠道，纤维素可促进肠蠕动，故能通大便，治疗便秘。另外，苹果会增加饱腹感，可帮助减肥。

❈ 本草养生方 ❈

青苹果炖黑鱼

功效 排毒瘦身。

材料 青苹果块、黑鱼、猪腱、鸡块各适量，盐、味精各适量

做法 ①猪腱、鸡块焯水洗净，黑鱼洗净略炸，将三者放入炖盅摆好，加入清水，用保鲜纸包好。②上火炖3个小时，捞去肥油，加入苹果块炖半小时，再下入调味料即可。

◎苹果性平，味甘，有补血益气、止渴生津和开胃健脾的功效。

❷ 梨——金秋美食，百果之宗

梨子，性甘寒，微酸，无毒，有润肺、清心、止热咳、消痰水等功效，其肉脆多汁、甘甜清香、风味独特、营养丰富，故有"百果之宗"之美誉。

入秋后，人们经常会感觉皮肤燥痒、口鼻、咽喉等呼吸道干燥、干咳无痰，甚至出现大便干结、小便短赤等现象，这些皆因燥性易耗损人体肺与胃中的津液，以致产生各种秋燥症候群。而这一系列的问题，只要一筐梨子，就能全部解决。

《本草纲目》称梨具有"润肺凉心，消痰降火，解疮毒、酒毒"的功效，药用可治风热、润肺、凉心、消痰、降火、解毒。中医认为梨性寒凉，含水量多，且含糖分高，食后满口清凉，既有营养，又解热证，可止咳生津、清心润喉、降火解暑，实为秋季养生之清凉果品；梨还可润肺、止咳、化痰，对感冒、咳嗽、急慢性气管炎患者有疗效。

梨的果实、果皮以及根、皮、枝、叶均可入药。现代医学研究证明，梨性味甘凉，确有润肺清燥、止咳化痰、养血生肌的作用，因此对急性气管炎和上呼吸道感染的患者出现的咽喉干、痒、痛、音哑、痰稠、便秘、尿赤均有良好疗效。患者吃梨，可以生津解渴、润肺去燥、清热降火、止咳化痰，作为辅助治疗，对恢复健康大有裨益。但是因为梨性质寒凉，不宜一次食用过多，否则反伤脾胃，特别是脾胃虚寒的人更应少吃。

梨还有降低血压、养阴清热、镇静的作用。高血压、心肺病、肝炎、肝硬化病人出现头昏目眩、心悸耳鸣时，吃梨大有好处。肝炎病人吃梨能起到保肝、助消化、增食欲的作用。

◎梨肉脆多汁，风味独特，有"百果之宗"之美誉。

❖ 本草养生方 ❖

苹果雪梨瘦肉汤

[功效] 养心润肺。

[材料] 瘦肉300克，苹果、雪梨各1个，板栗、南杏仁各适量，盐3克，鸡精2克

[做法] ①瘦肉洗净，切件，入开水锅中汆烫；苹果、雪梨洗净，切块；②将瘦肉、苹果、雪梨、板栗、南杏仁放入锅中，加入适量清水，小火慢炖，待板栗酥软后，调入盐和鸡精即可食用。

3 香蕉——化解忧郁的快乐水果

香蕉又被称为"智慧之果"，传说佛祖释迦牟尼因为吃了香蕉而获得智慧。香蕉是人们喜爱的水果之一。

◎香蕉能减轻人的压力、清除忧郁情绪，还是女性美容减肥的最佳水果。

香蕉在减轻人的压力、清除忧郁情绪方面具有不错的效果。荷兰科学家认为，最符合营养标准，又能为人增添笑容的水果是香蕉。因为香蕉能让人减轻心理压力，减少忧郁，令人快乐开心，欧洲人因它能消除忧郁而称其为"快乐水果"。

香蕉还是女性美容减肥的最佳水果。常吃香蕉的人不仅不会发胖，皮肤还能变得细腻健康。常用香蕉汁擦脸搓手，可防止皮肤老化、脱皮、瘙痒、皲裂等。

香蕉皮中含有抑制真菌和细菌生长繁殖的蕉皮素。脚癣、手癣、体癣等引起皮肤瘙痒患者，用香蕉皮贴敷患处，能使瘙痒消除，促使疾病早愈。睡前吃香蕉有镇静作用。香蕉还有润肠通便、润肺止咳、

清热解毒、助消化和滋补的作用。另外，常吃香蕉能健脑。

虽然香蕉是最佳减肥水果，但若长期以香蕉为主食，会导致身体缺乏蛋白质、矿物质等多种营养成分，从而损害健康，所以减肥人士也不能完全将香蕉当成主食。另外，在储存上，香蕉不宜放在冰箱内存放，在12℃~13℃即能保鲜，温度过低香蕉容易发黑。

香蕉性寒，体质偏于虚寒者最好少吃。胃酸过多者也不宜吃，胃痛、消化不良、腹泻者亦应少吃。民间相传："筋骨伤，不可吃香蕉，感冒也不可吃香蕉"，依学理角度看来的确有其根据，所以大家一定要多加注意。

✖ 本草养生方 ✖

南瓜香蕉牛奶

功效 排毒瘦身。

材料 南瓜60克，香蕉1根，牛奶200克

做法 ①将香蕉去皮，切成小块备用。②将南瓜洗净，放入锅中煮熟，捞出，切块。③将所有材料一起榨汁即可。

④ 菠萝——解暑止渴、消食止泻

菠萝又称凤梨,是凤梨科草本植物菠萝的成熟果实,原产于巴西,16世纪时传入我国。它果形美观,汁多味甜,有特殊的香味,是深受人们喜爱的水果。

菠萝营养丰富,含多种维生素,其中维生素C含量可高达42毫克。此外,钙、铁、磷等矿物质含量也十分丰富。

《本草纲目》认为,菠萝味甘、微酸,性平,有补益脾胃、生津止渴、润肠通便、利尿消肿的功效,可治疗中暑烦渴、肾炎、高血压、大便秘结、支气管炎、血肿、水肿等症。常食菠萝还可以起到溶解阻塞于组织中的纤维蛋白质和血凝块的作用,并可以改善局部的血液循环,消除炎症和水肿。菠萝丰富的果汁能有效地酸解脂肪,因而其也有很好的减肥作用;菠萝中含有的菠萝蛋白酶可以舒缓嗓子疼和咳嗽的症状,也可以防治感冒。

◎菠萝营养丰富,含多种维生素,钙、铁、磷等矿物质含量也十分丰富。

❈ 本草养生方 ❈

包菜菠萝汁

功效 开胃消食。

材料 包菜100克,菠萝150克,柠檬1个,冰块少许

做法 ①将包菜洗净,菜叶卷成卷;将菠萝削皮,洗净,切块;柠檬洗净,切片。②将包菜、菠萝、柠檬放进榨汁机,榨出汁。③加少许冰块即可。

百合菠萝炒苦瓜

功效 养心润肺。

材料 苦瓜200克,百合、菠萝、圣女果各适量,盐3克,糖适量

做法 ①苦瓜洗净,去瓤,切片;百合洗净;菠萝洗净,去皮,切片;圣女果洗净,对半切开。②热锅下油,放入苦瓜翻炒,再入百合、菠萝和圣女果,一起炒熟。③加入盐和糖炒匀即可。

⑤ 橙子——含有丰富的维生素

橙子，又称甜橙、广柑、黄橙、黄果等，是芸香科乔木植物香橙的成熟果实，世界四大名果之一。橙子原产我国，栽培历史悠久，是我国南方的重要水果之一，

◎橙子有再生、滋润、抗老化及调和自由基的作用，还能补充眼部水分。

也是深受人们喜爱的水果。

橙子含有多种维生素、蛋白质及矿物质等成分，还含有橙皮、柚皮酊、柠檬酸、柠檬苦素、苹果酸等。果皮中含有70多种活性物质、挥发油等营养成分。

中医认为，橙子味甘、酸，性微凉，具有生津止渴、开胃宽胸、止呕的功效。《本草纲目》中记载"香橙汤：宽中快气、消酒。用橙皮二斤切片、生姜五两切焙擂烂……沸汤入盐送下，奇效良方。"橙子皮可通气、止咳、化痰，晒干后可用来泡水喝。

《本草纲目》中记载，橙子含丰富维生素C，具防止老化及皮肤敏感的功效。而略带油光、容易受外界物质刺激的敏感肌肤，尤其适合选用含香橙精华成分的护肤品。

橙子具再生、滋润、抗老化及调和自由基的作用，更能有效补充眼部水分。

香橙的果肉中含丰富维生素C，具预防雀斑功效。用来泡浴可促进血液循环，防止肌肤水分流失，发挥长时间滋润效果。橙皮能磨去死皮，其香气更有舒缓及振奋作用。

每天喝三杯橙汁可以增加体内高密度脂蛋白（HDL）的含量，从而降低患心脏病的可能；橙子发出的气味有利于缓解人们的心理压力，但仅有助于女性克服紧张情绪，对男性的作用却不大；服药期间吃一些橙子或饮橙汁，可使机体对药物的吸收量增加，从而使药效更明显。

❋ 本草养生方 ❋

橙汁瓜排

功效 防癌抗癌。

材料 南瓜350克，糯米粉100克，椰蓉适量，橙汁适量。

做法 ①南瓜去皮洗净，去瓤去籽，切成长方形片状，蒸熟备用；糯米粉加水调成糊状。②将南瓜放入糯米糊中上浆，再裹上椰蓉。③油锅烧热，放入南瓜炸至表面金黄，捞出装盘，淋上橙汁即可。

⑥ 荔枝——增强人体的免疫力

荔枝，又称大荔、丹荔，是无患子科乔木植物荔枝的成熟果实，原产于我国南方地区，是我国的特产佳品。它味道鲜美甘甜，口感软韧，是人们心目中的高级果品。

◎荔枝鲜美甘甜，口感软韧，是人们心目中的高级果品。

荔枝含有丰富的维生素A、B族维生素、维生素C、蛋白质、脂肪以及柠檬酸、苹果酸、精氨酸和色氨酸等营养成分，特别是葡萄糖的含量相当高。

《本草纲目》记载，荔枝性温，味甘、微酸，具有理气止痛、生津止渴、补脾养血的功效。

荔枝含有丰富的维生素，可促进微细血管的血液循环，防止雀斑的发生，令皮肤更加光滑。

常食荔枝能滋补元气、补脑健身、开胃健脾、可治疗失眠、贫血、心悸、口渴气喘等病症。

❋ 本草养生方 ❋

荔枝酸奶

功效 消暑解渴。

材料 荔枝8个，酸奶200毫升，纯净水10毫升，冰块适量

做法 ①将荔枝去壳与子，放入榨汁机中。②倒入酸奶、纯净水，榨汁机开快速档搅匀食材。③将搅打好的荔枝酸奶汁倒入杯中，加入冰块即可饮用。

荔枝冰沙

功效 开胃消食。

材料 荔枝150克，糖水30毫升，白汽水15毫升，冰块适量

做法 ①荔枝洗净，剥皮去核。②所有材料依序放入冰沙机中，以高速搅打20秒，倒入杯中即可饮用。

❼ 木瓜——最天然的丰胸食品

木瓜，学名番木瓜，又名万寿果，是岭南四大名果之一。它果肉厚实、香气浓郁、甜美可口、营养丰富，有"百益之果"和"万青瓜"之雅称。它还是我国民间传统的丰胸食品。木瓜中富含蛋白质、脂肪、糖类、纤维，以及钙、铁、维生素A、维生素B_1、维生素B_2、维生素C、胡萝卜素、木瓜碱、木瓜蛋白酶、凝乳酶等，并富含17种以上氨基酸及多种营养元素。

木瓜是一种营养丰富、有百益而无一害的果中珍品。现代医学证明，木瓜富含17种以上氨基酸及多种营养元素，对丰胸有很大帮助，是女性滋补美胸的天然果品。木瓜所具有的抗菌消炎、舒筋活络、软化血管、抗衰养颜、祛风止痛等功能，能为女性胸部的健康提供多重保护，从而防范各种胸部及乳腺疾病的发生。

木瓜有健脾消食的作用。木瓜中的木瓜蛋白酶，能消化蛋白质，有利于人体对食物进行消化和吸收。吃了太多的肉，胃肠负担加重，不易消化，而木瓜蛋白酶可帮助分解肉食，减少胃肠的工作量。

木瓜中所含的番木瓜碱具有抗肿瘤的作用，并能阻止人体致癌物质亚硝酸胺的合成，对淋巴细胞性白血病具有强烈抗癌活性。

木瓜性温，不寒不燥，其中的营养容易被皮肤直接吸收，特别是可发挥润肺的功能。当肺部得到适当的滋润后，可行气活血，使身体更易于吸收充足的营养，从而让皮肤变得光洁、柔嫩、细腻，皱纹减少，面色红润。

不过，木瓜偏寒，胃寒、体虚者不宜多吃，否则容易导致腹泻。

◎木瓜果肉厚实、香气浓郁、甘甜可口、营养丰富，有"百益之果"和"万青瓜"之雅称。

❖ 本草养生方 ❖

眉豆木瓜银耳煲鲫鱼

功效 通络下乳。

材料 鲫鱼320克，眉豆30克，木瓜40克，银耳20克，姜片适量

做法 ①鲫鱼去鳞和内脏，洗净，切去尾巴；眉豆洗净，浸泡；木瓜去皮洗净，切块；银耳用温水泡发，去除黄色杂质。②所有食材放入砂煲内，大火烧沸后小火煲2小时，调入盐、鸡精即可。

⑧ 樱桃——百果第一枝

樱桃又名莺桃、含桃，属于蔷薇科落叶乔木果树。樱桃成熟时颜色鲜红，玲珑剔透，味美形娇，营养丰富，医疗保健价值颇高，因此受到人们青睐。

在水果家族中，一般铁的含量较低，樱桃却卓然不群，一枝独秀。每100克樱桃中含铁量多达59毫克，含铁量居水果首位；维生素A含量比葡萄、苹果、橘子多4～5倍。此外，樱桃中还含有B族维生素、维生素C、钙、磷、蛋白质等多种营养元素。

《本草纲目》中记载，樱桃性热，味甘、酸，具有益脾胃、滋肝肾、祛风湿、益气涩精的功效。因为樱桃的含铁量特别高，而铁是合成人体血红蛋白、肌红蛋白的原料。所以常食樱桃可补充体内对铁元素的需求，促进血红蛋白再生，既可防治缺铁性贫血，又可增强体质，健脑益智。樱桃营养丰富，常用樱桃汁涂搽面部及皱纹处，能使面部皮肤红润嫩白。

◎樱桃营养丰富，含铁量居水果首位，维生素A含量比葡萄、苹果、橘子多4～5倍。

❋ 本草养生方 ❋

樱桃草莓汁

功效 排毒瘦身。

材料 草莓200克，红葡萄250克，红樱桃150克，冰块适量

做法 ①将葡萄、樱桃、草莓洗净。将葡萄切半，把大颗草莓切块，然后与樱桃一起放入榨汁机中榨汁。②把成品倒入玻璃杯中，加冰块、樱桃装饰即可。

樱桃芹菜汁

功效 美白护肤。

材料 樱桃6颗，芹菜200克，冷开水适量

做法 ①将芹菜撕去老皮，切段，放入榨汁机中榨汁。②将樱桃洗净，去子，和芹菜汁一起倒入榨汁机中，榨成汁，加入冷开水搅匀即可。

⑨ 猕猴桃——胆固醇的克星

很多人以为猕猴桃引进自海外，实际上我国原本就有猕猴桃。李时珍在《本草纲目》中描绘猕猴桃的形、色时说："其形如梨，其色如桃，而猕猴喜食，故有诸名。能止暴渴，解烦热，可调中下气。"它的维生素C含量在水果中名列前茅，一颗猕猴桃能提供一个人一日维生素C需求量的两倍多，被誉为"维生素C之王"。英国学者研究证实，新鲜的猕猴桃果实能明显提升人体淋巴细胞中脱氧核糖核酸的修复力，增强人体免疫力，降低血中低密度脂蛋白胆固醇，从而减少心血管疾患和癌肿的发生几率。猕猴桃中的纤维素、寡糖与蛋白质分解酵素，能防治便秘，使肠道内不至于长时间滞留有害物质。最新的医学研究表明，猕猴桃中含有的血清促进素具有稳定情绪、镇静心情的作用。另外它所含的天然肌醇，有助于脑部活动，因此能帮助忧郁之人走出情绪低谷。

◎猕猴桃的维生素C含量在水果中名列前茅，被誉为"维生素C之王"。

❀ 本草养生方 ❀

猕猴桃樱桃粥

功效 增强免疫力。

材料 猕猴桃30克，樱桃少许，大米80克，白糖11克

做法 ①大米洗净，再放在清水中浸泡半小时；猕猴桃去皮洗净，切小块；樱桃洗净，切块。②锅置火上，注入清水，放入大米煮至米粒绽开后，放入猕猴桃、樱桃同煮。③改用小火煮至粥成后，调入白糖入味即可食用。

猕猴桃蔬果汁

功效 消暑解渴。

材料 猕猴桃1个，梨子1个，柠檬汁少许，果糖8克，冷开水200毫升

做法 ①将猕猴桃、梨子去皮，梨子另去核，均切成小块。②将上述材料与冷开水一起放入榨汁机中，榨成汁。③向果汁中加入柠檬汁和果糖，拌匀即可。

⑩ 芒果——热带水果之王

芒果又名檬果，是一种热带常青树产的果实。其形状各式各样，有的为鸡蛋形，也有的为圆形、肾形和心形。其果皮有多种颜色，主要分为浅绿色、黄色、深

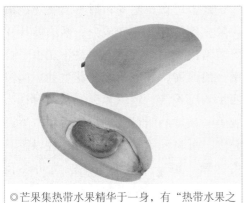

◎芒果集热带水果精华于一身，有"热带水果之王"的美誉。

红色；果肉为黄色，有纤维。其味道酸甜不一，有香气，汁水多而果核大。芒果集热带水果精华于一身，因此享有"热带水果之王"的美誉。

生芒果的含水量较高（约为82%），每100克含有66千卡热量，未成熟的果子含有淀粉，成熟时转为糖。

成熟的芒果果肉含糖14%～16%，可溶性固形物15%～24%，另含有丰富的维生素A、B族维生素、维生素C及多种人体需要的矿物质和氨基酸。

芒果性味甘、酸，性凉。具有止呕、利尿、止渴、益胃的功效。

《本草纲目》中记载，芒果含有的三萜类皂甙对癌症及心脏病有明显的疗效，并且芒果含有大量的维生素A，因此具有防癌、抗癌的作用。

食用芒果具有清肠胃的功效，对于晕车、晕船有一定的止吐作用。

由于芒果中含有大量的维生素，因此经常食用芒果，可以起到滋润肌肤、美容养颜的作用。

芒果含有营养素及维生素C、矿物质等，具有防止动脉硬化及预防高血压病的食疗作用。

芒果中含有大量的纤维，可以促进排便，对于防治便秘具有一定的好处，并可预防结肠癌和直肠癌。

芒果叶的提取物和未成熟芒果汁能抑制化脓球菌、大肠杆菌、绿脓杆菌，同时还具有抑制流感病毒的作用。

芒果中还含有类似动物雌性激素的成分，对女性更年期症状的缓解很有帮助。

❈ 本草养生方 ❈

圣女果芒果汁

功效 降低血压。

材料 新鲜圣女果200克，芒果1个，冰糖5克

做法 ①芒果洗净，去皮，去核，切块。②圣女果洗净，去蒂，切块。将所有材料搅打成汁，加入冰糖即可。

肉禽蛋水产是健康的加油站

1 鸽肉——"无鸽不成宴，一鸽胜九鸡"

鸽肉具有丰富的营养，对人的身体很有益处。清代，它已作为珍贵食品、美味佳肴进入宫廷。素有"无鸽不成宴，一鸽胜九鸡"之说。

鸽肉含有水分、蛋白质、脂肪、碳水化合物、钙、磷、铁、维生素等营养成分，其蛋白质的含量很高，还富含氨基酸，是一种脂肪含量少的肉类。

《本草纲目》中记载，鸽肉可强壮身体、开胃益气、解毒滋阴，常被视为一种壮阳的食品。鸽肉补力十分平和，易被肠胃吸收，特别适合大病初愈的人食用，作为一种滋补佳品，深受少年儿童、体弱老者、产后妇女、手术后患者的喜爱。它对老年人阳气虚弱、老年性功能衰弱、儿童发育不良、气血不足等的保健作用亦十分明显。鸽肉还有解疮毒之功效，对小儿麻疹、水痘、天花等有效。由于鸽肉含脂肪

量少，通常也受到高血脂、高血压、冠心病患者的青睐。

在烹饪上，鸽肉可做粥、可炖、可烤、炸，可做小吃等；清蒸或煲汤能最大限度地保存其营养成分；炒鸽肉片宜配精猪肉；油炸鸽子的配料不能少了蜂蜜，甜面酱，五香粉和熟花生油。鸽肉四季均可入馔，但以春天、夏初时最为肥美。欲健脑明目或进行病后和产生调补中，可将乳鸽与参杞配伍，佐以葱、姜、糖、酒一起蒸熟食之。也可配芪杞，食用法与上述相同。

◎鸽肉具有丰富的营养，对人的身体很有益处，素有"无鸽不成宴，一鸽胜九鸡"之说。

❈ 本草养生方 ❈

银耳炖乳鸽

功效 补血养颜。

材料 乳鸽1只，银耳15克，枸杞、陈皮各适量，盐3克。

做法 ①乳鸽去毛和内脏，洗净，入沸水中汆烫；银耳、枸杞、陈皮均洗净泡发。②将乳鸽、枸杞、陈皮放入瓦煲，注入适量水，大火烧开，放入银耳，改用小火煲炖2小时，加盐调味即可。

❷ 牛肉——"肉中骄子"

牛肉是我国的第二大肉类食品，仅次于猪肉。牛肉蛋白质含量高，脂肪含量低，所以味道鲜美，受人喜爱，享有"肉中骄子"的美称。

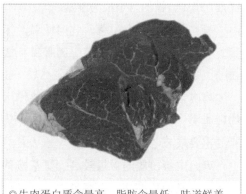

◎牛肉蛋白质含量高，脂肪含量低，味道鲜美，素有"肉中骄子"的美称。

牛肉富含蛋白质、脂肪、碳水化合物等营养成分。牛肉中所含人体必需的氨基酸很多，营养价值颇高。

《本草纲目》中记载，牛肉性温，味甘，具有益筋骨、增体力，暖中补气，补肾壮阳，健脾补胃，滋养御寒之功效。主治筋骨不健、脾胃虚弱、水肿胀满、腰膝乏力等症。

寒冬食牛肉有温中暖胃的作用，实为冬季补益食疗佳品。

牛肉的营养丰富，所含蛋白质比猪肉高一倍，且含脂肪、胆固醇低，维生素含量高，并含有人体所需的12种氨基酸，因此，牛肉很适宜肥胖者、高血压、冠心病、血管硬化和糖尿病人食用，是滋养强壮的补品。

❈ 本草养生方 ❈

卤汁牛肉

功效 滋补强身。

材料 精牛肉400克，卤汁适量，香油、花椒油各3克，红油2克，盐5克，味精1克。

做法 ①牛肉用凉水泡2小时，洗净血水，入沸水中焯烫，调味料兑成汁。②将牛肉放入卤锅中卤90～120分钟捞出。③牛肉冷切斜纹片，装盘，淋上调味汁即可。

滋补牛肉汤

功效 滋阴补肾。

材料 牛肉175克，黄芪12克，色拉油50克，盐6克，味精3克，葱段5克，香菜4克。

做法 ①将牛肉洗净、切块；黄芪洗净浸泡备用。②净锅上火，倒入色拉油烧热，爆香葱段，下入牛肉煸炒2分钟，倒入适量水烧沸，下入黄芪煮至熟，调入盐、味精，撒入香菜即可。

③ 鸡肉——"妇科圣药"

鸡肉是雉科动物家鸡的肉。鸡又名烛夜，在《本经》中列为上品，它的种类很多，古代分为丹、黄、乌、白四种，入药又有公鸡、母鸡、药鸡和仔鸡之分，入药

◎鸡肉性温，味甘，有温中益气、补虚填精、健脾胃、活血脉、强筋骨的功效。

效能大同小异，均有温中益气、补虚、添髓之功。

鸡肉含有丰富的蛋白质、水分、脂肪、碳水化合物以及磷、铁、钙等矿物质，还含维生素A、B族维生素、维生素D、维生素E和尼克酸等。脂肪含量很低，仅占1.25%，铁的含量极为丰富。

《本草纲目》中记载，鸡肉性温，味甘，有温中益气、补虚填精、健脾胃、活血脉、强筋骨的功效。

鸡肉含有对人体生长发育有重要作用的磷脂类，是中国人膳食结构中脂肪和磷脂的重要来源之一。

鸡肉中蛋白质的含量较高，氨基酸种类多，而且消化率高，很容易被人体吸收利用，有增强体力、强壮身体的作用。

❈ 本草养生方 ❈

红焖鸡蓉球

功效 增强免疫。

材料 鸡脯肉蓉250克，肥膘肉蓉、鸡蛋清各50克，料酒、盐、水淀粉、鸡油各适量

做法 ①鸡脯肉蓉、肥膘肉蓉加料酒、盐和蛋清拌成鸡蓉，挤成丸子。②油锅烧热，放入丸子，炸至结壳时沥油；另取炒锅置火上，放料酒、盐，用水淀粉勾芡，将鸡丸入锅内，滑入盘中，淋鸡油即成。

黑枣党参鸡肉汤

功效 温中益气。

材料 鸡300克，土豆100克，黑枣、党参、枸杞各15克，盐5克

做法 ①鸡洗净，斩件，入沸水锅中汆烫、捞出；土豆洗净，去皮，切块；党参洗净，切段；黑枣、枸杞洗净，浸泡。②将鸡、土豆、黑枣、党参、枸杞放入锅中，加适量清水慢炖2小时，加盐即可。

❹ 鲤鱼——"家鱼之首"

鲤鱼别名赤鲤鱼、黄鲤、乌鲤、鲤拐子、鲤子等，为鲤科动物鲤鱼的肉。鲤鱼因鳞有十字纹理，故得鲤名，素有"家鱼之首"的美称，《本经》列为上

◎鲤鱼蛋白质丰富，有"家鱼之首"的美称，《本经》将其列为上品。

品。它是世界上最早养殖的鱼类，远在公元前12世纪的殷商时代便开始池塘养殖鲤鱼。

鲤鱼含有极为丰富的蛋白质，而且容易被人体吸收，利用率高达98%，可供给人体必需的氨基酸。

鲤鱼含有的脂肪主要由多不饱和脂肪酸，如EPA和DHA组成，是人体必需脂肪酸，具有重要的生理作用。

鲤鱼体肉含有钙、磷、钾等营养素也较多。

鲤鱼具有平肝补血、和脾养肺之作用，常食鲤鱼对肝、眼、肾、脾等病有一定疗效，还是孕妇的高级保健食品，营养价值很高。鲤鱼除食用外，还可以入药治疗疾病，有健脾开胃、利小便、消水肿、

止咳镇喘及发乳之功效；肉可治疗门静脉肝硬化、慢性肾炎、咳嗽、哮喘、产妇缺奶、妇女月经不调或血崩等症；其血可治口眼歪斜；其胆汁能治赤眼痈肿和化脓性中耳炎。

鲤鱼头中含有十分丰富的卵磷脂，是人脑中神经递质乙酰胆碱的重要来源。多吃卵磷脂，可增强人的记忆、思维和分析能力，并能延缓脑细胞的退化，以及身体器官的缓衰老。

鲤鱼一般人均可使用，但凡患有恶性肿瘤、淋巴结核、红斑性狼疮、支气管哮喘、小儿疳腮、血栓闭塞性脉管炎、痈疽疔疮、荨麻疹、皮肤湿疹等疾病之人均忌食；此外鲤鱼是发物，素体阳亢及疮疡者应慎食。

✄ 本草养生方 ✄

西洋菜鲤鱼汤

| 功效 | 通脉下乳。 |

| 材料 | 西洋菜、龙骨、鲤鱼各200克，瘦肉100克，南杏10克，红枣、生姜片各5克，盐5克，味精3克 |

| 做法 | ①鲤鱼洗净，斩段；红枣洗净去核。瘦肉与龙骨切块后余水。②瓦煲内入清水，烧沸后加入所有原材料，大火煲滚后用小火煲2小时，调味即可。 |

⑤ 羊肉——"要想长寿，常吃羊肉"

羊肉是我国人民食用的主要肉类之一，其肉质细嫩，脂肪及胆固醇的含量都比猪肉和牛肉低，并且具有丰富的营养价

◎羊肉历来被人们当作冬季进补的佳品，多吃羊肉还可以提高身体素质，增强抗疾病能力。

值，因此，它历来被人们当作冬季进补的佳品。多吃羊肉还可以提高身体素质，增强抗疾病能力，所以现在人们常说"要想长寿，常吃羊肉"。

羊肉含有丰富的蛋白质、脂肪、碳水化合物、钙、磷、铁、胡萝卜素及维生素B$_1$、维生素B$_2$、烟酸等成分。羊肉所含蛋白质高于猪肉，所含钙和铁也高于牛肉和猪肉，而胆固醇含量却是肉类中最低的。

《本草纲目》说，羊肉性温，味甘，具有补虚祛寒、温补气血、益肾补衰、开胃健脾、补益产妇、通乳治带、助元益精之功效。主治肾虚腰疼、阳痿精衰、病后虚寒、产妇产后体虚或腹痛、产后出血、产后无乳等症。

寒冬常食羊肉可益气补虚、祛寒暖身，促进血液循环，增强御寒能力。

妇女产后无乳，可用羊肉和猪蹄一起炖吃，通乳效果很好。

此外，体弱者、小孩、遗尿者食羊肉也颇为有益。

羊肉又可增加消化酶，保护胃壁，帮助消化，体虚胃寒者尤宜食用。

羊肉含钙、铁较多，对防治肺结核、气管炎、哮喘、贫血等病症很有帮助。

羊肉还有安心止惊和抗衰老作用。

在饮食禁忌上，暑热天或发热病人慎食羊肉；凡水肿、骨蒸、疟疾、外感、牙痛及一切热性病症者应禁食羊肉。红酒和羊肉是禁忌，一起食用后会产生化学反应。羊肉与西瓜也不能混合食用，食用后会发生腹泻等反应。

❋ 本草养生方 ❋

手抓肉

功效 增强免疫。

材料 羊肉500克，洋葱15克，胡萝卜20克，香菜10克，盐5克，花椒粒5克

做法 ①羊肉洗净切块；洋葱洗净切片；胡萝卜洗净切块；香菜洗净切末。②锅中水烧开，放入羊肉块焯烫捞出，锅中换干净水烧开，放入盐、洋葱、花椒、胡萝卜、羊肉煮熟。③加入香菜末出锅即可。

第八章

草本食物，
不再让我们的身体"很受伤"

●民以食为天，这是一句人尽皆知的俗话，但吃要会吃，吃要科学，一方面因为吃不好会"惹祸上身"，看看现代人越来越怕的富贵病——肥胖、糖尿病、高血压、高血脂，哪一样不与饮食不合理有着直接的关系，甚至于癌症，很大程度上也是因为我们长期忽略饮食，吃得垃圾、吃得不合理，长期忽略健康，身体才拉响了警钟；另一方面还因为吃是预防疫病、调养疾病最好的方法。身体是革命的本钱，健康是一切的基础，要想身体棒就要有健康的饮食。我们要学会在疾病到来之前展开预防工作，以此避开疾病所带来的痛苦，步上健康之道。

李时珍告诉你怎样"吃掉"脑部疾病

❶ 健康自测：怎样预知脑血管疾病

脑血管疾病是人类健康的一大杀手，那么，如何知道自己是否有患脑血管疾病的风险呢？当身体出现下列征兆时，就是在提醒你，可能会患脑血管疾病，应引起注意！

①眩晕。眩晕类似严重的头晕，突然发生，视外界景物有转动感、晃动感，程度不一，并且持续时间较长。不一定伴有耳鸣，有时恶心。如果同时发生视物成双、说话舌根发硬，应警惕。

◎脑血管疾病是人类健康的一大杀手，当身体出现眩晕、头痛、麻木等症状时，是在提醒你，可能会患脑血管疾病。

②短时间语言困难或偏身无力。常突然发生，短者一二十秒即过，长者十几分钟至数小时而自行恢复。恢复后不留任何后遗症。这是脑缺血的征兆，可能导致半身不遂。

③突然发生剧烈头痛。患高血压的老年人如果突然严重头痛，伴呕吐，甚至短时神志不清，即使这些症状短时间自动消失，也应立即测量血压，检查是否有血压骤升现象。血压骤升会破坏自动调节而引起脑组织缺血。如果患有周身动脉硬化而且头痛愈演愈烈、不断呕吐、神志迷糊，更应及时检查，这时很可能已脑血管破裂出血。

④半身麻木。如果中老年人常左右侧半身发麻，应考虑是否脑内小血管有病变。如果麻木同时伴有一侧上下肢乏力，更应注意。

⑤突然健忘。如中老年人突然对过去数年旧事完全忘记，持续数小时后好转，在记忆遗忘期间心情常局促不安，这是急性脑血管病发作前常常出现的先兆。

有些人在出现了上述征兆后不以为然，认为自己平时很健康，出现这种症状可能只是小毛病。如果能对这些先兆有所认识，并及时就诊，就能及早防止病情进

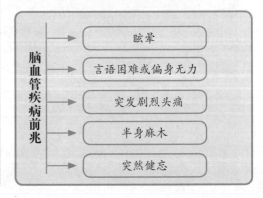

脑血管疾病前兆	眩晕
	言语困难或偏身无力
	突发剧烈头痛
	半身麻木
	突然健忘

一步恶化，即使已经发生脑血管病也能早治疗、早康复。

② 隐性脑梗塞，也能测出来

在因脑卒中死亡的患者中，有60%～70%起因于脑梗塞。其中，初期只表现为小块血栓的隐性脑梗塞患者所占比例较多。如果能在早期发现并及时治疗，就有可能避免危重状态的发生。有关专家根据这种现象，推出一种简便的自测方法，患者可据此判断自己有无隐性脑梗塞。

①夹豆粒。大豆30粒和2厘米大小的豆腐若干块置于小碟内，用筷子交替夹豆粒和豆腐块放到另一碟子里，反复5次。如果需时30秒以上，就要引起注意。

②直线前行。在地板上划一条5～10米长的直线，左右脚交替踩在上面向前走，不能准确踩线或身体摇晃者，表明小脑或脑干可能有异常。

③画螺旋线。在纸上以5毫米间隔画螺旋线4圈，然后用另一种颜色的笔在5毫米间隔中间加一条线，要求10秒钟完成。如果添上去的线有两处以上与螺旋线碰到

◎利用直线前行的方式，可快速判断自己有无隐性脑梗塞。

一起，就有可能存在隐性脑梗塞。

③ 脑梗塞患者的食疗方

预防脑梗塞，主要在平时，从饮食上讲，葛根就是不错的选择。葛根素有"山人参"的美称，综合《本草纲目》的记载和现代医学研究证明，葛根具有滋补、扩张血管、降血压、抗癌等功能，对脑梗死等疾病具有独特疗效。

脑梗塞患者可选用、一款简单实用的食疗方，即葛根粥，其做法：取葛根30克，粳米50克。将粳米洗净浸泡一宿，与

◎葛根素有"山人参"的美称，有滋补、扩张血管、降血压、抗癌等功能，对脑梗死等疾病具有独特疗效。

葛根同入砂锅内，加水1000克，用文火煮至米开粥稠即可。可当饮料，不限时间，稍温食用。

中医认为，饮食不节、脾失健运、聚郁化热、阻滞经络也会引起脑梗塞，因此，患有脑梗塞患者，在恢复期更应该注意饮食，以防病情加重和复发。除了上面介绍的葛根，还可以选择下列食疗方辅助治疗：

①黑木耳6克，用水泡发，加入菜肴

或蒸食。此方可降血脂、抗血栓和抗血小板聚集。

②芹菜根5个，红枣10个，水煎服，食枣饮汤，此方可起到降低血胆固醇的作用。

③吃鲜山楂或用山楂泡开水，加适量蜂蜜，冷却后当茶饮。若脑梗塞并发糖尿病，不宜加蜂蜜。

④生食大蒜或洋葱10～15克此方可降血脂，并有增强纤维蛋白活性和抗血管硬化的作用。

⑤脑梗塞病人饭后饮食醋5～10毫升，此方有软化血管的作用。

④ 四类食物脑梗塞患者不要碰

我们常听医生在开完药方后告诉病人要忌口，比如不能吃刺激性的食物。那么，脑梗塞患者在饮食上应该注意什么呢？下面我们将介绍脑梗塞患者不能吃的四类食物：

1.高脂肪、高热量食物

若连续长期吃高脂肪、高热量饮食，可使血脂进一步增高，血液黏稠度增加，动脉粥样硬化斑块容易形成，最终导致血栓复发。此外，肥肉、动物内脏、鱼卵等也不要吃。少食花生等含油脂多、胆固醇高的食物；忌用或少用全脂乳、奶油、蛋黄、肥猪肉、肥羊肉、肥牛肉、肝、内脏、黄油、猪油、牛油、羊油、椰子油。

2.肥甘甜腻、过咸食物

少甜味饮品、奶油蛋糕的摄入；忌食过多酱、咸菜等。

3.生、冷、辛辣刺激性食物

如白酒、麻椒、麻辣火锅等，还有热性食物如浓茶、绿豆、羊、狗肉等。

4.嗜烟、酗酒

烟毒可损害血管内膜，并能引起小血管收缩，使管腔变窄，因而容易形成血栓；大量饮用烈性酒，对血管有害无益，因为酗酒也能引起脑血栓。

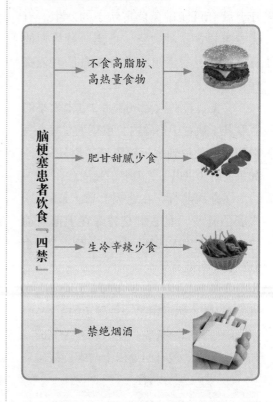

脑梗塞患者饮食「四禁」

不食高脂肪、高热量食物

肥甘甜腻少食

生冷辛辣少食

禁绝烟酒

⑤ 调整饮食——脑动脉硬化患者康复的首要任务

如果一个人患有脑动脉硬化，那么在此基础上，他很可能发生缺血性中风或者形成血栓，所以，要降低缺血性中风的发生率，就要防治脑动脉硬化。医生告诉我们，适当调整饮食可以延缓脑动脉硬化进展。如果饮食中存在较多的动物脂肪和胆固醇，那么大量脂类物质就会在血管壁中沉积，从而加速动脉硬化的发生和发展。

许多老年人十分担心自己患有脑血栓，在这里向大家推荐一种保健食物，那就是在李时珍的《本草纲目》中有着详细记载的豆豉。李时珍说"黑豆性平，作豉则温，既蒸暑，故能升能散。得葱则发汗，得盐则能吐，得酒则治风，得蒜则止血，炒熟则又能止汗，亦麻黄根节之义也。"这段话的意思是说，豆豉可以开胃消食、祛风散寒、治疗水土不服。

豆豉有黑豆豆豉和黄豆豆豉，一般为黑褐色或黄褐色，咸淡适中，味道鲜美，平时我们常用作厨房里的调味品。其实它还可以入药，历史上，中医对它十分看重，在国际上，它也有着"营养豆"的美名。不仅可以预防脑血栓，还可以预防老年痴呆症。

除了常吃豆豉，医生还建议脑动脉硬化病人在饮食上注意以下几点：

1.多吃蔬菜，少吃动物脂肪，常用植物油

蔬菜和水果中含有大量维生素C和钾、镁元素。维生素C可调节胆固醇代谢、防止动脉硬化，同时增加血管的致密性。植物油含不饱和脂肪酸，可促使血清胆固醇降低，而动物脂肪如猪油、奶油、肥肉、动物内脏、蛋黄等含胆固醇较高。

2.饮食清淡不过饱

因为咸食中钠含量较高，易引起血压增高。饮食过饱加重心脏负担，还会导致身体过胖。

3.蛋白海味不能少

饮食中缺乏蛋白质同样会造成血管硬化。蛋白质包括动物蛋白和植物蛋白，能供应身体必需的氨基酸，饮去脂牛奶为佳。海产品如海带、海鱼等含有丰富的碘、铁、硒、蛋白质和不饱和脂肪酸，具有降低胆固醇、防止动脉硬化之功效。

4.戒烟限酒常吃醋

过量饮酒会增加脑血管病变风险，但饮少量红酒对脑血管病的发生并无影响。每天吸烟超过20支，是脑血管病尤其是缺血性脑血管病的一个重要诱因。醋有降压、降脂功效，因此可以常吃醋。

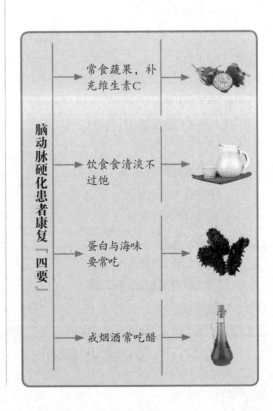

脑动脉硬化患者康复『四要』

常食蔬果，补充维生素C

饮食食清淡不过饱

蛋白与海味要常吃

戒烟酒常吃醋

本草妙法甩开脂肪，给肝脏减压

① 健康自测：你的肝脏是否藏了过多脂肪

由于各种不良的生活方式，很多人患有不同程度的脂肪肝，那么，怎样知道自己的肝脏是否藏有过多脂肪呢？下面介绍一个简单的方法。患有脂肪肝的危险系数随分数增高而增大，如果得分超过6分，就有患脂肪肝的危险，建议你去医院检查一下。

（1）用体重（公斤）除以身高（米）的平方：

A.大于28（2分）

B.24～28（1分）

C.小于24（0分）

（2）男性腰围大于90厘米，女性腰围大于80厘米：

A.是（2分）

B.否（0分）

（3）有无糖尿病史：

A.自己有（2分）

B.父母或兄弟姐妹有（1分）

C.都没有（0分）

（4）体检时发现：

A.血脂高（2分）

B.血脂不高（0分）

（5）例行检查发现转氨酶：

A.升高（2分）

B.没有升高（0分）

（6）父母等直系亲属是否有脂肪肝：

A.是（2分）

B.否（0分）

（7）饮酒情况：

A.饮酒超过5年以上，男性每周饮酒精量多于210克，女性多于140克（2分）

B.饮酒，但未达到5年及上述指标量（1分）

C.不饮酒（0分）

（8）经常食欲不振，恶心，呕吐：

A.是（1分）

B.否（0分）

（9）右侧上腹部感到肿胀，有隐痛：

A.是（1分）

B.否（0分）

（10）体重波动情况：

A.一月内体重增加或减少超过5千克（含运动或药物减肥）（2分），

B.一月内体重增加或减少大于2千克，小于5千克；

C.无波动（0分）

（11）有睡前喝牛奶或吃水果的习惯：

A.是（1分）

B.否（0分）

（12）肉类占日常所吃食品中的比例大于70%：

A.是（1分）

B.否（0分）

（13）一生病就吃药：

A.是（1分）

B.否（0分）

② 饮食有方，让脂肪肝患者不再为难

正常人在摄入结构合理的膳食时，肝脏的脂肪含量约占肝脏重量的3%～5%，但在某些异常情况下，肝脏的脂肪量明显增加。当肝脏的脂肪含量超过肝脏重量10%时，就称脂肪肝。

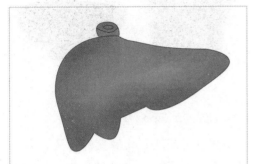

◎正常人肝脏的脂肪含量约占肝脏重量的3%～5%，当这个比例达到10%时，则成为脂肪肝。

脂肪肝多与进食不当有关，如摄取过多脂肪、胆固醇或甜食以及长期饮酒等。

控制热量会使体重逐渐下降，有利于肝功能恢复。忌用肉汤、鱼汤、鸡汤等。

高蛋白可保护肝组织并促进已损害肝细胞的再生。控制碳水化合物摄入比减少脂肪更有利于减轻体重和治疗脂肪肝。特别要控制进食蔗糖、果糖、葡萄糖和含糖多的糕点等。

脂肪肝患者的饮食不宜过分精细，主食应粗细粮搭配，多吃蔬菜、水果及菌藻类，以保证摄入足够数量的食物纤维。这样既可增加维生素、矿物质供给，又有利于代谢废物的排出，对调节血脂、稳定血糖水平有良好效果。

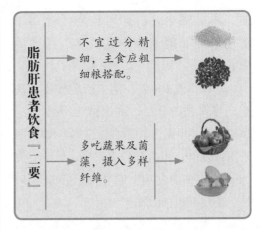

脂肪肝患者饮食『二要』

不宜过分精细，主食应粗细粮搭配。

多吃蔬果及菌藻，摄入多样纤维。

③ 脂肪肝患者如何在饮食上去脂

近年来，随着人们生活水平的不断提高，脂肪肝发病率呈上升趋势，我们应认识到脂肪肝的危害。饮食会导致脂肪肝，同样，脂肪肝也可以通过平衡膳食来预防和控制。

李时珍在《本草纲目》中介绍了许多舒肝和气的食物，下面，我们来看看脂肪肝患者吃些什么才能有效去脂护肝。

首先，食疗对脂肪肝患者尤为重要，但是脂肪肝患者还应注意，不要因为疏忽而吃错了食物，这样不仅让食疗的功效大打折扣，还会加重病情。那么，脂肪肝患者应该少吃或者不吃哪些食物呢？

民间流传的几个方子对防治脂肪肝也十分有效，附在这里可作为参考：

①白萝卜200克，切成丝；鲜蒿子秆100克，切段。植物油80毫升，烧热后放花椒20粒，待炸焦后捞出，加白萝卜煸炒，烹入鸡汤少许，炒至七成熟时加蒿子秆、食盐、味精，出锅前用淀粉勾

芡，淋香油少许，即可食用。适用于脂肪肝或肝病兼有胸腹胀满、痰多的患者。

②西瓜皮200克，刮去腊质外皮，洗净；冬瓜皮300克，刮去绒毛外皮，洗净；黄瓜400克，去瓤心，洗净。均切成条块或细丝，用盐腌12小时后，取出三皮加味精、香油食用。对脂肪肝或肝病口臭、小便不利有功效。

③紫菜蛋汤：紫菜10克，鸡蛋1只，按常法煮汤。

④冬瓜皮、西瓜皮、黄瓜皮洗净一同入锅，加入适量水，熬煮取汁当茶饮。有利水消肿之功效。

⑤金钱草砂仁鱼：金钱草、车前草各60克，砂仁10克，鲤鱼1条，盐、姜各适量。将鲤鱼去鳞、鳃及内脏，同其他三味加水同煮，鱼熟后加少许盐、姜调味。

⑥黄芝泽香饮：黄精15，灵芝15克，陈皮10，香附10克，泽泻6克。将以上各味加水后煎煮，取汁。分2～3次饮服。

⑦当归郁金楂橘饮：当归、郁金各12克，山楂、橘饼各25克。将上述4味同加水煎煮取汁。可分成2～3次饮服。

⑧红花山楂橘皮饮：红花10克，山楂50克，橘皮12克。将上述三味加水煎煮，取汁分2～3次饮服。

【饮食禁忌】

①少食刺激性食物，如葱、姜、蒜、辣椒、胡椒等；严禁喝酒、咖啡和含酒精的饮料。

◎对于脂肪肝患者来说，酒是万万沾不得的。

②少用油煎、炸等烹饪方法，多用蒸、煮、炖、熬、烩等方法。

③不宜食用蔗糖、果糖等纯糖食品。

④不宜食蛋黄、甲鱼、葵花子。

⑤低脂低糖低盐饮食：选用脱脂牛奶，少食动物内脏、肥肉、鱼子、脑髓等高脂肪、高胆固醇的食物，少食煎炸食物，少吃甜食，每天盐的摄入量控制在5克之内。

⑥晚餐不宜吃得过饱，睡前切记不要加餐。

⑦忌用动物油；植物油的总量也不能超过20克。

⑧要少吃内脏，避免食用高胆固醇食物，如动物内脏、鸡皮等。辛辣如辣椒、胡椒、咖喱。

⑨要少喝肉汤、鸡汤、鱼汤，因其都属于含氮浸出物高的食物，对脂肪肝患者身体不利。

❈ 脂肪肝本草食疗方 ❈

赤豆薏芡炖鹌鹑

功效 消脂保肝，适合脂肪肝患者食用。

材料 鹌鹑2只，猪肉100克，赤小豆25克，薏米、芡实各12克，生姜3片，盐5克，味精适量

做法 ①鹌鹑治净，斩大块；猪肉洗净，切中条。②赤小豆、薏米、芡实用热水浸透并洗净。③将原料放进炖盅，加沸水1500毫升，大火炖30分钟后转小火炖1小时，趁热加盐、味精调味即可。

泽泻枸杞粥

功效 此粥可利小便、清湿热、降脂瘦身，适合脂肪肝、小便不畅、肥胖的患者。

材料 泽泻、枸杞各适量，大米80克，盐1克

做法 ①大米泡发洗净；枸杞洗净；泽泻洗净，加水煮好，取汁待用。②锅置火上，加入适量清水，放入大米、枸杞以大火煮开。③再倒入熬煮好的泽泻汁，以小火煮至浓稠状，调入盐拌匀即可。

橙汁冬瓜条

功效 消脂保肝、利尿祛湿。

材料 冬瓜300克，青椒、红椒、黄椒各10克，盐3克，橙汁适量

做法 ①冬瓜洗净，去皮、籽，切条；青椒、红椒、黄椒均去蒂，洗净，切条，备用。②锅洗净，置火上，加清水烧开，加盐，放入冬瓜煮熟后，捞出沥干，摆盘。③锅下油烧热，放入青椒、红椒、黄椒爆香后摆盘，将橙汁均匀地淋在冬瓜上即可。

山楂薏米荷叶茶

功效 清热利水、帮助排石。

材料 山楂、荷叶各10克，薏米30克，白糖适量

做法 ①山楂、荷叶分别用清水洗净备用；薏米放入清水中洗净后，用温水浸泡30分钟备用。②锅洗净，置于火上，注入适量清水，将薏米放入锅中先煮熟，再放入山楂、荷叶，煮5分钟即可关火。③加入白糖调匀即可饮用。

④ 清肝饮食，让肝炎乖乖投降

肝炎，有急性、慢性之分，是因病毒、细菌、阿米巴等感染，毒素、药物、化学品中毒等引起肝脏发生炎性病变的一种疾病。多表现为恶心、食欲差、厌恶油腻、脘腹胀闷、大便时溏时秘、易疲劳、发热，出虚汗、睡眠差、肝区不适或疼痛、隐痛、肝功能异常、肝肿大、乏力等症状。现在已知肝炎至少可有甲、乙、丙、丁、戊等多种，具有极强的传染性，确诊后应对病人分床分食进行隔离治疗。

要预防肝炎，人们首先要注意饮食及饮水卫生，不抽烟、喝酒，少吃臭豆腐、豆豉等发酵食物，少吃油腻食物，多吃新鲜水果和蔬菜，如此就能有效维护肝脏的健康，有效抵御住肝炎的袭击。

饮食调养肝炎的目的在于减轻肝脏负担，促进肝组织和肝细胞的修复，同时可纠正营养不良的症状，预防肝性脑病的发生。但饮食调养的时候也要注意营养的适量摄入，防治能量不足和能量过剩，尤其

◎病毒性肝炎患者应多进食维生素含量高的新鲜蔬果。

是能量过剩可能加重肝脏负担，容易引发脂肪肝、糖尿病和肥胖等其他疾病。

肝炎患者要多食蔬菜、水果，以补充足够的维生素和纤维素，也助于促进消化功能。肝脏功能减退时常常影响脂肪代谢，所以很多慢性肝炎患者合并有肝炎后脂肪肝。因此饮食要低脂肪、低糖、高蛋白。高蛋白饮食要既包括植物蛋白、又需要动物蛋白，如豆制品、牛肉、鸡肉、鱼肉等，动植物蛋白质要各半搭配。当动植物蛋白质每天各半搭配、均衡提供时，可弥补各自的不足，明显增加蛋白质的利用率。适量的植物蛋白质能抑制动物性脂肪量，减低对动脉硬化的影响，保证必需氨基酸的充分吸收利用。像鱼、虾、贝类、牛、羊、猪的瘦肉、禽蛋类等食品，都可为肝炎患者补充蛋白质，还能促进肝细胞的修复和再生，补充机体代谢消耗，提供一定热量。

肝炎患者要多吃五谷杂粮，五谷杂粮中含丰富淀粉类，能为供给糖，有补充日常生活所需热量、增进肝脏的解毒功能。此外，像芝麻、花生、大豆、菜子、玉米、葵花子、椰子等食品及植物油、蛋黄、牛奶等，可为肝炎患者提供脂肪酸，补充热量，帮助脂溶性维生素的吸收，也适宜肝炎患者常吃。

【饮食禁忌】

①绝对禁酒。

②忌食辛辣刺激性食物，生冷、油腻、腥膻、咸寒之物也应禁忌。

③蛋黄内含脂肪和胆固醇，于病不利，尽量不吃。

肝炎本草食疗方

茵陈炒花甲

功效 利湿退黄、消肿散结、抑制肝病毒，可用于急慢性肝炎、胆囊炎等病。

材料 花甲300克，茵陈30克，生姜、盐、味精各适量

做法 ①花甲放盐水中养24小时，洗净；姜洗净，切片。②油锅烧热，下姜爆香，再下花甲煸炒片刻。③最后加茵陈及适量水，烧到花甲熟时加入盐、味精调味，起锅装盘即可。

赤芍鳝鱼汤

功效 除湿、解毒、补气、养血。

材料 当归8克，土茯苓、赤芍各10克，鳝鱼、蘑菇各100克，盐5克，米酒10毫升

做法 ①将鳝鱼洗净，切小段；将当归、土茯苓、赤芍、蘑菇洗净，备用。②将当归、土茯苓、赤芍、蘑菇、鳝鱼分别放入锅中，以大火煮沸后转小火续煮20分钟。③加入盐、米酒即可。

白芍红豆鲫鱼汤

功效 疏肝止痛、利尿消肿。

材料 鲫鱼1条（约350克），红豆500克，白芍10克，盐适量

做法 ①将鲫鱼治净；红豆洗净，放入清水中泡发。②白芍用清水洗净，放入锅内，加水煎10分钟，取汁备用。③另起锅，放入鲫鱼、红豆及白芍药汁，加2000～3000毫升水清炖，炖至鱼熟豆烂，加盐调味即可。

虎杖解毒蜜

功效 清热解毒、利胆止痛、破血散结。

材料 虎杖30克，党参25克，红枣、莪术各10克，淮山15克，蜂蜜10克

做法 ①将党参、淮山、虎杖、红枣、莪术洗净，用水浸1小时。②将党参、淮山、虎杖、红枣、莪术放入瓦罐，加适量水，小火慢煎1小时，滤出头汁500毫升。③加水再煎，滤出汁300克，将药汁与蜂蜜放入锅中，小火煎5分钟，冷却即可。

《本草纲目》：食物是最好的"胃肠保护伞"

❶ 健康自测：哪些症状是胃肠疾病的征兆

如果最近三个月，你的身体出现过下述状况，就应该引起注意了。这些症状表示你的胃肠可能出了一些问题，可以根据测试结果来选择治疗办法。

测试办法很简单，根据你最近三个月的身体状况，在符合自己情况的项目上打对号，检查自己是否患了胃肠道疾病。

①常常感觉食物堵塞在胸口，迟迟不肯下去。

②吐酸水，有烧心的感觉。

③口臭明显，饭后常打嗝。

④经常呕吐。

⑤经常腹痛或心窝痛。

⑥大便如板油样，呈黑色。

⑦虽然没有便秘，但是大便变短变细，或扁平状。

⑧反复出现腹泻或便秘。

⑨便中混血。

以上这些症状，即使只有一项符合你也要注意，如果有2~6项打了对号，那就要接受胃部检查，7~9项符合，就要做肠道检查。

❷ 治疗胃溃疡的"美食法"

胃溃疡是一种常见病，各个年龄段的人都可能患过本病，但是45~55岁最多见。胃溃疡大多是由于不注意饮食卫生、偏食、挑食、饥饱失度或过量进食冷饮冷食，或嗜好辣椒、浓茶、咖啡等刺激性食物造成的。

胃溃疡如果不能治愈，有可能反复发作，因此，治疗是一个长期过程。患者除了配合医生的治疗外，还应该在饮食上多加注意。

据《本草纲目》记载，桂花蜜能"散冷气，消淤血，止肠风血病"，对胃溃疡有不错的疗效。因此，胃溃疡患者可以根据自己的身体状况适量食用桂花蜜。此外，下面介绍的一些食疗方对胃溃疡也有不错的疗效。

①新鲜猪肚1只，洗净，加适量花生米及粳米，放入锅内加水同煮。煮熟后加盐调味，分几次服完。数日后可重复一次，疗程不限。

②花生米浸泡30分钟后捣烂，加牛奶

◎花生米对胃溃疡也有不错的疗效。

200毫升，煮开待凉，加蜂蜜30毫升，每晚睡前服用，常服不限。

③蜂蜜100克，隔水蒸熟，每天2次，饭前服，2个月为1个疗程。饮食期间禁用酒精饮料及辛辣刺激食物。

④鲜藕洗净，切去一端藕节，注入蜂蜜仍盖上，用牙签固定，蒸熟后饮汤吃藕。另取藕一节，切碎后加适量水，煎汤服用。对溃疡病出血者有效，但宜凉服。

⑤新鲜马兰头根30克，水煎服，每日1剂。

⑥大麦芽（连种子的胚芽）、糯稻芽33克，水煎服。

⑦新鲜包心菜捣汁1杯（约200～300毫升），略加温，食前饮服，1日2次，连服10天为1个疗程。

⑧鲜土豆500克，蜂蜜、白糖、糖桂花、植物油各适量。先将鲜土豆洗净去皮切小方丁；炒锅上火，放油烧热，下土豆炸至黄色，捞出沥油，放入盘中。另起锅，加水适量，放入白糖，煮沸，文火热至糖汁浓缩，加入蜂蜜，糖桂花适量，离火搅匀，浇在炸黄的土豆丁上，即成。佐餐食用。

⑨三七末3克，鸡蛋1个，鲜藕250克。先将鲜藕去皮洗净，切碎绞汁备用；再将鸡蛋打入碗中搅拌；加入藕汁和三七末，拌匀后隔水炖50分钟即可。每日清晨空腹食1剂，8～10日为一疗程。

⑩新鲜卷心菜洗净，捣烂绞汁，每天取汁200克左右，略加温，饭前饮两勺，亦可加适量麦芽糖，每天2次，10天为1个疗程。

⑪开水冲鸡蛋疗方：鸡蛋1个，打入碗中，用筷子搅匀，用滚烫的开水冲熟后即可食用。

【饮食禁忌】

根据《本草纲目》的记载，加上现代医学的研究，这儿再介绍一下胃溃疡患者在饮食上应注意规避的禁区。

①溃疡病患者不宜饮茶。因为茶作用于胃黏膜后，可促使胃酸分泌增多，尤其是对十二指肠溃疡患者，这种作用更为明显。胃酸分泌过多，便抵消了抗酸药物的疗效，不利于溃疡的愈合。因此，为了促进溃疡面的愈合，奉劝溃疡病患者最好不饮茶，特别是要禁饮浓茶。

②溃疡病患者不宜食用各种酒类、咖啡和辛辣食品。如辣椒、生姜、胡椒。腌制过咸的食物。

③饥一顿饱一顿。饥饿时，胃内的胃酸、蛋白酶无食物中和，浓度较高，易造成黏膜的自我消化；暴饮暴食又易损害胃的自我保护机制，胃壁过度扩张，食物停留时间过长等都会促成胃损伤。

④晚餐过饱。有些人往往把一天的食物营养集中在晚餐上，或者喜欢吃夜宵或睡前吃点东西，这样做不仅造成睡眠不实，易导致肥胖，还可因刺激胃黏膜导致胃酸分泌过多而诱发溃疡产生。

⑤狼吞虎咽。食物进入胃内，经储纳、研磨、消化，变成乳糜状，才能排入肠内。如果咀嚼不细、狼吞虎咽，食物粗糙就会增加胃的负担，延长停留时间，可致胃黏膜损伤。另外，细嚼慢咽能增加唾液分泌，而使胃酸和胆汁分泌减少，有利

于胃的保护。

⑥溃疡患者忌饮牛奶。牛奶鲜美可口、营养丰富，曾被认为是胃溃疡和十二指肠溃疡患者的理想饮料，但研究发现，溃疡患者饮牛奶会使病情加重。因为牛奶

和啤酒一样，可以引起胃酸的大量分泌。牛奶刚入胃时，能稀释胃酸的浓度，缓和胃酸对胃溃疡、十二指肠溃疡刺激，可使上腹不适得到暂时缓解。但片刻之后，牛奶又成了胃黏膜的刺激因素，从而产生更多的胃酸，使病情进一步恶化。因此，溃疡病患者不宜饮牛奶。

⑦酸梨、柠檬、杨梅、青梅、李子、黑枣、未成熟的柿子、柿饼等不宜食用。

⑧避免或减少对病变部位的刺激。避免食用粗糙食物，如粗粮、芹菜、韭菜、竹笋类、干果等，以及生的、易产气的食物；少用或不用浓汤类、浓茶、咖啡、可可茶及部分调味品如芥末、胡椒粉、醋、辣椒等；禁用油煎、油炸及过热的食物，一般食物的温度以45～55摄氏度为宜。

⑨严禁烟酒。烟草中的尼古丁能改变胃液的酸碱度，扰乱胃幽门正常活动，诱发或加重溃疡病。乙醇可以直接破坏胃粘膜保护层，引起胃黏膜糜烂溃疡形成。所以溃疡病人应该戒烟戒酒。

⑩根据上述原则，对溃疡患者适宜的烹调方法有蒸、煮、炖、烩、焖等，其加工出的膳食软、烂、易消化。不宜用油煎、爆炒、烟熏、腌腊、醋熘、凉拌等烹饪方法。

此外，要制订合理的饮食制度吃饭定时定量，细嚼慢咽，少说话，不看书报，不看电视，在溃疡活动期，以进食流质或半流质、易消化、富有营养的食物为好。还要保持思想松弛，精神愉快。

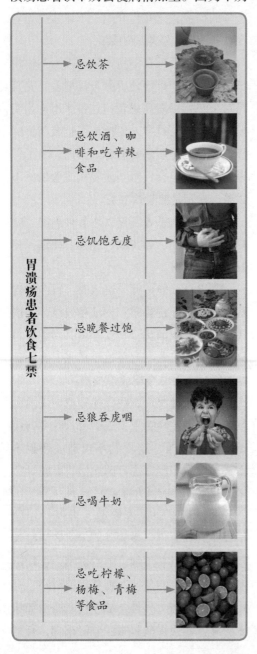

胃溃疡患者饮食七禁

忌饮茶

忌饮酒、咖啡和吃辛辣食品

忌饥饱无度

忌晚餐过饱

忌狼吞虎咽

忌喝牛奶

忌吃柠檬、杨梅、青梅等食品

❸ 特效饮食让胃炎不再找麻烦

胃炎是一种常见病，即胃黏膜的炎症，分为急性胃炎和慢性胃炎。

急性胃炎主要表现为上腹疼痛、不适，食欲下降，恶心呕吐，有时伴腹泻，严重者还会引起呕血、便血等症状。

慢性胃炎为临床常见病，而其发病多与饮食习惯有密切关系，如长期饮用烈性酒、浓茶、咖啡、过量的辣椒调味品，以及摄入过咸、过酸及过粗糙的食物，反复刺激胃黏膜，更重要的还有不合理的饮食习惯、饮食不规律、暴饮暴食等而使胃黏膜变性。主要表现有上腹饱闷或疼痛、食欲不佳、恶心呕吐、烧心、腹胀等症状。因此，合理的饮食调理对治疗慢性胃炎有重要的意义。

《本草纲目》中记载了山药的功效，"益肾气，健脾胃，止泻痢，化痰

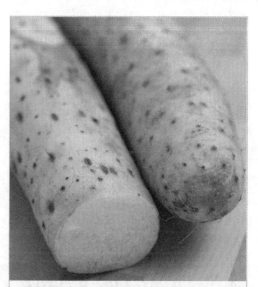

◎山药有益肾气，健脾胃。用山药治胃炎，关键是要坚持。

涩，润皮"。而且，山药煮粥或者用冰糖煨熟后服用，对慢性胃炎、慢性肠炎、慢性肾炎属脾胃虚弱者均有良好的疗效。

用山药治胃炎，关键是要坚持。山药的做法很多，可以根据个人口味变换花样，当然最好选用较清淡的做法。此外，下面介绍的一些食疗方对胃炎也有不错的疗效。

1.急性胃炎应该怎么吃

①肉桂2～3克，粳米50～100克，红糖适量。将肉桂煎取浓汁去渣，再用粳米煮粥，等粥煮沸后，加入肉桂汁和红糖同煮。

②柚子1个（留在树上用纸包好，等霜后摘下）切碎，童子鸡1只（去内脏），放入锅中，加入黄酒、红糖适量煮到烂熟，1～2天内吃完。此方适用于寒冷胃痛。

③将炒扁豆100克、淮山药100克、大米70克一起煮粥，分次服用。此方有健脾益胃的功效，经常服用可以预防胃病。

④橘皮200克，生姜50克，川椒10克，加入2000毫升水中，煮成1000毫升，分多次服用。此方能治疗寒证急性胃痛。

⑤白米50克，生姜粒、陈皮各5克，加水1000毫升，煮成稀粥，调味后，分次少量温服，以生津增液和胃。此方适用于平素脾胃亏虚而感寒邪的患者。

⑥鲜藕适量，粳米100克，红糖少许。将鲜藕洗净，切成薄片，粳米淘净。

将粳米、藕片、红糖放入锅内，加清水适量，用武火烧沸后，转用文火煮至米烂成粥。此方可每日2次，早晚餐食用。

⑦橙子1只，蜂蜜50克。将橙子用水浸泡去酸味，然后带皮切成4瓣。橙子、蜂蜜放入锅内，加清水适量，用武火烧沸后，转用文火煮20～25分钟，捞出橙子，留汁即成。此方可代茶饮。

⑧枸杞25克，藕粉50克。先将藕粉加适量水小火煮沸后，再加入枸杞，煮沸食用。每日2次，每次100～150克。

⑨蜂蜜20克，鲜桃1个。先将鲜桃去皮，去核后榨成汁，再加入蜂蜜和适量温开水即成。每日1～2次，每次100毫升。

⑩白扁豆研粉，温水送服，每次服15克，一日3～4次；或扁豆33～66克，煎水，分2～3次饮服。

⑪老柚皮15克，细茶叶10克，生姜2片，水煎服。此方适用于急性胃肠炎。

2.慢性胃炎应该怎么吃

①粳米50克，桂花心2克，茯苓2克。粳米淘净，桂花心、茯苓放入锅内，加清水适量，用武火烧沸后，转用文火煮20分钟，滤渣，留汁。粳米、汤汁放入锅内，加适量清水，用武火烧沸后，转用文火煮，至米烂成粥即可。每日1次，早晚餐服用。

②牡蛎火煅研细末，每次6～15克，以布包后煎，饭前服下。或将牡蛎研极细末，用米汤送服，每次服1克，日服2～3次，对防治胃酸过多的慢性胃炎有效。

③核桃绿皮，治胃炎、胃及十二指肠溃疡疼痛。在农历六月上旬，采集刚生带绿皮核桃3千克，打碎装入广口瓶内，加烧酒5千克（60％），在阳光下连晒20～30天，待酒与核桃由橙黄色变为黑色为止，纱布过滤，滤液加糖浆1350毫升，每日1～2次，或于胃痛发作时服，10分钟后即可见效。

④鲜石斛30克，粳米50克，冰糖适量。取石斛30克，加水200毫升，用文火久煎取汁约100毫升，去渣；再加冰糖、粳米，同入砂锅内，加水400毫升左右，煎至粥稠停火。分早晚两次温热服下，7天为一个疗程，主治胃热阴虚型慢性胃炎。

⑤姜汁适量，大米100克。先将大米用水浸泡后，用麻纸5～6层包好，烧成灰，研细末，早晚2次服完。饭前用姜水冲服，轻者1剂，重者连服3剂，服药后1周内以流食为主，勿食生冷油腻之物。本方对慢性胃炎有较好疗效，对病情轻、病程短者疗效更佳。

⑥取乳鸽1只，山药30克，砂仁15克，生姜5克，胡椒10克，精盐适量。将乳鸽宰杀去毛及内脏，洗净，下油锅用姜爆至微黄；山药、胡椒洗净，与乳鸽一同放入沙锅中，加适量水，先用旺火煮沸，再转用小火炖2小时，然后加入打碎的砂仁，再炖15～20分钟，加精盐调味。佐餐食用。

❹ 饮食战略打退肠炎的进攻

肠炎是肠黏膜的急性或慢性炎症。肠

炎不是一种独立性疾病，它常涉及胃和结肠。因此，所谓的肠炎，实际上是胃炎、小肠炎和结肠炎的统称。肠炎的发病原因较多，但无论哪一种都离不开饮食的调养。

虽然说"得了肠炎，命丢了一半"，但大可不必太担心。李时珍在《本草纲目》中记载了很多保护胃肠的食物，加上现代医学对此也十分有研究，只要在医生的指导下运用下面的食疗方，就一定能打退肠炎的进攻。

①干荔枝肉50克，山药、莲子各10克，粳米50克。将前三味捣碎，加水适量煎至烂熟时，加米入锅煮成粥。每日晚餐服食，可补脾益肾。

②紫皮蒜1～2头，面粉50克。大蒜去皮洗净，捣成蒜泥，面粉加清水和成糊状。锅内加水200毫升，烧开，将面糊缓缓搅入，边倒边搅，然后放入蒜泥、食盐少许调味。

③鲜石榴皮1000克、蜂蜜300克，石

◎常食鲜石榴皮对改善肠炎也有不错的疗效。

榴皮洗净切碎，加水煎煮；每30分钟取煎汁1次，再加水煎煮，共取2次煎汤；合并煎汤以小火煎熬至黏稠时加蜂蜜至沸停火，冷后装瓶待用。每日2次，每次服1汤匙，用沸水冲服，连服1周，理气舒肝为主，适用于腹部胀痛、腹泻患者。

④生姜10克，洗净，切丝，乌梅肉30克剪碎，绿茶5克，以沸水冲泡，加盖并保温浸半小时，再加少量红糖趁热顿服。每日3次。

【饮食禁忌】

肠炎患者要注意饮食调养和饮食卫生，避免食用刺激性和纤维多的食物，如辣椒、芥末等辛辣食物，以及白薯、芹菜等多渣食物。疾病发作时，应忌食生蔬菜、水果及带刺激性的葱、姜、蒜等调味品。

应少吃产气食物及甜食。《本草纲目》中记载，排气、肠鸣过强时，应少食蔗糖及易产气发酵的食物，如大豆、白萝卜、南瓜、黄豆、生菜、干豆、葱、蒜、红薯等。不易消化的食物、生冷食物、有强刺激性的食物也不要吃。

肠炎患者要注意蛋白质及维生素的摄入。在日常饮食中适当多选用一些易消化的优良蛋白质食品，如鱼、蛋、豆制品以及富含维生素的嫩绿叶蔬菜、鲜果汁和菜汁等。慢性肠炎病人的消化吸收功能较差，宜采用易消化饮食，一次进食量不宜过多。另外，要注意给身体提供足够的热量、蛋白质、无机盐和维生素，尽可能避免出现营养不良性低蛋白血症，以增强体质，早日康复。

❺ 消化不良，找"本草牌"健胃消食方

消化不良是胃肠紊乱的一组症状。一般吃东西过快的人容易发生消化不良，或者食物太油腻、吃得太多，以及精神紧张或抑郁等都会引起消化不良。

如果一个人消化不良，那么可能出现胀气、腹痛、腹胀、恶心、呕吐和饭后烧心，也会有胃灼热或口腔出现酸液、苦味等现象，还可能经常打嗝。

日常生活中，当我们消化不良时，老人们常让我们吃一块萝卜，说萝卜能顺气，此外，马齿苋、白芍、延胡索、红枣、山楂、神曲等食物对治疗小儿厌

◎《本草纲目》中说萝卜生吃可以止渴消胀气，熟食可以化淤助消化。

食症也有良好的效果。下面介绍几款健脾养胃的药膳：

❖ 消化不良本草食疗方 ❖

五味粥

功效 本品能清热除湿、化淤止痛，适用于湿热中阻所致的胃痛伴有烧灼感、腹胀、嗳腐吞酸等症。

材料 干马齿苋30克，白芍、延胡索、红枣、山楂各10克，大米60克，冰糖10克

做法 ①干马齿苋、赤芍、延胡索加水1000毫升。②用大火烧开后小火煮30分钟，去渣留汁。③以药汁煮洗净的大米、红枣至粥熟，加山楂、冰糖调匀。

神曲粥

功效 本品具有消积除胀的功效，可用于伤食型胃炎，即因饮食过量而引起的胃痛、呕吐或腹胀等症。

材料 神曲、炒谷芽各15克，粳米100克，姜片、盐各适量

做法 ①将神曲、谷芽加水煎煮半小时，去渣取汁。②放入洗净的粳米和姜片，煮成粥样，再加入盐调味即可。③一日服两次。

⑥ 食疗帮你甩掉烦人的便秘

如果一个人排便次数减少，每2～3天或更长时间一次，而且无规律性，粪质干硬，常伴有排便困难感，那么，他很可能出现便秘了。一年中，秋天气候干燥，是便秘的高发期。便秘的人要多吃一些滋阴润燥、能够促进肠蠕动的食物。据《本草纲目》记载，蜂蜜具有滋阴润燥的功能，最适合便秘者食用。每天饭前空腹以温开水化服蜂蜜半杯。每日2次，长期坚持服用，可见疗效。除蜂蜜外还可食用土豆、黄连、杏仁等对便秘都有疗效。以下推荐几道对便秘有食疗功效的保健药膳。

此外，常见食材中还有很多能防治便秘的食物，如煮熟的南瓜与牛奶同食，每天一次，可预防便秘；土豆榨汁，加入适量蜂蜜，每日早晨空腹服用可防治便秘。

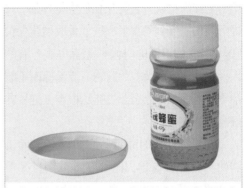

◎据《本草纲目》记载，蜂蜜具有滋阴润燥的功能，最适合便秘者食用。

✖ 便秘本草食疗方 ✖

土豆炒蒜薹

功效 本品具有促进胃肠蠕动、预防便秘和痔疮的功效。

材料 土豆300克，蒜薹200克，盐3克，鸡精2克，蒜5克，酱油、水淀粉各适量

做法 ①土豆洗净去皮，切条状；蒜薹洗净，切段；蒜去皮洗净，切末。②水烧开，入蒜薹焯水，捞出沥干。③油锅烧热，入蒜爆香后，放入土豆、蒜薹一起炒，加盐、鸡精、酱油调味，待熟时用水淀粉勾芡装盘即可。

黄连杏仁汤

功效 本品具有清热泻火、润肠通便、止咳化痰的功效，对肠热便秘、痔疮以及肺燥、久咳、气急等症有食疗作用。

材料 黄连5克，杏仁20克，萝卜500克，盐适量

做法 ①黄连用清水洗净备用；杏仁放入清水中浸泡，去皮备用；萝卜用清水洗净，切块备用。②将萝卜与杏仁、黄连一起放入碗中，然后将碗移入蒸锅中，隔水炖。③待萝卜炖熟后，加入适量的盐调味即可。

⑦ 简单食疗胃痛消

胃是人体的消化器官，如果饮食不当，或者因为气候变化而让胃部受损，胃就会发出警告或者抗议，它会让我们感觉疼痛，以提醒我们它受到伤害了，赶紧采取措施保护它。当我们胃痛的时候该怎么办呢？有的人说吃药，但是大多数药物只能治标而不能治本。那么，有什么办法能从根本上把胃养好呢？

养胃贵在平时注意饮食，除了前面讲到的一些养胃食物，比如《本草纲目》中提到的山药、党参、鳝鱼、韭菜、牛奶、鸡内、猪肚等，金将这些食物搭配相宜的食材做成养胃的粥或者汤，在享受美味的同时，还能养护脾胃，保健康。

以下推荐两道十分有效的食疗方：

◎如果饮食不当，或者因为气候变化而让胃部受损，胃就会发出警告，它会让我们感觉疼痛。

✖ 胃痛本草食疗方 ✖

党参鳝鱼汤

功效 本品具有补气健脾、和胃止痛的功效，可辅助治疗脾胃气虚引起的食欲不振、胃隐隐作痛、神疲乏力等症。

材料 鳝鱼200克，党参20克，红枣、黄芪各10克，盐适量

做法 ①将鳝鱼杀死，去内脏，洗净切段；党参、红枣、黄芪洗净。②将鳝鱼、党参、红枣和黄芪放入锅中，加适量清水，大火煮沸后转小火煮1小时。③加盐调味后再烧煮片刻即可。

姜韭牛奶

功效 本品有健脾补气、温胃止痛的功效，可辅助治疗气虚型胃痛、胃下垂、消化性溃疡等症。

材料 韭菜、牛奶各250克，白术15克，黄芪10克，鲜姜少量

做法 ①将姜、韭菜洗净，切碎；白术、黄芪洗净，煎汁，去渣。②将姜、韭菜与牛奶一同放入锅中，倒入药汁煮沸即可。③每日1剂。

肾气十足不难，看看李时珍的肾病食疗方

① 急性肾炎患者共享饮食疗法

说到肾炎，许多人也许不以为然，殊不知肾炎一旦演变成肾功能衰竭尿毒症，它对人类的危害程度就不亚于某些癌症。肾炎可以发生于任何年龄阶段，因此，一定要引起注意。

我国幅员辽阔，南北气候不同，因此同一种病在不同的地区，其高发期也不同。就肾炎来说，在我国北方，90%以上的急性肾炎都发生冬春两季；而在南方，30%～80%的急性肾炎发生在夏季。如果患了急性肾炎，还应该在饮食上注意保养，常食鳙鱼头、冬瓜皮、鲫鱼等。

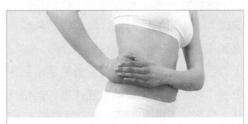

◎肾炎可发生在任何年龄阶段的人身上，可分为急性和慢性两种。肾炎患者除了药物治疗以外，还应该在饮食上注意保养。

预防肾炎，人们平时的饮食要多样化，应适当补充含优质蛋白的鸡蛋、瘦肉、鱼类等，脂肪类以植物油为佳。多吃芝麻、木耳等黑色食物滋养肾脏，注意每天进食适量的蔬菜水果。

以下推荐两道十分有效的食疗方：

✖ 急性肾炎本草食疗方 ✖

车前鳙鱼头汤

功效 利尿通淋，消炎止痛。

材料 车前子15克，鳙鱼头1个（约500克），食盐、味精各适量

做法 ①鳙鱼剖洗干净，用植物油稍煎，加水1500毫升；烧开后再洗净的车前子，用文火煮1小时。②汤呈乳白色、鱼煮熟后，用食盐、味精调味。③喝汤吃肉，可经常服食。

薏米瓜皮鲫鱼汤

功效 利水消肿，清热解毒。

材料 冬瓜皮60克，薏米30克，鲫鱼250克，生姜3片，盐少许

做法 ①将鲫鱼剖洗干净，去内脏，去鳃；冬瓜皮、薏米分别洗净。②将冬瓜皮、薏米、鲫鱼、生姜片放进汤锅内，加适量清水，盖上锅盖。③用中火烧开，转小火再煲1小时，加盐调味即可。

❷ 给慢性肾炎患者的食疗方

慢性肾小球肾炎可发生于任何年龄，但以青、中年男性为主。起病方式和临床表现多样。多数起病隐袭、缓慢，以血尿、蛋白尿、高血压、水肿为其基本临床表现，可有不同程度肾功能减退，病情迁延、反复，渐进性发展为慢性肾衰竭。

慢性肾小球肾炎患者的抵抗力与免疫机能均低下，体力也较差，尤其是伴有贫血、低蛋白血症、肾功能不全的患者。体育活动是一种需要消耗体力的活动，而劳累又是导致慢性肾小球肾炎的加重，引起肾功能减退的重要诱因。

在饮食上宜给予优质低蛋白、低磷、高维生素饮食。慢性肾炎患在发病的早期或急性发作期，有一定程度少尿、水肿症状或食欲不好时，蛋白质的摄入要适当进行控制，一般以每日每千克体重给1克蛋白质为宜。当患者症状好转时，就要及时增加蛋白质摄入量，以补充大量利尿时丢失的蛋白质。此外，要增加糖的摄入，以保证足够的热量，减少自体蛋白质的分解，如患者有水肿和（或）高血压则应限制钠盐的摄入。采用科学合理的饮食。

此外，木瓜、车前草、西瓜皮等食物对治疗慢性肾炎症也有良好的效果。以下推荐两道十分有效的食疗方：

✖ 慢性肾炎本草食疗方 ✖

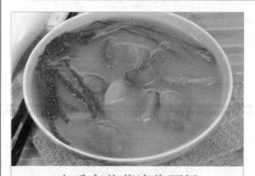

木瓜车前草滚猪腰汤

功效 本品可清热利水，可改善肾炎患者血尿、蛋白尿、水肿等症症状。

材料 木瓜50克，鲜车前草40克，猪腰140克，姜3克，盐适量

做法 ①木瓜洗净，去皮切块；鲜车前草洗净，去除根须；猪腰洗净后剖开，剔除中间的白色筋膜；姜洗净，去皮切片，备用。②将木瓜、车前草、猪腰、姜片一同放入砂煲内，加适量清水，大火煲沸后改小火煲煮2小时，加入盐调味即可。

西瓜翠衣煲

功效 清热利尿、益气补虚。

材料 肉鸡400克，西瓜皮200克，鲜蘑菇40克，花生油适量，精盐6克，味精3克，葱、姜各4克，胡椒粉3克

做法 ①将肉鸡洗净剁成块汆水，西瓜皮洗净去除硬皮切块，鲜蘑菇洗净撕成条备用。②净锅上火倒入花生油，将葱、姜爆香，下入鸡块煸炒，再下入西瓜皮、鲜蘑菇，同炒2分钟，调入精盐、味精、胡椒粉至熟即可。

❸ 以食养肾调虚，走出尿毒症这片险滩

尿毒症是由于各种疾病造成肾脏严重损害时，肾脏功能减退，应排泄的代谢物在体内潴留而引发的各种症状。引起尿毒症的原因有：慢性肾小球肾炎、慢性肾盂肾炎、肾结核、肾小动脉硬化症、泌尿道结石、前列腺肥大、膀胱癌、红斑狼疮、糖尿病等。

尿毒症最初表现于胃肠道症状，伴有恶心、呕吐和腹泻，口中有氨味，齿龈也常发炎，口腔黏膜溃烂出血等。失眠、烦躁、四肢麻木灼痛，晚期可出现嗜睡甚至抽搐、昏迷。心血管系统可出现高血压、心包炎及心力衰竭引起的心前区疼痛、心悸、心急、上腹胀痛、浮肿、不能平卧等。血液系统可出现贫血及黏膜出血现象。呼吸系统可有肺炎及胸膜炎引起的咳嗽、胸痛。

尿毒症的病因繁多，故此应注意饮食营养的均衡搭配，养成良好的饮食习惯，才能有效预防尿毒症。

对尿毒症患者应给予低蛋白饮食，以减少体内氮质代谢产物的生成和潴留。由于进食蛋白量少，因此应尽量选用营养价值较高的鸡蛋、牛奶等动物蛋白质食物，而少用豆制品等植物蛋白。

❈ 尿毒症本草食疗方 ❈

牛奶红枣粥

功效 养胃补肾。

材料 粳米100克、鲜牛奶150克、黄糖适量，红枣20颗

做法 ①将粳米、红枣分别洗净，泡发1小时。②起锅入水，将红枣和粳米同煮，先用武火煮沸，再改用文火续熬，大概1个小时。③鲜牛奶另起锅加热，煮沸即离火。④将煮沸的牛奶，缓缓调入之前煮好的红枣粳米粥里，加入黄糖，拌匀，待煮沸后，适当搅拌，即可熄火。

生姜红枣粥

功效 补血养颜。

材料 生姜10克，红枣30克，大米100克，盐2克，葱8克

做法 ①大米泡发洗净，捞出备用；生姜去皮，洗净，切丝；红枣洗净，去核，切成小块；葱洗净切成葱花。②锅置火上，加入适量清水，放入大米，以大火煮至米粒开花。③再加入生姜、红枣同煮至浓稠，调入盐拌匀，撒上葱花即可。

养五脏之华盖，用本草祛除"肺"病

❶ 用食物护卫你的"娇脏"——肺

肺是我们身体内的重要器官，保护我们的肺是我们的职责，那么怎么才能更好地保护它呢？首先就要从吃开始。

1.白果

白果别名灵眼、银杏、佛指柑、鸭脚子。《本草纲目》中记载，白果性平，味甘、苦，入肺、脾经，具有滋阴润肺、养血生肌的作用。

2.燕窝

《本草纲目》认为，燕窝具有养阴、润燥、益气、补中、抗衰、疗病等功效。用燕窝与银耳、冰糖适量炖服，可治干咳、盗汗、肺阴虚症。

3.白萝卜

《本草纲目》说，白萝卜含芥子油、淀粉酶和粗纤维，具有促进消化、增强食欲，加快胃肠蠕动和止咳化痰的作用。祖国医学认为本品味辛甘，性凉，入肺、胃经，为食疗佳品，可以治疗或辅助治疗多种疾病。

4.银耳

《本草纲目》认为，银耳味甘淡，性平，归肺、胃经，具有滋阴润肺，养胃生津的功效，适用于虚劳干咳、少痰或痰中带血丝、口燥咽干、神经衰弱、失眠多梦等。

5.梨

梨性味寒、甘、微酸，无毒。果实含有机酸(为苹果酸、柠檬酸)、糖类(葡萄糖、蔗糖等、B族维生素、维生素C)。能润肺，清心，止热咳，消痰水。生梨用为化痰止咳药。

6.玉竹

《本草纲目》记载，玉竹性味甘、平，无毒。含生物碱，强心甙、铃兰苦甙等。玉竹的铃兰甙有强心作用，小剂量可使心搏增速和加强，大剂量则相反。玉竹主治时疾寒热，内补不足，止消渴，润心肺。

7.杏仁

《本草纲目》认为，苦杏仁主咳逆上气。甜杏仁又名巴旦杏仁，为滋养缓和性止咳药，主治咽干、干咳。

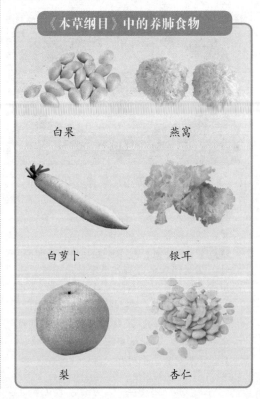

《本草纲目》中的养肺食物

白果　　　　燕窝

白萝卜　　　银耳

梨　　　　　杏仁

❷ 以食养肺益气，让支气管炎知难而退

支气管炎是由炎症所致的呼吸系统疾病，分为急性和慢性两种类型。急性支气管炎通常发生在感冒或流感之后，可有咽痛、鼻塞、低热、咳嗽及背部肌痛。慢性支气管炎往往因长期吸烟所致，可有呼吸困难、喘鸣、阵发性咳嗽和黏痰。

预防支气管炎主要依靠食物建构坚固的人体免疫系统。在感冒高发季节多吃些富含锌的食品有助于机体抵抗感冒病毒，如肉类、海产品和家禽。此外，各种豆类、硬果类以及各种种子亦是较好的含锌食品，可以取得很好的治疗效果。各类新鲜绿叶蔬菜和各种水果都是补充维生素C的好食品。还包括富含铁质的食物，如动物血、奶类、蛋类、菠菜、肉类等都有很好的预防效果。

《本草纲目》中说，支气管炎患者要依据病情的寒热选择不同的食物。如属寒者用生姜、芥末等；属热者用茼蒿、萝卜、竹笋、柿子、梨子等。体虚者可食用枇杷、百合、胡桃仁、蜂蜜、猪肺等。饮食宜清淡、低钠，能起到止咳平喘，化痰的功效。要补充维生素，多吃一些新鲜蔬菜和水果。多补充白果仁、桑白皮、蛋白质，瘦肉、豆制品、山药、鸡蛋、动物肝脏、绿叶蔬菜等食物中含优质的蛋白质，应多吃。

❈ 支气管炎本草食疗方 ❈

果仁鸡蛋羹

功效 本品具有止咳平喘、益气补虚、润肠通便作用，非常适合肺气虚型慢性支气管炎、肺炎的患者食用，但腹泻的患者不宜食用。

材料 白果仁、甜杏仁、核桃仁、花生仁各10克，鸡蛋2个，水适量

做法 ①白果仁、甜杏仁、核桃仁、花生仁一起炒熟，混合均匀。②打入鸡蛋液，调入适量的水。③入锅蒸至蛋熟即成。

桑白杏仁茶

功效 泻肺平喘、止咳化痰，适合慢性支气管炎伴热证者，咳吐黄痰者食用。

材料 桑白皮、南杏仁、枇杷叶各10克，绿茶12克，红糖20克

做法 ①将杏仁用清水洗净，打碎备用。②桑白皮、绿茶、南杏仁、枇杷叶分别用清水洗净，一起放入洗净的锅中，注入适量清水，煎汁，去渣。③加入红糖溶化，即可饮服。

❸ 以食理虚润肺，拒绝哮喘来访

哮喘属于一种慢性非特异炎症性疾病。每当发病时，患者会感到发作性胸闷、喘息、气促或咳嗽，常于夜间和清晨发作。

此外，小儿是哮喘的高发人群之一，其与遗传因素有着一定的关系，父亲或母亲患有哮喘的，子女患上哮喘的可能性就很大，如果父母双方都患有哮喘，那么子女患上哮喘的可能性就会更大。

春季是哮喘的高发季节，老年人是哮喘的高发人群，要有效预防哮喘的滋生。

要多进食红枣，饮菊花桔梗雪梨汤、天南星冰糖水，补脾润肺，尤其适用于体弱多病及脾胃虚弱的人。还要多吃核桃，核桃

◎核桃润燥化痰、温肺润肠，有效预防哮喘。

❖ 哮喘本草食疗方 ❖

菊花桔梗雪梨汤

功效 本品开宣肺气、清热止咳，适合咳嗽气喘、咳吐黄痰等症的哮喘患者食用。

材料 甘菊5朵，桔梗5克，雪梨1个，冰糖5克

做法 ①甘菊、桔梗洗净，加1200毫升水煮开，转小火继续煮10分钟，去渣留汁。②加入冰糖搅匀后，盛出待凉。③梨子洗净，削去皮，梨肉切丁，加入已凉的甘菊水即可。

天南星冰糖水

功效 本品具有燥湿化痰、祛风解痉的作用，可用于寒痰、湿痰阻肺，咳喘痰多，胸膈胀闷的寒证哮喘症患者食用，对于哮喘、支气管炎等引起的咳嗽多痰有一定的食疗作用。

材料 天南星9克，冰糖适量

做法 ①将天南星用清水洗净，备用。②锅洗净，置于火上，注入清水200毫升，煎煮20分钟，去渣取汁。③加入适量冰糖，以微甜为准，轻轻搅拌至冰糖融化即可饮用。

润燥化痰、温肺润肠，有效预防哮喘。全谷类和鱼类食物也能有效预防哮喘。

《本草纲目》中记载，年老体弱者，宜食补肺益肾、降气平喘的食物，如老母鸡、乌骨鸡、猪肺、甲鱼、菠菜、南瓜、栗子、白果、枇杷等。平时亦可用冬虫夏草蒸肉，白果炖猪肺，或山药、萝卜煮粥，都可减轻症状，增强体质。

【饮食禁忌】

①饮食忌过甜、过咸，甜食、咸食能生痰热，可以引发哮喘病。

②不喝冷饮及含气饮料，易诱发哮喘。

③忌吃刺激性食物，如辣椒、花椒、茴香、咖喱粉、咖啡、浓茶等。

④忌吃产气食物，如地瓜、芋头、土豆、韭菜、黄豆、面食等。

⑤过敏性哮喘者，应忌食引起过敏的食物，如鱼、虾、鸡蛋、羊肉、巧克力等。

❹ 消气解肿，肺气肿的食疗王道

严格地讲，肺气肿不是一种病，而是慢性气管炎、支气管哮喘等的并发症。肺气肿是因肺脏充气过度，细支气管末端、肺泡管、肺泡囊和肺泡膨胀或破裂的一种病理状态。主要因为慢性气管炎、支气管哮喘、空洞型肺结核、矽肺、支气管扩张等长期反复发作，使肺泡壁损坏、弹性减弱，甚至多个肺泡融合成一个大肺泡，使肺泡内压力增大，血液供应减少而出现营养障碍，最终形成肺气肿。按病因，肺气

◎肺气肿不是一种病，而是慢性气管炎、支气管哮喘等的并发症。患者在日常生活中要戒烟，多食红薯，以增强人体抵抗力。

肿可分成老年性肺气肿、代偿性肺气肿、间质性肺气肿、阻塞性肺气肿等。而以阻塞性肺气肿最常见。

预防肺气肿要戒烟，注意保暖，严防感冒入侵。《本草纲目》中记载，肺气肿患者要多吃富含维生素A、维生素C及钙质的食物。含维生素A的食物如红薯、猪肝、蛋黄、鱼肝油、胡萝卜、韭菜、南瓜、杏等，有润肺、保护气管之功效；含维生素C的食物有抗炎、抗癌、防感冒的功能，如大枣、柚、番茄、青椒等；含钙食物能增强气管抗过敏能力，如猪骨、青菜、豆腐、芝麻酱等。香菇、蘑菇含香菇多糖、蘑菇多糖，可以增强人体抵抗力，减少支气管哮喘的发作，预防肺气肿。

肺气肿患者要多吃蛋白质类食品，有助于修复因病变损伤的组织，提高机体防御疾病的能力。因病人血液偏酸性，应增加食用含碱性的食物，如蔬菜和水果。供给充足的蛋白质和铁，饮食中应多吃瘦

肉、动物肝脏、豆腐、豆浆等，提高抗病力，促进损伤组织的修复。还要多饮水，利于痰液稀释，保持气管通畅。每天饮水量至少2000毫升。

【饮食禁忌】

①忌吸烟。

②避免吃容易引起过敏的食品，如鱼、虾、蛋等。

③急性发作期，应禁饮酒和浓茶，忌食油腻辛辣之物。

④还要予以低盐饮食。

⑤每顿饭不宜过饱，以免增加心脏负担。

⑥限制牛奶及其制品的摄入，奶制品可使痰液变稠，不易排出，从而加重感染。

⑤ 清凉素淡食物，轻轻松松为肺"消炎"

肺炎是由多种病原菌引起的肺充血、水肿、炎性细胞浸润和渗出性病变。症状表现为发热、咳嗽、胸痛、呼吸困难等。肺炎的成病原因很多。刺激性的物质，如食物、汽油等吸入下呼吸道后易引发吸入性肺炎。维生素A是呼吸道健康的必需物质，缺乏时可导致呼吸道易感染性增强，引发肺炎。

预防肺炎要注意调养饮食，补充足量优质蛋白、维生素、微量元素食物，适当多吃些滋阴润肺的食物，如梨、百合、木耳、芝麻、萝卜等。尽量多喝水，吃易消化的食物，以利湿化痰液，及时排痰。当痰多时应停进肉类、油

《本草纲目》中的滋阴润肺食物

梨　　百合

木耳　　芝麻

脂，俗话说"鸡生火，肉生痰"。忌烟酒以避免过度的咳嗽。

《本草纲目》中记载，肺炎患者饮食上应注意补充矿物质，多吃新鲜蔬菜或水果有助于纠正水和电解质的失调；多吃含铁丰富的食物，如动物肝脏、蛋黄等；多吃含铜量高的食物，如牛肝、麻酱、猪肉等，也可吃虾皮、奶制品等高钙食品。

高热病人宜进食清凉素淡、水分多、易吸收的食物，如果汁、米汤、绿豆汤等；退热后，体质虚弱，但无呕吐、腹泻的病人，可给予流质饮食，同时增加瘦肉、猪肝、新鲜蔬菜、水果，以加强营养；食欲渐好者，可给予半流质饮食，如粥、软面、菜泥等。

【饮食禁忌】

①戒除吸烟，避免吸入粉尘和一切有毒或刺激性气体。

②肺炎高热期，患者应忌食坚硬、高纤维的食物，以免引起消化道出血。

③禁食生葱、大蒜、洋葱等刺激性食品，防止咳嗽、气喘等病状的加重。

第九章

药食同源，本草食疗是击退痼疾的坚兵利器

●有人说，健康是"1"，其他不过是"1"后面的"0"，没有健康，一切都将没有意义。许多人已经意识到，要想获得健康不能再单纯地依赖医学的进补，关键还在于健康的理念：你愿意把身体交给副作用极大的手术台与药品，还是愿意尝试用正确的方式管理、调理疾病？与其等待医学的进步与灵丹妙药，不如从现在开始，学会保障自己健康的方法。本章将重点讲述高血压、高血脂、糖尿病、痛风等各种常见疾病的食疗方法，从多角度、全方位阐述本草在治病保健中的实际应用，旨在为你的健康事业增添助力。

❤ 治病抓根本，调理糖尿病要从日常饮食着手

❶ 健康自测：你已经被糖尿病盯上了吗

20世纪60年代，如果医院发现了一个糖尿病患者，医生很可能把他作为此病的研究对象，但是现在，糖尿病患者大有让医院"人满为患"的趋势，这说明糖尿病已经成为人类的高发病之一。那么，怎么才能知道自己是否已经被糖尿病盯上了呢？

下列几种糖尿病的易患因素，如超过两种符合的情况，就应每年至少监测一次血糖，以警惕糖尿病的发生：年龄超过40岁；肥胖；与糖尿病患者有血缘关系；工作繁重，精神压力大；患有高血压、高血脂、冠心病、痛风；女性分娩时婴儿体重大于4千克，或曾反复流产；低出生体重儿。

如果身体有下列几种情况同时出现，就应到医院多次检查空腹及餐后2小时血糖，以确定是否患有糖尿病：食欲增强，体重反而下降，全身无力；长疮长疖，反复发作，久治难愈；皮肤瘙痒或会阴部瘙痒，排除其他病因者；反复尿路感染，抗感染疗效不佳；顽固性腹泻，经久不愈；40岁以上便患上冠心病、心肌梗死、脑梗塞；不明原因的双下肢发麻灼痛。

❷ 警惕糖尿病的早期信号

李时珍提醒人们，要尽早发现自己身体的不适，才能尽早对症治疗。下面我们来看看糖尿病的早期信号。

糖尿病发病前有早期信号，如果发现自身有这些信号，就要提高警惕，改变不良的生活习惯，这也能帮助你早日发现并治疗。

糖尿病可引起白内障，导致视力下降，进展较快，有时也会引起急性视网膜病变，导致急性视力下降。研究证明，糖尿病有明显的遗传倾向，如果父母有一人患病，其子女的发病率比正常人高3～4倍。

糖尿病引起的皮肤瘙痒往往使人难以入睡，特别是女性阴部的瘙痒更为严重。糖尿病可引起末梢神经炎，出现手足麻木、疼痛以及烧灼感等，也有人会产生走路如踩棉花的感觉。糖尿病晚期末梢神经

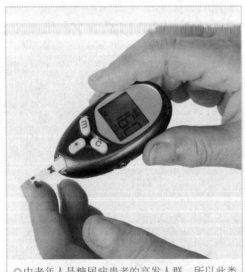

◎中老年人是糖尿病患者的高发人群，所以此类人群一定要定期检测血糖。对于糖尿病早期症状的了解，有利于做到早发现、早治疗。

炎的发病率更高。

糖尿病伴发胆囊炎的发病率甚高，有时胆囊会发生坏疽及穿孔。

男性糖尿病患者出现排尿困难者约为21.7%。因此，中老年人若发生排尿困难，除前列腺肥大外，应考虑糖尿病的可能。

糖尿病可引起内脏神经病变，造成胃肠道的功能失调，从而出现顽固性的腹泻与便秘，其腹泻使用抗生素治疗无效。

糖尿病可引起神经病变和血管病变，从而导致男性性功能障碍，以阳痿最多见。据统计，糖尿病病人发生阳痿者达60%以上。

女性腰围与臀围之比大于0.7～0.85（不论体重多少），糖耐量试验异常者达60%。有人认为，这种体型可作为诊断糖尿病的一项重要指标。

糖尿病人容易发生脑梗塞。在脑梗塞病人中，大约有10%～13%是由糖尿病引起的，因此，脑梗塞病人应常规化验血糖。

❸ 糖尿病患者日常饮食安排

《本草纲目》中记载了许多用饮食来调养身体的良方，可见李时珍特别推崇食疗。糖尿病患者的饮食调养是糖尿病治疗过程中一个很重要的方面，合理安排饮食，避免摄入过多的糖分能有效控制糖尿病的发生。

对于每一位糖尿病患者，无论1型还是2型，饮食控制永远都是治疗的基础。接受胰岛素治疗的糖尿病患者更要强调饮食、运动及胰岛素治疗三者的和谐与平衡。那么，怎样的饮食才算是健康饮食呢？糖尿病患者固然不能像正常人那样无所顾忌地饮食，但也绝对不只是少吃或不吃。不管怎样，饮食应该是每个人生活中的重要部分，健康人和病人都有权利享受饮食给生活带来的乐趣和滋味。糖尿病患者要享受健康饮食，是一件很不容易的事，这需要患者们掌握许多有关糖尿病饮食的知识。

为了能正确享受健康饮食，每一位患者都应该请教专门的营养师，在营养师那里你能得到关于健康饮食的详细指导。

糖尿病饮食治疗绝对不只是少吃、不吃，饮食治疗的意义在于：保持健康的体重、维持营养平衡、控制血糖水平。

糖尿病饮食疗法的原则是"在规定

糖尿病的早期信号

- 视力下降，进展较快
- 皮肤瘙痒难以入睡
- 胆囊炎发作
- 胃肠道功能失调，顽固腹泻与便秘
- 男性出现排尿困难、性功能障碍
- 女性腰围与臀围之比大于0.7～0.85

的热量范围内，达到营养平衡的饮食"。为保证营养平衡，糖尿病人应在规定热量范围内做到主食粗细搭配，副食荤素搭配，不挑食，不偏食。有些病人以为吃粮食血糖就会升高，不吃粮食就能防止患糖尿病，这种想法是不正确的。粮食是必需的，糖尿病患者的饮食应该是有足够热量的均衡饮食，根据病人的标准体重和劳动强度，制定每日所需的总热量。总热量中的50%～55%应来自碳水化合物，主要由粮食来提供；15%～20%的热量应由蛋白质提供；其余25%～30%的热量应由脂肪提供，脂肪包括烹调油。如果不吃或很少吃粮食，其热量供应仅靠蛋白质和脂肪，长此以往，病人的动脉硬化、脑血栓、脑梗塞、心肌梗死及下肢血管狭窄或闭塞的发生机会就会大大增加。

目前，市场上出现了"无糖"食物，一般是指这些食品中没有加进白糖，而是采用甜味剂制成的。美国纽特健康糖是天门冬氨酸和苯丙氨酸组成的双肽糖，是较好的甜味剂。吃甜味剂与麦粉制作的各种食品时，麦粉或米粉等这些粮食应该计算在规定的主食量中，也是不能随意吃的，多吃后血糖会增高。

食用肉类等食品过多也会使患者血脂升高，增加冠心病的发生几率。肉类食品的摄取量应计算在蛋白质和脂肪的分配量中。

糖尿病患者宜少量多餐。每天多吃几顿饭，每顿少吃一点，可以减少餐后高血糖，有助于血糖的平稳控制。

此外，糖尿病患者的饮食宜低盐、低脂，多吃新鲜蔬菜。根据食品所含热量，我们制定了食品交换法，每份食品含90千卡的热量。例如25克大米是1份，200克的苹果也是1份。假如某患者每日需热量1800千卡，就是20份。粮食占10份，吃1份苹果就少吃25克大米。吃水果也应计算在总热量内，并且不要和饭同时吃，而是作为两餐之间的加餐，这样安排比较恰当。食品交换法，患者需要掌握。

❹ 本草动口不动手，轻松"吃掉"糖尿病

糖尿病号称现代疾病中的"第二杀手"（第一杀手是癌症）。其本身并不可怕，可怕的是它的并发症，糖尿病带来的危害几乎都来自它的并发症。

糖尿病并非不可控制，药物治疗和饮食调理都能带来很好的效果，但首当其冲的，建议糖尿病患者一定要牢记以下饮食禁忌，以免前功尽弃。

【饮食禁忌】

①减少食盐的摄入。人体不能缺食盐，否则会出现乏力、头痛、厌食、恶心、嗜睡甚至昏迷。但并不是食盐越多越好，食盐过多对身体有害，如导致高血压或对抗治疗高血压药物疗效，发生水肿，甚至心、肾功能衰竭。食盐摄入过多还可能增加食欲，不利于糖尿病的饮食控制。对于糖尿病患者来说，其本身患高血压的机会比正常人高2倍，因此限制食盐摄入就非常必要了。

②减少精制糖的摄入。不用蔗糖烹调食物，在茶、咖啡等饮料中不加蔗糖，不

喝富含蔗糖的饮料，买一些无糖罐头或人工甜味剂制品代替糖制品。

③禁食含碳水化合物过高的甜食，如葡萄糖、蔗糖、麦芽糖、蜂蜜、甜点心、红糖、冰糖、冰淇淋、糖果、甜饼干、糕点、蜜饯、杏仁茶等含纯糖食品。

④糖尿病患者应少吃动物内脏、鱼子、肥肉、猪油、牛油、羊油等。少吃油炸食物，因高温可破坏不饱和脂肪酸。

⑤糖尿病患者不宜多吃水果。水果中含有较多的果糖和葡萄糖，而且能被机体迅速吸收，引起血糖增高。香蕉、葡萄、柿子、橘子等最好不吃。

⑥糖尿病患者不可饮酒。酒精对机体代谢的影响是多方面的，对于糖尿病患者来说，饮酒的后果是十分严重的。在执行糖尿病饮食控制的患者中，非饮酒者60%可见血糖控制改善，而饮酒者只能达到40%；在不实行饮食治疗的患者中，病情大多会恶化，如果再加上饮酒，则后果更严重。在饮食方面多加控制，再加上一些其他治疗手段，相信你的血糖就会慢慢调整到一个比较正常的水平。

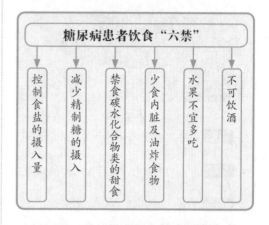

糖尿病患者饮食"六禁"

- 控制食盐的摄入量
- 减少精制糖的摄入
- 禁食碳水化合物类的甜食
- 少食内脏及油炸食物
- 水果不宜多吃
- 不可饮酒

—— ✕ **糖尿病本草食疗方** ✕ ——

葛根猪肝汤

功效 本品具有生津止渴、益气养血的功效，适合气阴两虚型糖尿病患者食用。

材料 葛根40克，猪肝250克，黄芪10克，盐、味精、葱花、胡椒粉、香油各适量

做法 ①将猪肝洗净，切成四方小块。
②锅中加水烧开，下入猪肝块氽去血水。
③将猪肉入砂锅，煮熟后再加入黄芪、葛根和盐、味精、葱花、香油，稍煮片刻，撒上胡椒粉即成。

◎酒精对机体代谢的影响是多方面的，对于糖尿病患者来说，饮酒的后果是十分严重的。

❖ 糖尿病本草食疗方 ❖

玉米粥

功效 此粥具有降血糖、补益气血、滋补脾肾的作用。

材料 玉米糁120克，红枣20克，党参15克，葱花适量

做法 ①红枣去核洗净；党参洗净，润透，切成小段。②锅置火上，注入清水后，放入玉米糁煮沸，下红大枣和党参。③煮至粥浓稠闻见香味时，放入葱花调味，待温即可食用。

玉竹西洋参茶

功效 本品具有降血糖、滋阴润肺、生津止渴的功效。

材料 玉竹10克，西洋参3克

做法 ①将玉竹和西洋参洗净。②再用沸水400克冲泡30分钟。③滤去渣，待温凉后饮用即可。

银耳枸杞汤

功效 此汤具有降低血糖、滋阴养颜、养肝明目的功效，适合于初期的阴虚内热型的糖尿病患者。

材料 干银耳30克，枸杞20克

做法 ①将银耳泡发后用清水冲洗干净备用；枸杞用清水冲洗干净后泡发备用。②再将泡软的银耳切成小朵备用。③锅洗净，置于火上，注入适量的水以中火烧开，然后下入银耳、枸杞煮开即可。

杏仁拌苦瓜

功效 本菜具有降血糖、清热润肺、提神健脑的功效。

材料 苦瓜250克，杏仁50克，枸杞10克，香油4克，鸡精、盐各适量

做法 ①苦瓜剖开，去瓤，洗净切成薄片，放入沸水中焯至断生，捞出，沥干水分，放入碗中。②杏仁用温水泡一下，撕去外皮，掰成两瓣，放入开水中烫熟；枸杞泡发洗净。③将香油、盐、鸡精与苦瓜搅拌均匀，撒上杏仁、枸杞即可。

血压高莫惊慌，神奇本草让高血压"低头"

① 健康自测：你的血压高吗

高血压是指收缩压和（或）舒张压持续升高，一般要在数周之内非同日两次测血压均增高，方可诊断为高血压。血压处于临界水平，则需3～6个月的时间来肯定测定值，如果血压明显升高或病人已有心、脑、肾等脏器并发症，观察时间可缩短。1999年2月，世界卫生组织规定，血压增高达到140／90毫米汞柱，方可诊断为高血压。血压在130～139／85～89毫米汞柱为血压的"正常高值"。

自测血压的方案目前并不统一，根据临床上高血压病人的情况，可采取下列方法：

①血压计的选择：可根据需要选购小巧、携带方便、操作简单、读数准确、使用方法容易掌握的血压计。

②自测血压的部位：最好在上臂肱动脉处。手腕部位因明显低于心脏水平，测量数据可能相对偏低；手指部位的动脉压力波形提前受到反射波叠加，测量数据相对偏高并且变异较大，因此在手腕和手指部位进行自测血压有待继续研究。

③测血压的体位：平卧或坐位，使上臂与心脏保持在同一水平。

④自测血压的方法：可根据病人的需要，血压平稳时每周测1～2次，血压波动时至少每天1～2次。最好是在晨起7：00～8：00和晚上7：00～8：00测量，每次测量3次取平均值记录。

⑤家庭用的血压计特别是电子血压计，读数可能会有偏差，建议以医院的水银柱血压计为标准调整。

对高血压患者来说，监测血压如同服降压药控制血压一样重要。监测血压是医生对病人制订降压治疗方案的重要依据，也是判断是否已将血压控制在理想目标值的标准，从而为预防心、脑、肾等器官损害及其并发症提供判断标准。

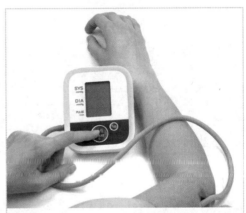

◎对高血压患者来说，监测血压如同服降压药控制血压一样重要。

② 四个注意，高血压患者的健康套餐

高血压是一种以血压持续升高为主的全身慢性疾病，与长期精神紧张、缺少体力活动、遗传等因素有关。患者除血压升高外，还伴有头痛、头昏、眼花等症状。饮食是控制高血压最有效、最治本的办法，高血压患者在饮食上应该注意以下几点。

1.无盐饮食

避免食用食品包装上含有"盐"、"苏打"、"钠"或带有"Na"标志的食品。

2.脂肪限量

限制脂肪，减少动物脂肪的摄取，并减少摄取含丰富胆固醇的食物，如蛋黄、肥肉、动物内脏、鱼子及带鱼等。应多摄入不饱和脂肪，常吃新鲜水果、蔬菜。

3.高镁

低镁也是高血压发病因素之一。多吃含镁的食物，如坚果、大豆、豌豆、谷物、海鲜、深绿色蔬菜和牛奶，也会降低血压。

4.饮食清淡

饮食清淡有利于降低血压。《本草纲目》记载，有利于自疗的食物有豆类、胡萝卜、芹菜、海带、紫菜、冬瓜、白木耳、食用菌、花生、芝麻、核桃、香蕉等。少食一些高脂肪、高胆固醇的食品，如蛋黄、奶油、猪肝、猪脑等。

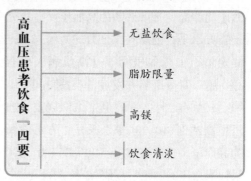

高血压患者饮食"四要"
- 无盐饮食
- 脂肪限量
- 高镁
- 饮食清淡

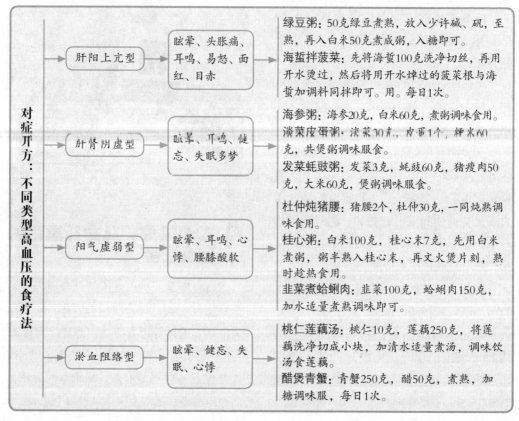

对症开方：不同类型高血压的食疗法

肝阳上亢型 → 眩晕、头胀痛、耳鸣、易怒、面红、目赤
- 绿豆粥：50克绿豆煮熟，放入少许碱、矾，至熟，再入白米50克煮成粥，入糖即可。
- 海蜇拌菠菜：先将海蜇100克洗净切丝，再用开水烫过，然后将用开水焯过的菠菜根与海蜇加调料同拌即可。用。每日1次。

肝肾阴虚型 → 呕晕、耳鸣、健忘、失眠多梦
- 海参粥：海参20克，白米60克，煮粥调味食用。
- 淡菜皮蛋粥：淡菜30克，皮蛋1个，粳米60克，共煲粥调味服食。
- 发菜蚝豉粥：发菜3克，蚝豉60克，猪瘦肉50克，大米60克，煲粥调味服食。

阳气虚弱型 → 眩晕、耳鸣、心悸、腰膝酸软
- 杜仲炖猪腰：猪腰2个，杜仲30克，一同炖熟调味食用。
- 桂心粥：白米100克，桂心末7克，先用白米煮粥，粥半熟入桂心末，再文火煲片刻，熟时趁热食用。
- 韭菜煮蛤蜊肉：韭菜100克，蛤蜊肉150克，加水适量煮熟调味即可。

淤血阻络型 → 眩晕、健忘、失眠、心悸
- 桃仁莲藕汤：桃仁10克，莲藕250克，将莲藕洗净切成小块，加清水适量煮汤，调味饮汤食莲藕。
- 醋煲青蟹：青蟹250克，醋50克，煮熟，加糖调味服，每日1次。

③ 用吃的办法把高血压拒之门外

高血压是多种发病因素综合影响的结果，主要与情绪激动、饮食变化、生活规律改变、肥胖、运动量减少等有关。其中膳食营养因素在高血压发病中起着重要作用，比如饮食中的动物脂肪、胆固醇含量较高，钠盐过多，钾、钙过少，蛋白质质量较差，饮酒过多等。尽管原发性高血压不能治愈，但它能通过饮食被有效控制。合理的饮食结构有助于保持血压平稳。合理的饮食原则是低盐、低脂饮食，适当吃些高纤维素，多吃水果、蔬菜和谷物。

许多人一到秋天就容易犯高血压的毛病，血压一高，就会头痛、头昏、失眠，吃许多降压药，都是当时管用，但药劲一过，血压又高了。

有一位高血压患者，在一位老中医的指点下，给自己制定了菜谱。血压竟然渐渐平稳，而且基本正常，头也不痛了，晚上睡觉也能睡得很好。那么，老中医到底给了他什么"法宝"呢？降压药都镇不住的血压，竟然被一些菜谱给稳稳地镇住了！下面就为您介绍一些堪称"法宝"的降压食疗法宝。

①山楂30～40克，粳米100克，砂糖10克。先将山楂入砂锅煎取浓汁，去渣，然后加入粳米、砂糖煮粥。可在两餐之间当点心服食，不宜空腹食，以7～10天为一疗程。此方有健脾胃、消食积、散淤血之功效，适用于高血压、冠心病、心绞痛、高脂血症。

②鲜芹菜500克，洗净，以沸开水烫约2分钟，切细捣烂，绞汁加蜂蜜适量服用，每次服1小杯，一日服2次。可使血压下降。

③桃仁10～15克，粳米50～100克。先将桃仁捣烂如泥，加水研汁去渣，同粳米煮为稀粥。每日1次，5～7天为一疗程。有活血通经、去痰止痛的功效，适用于高血压、冠心病、心绞痛等。

④芹菜红枣汤：鲜芹菜250克，红枣4个。芹菜洗净，切碎加红枣，水适量煮汤，分次引用。或芹菜30克，杭菊花12克，共煎汤，代茶饮。或者鲜芹菜250～500克，洗净榨汁，饮服。每日分次饮用。

⑤玉米须冰红茶：玉米须100克，冰糖适量。将玉米须加水适量煎，去渣，加冰糖，再煎片刻至冰糖溶解，代茶饮。每天1剂，连服数天。

【饮食禁忌】

医生经常嘱咐高血压病人要少吃肉，除了这一点，《本草纲目》还记载了一些关于高血压病人在饮食上的禁忌。

①控制能量的摄入，提倡吃复合糖类，如淀粉、玉米。少吃葡萄糖、果糖及蔗糖，这类糖属于单糖，易导致血脂升高。

②限制脂肪的摄入。烹调时，动物油改为植物油，内含的亚油酸对增加微血管的弹性，防止血管破裂很有好处。

③忌刺激性强的蔬菜，如辣椒、大蒜、姜等。

④禁油炸、油煎食物和烤食。

⑤忌食富含大量胆固醇的食物，如动物肝脏、肾脏、脑、鸡蛋、猪蹄等，高蛋白食品不宜多吃。

⑥肉汤、鸡汤会促进体内尿酸过量形成，从而加重心、肾、肝的负担。所以高血压患者忌用肉汤、鸡汤。

⑦减少含钠食物的摄入。酱菜、腐乳、咸蛋、腌制品、蛤贝类、虾米、皮蛋以及茼蒿菜、草头、空心菜等蔬菜含钠均较高，应尽量少吃或不吃。

⑧虽然饮酒对身体的利弊存在争议，有的说饮少量酒有益，有的说有害，但可以肯定的一点是，大量饮酒肯定有害，高浓度的酒精会导致动脉硬化，使病情加重。

高血压患者饮食「八禁」

- 控制能量食品的摄入
- 限制脂肪的摄入
- 忌吃刺激食物
- 禁油炸食物
- 忌食高胆固醇的食物
- 忌用肉汤、鸡汤
- 少吃含钠食物
- 忌大量饮酒

高血压本草食疗方

酸枣玉竹糯米粥

功效 此粥具有清心降火、生津益胃、滋阴潜阳、安神助眠等功效。

材料 酸枣仁、玉竹、灯心草各15克，糯米100克，盐2克

做法 ①糯米洗净，浸泡半小时后，捞出沥干水分备用；酸枣仁洗净；玉竹、灯心草均洗净，切段。②锅置火上，倒入清水，放入糯米，以大火煮开。③加入酸枣仁、玉竹、灯心草同煮片刻，再以小火煮至浓稠状，调入盐拌匀即可。

玉米须荷叶粥

功效 此粥有清热利水、清肝明目、润肠通便、降压降糖的作用。

材料 玉米须、荷叶各10克，决明子20克，大米100克，盐1克，葱5克

做法 ①大米洗净置冷水中泡发半小时后捞出沥干水分备用；玉米须洗净，稍浸泡后，捞出沥干水分；决明子、荷叶洗净；葱洗净，切圈。②锅置火上，先下入决明子、荷叶和玉米须，加适量水煎汁，去渣留汁。③再放入大米煮至米粒开花、浓稠，调入盐拌匀，撒上葱即可。

对付冠心病，《本草纲目》食疗最有效

❶ 健康自测：冠心病在你身上发生的几率

冠心病是由于心脏的冠状动脉发生粥样硬化，造成动脉管腔狭窄或阻塞，导致心肌缺血缺氧而引起的心脏病。

冠心病一般比较青睐中老年人，因此，处于这个年龄段的人要特别小心。如果日常生活中出现下列症状，那么就应该及时就医，以免耽误病情。

①劳累或精神紧张时出现胸骨后或心前区闷痛，或紧缩样疼痛，并向左肩、左上臂放射，持续3～5分钟，休息后可以自行缓解。

②体力活动时出现胸闷、心悸、气短，休息时自行缓解。

③出现与运动有关的头痛、牙痛、肩痛等。

④饱餐、寒冷或看惊险影片时出现胸痛、心悸。

⑤夜晚睡眠枕头低时，感到胸闷憋气，需要高枕卧位方感舒适；熟睡或白天平卧时突然胸痛、心悸、呼吸困难，需立即坐起或站立方能缓解。

⑥性生活或用力排便时出现心慌、胸闷、气急或胸痛不适。

⑦听到周围的锣鼓声或其他噪声便出现心慌、胸闷。

⑧反复出现脉搏不齐、不明原因心跳过速或过缓。

❷ 冠心病患者的饮食妙方

在冠心病患者中，我们常常发现许多人过于肥胖，这些人在饮食上要注意减少热能的摄入，或者通过运动等增加能量的消耗，注意控制体重。

建议冠心病患者应该少吃含脂肪高的食物，通常每天的脂肪摄入量应占总热能的30%以下。胆固醇也要少吃，河鱼或海鱼含胆固醇都较低，如青鱼、草鱼、鲤鱼、黄鱼、鲳鱼等。牛奶和鸡蛋中所含胆固醇量较多，但少量食用，对冠心病患者影响不大，因此不必禁用牛奶和鸡蛋。

肥胖或高脂血症的患者应选用多糖类，如食物纤维、谷固醇、果胶等，可降低胆固醇。肥胖者应限制主食，可多吃些粗粮、蔬菜、水果等含食物纤维高的食物，对防治高脂血症、冠心病等均有益。

黄豆及其制品是冠心病患者的"朋友"，有利于胆酸排出；大豆蛋白有降低

◎黄豆所含的大豆蛋白有降低胆固醇和预防动脉粥样硬化的作用。

胆固醇和预防动脉粥样硬化的作用。因此冠心病患者要多和这个"朋友"保持密切联系。

矿物质和维生素也是冠心病患者必不可少的。多食用新鲜绿叶蔬菜，特别是深色蔬菜富含胡萝卜素和维生素C。水果含维生素C丰富，并含有大量果胶。山楂富含维生素C和胡萝卜素，具有显著扩张冠状动脉和镇静作用。海带、紫菜、发菜、黑木耳等富含蛋氨酸、钾、镁、钙、碘，均有利于冠心病的治疗。另外，蔬菜含大量纤维素，可减少胆固醇的吸收。

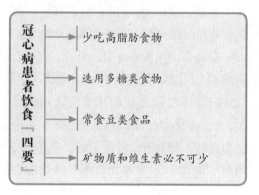

❸ 做冠心病父母的保健大厨

现在冠心病的队伍每年都在壮大。这种看似凶猛的疾病，其实只要平时在饮食上多加注意就能起到一定的预防作用。可是有些人，非得等到得了病才想起来要注意饮食，这就是现在大多数人健康观念的误区。

那么，应该怎样从饮食上保养自己呢？下面是一些防治冠心病的食疗方。

①红山楂5个，去核切碎，用蜂蜜1匙调匀，加在玉米面粥中服食。每日服1~2次。

②鲜鱼腥草根茎，每次用3~6厘米长的根茎放口中生嚼，一日2~3次。对缓解心绞痛、治疗冠心病很有帮助。

③黑芝麻60克，桑葚60克，白糖10克，大米30克。将黑芝麻、桑葚、大米洗净，同放入罐中捣烂。砂锅内放清水3碗，煮沸后加入白糖，待糖溶、水再沸后，徐徐加入捣烂的三味，煮成糊状后即可食用。

④芹菜根5个，红枣10个，水煎服，食枣饮汤。每日2次。

⑤水发海带25克，与粳米同煮粥，加盐、味精、麻油适量，调味服食。每日早晚服食。

⑥将鲜葛根切片磨碎，加水搅拌，沉淀取粉。以葛根粉30克、粳米100克煮粥，每日早晚服食。

⑦玉米粉50克用冷水调和，煮成玉米粥，粥成后加入蜂蜜1匙服食。每日2次。

⑧荷叶、山楂叶各适量，水煎或开水冲泡，代茶随饮或每日3次。

⑨菊花、生山楂各15~20克，水煎或开水冲浸。每日1剂，代茶饮用。

⑩柠檬1个，切成片，用蜂蜜3匙浸透，每次5片，加入玉米面粥内服食。每日服2次。

此外，金钱草、泽泻、丹参等食物对治疗小儿厌食症也有良好的效果。

除了利用以上食疗偏方，糖尿病患者要想从饮食上保养自己，还要注意以下饮食禁忌。

【饮食禁忌】

①吃水果和蔬菜虽好，但要维持营养平衡。

②减少盐的摄食量。摄食盐量低可以降低血压，并且能够减少患冠状动脉病的危险。

③忌食含高脂肪的食物，如肥猪肉、肥羊肉等；忌食含高胆固醇的食物，如猪皮、猪肝、脑髓、鱼子、蟹黄、全脂奶油、腊肠等；忌食含高热能及高碳水化合物的食物，如冰淇淋、巧克力、蔗糖、油酥甜点心、蜂蜜、各种水果糖等。

④忌辛辣刺激之物，如辣椒、芥末、胡椒、咖喱、咖啡等。

⑤不要吃不易消化的食物。

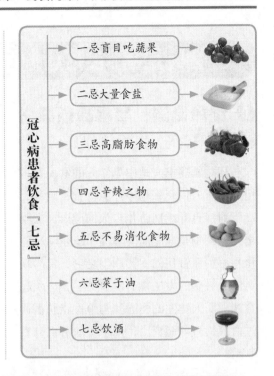

冠心病患者饮食「七忌」

一忌盲目吃蔬果

二忌大量食盐

三忌高脂肪食物

四忌辛辣之物

五忌不易消化食物

六忌菜子油

七忌饮酒

冠心病本草食疗方

金钱草泽泻茶

功效 金钱草、泽泻都具有促进胆汁排泄、利湿退黄的功效，此外还能清热、利尿、镇咳、消肿、解毒，非常适合冠心病等患者饮用。

材料 金钱草、泽泻各10克，蜂蜜适量

做法 ①将金钱草、泽泻用清水冲洗干净，备用。②锅洗净，置于火上，加入清水适量，放入金钱草、泽泻，以大火煮开。③倒出药茶待稍凉后加入适量的蜂蜜调匀即可饮用。

丹参红花酒

功效 本品具有活血化淤、镇静止痛的功效，适合心血淤阻型冠心病者食用。

材料 丹参30克，红花20克，鸡血藤20克，白酒800毫升

做法 ①将丹参、红花、鸡血藤洗净，泡入白酒中。②约7天后即可服用。③每次20毫升左右，饭前服，酌量饮用。

会吃是福，食疗让你远离高脂血症

① 健康自测：简易自查高脂血症

高脂血症本来是中老年人的常见病，但是由于人们越来越不注意饮食，因此，高脂血症也开始威胁年轻人的健康。血脂增高，特别是血胆固醇增高，既是动脉硬化性心脑血管病的主要原因之一，又与缺血性心脏病的发生率有明显关系，应引起重视。而人体内的胆固醇与中性脂肪需通过血液检查才能查出，以下方法可供自我判断。

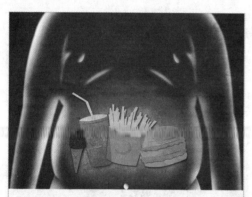

◎由于人们对高能量食物的偏好，高脂血症已成为一种高发病，也开始威胁年轻人的健康。

①胆固醇过高时，皮肤上会鼓起黄色小斑块，多长在眼皮、胳膊肘、大腿、脚后跟等部位。

②中性脂肪过高时，皮肤内会出现许多小指头大小的柔软小痘状物，皮色正常，主要长在背、胸、腕、臂等部位，不痛不痒。

③手指交叉处如果变成黄色，表示体内的胆固醇和中性脂肪都过高。

④肥胖者胆固醇积于肝脏内会引起肝肿大，在深呼吸时可触到肝脏下缘。

⑤睑黄疣是中年妇女血脂增高的信号。睑黄疣为淡黄色小皮疹，多发生在眼睑上。初起如米粒大，微微高出皮肤，与正常皮肤截然分开，边界不规则，甚至可布满整个眼睑。

② 高脂血症患者也要大胆地吃

在《本草纲目》中，虽然李时珍也记载了饮食的注意事项，但他从来没有要求哪种疾病的患者这不能吃，那不能吃。而现代人，尤其是高脂血症的患者，往往被医生告知，不能吃的东西多，能吃的东西少，因此经常为吃而"提心吊胆"，生怕吃得不合适，"铸成健康大错"。其实高脂血症患者大可不必如此紧张，看了本节，你就可以放心大胆地想吃就吃了。高脂血症是指血浆脂质的一种或多种成分的浓度高于正常。一般成人的血脂正常值是：胆固醇不超过250毫升，甘油三酯不超过150毫克。

合理的饮食是治疗高脂血症的有效和必要措施。目前使用的降脂药物均有一定的副作用，所以，只有在饮食治疗无效时，才考虑药物治疗。若是单纯高胆固醇，则应限制胆固醇的摄入，每天摄入胆固醇应低于200毫克。一个鸡蛋中

◎一个鸡蛋中含胆固醇约250～300毫克，对于高脂血症患者来说，应控制食用。

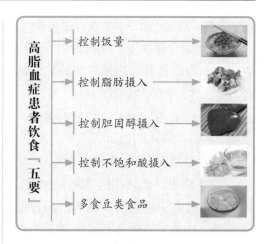

含胆固醇约250～300毫克，故应控制食用。动物油的摄入也应减少。若是单纯高甘油三酯，则应限制食物的总量，尤其是要限制糖类食物的摄入，并适当限制动物脂肪和胆固醇的摄入。如果胆固醇与甘油三酯一并增高，则应将以上的原则结合起来考虑。

那么，高脂血症患者在饮食上应该注意哪几点呢？

①控制饭量。过量的碳水化合物会转化为脂肪，所以每餐的主食应定量。

②控制脂肪的摄入量。少吃高脂肪食物，如动物油、肉类等。

③控制胆固醇的摄入量。少食动物肝脏、蟹黄、鱼子等。

④增加不饱和脂肪酸的摄入。多吃富含不饱和脂肪酸的食物是有好处的，因为它有降低胆固醇的作用。各种植物油、深海鱼油等都含有不饱和脂肪酸。

⑤多食豆类食物。多吃含纤维素、维生素的食物，如粗粮、大蒜、芹菜、粗燕麦、苹果、洋葱、茄子、海带、香菇、山楂等食品。可以促进胆固醇的排泄，降低血脂，有预防动脉硬化的作用。

❸ 用食物拦住血脂的上升趋势

高血脂一般发生在老年人身上，由于老人肝脏分解代谢减慢，分解脂肪的脂酶活性减弱，易造成脂肪堆积，使血脂在动脉壁上沉着，造成动脉硬化，高血脂。但高血脂患者也不必什么都不敢吃，一些特殊的食物对高脂血症的防治特别有效，如山楂李时珍认为，山楂能"化饮食，消肉积"，可用于治疗肉类脂肪过多所致疾患。现代研究证明，山楂还可以扩张血管、降血压、强心、抗心律不齐等。因此，中医常用山楂来治疗高脂血症、动脉粥样硬化、冠心病等，以下我们会介绍一些和山楂有关的食疗方，另外要在日常生活中防治高血脂，还要牢记一些特别的食物禁忌。

【饮食禁忌】

（1）忌食含脂肪高的食物。如肥猪肉、肥羊肉、肥鸡、肥鸭、肥鹅；忌食含胆固醇高的食物，如猪皮、猪蹄、带皮蹄膀、肝脏、脑髓、鱼子、蟹黄、蛋黄等。

（2）忌食精制糖，如白砂糖、绵白糖、冰糖等。食糖宜选用含灰分高的红糖、糖蜜、玉米糖、蜂蜜等。

（3）忌食富含油脂类成分的黄油、奶油、乳酪等添加类食品。

（4）忌暴饮暴食，食物宜清淡。

（5）忌酒。饮酒可能使血中的高密度脂蛋白升高，加强防治高胆固醇血症的作用。饮葡萄酒较合适，但必须严格限制摄入量，如有高血压、糖尿病与肝胆疾病等则宜戒酒。饮酒对甘油三酯升高者不利，酒精除供给较高的热量外，

还使甘油三酯在体内合成增加。因此，权衡利弊，对防治心血管病而言，专家们多主张限酒或戒酒。

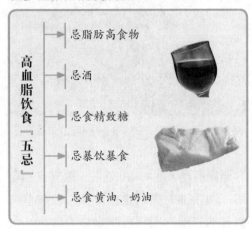

高血脂饮食『五忌』

- → 忌脂肪高食物
- → 忌酒
- → 忌食精致糖
- → 忌暴饮暴食
- → 忌食黄油、奶油

❈ 高血脂本草食疗方 ❈

黄豆烧豆腐

功效 此菜能补中益气，清热化湿。

材料 豆腐500克，黄豆100克，精盐、味精、葱花、生姜末、鲜汤、湿淀粉、麻油、植物油各适量

做法 ①黄豆洗净汆一下 。②起油锅，下豆腐块煎至两面金黄时出锅。③将葱、生姜煸香，加入精盐、鲜汤烧沸，下豆腐、黄豆，烧至入味，用湿淀粉勾芡，加味精，淋上麻油，出锅装盘即成。

山楂苹果羹

功效 本品能健胃消食、通便降脂。苹果中富含果胶，能与胆汁酸结合，吸收人体内多余的胆固醇和甘油三酯。

材料 大米100克，苹果50克，山楂干20克，冰糖5克，葱花少许

做法 ①大米淘洗干净，用清水浸泡；苹果洗净切小块；山楂干用温水稍泡后洗净。②锅置火上，放入大米，加适量清水煮至八成熟。③再放入苹果、山楂干煮至米烂，放入冰糖熬融后调匀，撒上葱花便可。

❤ 本草食物对痛风的绝地反击

① 健康自测：你是否会成为痛风的下一个目标

大多数疾病在爆发之前都会向身体发出警告，如果你能了解并注意到这些征兆，就能尽早地采取措施，把它消灭。想知道自己是否患有痛风的危险，那么赶紧来做下面这道健康测试题吧！凡是有下列情况中任何一项的人，都应该去医院检查，以便及早发现痛风。不要等到出现典型的临床症状才想起来去医院，即便首次检查尿酸正常，也不能轻易排除痛风及高尿酸血症的可能。

①肥胖的中年男性及绝经期后的中年女性。

②高血压、动脉硬化、冠心病、脑血管病患者。

③糖尿病人（主要是2型糖尿病）患者。

④原因未定的关节炎，尤其是中年以上的患者，以单关节炎发作为主要特征。

⑤肾结石，尤其是多发性肾结石及双侧肾结石患者。

⑥有痛风家族史的人。

⑦长期嗜食肉类并有饮酒习惯的中年人。

② 用饮食做健康盾牌，痛风不敢来

俗话说："兵来将挡，水来土掩。"那么，痛风来了，我们用什么来做健康的盾牌呢？当然是饮食。下面就看看药王李时珍是怎样遏制痛风的。

（1）多吃高钾质食物，例如香蕉、西蓝花、西芹等。钾质可减少尿酸沉淀，有助将尿酸排出体外。中医学认为，固肾的食物有助排泄尿酸，平日可按"六味地黄"（熟地、山茱萸、山药、泽泻、丹皮、茯苓）配方煎水饮用，以收滋阴补肾功效。

（2）多吃行气活血、舒筋活络的食物。例如可用桑寄生（一人分量为15克）煲糖水，不要放鸡蛋，可加莲子。

（3）常喝白茅根饮。鲜竹叶、白茅根各10克。鲜竹叶和白茅根洗净后，放入保温杯中以沸水冲泡30分钟，代茶饮，有利尿功效。

（4）常喝玉米须饮。鲜玉米须100克，加水适量，煎煮1小时滤出药汁，小火

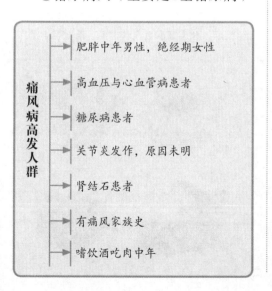

痛风病高发人群
→ 肥胖中年男性，绝经期女性
→ 高血压与心血管病患者
→ 糖尿病患者
→ 关节炎发作，原因未明
→ 肾结石患者
→ 有痛风家族史
→ 嗜饮酒吃肉中年

浓缩至100毫升，停火待冷，加白糖搅拌吸尽药汁，冷却后晒干压粉装瓶。每日3次，每日10克，用开水冲服，具有利尿作用。

（5）苹果醋加蜜糖。苹果醋的酸性成分具杀菌功效，有助排除关节、血管及器官的毒素。经常饮用，能调节血压、通血管、降胆固醇，亦有助于治疗关节炎及痛风症。饭后可将1匙苹果醋及1匙蜜糖加入半杯温水内，调匀饮用。

❸ 痛风患者的饮食禁忌

痛风患者都知道日常饮食少吃荤，多吃素，于是许多病人就单纯地理解为：少吃肉，多吃菜。但实际上，许多蔬菜对痛风病人来讲也不宜多吃，比如高嘌呤食物。豆苗、黄豆芽、绿豆芽、菜花、香菇，这几种蔬菜中每100克含嘌呤高达150～500毫克，属于高嘌呤食物，其嘌呤

的含量与带鱼、鸡汤、肉汤、鸭汤、乌鱼、动物肝、肾等相仿，而高于虾、蟹、鸡肉、猪肉、牛羊肉、豆类和豆制品等。

痛风病人通常本着不吃荤，多吃素的原则，没想到恰恰把大量的嘌呤吃进体内，其后果就是加大痛风发作的风险。那么，痛风病人到底应该怎么吃呢？下面列出了各种食物的嘌呤含量，以供参考。

低嘌呤食物（每100克食物含嘌呤＜25毫克）；

中等嘌呤食物（每100克食物含嘌呤25～150毫克）；

高嘌呤食物（每100克食物含嘌呤150～1000毫克）。

说明：这只是个原则估计，在临床实践中需按实际情况进行必要的调整。含少量嘌呤食物，病人可随意选食，不必严格控制。

痛风患者饮食原则

随意选食低嘌呤食物：
主食、米麦面制品、黄油、牛奶、蛋类鸡饼、鹅、鹅血等。
大部分的蔬菜、水果。
植物油、瓜子、黄油、奶油、杏仁；矿泉水、苏打水、可乐、汽水、茶、果汁、咖啡等饮料。

适量食用中等嘌呤食物：
豆制品、干豆类、豆苗、豆芽。
家禽、家畜肉。
菠菜、笋、豆类、海带、花菜、蘑菇。
花生、腰果、芝麻等。

禁食高嘌呤食物：
豆类及香菇、扁豆、紫菜。
鱼虾、贝壳、海参。
酵母粉、各类酒。
草鱼、鲤鱼等水产品。

❤ 抗击癌症，创造奇迹的本草食疗方

① 健康自测：早期肿瘤早发现

掌握一些预防癌症的基本知识能帮助你很好地预防癌症的发生。很多人生活方式很不健康或者存在很大的隐患而不自知。为了健康，审视一下你的生活方式和习惯，看看你生活中存不存在癌症的诱因，尽量把癌症消灭在无形中。

自我检查对尽早发现肿瘤非常重要。检查可定期在每月的某天于沐浴后进行。地方只需光线充足，较为清静，不受外界骚扰便可，如设有一面大镜子则更理想。检查很简单，无须特别仪器，只需以手和眼触摸和观察所检查的部位是否正常。倘若细心行事，便可能发现一些不易看见的病症。

①皮肤检查：进行皮肤检查，必须仔细观察身体上下（从头到脚）、前后每一部位，包括胸部、腹部、背部、臀部和四肢，以及乳房下方皱褶之处、下巴、毛发、指甲床等。留意这些部位是否正常，有没有出现任何变化。例如，痣、粉刺或疤痕的面积、颜色与表面有没有改变，皮肤上的溃疡是否经久不愈，是否感到刺痛、麻木、反应迟钝。把所有发现一一记录下来，然后在每次检查后比较不寻常之处有没有变大、变色或出现其他变化。

②脸部检查：观察脸庞是否左右对称、是否水肿，脸上的痣有没有增加或改变。

③眼部检查：观察眼球是否发黄、发红，眼睑是否苍白无力，眼角有没有不正常的现象。

④鼻子检查：用食指将鼻尖轻往上推，观察鼻孔内部是否有变化，再用手指轻摸鼻子外部，看看是否有肿胀或不正常的现象。

⑤耳朵检查：分别用左右手的拇指、食指和中指，轻捏整个耳朵凹陷的部分，留意是否有硬块或疼痛感觉。

⑥口腔检查：观察嘴唇的颜色、张合幅度和形状是否正常，触摸嘴唇和嘴角，看看是否有硬块。把口张开，观察两颊内部黏膜及牙龈部分（特别是假牙附近）有没有出现红肿、破损、斑点或裂痕，以及变硬或变厚等，还需留意有没有白色的斑痕。若咽喉部分感到异常，必须留意声音是否沙哑，进食时是否感到疼痛或难以吞咽。留意舌头伸缩运转是否灵活，有没有偏位、震颤、不对称的现象，活动是否自如。舌头的颜色和表面、舌尖及舌边是否有变化。再将舌尖向上卷缩，看舌腹的静脉是否曲张、发肿或长出任何白色的东西。

⑦颈部检查：主要是有系统地触摸所有头颈部的淋巴结，前面的包括耳前、颏下、扁桃体、锁骨等，后面包括耳后、枕骨、浅颈部等。以食指及中指轻压每一淋巴组织，留意其上皮肤的移动状况，并察觉淋巴结的大小、形状和

轮廓，如发现有异常之处，便须加倍留意是否有单侧的鼻塞、流鼻血或耳塞等情况。

⑧甲状腺检查：头向后仰，以拇指轻压颈部，留意甲状腺的大小、坚实度、移动性，以及皮肤的颜色是否有改变。

⑨乳房检查：女性的乳房检查应在每次月经过后一周内进行，停经者则应自行选定一天，每月定期进行。如家族中曾有患乳癌者，检查时更应仔细留心。男性也有机会患上乳癌，只是其比例远低于女性。站在或坐在镜前，双肩自然垂下，细看两侧乳房是否大小、高低不一，形状有异；乳房皮肤是否皱缩或是凹陷；乳头表皮是否有变。轻压乳头时有没有分泌物流出。然后高举双臂，再做同样的检查。上身向前弯曲30°～40°，看乳头是否缩陷或乳房轮廓有没有变化。身体仰卧，把浴巾或小枕头垫于左肩下，左臂枕于颈下，右手五指并拢，由外至内顺序按压整个左乳房，留意是否有硬块或厚感。还要特别注意左乳外侧上方及腋下的淋巴结是否有异样。然后再以同样方法检查右乳。

◎自我检查对早期发现肿瘤非常重要，检查其实很简单，只需触摸和观察所检查的部位是否正常。

⑩腹部检查：先观察腹部的外形、皮纹、颜色、血管及毛发有没有异样。肚脐有没有变色或流出分泌物。身体平躺，两膝屈曲，放松腹部，双手五指并拢，轻轻压摸整个腹部，检查是否有硬块或感到疼痛。

⑪阴部检查：轻按睾丸及阴茎，检查是否有硬块或其他异样，并观察龟头部分是否异常。检查睾丸时，可以食指及中指按一边，另以大拇指按着另一边，然后轻轻转动睾丸，轻按每一细微之处，仔细留意是否有某部分凸起，或睾丸是否变大。

⑫分泌物检查：如有咳痰，应注意其颜色、浓度、气味，以及察看是否有血丝。小便的尿径、流速、尿量、颜色是否有变。大便的粗硬度、干稀度是否正常，是否显示食物完全消化，并要特别注意粪便的颜色。例如，是否色黑而亮、带有咖啡色或红色的血丝及血块等。

❷ 警惕癌变的信号

其实许多疾病发病前都有预兆，癌症也如此。警惕癌前病变能帮助你更早地发现癌症，从而为自己赢得宝贵的治疗时间。

①吞咽食物时有哽噎感、疼痛、胸骨后闷胀不适、食管内有异物感或上腹部疼痛，是食管癌的首发信号。

②上腹部疼痛。平时一向很好，逐渐发现胃部（相当于上腹部）不适或有疼痛，服止痛、止酸药物不能缓解，持续消

化不好，此时应警惕胃癌的发生。

③刺激性咳嗽。且久咳不愈或血痰。肺癌多生长在支气管壁。由于癌细胞的生长，破坏了正常组织结构，强烈刺激支气管，引起咳嗽。经抗生素、止咳药不能很好缓解，且逐渐加重，偶有血痰和胸痛发生。此种咳嗽常被认为是肺癌的早期信号。

④乳房肿块。正常女性乳房质地柔软。如果触摸到肿块，且年龄是40岁以上的女性，应考虑有乳腺癌的可能。

⑤阴道异常出血。正常妇女的月经每月一次，平时不会出现阴道出血。如在性交后出血，可能是患宫颈癌的信号。性交后出血一般量不多，如果能引起注意，有可能发现早期宫颈癌。

⑥鼻涕带血。鼻涕带血主要表现为鼻涕中带有少量的血丝，特别是晨起鼻涕带血，往往是鼻咽癌的重要信号。鼻咽癌除鼻涕带血外，还常有鼻塞，这是由于鼻咽癌症块压迫所致。如果癌症压迫耳咽管，还会出现耳鸣。所以，鼻涕带血、鼻塞、耳鸣、头痛特别是一侧性偏头痛，均是鼻咽癌发生的危险信号。

⑦腹痛、下坠、便血。凡是30岁以上的人出现腹部不适、隐痛、腹胀，大便习惯发生改变，有下坠感且大便带血，继而出现贫血、乏力、腹部摸到肿块，应考虑大肠癌的可能。其中沿结肠部位呈局限性、间歇性隐痛是大肠癌的第一个报警信号。下坠感明显伴有大便带血，则常是直肠癌的信号。

⑧右肋下痛。右肋下痛常被称为肝区痛，此部位痛常见于肝炎、胆囊炎、肝硬化、肝癌等。肝癌起病隐匿，发展迅速，有些患者右肋下痛持续几个月后才被确诊为肝癌。所以右肋下疼应视肝癌的信号。

⑨头痛、呕吐。头痛等多发生在早晨或晚上，常以前额、后枕部及两侧明显。呕吐与进食无关，往往随头痛的加剧而出现。头痛、呕吐是脑瘤的常见临床症状，应视为颅内肿瘤的危险信号。

⑩长期不明原因的发热。造血系统的癌症，如恶性淋巴瘤、白血病等，常有发热现象。恶性淋巴瘤临床表现为无痛进行性淋巴结肿大，同时，病人可出现发热、消瘦、贫血等症状。因此，长期原因不明地发热应疑是造血系统恶性肿瘤的信号。

癌症发作的预兆

→ 吞咽疼痛，肋骨不适——食道癌前兆

→ 上腹疼痛，持续不消——胃癌前兆

→ 刺激性咳嗽，有血痰——肺癌前兆

→ 鼻涕带血、头痛、耳鸣——鼻咽癌前兆

→ 腹痛、下坠、便血——直肠癌前兆

→ 右肋下痛，病情急转直下——肝癌前兆

→ 头痛、呕吐，不断加剧——颅内肿瘤前兆

→ 长期不明原因的发热——造血系统肿瘤前兆

❸ 十二种癌症打招呼的方式

当癌症来临的时候，它会以其方式打招呼。现在我们就来看看常见的十二种癌症是以什么形式登场的。如出现以下症状，应立刻求医，以便及早发现病症，尽早接受治疗。

①鼻咽癌：耳鸣、耳塞、重听、鼻塞、偏头痛、流鼻水、鼻涕带血。

②肺癌：原因不明的久咳、痰带血丝或血块。

③口腔癌：口腔出现原因不明的肿块、白斑、溃疡、流血或感觉麻痹。

④喉癌：声音沙哑，长期不愈。

⑤食道癌：消化不良或吞咽有困难。

⑥胃癌：胃部不适，食欲减退，对食物之喜好有变。

⑦大肠癌：大便习惯改变，有时泄泻或便秘，便中带血，或排出黑色粪便。

⑧肝癌：上腹疼痛、全身虚弱、腹部积水、肝肿大发硬、黄疸。

⑨泌尿癌：频尿量少、腹痛、尿中带血、尿径小、排尿困难。

⑩子宫颈癌：阴道有不正常出血或分泌物、有恶臭。

⑪乳癌：乳房出现肿瘤或硬块。

⑫皮肤癌：皮肤溃烂，长久不愈，痣的大小和颜色有变化。

❹ 食疗是对抗癌症最有力的武器

许多癌症都能被治愈，从饮食上、心理上正确调整，有益于病人的康复。

李时珍生活在明代，当然没见过现代人五花八门的癌症，更不用说放疗、化疗等治疗手段。但是不管遇到什么疾病，中医所强调的固本扶正都是最根本的手段，李时珍也强调了这一点。正确地运用食疗，不仅能为身体提供所必需的营养，而且还能遏制癌细胞生长，给生命带来希望。

医学研究证明，合理调配饮食可以改善病人营养状况，使其更好地接受手术治疗或化学、放射治疗，延长其生命，直至康复。

1.饮食以病人喜好为原则

俗话说，"食无定味，适口者珍"。中医认为，胃以喜为补。所以饮食不应过分限制。这也忌口，那也不能吃，会使病人无所适从，食性索然，从而使营养摄取受到影响，对病人康复有害无益。但饮食的一些基本禁忌原则还是要遵循的，例如水肿少盐，糖尿病少糖等。

2.定时定量，少食多餐

癌症病人普遍食欲不佳，所以饮食应注意增加食品花样，保证色、香、味俱全，清淡可口，这样有利于提高食欲。定时定量，少食多餐，食物易于消化，有利于胃肠道功能恢复。部分病人味觉异常，食欲很差，可进食少量的腐乳、辣酱之类以增强食欲，也可适当服些健脾胃的中药和助消化药。

3.宜高蛋白低脂肪饮食

注意增加鸡、鱼、蛋、奶、瘦肉、豆制品等优质蛋白的摄入。蛋白质种类的多样化，能充分发挥互补作用，提高营养价值。

4.多食新鲜蔬菜和水果

许多新鲜的水果和蔬菜不仅含有丰富的维生素、纤维素、微量元素，也有一定抗癌作用。例如，白菜、菠菜、香菜、花菜、韭菜、芦笋、蘑菇、香菇、银耳、木耳、柑橘、草莓、西红柿、海参、紫菜、芹菜、薏苡仁、山楂、苹果、大枣、甘薯、无花果、猕猴桃、菠萝、蜂蜜等。

◎新鲜的蔬菜不仅含有丰富的维生素、纤维素、微量元素，也有一定抗癌作用。

5.尽量减少糖类食品的摄入

研究表明，癌细胞的能量主要来源于糖，癌细胞对糖的摄取能力是正常细胞的10～20倍。大量食用糖类食品，无疑会加速癌细胞的生长，促进病情发展，所以应减少糖类摄入。但不是禁用，因为糖也是人体所必需的营养物质。

6.食物不宜过分精细

精米、精面系精加工食品，所含维生素损失严重且纤维含量低，对健康不利。玉米、小米、豆类可补其不足。粗细混食，平衡益人。病人饮食也不宜过分追求奇、稀、贵、缺之物。

7.采用科学的烹饪方法

病人饮食的烹饪方法以蒸、煮、烩、炒、汤为主。调味应低盐清淡。不食霉变食物。热证忌姜、葱、蒜、辣椒等热性刺激性食物，寒证忌寒凉冰冻食物。对于证性不明者，安全可靠的办法是大寒大热的食品不食，或以食之舒适为宜。

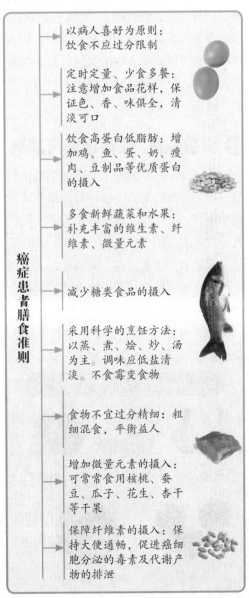

癌症患者膳食准则

- 以病人喜好为原则：饮食不应过分限制
- 定时定量、少食多餐：注意增加食品花样，保证色、香、味俱全，清淡可口
- 饮食高蛋白低脂肪：增加鸡、鱼、蛋、奶、瘦肉、豆制品等优质蛋白的摄入
- 多食新鲜蔬菜和水果：补充丰富的维生素、纤维素、微量元素
- 减少糖类食品的摄入
- 采用科学的烹饪方法：以蒸、煮、烩、炒、汤为主。调味应低盐清淡。不食霉变食物
- 食物不宜过分精细：粗细混食，平衡益人
- 增加微量元素的摄入：可常常食用核桃、蚕豆、瓜子、花生、杏干等干果
- 保障纤维素的摄入：保持大便通畅，促进癌细胞分泌的毒素及代谢产物的排泄

8.增加微量元素的摄入

可食一些干果类，例如核桃、蚕豆、瓜子、花生、杏干等。因为其中含有多种微量元素，对抗癌有益。

9.保障纤维素的摄入

纤维素虽无直接营养价值，但对维护人体健康是不可缺少的。食物丰富的纤维素，能够保持大便通畅，可增加癌细胞分泌的毒素及代谢产物的排泄。所以，病人应增加富含纤维素食物的摄入，每天应有一次大便。便秘者可进食花生、核桃、芝麻、蜂蜜之类食品。

❺ 少食多餐，让胃癌渐行渐远

胃癌是源自胃黏膜上皮细胞的恶性肿瘤，占胃恶性肿瘤的95%。胃癌在我国发病率很高，死亡率占恶性肿瘤的第一位。胃癌产生原因主要是饮水及粮食中硝酸盐、亚硝酸盐含量偏高，而两者在人体胃中可能与胺类结合，形成亚硝胺这种很强的致癌物质。

预防胃癌，平时饮食要注意多吃大蒜、洋葱、菌菇类、西红柿、花椰菜，这

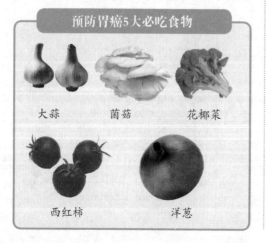

预防胃癌5大必吃食物

大蒜　　　菌菇　　　花椰菜

西红柿　　　　洋葱

5类食物有明显的抗癌功效。

《本草纲目》建议胃癌患者忌暴饮暴食，保持清淡的饮食原则。饮食定时定量，可少食多餐，多吃新鲜水果和蔬菜。增加维生素C、维生素E和硒的摄入，以减少亚硝胺的产生。保护胃黏膜，避免高钠、过硬、过烫饮食。保持能量平衡，蛋白质、脂肪和糖类比例合适，蛋白质摄入要量足质优。胃癌已进入晚期而不能手术者，饮食以使患者感到舒适可口为度。

胃癌患者饮食原则

- → 忌暴饮暴食、宜清淡饮食
- → 饮食定时定量，少食多餐
- → 多食蔬果，增加维生素C含量
- → 忌高钠、过硬、过烫饮食
- → 保持能量平衡，摄入足量蛋白质
- → 晚期患者宜食舒适可口食物

【忌吃食物】

①少吃熏烤、腌制食品，这些食物大多含有苯并芘等强致癌物质。

②忌吃霉变食物，霉菌污染严重的食品容易致癌。

③忌酒，酗酒可损伤胃黏膜，引起慢性胃炎。酒精可促进致癌物质的吸收，损害和减弱肝的解毒功能。

肥胖是祸不是福——胖人的饮食智慧

① 肥胖并发症：肥胖背后的 "黑暗军团"

如果单独只是肥胖的危害，并不足以让人心惊胆战，它的可怕之处在于随之而来的种种并发症状，如2型糖尿病、冠心病、高血压、关节炎、胆囊炎及多种癌症。肥胖还会引起高血脂、障碍性睡眠窒息、呼吸困难、日常行为不便和心理疾病等众多问题。全球每年有300多万人死于与肥胖有关的2型糖尿病。目前患病人数已超过感染艾滋病毒的人数，且日益攀升。

◎肥胖会诱发多种并发症，这也是肥胖会让人胆战心惊的地方。

1.肥胖性心肺功能不全综合征

肥胖性心肺功能不全综合征主要是因为肥胖可能损伤肺功能和结构的改变。由于腹部与胸部脂肪过度堆积，腹腔内压力增加，横膈抬高，膈肌活动幅度降低，腹式呼吸受阻，胸式呼吸也受到一定限制，造成呼吸效率降低，成为低换气状态。使肺内气体交换减少，血氧浓度降低，二氧化碳浓度增加。呼吸中枢长期处于高二氧化碳分压状态下，对二氧化碳反应性降低。这些因素均造成肺泡通气不良，换气受阻，二氧化碳潴留，血氧饱和度下降，出现呼吸性酸中毒、发绀、红细胞增多、意识不清、嗜睡及昏睡等。重度肥胖病人呼吸功能不全，使呼吸耗氧增加，加重了缺氧。同时由于胸腔阻力增加，静脉回流受阻，静脉压升高，而出现右心功能不全综合征，如颈静脉怒张、肺动脉高压、肝肿大、浮肿等。加之肥胖者血液循环量增加、心输出量与心搏量增加，也会加重左心负荷，造成高搏出量心力衰竭，导致肥胖性心肺功能不全综合征。

2.睡眠呼吸暂停综合征

肥胖病患者常常伴有气喘症状，容易导致睡眠呼吸暂停综合征，且大多发病隐匿，有时可能危及生命。如出现打鼾、睡眠质量差或低氧血症，醒后不能恢复精神等症状，就需要极为小心。此病严重时，由于较易发生低氧性心律失常，常可导致患者死亡。也可能发生低氧性痉挛。

3.心血管疾病

肥胖患者一般都伴有高血压、胆固醇升高和糖耐量降低等症状，是心血管疾病发病和死亡的一个重要的独立危险因素，BMI（身高体重指数）与心血管疾病发病率呈正比。

4.糖尿病

据调查分析，肥胖与2型糖尿病的危险度呈正比，肥胖妇女发生糖尿病的危险是正常妇女的40多倍。发生糖尿病的危险随BMI增加而增加，随体重减轻而下降。

5.胆囊疾病

肥胖病也容易导致胆石症的高发，肥胖者发生胆石症的几率是非肥胖者的3～4倍，而腹部脂肪过多者发生胆石症的几率更高。胆石症的几率随BMI增加而增加。肥胖者胆汁内胆固醇过饱和、胆囊收缩功能下降是胆石症形成的因素，也容易导致急性胆囊炎。

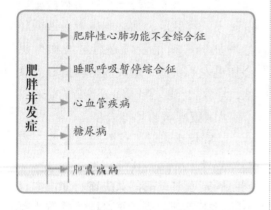

肥胖并发症

- 肥胖性心肺功能不全综合征
- 睡眠呼吸暂停综合征
- 心血管疾病
- 糖尿病
- 胆囊疾病

❷ 应对肥胖，饮食就是最佳"狙击手"

肥胖日益成为世界范围的一个主要健康问题，全世界超重人数已直线上升至12亿人。世界抽脂外科协会由著名肥胖症专家组成的国际委员会更是宣布：到2010年，整个亚洲地区将有1.2亿人会患上肥胖症。地球上平均每4个人中就有1个人过于肥胖。近几年来，我国有大约2亿人超重，9000多万人属于肥胖人群，占到了总

◎大多数肥胖源于不合理饮食，要拔除肥胖的病根，就要建立科学的膳食结构。

人口的5.6%。而城市人口中的肥胖者更是高达17%。

那么肥胖是由哪些因素引起的呢？首先，人体新陈代谢失调就容易导致脂肪组织过多，造成肥胖症的产生。一般来说，一个人的体重超过正常标准的20%即为肥胖，常见于体力劳动较少而进食较多的中年人，脂肪主要沉积于腹部、臀部、乳房、项颈等处。大多数肥胖源于不合理饮食，要拔除肥胖的病根，就要建立科学的膳食结构。

另外，摒除肥胖产生的遗传等先天因素，最主要的还是不合理的饮食结构导致的，比如不良的饮食习惯和进食行为。婴儿期的营养合理与否常常成为决定肥胖体质的前提基础。判断自己是否肥胖有一个算法：

体重指数（BMI）=体重（kg）÷（身高×身高）（m）

BMI在18.5～23.9之间为正常，如果BMI超过24就为超重，超过28就是肥胖。依据现在体重与标准体重比，就可对肥胖程度进行粗略的估计。也可将现在体重与

标准体重作比较，现在体重超过标准体重10%为超重，超过20%为轻度肥胖，超过30%~50%为中度肥胖，超过50%以上者为重度肥胖，超过100%为病态肥胖。同时，WHO建议肥胖的评判标准是：男性腰围大于94厘米、腰臀比超过0.9、体内脂肪含量大于25%；女性腰围大于80厘米、腰臀比大于0.8、体内脂肪含量大于30%。

合理的饮食结构是治疗肥胖的最基本方式。一般来说，在膳食疗法开始后的1~2个月，可减重3~4千克，此后可与运动疗法并用，保持每月减重1~2千克，这样可获得比较理想的治疗效果。膳食疗法主要分为三种类型。

1.节制进食量

节制进食量是治疗肥胖最基础的方式，应保持每人每天摄入的能量大约在5020~7530千焦（1200~1800千卡）。

2.低能量疗法

轻、中度肥胖者适用低能量疗法，每天摄入的能量大约在2510~4150千焦（600~1000千卡），脂肪小于20%，蛋白质20%。肥胖者要做到低热能饮食，选择脂肪含量低的肉类，如兔肉、鱼肉、家禽肉和适量的猪瘦肉、牛肉、羊肉。并多吃豆制品，以摄取足量的维生素和膳食纤维。蔬菜和水果不仅热量低，而且富含维生素和膳食纤维，是肥胖者较为理想的食物。在水果蔬菜淡季不能满足需要时，可多吃粗粮、豆类及海产品，如海带、海藻等。

3.肥胖的极低能量疗法

重度和恶性肥胖患者需要住院治疗，在医生的密切关注和指导下，尝试极低能

量疗法。只有建立起定时定量、营养均衡的饮食结构，才能身处肥胖圈外，享受健康身体带来的快乐生活。应对肥胖，饮食这个"狙击手"功不可没。

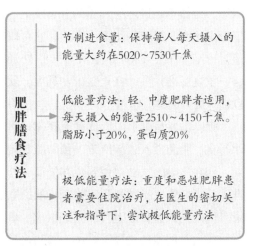

肥胖膳食疗法

- 节制进食量：保持每人每天摄入的能量大约在5020~7530千焦
- 低能量疗法：轻、中度肥胖者适用，每天摄入的能量2510~4150千焦。脂肪小于20%，蛋白质20%
- 极低能量疗法：重度和恶性肥胖患者需要住院治疗，在医生的密切关注和指导下，尝试极低能量疗法

❌ 肥胖症本草食疗方 ❌

翡翠黄瓜条

功效 补血养颜。

材料 黄瓜400克，盐、味精各3克，香油适量

做法 ①黄瓜洗净，切长段，再改刀切成条。②将瓜条撒上盐腌渍15分钟后，入开水中焯水，捞出过凉，沥干。③再调入味精拌匀，淋入香油即可。

❸ 不逞口腹之欲，吃出标准体重

肥胖症是指脂肪不正常地囤积在人体组织，使体重超过理想体重的20%以上的情形。所幸，肥胖并非不治之症，它可以通过改善饮食、运动等生活方式扭转局势，恢复标准体重，恢复健康。其中，饮食起着最为关键的作用。

肥胖主要是由于人们饮食无规律、暴饮暴食、脂肪摄入过多所致。预防肥胖需要人们在平时的饮食中做到营养平衡，合理安排蛋白质、脂肪和碳水化合物的摄取量，保证无机盐和维生素的充足供应。蛋白质应占总能量的15%～20%，脂肪占总能量的20%～25%左右，碳水化合物应限制在总能量的40%～55%。完全采用素食不利于健康。多吃新鲜蔬菜和水果，多采用蒸、煮、炖、拌、卤等烹饪方法，避免油煎、油炸和爆炒等方法。还要注意一日三餐定时定量。

针对肥胖的营养治疗，要以低热量饮食为原则。建议肥胖者应多食卷心菜、菜花、萝卜、菠菜、黄瓜、生菜、胡萝卜、芹菜、南瓜、洋葱、藻类。此外，苹果、葡萄柚、草莓、甜瓜、西瓜是很好的食物。应限食香蕉、樱桃、玉米、红薯、玉米粥、菠萝、无花果、葡萄、绿豆、梨、山芋和白米等。

饮食勿过急。进食速度过快不利健康，会增加心脏病的发病率，并且使快速减肥极易反弹，还可导致胆固醇增高，损伤重要器官。

【忌吃食物】

限制脂肪、辛辣及刺激性食物及调味品的摄入。平时要少吃零食、甜食和含糖饮料以及含糖量较高的水果。

肥胖患者应该限制脂肪和富含淀粉的食物。

限制食盐的用量，食盐能潴留水分，使体重增加。

烹调菜肴时要以植物油为主，少吃动物油，控制用油量。

【保健食谱】

（1）西红柿减肥法

早餐、午餐正常食用，晚餐用西红柿代替。

功效：西红柿水分充足，维生素C丰富，热量低。

（2）绿豆海带粥

材料：绿豆50克，海带50克，大米100克。

制法：将绿豆用清水泡软；海带反复漂洗干净，切成小块；大米洗净，备用，锅内加水适量，放入绿豆、大米煮粥，五成熟时加入海带块，再煮至粥熟即成。每日一次，连服20～30天。

功效：绿豆有祛热解暑、利尿消肿等功效；海带有化淤软坚、消痰平喘等功效。适用于肥胖症、高血压等。

（3）健康沙拉

材料：苹果1个，葡萄干50克，西芹100克，炼乳1茶匙，柠檬汁2茶匙。

制法：苹果削皮切成大小合适的块，西芹去老筋切成厚片，葡萄干用温水泡发沥干。将所有材料用沙拉调料拌匀即可。

睡眠决定生死，本草是最好的催眠大师

① "饮食18招"帮你轻松搞定

俗话说，"民以食为天"。可见，食物在人们日常生活中的重要地位。那么，失眠患者应该如何规划自己的饮食呢？下面我们就一起来看看对付失眠的"饮食18招"。

1.三餐适当

早餐要吃好，应吃体积小而富含热量、色香味美的食物，如豆浆、牛奶、鸡蛋、面包等；午餐要吃饱，因为午餐前后人体消耗能量比较大，所需热量最高；晚餐要吃少，因为晚餐后不久要睡觉，所需热量较少。

2.补钙

多吃富含钙的食物，如牛奶、芝麻酱、蛋类、海藻类、小鱼、绿叶蔬菜、豆制品等。有利于大脑充分利用色氨酸，可促使胰腺、肝脏活动加速，促进胆汁、胰

◎多食绿叶蔬菜可促使胰腺、肝脏活动加速，促进胆汁、胰液的分泌，提高消化吸收的效果。

液的分泌，提高消化吸收的效果。

3.食要定时

胃肠的消化也受生物钟的控制。如果每天能按时吃饭、睡觉，建立正常的生活节奏，那么将有助于睡眠。

4.食物宜清淡、富有营养

应多吃清淡而富有营养的食物，如奶类、谷类、蛋类、鱼类、冬瓜、菠菜、苹果、橘子等。保证摄入充足的维生素C、维生素E等营养素。

5.过饱或过饥不宜入睡

睡觉前不要吃得过饱，否则会妨碍睡眠；也不应该在饥饿时上床睡觉，否则会提高人体的警觉性，从而使人难以入睡。

6.补充水分

水分可维持脏腑的正常需要，润滑肠道，利二便，促进体内有害物质的排泄。

7.尽量少饮用含咖啡因的饮料

如咖啡、茶、可乐类饮料，可多喝一些水果蔬菜汁。

8.补镁

镁是天然的放松剂和镇静剂。所有深色植物的叶绿素中都含有镁，未加工的谷类食物、香蕉、坚果（如无花果）、香菜、柠檬、葡萄、苹果、核桃、粗面包中也富含镁。

9.补铜

缺铜也可导致失眠。富含铜的食物有乌贼、鱿鱼、章鱼、蛤蜊、田螺、螃蟹、虾、泥鳅、黄鳝、羊肉、蘑菇、黑木耳、玉米、蚕豆、豌豆等。

10.补充色氨酸

鱼类、蛋类、肉类、牛奶、酸奶、奶酪等富含的色氨酸，是大脑制造血清素的原料，可以让人的精神放松、心情愉悦，从而引发睡意。

11.补充褪黑素

睡眠与大脑松果体分泌的褪黑素有关。黄瓜、西红柿、香蕉和胡萝卜中含有与褪黑素结构相似的物质。

12.补锌

缺锌可导致失眠。牡蛎、鲱鱼含锌量最高，瘦肉、奶制品、苹果、核桃及动物肝脏、肾脏含锌也较高。

13.适量补充有助于改善神经功能的食物

如河鱼、海鱼、牡蛎、虾、泥鳅、猪肝、猪腰、核桃、花生、苹果、蘑菇、豌豆、蚕豆、牛奶等。

14.补充B族维生素

维生素B_1、维生素B_2、维生素B_3、维生素B_6、维生素B_{12}等均有助睡眠的功效。

富含B族维生素的食物有酵母、全麦制品、花生、核桃、绿叶蔬菜、牛奶、动物肝脏、牛肉、猪肉、蛋类等。

15.补充叶酸

缺乏叶酸可以导致失眠。绿色蔬菜中叶酸含量非常丰富。

16.补充蛋白质

失眠可消耗大量的能量，及时补充营养有利于疾病的康复，建议以高蛋白、高纤维、高热能饮食为主，并注意食用润肠的食物，以保持大便通畅。

17.补充淀粉

淀粉类食物（如面包、空心粉、马铃薯等）有促进睡眠的作用，可以快速使大脑产生传导睡眠的神经化学物质。

18.多吃具有养血安神、镇静催眠作用的食物

如蜂蜜、鸡蛋黄、百合、莲子、桑葚、大枣、小麦、芝麻、核桃、桂圆、猪心、苹果等。

❷ 告别失眠，还要同"粥"共济

食粥在我国有数千年的历史，是我国人民一种独特的传统饮食方法。周书有"黄帝始烹谷为粥"之说，算是最早的历史记载。古时凡粳、粟、粱、黍、麦等皆可为粥。其实粥不仅仅是聊以充饥之品，早在先秦时期已被用来治疗疾病。长期失眠的朋友不用再到处寻医问药了，最好的药就是粥。想要对付失眠，还得同"粥"共济。失眠者不妨试试《本草纲目》中推荐的安眠粥。

◎失眠让人苦不堪言，蔬果中含锌量较高，多食可改善失眠。

（1）八宝粥

材料：大米150克，芡实、薏仁米、白扁豆、莲肉、山药、红枣、桂圆、百合各6克。

制法：先将8味中药煎煮40分钟，再加入大米煮至米熟粥稠即可。分顿调糖食用，连吃数日。

功效：健脾和胃、补气益肾、养血安神。适用于失眠等症。

（2）茼蒿粥

材料：粳米100克，茼蒿150克，精盐、熟猪油各适量。

制法：将茼蒿菜择洗干净，切段。粳米淘洗干净。锅置火上，注入适量清水，加入粳米煮至粥熟，再加入茼蒿、精盐、熟猪油搅匀，略煮片刻即可。

功效：健脾开胃，去痰。适合失眠者食用。

（3）八宝青梅粥

材料：白扁豆、薏米、莲子肉、大枣、核桃仁、桂圆肉各15克，糖青梅5个，糯米150克，白糖适量。

制法：白扁豆、薏米、莲子肉、大枣洗净，以温水泡发；核桃仁捣碎；糯米淘洗干净。将所有用料一起入锅，加水1500克，用旺火烧开后，改用小火熬煮成稀粥，适量食用。

功效：健脾养胃、补气益肾、养血安神。适用于失眠等症。

（4）咸鸭蛋蚝豉粥

材料：咸鸭蛋2个，蚝豉100克，大米150克。

制法：将咸鸭蛋去壳，与淘洗干净的大米、蚝豉一同入锅，加水1500克，用旺火烧开后，改用小火煮成稀粥。每日分数次食用。

功效：滋阴养血、降火宁心。适用于失眠等症。

（5）海参猪肉粥

材料：海参30克，猪瘦肉250克，大米100克，白糖适量。

制法：将猪肉洗净，切成小片，与发好的海参和淘洗干净的大米一起入锅，加水1000克，用旺火烧开后，改用小火熬煮成稀粥，加入调料即成。每日早晚食用，连服7～15天。

功效：补肾益精、养血润燥、除湿利尿。适用于失眠等症。

（6）红枣大米粥

材料：红枣50克，大米80克。

制法：先将大米淘洗干净后，放入锅中，再加入清水和洗净的红枣。先用大火烧开，然后改用小火熬煮至大米烂熟。可以做点心或在吃饭时食用。

◎多食红枣大米粥可安心神、补气血、健脾胃、抗衰老。

功效：安心神、补气血、健脾胃、抗衰老。适用于贫血、神经衰弱引起的失眠、胃虚食少等症。

（7）桂圆姜汁粥

材料：大米、桂圆各100克，黑豆25克，姜、蜂蜜各适量。

制法：把桂圆、黑豆浸泡后洗净；鲜姜去皮，磨成姜汁备用。把大米浸泡30分钟，捞出沥干水分，放入锅中，加入清水，用旺火煮沸，转为小火，加入桂圆、黑豆、蜂蜜，搅匀，煮至软烂即可。

功效：消肿下气、润肺清热、活血利水、补血安神。适用于失眠等症。

（8）桂圆莲子粥

材料：圆糯米60克，桂圆肉10克，去心莲子、红枣各20克，冰糖适量。

制法：将莲子洗净，红枣去核，圆糯米洗净，浸泡在水中。把莲子与圆糯米加入600毫升水中，用小火煮40分钟，加入桂圆肉、红枣，再熬煮15分钟，加适量冰

◎桂圆莲子粥可补血安神、健脾益胃、补中益气，适用于中老年忧郁性失眠症。

糖即可。临睡前可食用1小碗。

功效：补血安神、健脾益胃、补中益气。适用于中老年忧郁性失眠症。

❸ 警惕失眠来袭，常备各种汤水

当失眠来袭的时候，你是否能够镇定自若呢？不妨给自己准备一些汤，对防治失眠也有着不错的效果。

（1）猪心菠菜汤

材料：猪心150克，菠菜150克，料酒、盐、鸡精、胡椒粉、葱汁、姜和清汤各适量。

制法：将菠菜洗净切段。把猪心切成片，在沸水锅中焯透捞出。砂锅内加入清汤，放入猪心，加入料酒、葱汁、姜汁，炖至猪心熟透，倒入菠菜段，加入精盐、胡椒粉，待汤烧开，加适量鸡精调味即可。

功效：补血益气、养心宁神、止渴润肠、滋阴平肝、敛汗通脉。适用失眠多梦、惊悸恍惚、怔忡、心虚多汗、自汗等症。高胆固醇症患者忌食。

（2）黄花菜汤

材料：黄花菜100克，精盐适量。

制法：先将黄花菜用沸水焯半分钟，捞出沥干水分。砂锅内加适量清水，再加入黄花菜，大火煮沸后，改用小火续煮30分钟，滤渣取汤，加入适量精盐。也可以适量加一些小芹菜、豆腐皮、香菇等，味道会更加鲜美。

功效：改善睡眠。适用于健忘、失眠、神经衰弱等症。

（3）冬笋雪菜黄鱼汤

材料：黄花鱼500克，冬笋、雪里蕻各25克，植物油25克，香油、料酒、鸡精、胡椒粉、精盐、葱段、姜片各适量。

制法：将黄花鱼去鳞、鳃、内脏，洗净；冬笋洗净，切片；雪里蕻洗净，切成碎末。锅置火上，加入油烧热，放入黄花鱼，煎至两面略黄，再放入水、冬笋片、雪里蕻末、料酒、精盐、葱段、姜片，再改大火烧开，用小火炖15分钟，去掉葱、姜，撒上鸡精、胡椒粉，淋上香油即可。

功效：健脾开胃、安神止痢、益气填精。适用于失眠、体质虚弱、中老年健忘等症。

（4）栗子桂圆汤

材料：栗子80克，枣15克，桂圆肉20克，红糖30克。

制法：栗子去壳洗净，切成小丁；红枣去核，洗净；桂圆肉洗净，备用。把栗子放入锅内，加入适量清水，火上烧沸，煮至栗子熟透后，加入红枣、桂圆，煮至汤浓出味，加入红糖，再煮片刻即可。

功效：补中益气、补血安神、养胃健脾、补肾强筋、健脑益智、延缓衰老。适用于失眠、健忘、脑力衰退、贫血、心悸、神经衰弱、身体虚弱等症。

（5）桂圆生姜汤

材料：桂圆肉50克，姜、盐各少许。

制法：把桂圆肉洗净放入锅中，加入清水浸泡，再加入生姜、精盐，约煮半小时即可。

功效：补脾、温中、止泻。适用于脾虚泄泻、脾胃虚弱所导致的眠、精神不

振、心悸等症。

（6）桂圆鸡蛋汤

材料：新鲜桂圆60克，鸡蛋1个，红糖适量。

制法：将桂圆去壳，放入碗内，加入温开水和适量红糖，然后将鸡蛋打在桂圆上面。将碗放入锅内蒸至蛋熟即可。

功效：补益气血、安神养心、补脾暖中、活血去淤、益脾增智。用于心悸失眠、食少羸弱、健忘、久病体虚、气血不足等症。有痰火者，应慎食。

（7）红枣莲子汤

材料：莲子600克，红枣120克，白糖200克。

制法：先将红枣洗净。在锅中加入适量水，用中火煮开，放入红枣，转为小火煮30分钟，再放入莲子，继续煮30分钟，最后再加入白糖煮开即可。

功效：养心补脾、降低血压、强心安神、滋养补益。适用于失眠、多梦、健忘等症。熬夜者宜饮用。

（8）橘味莲子汤

材料：橘子100克，清汤600克，莲子30克，红枣20克，白糖25克，白醋15克，糖桂花适量。

制法：将橘子去皮，用刀把橘瓣都切成两片。红枣去核，莲子去皮、心，一同放入碗内，加少量水，上锅蒸熟。锅置火上，倒入清汤，放入橘瓣、莲子、红枣，用大火烧开，再加入白醋、白糖、糖桂花，待糖化开，即可出锅。

功效：降低血压、强心安神、滋养补益。适用于睡眠不安、脾虚泻痢等症。

直面亚健康，用本草驱散健康天空的阴霾

① 健康自测：你被亚健康跟踪了吗

前一段时间，由于工作压力很大，老王感觉自己浑身难受，而且食欲不振。他身体一向很好，所以患疾病的可能性不大，但为了保险起见，还是去医院做了检查，结果显示没病。不过由于他的工作就是保健师，所以心里很清楚——自己的身体肯定被亚健康盯上了。亚健康，对于现代人来讲并不陌生。有些人可能去医院检查，没病，但就是浑身不舒服，这就是亚健康。

那什么是亚健康呢？用颜色来打个比方，用白色代表健康，用黑色代表疾病，那么处于黑白之间的灰色地带就表示亚健康。许多人一直觉得自己有亚健康症状，却又不知道如何确定，这里教给你一个简单的自测法。请看下面的症状，如果符合你的情况，那么请记住分数，把各项所得分数加起来，就是你的身体状况。

①工作情绪无法高涨，无名火气很大，但又没有精力发作。（5分）

②感到情绪抑郁，经常发呆。（3分）

③经常是昨天想好的事，今天怎么也记不起来了。（10分）

④害怕走进办公室，觉得工作令人厌倦。（5分）

⑤不想面对同事和上司，有一种自闭症式的渴望。（5分）

⑥工作效率明显下降，令上司不满。（5分）

⑦每天工作一小时后，就感到身体倦怠，胸闷气短。（10分）

⑧早上起床时，有持续的发丝掉落。（5分）

⑨性能力下降，经常感到疲惫不堪，没有什么性欲望。（10分）

⑩盼望逃离工作室，为的是回家休息。（5分）

⑪对城市的污染、噪音非常敏感，更渴望宁静的山水，休养身心。（5分）

⑫不再热衷朋友间的聚会，有勉强应酬的感觉。（2分）

⑬经常失眠，睡着了又常做梦，睡眠质量很糟糕。（10分）

⑭体重明显下降，发现眼眶深隐，下巴突出。（10分）

⑮感觉免疫力在下降，春秋流感一来就中招。（5分）

⑯很少进食，即使非常喜欢的菜，也兴趣不大。（5分）

得出总分后可对照看一下自己的身体状况。

小于等于30分，健康警钟已敲响。

大于30分小于等于50分，请从营养、运动、心理各方面改善你的生活状态。

大于50分，小于等于80分，寻求专业医生的帮助，好好休息。

② 哪些人是亚健康的"宠儿"

除健康人、病人之外，亚健康者占了人群中的大多数。那么，究竟哪些人的身体容易出现亚健康的状况呢？

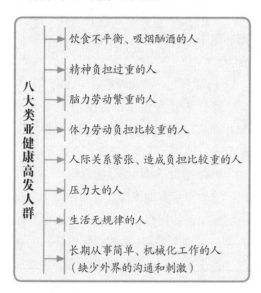

八大类亚健康高发人群

- 饮食不平衡、吸烟酗酒的人
- 精神负担过重的人
- 脑力劳动繁重的人
- 体力劳动负担比较重的人
- 人际关系紧张、造成负担比较重的人
- 压力大的人
- 生活无规律的人
- 长期从事简单、机械化工作的人（缺少外界的沟通和刺激）

③ 亚健康：不等亡羊才补牢，别等病了才调整

从西医上讲，亚健康是没有病的，因此西医对此束手无策。中医讲究人体的平衡，因此中医是调整现代人亚健康最有效的办法。

我们都知道"药补不如食补"，《本草纲目》提倡"五谷为养，五果为助，五畜为益，五菜为充"的饮食原则，要求做到酸、苦、甘、辛、咸的"五味调和"。天然食物不仅为身体提供营养，而且没有毒副作用，长期服食，可达益气、养血、扶正、健脑、强身、抗衰老的目的，特别是对中医认为的各种虚损症的调养更具有实用价值。因此，食疗是亚健康人群最佳的调整选择。

因为造成亚健康的原因是不同的，所以每个人都要根据自己的症状来调整。

①肺气虚状态有气短、多汗、易感冒等表现——长期食用百合、蜂蜜、白木耳、红枣、橘、杏仁等食物。

②脾阳虚状态有便秘、腹胀、肠鸣、嗳气等表现——长期食用山药、莲子、百合、山楂、苡仁米、饴糖。

③肾阳虚状态有腰疼膝软、畏寒肢冷、头晕耳鸣、发须早白、性衰退等表现——长期食用羊肉、芝麻、胡桃、豆类及豆制品、坚果类食物。

④肥胖疲劳状态有许多身体过于肥胖者——体重过重不仅会使身体疲劳，而且会造成心理疲劳，此时应少吃淀粉类和糖类的食物，宜长期食用萝卜、卷心菜、白菜、青椒、西红柿、香菇等蔬菜和水果。

⑤神经衰弱状态有视力下降、记忆力减退、行动笨拙等表现——长期食用莲子、龙眼肉、百合、大枣、糯米等煮粥。若是血虚及紧张引起的神经衰弱，可吃桑

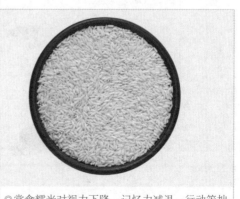

◎常食糯米对视力下降、记忆力减退、行动笨拙等症状有一定疗效。

甚，也可配合熟地、白芍煎服。

⑥心烦意乱状态有失眠、头晕、心烦表现——长期食用养心安神的食品，如煎服龙眼肉、酸枣仁、柏子仁等。

亚健康辨证而食

肺气虚状态——气短、多汗、易感冒——常食百合、蜂蜜、红枣、橘、杏仁

脾阳虚状态——便秘、腹胀、肠鸣——常食山药、莲子、百合、山楂、薏苡仁

肾阳虚状态——腰疼膝软、畏寒肢冷——常食羊肉、芝麻、胡桃、豆类及豆制品

肥胖疲劳状态——体重过重、身体疲劳——常食萝卜、卷心菜、青椒、西红柿

神经衰弱状态——记忆减退、行动笨拙——常食莲子、龙眼肉、百合

心烦意乱状态——失眠、头晕、心烦——煎服龙眼肉、酸枣仁、柏子仁等

虽然亚健康人群在饮食上因对症，但总体上说，还需遵循以下膳食原则：

（1）食用一定量的铬

铬有助于促进胆固醇的代谢，增强机体的耐力，还可以促进肌肉的生成，避免多余脂肪。铬较多的食物有牛肉、黑胡椒、糙米、玉米、小米、粗面粉、红糖等食物。

（2）食用含植物纤维素的食物

建议常食富含植物纤维的主要食物如：麦麸、全麦面包、卷心菜、马铃薯、胡萝卜、苹果、莴苣、花菜、芹菜等。

（3）食用含维生素A的食物

维生素A有助于提高人的免疫力，预防癌症，保护视力，但过量食用则对身体有害。含维生素A较多的食物有肝、乳制品、鱼类、西红柿、胡萝卜、杏、香瓜等食物。

（4）食用含有镁的食物

建议亚健康人群常食含镁较多的食物如大豆、烤马铃薯、核桃仁、燕麦粥、通心粉和海产品等。

（5）多食含维生素C的食物

含维生素C最高的食物有花菜、青辣椒、橙子、葡萄汁、西红柿。半杯新鲜的橙汁便可满足每人每天维生素C的最低需要量。

（5）适量饮水

人体任何一个细胞都不能缺乏水分，成年人身体的2/3是水分，肝、大脑、皮肤含70％的水。骨骼含水45％，血液80％的是水分。其重要性不言而喻。

第十章

本草中的家庭疗方，
男女老少各有本草食疗妙方

●日常生活中，我们总会被各种各样的健康问题困扰，其实只要懂得一些基本的防病养生的方法，就能让我们摆脱健康的困境。用本草膳食养生就是其中最有效的方法之一，日常生活中的一碗粥、一勺汤、一道菜，只要加入适当的药材，就成了滋补身体的药膳。本书将那些对健康的呵护，对疾病的防治悄无声息地融入到了日常饮食中，贯彻到一日三餐之中。指导大家妙用食疗良方，因人因病，对症施膳，让宝宝长得壮，让老人保安康，让男人身体强，让女人健康又漂亮……

💚 让你的孩子乘本草之船，游健康之海

❶ 小儿麻疹本草食疗方

麻疹是一种急性呼吸道传染病，是儿童常见病之一。患上麻疹的孩子往往表现为发热、上呼吸道有炎症、眼结膜炎等，皮肤上会出现红色斑丘疹和颊黏膜上有麻疹黏膜斑及疹退后遗留色素沉着伴糠麸样脱屑。麻疹四季均可能发生，但在冬末春初的时候更容易流行。

据《本草纲目》记载，可用香菜汤治疗小儿麻疹。具体做法如下：将香菜洗净切段，加水煎汤，趁热置患儿鼻旁熏，并同时蘸汤热拭颜面及颈项，可促使麻疹透

◎香菜是小儿麻疹的食疗佳品。

发。每日1~2次。此外，鹌鹑蛋、黄豆、金针菜等食物对治疗小儿麻疹症也有良好的效果。

❄ 小儿麻疹食疗方 ❄

鹌鹑蛋粥

功效 补中益气。

材料 鹌鹑蛋100克、粳米50克。

做法 ①将鹌鹑蛋洗净，煮熟，去壳；粳米洗净。②将粳米煮粥，将熟时，下入鹌鹑蛋即可。

黄豆金针菜

功效 清热解毒、补中益气。

材料 黄豆50克、金针菜25克。

做法 ①先将黄豆浸一昼夜，金针菜洗净。②将黄豆、金针菜放锅中，加适量水共煮至熟即可。

❷ 小儿百日咳本草食疗方

虽然任何年龄段的人都可能发病，但5岁以下的孩子是百日咳威胁的主要人群。此病潜伏期一般是7~14天，早期可有微烧、打喷嚏、咳嗽，如同上呼吸道感染症状一样，但咳嗽会渐渐加重，夜里重，并很快演变成阵发性、痉挛性咳嗽。有人形容咳嗽如鸟鸣，咳重时可咯出呼吸道堆积极的大量粘液及吐出胃里容物，咳嗽这才稍微歇息，但过一阵又发作，患儿眼睑可出现浮肿，两唇灰暗，经常呕吐还可造成营养不良。一般痉挛性咳嗽第三周达高峰，以后咳嗽逐渐减轻。此病病程长短不一，短的只有1~2周，长的可达3~4个月。

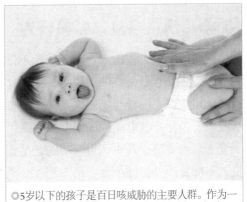

◎5岁以下的孩子是百日咳威胁的主要人群。作为一种急性的呼吸道传染病，百日咳多见于冬、春季。

《本草纲目》中记载了胡萝卜可治疗百日咳。可取胡萝卜200克，红枣（连核）13枚，水煎服，每日1剂。此外，川贝、葡萄等食物对治疗小儿百日咳症也有良好的效果。下面就介绍两道食疗方：

✖ 小儿百日咳食疗方 ✖

川贝蒸鸡蛋

功效 本品具有清热化痰、滋阴养肺的功效，适合肺虚咳嗽的患者食用，可辅助治疗百日咳、肺炎、支气管炎、肺气肿、慢性咽炎等病症引起的咳嗽症状。

材料 川贝6克，鸡蛋2个，盐少许

做法 ①川贝洗净，备用。②鸡蛋打入碗中，加入少许盐，搅拌均匀。③将川贝放入鸡蛋中，入蒸锅蒸6分钟即可。

桑白葡萄果冻

功效 本品清热化痰、滋阴润肺，对咳嗽、咳吐黄痰有食疗作用。

材料 椰果60克，葡萄200克，鱼腥草、桑白皮各10克，果冻粉20克，红糖25克

做法 ①鱼腥草、桑白皮均洗净煎汁备用。②葡萄洗净去籽，与椰果一起放入模型中。③将药汁、果冻粉、红糖入锅，以小火加热，同时搅拌，煮沸后关火。倒入模型中，待凉后移入冰箱中冷藏、凝固，即可食用。

③ 小儿消化不良本草食疗方

夏天的时候，孩子常会出现消化不良的现象，主要症状是粪便为绿色，一般伴有发烧、腹胀、呕吐、不吃奶及哭叫不安等现象。消化不良发病的原因：主要是由于夏天气温太高引起小儿胃肠功能紊乱抵抗力下降胃酸分泌减少食物得不到充分消化；加上夏天病菌繁殖很快苍蝇又到处叮爬传播病菌通过饮食进入人体后使胃肠发炎都易使小儿发生消化不良。一旦孩子出现消化不良症状首先要调配好饮食限制进食的数量多喝白开水病情较重的要及早请医生诊治。

《本草纲目》中记载："鸡子黄能补

◎夏天的时候，孩子常会出现消化不良的现象，腹胀、哭闹不止、呕吐等是其主要表现。

阴血，解热毒，治下痢"。这里所说的鸡子黄，就是鸡蛋黄。当孩子出现消化不良

✖ 小儿消化不良食疗方 ✖

红豆山楂米糊

功效 开胃消食。

材料 大米100克，红豆50克，山楂25克，红糖适量

做法 ①红豆洗净，泡软；大米洗净，浸泡；山楂洗净，去蒂、核，切小块。②将上述材料放入豆浆机中，按"粉糊"键，待糊成，盛出加入红糖搅拌均匀即可。

山药米糊

功效 安神助眠。

材料 山药40克，大米60克，鲜百合、莲子各10克

做法 ①莲子泡软去心；大米洗净、浸软；山药去皮、切丁后浸泡；百合洗净切块。②将所有材料放入豆浆机中，搅打成浆后煮至豆浆机提示米糊做好即可。

的时候，大人常用喂孩子鸡蛋黄的办法来治疗。除此之外，山药、山楂等食物对治疗小儿消化不良也有良好的效果。

❹ 小儿厌食症本草食疗方

夏季炎热，孩子容易出现不爱吃饭的情况，这是厌食的表现。厌食是指小儿长期食欲不振，甚至拒食的一种病症。长期厌食可致小儿体重减轻，甚至营养不良，使小儿免疫功能下降等，不但影响生长发育，还会影响小儿身心健康。家长面对这种情况，不要强迫孩子进食或者任其厌食而应该合理搭配饮食，饭菜做到细、软、烂。做到荤素、粗细、干稀搭配。此外，山药、鳝鱼、

◎厌食是指小儿长期食欲不振，甚至拒食的一种病症，要想改善它，家长要在饮食上多下功夫。

苹果等食物对治疗小儿厌食症也有良好的效果。下面就介绍两道食疗方：

✖ 小儿厌食症食疗方 ✖

山药鸡内金鳝鱼汤

功效 适合脾虚食积型的小儿厌食症患者食用。

材料 鳝鱼1条（约100克），山药150克，鸡内金10克，生姜3片，盐适量

做法 ①山药去皮洗净，切小段；鸡内金洗净。②鳝鱼剖开，去除内脏，洗净，刮去黏液，切成长段。③将以上材料一起放入砂锅内，加适量清水，用小火煲1小时，加盐调味即可。

开胃苹果丁

功效 本品具有健脾开胃的功效，适合厌食的小孩食用。此外，应鼓励小孩饭后2小时食适量苹果，可增强小儿的胃肠功能，帮助消化，改善食后腹胀、便秘、腹泻、消化不良等症状。

材料 苹果1个

做法 ①将苹果用清水洗净，削去外皮，切成丁，备用。②将苹果丁放入碗内，加盖。③将装有苹果丁的碗放入锅中隔水炖熟即可。

⑤ 小儿鹅口疮本草食疗方

鹅口疮也叫雪口病，多见于新生儿，营养不良、腹泻、长期使用广谱抗生素或激素的患儿。本病是白色念珠菌感染所引起。这种真菌有时也可在口腔中找到，当婴儿营养不良或身体衰弱时可以发病。新生儿多由产道感染，或因哺乳奶头不洁或喂养者手指的污染传播。

对于小儿鹅口疮，家长不可掉以轻心，要做好平时的预防，保持餐具和食品的清洁，奶瓶、奶头、碗勺等专人专用，使用后用碱水清洗，煮沸消毒。母乳喂养者每次喂奶前，母亲应先洗手，清洁乳头。对于患儿，除了选择医疗手段，还

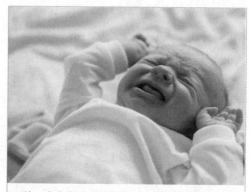

◎鹅口疮多发于天气炎热时，多见于营养不良、腹泻、长期使用广谱抗生素或激素的新生儿。

可以选择食疗，应选择易消化吸收、富含优质蛋白质的食物，如动物肝脏、瘦肉、鱼类以及番茄、冰糖、银耳等。《本草纲目》中说对于此病，主要要用清热解毒、化滞除腐、消肿止痛的办法来治疗。

❋ 小儿鹅口疮食疗方 ❋

番茄汁

功效 清热解毒、通便泻火。

材料 番茄2个

做法 ①取番茄洗净，切块。②将番茄放入榨汁机中榨汁即可。

冰糖银耳

功效 滋阴降火。

材料 银耳20克、冰糖适量

做法 ①将银耳加冷开水浸1小时左右，至银耳发胀开。②碗内放入银耳，加冷开水及适量冰糖，入蒸锅内蒸熟。

❻ 小儿感冒本草食疗方

小儿感冒是由病毒或细菌等引起的鼻、鼻咽、咽部的急性炎症，以发热、咳嗽、流涕为主症。其突出症状是发热，而且常为高热，甚至出现抽风。

如果孩子患了感冒，就应该让他少吃脂肪类和糖类食物，少吃精米和精面粉，多吃粗纤维食品如大白菜、莲藕、梨等。保证饮食中蛋白质的含量，可以吃瘦肉、鸡肉、鱼肉和各种豆类食品。少吃乌梅、杨梅、青梅等酸涩食品，忌食辛燥、油腻之品。

孩子感冒是很正常的事，一般的感冒不必大惊小怪，可用以下两种食疗方进行

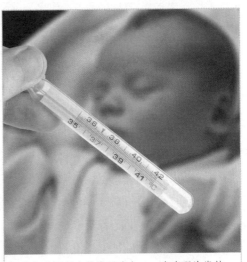

◎小儿感冒是小儿常见病之一，多表现为发热、咳嗽、流涕等症。

调养。当然，如果病情严重，或者高烧不退，则应及早就医。

❖ 小儿感冒食疗方 ❖

大白菜素汤

功效 白菜清热解毒，通利肠胃，白菜中的膳食纤维能刺激肠胃的蠕动，有助于排出肠胃中的食物残渣和体内毒素。此汤有泻火排毒、通利胃肠的功效。

材料 大白菜500克，蒜苗2根、盐3克、味精3克

做法 ①大白菜洗净，切粗丝；蒜苗去须洗净，切段。②锅中注适量水煮沸，放入大白菜和蒜苗，大火煮沸。③转小火煮至熟透，调入盐、味精煮入味即可。

百合莲藕炖梨

功效 莲藕有清血凉血、健脾开胃、益血生肌的功效；百合养阴润肺、清心安神；雪梨止咳化痰、清热降火。此汤有泻火化痰、润肺止咳的功效。

材料 鲜百合200克，梨2个，白莲藕250克，盐少许

做法 ①将鲜百合洗净，撕成小片状；白莲藕洗净去节，切成小块。②把梨与白藕放入清水中煲2小时，再加入鲜百合片，煮约10分钟，下盐调味即成。

❼ 小儿腹泻本草食疗方

婴儿期腹泻多为水样便或蛋花汤样便，有急性及慢性肠炎之分。婴儿腹泻病因很多，可为肠道内或肠道外感染、饮食不当及气候改变等引起，但重型腹泻多为肠道内感染引起。如果孩子出现急性腹泻，则应在短期内禁食，减轻肠道负荷，适应于较重腹泻及有频繁呕吐者。禁食时间6~8小时，营养不良者禁食时间短些，禁食期间给予静脉输液。禁食后，给予部分母乳及米汤。米汤含有淀粉，易于消化吸收，可供给少量热量。然后给予脱脂奶，约7天左右过渡到全脂奶，再给予胡萝卜汤。因为胡萝卜汤富有电解质及果

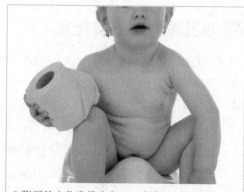

◎腹泻是小儿常见病之一，多由肠道内或肠道外感染、饮食不当及气候改变等引起。

胶，有利于大便成形。如果是慢性腹泻，可根据肠道功能逐渐增加营养素，特别是蛋白质供应。尽可能争取母乳喂养。此外，石榴、苹果等食物对治疗小儿腹泻症也有良好的效果。

❈ 小儿腹泻食疗方 ❈

石榴苹果汁

功效 本品具有清热祛湿、涩肠止泻、帮助消化的功效。

材料 石榴、苹果、柠檬各1个

做法 ①石榴洗净，不去皮，切小块，备用。②苹果洗净，去核，切块；柠檬洗净，切成薄片。③将苹果、石榴、柠檬放进榨汁机中，榨成汁，倒入杯中即可饮用，每日一杯，可连续服用一个星期。

苹果红糖饮

功效 健脾止泻。

材料 鲜苹果1个，红糖适量

做法 ①将苹果洗净，去掉皮和子，切块，备用。②将切好的苹果块放碗内，入锅蒸熟，再加入适量红糖即可食用。

⑧ 小儿营养不良本草食疗方

营养不良是由于摄入的营养物质不能满足生长发育需要引起的。因小儿乳食不能自制，一旦长期喂养不当，或病后失于调养，摄食减少而消耗增加，或存在先天性营养不足和生活能力低下，均易发展为营养不良。

如果孩子出现营养不良，可以采取用米汤、稀米糊等食物来提供碳水化合物，以脱脂奶供给少许脂肪，以脱脂奶或蛋白奶、鱼蛋白、豆浆供给蛋白质。还要补充维脂溶性维生素A及维生素D。

《本草纲目》中提到白薯可适用于小儿营养不良，妈妈们煮白薯喂给孩子吃。

◎菠菜营养丰富，可以促进人体健康，是防治小儿营养不良的佳蔬。

此外，毛豆、鲜奶、菠菜等食物对治疗小儿营养不良症也有良好的效果。

❖ 小儿营养不良食疗方 ❖

毛豆浓汤

功效 毛豆营养丰富均衡，含有有益的活性成分。毛豆中的铁易于吸收，可以作为儿童补充铁的食物之一。毛豆还含有丰富的植物蛋白质，制成豆泥更容易被吸收。

材料 毛豆200克，鲜奶200毫升，盐3克

做法 ①毛豆去薄膜、杂质，洗净滤干。②毛豆倒入果汁机中，加牛奶榨汁，以细网筛过滤。③以中小火煮，边煮边搅拌，待滚沸，加盐调味即成。

菠菜牛奶汤

功效 牛奶中含有丰富的蛋白质、维生素及钙，可为营养不良提供大量钙质。

材料 菠菜150克，洋葱碎30克，鲜牛奶200毫升，淡奶100毫升，高汤400毫升

做法 ①菠菜取叶，洗净，切碎。②锅中放入油烧热，放入菠菜炒香，加入高汤煮烂，调入洋葱碎拌匀，盛出放入打汁机中打成泥。③将打好的汤汁放回锅中，加淡奶、鲜牛奶，调味，用小火煮开即可。

人生不老天地长，本草之花分外香

❶ 4种食疗方补虚益气

气虚是某一脏腑或全身功能减退的表现，时常伴有倦怠无力、食欲不振、腹胀便溏、气短懒言、声音低微、多汗自汗、头晕耳鸣、心悸怔忡、舌淡苔白、脉弱无力等。

中国传统医学历来强调脾胃为本，所以，应以益脾补胃为主，同时兼顾其他脏腑。应该多吃一些性质平和的食物。

《本草纲目》中记载："牛乳，老人煮粥甚宜。"牛乳性平，补血脉，益心，长肌肉，令人身体康强润泽，面目光悦，志不衰。因此，非常适合老年人吃。

现代营养学认为，气虚体质者应注意摄取平衡饮食，蛋白质、脂肪和碳水化合物的摄入比例应为2：3：10。其中，动物蛋白质应占蛋白质总摄入量的35%左右；脂肪活量，但应以植物油为主，主食应粗细搭配，品种不宜单一；同时，应多吃些蔬菜、水果。以下介绍几款适合气虚者的食疗方。

山药薏仁茶

以淮山药、薏苡仁各三钱熬水喝，可使中气足、精神好、脸色佳。但要注意，真正的山药是白色的，如果是紫色或赤色，则功效仅止于当番薯吃。

四神汤

莲子、薏苡仁、淮山药、芡实煮成汤是气虚之人的养生饮食。有些人习惯在四神汤中加猪小肠或排骨、鸡肉。现代人怕营养过剩、怕胖，可以去掉附着的油脂再煮。

薏仁粉泡牛奶

薏苡仁可防癌、滋润皮肤，可将它略炒，磨成粉，泡牛奶喝。

香菇泥鳅粥

香菇煮泥鳅对于气虚及胃肠功能差的人极其有效。将泥鳅、蒜头、香菇、大米、葱酥熬成米粥，不但味道佳，而且极具营养价值。但香菇最好要经太阳照射，产生维生素D后再食用较有效。

❷ 2种食疗方防治五劳七伤

人们经常用"五劳七伤"来形容人身体虚弱多病。中医学上"五劳"指心、肝、脾、肺、肾五脏的劳损；"七伤"指大饱伤脾，大怒气逆伤肝，强力举重、久坐湿地伤肾，形寒饮冷伤肺，忧愁思虑伤心，风雨寒暑伤形，恐惧不节伤志。

造成"五劳七伤"的原因有很多，有的还与食品的"五味"、节令的"四时"，甚至风向有着密切关系。所以养生学认为，在养生时，要注意酸、甜、苦、辣、咸的适量，切不可偏食；在生活起居上，要按季节的交替、冷暖，适时增减衣服，适当锻炼，顺乎自然。这些都是强身健体，预防"五劳七伤"的必要措施。欧阳修曾说："以自然之道，养自然之身。"讲的就是这个道理。

《本草纲目》中说狗肉能"安五脏、

轻身、益气、补胃、暖腰膝、宜肾、壮气力、补五劳七伤、补血脉"。

下面介绍几种用狗肉制作的食疗方，在品尝美味的同时还能补益身体，一举两得。

双味狗排

材料：狗排650克，葱段、姜片、料酒、胡椒粉、香料粉、嫩肉粉、生抽、老抽、干细淀粉、精炼油各适量，香辣牛肉酱、番茄沙司各1小碟。

制法：

①将鲜狗排每两根为一组顺骨缝划开，斩成6厘米长的段，用清水反复漂洗血污，入冷水锅中烧沸约3分钟，捞出洗去污沫，纳小盆内，加入葱段、姜片、料酒、胡椒粉、香料粉、嫩肉粉、生抽、老抽和干细淀粉拌匀，腌约半小时。

②将腌好的狗排装在盘中，上笼用旺火蒸约1小时至软烂，取出，再逐段投入到烧至六七成热的精炼油锅中炸成金黄色，捞出沥油，装盘，佐食。

红焖香辣狗肉

材料：鲜狗肉1000克，料酒100克，干辣椒25克，豆瓣酱50克，番茄酱35克，葱段、姜片各10克，香料（花椒、八角、香叶、桂皮、丁香、肉、草果等各1克），精盐、味精、鸡精、胡椒粉、白糖、酱油、香油、辣椒油、熟花生油、肉骨头汤、葱花、香菜各适量。

制法：

①将鲜狗肉皮上的残毛污物刮洗干净，斩成3.5厘米见方的块，用清水浸泡数小时去除血污。然后同50克料酒入冷水锅中，沸后煮3分钟捞出，再用清水洗几遍，控干水分。

②炒锅上火，放熟花生油烧热，下葱段、姜片、干辣椒和香料炒香，倒入狗肉块翻炒至无水气时，再下豆瓣酱、番茄酱和嫩肉粉翻炒，见色红油亮时，放料酒和肉骨头汤烧开。加精盐、味精、鸡精、胡椒粉、酱油和白糖调好口味，倒在高压锅内，加盖上火，待阀门旋转后压25分钟左右离火。

③将焖好的狗肉舀在汤盆内，撒上香菜、葱花，浇上烧热的辣椒油和香油即成。

③ 2种食疗方防治眼疾

眼睛是心灵的窗户，是认知外界事物的主要器官。随着年龄的增长，各种眼病症状也会出现，常见的有目干涩、目痛、目痒等。那么老年人应该怎样保护自己的眼睛呢？

《本草纲目》中记载了菊花和动物肝脏具有明目的作用，因此老年人可常吃动物肝脏。下面介绍两种养眼羹的制法。

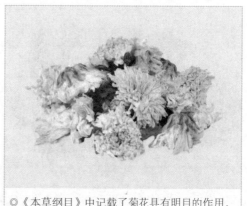

◎《本草纲目》中记载了菊花具有明目的作用，因此老年人可常饮菊花茶。

猪肝羹

材料：猪肝1具（细切，去筋膜），葱白1握（去须，切），鸡蛋2个。

制法：将以上材料放入豉汁中煮，作羹。快要熟时，打破鸡蛋，投在羹中，方可食用。

功效：主治营养性弱视、远视、夜盲等症。

羊肝羹方

材料：青羊肝1具（细切，水煮熟，滤洒干）。

制法：用盐、醋调和食用。

功效：养肝明目。

除了注意饮食，老年人还可以给自己做一个菊花枕头：用黄白菊花各150克，配苦荞麦皮200克、黑豆皮100克、决明子300克，同装入枕芯中。此枕养阴清热，对肝阴不足、肝火上炎而致的目赤肿痛、干涩羞明、视物不清等症，均有良好疗效。

④ 2种食疗方防治耳聋耳鸣

老年性耳聋是指随着年龄增长逐渐发

◎生活中饮食多样性及合理的饮食，对防治老年性耳聋具有十分重要的意义。

生的进行性听力减弱，重者可致全聋的一种老年性疾病。通常情况下，65～75岁的老年人发病率可高达60%。老年性耳聋的治疗方法很多，但疗效不明显。我们在日常生活中掌握合理和科学的饮食，对防治老年性耳聋具有十分重要的意义。

中医认为，肾开窍于耳。因此养好肾脏对耳朵来讲是十分重要的。李时珍认为，猪肾对老年人耳聋耳鸣有良好的效用，因此老年人可经常吃适量猪肾。下面推荐几个治疗老年人耳聋耳鸣的方子。

莲肉红枣扁豆粥

材料：莲子肉10克，红枣10枚，白扁豆15克，粳米100克。

制法：加水常法煮粥。

功效：益精气，健脾胃，聪耳目。每日早、晚温热服食。

木耳瘦肉汤

材料：黑木耳30克，瘦猪肉100克，生姜3片。

制法：上述材料加水适量，文火炖煮30分钟。

功效：补肾纳气。补而不滞，还可降低血黏度。对耳聋伴高血脂者更为适用。

⑤ 2种食疗方对付虚损羸瘦

由于老年人各种生理机能趋弱，身体稍有不适，就容易消瘦下来。如何通过食补增进体质呢？李时珍认为，老年人应该选择一些有营养且易消化的食物进补。因此，儿女们可以参考以下食疗方来孝敬爸妈。

桑葚芝麻糕

材料：桑葚30克，黑芝麻60克，麻仁10克，糯米粉700克，白糖30克，粳米粉300克。

制法：将桑葚、麻仁洗净，放入锅内，加水适量，置武火上烧沸，再用文火煮熬20分钟，去渣，留汁待用；将黑芝麻置文火上炒香备用，糯米粉、粳米粉、白糖合匀，加入桑葚、麻仁汁和水适量，揉成面团，做成糕，在每块糕上撒上黑芝麻，上笼蒸15～20分钟即成。可供早餐或点心用。

功效：健脾胃、补肝肾。适用于老年体虚、肠燥、大便干结等病症。

牛奶粥

材料：粳米100克，牛奶250毫升，白糖适量。

制法：粳米煮粥，加入牛奶，白糖调味食用。

功效：润五脏，补虚损，养阴生津。适用于中老年人或病后体弱，气血亏损，体瘦虚羸，反胃噎嗝，口干思饮，大便燥结等症。服用牛奶粥时，忌食酸性食物。

⑥ 2种食疗方防治脾胃气弱

老人脾胃虚弱是常事，注意日常保养很重要。李时珍在《本草纲目》中称藕为"灵根"，民间早有"新采嫩藕胜太医"之说。对于老年人来说，藕更是补养脾胃的好食材。

如果想让藕有养胃滋阴、健脾益气的作用，必须把它加工熟，尤其是把藕加工制成藕粉，更是老年人不可多得的食补佳

◎民间早有"新采嫩藕胜太医"之说。对于老年人来说，藕更是补养脾胃的好食材。

品，既营养丰富，又易于消化，有养血止血、调中开胃之功效。平时脾胃不好的老年朋友，不妨趁着新鲜秋藕上市的时候多吃一些，自己在家做藕粉。制作方法非常简单：把藕连皮切成薄片，为了加快干燥速度，可以先蒸上5分钟；然后把藕片平铺在干净的纱布上晒干；等晒干、晒透后，放入研钵中捣成粉末即可。

早餐时，用开水冲上一小碗晶莹剔透的藕粉，淡淡的藕香特别有助于老人开胃。老年人常有喝粥的习惯，不妨偶尔换换口味，来点藕粉。喜欢吃甜口的，还可以适当加点蜂蜜、红糖或是桂花。用藕粉做下午的加餐也是不错的选择。

除了藕粉之外，还可以考虑以下食疗方来补脾胃。

豉汁鲫鱼

材料：鲫鱼250克，豉汁、胡椒、莳萝、姜、橘皮各适量。

制法：将鲫鱼入豉汁中煮熟，加胡椒、莳萝、姜、橘皮，空腹食用。

功效：适用于治胃虚疼痛。

蒸猪肚

材料：猪肚1个，参末15克，橘皮末15克，猪脾2枚（细切），葱白少许，饭半盘，椒姜等调料适量。

制法：在猪肚内放入参末、橘皮、猪脾、葱白、饭、椒姜，缝合口，蒸烂食之。

功效：可治老年人脾虚气弱。

 7 2种食疗方防治腹泻

随着年龄增长，人体的免疫能力（抗病能力）会逐渐降低，抵御细菌和病毒的能力自然也随之降低，病毒和细菌就容易乘虚而入，容易引起腹泻。因此，老人要格外注意呵护肠胃，日常生活中应做到提高身体免疫力，保证食物新鲜，少食生冷食物，坚持规律饮食，注意身体保暖。与此同时，还要掌握几招治疗腹泻的食疗方，以确保老人安全度夏。

薏苡仁粥

材料：薏苡仁40克，粳米50克，蜂蜜适量。

制法：以上材料加水煮粥。每日分2次服用。

功效：有健脾利湿的功效，能治疗老年慢性腹泻。

生姜粥

材料：党参6克，茯苓6克，生姜5片，粳米50克。

制法：党参、茯苓、生姜加水煎汁，加入粳米煮粥服用。

功效：可治疗中老年因脾胃虚寒所致的腹泻。

8 2种食疗方防治烦渴口干

许多人都有过口干舌燥的感受，还有的人长久地受着口干的困扰，尤其是老年人。

病理性口干多见于感冒后，大量呕吐、腹泻及高热后。鼻炎、鼻窦炎患者常因鼻腔通气不良，张口呼吸致使口腔内水分蒸发而出现口干。哮喘患者因呼吸加快加深，呼吸道蒸发水分过多而产生口干。各种原因的睡眠呼吸障碍患者，因为夜间张口呼吸而在清晨起床后口干。糖尿病口干是大家最熟悉的，患者可因血糖升高引起血浆渗透压增高、多尿而出现口干。最严重的口干见于干燥综合征患者，因为免疫反应破坏了腮腺、口腔内唾液腺、泪腺及鼻腔黏膜内腺体而引起口干。

有了口干症除了到医院做全面检查，针对病情进行治疗外，平时还应注意生活调理。

李时珍认为，对于老年人烦渴口干，应多吃一些生津止渴的食物。中医常用以下食疗方来解除老年人烦渴口干。

大麦汤方

材料：大麦2升，赤饧2合。

制法：将上材料入锅，加水7升，煎取5升，去滓。下饧调之。渴即服愈。

功效：食治老人烦渴不止，饮水不定，转渴，舌卷干焦。

冬瓜羹方

材料：冬瓜半斤（去皮），豉心2合（绵裹），葱白半握。

制法：将上述材料入锅，加上水煮

作羹，下五味调和，空心食之。常作粥尤佳。

功效：食治老人消渴、烦热，心神狂乱，躁闷不安。

⑨ 2种食疗方防治咳喘

咳喘是老年人的常见症状，如不注意调护常常迁延难愈，影响老年人的生活质量。所以老年人咳喘在药物治疗的同时更应该注意自我调护。

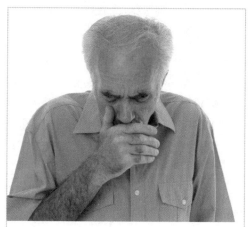

◎ 咳喘是老年人的常见症状，如不注意调护常常迁延难愈，影响老年人的生活质量。

《本草纲目》中记载了用冰糖白蜜汁和柚子皮治疗老年哮喘的食疗方。

冰糖白蜜汁

材料：冰糖120克，白蜜120克，黑芝麻250克，生姜120克。

制法：冰糖捣碎同白蜜蒸熟，捣汁去渣。其汁与白蜜冰糖用瓷瓶收储，早晚服一茶匙。

功效：益气养阴，润肺止咳。

柚子皮

材料：柚子1个取皮，削去内层白

髓，切碎放于有盖碗中。

制法：加适量饴糖或蜂蜜，隔水蒸至料熟，每日早晚各一匙，加些黄酒内服。

功效：活气、化痰、止咳、平喘。

⑩ 3种食疗方防治畏寒

不少老年人在冬季特别畏寒，常被人说是"火力差"。畏寒是指肢体怕冷的一种临床症，常伴手脚发凉、腰感觉凉、难以入眠等。畏寒的程度因人而异，严重者夏季也需要穿厚袜子，并且腰部常有一种被水浸湿的不适症状。如何消除这种难受的感觉呢？

畏寒的人应该多吃一些温和的食物。《本草纲目》中记载，人参味甘微苦，生者性平，熟者偏温。人参的作用在于补五脏，益六腑，安精神，健脾补肺，益气生津，大补人体之元气，能增强大脑皮质兴奋过程的强度和灵活性，有强壮作用，使身体对多种致病因子的抗病力增强，改善食欲和睡眠，增强性功能，并能降低血糖、抗毒、抗癌，提高人体对缺氧的耐受能力等作用。

用人参和白酒配制的药酒能治虚劳羸瘦，气短懒言，脉软而无力，四肢倦怠，脾胃不健，面色萎黄，喜暖畏寒，自汗乏力。那么，这种药酒是如何配制的呢？

人参酒

材料：人参30克，白酒1200毫升。

制法：

①用纱布缝一个与人参大小相当的袋子，将人参装入，缝口。

②放入酒中浸泡数日。

③倒入砂锅内，在微火上煮，将酒煮至500～700毫升时，将酒倒入瓶内。

④将其密封，冷却，存放备用。

用法：每次10～30毫升，每日1次（上午服用为佳）。

研究发现，老年人在寒冷环境中调节体温或保持体温的能力，与他们每日从饮食中摄取铁元素的多少有关。在试验期间，研究人员让参加试验组的老年人每人只摄取6毫克铁，相当于医生规定的三分之一，然后测量他们的体温，结果，他们的体温比试验前降低了。因此，他们提醒老年人在冬季适量多吃些含铁丰富的食品，例如黑木耳、海带、紫菜、豆制品和猪肝、瘦肉、蛋类等。但需要注意的是，人体摄铁，重在适量。除缺铁性贫血患者外，不必额外补铁。

除了上面说到的药酒和注意铁的摄入，以下两种食疗方对老年畏寒也有显著的疗效。

赤豆黑枣粥

材料：赤豆50克，黑枣1枚(去核)，糯米适量。

制法：先将赤豆煮软，再加入黑枣、糯米煮成粥。食用时加适量白糖，每天吃一小碗，可长期服食。

功效：可治疗老年畏寒。

参芪清蒸鸡

材料：人参10克，黄芪15克，童子鸡一只。

制法：将鸡宰杀洗净，去内脏，再将人参、黄芪放入鸡内缝合。入锅加葱、姜、料酒、盐及少量清水清蒸。以饮鸡汁

为主，可连续蒸2～3次。

功效：具有滋补之功效，提高人体免疫力。

⑪ 2种食疗方防治便秘

便秘是常见的症状，是引发多种疾病的重要原因。因此，对于老人便秘的防治，千万不可掉以轻心。

对于长期便秘的病人，可以清晨空腹时喝温淡盐水260～450毫升，这样可促进胃肠蠕动，有利于排便顺畅。

除此之外，还应根据个人情况，采用以下食疗方。

素炒绿豆芽

材料：绿豆芽500克，花生油50克，精盐10克，米醋10克，料酒5克，葱10克，姜5克，花椒10克。

制法：将豆芽掐掉两头，洗净，捞出沥干水，葱切成3厘米长段，姜切成末。炒锅置于旺火上，倒入花生油40克，烧至七成熟，放入花椒炸出香味，再放葱段、豆芽、姜末，烹入米醋、料酒、精盐翻炒几下，出锅装盘，将剩下的10克花生油烧熟后，浇在炒好的豆芽菜上即可。

功效：清热解毒，消肿通便。

牛奶粥

材料：牛奶100克，粳米150克，白糖适量。

制法：将粳米淘洗干净，下入锅内，用旺火烧开，再用小火煮至半熟，倒去米汤，加入牛奶、白糖，成粥即可。

功效：促进肠蠕动，润肠通便，可防治便秘。

呵护女性健康，本草也有"怜香惜玉"之功

① 防治乳腺炎本草食疗方

乳腺炎是产后哺乳期妇女的常见疾病，是乳管不畅通，乳汁淤积后乳腺的急性化脓性感染。哺乳期的任何时间均可发生，而哺乳刚开始最为常见。

《本草纲目》中记载了将蒲公英捣碎敷于患处的办法来治疗乳腺炎。蒲公英性平，味甘微苦，有清热解毒、消肿散结及催乳作用，对治疗乳腺炎十分有效。可以煎汁口服，也可以捣泥外敷，都十分有效。煎汁的做法是：单味蒲公英60～90克，水煎服，每日1剂。

此外，防治乳腺炎还可以考虑以下民间偏方：①用橘核泡水代茶饮，可预防急性乳腺炎。②将橘核25克略炒，置于砂锅内，加入黄酒100毫升煎至50毫升，去渣，顿服。每日1剂。③取嫩豌豆250克，加水适量，煮熟，淡食并饮汤。除了上述偏方，防治本病还可采用以下食疗方：

◎乳腺炎可发生在任何时间，但哺乳刚开始最为常见。

❀ 女性乳腺炎食疗方 ❀

蒲公英鱼腥草茶

功效　清热解毒、消炎排脓。

材料　玉米须、蒲公英、鱼腥草各30克，冰糖适量

做法　①将玉米须、蒲公英、鱼腥草均放于清水中洗干净。②锅洗净，置于火上，加水1000毫升，将玉米须、蒲公英、鱼腥草一同放入锅内煎汁，去渣取汁。③最后加冰糖，一边煮一边搅拌，直至冰糖煮至融化即可。

木香薏米牛蛙粥

功效　清热利湿、行气排脓。

材料　薏米30克，牛蛙1只，大米80克，木香10克，盐3克，味精2克，香油、胡椒粉、料酒、葱花各适量

做法　①大米、薏米、木香均洗净浸泡；牛蛙治净，剁成小块。②油锅烧热，烹入料酒，放入牛蛙，加盐炒熟后捞出。③所有材料一起煮粥，加调味料，撒上葱花即可。

❷ 防治月经不调本草食疗方

月经不调表现为月经周期或出血量的异常，或是月经前、经期时的腹痛及全身症状，为妇科常见病。中医一般将月经失调称为月经不调，又将月经不调归纳为月经先期、月经后期、月经过多或月经过少。

李时珍认为乌骨鸡对妇科病的疗效十分理想。他在《本草纲目》中记载："乌骨鸡味甘、微温，治女人崩中带下，一切虚损诸病。"现代研究发现，乌骨鸡具有强壮机体、提高生理机能的作用，特别是对各种妇科疾病有疗效。常与枸杞子、当归配伍。能够调补肝肾，养血调经。适用

◎常食枸杞可调补肝肾，养血调经。适用于肾气不足，精血亏虚所致的月经后期、月经过少者。

于肾气不足，精血亏虚所致的月经后期、月经过少者。《本草纲目》还记载了荸荠和白茅根适用于血热所致的月经先期、月经过多等症。此外，月经不调还可以根据情况选择以下食疗方：

◙女性月经不调食疗方◙

益母草鸡汤

功效 此汤有活血化瘀、缓中止痛、调经的功效，适合月经不调、经色淡、量少，并伴神疲乏力、面色苍白的患者食用。

材料 人参片15克，鸡腿1只，红枣8颗，益母草10克、盐5克

做法 ①人参片、红枣、益母草均洗净；鸡腿剁块，汆烫洗净。②所有材料入锅中，加1 000毫升水，以大火煮开，转小火续炖25分钟。③起锅前加盐调味即成。

活血乌鸡汤

功效 活血养血、调经止痛。

材料 乌鸡腿2只，熟地黄、党参、黄芪各15克，当归、桂枝、枸杞各10克，川芎、白术、茯苓、甘草各5克，红枣6颗，盐适量

做法 ①鸡腿洗净，剁块，汆烫后捞起洗净。②将所有药材均洗净，盛入炖锅，加入鸡块，加水至盖过材料，以大火煮开，转小火慢炖50分钟。③最后加盐调味即可饮用。

❸ 防治痛经本草食疗方

很多女性朋友有痛经的毛病。痛经就是在经期前后或行经期间，会感觉全身不适，尤其是小腹会有疼痛感。轻者伴腰部酸痛，不影响正常的工作生活，严重者小腹疼痛难忍，坐卧不宁，会影响到工作学习和日常生活，必须卧床休息。

《本草纲目》中说益母草能消火行血，祛淤生新，调经解毒。现代研究表明，益母草具有兴奋子宫，改善微循环障碍，改善血液流动性，抗血栓形成，调经活血，散淤止痛，利水消肿等作用。因此可用益母草糖水来防治痛经，具体可取益母草20克，红糖20克，将益母草洗净，放

◎《本草纲目》中说益母草能消火行血，祛淤生新，调经解毒。

入砂锅内，加清水2碗煮至1碗，去渣，加红糖，煮沸即成。经前1~2天开始，每日1次，连服2~3日。

此外，田七、肉桂等食物对防治痛经也有疗效。

✖ 女性痛经食疗方 ✖

田七佛手炖鸡

功效 活血去瘀、通经止痛。

材料 鸡肉150克，田七15克，佛手10克，红枣5颗

做法 ①选鲜嫩鸡肉，洗净，切块；田七、佛手洗净；红枣去核，洗净。②把全部用料放入炖盅内，加适量开水，炖盅加盖，隔水文火煲3小时，调味即可食用。

肉桂甜粥

功效 温中补阳、散寒止痛。常喝此汤，对防治女性痛经很有帮助。

材料 肉桂3克，粳米100克，红糖适量

做法 ①将肉桂洗净；粳米淘洗干净。②粳米加适量水，煮沸后，加入肉桂及红糖，同煮为粥即可。

❹ 防治子宫肌瘤本草食疗方

子宫肌瘤是一种良性肿瘤，也是女性生殖器官中最常见的肿瘤之一。此病常见的现象是子宫出血、乳房胀痛、小腹部有隐痛、邻近器官的压迫症状、白带增多、不孕、肛门有下坠感、月经量增多或淋漓不尽、腰部酸痛、面部有色素沉着或黄褐斑、眼圈发黑、面黄肌瘦、贫血、心脏功能障碍、盆腔检查可扪到子宫体增大和器官质地变硬。

患有子宫肌瘤的妇女应注意饮食宜清淡，要多吃新鲜蔬菜及高蛋白、低脂肪的食物，坚持每天吃一定量的水果。多吃谷类、豆类及豆制品、瘦肉、动物肝脏、

◎每天坚持吃一定量的鹌鹑蛋可改善和防治子宫肌瘤。

鸡蛋、鹌鹑蛋、海带、白菜、香菇、冬瓜等。不要吃虾、蟹等海鲜发物。忌食辣椒、白酒等辛辣刺激性食物。禁食桂圆、大枣、蜂王浆等凝血性食物。患此病女性也可选用以下两款食疗方来调理身体：

❈ 女性子宫肌瘤食疗方 ❈

香菇豆腐汤

功效 本品具有清热利湿、消肿抗癌的功效，对子宫癌有一定的食疗效果。

材料 鲜香菇100克，豆腐90克，水发竹笋20克，三棱10克，清汤、盐、香菜各适量

做法 ①将鲜香菇用清水洗净，切片备用；豆腐洗净，切片备用；水发竹笋切片，备用；三棱洗净，备用。②锅洗净，置于火上，倒入清汤，调入盐，下入香菇、豆腐、水发竹笋、三棱煲至熟。③最后撒入香菜即可。

冬瓜薏米鸭

功效 清热解毒、利水消肿，适合湿热下注型子宫癌患者食用。

材料 冬瓜200克，鸭1只，红枣、薏米、苦参、荆芥、姜各10克，盐3克，鸡精、胡椒粉各2克，香油5克

做法 ①所有材料洗净，冬瓜去皮切块；鸭治净剁件；姜切片。②油锅爆香姜片，加水烧沸，下鸭氽烫后捞起。③将所有材料放入砂钵煲至熟，加调味料即可。

❺ 防治阴道炎本草食疗方

妇科最常见的疾病莫过于阴道炎。各年龄层次的女性皆可感染此病。女性阴道对病原体的侵入有自然防御功能，但当阴道的自然防御功能遭到破坏，病原体就易于侵入，从而导致阴道炎症。阴道炎主要表现为阴道分泌物增多以及外阴瘙痒灼痛，性交痛也较为常见，当感染累及尿道时，还会有尿痛、尿急等症状。

患有阴道炎的女性，宜食用清淡而有营养的食物，如芥菜、鸡蛋、豆类、红薯、马齿苋、水果类。饮食宜稀软清淡。

据《本草纲目》记载，粳米、糯米、山药、扁豆、莲子、薏米、百合、大枣、

◎山药具有补脾益肾的作用，常食可改善和防治阴道炎。

动物肝脏等食物都具有补脾益肾的作用，因此这些食物可作为阴道炎患者的饮食选择。此外，阴道炎患者不要吃葱、姜、蒜、辣椒等辛辣刺激性食物。海鲜发物、腥膻的食物也不要碰。

❈ 女性阴道炎食疗方 ❈

大芥菜紫薯汤

功效 本品有清热解毒、消炎杀菌的功效，慢性阴道炎患者多食此汤对病情有一定的食疗效果。

材料 大芥菜450克，紫薯500克，姜2片，花生油、盐各5克

做法 ①大芥菜洗净，切段。②紫薯去皮，洗净，切成块状。③锅中放入花生油、姜片，紫薯爆炒5分钟，加入1 000毫升水，煮沸后加入大芥菜，煲煮20分钟，加盐调味即可。

鸡蛋马齿苋汤

功效 本品具有清热凉血、消炎解毒的功效，适合阴道炎患者食用，可改善阴道瘙痒、带下异常的症状。

材料 马齿苋250克，鸡蛋2个，盐适量

做法 ①将马齿苋用温水泡10分钟，摘去根、老黄叶片，清水洗净，切成段，备用。②鸡蛋煮熟后去壳。③锅洗净，置于火上，将马齿苋、鸡蛋一起放入锅中同煮5分钟后，加盐调味即可。

⑥ 防治更年期综合征本草食疗方

更年期是女性生殖功能由旺盛到衰退的一个过渡阶段。这是个雌激素水平下降的阶段，是生育期向老年期的过渡阶段。更年期妇女由于卵巢功能减退，垂体功能亢进，分泌过多的促性腺激素，引起植物神经功能紊乱，会出现月经变化、生殖器官萎缩、骨质疏松、心悸、失眠、乏力、抑郁、多虑、情绪不稳定、易激动等症状，称为"更年期综合征"。更年期综合征虽然是由于生理变化所致，但发病率高低与个人经历和心理负担有直接关系。因此，更年期妇女的心理调适十分重要。

在李时珍时代，没有更年期综合征这个说法，但是并不说明女性到了这个时期就不会出现更年期综合征的这些状况。因此，李时珍虽然没有直接提出怎样来解决更年期综合征，但是在《本草纲目》中记载了一些对中老年女性身体有调节作用的食物，都是非常有用的。根据李时珍的记载，加上后世的研究，我们认为，处于更年期的女性应多吃糙米、豆类等食物。白菜、油菜、芹菜、西红柿、柑橘、山楂、动物肝脏、奶类、蛋类等食物都是不错的选择。

对水肿的更年期妇女，要限制主食，适量饮用绿茶，以利消肿降压。对发胖的更年期妇女，要选食山茱萸、甲鱼、茄子、菠菜、瘦肉、鱼虾、豆类及植物油。

在饮食上，更年期女性要做到不偏食、不过饱，尤其是糖类和动物脂肪类食

◎对发胖的更年期妇女，常食茄子可以防治更年期综合征。

物不可多吃，会导致身体过胖。要少吃过咸的食物，烟、酒、咖啡也都不要碰。

❎ 女性更年期综合征食疗方 ❎

山茱萸丹皮炖甲鱼

功效 滋补肝肾、凉血活血。

材料 山茱萸50克，丹皮20克，甲鱼1只、葱、姜、盐、鸡精、味精各适量

做法 ①甲鱼治净，入砂锅炖煮；山茱萸、丹皮洗净加水煎汁。②将药汁连渣倒入炖甲鱼的砂锅内，放入葱、姜。③用小火炖熬1个小时左右，最后放入盐、鸡精、味精调味即可。

♥ 本草男人：一夫当关，百病莫侵

❶ 防治阳痿本草食疗方

　　阳痿是指性交时阴茎不能有效地勃起致性交不能满足。中医学则认为：阴茎不能勃起、勃起不坚或坚而不持久（含已进入阴道内旋即疲软），以致不能性交者，称为阳痿。

　　阳痿是很常见的男性病。从病理上来说，阳痿一方面是因为肝血虚，另一方面是阳气不足，膀胱经气不足导致的。现在很多人都长期吃六味地黄丸，这是纯阴的药，如果是用来治疗阳痿，不一定管用。如果从食物的角度出发，平时多吃些温阳补肾、益精壮阳的食物，则会收到很好的效果。

　　据《本草纲目》记载，如果是由于湿热引起的阳痿，则可用丝瓜汁调五倍子末敷于阴部，加柴胡、黄连水煎服。如果是由于虚弱造成的阳痿，则可用鲤鱼胆加雄鸡肝制成丸服，或者用虾米加蛤蚧、茴香及盐煮食。

　　此外，李时珍认为阳痿者应该多吃一些补肾壮阳的食物，而不宜吃油腻的食物。那么，哪些食物符合这个标准呢？常见的有狗肉、羊肉、驴肉、猪腰、甲鱼、鹌鹑、大枣、芝麻、花生等。此外，虾、海参、泥鳅、黄瓜、豆腐等食物都有利于防治男子性功能早衰。

　　那么，怎样用食疗来对付阳痿呢？以下是常用的男性阳痿食疗方：

◎李时珍认为，阳痿者应该多吃一些甲鱼有利于防治男子性功能早衰。

✖ 男性阳痿食疗方 ✖

巴戟羊藿鸡汤

功效 本品具有滋补肾阳，强壮筋骨，祛风湿痹痛的功效，可改善阳痿遗精，筋骨痿软，夜间多尿，遗尿等现象。

材料 巴戟天、淫羊藿各15克，红枣8颗，鸡腿1只，料酒5毫升，盐2小匙

做法 ①鸡腿剁块，氽烫后捞出冲净。②所有材料盛入煲中，加水以大火煮开，转小火续炖30分钟。③最后加盐调味即可。

② 防治遗精滑精本草食疗方

《黄帝内经》中说："男子二八，肾气盛，天癸至，精气溢泻。"意思是成年男子在无正常性生活时偶尔出现遗精，属于正常现象，但次数过多过频就要治疗了。

那么，《本草纲目》中是怎么说的呢？据《本草纲目》记载，莲子有"交心肾，厚肠胃，固精气，强筋骨，补虚损，利耳目，除寒湿"的功能。这说明莲子甘涩性平，有补脾止泻，清心养神益肾的作用，因此可用于治疗男子遗精滑精。

遗精滑精的男子，宜吃补肾温阳、收涩止遗的食物。肝胆火盛、湿热内蕴者，宜吃清热利湿的食物，如山药、豇豆、黑

◎莲子味甘涩性平，有补脾止泻、清心养神益肾的作用，因此可用于治疗男子遗精、滑精。

豆、大枣、莲子、狗肉、羊骨、鸡肉等。

还应注意不要吃辛辣香燥、温热助火的食物，如葱、姜、蒜、辣椒、胡椒等。肾虚不固者，忌生冷滑利、性属寒凉之物，如冷饮、田螺、柿子、绿豆等。

✖ 男性遗精食疗方 ✖

甲鱼芡实汤

功效 本品具有补肾固精、滋阴补虚的功效，可改善肾虚遗精、早泄、腰膝酸软、阴虚盗汗等症状。

材料 甲鱼300克，芡实10克，枸杞5克，红枣4颗，盐6克，姜片2克

做法 ①将甲鱼治净，斩块，汆水。②芡实、枸杞、红枣洗净备用。③净锅上火倒入水，调入盐、姜片，下入甲鱼、芡实、枸杞、红枣煲至熟即可。

金锁固精鸭汤

功效 补肾固精、温阳涩精。

材料 鸭肉600克，龙骨、牡蛎、蒺藜子各10克，芡实50克，莲须、鲜莲子各100克，盐1小匙

做法 ①鸭肉洗净氽烫；将莲子、芡实冲净，沥干。②药材洗净，放入纱布袋中，扎紧袋口。③将莲子、芡实、鸭肉及纱布袋放入煮锅中，加水至没过材料，以大火煮沸，再转小火续炖40分钟左右。

③ 防治早泄本草食疗方

恣情纵欲、房事过度而使精气损伤、命门大衰，会导致早泄。早泄的治疗要注重两方面：一是节制性欲，二是益肾补精。在日常饮食中应合理选择有温肾壮阳作用的食物。

《本草纲目》中记载了以下几种治疗早泄的常用食物。

①芡实。《本草纲目》中说，芡实"益肾，治遗精"。芡实性平，味甘涩，具有固肾涩精、补脾止泄之功效。可用芡实与山药并用，研末，日日米饭调服。

②莲子。李时珍认为："莲肉清心固精，安靖上下君相火邪，使心肾交而成既济之妙。"莲子性平，味甘涩，具有养心、益肾、补脾、固涩的作用，体虚、遗精、早泄的人都可使用，尤其是心肾不交而遗精者，更适合吃莲子。

③韭菜子。《本草纲目》中说："韭子之治遗精漏泄者，补下焦肝及命门之不足，命门者藏精之府。"韭菜子有补益肝肾、壮阳固精的作用。

早泄之人可多吃韭菜、核桃、蜂蜜、蜂王浆、狗肉、羊肉、羊肾、猪腰、鹿肉、牛鞭等食物，多吃新鲜的蔬菜和水果。像遗精滑精的患者一样，早泄的人不能吃辛辣香燥、温热助火的食物，也不能吃生冷滑利、性属寒凉之物，例如冷饮、苦瓜等。

下面给大家介绍一款常用于治疗男性早泄的食疗方：

◎恣情纵欲、房事过度而使精气损伤者，常食芡实可补益肝肾、壮阳固精。

✖ 男性早泄食疗方 ✖

桑螵蛸鸡汤

功效 本品滋补肝肾、助阳固精，调理肾虚阳痿、遗精，也可改善头晕目眩，眼眶发黑，腰酸乏力及妇女带下之症。

材料 桑螵蛸10克，红枣8颗，鸡腿1只，鸡精5克，盐2小匙

做法 ①鸡腿剥块，汆烫后捞起冲净；桑螵蛸、红枣洗净。②鸡肉、桑螵蛸、红枣一起盛入煲中，加水以大火煮开，转小火续煮30分钟。③加入鸡精、盐调味即成。

④ 防治前列腺炎本草食疗方

不少成年男性被前列腺炎所困扰，会出现尿频、尿急、尿痛、尿不尽、尿等待、血尿等症状。中医认为，前列腺炎是肾虚、膀胱气化不利所致。在饮食上应选择具有补气益肾功效，营养丰富、清补的食物，例如荸荠、甘蔗、葡萄、杨梅、猕猴桃、绿豆、猪瘦肉、乌鸡等。对于煎炒油炸、辛辣燥热之物，如咖啡、可可、烈酒等应该不食或少食。

李时珍认为常吃荞麦对前列腺炎有好处。因此，现代人常用荞麦鸡蛋清来治疗前列腺炎。具体做法：取适量的荞麦炒焦，研为末，与鸡蛋清和丸如梧桐子大。每服50丸，盐汤下，每日3次。此方对前列腺炎十分有效。

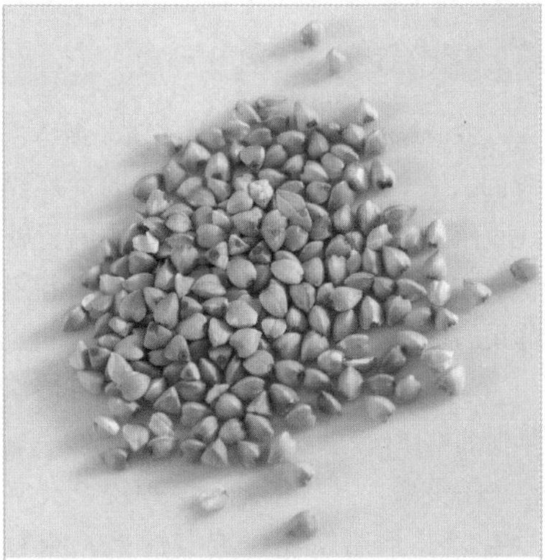

◎李时珍认为，常吃荞麦对前列腺炎有好处。因此，现代人常用荞麦鸡蛋清来治疗前列腺炎。

男性前列腺炎食疗方

车前子田螺汤

功效 本品具有利水通淋、清热祛湿的功效，适合泌尿系统感染、前列腺炎、泌尿系统结石等属于膀胱湿热症者食用。

材料 田螺（连壳）1000克，车前子50克，红枣10个，盐适量

做法 ①田螺洗净，钳去尾部。②用纱布包好洗净的车前子；红枣洗净。③把田螺、车前子、红枣放入开水锅内，大火煮沸，改小火煲2小时，加盐调味即可。

竹叶茅根饮

功效 本品具有凉血止血、清热利尿的功效，可用于小便涩痛、排出不畅、或尿血伴腰酸胀痛等症及前列腺炎者食疗。

材料 鲜竹叶、白茅根各15克

做法 ①鲜竹叶、白茅根分别用清水洗净。②将鲜竹叶、白茅根放入锅中，加水750毫升，煮开后改小火煮20分钟。③滤渣取汁饮。

第十一章

辨证施治，本草食疗要对症

● 中医治病讲究"辨证施治"，本草食疗也应如此。中医认为人的体质不同，所用的养生保健、防病治病的方法也各不相同。所谓体质，即人的形体结构及生理功能的特性，其受先天禀赋的影响尤为深远。所以体质各异，补养所用的食物也要各异，如气虚者要吃牛肉补气、血虚者要用阿胶补血、脾虚者要用山药补脾……日常养生只有区别年龄，辨明体质，辨体而食，才能将养生落到实处，收到实效。

因人而异，总有一种本草食疗适合你

① 补血养血治血虚：血虚体质的食疗原则

血对身体有营养和滋润的作用，如果营养摄取不足，就会造成身体气血虚弱，形成血虚体质。

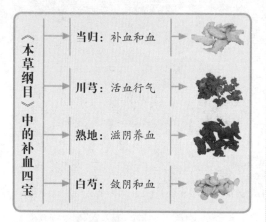

《本草纲目》中的补血四宝

当归：补血和血
川芎：活血行气
熟地：滋阴养血
白芍：敛阴和血

有些人面色苍白无华或萎黄、肌肤干燥、唇色及指甲颜色淡白、头昏眼花、心悸失眠、多梦、肢端发麻、舌质淡、脉细无力。女性还伴随月经颜色淡且量少。这都是血虚体质的特征。血虚体质的人养生应当补血养血，因心主血脉，肝藏血，脾统血，故心、肝、脾皆当补之。

李时珍在《本草纲目》中给我们留下了补血四宝——当归、熟地、川芎、白芍。当归补血和血；熟地滋阴养血；川芎活血行气；白芍敛阴和血。四物合用，就是补血养血的四物汤。那么，血虚的人在饮食上应该怎样调养呢？据《本草纲目》记载，桑葚、桂圆、何首乌、熟地、黑木耳、菠菜、胡萝卜、牛肝、乌鸡、甲鱼、海参等食物具有补血、养血的作用。

对于血虚的人，医生常告诉他们用中药搭配食物做成可口的药膳，例如当归羊肉汤、四物鸡汤、十全排骨汤等，养血效果十分不错。此外，单从食物方面看，补血的菜肴也不少。例如，凉拌菠菜含有较多对补血有益的铁质，牛奶含有对补血有益的钙质，动物肝脏的铁质含量也很多。

血是健康的根本，如果你属于血虚体质，那就要更加注意饮食的调理。除此以外，久视伤血，血虚的人应注意调摄，不可劳心。

✖ 血虚体质本草养生方 ✖

当归羊肉汤

功效 固腰补肾。

材料 羊肉400克，黄芪25克，党参25克，当归25克，姜6片，盐少许

做法 ①羊肉洗净，切块；黄芪、党参和当归用纱布扎紧。②烧热1汤匙油，爆香姜片，放羊肉爆炒至血水干后盛入砂锅内。③砂锅内注适量清水，放入黄芪、党参、当归和姜片，大火煮沸后改小火炖煮2小时，加盐调味即可。

② 补气养气疗气虚：气虚体质的食疗原则

有些人在形体上消瘦或偏胖、体倦乏力、少气懒言、语声低怯、面色苍白、常自汗出、动则尤甚、心悸食少、舌淡苔白、脉虚弱、女子白带清稀，这些症状说明此人气虚。气虚体质者应该补气养气，因为肺主一身之气，肾藏元气，脾为"气血生化之源"，因此脾、肺、肾都要补。

《本草纲目》中记载，大枣、鲢鱼、葡萄、南瓜等具有益气养精之功效。

《本草纲目》中的益气养精四物

大枣：益气补血

鲢鱼：温中益气

葡萄：养血益气

南瓜：温肺益气

气虚体质的人最好吃一些甘温补气的食物。例如，粳米、糯米、小米等谷物都有养胃补气的功效。山药、莲子、黄豆、薏仁、胡萝卜、香菇、鸡肉、牛肉等食物也有补气、健脾胃的功效。人参、党参、黄芪、白扁豆等补气中药和具有补气的食物做成的药膳，可以促进人体正气的生长。

中年女性是较为常见的出现气虚症状的人群，平时可常吃大枣、南瓜，多喝一些山药粥、鱼汤等补气的食物，注意摄入

各种优质蛋白对补气都大有好处。气虚往往和血虚同时出现，因此在注重补血的时候，更要注重补气，以达到气血平衡。

气虚体质的人宜吃性平偏温的、具有补益作用的食品。比如果品类有红枣、葡萄干、苹果、桂圆肉、橙子等。蔬菜类有白扁豆、红薯、淮山、莲子、白果、芡实、南瓜等。肉食类有鸡肉、猪肚、牛肉、羊肉、鹌鹑等。水产类有鲢鱼、淡水鱼、泥鳅、鳝鱼等。谷物类有糯米、小米、黄豆制品等。

气虚体质者的补益要缓缓而补，不能峻补、蛮补、呆补最好不要吃山楂、槟榔、大蒜、香菜、胡椒、薄荷、荷叶；不吃或少吃荞麦、金橘、橙子、菊花。

气虚体质本草养生方

南瓜粥

功效 增强免疫力。

材料 南瓜30克，大米90克，盐2克，葱少许

做法 ①大米泡发洗净；南瓜去皮洗净，切小块；葱洗净切成葱花。②锅置火上，注入清水，放入大米煮至米粒绽开后，放入南瓜。③用小火煮至粥成，调入盐入味，撒上葱花即可。

③ 滋养肝肾调阴虚：阴虚体质的食疗原则

如果一个人先天禀赋不足，后天调养不当，久病不愈就会造成阴虚体质，阴虚体质的人大多比较瘦。主要表现为：身体消瘦、脸色暗淡无光或潮红、有时会有烘热感、口舌容易干燥、口渴时喜欢喝冷饮、四肢怕热、易烦易怒、容易失眠、大便偏干、小便短少、舌红少苔、脉象细数。

阴虚体质的进补关键在于补阴，阴虚体质的人要遵循滋阴清热、滋养肝、肾的养生原则。五脏之中肝藏血，肾藏精，同居下焦，所以，以滋养肝、肾二脏为要。此体质之人性情较急躁，常常心烦易怒，这是阴虚火旺、火扰神明之故。

味甘、性凉寒平的食物是阴虚者的好伴侣。《本草纲目》中记载的下列食物，适合阴虚者选用：麦苗、醋、绿豆、豌豆、菠菜、竹笋、空心菜、冬瓜、莲藕、百合、丝瓜、番茄、胡瓜、苦瓜、紫菜、梨、柳橙、柚子、西瓜、白萝卜、椰子、豆腐、豆浆、茭白等。

阴虚体质的人宜吃肉质精细的动物优质蛋白，如很新鲜的猪肉、兔肉、鸭肉、乌鱼、龟肉、甲鱼肉、蚌肉、牡蛎、海参、小银鱼、鲍鱼、淡菜等。肉类可以红烧、焖、蒸、炖、煮、煲，尽量少放调料，保持原汁原味。食物如经过煎炸、烧烤或放花椒、八角、桂皮等一起食用，敏感的人一吃就上火。

温燥的、辛辣的、香浓的食物都伤阴。比如花椒、茴香、桂皮、五香粉、味精、辣椒、葱、姜、蒜、韭菜、虾仁、荔枝、桂圆、核桃、樱桃、杏、羊肉、狗肉等。这些食物阴虚体质的人并非绝对不能食，但是要尽量少吃。在炎热、干燥容易上火的天气最好就不吃。

此外，阴虚体质的人不要吃大蒜、辣椒、胡椒、榴莲、荔枝、龙眼、樱桃、核桃、红豆、韭菜、生姜等食物。干姜、肉桂、丁香、桂圆、茴香、核桃等同样不适合阴虚体质人食用。

在生活习惯上，阴虚体质人应注意睡前不要饮茶、锻炼和玩游戏，应早睡早起，避免熬夜，也不要在高温下工作。

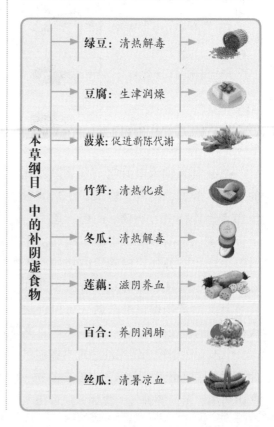

《本草纲目》中的补阴虚食物

绿豆：清热解毒

豆腐：生津润燥

菠菜：促进新陈代谢

竹笋：清热化痰

冬瓜：清热解毒

莲藕：滋阴养血

百合：养阴润肺

丝瓜：清暑凉血

❹ 温补脾肾补阳虚：阳虚体质的食疗原则

有些人由于先天禀赋不足或后天调养不当，虽然看起来白白胖胖，但脸色淡白无光，口淡不渴，体寒喜暖，四肢欠温，不耐寒冷，精神不振，懒言，大便稀溏，小便清长或短少，舌淡胖嫩苔浅，脉象沉细无力。这种人属于阳虚体质，也就是阳气偏衰、机能减退、热量不足、抗寒能力低弱的体质。

既然阳虚，就要补阳，那么如何来补阳呢？阳虚体质的人要遵循温补脾肾以祛寒的养生原则。五脏之中，肾为一身的阳气之根本，脾为阳气生化之源，故当着重补之。中医认为，阳虚是气虚的进一步发展，阳气不足者常表现出情绪不佳，易悲哀，故必须加强精神调养。要善于调节自己的情感，消除不良情绪的影响。此种体质多形寒肢冷、喜暖怕凉、不耐秋冬，故阳虚体质者尤应重环境调摄，提高人体抵抗力。

既然如此，那么阳虚者在饮食上就应该多吃一些养阳的食物。《本草纲目》中说羊肉、狗肉、鹿肉等具有养阳之功效。

羊肉是温补佳品，有温中暖下、益气补虚的作用。阳虚之人宜在秋冬以后常食之，可以收到助元阳、补精血、益虚劳的温补强壮效果。狗肉温补阳气，无论脾阳虚或是肾阳虚，都可食用。民间早有"阳虚怕冷，常吃狗肉"的习俗。

阳虚的人可以在夏日三伏，每伏食羊肉附子汤一次，配合天地阳旺之时，以壮

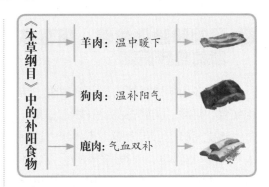

《本草纲目》中的补阳食物

- 羊肉：温中暖下
- 狗肉：温补阳气
- 鹿肉：气血双补

人体之阳。阳虚体质的人宜食味辛、性温热平之食物，如薏苡仁、大蒜、葱、莲藕、甘薯、红豆、豌豆、黑豆、山药、南瓜、韭菜等。

阳虚者不要吃空心菜、菠菜、茼蒿、茭白、白萝卜、百合、冬瓜、苦瓜、茄子、绿豆、绿豆芽等食物。

✖ 阳虚体质本草养生方 ✖

狗肉黑豆汤

功效 此汤有补肾壮阳之功，可作为男性肾虚之膳食。

材料 狗肉300克，黑豆100克，葱5克，姜3克，盐5克

做法 ①将狗肉洗净，切成小块；黑豆洗净泡发；姜切片；葱切花。②将切好的狗肉下入沸水中余去血水。③加适量水，放入狗肉、黑豆，再加入姜片、盐炖至狗肉熟烂，撒上葱花即可。

⑤ 强健脾脏化痰湿：痰湿体质的食疗原则

有许多人形体肥胖，且喜好甜食、精神疲倦、嗜睡、头脑昏沉、身体常觉千斤重、睡觉易打鼾、代谢能力不佳等。这种人如果缺少运动，则很容易发生关节酸痛、肠胃不适、高血压、糖尿病、痛风等病症。这是因为他们身体内的水分代谢功能减退，痰湿停滞在体内导致一系列症状。通常称为痰湿体质。

痰湿体质人的形体通常表现为：体形肥胖，腹部肥满松软。其面部常表现为：面部皮肤油脂较多，多汗且黏，胸闷，痰多，口黏腻或甜，喜食肥甘甜黏，苔腻，脉滑。其心理特征：性格偏温和、稳重，多善于忍耐。其对外界环境适应能力差，尤其对梅雨季节及湿重环境适应能力差。

痰湿体质的人应当注意环境调摄，不宜居住在潮湿的环境里。在阴雨季节，要注意湿邪的侵袭。饮食调理方面少食肥甘厚味，酒类也不宜多饮，且勿过饱。多吃些蔬菜、水果。《本草纲目》中记载了

些具有健脾利湿、化痰祛痰的食物，如荸荠、紫菜、海蜇、枇杷、白果、大枣、扁豆、红小豆、蚕豆等。

痰湿体质的人宜食味淡、性温平的食物，如薏苡仁、茼蒿、洋葱、白萝卜、薤白、香菜、生姜等，不要吃豌豆、南瓜等食物。少食肥甘厚味，酒类也不宜多饮，且食勿过饱，宜多吃蔬菜、水果，尤其是一些具有健脾利湿、化痰祛痰功效的食物，还可常食加入了陈皮、白术、党参、砂仁、苍术、茯苓等健脾祛湿的中草药所烹饪的药膳。应限制食盐的摄入，不宜多吃肥甘油腻、酸涩食品，如饴糖、石榴、柚子、枇杷、砂糖等。

《本草纲目》中的利湿祛痰食物	荸荠	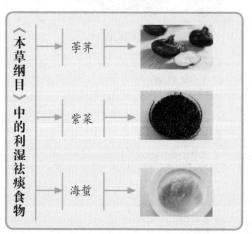
	紫菜	
	海蜇	

痰湿体质本草养生方

扁豆白果糯米粥

功效 增强免疫力。

材料 扁豆、白果各20克，糯米100克，盐2克，葱少许

做法 ①糯米泡发洗净；扁豆择去头、尾老筋，洗净切段；白果去壳、皮、心，洗净；葱洗净切成葱花。②锅置火上，注入清水，放入糯米，用旺火煮至米粒完全开花。③放入扁豆、白果，改用文火煮至粥成，加入盐调味，撒上葱花即可。

❻ 活血化淤祛淤血：淤血体质的食疗原则

有些人身体较瘦、头发易脱落、肤色暗沉、唇色暗紫、舌呈紫色或有淤斑、眼眶黯黑、脉象细弱。这种类型的人，有些明明年纪未到就已出现老人斑，有些则身上某部分常感到疼痛，如女性生理期时容易痛经，此种疼痛在夜晚会更加严重。

这种人属于淤血体质，主要原因是血行迟缓不畅，多半因情志长期抑郁，或久居寒冷地区，以及脏腑功能失调所造成。

淤血体质人的面部体表现为：肤色晦暗，色素沉着，容易出现淤斑，口唇黯淡，舌暗或有淤点，舌下络脉紫暗或增粗，脉涩。其心理特征：易烦，健忘。其对外界环境适应能力也较差，最不耐受寒邪的侵扰。

在食养原则上要坚持活血化瘀，可常食核桃、油菜、慈姑、黑大豆等具有活血祛淤的食物，山楂粥、花生粥亦可常食，或食用加入了地黄、丹参、川芎、当归、五加皮、地榆、续断、茺蔚子等活血养血中草药烹饪的药膳。可少量饮用具有活血化淤功效的药酒，醋可常吃。血淤体质的人不宜吃收涩、寒凉、冰冻的东西。如冰品、西瓜、冬瓜、丝瓜、大白菜等。要少吃过辣、过甜、过于刺激性的食物和饮料、咖啡、浓茶，多吃蔬菜水果、和清淡的食物。

此外，保持好心情和适当的运动也是不可少的。血淤体质之人在精神调养上，要注意培养乐观的情绪。精神愉快则气血和畅，血液流通，有利于血淤体质的改善。反之，此种体质者若陷入苦闷、忧郁情绪中则会加重血淤倾向。

✖ 淤血体质本草养生方 ✖

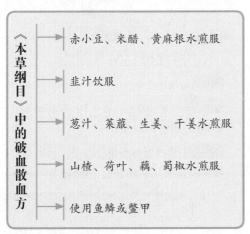

当归桂枝红参粥

功效 益气补血。

材料 当归、桂枝、红参、甘草、红枣各适量，大米100克，盐2克，葱少许

做法 ①将桂枝、红参、当归、甘草入锅，倒入两碗水熬至一碗待用；大米洗净；葱洗净切成葱花。②锅置火上，注水后，放入大米用大火煮至米粒开花，放入红枣同煮。③倒入熬好的汤汁，改用小火熬至粥浓稠闻见香味时，放入盐入味，撒上葱花即可。

	赤小豆、米醋、黄麻根水煎服
《本草纲目》中的破血散血方	韭汁饮服
	葱汁、菜藤、生姜、干姜水煎服
	山楂、荷叶、藕、蜀椒水煎服
	使用鱼鳞或鳖甲

❼ 滋阴降火平阳盛：阳盛体质的食疗原则

有些人形体壮实、面赤烦躁、声高气粗、喜凉怕热、口渴喜冷饮、小便短赤、大便熏臭。如果病了则易出现高热、脉洪数有力、口渴、喜冷饮等症。这种人属于阳盛体质。

阳盛之人好动易发怒，故平日要加强道德修养和意志锻炼，培养良好的性格，用意识控制自己，遇到可怒之事，用理性克服情感上的冲动。此类人积极参加体育活动，让多余阳气散发出去。游泳锻炼是首选项目，此外，跑步、武术、球类等，也可根据爱好选择进行。

李时珍认为，阳盛体质的人，应多吃滋阴降火、清淡的食物，平时应忌辣椒、姜、葱等辛辣食物。适宜食用芹菜、菠菜、油菜、黄花菜、生菜、丝瓜、黄瓜、芦笋、百合、荸荠、番茄、苜蓿、葫芦、苦瓜、莲藕；适宜吃的肉食有鸭肉、兔肉、牡蛎、蟹、蚌等；适宜吃的水果有梨、李了、枇杷、柿了、香蕉、西瓜、柚子、柑、橙子、甜瓜、罗汉果、杨桃、芒果、草莓。

可以常用菊花、苦丁茶沸水泡服。大便干燥者，用麻子仁丸，或润肠丸；口干舌燥者，用麦门冬汤；心烦易怒者，宜服丹栀逍遥散。

阳盛之人好动易发怒，故平日要加强道德修养和意志锻炼，培养良好的性格，用意识控制自己，遇到可怒之事，用理性克服情感上的冲动。

《本草纲目》中的滋阴降火食物

芹菜　菠菜　油菜

忌辛辣燥烈食物，如辣椒、姜、葱等，对于牛肉、狗肉、鸡肉、鹿肉等温阳食物宜少食用。由于酒性辛热上行，因此阳盛之人切勿酗酒。

✕ 阳盛体质本草养生方 ✕

西红柿包菜甘蔗汁

功效 增强免疫力。

材料 西红柿200克，包菜100克，甘蔗汁1杯，凉开水200毫升

做法 ①将西红柿洗净，去皮，切块。②包菜洗净，撕成小块。③将准备好的材料倒入搅拌机内搅打2分钟即可。

❽ 通血行气解气郁：气郁体质的食疗原则

气郁体体质的人形体消瘦或偏胖、面色苍暗或萎黄、平素性情急躁易怒、易于激动、或忧郁寡欢、胸闷不舒、喜叹息、舌淡红、苔白、脉弦。如果生病了则胸胁胀痛或窜痛；或乳房、小腹胀痛，月经不调，痛经；或胃脘胀痛，泛吐酸水，呃逆嗳气；或腹痛肠鸣，大便泄痢不爽；或气上冲逆，头痛眩晕。

气郁体质的人一般性格内向，神情常处于抑郁状态，因此这种人应主动"找乐"。在饮食调理方面可少量饮酒，以通利血脉，提高情绪。李时珍认为，气郁的人应多吃一些行气的食物，如佛手、橙子、柑皮、香橼、荞麦、韭菜、大蒜、高粱、豌豆等，以及一些活气的食物，如桃仁、油菜、黑大豆等，醋也可多吃一些，山楂粥、花生粥也颇为相宜。忌食辛辣食物，忌饮咖啡、浓茶等刺激品，少食肥甘厚味的食物。

气郁的人应多吃一些行气解郁的食物，如佛手、橙子、柑皮、香橼、荞麦、韭菜、大蒜、高粱、豌豆等，以及一些活气的食物，如桃仁、油菜、黑大豆等。

另外，气郁体质的人比较适合食用橘子、柚子、陈皮、洋葱、丝瓜、包菜、香菜、青萝卜、槟榔、玫瑰花、茉莉花等食物，而桂圆、红枣、葡萄干、蛋黄等可以补肝血。

气郁的人也会上火，在清热的时候

《本草纲目》中的行气食物

佛手 →
橙子 →
荞麦 →

一定要小心，不能太凉，尤其是女性。气郁体质的人也可以少量饮酒，但是不能过度。

❈ 气郁体质本草养生方 ❈

白萝卜陈皮鸭汤

功效 强身健体。

材料 鸭肉200克，白萝卜100克，生姜、陈皮各少许，盐、鸡精各3克

做法 ①鸭肉洗净，放入沸水锅中汆去血水，捞出切件。②白萝卜洗净，去皮，切块；生姜洗净，切片；陈皮洗净，切片。③将鸭肉、青萝卜、生姜、陈皮放入锅中，加入清水以小火炖2小时，调入盐、鸡精即可。

善用本草，为不同人群量身打造食疗方案

① "夜猫"岂能不吃"草"

在这里，我们把那些上夜班和夜校的人统称为"夜猫族"。夜猫族经常会出现食欲下降、头昏、乏力等症状。他们除了在上夜班时有轻重不同的不适反应外，白天在家亦难以安睡。因此，有不少人对上夜班顾虑颇多。其实这些担心是多余的，只要合理安排营养饮食和自我调节，头昏体乏、精神不振等不适表现就会缓解。

在饮食上要注意调整花样，并注意菜肴的色、香、味和配些酸味及其他调味品，以促进食欲。进食时间要有规律，不可吃饱一顿沉睡一天，更不能一点不吃倒头就睡。

上夜班者，中途要加餐一次，以补充所消耗的能量。应多吃富含蛋白质的食物，上夜班后应以易消化的流质食物和碳水化合物为主，如红枣、桂圆、豆浆、菜汤之类。这样，既可满足白天睡眠时的热能和体液代谢之需，又不会因进食脂肪、蛋白过多，出现饱胀现象而影响睡眠。李时珍认为，海参能补元气，滋益五脏六腑。同鸭肉烹食，可治愈劳怯虚损等疾。而红枣能养脾气、平胃气，通九窍助十二经，长期服食能轻身延年。山药是一味性味平和的滋补肝、肺、肾的食物。这些食物都是"夜猫族"的最佳伴侣。熬夜的人最好不好吃泡面，常吃泡面对健康十分不利。此外，要抵抗疲劳最好选择绿茶，而不是咖啡。

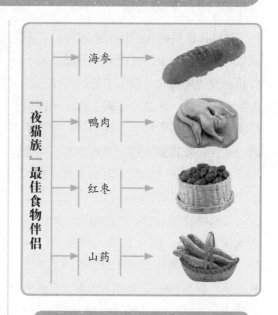

"夜猫族"最佳食物伴侣

- 海参
- 鸭肉
- 红枣
- 山药

❈ "夜猫族"本草养生方 ❈

红枣桂圆猪肤汤

功效 健脑益智、滋阴补虚。

材料 红枣15个，当归20克，桂圆肉30克，猪皮500克，盐5克。

做法 ①红枣去核，洗净；当归、桂圆肉洗净。②将猪皮切成块状，洗净，入沸水中汆烫。③将清水2000毫升放入瓦煲内，水沸后加入上述全部材料，大火煲开后改用小火煲1小时，加盐调味即可。

❷ 体力劳动者的饮食方案

体力劳动者的特点是消耗能量多，需氧量高，体内物质代谢旺盛，代谢率高。体力劳动者应多吃一些粮食，适当增加蛋白质和脂肪，吃一些动物性食物，如肉类、蛋类等。

在主食上，体力劳动者可多吃些大米、小米、玉米面等。要适当加大饭量以满足热量需求。主食应粗细粮搭配，采用不同的花样以增进食欲，满足机体需要。

多吃些富含蛋白质的食物对体力劳动者是十分重要的。豆腐或者豆制品配合肉类、鱼类、牛奶、豆浆等，大体可满足需要。此外，体力劳动者还应该多吃些新鲜蔬菜、水果以及咸蛋等。如果你是一位体力劳动者，那么不妨品尝下面的美食。

体力劳动者最佳食物伴侣：豆腐、牛奶、豆浆、鱼类

✂ 体力劳动者本草养生方 ✂

黄芪牛肉蔬菜汤

功效 滋养脾胃、强健筋骨。

材料 黄芪25克，牛肉500克，番茄2个，西兰花1棵，土豆1个，盐5克

做法 ①牛肉切大块，入沸水中汆烫后捞出。②番茄洗净，切块；土豆削去皮，切块；西兰花切成小朵。③将牛肉块、番茄块、土豆和黄芪一起入锅，加水盖过材料，以大火煮开后转小火续煮30分钟，再加入西兰花，煮3分钟，加盐调味即可。

北沙参玉竹兔肉汤

功效 润肺滋阴、可强身健体。

材料 北沙参、玉竹、百合各30克，马蹄100克，兔肉600克，盐5克

做法 ①北沙参、玉竹、百合洗净，浸泡1小时。②马蹄去皮，洗净；兔肉斩件，洗净，入沸水锅中汆去血水。③将2000毫升清水放入瓦煲内，煮沸后加入以上用料，大火煲开后，改用小火煮1小时，加盐调味即可。

③ 运动员的20种"强力剂"

为了获得强健突起的肌肉，运动员需要食用含丰富蛋白质、较多碳水化合物及适量脂肪的食物。

下面网罗了20种食品，可提供大强度训练、恢复及增长肌肉所需的营养。

1.鸡蛋

鸡蛋是蛋白质的丰富来源。如果你的胆固醇指标正常，一天一个鸡蛋足够了。蛋清几乎全部为蛋白质，蛋黄中含有胆固醇，应尽量少吃。食时，烤、煎或煮皆可。

2.瘦牛肉

含有铁、锌、烟酸及维生素 B_6 和 B_{12}，还富含长肌肉的蛋白质。但是要注意尽量吃低脂肪的牛腰部周围的肉，并要去掉看得见的肥肉。100克上等的牛腰部肉约含8326千焦热量、28克蛋白质、9克脂肪。

3.燕麦粥

《本草纲目》中记载燕麦"性味甘凉，有祛烦养心，降糖补阴，强肾增能"的功效。现代研究表明燕麦片可提供碳水化合物、蛋白质及可溶性纤维。你可在其中添加蛋白粉、调料、水果或蛋清，调出自己想要的味道。

4.通心粉

面条应成为训练食谱中的主要食品，因为它能更好地摄取碳水化合物及蛋白质。每碗面条约含836.8千焦热量的复合碳水化合物，再加上精瘦牛肉和果酱，营养又美味，对健康大有益处。

5.葡萄干

此种干果可提供使你体力充沛的大量碳水化合物。半杯葡萄干约含878.6千焦热量、6克蛋白质、47克碳水化合物、1克脂肪、5克纤维。

6.三明治巨无霸

巨大的三明治不但可满足人体对复合碳水化合物、蛋白质及蔬菜的需要，而且美味无比，可满足你的口腹之欲。要想自己动手做，就先准备好：面包卷、60克火鸡肉（或其他瘦肉）、两片低脂肪乳酪、绿莴苣、番茄、洋葱、绿椒条、芥末及微量醋。自己做出的"巨无霸"将含有更多的蛋白质、碳水化合物和较少的脂肪。

7.鸡胸肉

富含蛋白质。但不要吃蘸面包粉油炸的鸡胸肉，如果吃要去掉鸡皮。100克鸡胸肉约含690千焦热量、31克蛋白质、4克脂肪。

8.杏

味道酸甜，营养丰富，被公认为最有营养的水果之一。果肉含糖、蛋白质、钙、磷、胡萝卜素、硫胺素及维生素C。钙在杏干中的含量更多，而维生素C的含量较少，杏干的营养价值最高，其次为鲜杏，再次为罐装杏。罐装杏则是类胡萝卜素和维生素C的很好来源，但失去了一些钾和纤维。

9.金枪鱼罐头

可以直接吃罐头，也可用低脂肪烹调，比如做沙拉或三明治。100克带汁金枪鱼约含485千焦热量、26克蛋白质，1克脂肪。这是健美运动员的必备食品。

10.甘薯

甘薯又香又甜且营养丰富，因为它富含β－胡萝卜素、钾、维生素C、维生素B₆及纤维。

11.蛋白粉

从牛奶中提取的蛋白质，是简单快捷地补充营养的最好方法。如乳浆和干酪素相当不错，优质大豆中的蛋白质含有异黄酮，对降低胆固醇有好处，并有防癌作用。有的粉剂是纯蛋白质，有的是蛋白质、碳水化合物的混合物。两种粉剂都很有营养价值。

12.苹果

不但含有可提供能量的简单碳水化合物，还含有利于心脏健康的纤维、钾、维生素C等。一个中等大小的苹果约含338.9千焦热量、微量蛋白、21克碳水化合物、微量脂肪、约4克纤维。

13.酸奶

酸奶含蛋白质、碳水化合物和钙，还有活性菌，对消化系统大有裨益。最好选择添加了新鲜水果的无脂肪纯酸奶。

14.猕猴桃

含有大量的维生素C、类胡萝卜素、钾及纤维。食用猕猴桃的一个好方法是将猕猴桃一分为二，用勺子将果肉挖出。一只猕猴桃果肉约含192千焦热量、微量蛋白质、11克碳水化合物、微量脂肪、26克纤维。

15.比萨饼

想要比萨饼变成一种强力食品，就要尽量减少油腻厚重的胡椒、香肠和高脂肪乳酪的分量。注意选择那些用低脂肪、清淡的原料制成的馅饼，番茄酱也是上选。原料不同，营养成分也各不相同。138克比萨饼约含1129.6千焦热量、25克蛋白质、30克碳水化合物、9克脂肪。

16.橙汁

这种极富营养的果汁富含碳水化合物、胡萝卜素、钾和叶酸。整只橙子的纤维含量更高。橙汁可以快速补充碳水化合物，是最有营养的果汁。

17.乌饭树浆果

生长于北美的浆果。研究表明，在40种水果蔬菜中，它的抗氧化能力最强。它含有钾、锌、镁，维生素C及纤维。一杯浆果约含334.7千焦热量、1克蛋白质、19克碳水化合物、1克脂肪、4克纤维。

18.碳、蛋饮料

碳水化合物与蛋白质混合在一起与纯碳水化合物相比，对训练后肌糖原的恢复更有效。可以在饮料中加入牛奶、水果、蛋白粉，是训练后快速恢复的最有营养的饮料。

19.花生

坚果营养丰富，以花生为例，它含有蛋白质、纤维、镁、维生素E、铜、磷、钾、锌。但由于担心坚果中的脂肪，许多运动员放弃了这种食品。实际上，脂肪一般只对心脏产生影响，它有利于制造饱腹感。坚果应在强力食品中占有一席之地。

20.水

普通人需要水，运动员更需要。一般运动员一天大约需要3~4升水，以补充高强度训练所失去的水分。即使是轻度脱水，也会影响运动成绩。因此，对水的摄入要倍加注意。

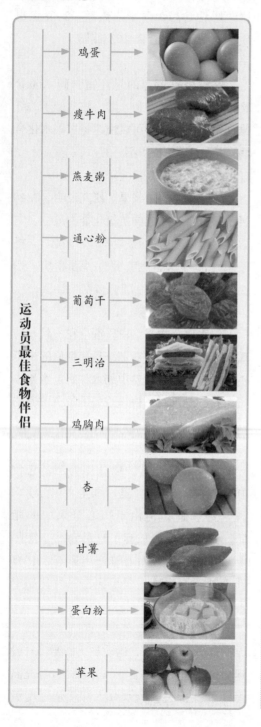

运动员最佳食物伴侣

鸡蛋

瘦牛肉

燕麦粥

通心粉

葡萄干

三明治

鸡胸肉

杏

甘薯

蛋白粉

苹果

④ 电脑族：一品菊花，辐射全散

对于操作电脑的人来说，饮食营养更为重要，除了正常的饮食习惯和食物摄入外，更要增加各类营养物质的摄取。这里为电脑族开一剂营养良方，让你在轻松的饮食中，获得更多的营养。

《本草纲目》记载菊花"性甘、味寒，具有散风热、平肝明目之功效"，因此电脑族可用菊花来保护眼睛。可以在上班时给自己泡一杯菊花茶，另外，如果早上起床发现眼睛肿了，可以用棉花沾上菊花茶的茶汁，涂在眼睛四周，很快就能消除这种水肿现象。

菊花又称"延寿花"，市面上菊花的种类很多，许多人可能会选择花朵白且大朵的菊花。其实又小又丑且颜色泛黄的菊花才是上选。因此，绝对不可以貌取"菊"。菊花茶就是将干燥后的菊花泡水或者煮水来喝，并不需要加入其他茶叶，冬天做热饮，夏天做冷饮。

《本草纲目》中说，绿豆有解毒的作用，民间也素有"绿豆汤解百毒"之说。电脑族常喝绿豆汤，可以减少电脑辐射带来的危害。绿豆汤不仅对电脑族有效，所有工作在辐射环境中的人们都可以选用。

除此之外，对眼睛有好处的食物还有：动物肝脏、河鳗、胡萝卜等黄绿色蔬菜，甘薯（红）、芒果、蛋、鱼肝油等。

对于主食，电脑族最好选择糙米、胚芽米、全麦面包等全谷类食物，副食中蛋、奶、肉也是不可少的。

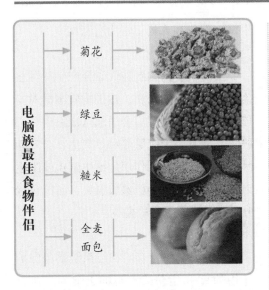

电脑族最佳食物伴侣

- 菊花
- 绿豆
- 糙米
- 全麦面包

电脑族还应该吃含维生素丰富的食物。维生素C富含于蔬菜、橘子、芒果、木瓜等新鲜水果及果汁中。维生素

E富含于全谷类、植物油、绿叶蔬菜、甘薯、豆制品、蛋类食物中。硒在海产类食物中的含量较高，肝肾及其他肉类中也有。

电脑族们还应注意矿物质中的钙、锌等的充分摄取，以防止眼睛的弹性近视。乳品是最好的钙质来源，锌则存在于海产品、肝脏、蛋黄、乳品等食物中。

有些食物如汽水、可乐、酒、零食及过度精致加工食物、西式快餐等是电脑族们经常吃的东西。其实，这些食物的摄取对身体本身而言，就是一种无形的压力，它们会增加以上所说的营养素的消耗，因此最好不吃或少吃。

上班族本草养生方

菊花枸杞蜂蜜茶

功效 抗击辐射。

材料 枸杞子、菊花，蜂蜜适量。

做法 ①将枸杞子和菊花用清水洗净，备用。②枸杞子和菊花同放入玻璃杯中，加开水冲泡10分钟，加适量蜂蜜调味。

黄绿豆茶豆浆

功效 消除辐射影响。

材料 黄豆、绿豆各25克，绿茶5克，冰糖15克

做法 ①黄豆泡软，洗净；绿豆洗净，浸泡；绿茶用沸水泡成茶水。②将黄豆、绿豆放入豆浆机中，添水搅打成豆浆，烧沸后滤出豆浆，加入冰糖、绿茶调匀即可。

学生人群：补脑健脑明星食品荟萃

青少年正处在勤奋学习的时期，大部分时间是用脑力劳动。怎样才能使学习的效率高，收到的效果好呢？那就需要有一个好脑子。

那么什么才是对大脑最好的食品呢？

1.牛奶

牛奶中的钙最易被人吸收，是脑代谢不可缺少的重要物质。

2.大蒜

大蒜可以和维生素B_1产生一种叫"蒜胺"的物质，而蒜胺的作用要远比维生素B_1强得多。因此，适当吃些大蒜，可促进葡萄糖转变为大脑能量。

3.鸡蛋

鸡蛋中富含人体所需要的氨基酸，还含有丰富的钙、磷、铁以及维生素等，适于脑力工作者食用。

4.豆类及其制品

大豆含有卵磷脂、丰富的维生素及其他矿物质，特别适合于脑力工作者。大豆脂肪中含有85.5%的不饱和脂肪酸，其中又以亚麻酸和亚油酸含量最多。它们具有降低人体胆固醇的作用，对中老年脑力劳动者预防和控制心脑血管疾病尤为有益。

5.核桃和芝麻

常吃核桃可为大脑提供充足的亚油酸、亚麻酸等分子较小的不饱和脂肪酸，以排除血管中的杂质，提高脑的功能。

6.水果

菠萝中富含维生素C和重要的微量元素锰，对提高人的记忆力有帮助。

7.深色绿叶菜

蛋白质食物的新陈代谢会产生一种名为类半胱氨酸的物质，这种物质本身对身体无害，但含量过高会引起认知障碍和心脏病。而且类半胱氨酸一旦氧化，会对动脉血管壁产生毒副作用。维生素B_6或维生素B_{12}可以防止类半胱氨酸氧化，而深色绿叶菜中维生素含量最高。

8.鱼类

鱼肉脂肪中含有对神经系统具备保护作用的Ω-3脂肪酸，有助于健脑。研究表明，每周至少吃一顿鱼特别是三文鱼、沙丁鱼和青鱼的人，与很少吃鱼的人相比较，老年痴呆症的发病率要低很多。吃鱼还有助于加强神经细胞的活动，从而提高学习和记忆能力。

9.全麦制品和糙米

增强机体营养吸收能力的最佳途径是食用糙米。糙米中含有各种维生素，对于保持认知能力至关重要。其中维生素B_6对于降低类半胱氨酸水平最有作用。

10.生姜

生姜中含有姜辣素和挥发油，能够使体内血液得到稀释，血液更加通畅，这样会给大脑提供更多的营养物质和氧气，从而有助于激发人的想象力和创造力。脑力工作者常吃姜也可提高工作效率。

此外，新鲜的蔬菜及深绿色的水果一般都含有丰富的维生素C，能减少大脑神经元受到伤害。含碘的紫色食物，如紫菜及海带、海苔，也能强化脑功能，宜常给孩子吃。

第十二章

养生如有节，恬淡享天年

● 从古至今，长寿就一直是人类追求的梦想，人人都希望实现。但人过中年，身体自然老化，衰老之势不可阻挡，加之多年累积的隐患渐渐暴露，想要长寿，何其之难？究竟有没有一条捷径可圆所有人的长寿梦想？纵观全球长寿人口最多的地区其百岁老人的养生之道，我们不难发现一个道理，要想得长寿，就要在日常生活中遵循一些基本原则，如一日三餐保持粗细结合、日出而作、日落而息、精神愉悦、事事达观、精神内守、饮食同气相求，如此，方可益寿延年、百岁而终。

♥ 要想活到天年，在人不在天

① 李时珍如是说：炼仙丹不如善养生

长生不老是很多帝王的梦想。从秦始皇开始，帝王们就豢养了大批神仙方士。他们为皇帝炼制"仙丹"，据说吃了仙丹就可以长生不死。不只是秦始皇有这样的癖好，唐太宗也对神仙方士的"仙丹"充满了兴趣，他的身体状况因为这些"灵丹妙药"而每况愈下。其实，对长生不老的追求反映了人们对衰老和死亡的恐惧。但这个世界上真的存在长生不老的人吗？李时珍在《本草纲目》中抨击了这些关于长生不老的谬言。

中国古代的《神仙传》一书记载封君达、黑穴公，服用黄连五十年，最后得道成仙，练就了不死之身。对于这个传说，李时珍持怀疑的态度。他翻阅了《黄帝内经》等十古典籍，都没有这个说法。他仔细研究黄连的性质，认为它是"大苦大寒之药，用之降火燥湿，中病即当止。岂可久服"。

古代方士炼丹，水银是常用之物。很多被中医奉为经典的医书中都记载水银"久服成仙"。但李时珍驳斥了这一说法。他说："水银乃至阴之精，禀沉着之性……得人气熏蒸，则入骨钻筋，绝阳蚀脑……方士固不足道，本草其可妄言哉，水银但不可服食尔。"按现代医学的观点，水银是有剧毒的，人服食水银必然会中毒。而在李时珍的时代，能够得出这样的结论，除了有高明的医术，还必须有高尚的医德。因为当时的社会风气就以服食丹药为尚，这样的内容自然显得"离经叛道"了。

养生的目的不是为了追求"不死"的境界，而是让人在健康的基础上尽享天年。李时珍在《本草纲目》中收载了数百条有关轻身、延年、益寿的医理及方药，为后人留下了宝贵的精神财富。他的目的不是为了实现长生不死的神话，而是帮助人们更健康地生活，享受养生所带来的健康身体和恬静的心情。

所以，我们大可不必把养生当成任务来完成，而是将其视作一种自由、轻松、快乐的生活方式。大道至简，很多养生的方法都是简单易行的，每天只要花上几分钟的时间就能轻轻松松得到健康。这里介绍几个中医推崇的日常养生小窍门。

1.坚持六个"少"

少盐多醋，少糖多果，少肉多菜，

◎在日常饮食上要多吃水果和新鲜蔬菜。

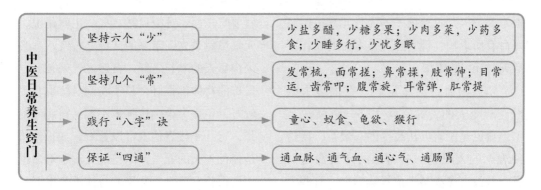

中医日常养生窍门

坚持六个"少"	→	少盐多醋，少糖多果；少肉多菜，少药多食；少睡多行，少忧多眠
坚持几个"常"	→	发常梳，面常搓；鼻常揉，肢常伸；目常运，齿常叩；腹常旋，耳常弹，肛常提
践行"八字"诀	→	童心、蚁食、龟欲、猴行
保证"四通"	→	通血脉、通气血、通心气、通肠胃

少药多食，少睡多行，少忧多眠。这六"少"就是在提醒大家，在日常饮食上要注意少放盐适当多放醋，不要吃太咸的东西，多吃水果和新鲜蔬菜，少吃甜食和荤腥食物，多用食养少用药，少贪睡多运动，凡事不要过于忧虑，避免影响睡眠，这都是生活中值得注意的小细节。

2.坚持几个"常"

这几个"常"发常梳，面常搓，鼻常揉，肢常伸，目常运，齿常叩，腹常旋，耳常弹，肛常提。

3.践行"八字"诀

童心，蚁食，龟欲，猴行。童心，要保持一颗天真好奇的童心，不要对一切都不感兴趣。蚁食，即要少吃，每顿饭吃七、八分饱就可以了。龟欲，要心境淡泊，不要急功近利。猴行，要多运动，锻炼身体。

4.保证"四通"

现代人总以为自己虚，所以大多注重补，不断吃各种大补的食物、保健品，在补上很舍得下血本。殊不知，很多疾病都是"补"出来的，像高血脂、高血糖、高血压等。要解决这些问题就要把"补"改为"通"。通血脉、通气血、通心气、通肠胃，要做到吃得下、睡得着、排得净、放得开。不要让你的身体里面像交通堵塞一样，这样即使补，也是白白浪费，人体根本吸收不了。

真正的长寿就是健康活过天年。养生是简单易行的，将它融入日常生活，就能轻松享受健康快乐的生活。

❷ 人的寿命85%都要靠后天的保养

长期以来，人们认为遗传基因是长寿最主要的因素，但长寿科学研究专家发现，在形成长寿的因素中，遗传只占15%，85%要靠后天努力。

中医理论也认为，元气是维持生命的

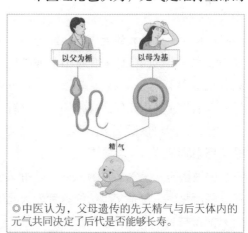

◎中医认为，父母遗传的先天精气与后天体内的元气共同决定了后代是否能够长寿。

根本动力，父母给孩子的先天元气虽然对寿命有所影响，但真正决定寿命的还在于后天对元气的维护。

"人的命，天注定"。在很多人眼里，一个人的寿命在降生那一刻就注定了，自己是没有办法改变的。最初，持这种观念的人只是一些普通的"天命论"者，并没有多少科学依据。后来，有些人引入了遗传学概念，认为遗传基因是长寿最主要的因素，于是有更多的人成了这种天命论的"俘虏"。

陈进超是"长寿之乡"广西巴马长寿研究所的所长，他从事长寿科学研究已经近30年了。他说，虽然长寿与遗传基因有一定的关系，在大多数长寿家族都能找到前辈长寿代表，巴马的百岁家族很多，百岁父女、母子，百岁兄弟、姐妹不稀奇。然而，并不是因为有了长寿基因就能长寿，人类的后天修养才是至关重要的。

事实上，从中医学的角度来说，基因决定长寿理论也是站不住脚的。中医学中有这样的说法："气聚则生，气壮则康，气衰则弱，气散则亡。"这里的"气"是指人体的元气，元气充足免疫力就强，就能战胜疾病；如果人体元气不足或虚弱，就不能产生足够的抗体或免疫力去战胜疾病；而元气耗尽，人就会死亡。由此可见，人的生命是由元气来决定的，只要有元气在，人就可以活下去。那么，元气又是从哪来的呢？

中医认为，元气又称为原气，是由父母之精所化生。但是父母给的这种先天元气只能维持7天的寿命，人要想活下去，

就要吃东西，呼吸自然之气。也就是说，元气虽然是先天带来的父母之精气，却必须由后天的水谷之气、自然之气来补充。父母的身体都很好，孩子将来身体也会比较好，免疫力也比较强，不容易得病。但是，这并不代表他就可以长寿，如果他总是倚仗先天的元气，尽情地透支，寿命也不会很长。反之，父母的身体不是很好，先天元气没有那么充足，这样的人自小免疫力低、体弱多病，但如果他很注意养生，懂得养护自己的元气，也能长寿。

总而言之，父母遗传的先天精气会影响孩子的身体状况。至于能否长寿，还是要看他本人后天能不能好好养护体内的元气，这才是决定一个人寿命长短的决定性因素。

③ 内求人体自愈力，疾病就无踪迹

没人希望生病，但疾病却是人生路上必经的河流。想要平安过河，医药却非万能。求医不如求己，从外部找寻解决病痛的药物，不如由内探求疾病的克星。这个克星就是人体的自愈能力。

注重内求，从自己身体内寻找"不生病的智慧"，这也是《本草纲目》养生智慧的根基。李时珍在《本草纲目》中所搜集整理的养生方，不一定是针对疾病，而是要增强人体的自愈能力。有了强大的自愈能力，也就不用担心疾病的侵袭了。

如何理解自愈能力呢？在平常的生活中，我们能从很多细节上看到人体的自愈力。比如切菜的时候，不小心把手划了一

◎人体有自愈的能力，我们应充分相信它，用自愈力把疾病打败。

个小口，会出血，你不去管它，过一会儿它自己就结疤愈合了。现代医学这样解释，由于血液运行出现局部中断，就有更多的血液运行于此，由此促使伤口附近的细胞迅速增生，直至伤口愈合，增生的细胞会在伤口愈合处留下一个疤痕。整个过程不需要任何药物，这就是人体自愈能力一个最直观的表现。在中医看来，人体是一个完整的小天地，它自成一套系统，有自己的硬件设施、故障诊断系统和自我修复系统等。当它觉察到某一部分处在病痛危险中，身体就会调动一切能力去进行自我修复。

其实人体的自愈力恰好体现了中医治病的一个指导思想：三分治、七分养。中医不主张过分依赖药物，因为药物是依赖某一方面的偏性来调动人体的元气，帮助身体恢复健康。但人体的元气是有限的，如果总是透支，总有一天会没有了。而我

们要活下去，依靠的就是体内的元气，元气没有了，再好的药也没用。所以，生病了不用慌张，人体有自愈的能力，我们应充分相信它，用自愈力把疾病打败。

在人体进行自我调节的过程中，我们会感觉到非常不舒服，这种不舒服就是我们平时所说的疾病。其实，无论身体怎么不舒服，它只是想告诉我们：这个地方已经出现问题了，现在它正在进行调节，要坚持住，注意休息与饮食。这种短暂的不舒服其实是为了长远的健康。遗憾的是，很多人不理解这种信号。

我们对医药过于信任和依赖。由于人体在自我修复过程中会出现一系列症状，如咳嗽、发热、呕吐等，我们为了消除这些症状带来的不适感，就会用药物粗暴地干涉。这样，人体的自愈能力就无法得到充分的发挥。症状消失了，我们反而认为是药物起到了良好的效果，于是在下一次疾病来袭的时候，我们还是在第一时间求助于药物。在这种恶性循环中，身体的自愈力就会越来越差，直到失去作用。

当然，这并不是说因为人体有自愈力，我们就可以完全放心了；也不是说生病了不找医生、不吃药、不打针。那应该怎么做呢？我们应该配合人体自愈力开展工作，每天按时吃饭，早睡早起，适当锻炼，保持愉悦的心情，这样才能保证体内的元气充足。只要元气充足了，病很快就会好的。

当然，自愈力的作用也不是绝对的，我们不可能在任何情况下都依赖人体的自愈力解决问题。自愈力和免疫力有关，当

免疫细胞抵挡不住病毒时，就需要借助药物，不过最好的药物是食物。一般情况下，通过补充营养素，可以对抗大多数疾病。中医倡导顺时养生、补养气血、食疗等科学的养生方法来增强人体免疫力，在疾病尚未到来之时就筑起一道坚固的屏障，让疾病无孔可入。

④ 万物生长靠太阳，长命百岁靠养阳

我们经常会听到这样的说法，"阳气是生命的根本"。到底什么是阳气呢？可能很多人一知半解。所谓阳气，一方面来自先天，与父母和你的先天体质有关系。另一方面来自后天，是人呼吸的气和脾胃消化的食物的气结合而成的。它的作用就是温养全身组织、维护脏腑功能。阳气虚就会出现生理活动减弱和衰退，导致身体御寒能力下降。

中医认为，万物之生由乎阳，万物之死亦由乎阳。人之生长壮老，皆由阳气为之主；精血津液之生成，皆由阳气为之化。阳气就像天上的太阳一样，给大自然以光明和温暖，失去阳气，万物便不能生存。如果人体没有阳气，体内就失去了新陈代谢的活力，不能供给能量和热量，生命就要停止。所谓"阳强则寿，阳衰则夭"，养生必须先养阳。但是寒湿会阻滞阳气的运行，使血流不畅、肌肉疼痛、关节痉挛等。因为湿困脾胃，损伤脾阳，或患者平时脾肾阳虚而致水饮内停，所以多表现为畏寒肢冷、腹胀、泄泻或浮肿等。所以，寒湿是最损伤人体阳气的。

怎样判断身体内是否有湿呢？方法其实很简单，观察自己的大便情况，一看便知。如果长期便溏，大便不成形，那么很有可能就是你的身体蕴含了太多的湿气。而长期便秘，则代表着体内的湿气已经很重了。因为湿气有黏腻性，过多的湿气就容易把粪便困在肠道内。

而祛除寒湿最好的办法就是让身体温暖起来，因此，健康与温度有着密切的关系。众所周知，掌握人体生杀大权的是气血，而气血只有在温暖的环境里，才能在全身顺畅地流通。如果温度降低、血流减慢，就会出现滞涩、淤堵，甚至血液会凝固，那么人就将面临死亡。而且人的体温上升，不仅会增强人体的免疫力，还能在正常细胞不受影响的情况下大量杀死癌细胞。此外，温度过低，会使体内的寒湿加重，外在表现就是上火。

所以，要涵养我们身体内的阳气，就要远离寒湿，温暖身体。

让身体温暖起来的办法有很多，《本草纲目》中就记载了很多可以养阳的食

◎《本草纲目》中记载了常食羊肉可补益阳气，提高免疫力。

物，羊肉、狗肉、党参等，都是补益阳气
的。另外安步当车，让身体动起来，为自
己选择几项适合的运动；放弃淋浴，经常
泡个热水澡；养成睡前用热水泡脚的好习
惯。这些方法都能让身体暖和起来，使人
体阳气升发，免疫力提高。

⑤ 至理名言：吃药延命，不如无药养生

养生到底是什么人应该关注的事情？
很多人觉得养生是老年人的事情，年轻人
身体壮，应该先忙事业，等老了退休再去
养生。还有人很重视疾病，一旦得了病，
就投入大把精力、财力到治病上，但得病
之前却对自己的健康不管不问。

其实，这些想法都有误区。养生是没
有年龄界限的，人老时应该保养身体，年
轻时，即使是幼年时，也同样应该保养身
体。真正到了老年再去研究和遵循养生之
道为时晚矣。同样，我们平常就应该关注
健康，而不是到了有病的时候才去求医。

《孟子·告子上》中说："拱把之桐
梓，人苟欲生之，皆知所以养之者。至于
身，而不知所以养之者，岂爱身不若桐梓
哉？"意思是说对于一棵树，人们要照顾
它，适时修剪、浇灌，而对于自己的身
体，却有人不知道爱惜和保养，这是不对
的。我们要做的是在平时多关注身体的健
康情况，在未病时注重保健，而不是等到
生病了才想方设法消除疾病。

为什么不能过分依赖医药呢？其实道
理大家都懂，那就是医药也有副作用。有
的时候药物能治病也能致病，所以一定要

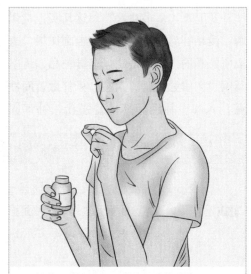

◎ "是药三分毒"，这其实是滥用药物的后果，
要想健康长寿，就要从平时开始关注养生，而不
是只关注疾病，生病了才吃药。

谨慎采用。李时珍编著《本草纲目》的初
衷也在于此。他从医时，发现很多古代医
书上有纰漏，把一些药草的性味标注错
了。李时珍深知如果把药物的形态和性能
搞错了，很可能会出人命。为此他决定重
新编著一本可靠、全面的本草图籍。很多
人以为中药大多数源出于天然的动植物和
纯中药制剂，比化学药品的药性平和而安
全，不会有药物毒副作用。但从李时珍耗
费巨大心力编写的《本草纲目》来看，即
便是中药，如果任意滥用，乱服药石，同
样会发生毒副作用。

希望用吃药治病来达到长寿的目的，
是不合理的。理想中的长寿者是健康享尽
天年之福的人，而非在人生的最后岁月里
还遭受着疾病折磨的人。要想健康长寿，
就要从平时开始关注养生，而不是只关注
疾病，生病了才吃药。

常言道"是药三分毒"，但有人说

"补药无害，多多益善"。这其实也是误解，滥用补品同样也可导致毒副作用。人们所熟悉的人参就是一味名贵补品，《本草纲目》中记载："人参，味甘微苦而性温，入脾、肺经。具补益强壮、补气固脱、补肺健脾之功效。"人参的滋补作用虽强，却并不是人人都可以吃的，只有虚损之人才可用人参来补，以下几类人就不应该进补人参。

人参杀人无过，9种人忌吃人参	
健康之人	身体健康的人应该通过合理饮食和适度的体育锻炼强身健体，若盲目服用人参，非但无益健康，而且会招致疾病。尤其是婴幼儿、少年儿童、血气方刚的青壮年，服用人参一定要谨慎。
舌质紫暗之人	中医学认为，舌质紫暗为气血淤滞之象，如服用人参反而会使气血凝滞加重，出现疼痛、烦躁不安、手足心发热等症状。
红光满面之人	临床发现，红光满面之人情绪往往兴奋，血压常常偏高，若服用人参可能会导致血压上升、头昏脑涨、失眠多梦等病症。
舌苔黄厚之人	正常人的舌苔薄白湿润，黄则表示消化不良、有炎症，此时服用人参会引起食欲不振、腹部胀满、便秘等。
大腹便便之人	此类人服用人参后，常常食欲亢进，出现体重猛增、身重困顿、反应迟钝、头重脚轻等不良感觉。
发热之人	发热应先查明病因，不可因病体虚而盲目进补，感冒、炎症等发热病人服用人参后犹如雪上加霜，会使病情加重。
胸闷腹胀之人	此类病人服用人参后，常常出现胸闷如堵、腹胀如鼓等。
疮疡肿毒之人	身患疗疮疥痈和咽喉肿痛者，体内有热毒，服用人参会导致毒性大发，难以治愈。
体内有热毒者	此类人服用人参后会导致疮毒大发、经久不愈等严重后果。

❻ 人体自身有大药，"口中醴泉"少不了

何为"口中醴泉"？李时珍说："人舌下有四窍，两窍通心，两窍通肾气。心气流于舌下为灵液。道家语之金浆玉醴，溢为醴泉，聚为华池，散为津液，降为甘露，所以灌溉脏腑，润泽肢体。故修养家咽津纳气，谓之清水灌灵根。"

可见，"口中醴泉"也就是俗称的口水、唾液。李时珍指出唾液是由人体精气上升而形成的，它处在不断的运动变化之中，溢、聚、散、降。这就像自然界的风云际会一样，水由下而上，溢成气，聚成雾，散为云，降为雨露，滋润大地万物。唾液也像自然界的雨露一样，升降循环，滋润着人的五脏六腑。中医认为唾和液是

◎唾液是与生命密切相关的天然补品，不仅可以治病，还可以延年益寿。生活中可以采取打坐的方式咽津，效果会更好。

两个不同的东西。《黄帝内经》说："脾为涎，肾为唾。"脾液为涎，就是我们平时说的口水。肾液为唾。肾是先天之本，脾是后天之本，而唾液就来源于人的这两个根本。

《本草纲目》转录了其他医书对唾液的功能之说："《瑞应图》说：'常饮醴泉，令人长寿。'《东观记》说：'常饮醴泉，可除痼疾久病。'"这就是古人的养生方法中的"咽津"一法，诸养生学家称其有"令人躯体光泽，津润力壮，有颜色"的作用，并有诗赞曰："津液频生在舌端，寻常嗽咽入丹田。于中畅美无凝滞，百日功灵可驻颜。"可见古时的养生学家对"咽津"十分推崇。

举一个生活中的例子，糖尿病在中医里叫"消渴症"。糖尿病是因为脾肾功能不好，不能产生足够的津液，脏腑得不到灌溉和滋润，虚火上升，患者就会经常感觉口干、口渴，所以又叫消渴症。唾液是与生命密切相关的天然补品，你吐掉一口感觉不要紧，其实需要好几盒补品才能补回来。所以我们不要随地乱吐口水，这与现代文明格格不入，还是养生之大忌。正确的做法是经常咽口水，不仅可以治病，还可以延年益寿。

咽津的姿势可以采取站、坐、卧，平心静气，轻轻吐气三口，闭口咬牙，好像含着什么东西一样，用两腮和舌头做漱口动作，漱十几次。这个时候口内就会生唾液，等唾液满口时，分三次把唾液徐徐送下。初练时可能唾液不多，久练自增。每天早晚各练一次，每天3～4次更好。别

小看了这个简单的养生法，只要你坚持下去，就会受益匪浅。

❼ 老人长寿的秘诀：营养少流失，夕阳别样红

老年，食补为先。老年人经受了几十年的人生坎坷，饥饱劳碌，五脏六腑的功能逐渐衰弱，尤其是肾气和肾精处于弱退之势，这就需要通过补养脾胃，以后天水谷的精气填补先天肾气和精气的亏虚，并用以滋养机体各脏腑，增强各器官的功能，维持健康长在。这一时期尤要考虑老人消化功能减弱的特点，重视脾胃的调养、宜忌，总的饮食要求是营养丰富、全面、质精而量不宜多。

根据老年人的生活特点，各种营养素的补充应注意以下几方面。

1.热量

老年人身体组织萎缩，代谢过程降低，故老年人的基础代谢一般比成年人降低10%～15%；老年人体力活动减少，相应热量消耗也降低，故老年人膳食中的热量也相对减少，大约相当于青年人总量的80%。所以老年人要补充热量，但这种热量不宜过多，否则会出现肥胖、高血压、冠心病等。

2.蛋白质

蛋白质在老年人的营养上是非常重要的，因为老年人体内代谢过程以消耗(分解代谢)为主，所以需要较为丰富和质量高的蛋白质来补偿组织蛋白的消耗。以蛋白质的量来说，老年人每天需要的量一般为每公斤体重1克。

3.碳水化合物

碳水化合物是多糖、蔗糖、麦芽糖、乳糖、葡萄糖的总称，是供给能量的主要来源。以我国的饮食习惯来说，它主要来自大米、小麦等粮食中的淀粉。对老年人来说，果糖相对比较适宜，因为它能比较迅速地转化为氨基酸，而转变为脂肪的可能性却比葡萄糖等小。所以在老年人的饮食中，可供给一部分含有果糖的碳水化合

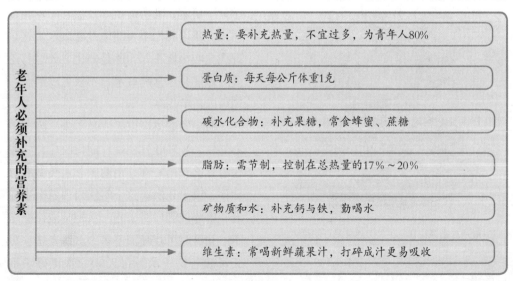

老年人必须补充的营养素

- 热量：要补充热量，不宜过多，为青年人80%
- 蛋白质：每天每公斤体重1克
- 碳水化合物：补充果糖，常食蜂蜜、蔗糖
- 脂肪：需节制，控制在总热量的17%～20%
- 矿物质和水：补充钙与铁，勤喝水
- 维生素：常喝新鲜蔬果汁，打碎成汁更易吸收

物，如蔗糖、蜂蜜、某些糖果等。但老年人，尤其是肥胖者及冠心病者仍需注意限制碳水化合物的摄入量。

4.脂肪

老年人体内脂肪组织随年龄增长而逐渐增加。过多的脂肪不但不利于心血管和肝脏，而且对其较虚弱的消化功能也是一种不利因素，故脂肪的摄入量一定要有所节制，可根据总热量的17％～20％供给。尽量选用花生油、豆油、玉米油等植物油。

5.矿物质和水

老年人的饮食中需保证钙和铁的含量。由于老年人的胃酸分泌减少，常会影响到铁和钙的吸收，易造成贫血、骨质疏松等情况，故平时要选择一些富含钙质而又较容易吸收的食物，以豆类、豆制品、奶类、奶制品等为佳；同时，也要补充含铁的食物。老年人一般并不缺少盐分，食盐的摄入量每天只需2～3克，钠的需要量每天0.5克左右即可，若过量则对健康不利。老年人常缺碘，故应适当多吃一些海带、海蜇、紫菜一类的海产品。此外，老年人还应该每天保证一定量的饮水，因为老年人的结肠、直肠的肌肉萎缩而致排便能力较差，以及肠道黏液分泌量少，所以给予一定的水分是必需的。

6.维生素

老年人的消化和代谢功能下降，会影响维生素的利用，故在老年人的饮食中，维生素的供给要充足。新鲜的蔬菜、水果、肉类等都具有比较丰富的维生素，但因老年人消化功能减退，所以在对这些食品进行烹调和加工时，可制成果汁、菜泥、肉糜等形式食用。足够的维生素饮食可增强老年人的抵抗力，促进食欲。

此外，老年人进补不宜凡补必用肉，容易增加老年人消化器官的压力。合理的营养搭配才能补充老年人流失的营养，延缓人体器官的衰老，对疾病的抵抗力也大大增强。

⑧ 老中医大都长寿，他们是怎么吃的

朱丹溪和刘完素都是我国著名的中医，二人不仅对中医学贡献颇多，也有着自己的一套养生心得。二人都提倡淡食论。刘完素老先生甚至认为，人不要吃得太好，粗茶淡饭最适宜。

问起每个老中医，他们都会告诉大家清淡饮食是最佳的养生饮食方。因为饮食清淡方可灭火祛湿，否则会升火耗伤阴精。五味过甚，就需要我们用中气来调和，这就是火气。"火"起来自然要"水"来灭，也就是用人体内的津液来去火。津液少了阴必亏，疾病便上门了。这也验证了朱丹溪老先生所说的："人身之贵，父母遗体。为口伤身，滔滔皆是。人有此身，饥渴存兴，乃作饮食，以遂其生。彼昧者，因纵口味，五味之过，疾病蜂起。" 如今生活水平提高了，人们在丰盛的食品诱惑下，受到了肥胖、糖尿病、高血压、高血脂等生活方式病的威胁。为了健康，大多数人听从了医生的忠告：饮食要清淡。可到底什么是"清淡"？有些人认为，清淡饮食就是缺油少

盐的饮食；还有些人认为，所谓清淡，就是最好别吃肉，只吃蔬菜和水果。其实不然，矫枉不能过正，这样的清淡不仅不能达到滋阴养精的目的，反会把身体拖垮。朱丹溪所谓的"饮食清淡"是追求"自然冲和之味"，而不贪食"厚味"。以猪蹄为例，如果放些大枣、黄豆等做成炖猪蹄，那么，这样的食物不属于"厚味"，而如果我们用辣椒、花椒做成麻辣猪蹄，那么它就属于"厚味"。此外，罐头、油炸食品，不管是蔬菜水果，还是鸡鸭鱼肉，都属于人为的"厚味"，饮食清淡就要将其拒之门外。

另外，朱丹溪非常重视水果蔬菜的营养作用，他在《茹淡论》里说："谷蔬苹果，自然冲和之味，有食人补阴之功。"他认为蔬菜水果在防病、补益方面有显著的功效。现代医学也证明，人们多吃水果蔬菜，对预防各种疾病都有重要意义，如绿叶蔬菜、胡萝卜、土豆和柑橘类的水果对于预防癌症有很好的作用。每天最好吃五种或五种以上的水果和蔬菜，并常年坚持，就会使身体各方面的素质发生改变。

名医刘完素则坚持"粗茶淡饭"才是健康饮食的不二法门。我们首先要明白粗茶淡饭到底指的是什么。通常人们理解的粗茶淡饭就是吃素，每天馒头、咸菜，这

样的饮食身体得不到充足的营养，自然是不利于养生。其实，"粗茶"是指较粗老的茶叶，和新茶相对。粗茶中的茶多酚、茶单宁等物质对身体很有益处。茶多酚是一种天然抗氧化剂，能抑制自由基在人体内造成伤害，有抗衰老作用，还能阻断香肠、火腿中亚硝胺等致癌物对身体的侵害；茶单宁则能降低血脂，防止血管硬化，保持血管畅通，维护心、脑血管的正常功能。所以，从健康角度看，粗茶的营养价值比新鲜茶叶更高。"淡饭"则是指富含充足蛋白质的天然食物，是相对于精致加工的食物而言的。这与朱丹溪的淡食论异曲同工。

此外，坚持一些养生生活习惯，对长寿也十分有帮助：

①四肢常活动，全身关节松：记得，有句俗话"饭后散步，不进药店"。这也从另一个侧面反映出运动锻炼对身体健康的好处。

②双手搓面部，目明两耳聪：中医专家指出，常搓面部，可促进血液循环，同时刺激面部及耳部等头部穴位，可使目明耳聪。

③十指常梳头，美发又健脑：用十指或木梳等梳头用具梳头，或点按头部穴位，可健脑益智，同时还可防止脱发，延缓衰老，延年益寿。

李时珍在《本草纲目》中载录了很多长寿实例，这些高寿老人也都是遵循着同样的饮食习惯。总之，吃得清淡、吃得简单就是各位名老中医共同的养生心得。

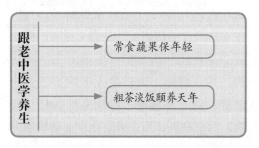

第十三章

长寿无须寻仙丹，
本草自有长寿药

●毋庸置疑，人的健康和生命的维系主要依赖于"吃"，如今，大多数人不会再为吃饱而忧心，有些人便本着"多多益善"的原则，山珍海味无所不吃，营养虽然补足了，身体却越吃越坏，可见想要吃出长寿，并非易事。古今中外，但凡著名的长寿老人无不在"吃"上有独到的见解，那么，要想长寿，究竟该怎样吃呢？其一要营养均衡不挑食，其二要多吃蔬果与有益食物，其三要食物得宜，不吃相忌食物，其四合理选择药膳，这对于已经罹患各种疾病的老年人群来说尤其显得必要。药膳不仅美味可口，对健康更是大有益处，对于体弱多病的老年人来说，可谓是必不可少。

源自于本草中的养生长寿方案

❶ 日啖白果七八颗，何愁今生不长寿

银杏树的果实又叫白果，它是种子植物中最古老的物种之一，因此又被人誉为"活化石"。李时珍的《本草纲目》中就记载，白果能止咳平喘、补肺益肾、敛肺气、止带浊、缩小便。如皋人的身体力行又告诉我们，常吃白果还可以活到天年。

科学家用仪器分析后发现，白果中含有蛋白质、脂肪、糖类、钙、铁、磷、胡萝卜素及多种氨基酸等人体所需的营养成分，能改善血液循环，修复人受损的血管，让大脑、心脏获得充足的营养，防止血栓的发生，更能增强老年人的记忆力和机体免疫力，减缓细胞老化，预防老年痴呆症。因此，以长寿闻名于世的如皋人吃白果能够长寿绝不是一个神话。

◎白果中含有多种营养成分，能改善血液循环，补充大脑营养，常食让人活到天年。

如皋人吃白果可谓是花样百出，炒、蒸、煨、炖、焖、烩、烧、熘等各种方法齐齐上阵，做出形形色色的美味佳肴。爱吃甜食的，就用白果肉煮水，加少许糖；也可以与栗子、莲心等一起煮成甜羹。爱吃咸味的，就将白果红烧或与蹄筋等共煮，非常美味。爱吃素的人，把白果和蘑菇、竹笋等一起炒，或者一起煮汤，味道也相当不错。

白果的银杏叶，您千万不要扔掉，如皋人会拿它们来做枕头芯。因为，用3年以上银杏叶做成的枕头芯，会在您养神睡觉时发出一股股淡淡的幽香，枕着它，您不仅心里平和无忧、一觉睡到自然醒，长期使用还可以防止高血压、脑中风、糖尿病等疾患的发生。

❷ 晨吃三片姜，赛过人参汤

"早晨起床的第一件事就是要吃一小匙生姜末"，这是百岁老人郑桂英坚持了几十年的习惯，也是她的养生之道。

每天早晨一匙生姜末，不仅是百岁老人郑桂英长寿的经验之谈，更是中国古代养生家的重要发现。我国北宋著名文学家、美食家苏东坡在《东坡杂记》中曾记载了一则常年食生姜而延年益寿的故事。

苏东坡在任杭州太守时，有一天他到净慈寺去游玩，拜见了寺内住持。这位住持年逾八十，仍鹤发童颜，精神矍铄。苏东坡感到惊奇，便问他有何妙方可以求得

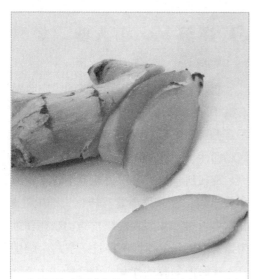

◎生姜不仅是调味佳品，还可以祛病养生。《本草纲目》认为其有解表散寒、温中止呕、化痰止咳功能。

延年益寿。住持微笑着对苏东坡说："老衲每天用连皮嫩姜切片，温开水送服，已食四十余年矣。" 生姜可以延年益寿，颐养天年，并不是这位住持的首创，儒家大师孔子早在春秋战国时期就已认识到食用生姜具有抗衰老的功能。他一年四季食不离姜，但不多食，每次饭后食姜数片而已。在那个饱尝战祸，颠沛流离的年代，孔子活到了73岁，恐怕和他重视食用生姜有着密切的联系。

在日常生活中，人们都把生姜当作调味品。因为生姜具有独特的辛辣芳香气味，可以去鱼肉腥味。此外，生姜还含有挥发油、姜辣素（老姜成分较高）、树脂、纤维、淀粉等成分。生姜在我国已有两三千年的历史，长沙马王堆一号汉墓的陪葬物中就有生姜。

生姜可以祛病养生。生姜不仅是调味佳品，还是宝贵的中药材。《本草纲目》认为，生姜"可蔬、可和、可果、可药，其利博矣"。据《神农本草经》记载，生姜性味辛温，入肺、脾、胃经，有解表散寒、温中止呕、化痰止咳功能。常用来治风寒感冒、胃寒呕吐、寒痰咳嗽等。据现代药理研究，生姜含有姜醇、姜烯、姜辣素等多种成分，具有解热、镇痛、抗炎、镇静、催眠、抗惊厥、兴奋心脏等作用。

生姜含有的辛辣姜油和姜烯酮，对伤寒、沙门氏菌等病菌有强大的杀灭作用。"上床萝卜下床姜，不劳医生开药方"，民间广泛流传的这一俗语，对生姜虽有誉美之嫌，但它的确道出了生姜祛病养生的中药保健功效。

生姜可以防止动脉血管硬化。生姜可以降低胆固醇，抑制前列腺素的合成，减少血小板的聚集。美国学者认为，在生姜提取物中含有与阿司匹林作用相似的抗凝血成分，其抗凝作用甚至超过阿司匹林。服用生姜可以防止血小板集聚，防止血栓形成，还不产生任何副作用，对维护血管的弹性，防止动脉硬化，预防心肌梗死有特殊的功效。

生姜可以治疗胃溃疡、类风湿性关节炎等病症。在对老鼠的动物实验中，让老鼠口服盐酸和乙醇，使之发生胃溃疡，然后再喂以生姜提取物，结果老鼠的胃溃疡受到了明显的抑制。每天口服鲜姜5克或生姜粉0.5～1.5克，可以治疗类风湿性关节炎，不仅可减轻疼痛、肿胀，而且还能改善关节的活动。

生姜还有美容作用。生姜中含有一种"姜辣素"，对心脏和血管有一定的刺激

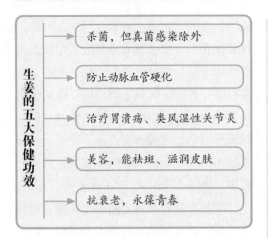

生姜的五大保健功效
- 杀菌，但真菌感染除外
- 防止动脉血管硬化
- 治疗胃溃疡、类风湿性关节炎
- 美容，能祛斑、滋润皮肤
- 抗衰老，永葆青春

作用，可使心跳加快、血管扩张、血液循环加快、流动到皮肤的血液增加。这可能与中医所说的生姜能"宣诸络脉"有关。络脉布于体表，受经脉的营养，以滋养肌肤，皮肤暗黑在很大程度上是络脉不通畅引起的。生姜能使络脉通畅，供给正常，容光自然会焕发。生姜泡澡可以通过发汗、排汗达到消耗热量、燃烧脂肪、瘦身健美的目的。

生姜具有抗衰老的功能。现代医学研究证明，生姜含有比维生素E作用大得多的抗氧化成分。这种成分能减轻人体自由基活跃所产生的被科学家比喻成"体锈"的有害产物，老年斑就是这种"体锈"的外部表现。常吃生姜有助于使老年斑推迟发生或逐渐消失。生姜可以预防胆结石。生姜中所含的姜酚，能抑制前列腺素的合成，并有较强的利胆作用。因此胆囊炎患者常食生姜，可防止胆结石的形成，预防胆结石症的发生和发展。民间早就流传着"晨吃三片姜，赛过人参汤"的说法。郑桂英老人的长寿经为这种说法提供了新的佐证。

❸ 胡萝卜，小人参，经常吃，长精神

胡萝卜是张骞通西域引进的，在我国有数千年栽培史。中医认为，胡萝卜性甘平，归肺脾，具有健脾化滞、清凉降热、润肠通便、增进食欲等功效。

现代科学研究发现，胡萝卜含丰富的胡萝卜素，在人体内能够转化为维生素A和膳食纤维。中国人的膳食结构缺钙和维生素A，胡萝卜正好填补这一空白。维生素A有保护黏膜的作用，缺乏维生素A，免疫力会下降。不同年龄段的人如果缺乏维生素A，会有不同反应。孩子缺乏维生素A，容易感冒发烧，患扁桃体炎；中年人缺乏维生素A，容易出现癌细胞、动脉硬化；老年人缺乏维生素A，就会眼睛发花，视力模糊。

古代就有人说，胡萝卜是养眼的蔬菜，对夜盲症有很好的效果。

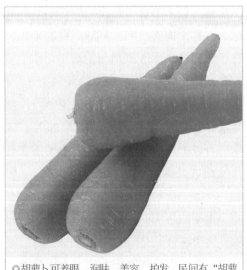

◎胡萝卜可养眼、润肤、美容、护发。民间有"胡萝卜，小人参；经常吃，长精神"的说法。

健康谚语"胡萝卜，小人参；经常吃，长精神"，可算一语中的。因此，我们郑重向大家推荐胡萝卜，因为胡萝卜具有多种营养，可以养眼、润肤、美容、护发等，并且还是价廉物美的蔬菜。

胡萝卜不怕高温，温度再高也不会破坏营养，而其他的蔬菜就不行。补充维生素A，能够促进婴幼儿的生长发育及维持正常视觉功能，增加儿童抵抗力，防治老人眼睛发花，保护视网膜。

胡萝卜还被广泛用于防治高血压及癌症。经常吃胡萝卜、不容易患感冒，也不容易得胃肠炎。此外，胡萝卜还含有较多的维生素C、B族维生素等营养素。因此，胡萝卜被誉为"大众人参"，也就是所谓的"小人参"。

在欧洲，胡萝卜被制成糕点出售；俄罗斯人喜欢用胡萝卜做饺子馅。

胡萝卜是喂养婴儿的价廉物美的辅食。从婴儿4个月开始，便可给婴儿喂食胡萝卜泥，一方面能补充婴儿成长所需的营养素，另一方面又可以让婴儿尝试并适应新的食物，为今后顺利过渡到成人膳食打好基础。

值得注意的是，胡萝卜不能当下酒菜。胡萝卜与酒同食，胡萝卜素与酒精一同进入人体，会在肝脏中产生毒素，引发肝病。

④ 小小花生是名副其实的"长生果"

花生又名长生果、落花生，被誉为"田园之肉"、"素中之荤"。花生的营养价值非常高，其中含有的优质蛋白质易为人体所吸收。花生仁中还含有十几种氨基酸，其赖氨酸含量比粳米、面粉高出4～7倍。赖氨酸可提高智力，促进生长和抗衰老。花生仁中的某些物质还能润肤，延缓机体细胞衰老和预防动脉硬化。

关于花生的主要功效，《本草纲目》中记载："花生悦脾和胃润肺化痰、滋养补气、清咽止痒"。而中医认为，脾胃是人的后天之本，脾胃功能非常重要。花生可以调理脾胃，增强脾胃功能，对人体健康非常有利，能延缓衰老，益寿延年。所以，民间把花生称为长生果。具体说来，花生的功效主要有以下几种：

（1）淡化色斑

花生富含维生素B_6，维生素B_6具有褪除黑色素斑痕的作用。

（2）健齿

食用花生不产生腐蚀酸，特别有利牙齿的健康。

◎花生对人体十分有益。民间把花生称为"长生果""田园之肉""素中之荤"。

（3）减肥

花生是高脂高热量食物，但是并不会增加体重。因为花生高蛋白、高纤维、质地易碎，容易增加饱腹感并持续较长时间，花生饱腹感长于高碳水化合物食物五倍时间，可抑制饥饿，从而减少对其他食物的需要量，降低总能量摄入，避免吃过量。花生吸收效率不高，也是避免增加体重的一个原因。

另据《中国医药报》报道，花生中的β-谷固醇可抑制口腔细菌的生长，并具有一定的抗癌作用。中医临床有时也会用花生治疗慢性胃炎、支气管炎等消化和呼吸道疾病。因此，口气不好的人可以每天少量、反复咀嚼花生一次，能有效抑制口臭的发生。

很多人都喜欢吃油炸花生米或爆炒花生米，其实这种方式对花生米中的维生素E和其他营养成分破坏非常大。而且花生本身就含有大量的植物油，高温烹制后，花生的甘平之性就会变成燥热之性，经常食用容易上火。所以，吃花生的最好方式是煮着吃，这样既能保住营养又好吸收。还有些人经常把花生仁（油炸的、椒盐及带壳的花生果）和拌黄瓜作为下酒菜，其实这种吃法是错误的，会造成腹泻，甚至食物中毒。

此外，还有四种人不适合吃花生。

（1）高脂血症患者

花生含有大量脂肪，高脂血症患者食用花生后，会使血液中的脂质水平升高，而血脂升高往往又是动脉硬化、高血压、冠心病等病疾的重要致病原因之一。

（2）胆囊切除者

花生里的脂肪需要胆汁去消化。胆囊切除后，贮存胆汁的功能丧失。这类病人如果食用花生，没有大量的胆汁来帮助消化，常可引起消化不良。

（3）消化不良者

花生含有大量脂肪，肠炎、痢疾、脾胃功能不良者食用后，会加重病情。

（4）跌打瘀肿者

花生含有一种促凝血因子。跌打损伤、血脉淤滞者食用花生后，可能会使血瘀不散，加重肿痛症状。

此外，花生含油脂特别多，患有肠胃疾病或皮肤油脂分泌旺盛、易长青春痘的人，不宜大量食用。

❺ 延年益寿话保健，茯苓全方位保护您

茯苓的功效十分多：健脾、安神、镇静、利尿，可以说能全方位地增强人体的免疫能力，自古便被誉为中药"四君八珍"之一。

茯苓生长在哪里呢？一般的大树枯死或被砍伐后，往往会从枯死的躯干或残留的根上生出新的小枝叶来，中医认为这是大树未绝的精气要向外生发。如果大树枯死后，上面不长小的枝叶，就意味着附近的土壤下有茯苓，是茯苓吸取了大树的精气，使它没有能力再生发小的枝叶。

茯苓生长在土壤中，而且是在大树根部附近，它的生长位置告诉我们，它能收敛巽木之气，让其趋向收藏。

"人过四十，阴气减半"。如果人的

肝木之气得不到足够的阴精制约，就会渐渐偏离常道在体内妄行，导致头晕、手足摇动等肝风太过的症状出现。而茯苓，色白，应坎水之精，恰好能够收敛巽木的外发之气，使它潜藏于坎水之中。所以，茯苓对于中老年人绝对是延年益寿的良药。

在古代，人们对茯苓推崇备至，因为他们认为那是大树之精化生的奇物，有十分好的养生功效。相传慈禧太后一日患病，不思饮食。厨师们绞尽脑汁，以松仁、桃仁、桂花、蜜糖等为原料，加以茯苓霜，再用淀粉摊烙外皮，精心制成夹心薄饼。慈禧吃后十分满意，让这种饼身价倍增。后来此法传入民间，茯苓饼就成了北京名小吃，名扬四方了。

《本草纲目》说茯苓能补脾利湿，栗子补脾止泻，大枣益脾胃。这三者同煮，就可以用于脾胃虚弱，饮食减少，便溏腹泻等症。

白茯苓有多种食用方法，最简单的是

◎茯苓被誉为中药"四君八珍"之一，它可以健脾、安神、镇静、利尿，可全方位地增强人体的免疫能力。

把茯苓切成块之后煮着吃，还可以在煮粥的时候放进去。另外，可以把茯苓打成粉，在粥快好的时候放进去，这样人体更容易吸收。

值得注意的是，对于中老年人，茯苓具有补益功效，但对于正处在生长发育期的儿童与青少年就不太适合。孩子处在发育阶段，生机盎然，正需要肝木之气的生发之性，而茯苓趋向收敛，会阻碍孩子的生长。给未成年人吃茯苓，就等于在扼杀他们的生发之机，给健康带来不利的影响。未成年人只有在生病等特殊的情况下，经过医生的准确辨证后才能服用茯苓，家长千万不要自作主张煎煮茯苓给孩子吃。

❻ 经常吃可爱的草莓，健体、寿累积

古今中外的营养专家都认为，常吃草莓对人体健康大有益处。

熟透的草莓红似玛瑙，不仅果肉细嫩多汁，酸甜爽口，而且营养价值很高。其外观呈心形，鲜美红嫩，果肉多汁，酸甜可口，香味浓郁，具有一般水果所没有的宜人的芳香，是水果中难得的集色、香、味于一体的佳果，因此常被人们誉为"果中皇后"。

草莓易于被人体吸收利用，食用时无任何禁忌，吃多了既不会受"凉"也不会上"火"，是婴儿、老人、体弱者理想的营养健美果品。草莓除鲜食外，还可加工制成果汁、果酱、果酒、罐头和速冻食品等。

草莓是一种营养价值高，且为人们喜爱的低糖、低热量水果。其主要营养成分有糖、维生素、矿物质、有机酸和果胶等。早在李时珍的《本草纲目》中对草莓就有明确的记载，味甘酸、性凉，有清暑、解热、生津止渴、消炎、止痛、润肺、健脾、补血、通经、利尿、助消化、促进伤口愈合等功效。

现代医学研究证明，草莓有降血压、抗衰老作用，对防治动脉粥样硬化、高胆固醇、冠心病、脑溢血、贫血症、痔疮等都有一定的疗效，对胃肠病也有良好疗效。草莓还具有抗癌作用。美国华盛顿农业研究中心水果实验室的专家说，草莓中有一种物质能抗癌。意大利的医学家指出，新鲜草莓里含有一种化学物质可以阻止癌细胞的形成。

据测定，草莓果肉中含有糖、蛋白质、脂肪、维生素、钙、磷、铁等，其中

◎草莓被誉为"果中皇后"，不仅果肉鲜嫩多汁，酸甜爽口，而且营养价值很高，对人体健康大有益处。

维生素C的含量比梨、苹果、葡萄等高出7～10倍，磷和铁等人体所必需的矿物质元素也比上述水果高3～5倍。草莓中含有少量的胡萝卜素，是合成维生素A的重要物质，具有明目等作用。草莓还含有一定的膳食纤维，有促进消化、通畅大便、减轻肠道负担之功效。

草莓不仅能有效地预防感冒，而且对防治皮肤黑色素沉着、痣和雀斑有特效；牙龈出血者常吃草莓可健全牙龈，预防牙周病的发生；草莓汁与牛奶混合后涂于皮肤表面，能清除油腻，使皮肤洁白。

草莓又是良好的园林和庭院花草，近年来普遍引种。它的生长期长，季节变化明显。早春二三月，新叶破土而出，形成翠绿的"地毯"；三四月白花朵朵镶嵌在绿叶层里，如同白玉嵌入翡翠，繁星点点，一派春天气息；五六月红果累累，使绿色草层生机益然；深秋红叶铺满大地，观赏价值很高。此外，草莓还可以盆栽观赏，赏绿叶、白花、红果，最后还可尝果，既饱眼福，又饱口福。

选购草莓应以色泽鲜亮、颗粒大、清香浓郁、蒂头叶片鲜绿、表面无损伤者为优。颜色过白或过青都表示尚未成熟。

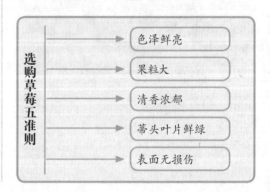

选购草莓五准则

- 色泽鲜亮
- 果粒大
- 清香浓郁
- 蒂头叶片鲜绿
- 表面无损伤

市场上有些草莓看上去个头异常的草莓，是由于在种植过程中喷施了膨大剂造成的。膨大剂是一种植物生长调节剂，通过促进果实中的细胞分裂和体积增大达到增产的目的。它一般在草莓生长的特定时期使用，除了能促进草莓果实增大，还能较好地保证草莓的质量。可是，有些果农为使草莓提前上市，获得更高的经济效益，违反技术操作规程，在种植过程中滥用膨大剂，不仅使草莓口感和质量下降，还可能对人体造成潜在的危害。要辨认出哪些草莓经过膨大剂、催红剂等处理，并非很难。只要看它的大小是否均匀、果实形状是否正常、色泽是否自然就可以了。另外很重要的一点是，最好吃应季草莓，不要为尝鲜过早购买提前上市的草莓。

还应注意的是，草莓属于低矮的草茎植物，且表面凹凸不平，在栽培施肥时易受到污染，表面可能带有一些细菌、病毒和农药残留。加之草莓在采摘、运输过程中，往往会沾上污物、尘埃。所以，人们在食用草莓时，必须进行彻底清洗。否则草莓表面的病菌便会乘虚而入，侵袭人体，危害健康。

清洗时，应将草莓放在流水下边冲边洗，随后放入清洁的容器内，将高锰酸钾按1∶5000的比例稀释，将草莓放入消毒液中浸泡5～10分钟（若无高锰酸钾，用食盐溶液也可），最后再用凉开水浸泡1～2分钟后即可食用。

专家指出，因为草莓含糖量低，糖尿病患者也可以吃草莓，但是每次最多宜吃5～6颗。

当草莓上市的季节，广大中老年人不要忘记"经常吃草莓，健体寿积累"这条长寿俗语。

⑦ 预防老年人疾病，黑木耳显身手

黑木耳，生长在朽木上，古人称之为"树的鸡冠"，而且其形似人耳，色黑或褐黑，故名黑木耳。黑木耳营养极为丰富，据史料记载，它是古代帝王独享之佳品。由于其营养丰富，滋味鲜美，被人们誉为"素中之荤"。

黑木耳味甘气平，有滋养脾胃、补血润燥、活血通络的功效，适用于痔疮出血、便血、痢疾、贫血、高血压、便秘等症。《本草纲目》中记载，有补气益智、润肺补脑、活血止血之功效。现代医学研究表明，如果每人每天食用5～10克黑木耳，它所具有的抗血小板凝集作用与每天服用小剂量阿司匹林的功效相当，因此

◎黑木耳被誉为"素中之荤"，它是古代帝王独享佳品，有滋养脾胃、补血润燥、活血之功。

人们称黑木耳为"食品阿司匹林"。阿司匹林有副作用，经常吃会造成眼底出血，而黑木耳没有副作用，更受人们青睐。同时，黑木耳具有显著的抗凝作用，它能阻止血液中的胆固醇在血管上的沉积和凝结，不仅对冠心病，对其他心脑血管疾病以及动脉硬化症也具有较好的防治和保健作用。

黑木耳中含有两种物质：丰富的纤维素和一种特殊的植物胶原，这使得它具有促进胃肠蠕动，促进肠道脂肪食物的排泄、减少对食物中脂肪的吸收，从而防止肥胖的作用；还能防止便秘，有利于体内大便中有毒物质的及时清除和排出，从而起到预防直肠癌及其他消化系统癌症的作用。老年人特别是有便秘习惯的老年人，如果能坚持食用黑木耳，常食木耳粥，对预防多种老年疾病、防癌、抗癌、延缓衰老都有良好的效果。

黑木耳中的含铁量非常高，比菠菜高出20倍，比猪肝高出约7倍，是各种荤素食品中含铁量最高的。中医认为，黑木耳味甘性平，有凉血、止血作用，主治咯血、吐血、衄血、血痢、崩漏、痔疮出血、便秘带血等。其含铁量高，可以及时为人体补充足够的铁质，是一种天然补血食品。

黑木耳对胆结石、肾结石、膀胱结石等内源性异物也有比较显著的化解功能。黑木耳所含的发酵素和植物碱，具有促进消化道与泌尿道各种腺体分泌的特性，并协同这些分泌物催化结石，滑润管道，使结石排出。同时，黑木耳还含有多种矿物质，能对各种结石产生强烈的化学反应，剥脱、分化、侵蚀结石，使结石缩小、碎开排出。

对于初发结石，每天吃1～2次黑木耳，疼痛、恶呕等症状可在2～4天内缓解，结石能在10天左右消失。对于较大、较坚固的结石，其效果较差，如长期食用黑木耳，亦可使有些人的结石逐渐变小、变碎，排出体外。

8 艾草——长寿之乡如皋的救命神草

艾草，草本植物，芳香且有益健康。在我国，采艾治病迄今已有3000多年的历史。艾，性温，无毒。《本草纲目》中有关于艾草的记载："服之则走三阴，逐一切寒湿，灸之则透诸经而治百种病邪，起沉疴之人为康泰。"

如皋艾草久负盛名，被认为是驱邪、

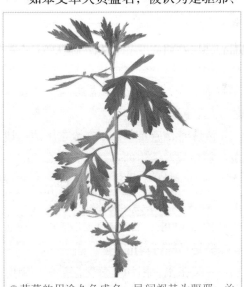

◎艾草的用途久负盛名，民间视其为驱邪、治病、延年益寿的神草，除了用来做药材，它还是很多美食的原料之一。

治病、延年益寿的神草。艾草生长在广袤的山野之间，生命力极强，在长寿之乡如皋遍地栽种。坊间，特别是端午节前后，如皋多有鲜艾出售，人们买回家去，呈放于供神的中堂两边，或房间妆台之旁，奇香可数月不减，蚊蝇嗅之即逃。

传说东汉方士费长房在海边眺望远方时，发现江海之滨的风水宝地如皋有恶鬼病魔作祟，即指派徒儿桓景带上驱邪之草——艾草前往，为江海大地的子民消灾降福，延年益寿。桓景身背神剑乘仙鹤来到如皋，把艾草分送给那里的渔民、农民，人们拿到药草，果然治好了各种各样的疾病。

史载，以返老还童而闻名的古代仙人老莱子平常就很喜欢艾草的香味，所以他的小屋中经常放有艾草，地上也铺满晒干的艾草。他是一位非常孝顺和顽劣的仙人，即使已经70岁了，还会穿上小孩子的花衣服来取悦父母，有时就躺在地上，模仿小婴儿啼哭的样子。传说老莱子就是因为常常把艾草用水煎来服用，才慢慢出现返老还童迹象的，所以艾草也被百姓们叫作"仙人草"。

艾草中含有丰富的促人长寿物质。每100克艾草中含有7.2毫克的胡萝卜素，它被认为具有抗癌、防止老化的作用。除了胡萝卜素外，艾草还含有维生素A、维生素B$_1$、维生素C和8％的蛋白质，同时铁元素和纤维素含量也很丰富。

艾草中所含的叶绿素成分，除了可以预防癌症外，还具有净血、杀菌、畅通血路的功效。而艾草中所含的腺嘌呤，可以

使心脏强壮，防止功能退化，对预防脑部疾病等有很强的效果。

艾草很早就走进人们的生活。早在《诗经》时代，艾草即被用于灸术。因为艾草性温、味苦、无毒，能通十二经、理气血、逐湿寒、止血下痢，所以人们一般是把艾草点燃之后去薰、烫穴道，使穴道受热而经络疏通。现在台湾流行的"药草浴"大多就是选用艾草做药材。如皋民间常用艾草枯叶卷成长条，点燃轻薰关节，治疗筋内关节疼痛。早年间妇女生产，必用艾草煮汤煎服，排淤血和补中气。

艾草除了被用作药材外，还可以做成各种美味食物，吃了让人延年益寿。在长寿之乡如皋，赋闲在家的老人们喜欢以艾草为原料，做成各种传统的长寿食物。食用艾草的方法很多，最简单的是将艾草的嫩芽摘下来，直接放入口中咀嚼，或者是将艾草的嫩芽做成糕点，也可以跟蔬菜一起煮成艾草汤。

❾ "海菜"海中长，多吃寿命长

海菜是在海洋中生长的各种可食性植物的统称。海菜被誉为海洋中的"黑色食品"，营养丰富，含有人体需要的多种物质。人们最为常见的当然属于海带。海带是大叶藻类植物，又名海草、昆布等，生活在海水中，柔韧而长如带子，故得其名。海带是一种褐藻，藻体褐色，一般长2～4米，最长可达7米，其成品褐绿色，表面略有白霜。海带是一种营养丰富、价格低廉且常年可食的海产蔬菜，其风味独

◎海带被誉为"海上蔬菜"、"长寿菜"、"含碘冠军"，其风味独特，凉拌、荤炒、煨汤均可。

特，色调别致，凉拌、荤炒、煨汤均可，是家庭佐膳佳品。

海带具有较高的营养保健价值，被誉为"海上蔬菜"、"长寿菜"、"含碘冠军"。早在1500多年前的晋朝，我国的医学家就知道海带可治"瘿病"（甲状腺肿）。明朝李时珍的《本草纲目》说，海带主治12种水肿、瘿瘤聚结气、瘘疮。唐宋以来，海带被誉为延年益寿的补品，这是有一定道理的。

常吃海带可抗癌。美国一放射矿区甲状腺肿和白血病发病率较高，为了防治甲状腺肿，该矿区居民掀起了吃海带热。结果不仅大部分甲状腺肿得以治愈，而且还出人意料地对治疗白血病产生良好的疗效。近年来，专家发现癌症病人的血液多呈酸性，血液趋于酸性可能是癌症预兆之一。随着生活水平的提高，大量缺乏钙的酸性食品、肉类涌上了餐桌，使血液趋于酸性，因而可导致癌症发生。而海带素有"碱性食物之王"的美誉，如果多食海带，就可以防止血液酸化，防治癌症。

常吃海带可防高血压。海带中含有一种海带多糖，能降低人体血清中胆固醇、甘油三酯的浓度。此外，海带多糖还具有抗凝血的作用，可阻止血管内血栓的形成。海带中还富含纤维素，可以和胆酸结合排出体外，减少胆固醇合成，防止动脉硬化。近年来，医学家们发现缺钙是发生高血压的重要原因，而海带含钙量极为丰富，对高血压的防治无疑会大有好处。

常吃海带可以治疗糖尿病。海藻中的活性多肽，其功能同胰岛素相似，对糖尿病患者有较好的治疗和保健功能。糖尿病人食用海带后，能延缓胃排空与通过小肠的时间，可减免胃的饥饿感，又能从中吸收多种氨基酸与矿物质，因此是理想的饱腹剂，可以帮助糖尿病患者控制饮食，有利于控制血糖水平。

吃海带可以治便秘。海带中1/4的成分是藻朊酸，藻朊酸与食物纤维素同样不被身体消化就进入大肠，可刺激肠蠕动，有促进排便的作用。因此，海带可以扫除肠道中的食物残渣，起到清洁作用，又预防便秘。

肾脏有病的人应多吃海带。据《中国食品报》报道，海带表面有一种白色粉末，略带甜味，叫甘露醇。海带含有较高的甘露醇，具有良好的利尿作用，可治疗肾功能衰竭、药物中毒、浮肿等。另外，海带中还含有一种叫藻酸的物质，这种物质能使人体中过多的盐排出体外，不仅对高血压患者有好处，对肾病也有独特的预防作用。常吃海带可以美发。近年来研究发现，黄头发的产生主要是由于酸毒症的存在，而白头发的产生主要是由于酸毒症的发展所致。海带属碱性食品，可改善酸毒症，所含的营养物对美发也大有裨益。因此，常吃海带，对头发的生长、润泽、乌黑、光亮都具有特殊的功效。

多吃海带还能御寒。在冬天，有一些人很怕冷，这与每个人体内甲状腺分泌的甲状腺素多少有很大关系。碘是分泌甲状腺素的主要原料，而海带中含有大量的碘。因此冬天怕冷的人如果常吃些海带，有利于体内分泌更多的甲状腺素，可有效地提高身体的御寒能力。

我国的海带资源尤为丰富，漫长的海岸线，众多的浅海生态区和滩涂都为海带等藻类的养殖提供了有利的条件。我国海带的年产量最保守地估算也在300万吨左右。其中，黄海和渤海沿岸的海带和紫菜不但产量大，而且质量优良。

海菜海中长，多吃寿命长。由于海产品生产的快速发展，无论是海边还是内地，都能买到各种海产品，特别是海带，不但供应充足而且价格便宜。只要我们充分认识海菜在延缓衰老、抗御疾病中的作用，就会自觉、科学地食用海菜。

⑩ 一年四季不离蒜，不用急着去医院

很多人非常讨厌大蒜，因为吃过蒜后人的口腔内会有一股强烈刺鼻的味道，会在日常交际中遭人厌烦。其实，大蒜的刺鼻味道有很多方法可以驱除，这并不能成为我们拒绝大蒜的理由。相反，大蒜有很好的保健作用，对于老年人来讲更应该成为经常食用的食物。大蒜是人们烹饪中不可缺少的调味品，它既可调味，又能防病健身，被人们誉为"天然抗生素"。大蒜是人体循环及神经系统的天然强健剂，没有任何副作用。数千年来，中国、埃及、印度等国将大蒜既作为食物也作为传统药物应用。在美国，大蒜素制剂已排在人参、银杏等保健药物中的首位，它的保健功能可谓妇孺皆知。

大蒜能保护肝脏，诱导肝细胞脱毒酶的活性，可以阻断亚硝胺致癌物质的合成，从而预防癌症的发生。同时大蒜中的锗和硒等元素还有良好的抑制癌瘤或抗癌作用。大蒜有效成分具有明显的降血脂及预防冠心病和动脉硬化的作用，并可防止血栓的形成。

◎大蒜不仅是烹饪中不可缺少的调味品，更被人们誉为"天然抗生素"。在美国，大蒜素制剂已排在人参、银杏之前居保健品首位。

紫皮大蒜挥发油中所含的大蒜辣素等具有明显的抗炎灭菌作用，尤其对上呼吸道和消化道感染、霉菌性角膜炎、隐孢子菌感染有显著的功效。另据研究表明，大蒜中含有一种叫"硫化丙烯"的辣素，其杀菌能力可达到青霉素的十分之一，对病原菌和寄生虫都有良好的杀灭作用，可以起到预防流感、防止伤口感染、治疗感染性疾病和驱虫的功效。

从大蒜的诸多功效可以看出，长期食用大蒜对身体的保健是有很多益处的。所以民间才会有"四季不离蒜，不用去医院"的说法。

当然大蒜也不是绝无坏处的。《本草纲目》云，大蒜味辛性温，辛能散气，热能助火，伤肺、损目、昏神、伐性，久食伤肝。《本草经疏》告诫人们，凡脾胃有热，肝肾有火，气虚血虚之人，切忽沾唇。《本经逢原》也指出，凡阴虚火旺及目疾，口齿、喉、舌诸患及时行病后也应忌食。至于食用大蒜后产生的强烈的蒜臭味，虽属大蒜一弊，但不难克服。吃大蒜后只要嚼些茶叶或橘皮，口臭马上就可消失了。

总之，大蒜对人体健康的利远远大于害。春天吃蒜祛风寒；夏季食蒜解暑气；秋天吃蒜避时疫；冬天食蒜可以暖胃肠。长期坚持食蒜会增强人体免疫力，减少生病机会，自然就可以少去医院了。

⑪ 老年人长寿的密码藏在食物里

人人都想长寿，所以从古代就开始研究长寿秘方。可以说，我国医学典籍在这方面的知识和药方是非常丰富的。所谓的长寿食品，其作用、机制以及实际效果尚有待全面的科学验证，但它们都是含有丰富营养素的有益健康的食品，这是确定无疑的。

1.有益老年健康的植物类食物

常见的有枸杞子、黑豆、菱角、大枣、猕猴桃、胡麻仁、胡桃、葡萄、莲子等。

古代医药书中还记载着很多植物类食物具有延年益寿的功效，如芡实、高粱米、山药、刺五加、龙眼、桑葚子、柏子仁等。

一般来说，古代中医和民间所认为的长寿植物类食物都具有补气益血、调补内脏的功效。从现代药理研究来说，这类食物大都具有降血糖、血脂、血压以及保护心血管、增加免疫功能、调节内分泌和抗肿瘤等作用。

2.有利老年健康的动物类食物

常见的有蜂蜜、花粉、龟、鳖等。古今中外还有很多医书记载和民间流传着某些动物类食品也具有一定的延年益寿的功效，如鹿茸、人乳、酸牛奶、马奶酒、蚂蚁、牡蛎等。一般来说，中医和民间所认为的长寿动物类食品都具有益肾填精、补养气血的功效。从现代医学研究来说，大都具有增强抗病能力、强壮机体、降低血糖、调节内分泌、促进细胞再生以及抗肿瘤等功效。当然，有的食物的抗衰老作用尚未被现代医学研究所证实。

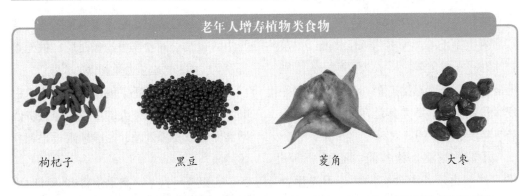

老年人增寿植物类食物

枸杞子　　黑豆　　菱角　　大枣

老年人增寿动物类食物

虾　　鸡肉　　龟　　牡蛎

⑫ 给自己留点喝茶的工夫，乐活到"茶寿"

茶寿是福建武夷山区的茶农们对108岁的雅称。为什么叫茶寿呢？首先是因为茶农们对茶的热爱。另外我们来看这个"茶"字，上面的草字头即双"十"，相加则为"二十"；中间的"人"分开即为"八"，底部的"木"即"十"和"八"，相加即"十八"，中底部连在一起构成"八十八"，再加上字头的"二十"，一共是108，故此得名。

其实，茶本身就是延年益寿之品，有"灵丹妙药"之效。宋代著名诗人苏东坡主张人有小病，只需饮茶，不要服药。如果我们每天能够抽出时间来好好地品上几杯茶，也许真的可以快乐健康地活到"茶寿"。唐代的医学家陈藏器指出"诸药为各病之药，茶为万病之药"，高度地评价了茶对人的保健作用。具体来说，茶的作用主要包括：

①提神醒脑。茶叶有提神醒脑的作用。唐代大诗人白居易就用"破睡见茶功"的诗句，来赞扬茶叶的这种作用。茶叶之所以提神，是因为茶叶中含有咖啡因，而咖啡因具有兴奋中枢神经的作用。

②利尿强心。俗话说："茶叶浓，小便通。三杯落肚，一利轻松。"这是指茶的利尿作用。饮茶可以治疗多种泌尿系统的疾病，如水肿、膀胱炎、尿道炎等；对于泌尿系统结石，茶叶也有一定的排石作用；常喝茶对预防冠心病也有好处，这是因为茶叶中所含的咖啡因和茶碱可直接兴奋心脏，扩张冠状动脉，使血液充分地输

入心脏，提高心脏本身的功能。

③生津止渴。《本草纲目》说："茶苦味寒……最能降火。火为百病，火降则上清矣。"《本草拾遗》亦云："止渴除疫，贵哉茶也。"尤其是在夏天，茶是防暑、降温、除疾的好饮料。

④消食解酒。饮茶能去油腻、助消化。这是由于茶中含有一些芳香族化合物，它们能溶解脂肪，帮助消化肉类食物。茶之所以解酒，是因为茶叶能提高肝脏对物质的代谢能力，增强血液循环，有利于把血液中的酒精排出体外，缓和与消除由酒精所引起的刺激。

⑤杀菌消炎。实验证明，茶叶浸剂或煎剂，对各型痢疾杆菌皆有抗菌作用，其抑菌效果与黄连不相上下。

⑥降压、抗老防衰。茶多酚、维生素C和维生素P，都是茶叶中所含的有效成分，这些有效成分能降脂、降血压和改善血管功能。茶的抗老防衰作用，是茶叶中含有的维生素E和各种氨基酸等化学成分综合作用的结果。

除上述作用外，茶叶还具备保健、医疗作用，因此，坚持经常喝茶，有益于身体健康。但喝茶也有讲究，要科学饮茶。若饮茶不当往往会带来许多不良后果。下面我们就逐个盘点一下喝茶的误区。

①空腹饮茶。茶叶中含有咖啡因，空腹饮茶，肠道吸收咖啡因过多，会引起心慌、尿频等不适，还会阻碍维生素B_1的吸收和利用。空腹饮茶还可因大量茶水冲淡胃液，影响消化酶的作用，使饮食无味，食欲减退。

②饱食后饮茶。吃完饭立刻喝茶，茶叶中的鞣酸会同食物中的蛋白质、铁元素等发生凝固，影响蛋白质和铁的吸收。

③睡前饮茶。睡觉前饮茶，因茶水中咖啡因的作用，致使大脑中枢神经兴奋性增高，难以安静入睡，影响睡眠效果和身体健康。

④服药时饮茶。茶水中含有一种叫单宁酸的物质，如服药后喝茶或用茶水服药，可与某些药物发生化学反应，降低治疗效果。

⑤喝浓茶。茶水过浓，其中含的有机物质过多，特别是咖啡因的含量过高，对健康有一定影响。另外，咖啡因可遏制肠道钙的吸收和促进尿中钙的排泄，容易引起缺钙而导致骨质疏松症，即使最好的香茶，也只宜淡淡地品。

⑥隔夜茶不能饮用。这种说法流传很广，其根据主要是：隔夜茶中含有二乙胺，而二乙胺是一种致癌物质，所以隔夜

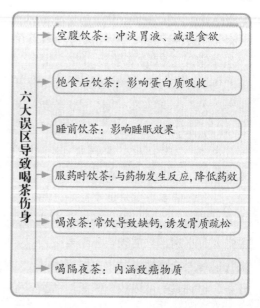

六大误区导致喝茶伤身

- 空腹饮茶：冲淡胃液、减退食欲
- 饱食后饮茶：影响蛋白质吸收
- 睡前饮茶：影响睡眠效果
- 服药时饮茶：与药物发生反应，降低药效
- 喝浓茶：常饮导致缺钙，诱发骨质疏松
- 喝隔夜茶：内涵致癌物质

茶不应再饮用。但是这种说法并不准确，因为只有当茶因放置过久而变质时才会产生大量的二乙胺，而在短短一夜间不可能变质。另外，"隔夜"这个词本身也过于含糊，晚间泡的茶放到第二天早晨是十多个小时，而如果是早晨泡的茶放到夜晚也是十多个小时，晚间的气温相对低些，茶水变质的可能性反而更小些。所以，判断茶水是否变质不应以隔夜为标准，而要看放置时间的长短。即使是白天，放置过久的茶水也不宜饮用。

⑬ "萝卜干嘎嘣脆，常吃活到百十岁"

如皋当地有句俗话："萝卜干嘎嘣脆，常吃活到百十岁。"如皋盛产萝卜及萝卜制品，这些食物富含维生素和纤维素，常吃不但可以均衡营养，还可以带走身体中的有害物质，是养生佳品。

我国是萝卜的故乡，栽培食用历史悠

◎萝卜对人体健康十分有益，炒、煮、凉拌等俱佳，常吃可均衡营养，带走身体有害物质。

久。早在《诗经》中就有关于萝卜的记载。李时珍曾赞扬萝卜道："可生可熟，可菹可酱，可豉可醋，可糖可腊可饭，乃蔬菜中之最有利益者。"民间也有很多关于萝卜的谚语，如"吃萝卜喝茶，气得大夫满街爬。"可见萝卜对人体健康的益处早已得到了大家的认可。

《本草纲目》记载，萝卜性凉辛甘，入肺、胃二经，可消积滞、化痰热、下气贯中、解毒，用于食积胀满、痰咳失音、吐血、衄血、消渴、痢疾、头痛、小便不利等症。实践证明，萝卜还具有防癌、抗癌功能，原因之一是萝卜含有大量的维生素A、维生素C，它是保持细胞间质的必需物质，起着抑制癌细胞生长的作用。美国及日本医学界报道，萝卜中的维生素A可使已经形成的癌细胞重新转化为正常细胞；原因之二是萝卜含有一种糖化酶素，能分解食物中的亚硝胺，可大大减少该物质的致癌作用；原因之三是萝卜中有较多的木质素，能使体内的巨噬细胞吞噬癌细胞的活力提高2～4倍。萝卜中所含萝卜素即维生素A原，可促进血红素增加，提高血液浓度。萝卜含芥子油和粗纤维，可促进胃肠蠕动，推动大便排出。因此，常吃萝卜可降低血脂、软化血管、稳定血压、预防冠心病、动脉硬化、胆石症等疾病，对人体健康是非常有益处的。

在吃法上，萝卜既可用于制作菜肴，炒、煮、凉拌等俱佳，又可当做水果生吃，味道鲜美，还可腌制为泡菜、酱菜。像如皋人将萝卜晒成干食用，更加独具风味，不仅鲜香脆口，而且消食开胃。

需要注意的是：萝卜为寒凉蔬菜，故阴盛偏寒素质者、脾胃虚寒者等不宜多食。胃及十二指肠溃疡、慢性胃炎、单纯甲状腺肿、先兆流产、子宫脱垂等患者忌食萝卜。萝卜严禁与橘子同食，否则易患甲状腺肿大。

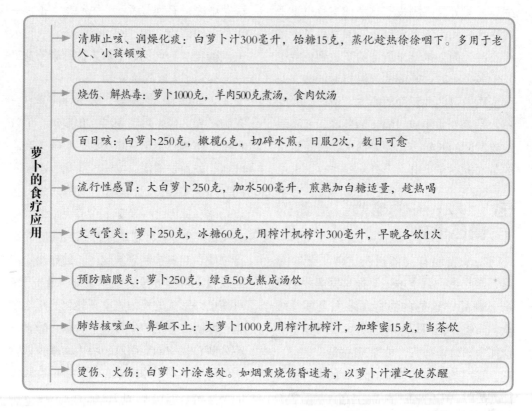

萝卜的食疗应用

- 清肺止咳、润燥化痰：白萝卜汁300毫升，饴糖15克，蒸化趁热徐徐咽下。多用于老人、小孩顿咳
- 烧伤、解热毒：萝卜1000克，羊肉500克煮汤，食肉饮汤
- 百日咳：白萝卜250克，橄榄6克，切碎水煎，日服2次，数日可愈
- 流行性感冒：大白萝卜250克，加水500毫升，煎熟加白糖适量，趁热喝
- 支气管炎：萝卜250克，冰糖60克，用榨汁机榨汁300毫升，早晚各饮1次
- 预防脑膜炎：萝卜250克，绿豆50克熬成汤饮
- 肺结核咳血、鼻衄不止：大萝卜1000克用榨汁机榨汁，加蜂蜜15克，当茶饮
- 烫伤、火伤：白萝卜汁涂患处。如烟熏烧伤昏迷者，以萝卜汁灌之使苏醒

⑭ 多吃小辣椒，寿岁节节高

平常喜欢吃辣椒的百岁老人王金凤，虽然已是110岁的老寿星，仍然体形清瘦，面色红润，胃口特别好。或许这和老人平常喜欢吃辣椒的生活习惯有着一定的关系。辣椒，又名辣角，在烹饪中占有很高的地位。很多动物原料去腥膻、解油腻都离不开辣椒。因此，它赢得了众多的喜食者。

我国四川、贵州、湖南、湖北等地的菜肴之所以脍炙人口、誉满中外，就是因它具有辣香的特点。四川人不怕辣，湖南人辣不怕，贵州人怕不辣。这表明我国许多地方都存在吃辣椒的习惯，特别是气候潮湿的中南和西南地区，喜欢吃辣椒的人更为普遍。

辣椒作为一种烹饪佐料，它的吃法和做法很多，已经形成食辣的学问和菜肴体系，其中有油辣、火胡辣、干辣、酸辣、青辣、麻辣、蒜辣等系列。它上可烹制山珍海味，下可烹制时鲜小蔬。火锅、小吃也同样离不开辣椒。

我国的传统医学认为，辣椒"性味干热，祛邪逐寒，明目杀虫，温而不猛"。可以治寒滞腹痛、呕吐泻痢、消化不良等症。胃寒痛者，经常适量食点辣椒，可以起辅助治疗作用。现代医学研究证明，辣椒能缓解胸腹冷痛，制止痢疾，杀抑肠道内寄生虫，控制心脏病及冠状动脉硬化，还能刺激口腔黏膜，引起胃的蠕动，促进唾液分泌，增强食欲，促进消化。

美国康奈尔大学的研究人员对36个国家的4500种菜做了深入研究，认为远古时期的食辣者获得了一种在艰苦环境中生存的优势，这种优势遗传到基因上，使后代越来越觉得辣味食品味道鲜美。辣味品因其具有杀菌、防腐、调味、营养、驱寒等功能，为人类防病、治病、改良基因、促进人类进化起到了积极作用。这一成果被誉为"菜谱中发现的进化线索"。因此，辣椒酱已被美国宇航局列在了太空食品清单上。

辣椒具有开胃的功能。从医学角度看，辣椒具有温中下气、开胃消食、散寒

◎辣椒不仅是一种烹饪佐料，还是一种保健佳品。中医认为，其有治呕吐泻痢、消化不良等症的功效。

除湿的作用，这也是低温潮湿地区喜食辣椒的真正原因。从饮食角度看，由于辣椒素的作用，能够刺激唾液分泌，使人增进食欲，"有辣椒就能多吃二两米饭"，这是十分形象的说明。对于喜欢食辣地区的人来说，没有辣椒就会各种不适应，饭也吃不下，觉也睡不香。

辣椒能起到减肥的作用。据报道，近年来食辣椒已成为日本女性减肥的时尚。辣椒在日本颇受广大女性的青睐，特别是许多肥胖型的女性和担心发胖的少女，除在家中吃饭顿顿不离辣椒外，还常把一小瓶辣椒或胡椒面同化妆或香粉袋一起装在手包里随身携带。日本医学专家认为，辣椒减肥的奥秘主要是因为含有大量的辣椒素，它能促进人体脂肪的分解，起到很好的减肥作用。

辣椒可预防癌症。从流行病学的研究来看，许多嗜辣的民族，如东南亚、印度罹患癌症的几率都比西方国家少。科学家推测，这些辛辣的食物中，本身富有许多抗氧化的物质，氧化和慢性病、癌症、老化本来就有直接的关联。最近，美国夏威夷大学的研究指出，辣椒、胡萝卜等蔬菜中的类胡萝卜素能刺激细胞间传达讯息的基因，这可能在预防癌症上有重要功用。因为细胞癌变是由于细胞间交换信息系统发生了故障，刺激细胞间传达讯息的基因能改善细胞间的通讯。

辣椒可预防动脉硬化。红辣椒中含有β-胡萝卜素，而β-胡萝卜素是强力的抗氧化剂，可以对付低密度脂蛋白（LDL）被氧化成有害的形态。LDL一旦被氧化，

就会阻塞动脉。换句话说，就是β-胡萝卜素在动脉硬化的初始阶段，就已经开始进行干预。

辣椒可以解痛。自古以来辣椒就常被用来解除疼痛。科学家最近通过研究得知，辣椒素可以刺激和耗尽P物质，而P物质可以将疼痛的信息传遍神经系统。透过辣椒素的止痛原理，辣椒膏已经被用来舒解带状疱疹、三叉神经痛等引起的疼痛。

辣椒可减轻感冒的不适症状。千百年来，辛辣的食物常被认为可以祛痰，减轻感冒引起的不适。科学研究发现，辣的食物可以稀释分泌的黏液，并帮助痰被咳出，以免阻碍呼吸道。美国加州大学教授艾文奇曼甚至说："许多在药房出售的感冒药、咳嗽药的功效和辣椒完全一样，但我觉得吃辣椒更好，因为吃辣椒完全没有副作用。"

喜欢吃辣椒，寿岁节节高。既然辣椒有这么多好处，我们可以在日常生活中有意识地食用一些，既调节口味又促进健康，何乐而不为呢？

⑮ 生栗子嚼成浆，让你到老腿脚好

古代有一首诗"老去自添腰脚病，山翁服栗旧传方"。就是说，腰脚出了小毛病，就要吃栗子。栗子，味甘性温，能治肾虚，腰腿无力，它能够通肾、益气、厚胃肠，古代医书里有很详细的记载。但所有的中医学都是带点神秘感的。为什么这样说？好多人都会觉得，有时去看中医，很灵验，一下子就好了，甚至都不用吃

药，就是推捏一下也能祛病。可有时，中医就显得比较没效果了，汤汤水水的，病总也不好，让人生厌。

其实这不是中医的问题，这是在细节的地方有点误区。如吃栗子能够缓解腰腿毛病。吃栗子要"三咽徐收白玉浆"，就是把栗子放在嘴里，然后慢慢地、仔细地嚼，直到嚼成浆再咽下去，还得咽三回，这样才能够有效地解决腰腿疼。

现在老年人为什么都爱练太极拳，是因为很多人都有腰腿疼的问题。常言道，人老腿先老。这话一点都不能马虎，人得在年轻的时候就注意增加腿部力量，除了运动，还要没事就嚼嚼栗子。古代的燕赵之地有木本粮食，即枣和栗子，板栗当时对燕赵之地的民众健康发挥了极为重要的作用。

中医把栗子列为药用上品，认为能补肾活血、益气厚胃，可与人参、黄芪、当归媲美，尤其对肾虚有良好疗效。现代医学认为，栗子含有丰富的不饱和脂肪酸、多种维生素以及矿物质，有预防和治疗高

◎中医把栗子列为药用上品，认为能补肾活血、益气厚胃，可与人参、黄芪、当归媲美。

血压、冠心病、动脉硬化、骨质疏松等疾病的作用，所以对老年人颇为适宜。

栗子以风干为佳，一次服食不宜过多，如治腰腿病，需生食，细嚼，连液慢咽。栗子加工方法多样，可炒可煮，还可自制栗子粉，加糖和少量奶油、奶酪拌食，犹如吃蛋糕的感觉。栗子与白果一同炖煮，再加百合，更是秋季补益的佳品。

栗子的食疗功效如下：

①肾虚、腰酸腿软：可每日早晚各吃风干（阴干）生栗子5个，细嚼成浆咽下。也可以用鲜栗子30克，置火堆中煨熟吃，每日早晚各1次。

②气虚咳喘：用鲜栗子60克，瘦猪肉适量，生姜数片，共炖食，每日1次。

③脾胃虚寒性腹泻：可用栗子30克，大枣10个，茯苓12克，大米60克，共煮粥，加红糖食之。

④口角炎：栗子富含维生素，因维生素缺乏引起的口角炎、舌炎、唇炎、阴囊炎的人，可用栗子炒熟食用，每次5个，每日2次。

⑤消化不良：板栗50克，粳米100克，两者煮粥，老少皆宜。经常食用，具有健脾胃、补肾气、强筋骨的作用。栗子虽好，但不可过多食用，每次进食栗子以不超过60克为宜。尤其是消化能力较差的小儿，更应格外注意，否则容易造成积滞。

食栗子最适宜的季节是冬季，这是因为栗子是糖分含量较多的干果品种，能提供较多的热能，有利于机体抵御寒冷。进入冬季，天气寒冷，人体的气血开始收敛，这段时间食用栗子进补尤为适宜。冬季是感冒的多发季节。栗子不仅具有很好的益气作用，可提高人体的免疫力，而且还可提高人体对寒冷的适应能力，适量食用，可远离感冒的困扰。冬季是心脑血管疾病的多发季节，栗子含有丰富的不饱和脂肪酸、烟酸、维生素B_1、维生素B_2、胡萝卜素、钙等多种营养物质，特别适合高血压、冠心病等心脑血管疾病患者食用。

栗子作为一种美味的干果，不论生吃还是炒、蒸、煮、炖，都有很好的风味。我们在选择糖炒栗子时，最好不要选择开口的栗子。因为炒栗子时锅里的砂糖在高温时会生成焦糖，时间长了会变成黑色，开口的栗子很容易粘到这些有害健康的黑焦糖。

⑯ 每天一袋奶，喝得科学便能老而不衰

牛奶是营养价值非常高的一种食物，具有补充钙质，增强免疫力、护目、改善睡眠、美容养颜和镇静安神等保健功效。每天喝一袋奶，可提高我们

◎牛奶对人体十分有益，补钙最有效、最直接的方式就是喝牛奶。

身体的免疫力，为健康增加保护屏障。宋代陈直也极力主张喝牛奶。他认为，牛奶性平，能补血脉，益心气，长肌肉，从而使人康强润泽，老而不衰。早在《本草纲目》中就有记载，牛奶能补虚损、润五脏、养血分。

然而，牛奶并非简单一喝就能产生营养价值，只有科学地喝牛奶，才能喝得更健康，发挥它的营养价值。现提出以下几点注意事项：

1.早上饮用，切忌空腹

一般晨起后会感到口干，有些人就拿牛奶解渴，一饮而尽，好不酣畅。如此"穿肠而过"，胃来不及消化，小肠来不及吸收，牛奶的营养价值也就无从体现。况且，如果单纯以一杯牛奶作为早餐，热量也是不够的。为此，早上饮用牛奶时一定要与碳水化合物同吃。具体吃法可以用牛奶加面包、点心、饼干等，干稀搭配。可先吃点面包、饼干，再喝点牛奶；也可以在牛奶中加大米、麦片或玉米等做成牛奶粥。牛奶中所含的丰富的赖氨酸可提高谷类蛋白质的营养价值，也可使牛奶中的优质蛋白质发挥其应有的营养作用。

2.小口饮用，有利消化

进食牛奶时最好小口慢慢饮用，切忌急饮。对碳水化合物要充分咀嚼，不要狼吞虎咽。这样，可以延长牛奶在胃中停留的时间，让消化酶与牛奶等食物充分混合，有利于消化吸收。

3.晚上饮用，安神助眠

很多人会问何时饮用牛奶好。按照一般的习惯，以早上或晚上饮用者居多。一般地说，如果每天饮用2杯牛奶，可以早晚各饮1杯。如果每天饮用1杯奶，则早晚皆可。晚上饮用牛奶可在饭后两小时或睡前一小时，这对睡眠较差的人可能会有所帮助。因为牛奶中含有丰富的色氨酸，具有一定的助眠作用。

4.热饮，任君自便

牛奶煮混后，其营养成分会受点影响，如B族维生素含量会降低，蛋白质含量会有所减少，但总的损失不会很大。饮用方式要看各人的习惯和胃肠道对冷牛奶的适应能力而定。一般而言，合格的消毒鲜奶只要保存和运输条件符合要求，完全可以直接饮用。如果需要低温保存的消毒鲜奶在常温下放置超过4小时后，应该将其煮沸后再饮用，这样比较安全。

5.特殊人群，巧选品种

有些人喝了牛奶以后，会出现腹胀、腹痛、腹泻的症状，医学上称之为"成人原发性乳糖吸收不良"，患有此症者可选食免乳糖的鲜奶及其制品，或直接喝酸奶。对高脂血症和脂肪性腹泻患者而言，全脂牛奶也不十分适宜，可改喝低脂或脱脂牛奶。老年人容易骨质疏松，可以喝添加钙质的高钙牛奶。

我们提倡喝牛奶，但并不是每个人都能喝的，有些人喝了牛奶后不但不能保健康，而且还会给自己带来麻烦。那么，哪些人不能喝牛奶呢？

1.经常接触铅的人

牛奶中的乳糖可促使铅在人体内吸

收积蓄，容易引起铅中毒，因此，经常接触铅的人不宜饮用牛奶，可以改饮酸牛奶，因为酸牛奶中乳糖极少，多已变成了乳酸。

2.乳糖不耐者

有些人的体内严重缺乏乳糖酶，因而使摄入人体内的牛奶中的乳糖无法转化为半乳糖和葡萄糖供小肠吸收利用，而是直接进入大肠，使肠腔渗透压升高，大肠黏膜吸入大量水分。此外，乳糖在肠内经细菌发酵可产生乳酸，使肠道PH值下降到6以下，从而刺激大肠，造成腹胀、腹痛、排气和腹泻等症状。

3.牛奶过敏者

有人喝牛奶后会出现腹痛、腹泻等症状，个别严重过敏的人，甚至会出现鼻炎、哮喘或荨麻疹等。

4.反流性食管炎患者

牛奶有降低下食管括约肌压力的作用，从而增加胃液或肠液的反流，加重食管炎。

5.腹腔和胃切除手术后的患者

病人体内的乳酸酶会受到影响而减少。饮奶后，乳糖不能分解就会在体内发酵，产生水、乳酸及大量二氧化碳，使病人腹胀。腹腔手术时，肠管长时间暴露于空气中，肠系膜被牵拉，使术后肠蠕动的恢复延迟，肠腔内因吞咽或发酵而产生的气体不能及时排出，会加重腹胀，可发生腹痛、腹内压力增加，甚至发生缝合处胀裂，腹壁刀口裂开。胃切除手术后，由于残留下来的胃囊很小，含乳糖的牛奶会迅速地涌入小肠，使原来已不足或缺乏的乳糖酶更加不足或缺乏。

6.肠道易激综合征患者

常见的肠道功能性疾病，特点是肠道肌肉运动功能和肠道黏膜分泌黏液对刺激的生理反应失常，而无任何肠道结构上的病损，症状主要与精神因素、食物过敏有关，其中包括对牛奶及其制品的过敏。

7.胆囊炎和胰腺炎患者

消化牛奶中的脂肪，必须供给胆汁和胰腺酶。牛奶加重了胆囊与胰腺的负担，结果使症状加剧。

8.平时有腹胀、多屁、腹痛和腹泻等症状者

这些症状虽不是牛奶引起，但饮用牛奶后会使这些症状加剧。

长寿妙药就在每天的本草菜单中

① 常吃南瓜疙瘩汤，祥云不忘祝寿来

如皋盛产南瓜。每年金秋时节，家家户户的菜园、门前和屋顶上都结满黄澄澄的南瓜，放眼望去，好像有一片金色的云彩笼罩在长寿之乡上空。

南瓜的吃法很多，南瓜粥、南瓜饼、南瓜汤都是如皋人餐桌上常见的食物，但如皋长寿老人最喜欢的还是南瓜疙瘩汤。

如皋老人做南瓜疙瘩汤的方法很简单：将南瓜剔籽，洗净后切块，用素油翻炒，加盐，再加水焖煮，熟后，把面粉调制的面疙瘩加入南瓜汤中，直到面疙瘩熟透。如果想营养更丰富一些，可以在调制面疙瘩的时候加鸡蛋。也可以在南瓜疙瘩汤中加几颗白果仁，或放些油菜、菠菜、西红柿，味道更为鲜美。南瓜疙瘩汤既能

◎《本草纲目》把南瓜列为"补中益气"、"益心敛肺"的佳品。如皋人用南瓜来做南瓜疙瘩汤，煮粳米南瓜粥，早晚一次，祛病延年。

当主食来吃，又能当汤来喝，所以在长寿村很受欢迎。

中医认为，南瓜性温味甘，入脾、胃经。具有补中益气、消炎止痛、解毒杀虫的功能，可用于气虚乏力、肋间神经痛、疟疾、痢疾、蛔虫、支气管哮喘、糖尿病等症的治疗。《本草纲目》和《医林记要》都把南瓜列为"补中益气"、"益心敛肺"的佳品。清代名医陈修园也称南瓜是"补血养颜之妙品"。相传，晚清名臣张之洞就多次建议慈禧太后多吃南瓜以葆青春不老，慈禧太后欣然采纳，每隔三五天吃一次南瓜，不到3个月，就容光焕发，气色非凡。

如皋老人除了把南瓜制作成疙瘩汤外，还喜欢用南瓜与粳米熬成南瓜粥，对胃和十二指肠溃疡病有显著的治疗效果。另外，他们把南瓜与豆腐一起炖煮，让自己两便通畅。此外，他们还用南瓜煮汤喝，每天早、晚各1次，连吃1个月，就可把自己身上的高血压降下来。

南瓜虽好，但一次不宜多吃，尤其是胃热病人要少吃，一次性吃太多会引起肚腹胀痛。

② 常吃荞麦饼，健康到老不是梦

如皋长寿村的老人用荞麦面、熟芝麻面和熟花生米屑为原料，配以切碎的雪里蕻咸菜做馅，制作成口口生香的荞麦饼，

◎用荞麦摊成饼，麦香四溢，营养可口，是如皋人家家都会吃的养生食物。

是其他地方难得一见的特色长寿食品。荞麦是我国的传统作物，但产量不高，全国种植的地方并不多。但在长寿之乡如皋，它一直作为特色长寿作物被普遍种植。

如皋人之所以把荞麦作为长寿食品，是因为荞麦中含有丰富的荞麦碱、芦丁、烟酸、亚油酸以及多种维生素和微量元素等，这些都是大米、白面等"细粮"所不具备的。其中铬是防治糖尿病的重要元素，芦丁有降血压、降血脂的功能，B族维生素、维生素E及硒有良好的抗衰老和抗癌作用。《本草纲目》中就说荞麦"实肠胃，益气力，续精神，能炼五脏滓秽。作饭食，压丹食毒，甚良"，还称荞麦"甘，平寒，无毒"。

东陈镇是如皋种植荞麦最多的地方，那里的农民几乎家家户户都要种荞麦，每户少则一二分地，多的甚至要种一二亩。每年收获的荞麦自家磨面食用，所以这个地方的长寿老人明显多于其他不种或很少

种荞麦的地区。由于喜食荞麦，这里的老人很少有患高血压、糖尿病以及呼吸系统肿瘤的。

如皋人除了把荞麦制作成荞麦饼外，还喜欢把荞麦面调成糊状，加上盐、葱花和鸡蛋，调匀，在锅上摊成薄薄的煎饼。清明时节，他们还会在摊荞麦煎饼的时候洒上新摘的杨柳嫩叶，使得煎饼有一种特别的清香味道。

"城南城北如铺雪，原野家家种荞麦。霜晴收敛少在家，饼饵今冬不忧窄。"这是宋代大诗人陆游咏荞麦的诗句。荞麦收获的季节，陆游看到田野里满是收割荞麦的人，觉得冬天不愁吃到荞麦饼，不禁喜上心头，便做此诗。

③ 简单糁儿粥，多喝就能延年益寿

糁儿粥是深受如皋人喜爱的粥食，这样的叫法似乎只有如皋才有。它是用玉

◎"糁儿粥，米打底"，充分体现了如皋人饮食倾向"粗"、"杂"的特点。

米面、大麦糁和元麦糁等做主料熬成的。如皋民谣说："糁儿粥，米打底，喝了能活九十几。大麦青，元麦黄，多吃杂粮人长寿。"这又一次体现了如皋人饮食倾向"粗"、"杂"的特点。

玉米性平味甘，归胃经和大肠经，有止血、利尿、利胆、降压的作用，对小便不通、膀胱结石、肝炎、黄疸、胃炎、鼻炎、胆囊炎、高血压等病具有一定的治疗功效。

调查发现，如皋90岁以上的老人全都喜欢吃玉米，这充分说明长期食用玉米，有良好的滋补身体和延年益寿的功效。事实上，秘鲁山区、格鲁吉亚以及我国长寿之乡广西巴马等地区的人们都把玉米作为日常的主要食品。2004年，"首届中国长寿之乡联合论坛"在如皋召开，世界各地的长寿研究专家汇聚一堂，大家一致认为，玉米是最好的长寿主食。如皋"三麦"指的是大麦、小麦和元麦，它们都是如皋糁儿粥的原料。

《唐本草》称，大麦具有"平胃止渴、消食疗胀"的作用。《本草纲目》也说它能消积进食、平胃止渴、消暑除热、益气调中、宽胸大气、补虚劣、壮血脉、益颜色、实五脏、化谷食。

小麦是现代人最重要的主食之一，它的营养价值也很高。中医认为，它味甘性凉，能养心安神、消除烦躁。《本草再新》把它的功能归纳为养心、益肾、和血、健脾四种。

如皋人所称的"元麦"其实是大麦的变种，北方人称"裸大麦"、"米麦"或"糖麦"，西藏、青海等地称"青稞"。元麦的食用价值和药用价值都很高，它的营养价值等同或高于大麦。在如皋的农村，当元麦成熟的时候，田间劳作饥饿了的农民常常会摘下元麦的穗头，用手轻揉，弄出饱满水灵的元麦粒，吹去尘土，拣去麦芒，直接入口，幽幽麦香，留在齿间、沁入心脾。

把元麦磨碎，即元麦糁。玉米糁和元麦糁是如皋糁儿粥的最常用原料。如皋人常吃的麦片其实就是使用玉米或元麦加工而成的。

如皋人熬糁儿粥喜欢用米打底，即用1/3的粳米加2/3的糁，和水熬制而成。方法是把淘洗干净的米倒入锅中，加水煮开，约15分钟后，加入用水调和好的糁，或直接把糁均匀洒扬在锅中，边扬糁，边搅拌粥锅，待粥沸腾后，用小火熬至稠状即可。

糁儿粥里面还可以加其他的辅食，像加山芋做成的山芋粥，在城市和农村都深受欢迎。

"糁儿粥，米打底"体现的是一种纯朴的民间营养概念。大米、玉米、大麦、小麦、元麦几种作物都具有健胃功效。大米性平、玉米性平、大麦性凉、小麦性凉，它们相互补充，相互配合，构成了独特的长寿营养食品。北魏的贾思勰在《齐民要术》中说："炊糁佐以粳米为餐，补精益气。"唐代医学家孙思邈在《千金要方》上也谈到糁儿粥在食疗和养生方面的积极作用。因此，喝这种粥食的如皋老人能长寿，就不是什么奇怪的事了。

④ "三菜一汤"保健康，又保长寿

如皋人的午餐很有特点，通常就是"三菜一汤"，这种膳食模式听起来简单，其实非常有讲究。

在如皋，大多数家庭的"三菜一汤"讲究的是两荤两素或一荤三素。"两荤"一般为肉禽类（猪肉、鸡肉、牛肉等）和水产类（鱼、虾等）各一种，可以其中一个是主菜，另一个是汤。但无论是"两荤两素"还是"一荤三素"的模式，素菜的量永远大于荤菜的量。也就是说，如皋人的膳食习惯中，素菜显得更为重要。

汤在长寿之乡一般是作为副菜考虑的，如皋人饭前饭后都要喝汤。特别是午饭必有一汤，如果一顿饭有两个荤菜做主菜，那汤一定是蔬菜汤；如果一顿饭只有一个荤菜做主菜，那汤可以是荤的，也可以是素的。

"三菜一汤"加米饭，这就是如皋人的午餐食单。虽然简单，却非常符合营养学的标准，身体获得的营养成分也很充足。这种荤素搭配、以素为主的膳食模式，既经济又实惠，而且蕴藏着非常深刻而又容易为人们所忽略的长寿秘诀。

在如皋人"三菜一汤"的菜单上，最常见和最受欢迎的菜色有以下几种：

如皋人长寿餐单	
肉禽类	红烧猪肉、冷切羊肉、酱牛肉、青椒冬笋肉片、芹菜肉丝、韭菜蘑菇肉丝、大蒜猪肉丝
水产类	红烧河鱼、清蒸江鱼、盐水海虾、炒河虾、韭菜文蛤、红烧带鱼、蒜苗烧黄鱼
蔬菜类	炒油菜、炒芹菜、炒茼蒿、炒韭菜、丝瓜青豆、冬瓜虾仁、朵芦笋、鸡蛋番茄
豆制品	红烧豆腐、清炒茶干、凉拌豆腐丝
汤	油菜汤、荠菜豆腐汤、紫菜鸡蛋汤、排骨萝卜汤、肚肺汤、鲫鱼汤、老母鸡汤、肉片蘑菇汤、冬瓜汤

⑤ 长寿老人推荐的一日三餐长寿菜单

郑集是我国衰老生化研究学科的奠基人，我国生物化学和营养学研究的先导者之一。郑老在109岁高龄时出了一本名叫《不老的技术：百岁教授养生经》的养生书，书中介绍了他独创的"长寿菜单"。

起床先空腹喝一杯蜂蜜水。《本草纲目》记载："蜂蜜甘而平和，故能解毒。"所以早晨一杯蜂蜜有祛除体内毒素的作用。

除了正餐，郑老每天水果不断。

最爱吃的水果是香蕉，中午、晚上各一根。因为年龄大、活动少，容易便秘，吃香蕉的好处就是保持每天大便数次、每次量少的排便习惯。

更让人吃惊的是，郑老居然跟小孩子一样爱吃巧克力。巧克力是抗氧化食品，对延缓衰老有一定功效，还能缓解情绪低落，使人兴奋。

除了在饮食上注意之外，生活起居也一样不含糊。

早上5：00起床，中午12：45午睡，下午2：30~3：30起床，晚上10：00睡觉。

郑老说："要想长寿，就得科学化地饮食，不要违反自然规律。更重要的是凡事要想得开，心平气和了身体才能健康。"郑老还提醒人们不要过分迷信保健品，可以服用一些维生素，"不用选贵的，国产的和进口的都是一个物质。我一天要吃三四毛钱的维生素。"

长寿老人郑老长寿餐单	
早餐	一杯牛奶，吃用5颗红枣、3颗桂圆、15~20颗枸杞子一起煮的食物，还有一小块蛋糕。
午餐	三菜一汤，黄豆炒瘦肉丝、凉拌苦瓜、清炒生菜、西红柿嫩豆腐汤，再来点稀饭，里面放一点红豆、山芋，稀饭熬1个小时左右，很稠。
晚餐	莲藕粉、包子、面条、馄饨之类容易消化的食物，有时是煎鸡蛋饼。

❻ "海带烧排骨"给你健康又长寿

前面我们已经知道冲绳是日本的一个长寿县，据专家们研究，这与当地的饭菜营养丰富有一定的关系。其中，最有特点的就是"海带烧排骨"。

冲绳人对"海带烧排骨"的喜爱，丝毫不亚于中国人对"西红柿炒鸡蛋"的感情。当地人认为，排骨和海带吃下去会让"身体从里到外都暖了，有劲了"。营养学家们则分析，海带和排骨中蛋白质、氨基酸含量非常丰富，可以迅速地补充体力。更重要的是，海带是典型的"碱性食品"，排骨是"酸性食品"，两者组合起来，能使人体达到"酸碱平衡"。《本草纲目》记载："海带性寒、滑，味咸；散结、利水消肿、平咳定喘。"被誉为"海上蔬菜"、"长寿菜"、"含碘冠军"的海带具有较高的营养保健价值，想要长寿的人不妨多吃一些。

那么，这道长寿菜单——海带烧排骨又是怎么做的呢？下面我们就来介绍一下，想要长寿的老人不妨试试看。

其做法：取排骨700~800克，海带20根左右，萝卜600克，盐、酱油和生姜适量。先将排骨用热水汆一遍，然后放进锅里，加水到差不多盖住排骨，点火烧开。

再将水倒掉或将浮沫去掉。然后将海带洗后，放到水里浸泡至柔软，剪成小段，打"海带结"。萝卜切成小块。在锅里放入水和刚才预煮过一遍的排骨，大火烧开，小火煮1～1.5小时。加入海带，煮30～40分钟后，加萝卜、盐和酱油，继续用小火炖熟即可。按照冲绳的习惯，准备一点姜末，吃时随自己的口味添加，据说味道会更好。

❼ 乾隆皇帝长寿菜单离不开"海参"

乾隆于雍正十三年即位，为清代入关第四帝，其在位60年，享年89岁，是中国历史上230多位皇帝中最长寿的一位。他的长寿跟很多因素有关，其中最主要的因素就是他懂得适时进补。

乾隆帝尤其偏爱有"百补之首"、"长寿之神"之称的海参。在《清宫御膳》的档案中，"鸭条烩海参"、"鸭条

◎海参常被作为宫廷的珍贵大菜，相传乾隆皇帝尤其爱吃海参。

熘海参"等海参菜肴也有许多。乾隆下杨州，第一份菜单的第二道菜就是"海参汇肚筋"。传统的满汉全席中，"八宝海参、海参球、海参野鸭羹、瓢海参、鲨鱼皮烧海参"等海参菜肴占据全席的很大比重，海参奉为席上的珍品和贡品。

清廷明确规定，满汉全席中头等汉席须用"海参一碗"，并出现了海参席，在大雅之堂往往扮演"压台轴"的角色。清乾隆年间所著《本草从新》称海参"补肾益精，壮阳疗痿"。《本草纲目》中有"海参，味甘咸，补肾，益精髓，摄小便，壮阳疗痿"。现代实验发现海参含有大量的酸性黏多糖、海参素和软骨素及锰、牛磺酸等，对延缓衰老、延年益寿有着独特的功效。

从此以后海参作为珍贵的海味广为流行，海参珍馐常被作为宫廷、官府和富裕殷实人家高级宴会的珍贵大菜。

除此之外，乾隆皇帝还喜欢服用药饵进行补养。他常服的补益增寿方药有6种以上，其中最主要的当属龟龄集和松龄太平春酒。龟龄集，国产成药之中的一大珍品，具有强身健脑、调整神经、促进新陈代谢、增强机体活力等功能；松龄太平春酒是一种补益药酒，具有益气健脾、养血活络的功效。同时，饮茶也是乾隆皇帝的所爱。研究表明，饮茶可以降低血脂，清热醒神，缓解机体的疲劳状态。

乾隆皇帝还喜欢赋诗作画、品茗唱歌。赋诗，锻炼脑力，抒发情怀；习书作画，陶冶性情、调节心理。现代研究表明，人的大脑具有很强的可塑性，只要对

大脑不断地输入信息，脑细胞就可以不断发育，脑功能就可以不断得到加强，从而延缓大脑的衰老。由此可见，乾隆皇帝在养生方面可谓是面面俱到，难怪当年英国大使马嘎尔尼在日记中写道："观其（指乾隆）风神，年虽八十三岁，望之如六十许人，精神矍铄，可以凌驾少年。"

⑧ 多吃名副其实的长寿菜——蕨菜

蕨菜又称长寿菜，也有称为龙爪、龙头草等，是我国古老的蔬菜之一。它是野生植物，素有"山菜之王"的美称，产自深山，全国均有分布，东北、西北、内蒙古较多。《本草纲目》中有："蕨菜性寒，味甘、微苦；消热化痰、降气滑肠、健胃"，现代研究认为，蕨菜富含蛋白质、脂肪、糖类、矿物质和多种维生素，并对细菌有一定的抑制作用，能起到清热解毒、杀菌消炎的作用。

◎蕨菜又称长寿菜，有"山菜之王"的美称。《本草纲目》称其可以消热化痰、降气滑肠、健胃。

蕨菜食用的方法很多，可以将蕨菜洗净用开水焯一下，后炒食或冲汤；还可干制，将其稍加蒸煮，晒干，食时用水浸泡。不甘蕨菜性味寒凉，脾胃虚寒者不宜多食。

据历史记载，当年康熙皇帝每年夏天都要到热河行宫木兰围场去打猎，路经6旗36营。每次皇帝来，这些旗营的头人都要拿着金银财宝去进贡，以表忠心。有一次，金凤营的头人海通，没什么可进贡的，便提着一袋蕨菜进贡，说："这菜不仅味道鲜美，而且去痰生津、清气上升、浊气下降，常吃眼清目明，肤色润滑，长命百岁。"海通还用几片山鸡肉和碧玉色的蕨菜做出一道菜，并拼成一个"寿"字，康熙急忙品尝，果然香气沁透脾胃，口感脆、嫩、滑，一时食欲大开，神清气爽。

⑨ 喝小米粥、吃红薯——老人的长寿秘诀

每一个长寿的人都有与众不同之处，在他们看来很普通的一件事，有时候恰恰是长寿的关键。

专家认为，经常喝小米粥，爱吃红薯，是老人长寿的一个重要原因。

红薯营养丰富，是补益身体的佳品。红薯被称为"土人参"，为什么会有这样的称号呢？这得从一个故事说起。乾隆皇帝寿至89岁，在我国历代皇帝中享年最高。据传，他在晚年曾患有老年性便秘，太医们千方百计地为他治疗，但总是疗效欠佳。一天，他散步路过御膳房，一股甜

◎红薯营养丰富，有"土人参"的美誉，相传乾隆皇帝曾夸之"功胜人参"，苏联科学家曾将其列为"宇航食品"。

香气味迎面扑来，十分诱人。乾隆走进去问："是何种佳肴如此之香？"正在烤红薯的一个太监见是皇上，忙叩头道："启禀万岁，这是烤红薯的气味。"并顺手呈上了一块烤好的红薯。乾隆从太监手里接过烤红薯，大口大口地吃起来。吃完后连声道："好吃！好吃！"此后，乾隆皇帝天天都要吃烤红薯。不久，他久治不愈的便秘好了，精神也好多了。乾隆皇帝对此十分高兴，便顺口夸赞说："好个红薯！功胜人参！"从此，红薯又得了个"土人参"的美称。

红薯的营养非常丰富，是粮食中的佼佼者。苏联科学家说它是未来的"宇航食品"。法国人说它是当之无愧的"高级保健食品"。

《本草纲目》记载，红薯有"补虚乏、益气力、健脾胃、强肾阴"的功效，经常食用红薯能使人"长寿少疾"。《本草纲目拾遗》中有："红薯能补中、活血、暖胃、肥五脏。"红薯含有大量膳食纤维，在肠道内无法被消化吸收，能刺激肠道，增强蠕动，通便排毒，尤其对老年性便秘有较好的疗效。

小米在中国古代叫作"稷"，江山社稷的"稷"字。国家的代称叫作社稷，社是什么？社就是我们对祖先表示一种祭祀，"社稷"的意思就是我们祖先用最好的粮食来供奉祖先。小米具有极强的生命力，在任何贫瘠的土地上都可以生长，只要撒下去，它就能长起来，所以我们的祖先把小米作为五谷之首，是很有道理的。

《本草纲目》中记载，小米"煮粥食益丹田，补虚损，开肠胃"。革命战争时期，八路军伤员养伤靠的就是山西老大娘的小米汤。现在很多女性生完孩子，也都要喝小米粥。女人生完孩子以后，体质衰弱。中医说"糜粥自养"，指的是小米粥。小米在五谷杂粮中是最具生命力的。所以，不管是老人还是小孩，都要经常喝点小米粥。不过需要提醒的是，熬小米粥时千万不要把上面漂着的那层粥油撇掉。粥油就是上面那层皮，这是小米最精华的部分，主要作用是益气健脾。小孩脾胃生发力最弱，常常会腹泻，喝了粥油以后，很快就会好了。

◎《本草纲目》中记载，小米熬粥"食益丹田，补虚损，开肠胃"，我们的祖先更将其列为五谷之首。

⑩ 药膳你也别忽视，关键还得它帮忙

延年益寿的本草药膳

芸豆煲腔骨

功效 益气补虚。

材料 腔骨500克，白芸豆200克，姜5克，盐5克

做法 ①将腔骨洗净，斩段；白芸豆泡发；姜洗净，切片。②腔骨段放入沸水中焯去血水后洗净。③将腔骨和白芸豆一起放入煲中，加入姜片，注入清水适量，煲50分钟，调入盐即可。

清蒸人参鸡

功效 补气安神。

材料 小公鸡1只，姜1克，精盐、味精、料酒、清汤、胡椒粉适量

做法 ①鸡洗净切成块，姜切片。②将人参用温水洗净泥沙，鸡块入沸水焯去血水。③鸡块和人参一起放入碗中，加清汤、姜片、精盐、味精、料酒、胡椒粉，加盖、上笼蒸1小时即可。

白果莲子糯米乌鸡汤

功效 宁心安神。

材料 乌鸡1只，白果25克，莲子、糯米各50克，胡椒5克，盐6克

做法 ①乌鸡治净，斩件。②白果、莲子洗净；糯米用水浸泡，洗净。③将上述材料放入炖盅炖2小时，放入盐、胡椒调味即可。

薏米猪蹄汤

功效 补血养颜。

材料 薏米200克，猪蹄2只，红枣5克，葱段、姜片各适量，盐、料酒、胡椒粉适量

做法 ①薏米洗净，红枣泡发。②猪蹄洗净，斩件，下沸水汆烫后捞出。③将所有材料与调料均放入锅中，注入适量清水，烧沸后改用小火，炖至猪蹄熟烂，拣出葱、姜，加入胡椒粉调味，出锅即可。

螺片玉米须黄瓜汤

功效 清热解毒。

材料 海螺2个，黄瓜100克，玉米须30克，花生油10克，葱段、姜片、鸡精各3克，香油2克，精盐少许

做法 ①将海螺去壳洗净切成大片，玉米须洗净，黄瓜洗净切丝备用。②炒锅上火倒入花生油，将葱、姜炝香，倒入水，下入黄瓜、玉米须、螺片，调入精盐、鸡精烧沸，淋入香油即可。

四神沙参猪肚汤

功效 润肺止咳。

材料 猪肚半个、沙参25克、莲子200克、新鲜山药200克、茯苓100克、芡实100克、薏仁100克，盐6克

做法 ①将猪肚氽烫后切大块。②芡实、薏仁淘净，以清水浸泡1小时。③将以上除莲子和山药外的其他材料盛入煮锅，加1200毫升水煮沸后转小火慢炖30分钟，再加莲子和山药炖30分钟至熟，调味即可。

花旗参煲银耳汤

功效 生津润燥。

材料 花旗参25克，银耳25克，猪腱300克，蜜枣2颗，盐少许

做法 ①猪腱入开水中氽烫，去血水，取出，用清水洗净，切成块状备用。②银耳用清水浸泡，洗净备用。③花旗参切片，洗净；蜜枣用水冲洗。④汤锅中加水500毫升，以大火煮开，放入以上所有原材料，改用小火煲1小时，加盐调味即可。

女贞子黑芝麻瘦肉汤

功效 健脾补胃。

材料 猪瘦肉60克，女贞子40克，黑芝麻30克，盐5克，味精3克

做法 ①猪瘦肉洗净，切片；女贞子、黑芝麻洗净。②把全部用料放入锅内，加清水适量，大火煮沸后，小火煲1小时。③加入盐、味精调味即可。

甘蔗鸡骨汤

功效 止渴解酒。

材料 甘蔗200克，鸡胸骨1副，黄芩10克，枇杷叶8克，盐适量

做法 ①鸡胸骨入沸水中汆烫，捞出置净锅中，加水800毫升。②甘蔗洗净，去皮，切小段。③将甘蔗放入有鸡胸骨的锅中，以大火煮沸，转小火续煮1小时。④将黄芩、枇杷叶和苦瓜放入锅中再煮30分钟，加盐调味即可。

核桃杜仲炖猪腰

功效 补肾强身。

材料 核桃仁50克，猪腰100克，杜仲10克，盐3克

做法 ①核桃去壳，留下核桃仁；猪腰洗净，切成小块；杜仲洗净。②将核桃、杜仲放入炖盅中，再放入猪腰，加入清水。③将炖盅放置炖锅中，炖90分钟，调入盐即可食用。

何首乌鸡肝汤

功效 乌发名目。

材料 何首乌15克，鸡肝50克，荷兰豆5片，生姜1小块，盐5克

做法 ①鸡肝洗净沥干，切大片。②荷兰豆撕去边丝，洗净；姜洗净，切丝。③何首乌放入煮锅，加1200毫升水以大火煮开，转小火续煮15分钟，转中火待汤汁再沸，放入鸡肝煮熟，再放入荷兰豆和姜丝稍煮，加盐调味即可。

牛奶煲木瓜

功效 木瓜还富含胡萝卜素，这是一种天然的抗氧化剂，能有效对抗全身细胞的氧化，破坏使人体加速衰老的氧自由基。因此，喝此汤可美容护肤、延缓衰老。

材料 木瓜200克，牛奶300毫升

做法 ①将木瓜削皮去子后，切成大块。②牛奶倒入砂煲内，上火煮开。③待牛奶煮开后，再加入木瓜块煮至熟即可。

千方易得，一诀难求——本草中的长寿秘诀

① 每天吃两顿饭就能颐养天年

专家在对如皋进行研究时发现了一个有趣的现象：有十多位老人常年不吃晚饭，几十年来一直都保持这样的习惯。104岁的姚老太有20年没吃过晚饭，她每天晚上天一黑就上床睡觉，早晨5点起床，然后开始吃早饭，吃的是糁儿粥或大米粥，现在生活好了，就加点儿麦片。90岁的刘大爷30年来晚上只吃一个苹果，或者泡2两炒米（地方特产，经膨化后的熟米粒），就上床睡觉，从来没有觉得饥饿。这些不吃晚饭的老人，早饭和午饭也不多吃，大多粗茶淡饭，他们的肠胃都很干净。

在绝大多数现代人看来，这样的生活习惯实在难以理解，其实这与古人的生活方式是一致的。

古代的人们每天只吃两顿饭，早上九点左右和下午两三点各吃一次，他们的这种做法非常符合养生之道。早上九点左右是脾胃最旺盛的时候，这时候吃饭可以得到最好的消化和吸收；下午两三点则是小肠经当令，正好可以将食物的精微运送到人体的各个部位，以供生命活动之需。

我们现代人的生活规律都是每天三顿饭，有些人还会加上夜宵，一天四顿，如果让我们按照古人那样每天吃两顿，似乎有点不太可能，毕竟饿肚子对身体也没什么好处。所以只能建议现代人早晨和中午吃得好一点，可以多吃一点，但是不要撑着，晚上一定要少吃一点。特别是男人过了32岁，女人过了28岁以后，这时身体的新陈代谢已经开始走下坡路。早上和中午阳气旺盛，吃的食物都能转化成气血滋养身体。但是到了晚上，自身的阳气不足，代谢缓慢，吃进去的食物不能化成气血，而成了多余的废物，也就是中医所说的"痰湿"，所以说晚上要少吃。李时珍在《本草纲目》中也提倡人们晚上要少吃。民间有句谚语说的也是这个意思："早晨要吃好，中午要吃饱，晚上要吃少。"早晨胃里是空的，既要补充前一天晚上的消耗，又要供上午身体能量之所需，要吃得好一点，而中午起着承上启下的作用，多吃一点也没关系。晚上少吃的道理我们刚才说过，这里不再多说。

所以，我们建议大家，特别是老年人，不用想着生活条件好了，就多吃好的，保健品不离口，其实只要像如皋老人那样每天只吃两顿饭就可以轻轻松松颐养天年了。

② 如皋长寿膳食四字诀：淡、杂、鲜、野

分析如皋长寿老人的膳食习惯，发现了几个亮点，那就是"淡、杂、鲜、野"四个字。不要小看这简单的几个字，里面蕴含的养生之道值得我们好好思考。

1.淡

如皋人延续了传统的饮食习惯，喜欢粗茶淡饭，素食为主，远离大吃大喝、暴饮暴食，拒绝重油重糖、大鱼大肉和辛辣的食物。明代医学家李时珍，曾在《本草纲目》中写下这样一段话："胡椒大辛热，纯阳之物……时珍自少食之，岁岁病目，而不疑及也。后渐知其弊，遂痛绝之，病目亦止。"

据说李时珍年轻时经常患眼病，却始终找不出病因。后来渐渐发觉年年复发的眼疾竟与自己平时特别爱吃的胡椒有关。于是在停食胡椒一段时间，眼病康复后又试吃了一两粒，很快就觉得双目干涩、视力模糊。为此，特在撰写《本草纲目》中收录胡椒时予以指出，以示后人。

如皋人的餐桌上最常见的就是青菜、萝卜、豆腐。很多百岁寿星爱吃的蔬菜就是青菜、韭菜、菠菜。如皋人无论多忙，天天都要有个"下锅菜"，大鱼大肉倒不一定天天有，但绿叶蔬菜是一天不缺的。

如皋俗谚道："冬吃萝卜夏吃蒜，生姜四季保平安。"、"大麦糁儿加把米，吃了活到九十几。"、"青菜清火，豆腐定心，萝卜化痰，芹菜生津。"如皋人将这些言语身体力行，真正形成了自己的健康饮食特色。

2.鲜

如皋人吃东西崇尚一个"鲜"字：肉要当天宰的，虾要当天捞的，鱼要活蹦乱跳的，文蛤要现劈的，蔬菜要带露拔的，毛豆要早上剥的，豇豆要早上摘的，芋头要当场刮的，豆腐、茶干绝对要当天做的。这样原汁原味的新鲜食物营养成分破坏得才最少。也许如皋人并不明白太多关于膳食营养方面的科学知识，但是他们祖祖辈辈传下来的就是最健康、最令人羡慕的科学膳食之道。

3.杂

如皋人的饮食非常丰富，他们既吃大米、面粉等细粮，又食玉米、大麦、元麦等粗粮。他们吃的稀粥主要是粳米、玉米面、大麦糁。粗粮、细粮、蔬菜、水果、花生、白果等，既有正餐，又有小吃，还

◎萝卜可增强食欲，具有加快胃肠蠕动和止咳化痰的作用。

◎摄入全面、均衡的营养会使人年年益寿，所以常食杂食能满足身体各部位的需要。

有零食。人们口袋里往往会装一把花生、蚕豆之类炒货，随时取食。他们摄入全面、均衡的营养，以满足身体各部位的需要。"样样都吃不拣嘴"是如皋寿星的长寿之道。

4.野

俗谚说："如皋人，生得怪，有菜不吃吃野菜。"其实这是大自然对如皋人的恩赐。如皋滨江临海，四季分明，气候湿润，日照充足，适宜野菜生长，所以如皋人饭桌上一年四季都有新鲜的野菜佐餐。春天的香椿头、枸杞头、榆树头、马齿苋、野苋菜，夏天的芦笋、小蒜，秋天、冬天的胡萝卜缨、荠菜、毛老虎、狗脚瓣、伢儿拳头、鹅儿头、紫花草、家灰条等，都是新鲜自然的美味。

特别受如皋人欢迎的黄花（苜蓿）营养丰富，炒腌皆可，美味鲜香，不可多得。诗人陆游就曾有诗称："苜蓿何不日满盘！"

如皋人还喜欢吃一种野生的蕈子，一种黑褐色的"土蘑菇"，不仅口感上比人工培育的蕈子好吃，而且营养非常丰富，是补脑健身的美食佳品。

归纳如皋人的膳食四字诀，我们可以体会到如皋人亲近自然、舒适惬意的生活状态和悠然自得的心境，这是最可贵的，也是最能让人贴近健康的。

❸ 荤素搭配，长命百岁不是梦

有人爱吃荤菜，但又怕胖，有没有两全其美的方法？当然有，那就是荤菜素菜一起烧，荤菜吃得少，素菜营养也更好。

◎以谷物和蔬菜为主的饮食结构会导致老年人缺锌，老年人不能多吃荤，但也不能完全不吃，荤素搭配，才是真正的健康之道。

从营养学上讲，荤素搭配有互补性，而从中医保健角度来看，合理的荤素搭配还能加强食疗功效。

比如很多老年人都缺锌。调查表明，这些缺锌的老人平日饮食都是以谷物和蔬菜为主，动物蛋白摄入量不足，也就是吃荤菜比较少。可见，老年人不能多吃荤，但也不能吃得太少。

那么荤素究竟怎样搭配才好呢？在食物的摄取中，蛋白质应占总热能的15%，动物蛋白质与植物蛋白质之比为1：2。动物蛋白质食品以奶、蛋、鱼、瘦肉为好，植物蛋白质食品以豆类食品为好。脂肪占总热能的25%，其中动物脂肪应占1/3。碳水化合物即日常主食应占热能的60%～65%。还要注意增加钙、磷、铁等矿物质和维生素的摄入，多吃新鲜的蔬菜与水果。

土豆烧牛肉、板栗烧鸡、鱼肉豆腐、鸭肉山药等都是很好的荤素搭配菜肴。除此之外，再为大家推荐几款荤素搭配非常好的美味佳肴。

①胡萝卜炖羊肉：羊肉营养丰富，《本草纲目》说它有补阳生暖的功效，但有膻味。胡萝卜富含胡萝卜素，但属脂溶性食物。将两者合炖，胡萝卜能除羊肉的膻味，胡萝卜素则溶解在羊肉的油脂中，在小肠中转化为维生素A而被吸收。这道菜色美味佳，对人体有补益功效，是维吾尔族、哈萨克族、蒙古族等民族的最常吃的家常菜肴。

②猪血炖豆腐：这道菜首先是孙中山先生提出的。猪血富含铁质，且易被人体吸收利用。豆腐的营养价值很高，素有"植物肉"之称。将两者合炖做菜，菜品红白相间，色美质嫩，味道独特，营养价值更高。

③韭菜炒虾仁：韭菜含多种维生素和挥发油，营养佳，味道美，有补肾助阳的功效。虾仁富含蛋白质和多种微量元素，也有补肾壮阳的功能。将两者合炒，不仅味道更加鲜美，而且补肾助阳的功效也变得更好。

其实，不但食物要荤素搭配，就是炒菜做饭用的食用油也要把握好荤素搭配的比例。因为植物油中主要成分是不饱和脂肪酸，它在人体内容易形成过氧化脂质，有促进癌细胞生长的作用。营养学家认为，食物中的不饱和脂肪酸与饱和脂肪酸应该保持一定比例。根据植物油与猪油中含不饱和脂肪酸与脂肪酸量计算，每人每月以食植物油250克和猪油500克较为宜。

❹ 老年人饮食当"薄味静调"

"早晨开门七件事，柴米油盐酱醋茶"，这句话形象地说明了盐是我们生活中很重要的一部分。吃饭时菜里如果不放盐，即使山珍海味也味同嚼蜡。盐不仅是重要的调味品，也是维持人体正常发育不可缺少的物质。人吃盐过少会造成体内的含钠量过低，引发食欲不振、四肢无力、晕眩等现象；严重时还会出现厌食、恶心、呕吐、心率加速、脉搏细弱、肌肉痉挛、视力模糊、反射减弱等症状。

现代人菜里放的盐越来越多，还是觉得没味，所以很多麻辣、酸辣食品特别受欢迎。其实，吃太多的盐对人体来说并不是什么好事，民间自古就有"烧菜少放盐，岁岁寿命延"的说法。尤其是老年人，更应当食得淡一点。李时珍在《本草纲目》中就嘱咐人们要饮食清淡。

老人应以淡食为主，远离酒肉以及各种味道厚重的食物。清代著名医学家叶天

◎老人应以淡食为主，现代医学也认为，老年人应该尽量少摄入食盐。如果长期吃太咸的食物会导致血管收缩、血压升高，诱发各种疾病。

士曾经说过，"老年饮食当薄味静调"。他认为老人的脾胃不如年轻人，不能经常被厚味所刺激，尤其是要戒酒，因为大量饮酒会伤及脾胃。痰湿堆积体内，人就容易发胖，胖人多痰，身体肥胖的人最容易患痰火、中风之类的病症。

现代医学也认为，老年人应该尽量少摄入食盐，如果食物太咸，盐中的钠离子过剩，就会增加循环血液量和钠的潴留，时间长了就会导致血管收缩、血压升高，造成脑血管障碍。高血压、高血脂、冠心病等都是老年人易患的疾病，这些疾病也跟食物过咸有关，因此老年人一定要注意食盐的摄入量，每天不能超过6克，最好多喝汤粥这些易消化的食物。有些老年人习惯吃咸的食物，一下子吃淡很不适应，这时候可以慢慢减少食盐的摄入量，坚持每天少吃一点，天长日久就习惯了。含盐量较多的食物，如腊肉、腊鱼、香肠、咸菜、咸蛋等，老年人应尽量远离。

世界卫生组织建议，健康人通过饮食摄取盐，每人每日最佳食盐量不应超过6克。长期食盐量低于6克，可使25～55岁人群的收缩压降低9毫米汞柱，到55岁时冠心病死亡率可减少16％。因此，有专家提出："远离高血压，从限盐开始。"这与我们民间谚语的说法是一致的。下面我们就推荐一些限盐的方法。

①烹饪时，尽量少用盐，多利用蔬菜本身的强烈风味，例如青椒、西红柿、洋葱、香菇、香菜和清淡的食物一起烹煮。西红柿炒蛋就是好例子。

②少吃泡面，少吃快餐食品。

③炒菜时不要加酱油，做好后依个人爱好酌量添加。

④吃足够的蔬果，多吃橘子、豆芽，它们能促使盐中的钠排到体外。

另外，肾脏病人也要注意少吃盐，因为肾功能不好的人排尿少，多余的盐分排不出去，便会吸收水分来稀释这些盐分，结果使人体组织中积水，导致水肿。患肝硬化腹水的人也不能多吃盐，不然腹水便很难消退。心力衰竭的病人同样不能多吃盐，不然水肿也难消退。盐会把水分保留在血液中，升高血压，因此高血压病人也要注意不能吃得太咸。

⑤ "七守八戒"要牢记，活到天年乐陶陶

人的生命是既坚强又脆弱的，在很多灾难面前我们所能承受的远远超出了自己的想象，有时候只是一个小小的感冒，就可能让人撒手人寰，这是生命的无奈。那么我们所能做的，就是在自己能够掌控的范围内，从最简单的做起，过健康的生活，悠然自得地活到天年。

膳食是健康生活的重要方面，要想吃得健康，首先应该牢记"七守八戒"的原则，这是最基本的。我们先说"七守"，其实就是七个需要注意的方面。

①多喝水、喝汤，不喝或少喝含糖饮料、碳酸饮料和酒。李时珍在《本草纲目》中就发出"药补不如食补，食补不如水补"的感叹。

②吃东西要有节制，不要暴饮暴食，

每餐最好只吃七八分饱。《本草纲目》指出："饮食不节，杀人顷刻。"告诫人们尤其是中老年人，不可食之过饱，更不可暴饮暴食。

③尽量采用健康的烹调方式。能生吃的不熟吃（番茄例外），能蒸煮的不煎炒，能煎炒的不炸烤，少放盐和味精。

④多吃鱼类、海鲜、肉类、蛋类、坚果、种子、天然植物油、绿叶蔬菜和低糖水果等卡路里比较低的食品。

⑤少吃会让自己过敏的、含有害物质的食品，如油炸食品、氢化油食品或腌制食品等。

⑥严格控制糖和淀粉的摄入，不吃或少吃细粮，少吃血糖生成指数高的食物，多吃粗粮（未进行精加工的食物）。吃饭时最好先吃含膳食纤维多、血糖生成指数低的食物，如绿叶蔬菜、坚果和肉类。

⑦增补多种营养素。增补抗氧化剂，包括维生素A、维生素C、维生素E以及含原花青素高的食物，如可可和绿茶。增补各类矿物质，包括钙、镁、铁、锌、硒、铬等。

除此之外，还要牢记健康膳食的"八戒"原则。

①戒贪肉。膳食中如果肉类脂肪过多，会引起营养平衡失调和新陈代谢紊乱，易患高胆固醇血症和高脂血症，不利于心脑血管疾病的防治。

②戒贪精。如果长期食用精米、精面，体内摄入的纤维素少了，就会减弱肠蠕动，易患便秘等病症。

③戒贪杯。长期贪杯饮酒，会使心肌变性，失去正常的弹力，加重心脏的负担。如果老人饮酒多，还易导致肝硬化。

④戒贪咸。摄入的钠盐量太多，会增加肾脏负担，容易引起高血压、中风、心脏病及肾脏衰弱。

⑤戒贪甜。过多吃甜食，会造成机体功能紊乱，引起肥胖症、糖尿病等，不利于身心保健。

⑥戒贪硬。胃肠消化吸收功能不好的人，如果贪吃坚硬或煮得不烂的食物，久而久之容易导致消化不良或胃病。

⑦戒贪快。饮食若贪快，食物没有得到充分的咀嚼，会增加胃的消化负担。同时，饮食过快还易发生鱼刺或骨头卡喉的意外事故。

⑧戒贪饱。饮食宜七八分饱，如果长

老年饮食的"七守八戒"	
七守	多喝水、常喝汤
	进食节制，坚持七分饱
	健康烹调，多用蒸煮
	多吃低糖、低卡路里食品
	远离不健康食物
	多吃粗粮与绿叶蔬菜
	增补多种维生素
八戒	戒贪肉
	戒贪精
	戒贪杯
	戒贪咸
	戒贪甜
	戒贪硬
	戒贪快
	戒贪饱

期贪多求饱，既增加胃肠的消化吸收负担，也会诱发或加重心脑血管疾病，发生猝死等意外。

据研究，人的自然寿限是120～150岁，现在的绝大多数人都活不到这个年纪。其实只要严格遵照上述原则，你就能自然活到天年，走完生命的完美旅程。

⑥ 老人饮食遵照"3＋3"原则

零食可不是小朋友或年轻人的专利，老年人适当地吃些零食，对热量的补充和营养平衡是很有好处的。专家建议，老年人每天除了三顿正餐外，还要有三顿加餐，一些小零食作为加餐最合适不过了。

老年人吃零食要吃得科学，65岁以上老人早餐后2～3小时，约上午10时吃一次零食。除此之外，还可以选择维生素含量高的苹果、香蕉、橘子、猕猴桃、西瓜等新鲜水果。

午饭后休息一会儿，等到下午3点左右吃点种子类的零食是个不错的选择，如葵花子、西瓜子、花生、核桃仁、松子等。《本草纲目》说西瓜子："炒食，补中宜人，清肺润肠，和中止渴。"不过，种子类的零食虽然能够提供丰富的蛋白质、脂肪及多种微量元素，但唯一的缺点是热量太高，因此不宜吃得过多。瓜子、花生、松子限制在10粒左右，核桃仁2个就足够了。

年轻人为保持身材，不主张睡前进食，但老年人在睡前吃少量零食对身体有益。125毫升的酸奶加2片饼干，不仅能帮助老人更快入眠，还可以达到补钙、预防胆结石的功效。

人过中年以后的进食方式就应该像羊吃草那样，饿了就吃点，每次不多吃，胃肠总保持不饥不饱的状态。每天饮食遵照"3＋3"原则，做到三顿正餐和三顿加餐，营养均衡。专家特别提醒，对于肥胖或有糖尿病的老年人来说，含糖量较高的各种糖类和巧克力最好还是敬而远之。

⑦ 多亲近远亲食物，你会百病不生

所谓远亲食物，就是在空间和生物学关系上以及物种进化过程中距离人类相对较远的食物。比如，在与人类的关系上，野生食物远于人工种植的食物，海洋中的食物远于陆地上的食物。这些远亲食物中保留了近亲食物所不具备的对人体有益的珍贵物质，而这些物质大多在物种进化的过程中丢失了。

如皋人常说："吃四条腿的不如两只脚的，吃地下跑的不如天上飞的，吃天上飞的不如水里游的，吃水里游的不如地上种的。"其实这就是对于亲近远亲食物的生动表述。

如皋人常吃的远亲食物有这样几种：香菇、海带、黑木耳、螺旋藻等。《本草纲目》中载："香菇乃食物中佳品，味甘性平，能益胃及理小便不禁"，并可"大益胃气"。

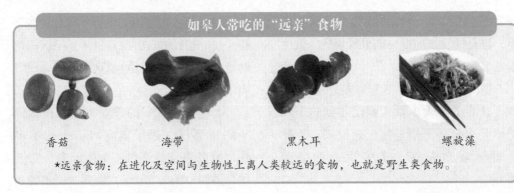

如皋人常吃的"远亲"食物

香菇　　　　海带　　　　黑木耳　　　　螺旋藻

★远亲食物：在进化及空间与生物性上离人类较远的食物，也就是野生类食物。

如皋人餐桌上以香菇为原料的菜肴很多，有香菇冬笋、香菇炒菜心、香菇炒肉片、香菇炒三丝、香菇豆腐汤、香菇煨鸡等。他们用香菇加大枣共煮，治疗脾胃虚弱、营养不良、气血亏损等症引起的面容枯槁、肌皮失调、气血不正；用香菇、木耳、豆腐和瘦肉一起煮的汤，对肝阳上亢的高血压、动脉硬化、高血脂特别见效，这道汤也被称为味道鲜美的"长寿汤"。

如皋濒临黄海，海带是寻常人家的常备食物。《本草纲目》记载："海带可治瘿病（即甲状腺肿）与其他水肿症，有化痰、散结功能"。如皋人用黄酒、海带和大米炖熬的绿豆海带粥，是降血压的绝好食方。另外，用干荔枝10枚与海带、海藻同煮，加黄酒、葱、姜、大料、桂皮、盐等佐料，可治疗单纯性甲状腺肿大。而以海带、鳖甲、大枣、猪肉炖成的长寿汤更是如皋老人每周必食的。

如皋人多选择山林产的黑木耳作为家中常备菜。在炒肉片和肉禽炖品中加入黑木耳，不但使菜肴鲜美，还能强身健体。在如皋人的家传秘方中，将红枣、木耳合成一种补血的木耳红枣汤，月经前一个礼拜到月经结束这段时间每天或隔

天食用，能改善女性的脸色。用黑木耳和红枣、粳米、冰糖熬成稀粥，可以滋阴润肺，治疗咳嗽、咯血、气喘等症。但在如皋，患有慢性腹泻的病人吃木耳十分谨慎，因为黑木耳滋润，易滑肠，会加重腹泻症状。

螺旋藻属蓝藻类，墨绿色，因呈螺旋形而得名，是地球上最早出现的原始生物之一，更是距离人类十分遥远的远亲食物。它的营养成分非常丰富，长期食用，可以保护心血管、肝、肾，对贫血、风湿等慢性疾病有很好的治疗效果，还能美容、调节免疫力、抗辐射、抗疲劳，而且没有任何副作用。

新鲜的螺旋藻只要用水冲洗干净后即可食用，如皋老人一般是加水饮用，也有人与果汁、稀饭等食物同时饮用或涂抹在面包、馒头上食用，常吃螺旋藻的如皋老人气色很好、精神焕发。

中国人有句古话叫"远亲不如近邻"，说的是生活上遇到困难时，再好的亲戚也比不上附近的邻居。但在养生这个问题上，就得说"近邻不如远亲"，远亲食物才是我们身体最需要的，多多亲近它们，你的身体就能百病不生。

⑧ 如皋老人个个都是营养搭配专家

在如皋，人们常年延续以米饭、糁儿粥、各种面食作为主食的习惯，杂粮和薯类对于他们来说也是一日三餐中必不可少的食物。

可不要小看这简单的米饭、糁儿粥，研究表明，单一食用大米时，蛋白质的利用率一般，如果以2/3大米加1/3的玉米，蛋白质的利用率就能大幅度提高。如果以玉米、面粉、大豆粉各1/3制成混合食品，那么营养价值可提高8倍。玉米很补身体，李时珍在《本草纲目》中说"玉米甘平无毒，主治调中开胃"。如皋人在熬玉米糁儿粥时，总是喜欢加入大米或山芋、红豆、芋头等，这简简单单的家常食物既体现了"粗细搭配"的长寿美食观，又与科学饮食原则不谋而合，如皋老人不愧个个都是营养专家。

◎懂得粗细搭配，是如皋长寿老人养生的关键，这与科学的饮食原则不谋而合。

如皋人在对食物的选择上也非常用心，通过天长日久的积累，他们掌握了食物搭配的利与弊、宜和忌。用他们的话说，只有吃得合适才能有营养，搭配错了就会伤身。比如，他们不把白糖和鸡蛋同煮，也不把鸡蛋与豆浆同食。他们说鸡蛋和白糖同煮，吃了会胀肚。豆浆性味甘平，单独饮用有很强的滋补作用，但和鸡蛋一起吃，就会犯冲，吃了对身体不好。

逢年过节，如皋人的饭桌上常有兔肉和螃蟹。不过，如果吃了兔肉，这桌菜里肯定没有鸡蛋。因为兔肉性味甘寒酸冷，鸡蛋甘平微寒，两种寒性食物凑在一起，吃了肯定会拉肚子。而在吃螃蟹时，如皋人一定会搭配生姜，因为螃蟹性凉，是体质偏寒偏虚之人的发物，生姜性热，两种东西一起吃，可以使寒热平衡，身体不受伤害。

另外，他们还懂得不管是寒性体质还是热性体质，螃蟹都不能与柿子、梨、羊肉同吃。柿子和蟹肉在胃中会形成一种难以消化的东西，让人腹痛，甚至腹泻不止。梨为凉性食物，与寒性的螃蟹同食，会损伤脾胃。羊肉性味甘热，而螃蟹性寒，二者同食不仅减弱了羊肉的温补作用，而且有碍脾胃，伤人元气。吃完螃蟹后也不能立即喝凉水或凉茶，否则就会引起腹泻。

如皋人并不懂得食物相生相克的大道理，但是他们凭着自己多年的生活习惯，知道应该吃什么、怎么吃，搭配得当，什么样的食物都可以为身体所用，成为益寿延年的好东西。

⑨ 多接触有生命力的东西，你的生命力也会变强

有人可能会问，为什么现在我们的生活水平提高了，可以选择的食物多了，品味越来越高了，可是我们的病也越来越多了，而且很多疾病都是以前没有过的呢？其实我们现在的生活太好了，很多食物都不是应季的食物，外面飘着大雪，在屋子里面就能吃到西瓜。而这些食物都不是有生命力的东西，是在农药的保护下，在化肥的刺激下，突飞猛进生长的。这样速成的东西怎么会有营养呢？就像我们现在吃的洋快餐一样，不用等马上就能吃到。这些速成的食物没经过长时间烹饪，怎么会有营养？那些煮炖很长时间的汤才是最有营养的，这些东西是最有生命力的。

我们吃东西，不仅仅是吸收它们的营养和能量，而且会吸收其中所蕴涵的生命信息，也就是生命力。例如，为什么松子

◎我们吃东西，不仅仅吸收它们的营养，还吸收它们的生命力，松子结在生长多年的松树上，相比于结在一年生植物上的葵花子，营养要高很多。

比葵花子的营养价值高，这是因为松子结在生长了多年的松树上，而葵花子只是结在一年生草本植物上。李时珍著《本草纲目》中记载："松子性甘温，主治头晕、润皮肤、肥五脏、润肺止咳等症"，是最佳的天然保健营养食品。还有，你愿意吃两三年的小桑树上的桑葚，还是愿意吃百年老桑树上的桑葚呢？你愿意喝两三年的茶树上摘下来的茶叶，还是愿意喝千年茶树上的茶叶呢？你肯定都会下意识地选择后者，因为后者是更强生命力的象征，它们所蕴涵的信息不一样。

平时生活中，我们都愿意跟有热情、激情和生命力较强的人聊天和来往，因为你能从他的身上吸收到生命的力量，让自己焕发一种激情和积极向上的力量。谁也不愿意接触沮丧、沉闷、抑郁的人，因为你只能从他身上吸取到不快乐的因素，让自己也颓丧。

虽然我们没有条件每天吃那些合乎节律生长的蔬菜和肉类，但是我们会尽量大维护这个规则，时刻提醒自己"冬吃萝卜夏吃姜，不用医生开药方"。我们尽量在生活中找到那些古老的有生命力的东西，通过接触和体会，我们也能获得生命力的信息，使自己的生命力强大起来。

⑩ 人一生吃进多少食物是个定数

一位长寿老人说过这样一句话："人啊，这一辈子吃的东西是个定数。前几十年你吃多了，那后几十年你就得饿着。"从日常养生保健角度来看，这句话有一定

道理。

我们知道糖尿病人往往吃得很多，饿得快，所以总想吃东西，但是防治糖尿病关键的一点就是节食。糖尿病人之所以发病，有一些是因为吃得多，饮食不节，不到40岁血糖就高了。得了糖尿病，之后肯定只能节食。

如今，有些孕妇为了让孩子长得好点，白白胖胖，就大吃特吃。殊不知，孕妇如果吃得过多、过胖，生下的孩子就会过大，从小就有患糖尿病的风险。还有一些孕妇觉得多吃水果不会长胖，孩子皮肤好，其实完全不是那么回事。首先，孩子皮肤的好坏与母亲吃不吃水果没有关系；其次，水果中也含有热量，如果母亲吃得过多，胎盘就会把这些营养输送给胎儿；如果母亲把血糖吃高了，胎盘也会把母亲的血糖输送给胎儿。胎儿正在发育中，糖源供给多了，他就必须分泌更多的胰岛素来利用这些葡萄糖。

◎饮食不要过多，贵在节制，合理的饮食才能保证气血和谐顺畅，身体无恙。

血糖高的母亲最容易生出大胖丫头、大胖小子，这可不是壮实的标志，等他们到儿童期、成年期，胰岛的功能有可能提前衰退，这样他们很早就得节食。

元代名医罗天益在《卫生宝鉴》中说："谓食物无务于多，贵在能节，所以保冲和而遂颐养也。若贪多务饱，饫塞难消，徒积暗伤，以召疾患。盖食物饱甚，耗气非一。"饮食不要过多，贵在能节制，才能保证气血和谐顺畅，身体健康无恙。如果贪吃求饱、积滞难消，就会暗耗内伤，也会因此招致疾病。

⑪ 老年人平补最能延缓衰老、祛病延年

老年人身体器官功能逐渐减退，血流速度减慢，血流量也有所减少，多有不同程度的贫血。随着年龄增长会出现肌肉萎缩、落齿、咀嚼能力差、头发白而稀少、耳聋、眼花、健忘、夜尿多、失眠、骨质疏松等症状。中医认为，这些都是肝肾不足的结果。此外，老年人肠胃功能减弱，常发生营养不良，易出现头昏眼花、精力不足、容易感冒、皮脂腺萎缩等症状。针对这些情况，可适当地用滋补肝肾的中药和补品来补益身体，既增加抗病能力，又能延缓衰老、祛病延年。

老年人在食物的选择上不宜多食油炸、黏性大及不易消化的食物，也不宜多食含胆固醇高的食物，如猪油、牛油、羊油、肥肉、动物内脏等。平常可选用人参、何首乌、枸杞、杜仲、冬虫夏草、蜂蜜、核桃仁、鸽肉、海参等补药和补品，

以及苋菜、西红柿、柑橘、黄豆、牛奶、鸡蛋、青菜、胡萝卜、菠菜、油菜、扁豆及含钙、磷、铁、维生素多的其他食品，以保护老年人肠胃的消化功能。

老年人患病以虚证为多，所以药多用"补"。然而无论多么好的药，只有"对路"才能发挥它的作用，否则有可能"事倍功半"，甚至"南辕北辙"。老年人是否需进补，要根据每个人的具体情况而定。

一部分老年人虽年事已高仍身强体壮、精神矍铄，这类老人原则上不提倡进补。但绝大部分老年人随着年龄的增长，精血不断衰耗，脏腑生理功能减退，体内气血阴阳平衡能力及对外界反应能力降低。因此，有人认为"虚"是引起衰老的原因，也是导致老年人疾病的根本。所以适当进补可以起到预防疾病、延年益寿的作用，尤其是对于病后、术后及平素体质较差、容易患病的老年人，适当进补更具有重要意义。

老年人食补原则		
无病之人	宜用平补和食补	
病重之人	宜用药及补虚	
五劳七伤者	味厚药物填补精髓	
外感热病者	宜步而兼清	
病后、术后之人	阳虚者	养阴药不可过于滋腻
	阴虚者	补阳药不可过于刚燥
	气血俱虚者	药与食补结合

对于平素身体虚弱，但无大病之人宜用平补或食补。即选择药性平和的药物或将亦药亦食之品做成药膳，在进食的同时进补，从而起到强身防病的作用，但要注意用量适当。对于病重之人，在用药攻邪的同时，亦应注重补虚。特别是对于亡阴、亡阳者宜峻补，应选用高效、速效补剂以挽其危重。对于真元大亏、五劳七伤者宜选用味厚药物以填其精髓。老年人患外感热病之后，常出现阴液耗伤，此时宜补而兼清，即在扶正的同时兼清透余邪。如单纯用滋补之品易导致余邪不去，有闭门留寇之嫌。对于病后、术后之人，因疾病或手术的"打击"常导致老年人极度虚弱，此时急宜进补，但要注意根据老年人的体质及气血盛衰、虚损程度选择不同的补药。对阴虚者，养阴药不可过于滋腻；对阳虚者，补阳药不可过于刚燥；对于气血俱虚者，用药当通补结合，以免造成滞塞不通。

老年人由于新陈代谢的功能逐渐减弱，排泄功能日益降低，废物停留体内的时间延长，势必造成气血流行阻滞，影响身体健康。这时，适当进补能促使机体气血流畅，消除代谢废物，使脏腑、气血恢复和维持正常的功能，从而保持动态平衡。专家发现，人体衰弱的主要原因不是"虚"，而是气血失畅失衡、淤血作祟，所以主张以动养生。如果将补药与活血药合在一方之内，动静结合，补而不滞，既能消除补药的黏腻之弊，又可发挥补药的功效，可谓一举两得。

第十四章

本草让您的体检每项
都是一百分

●随着年龄的增长，衰老和疾病会随之发生，但只要合理安排好饮食，善用本草养生，即使在暮年也能保持良好的身体状况。有专业的研究机构在一项关于老年健康长寿影响因素的研究项目中发现：饮食在所有因素中居于首位。该研究发现把杂粮作为主食的高龄老人的健康状况明显好于吃精米精面的高龄老人；经常吃水产鱼类的老人健康状况明显好于常人；经常食用新鲜水果蔬菜的老人比不经常吃蔬菜水果的老人健康状况好；老人食用豆制品越频繁，健康状况越好。

别让你的筋骨血脉提前退休

❶ 老筋长，寿命长——练筋才能更长寿

在中国传统养生文化中，筋占据了重要的地位，古人修炼的很多武功都与筋有关，比如我们经常在影视剧里看到的分筋错骨手、分筋擒拿法、收筋缩骨法等，甚至还有一本专门用来练筋的书，那就是我们非常熟悉的《易筋经》。如果要想废掉一个人的武功，挑断"脚筋"就可以了。

为什么筋这样重要？我们还是先来了解一下什么是筋。《易经》云："筋乃人之经络，骨节之外，肌肉之内，四肢百骸，无处非筋，无处非络，联络周身，通行血脉而为精神之辅。"可见，最初的

◎筋在人体中起着收缩肌肉、活动关节和固定的作用，其最基本功能是伸缩，筋只有经常活动，才能保持伸缩力、弹性，这就是我们常说的拉伸。

"筋"是指分布于身体各部分的经络。后来经过时代的演变，筋的定义也发生了改变，逐渐成了韧带和肌腱的俗称，也就是我们现在所说的筋。

筋附着在骨头上，起到收缩肌肉、活动关节和固定的作用，人体的活动全靠它来支配。可以说，如果人体没了筋，就会成为一堆毫无活力的骨头和肉。2008年奥运会，刘翔选择退赛。报道说是肌腱受到了磨损，实际上就是筋受伤了。中医认为，肌肉的力量源于筋，所谓"筋长者力大"，筋受伤了自然使不出力气来，尤其是后脚跟这根大筋，支撑着身体全部的重量。这样我们就明白了，为什么一个武功高强的人挑断脚筋之后就会成为一个废人，因为他已经使不出力气来了。

筋的最基本功能是伸缩，牵引关节做出各种动作，筋只有经常活动，也就是伸拉，才能保持伸缩力、弹性，这就是我们通常所说的练筋。古代有许多功夫高手能够年过百岁而不衰，与练筋是分不开的。不过需要注意的是，练筋还需要特殊的方法，多吃能舒筋活血的食物，如雪莲。《本草纲目》记载，雪莲具有舒筋活血、散寒除湿之功效，多以全草入药，主要用于治疗风湿性关节炎，民间素有"东北人参，新疆雪莲"之说。另外告诫大家的是，我们平常所做的跑步、登山等运动活动的主要是肌肉，由于肌肉组织的粗纤维之间有很多的毛细血管，其活动需要大量

的供血来完成，这样会使脉搏加快，造成人体缺氧而呼吸急促，这时体内的筋还远远达不到锻炼的目的。因此，需要一种能锻炼筋而尽量不锻炼肌肉的运动，这就需要"易筋"。

❷ 腰酸背痛腿抽筋，只因寒邪伤人

抽筋在医学术语上叫痉挛，在寒的属性里叫收引。收引，就是收缩拘急的意思。肌肤表面遇寒，毛孔就会收缩。寒邪进一步侵入经络关节，经脉便会拘急，筋肉就会痉挛，导致关节屈伸不利。因为寒是阴气的表现，最易损伤人体阳气，阳气受损失去温煦的功用，人体全身或局部就会出现明显的寒象，如畏寒怕冷、手脚发凉等。若寒气侵入人体内部，经脉气血失去阳气的温煦，就会导致气血凝结阻滞，不畅通。我们说不通则痛，这时一系列疼痛的症状就出现了，头痛、胸痛、腹痛、腰脊酸痛。

因此我们在养生的时候要特别注意防寒。寒是冬季主气，寒邪致病多在冬季。因而冬季应该注意保暖，避免受风。单独的寒是进不了人体的，它必然是风携带而入的。所以严寒的冬季，北风凛凛，我们出门要戴上棉帽，围上围巾，就是为了避免风寒。

值得注意的是，冬季外界气温比较低，人容易感受到寒意，在保暖上下的功夫也会大一些，基本上不会疏忽。而阳春三月，"乍暖还寒时候"，古人说此时"最难将息"，稍微一不留神，就会着凉，伤寒。因而春季要特别注意着装，古人讲"春捂秋冻"，就是让你到了春天别忙着脱下厚重的棉衣。春天主生发，万物复苏，各种邪气在这时候滋生。春日风大，风中席卷着融融寒意，看似脉脉温曛，实则气势汹汹，要特别小心才是。

那么炎炎夏日也需要防寒吗？当然需要。夏天我们经常饮食凉的食物和饮料，冰镇西瓜、冰镇啤酒、冰淇淋、冰棍等，往往又在空调屋里一待一天。到了晚上下班出门，腿脚肌肉收缩僵硬，腿肚子发酸发沉，脑袋犯晕，甚至连走道都会觉得别扭，感觉双腿不像是自己的。这时候寒邪就已经侵入你的体内。

如果你真的腰酸背痛腿抽筋了，也不要急着补钙，先教给你两个小窍门，试一试再说。

1.常喝芍药甘草汤

腰酸背痛其实是肌肉酸痛，腿抽筋是筋脉痉挛。脾主肌肉，肝主筋脉，肌肉和筋脉有了问题，就要找准主因，调和肝脾。《本草纲目》中讲，芍药性酸，酸味入肝，甘草性甘，甘味入脾，因而这味芍药甘草汤被誉为止痛的良药，并且一点都不苦口。芍药甘草汤配制容易，芍药和甘草这两味药在一般的中药店都能买到，取白芍20克，甘草10克，或用开水冲泡，或用温火煮，可当茶水饮用。注意，这里说的芍药、甘草一定是生白芍、生甘草，不要炙过的，炙过的药性就变了。

2.常常按揉小腿

小腿抽筋的时候，以大拇指稍用力按

住患腿的承山穴，按顺、反时针方向旋转揉按各60圈；然后大拇指在承山穴的直线上下擦动数下，令局部皮肤有热感；最后以手掌拍打小腿部位，使小腿部位的肌肉松弛。几分钟甚至几秒钟后，小腿抽筋症状即可消失。不过标虽然暂时除了，病根还在，由表及里，本还没有痊愈。敲打按揉一些经络穴位，固然可以散结淤阻、活络气血，但从病因根本上来论，还是要把寒彻底地从体内祛除，这样才能身轻如燕，健步如飞。

③ 骨气即正气，养好骨气享天年

伴随中医养生学的复兴，各种保健方法层出不穷，但相对于补肾、养胃、护心、润肺等养生法而言，很少有人会把目光放在养骨上。主要有两个原因：一是传统养生学中关于养骨的方法本来就少，很多人懒得去开拓、创新，只是将一些过去的理念翻炒。二是因为养骨是一种"慢工"中的"慢工"，短时间内很难见效。

事实上，骨骼对一个人健康长寿的重要意义，绝不亚于身体上的任何一个器官。在我们的身体里，全部的骨和它们的相关结构组成了一个庞大的骨骼系统，包括200多块骨头和300多个连接骨头的关节。这个强大的骨骼系统像身着盔甲的战士一样保护着我们的脑、内脏及体内器官，不仅使我们的身体可以储存矿物质，还帮助我们的身体进行造血。一旦骨头出了问题，不仅会将其他器官暴露出来，很容易造成损害，还会影响人体的造血功

能，导致人体气血不足，阴阳失衡，直接危及我们的生命。

说到养骨，我们不得不谈一谈"骨气"。这个词在日常生活中极为常见，但很少有人将其与养生长寿联系起来。在一般人看来，所谓"骨气"其实就是我们平常所说的"正气"，指一种刚强不屈的人格。我们平常说一个人有骨气，骨头硬，就是指这个人不屈服，敢于站出来维护自己的主张。但是你有没有想过，为什么有些人有骨气，有的人则没有？为什么古人把这种行为称为"有骨气"，而不是别的什么？骨气和人的健康长寿究竟有没有关系？

在中医理论中，"气"是构成人体、维持延续各种生命活动的基本物质，它来源于摄入的食物养分以及吸入的清气，其作用是维持身体各种生理功能。所以血有血气，肾有肾气，那么骨自然也就有骨气。正是由于骨气的存在，才促使骨骼完

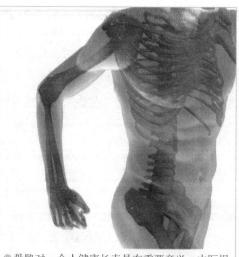

◎骨骼对一个人健康长寿具有重要意义，中医提倡养骨，就是要滋养骨气，除了要加强锻炼外，在饮食上也要注意调养。

成生血与防护的功能。人死后，虽然骨骼还在，但骨气已经没了。同样的道理，许多老年人正是因为骨气减弱了，才会很容易受伤。因此，我们也可以说养骨实际上是在养骨气。我们在影视剧中经常看到有些武林高手虽然年纪已经很大，依然身体硬朗、声如洪钟，这就说明他们的骨气保养得很好。

由此可知，养骨对于一个人的长寿是至关重要的。现代医学研究发现，一般老年人都有不同程度的骨质疏松症。那为什么人老之后骨质会疏松呢？《黄帝内经》中说，五脏之中，肾主藏精，主骨生髓。肾精可以生化成骨髓，而骨髓是濡养我们骨骼重要的物质基础。人过了五六十岁，肾气开始减弱，肾精不足，骨头中的骨髓就相对减弱，进入一种空虚的状态。骨髓空虚了，周围的骨质得不到足够的养分，就退化疏松了。

尽管骨质疏松是人体一种正常的生理过程，但并不是说它是不可避免的。如果我们从少年开始，特别是在进入骨骼发育并逐渐定型的成人阶段，每天保证足够的身体锻炼，并至少坚持饮用1200克的牛奶或食用富含钙质的乳制品，那么当我们步入老年后，骨质疏松大多是能够预防的。

当然，对于那些已经出现骨质疏松的老年人也并非不能挽救，从以下几个方面进行调理，骨质疏松症是完全可以缓解乃至根治的。

1.多喝骨头汤，注重养肾

平时多喝点骨头汤，最好是牛骨汤，因牛骨中含大量的类黏朊。熬汤时，要把骨头砸碎，以一份骨头五份水的比例用文火煮，大约煮1～2小时，使骨中的类黏朊和骨胶原的髓液溶解在汤中。另外，还可以多吃一些坚果，像核桃仁、花生仁、腰果，这些果子都是果实，植物为了延续后代，把所有精华都集中到那儿，有很强的补肾作用。"肾主骨生髓，脑为髓之海"，肾精充盈了，骨髓、脑子就得到补充了。

2.多参加体育活动，以走路为主

肌肉对骨组织是一种机械应力的影响，肌肉发达则骨骼粗壮。因此，在青壮年期，应尽量参加多种体育活动，到了老年，最好的锻炼是每天走路，走到身上微微有汗，气血开始运动起来就行了。这时内在的废弃物已经排出了。这就达到目的了，不要大汗淋漓。

3.补钙要科学

在饮食上，骨质疏松的患者首先应选择含钙、蛋白质高的食品，如排骨、蛋、豆类及豆制品、虾皮、奶制品，还有海带、海菜、乳酪、芹菜、木耳等。其次，适当补充维生素D。再次，应多吃蔬菜、水果，保证足够的维生素C。

4.忌吃食物要当心

要减少动物蛋白、盐、糖的摄入量。尽量少用含太多镁、磷的饮料和加工食品。咖啡因、酗酒也会造成钙的流失。

❹ 素食养骨，从里到外滋养骨骼

随着生活水平的不断提升，我们往往

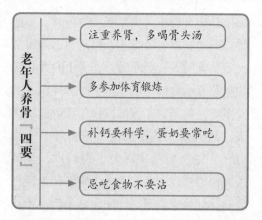

摄入过多的酸性食物，而且还有不断增多的趋势。这些食物主要包括肉类、快餐食品、甜食、咖啡、尼古丁、酒精等。再加上现代人缺乏运动、心理压力大，使人体新陈代谢的速度放慢，身心承担过重。新陈代谢差时，无法很好地将重要的食物营养素转化为能量、将毒性物质排出体外。结果体内废物和毒素不断囤积，新摄入的养分又无法及时转变为能量，身体进入一个不良的循环，整个机能开始下降，疾病也就来了。

从养生的角度来说，也许很多人都还停留在"吃什么补什么"的思维中，想补充钙质就立刻想到炖骨头汤等。实际上，养骨未必需要特别摄入动物类的食物，这有两方面的原因。

第一，动物类食物属于酸性食物，在大多数家庭的餐桌上，酸性食物已经偏多了，如果为了补骨而额外添加摄入，不但骨汤里的钙质在不平衡的酸碱度环境里根本无法被身体吸收，还增加了体内酸性负担，破坏天然的新陈代谢。

第二，现在在市场上大多数的肉类食品都来自于专门圈养的动物。为了更快地进入市场，饲养者给动物吃含有过量营养素，甚至激素的饲料，以至于这些添加剂始终停留在动物的骨、肉里，被人体摄入，这已经成为导致许多慢性病的主要因素。所以在这里给大家提个醒，要转变一下传统的观念，多吃素食同样可以补骨、养骨。

多吃素食好处很多，例如它能够保持肠胃畅通、降低心血管负担，还能够促进全身新陈代谢。在养骨方面，很多专家经过多年实践积累，总结出一些有效的食疗方法。下面提供几个素食养骨良方。

素食养骨药膳	
山杞粥	取山药30～60克，粳米100克。先煎山药、枸杞，取汁与粳米煮成粥即可服用，一日2次。
补肾壮骨汤	取海带500克（用水泡发、洗净，切成丝状），黄豆芽150克。加入适量的油、盐、姜等调味品，每天煮汤喝。
天杞酒	取黄精、炒白术、枸杞子各250克，松叶300克，天冬250克。将上述材料共研成粗粉，浸入适量米酒内，过滤后即成。每天3次，一次30毫升。

⑤ 要想血管年轻，多吃碱性食物

血管随着年龄的增长会自然衰退老化，导致全身各组织供血、供氧受阻，人易得冠心病、脑血栓等动脉硬化引起的疾病。所以推迟老化进程关键在于延缓血管硬化的过程。只要注意科学饮食，多吃碱性食物，保持血液呈弱碱性，使得血液中乳酸、尿素等酸性物质减少，并能防止其在管壁上沉积，就有软化血管的作用。这里所说的酸碱性不是食物本身的性质，而是指食物经过消化吸收后留在体内元素的性质。一般来说，大米、面粉、肉类、蛋类等食物几乎都是偏酸性物质，宜少吃；而蔬菜、水果、牛奶、红薯、土豆、豆制品及水产品等都是偏碱性食物，宜多吃。

保持血管年轻的食物"伴侣"

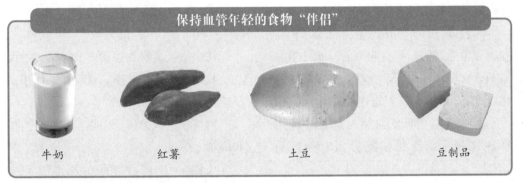

牛奶　　　　红薯　　　　土豆　　　　豆制品

⑥ 软化血管就是跟生命盟约

很多人认为，动脉硬化是人们生活富裕、生活水平提高后的必然结果，这种想法并不是很正确的。动脉硬化并不是物质文明提高造成的，而是精神文明不足、健康知识缺乏造成的。动脉硬化病变几乎人人都会发生。如果我们提高自我保健意识并掌握卫生保健知识，动脉硬化的发生就会减少，其危害也会不断降低。

1.引起血管病变原因

引起动脉血管病变、加速动脉硬化病程的因素有以下几种。

①抽烟：抽烟会损坏血管壁，使其容易累积脂肪。尼古丁进入血液循环会使动脉硬化。长期吸烟会增加罹患冠状动脉疾病的概率2～3倍。

②肥胖：体重超重者常会有好胆固醇浓度偏低、三酰甘油浓度偏高的问题。

③懒骨头：缺乏运动可能会降低好胆固醇浓度。

④高血压：血流压力大，动脉血管壁容易受伤，招来白细胞、血小板修补，胆固醇也黏附过来，血管壁容易变厚、变硬、变脆弱。

⑤糖尿病：因胰岛素代谢异常，半数的糖尿病人有血脂异常问题，导致血管伤害，造成每3个糖尿病人就有2个患心脏血管疾病。

动脉硬化是可以预防的，动脉硬化可以由重到轻，从轻到重；从无到有，从有到无，是可以逆行变化的。比如说经常走路使动脉从硬化变到软化，这是个最有效的办法。步行运动锻炼对体重、血压、胆固醇的降低都很有好处，过量剧烈运动有时会造成猝死，很危险。

2.软化血管的食物

①大豆：含有一种叫皂甙的物质，可以降低血液中胆固醇的含量。

②生姜：含有一种含油树脂，具有明显的降血脂和降胆固醇的作用。

③大蒜：含挥发性激素，可消除积存在血管中的脂肪，具有明显的降脂作用。最新研究发现，大蒜素会在人体中产生硫化氢，能软化血管、促进血液流通。

④洋葱：在降低血脂、防止动脉粥样硬化和预防心肌梗死方面有良好的作用。

⑤茄子：含有较多的维生素P，能增加毛细血管的弹性，对防治高血压、动脉硬化及脑溢血有一定的作用。

⑥木耳：能降低血液中的胆固醇，可减肥和抗癌。

⑦燕麦：具有降低血液中胆固醇和三酰甘油的作用，常食可防动脉粥样硬化。

⑧红薯：可供给人体大量的胶原和黏多糖类物质，可保持动脉血管的弹性。

⑨山楂：具有加强和调节心肌，增大心脏收缩幅度及冠状动脉血流量的作用，还能降低血清中的胆固醇。

⑩茶叶：有提神、强心、利尿、消腻和降脂之功。

⑪海鱼：有降血脂的功效。临床研究

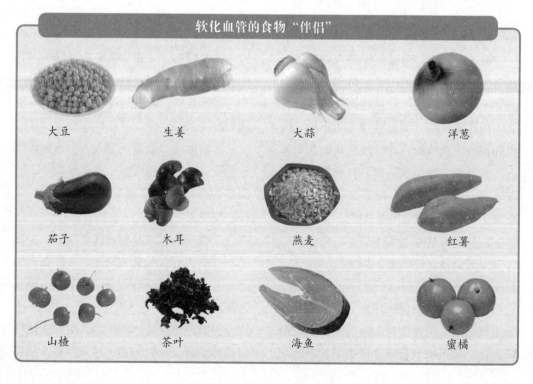

软化血管的食物"伴侣"

大豆　　　生姜　　　大蒜　　　洋葱

茄子　　　木耳　　　燕麦　　　红薯

山楂　　　茶叶　　　海鱼　　　蜜橘

表明，多食鱼者其血浆脂质降低。有预防动脉硬化及冠心病的作用。

⑫蜜橘：多吃可以提高肝脏的解毒能力，加速胆固醇的转化，降低血清胆固醇和血脂的含量。

3.软化血管的食疗药膳

常食药粥最能软化血管，不妨试试下列食谱：

①玉米粉粥：玉米粉50克，粳米50克，先将玉米粉加清水适量调匀，待粳米煮粥将成时加入同煮至稠即可。每日服食1～2次。具有益肺宁心、调中开胃等功效。适用于动脉硬化、高脂血症、冠心病、心肌梗死等心血管疾病患者服用。长期服用对软化血管功效显著。

②大蒜粥：紫皮大蒜30～50克，粳米100克。将大蒜去皮，放沸水中煮1分钟左右后捞出。再取粳米，放入煮蒜的水中煮成稀粥，然后将蒜放入，同煮为粥即可服食。每日1～2次。大蒜粥具有软化血管、降血压、降血脂等作用。

③何首乌粥：何首乌30～50克，粳米50克，大枣5个。先将何首乌放入砂锅内，加清水适量煎取浓汁，去渣后与粳米、大枣同煮为粥即可服食。每日1次。适用于老年人肝肾不足、阴血亏损、头晕耳鸣、须发早白，以及高血压、动脉硬化、大便干燥等症。

④甜浆粥：新鲜豆浆500克，粳米50克。将粳米淘洗干净后与豆浆一起煮粥，粥成后加冰糖少许。每日1～2次。甜浆粥具有健脾、养胃、润肺、补虚等作用。适宜于年老体弱、营养不良者，对动脉硬化、高血压、冠心病有较好的防治作用。

❼ 老年人血稠，四点须注意

最终导致脑血栓、心肌梗死等重病，甚至撒手人寰。

临床上有很多疾病，如动脉硬化、脑血栓、心肌梗死、高血压、糖尿病、阻塞性视网膜炎以及慢性肝肾疾病等都与血稠有着密切的关系。所以，如果检出血稠，我们一定要好好保养。

首先，也是最重要的一点，要养成爱喝水的好习惯。血液中水分的多少对血液黏稠度起着决定性的影响。这类老人可以早、中、晚各饮一杯淡盐水或凉白开水，特别是在血稠发生率较高的夏季，更要多喝水。平时饭菜宜清淡，少吃高脂肪、高糖食物，多吃些粗粮、豆类及豆制品、瓜果蔬菜。可常吃些具有血液稀释功能、防止血栓、降低血脂的食物，如草莓、菠萝、西红柿、柿子椒、香菇、红葡萄、橘子、生姜、黑木耳、洋葱、香芹、胡萝卜、魔芋、山楂、紫菜、海带等。

其次，生活要做到有规律。作息有时，劳逸结合，保证充足睡眠，做到不吸烟、不酗酒。

再次，要坚持适度的运动锻炼。选择适合自己的锻炼项目，如散步、快走、慢跑、做体操、打球等，可有效地增强心肺功能，促进血液循环，改善脂质代谢，降低血液黏稠度。

最后，要保持一颗淡泊宁静、随遇而安的平常心，让情绪处于愉悦之中。

需要注意的是，如果出现了较明显的血稠症状，特别是已经患有高血压、动脉硬化、糖尿病的患者，必须及时就医，在医生的建议下进行药物干预，如西药肠溶阿司匹林、茶色素等，中药丹参、川芎、当归、红花等。但万不可自行其是，以免出错。

⑧ 蔬果净血方——排除体内废物及毒素的不二选择

很多朋友会问，老寿星有没有一些真传或秘方？或许寿星们习以为常的养生方法对于不懂养生的人来说也算是一种"真传"或"秘方"吧。

以东北和陕西的几位老寿星来说，他们的儿女都非常体贴，常给父亲、母亲制作一些新鲜的蔬果汁，而这成了老人们日常食谱的一大重要组成部分。也许你认为这没什么，但是从养生角度而言，它们的作用是很大的。

从科学角度讲，人体血红细胞的衰老变异一般都要先于其他组织细胞的衰老病变。人的组织器官发生衰老病变，往往都伴随着血红细胞的衰老变异。血红细胞的衰老变异是造成相关循环障碍最直接、最根本的原因。所以从某种程度来讲，万病之源始于血。

人体正常的血液是清洁的，但环境污染的毒物，食物中残留的农药和激素，肉、蛋等酸性食物产生的酸毒，以及人体新陈代谢中不断产生的废物，都可进入血液中形成血液垃圾，使血液污浊。

污浊的血液不仅损害我们的脸面，蓄积体内还会产生异味，损伤组织器官，形成多种慢性病，如糖尿病、冠心病及高血压等。更严重的是，毒素还能破坏人体免疫功能，使人体正常细胞突变，导致癌症的发生。可见，想要健康长寿，净血就显得非常重要了。

前面我们提到蔬果汁是净化血液的不二之选。你肯定要问哪种蔬果汁效果显著、应该怎么做，这里向大家介绍一种胡萝卜综合蔬果汁。具体做法如下：取胡萝卜1根，番茄1个，芹菜2根，柠檬1个。将胡萝卜与柠檬去皮，与其他材料一起榨汁饮用。《本草纲目》记载胡萝卜可调补中焦、和肠胃、安五脏。番茄性甘、酸、微寒，能生津止渴、健胃消食、凉血平肝、清热解毒、净化血液。两者与芹菜、柠檬合制成汁，可降低胆固醇、净化血液。因此，建议中老年人常喝这种蔬果汁。

◎胡萝卜综合蔬果汁可降低胆固醇、净化血液。

五脏六腑，哪个罢工都够呛

❶ 脏腑气血的盛衰从根本上决定了人能否长寿

"福如东海长流水，寿比南山不老松"常常是人们相互之间最美好的祝愿。从古代帝王的长生不老之梦到现代人对健康的孜孜以求，长寿堪称一个比钻石更久远的话题。虽然如今我们知道了长生不老是不可能的，但"尽天年而去"还是我们一直追寻的目标。那么是否长寿究竟是由什么来决定的呢？

《黄帝内经》中有"寿夭论"："人之寿夭各不同，或夭或寿，寿者身心健康，年益寿延；夭者形神不保，病多寿折。"并且还提出五脏六腑的气血盛衰是决定人之寿夭的根本因素，人体衰老的进程与脏腑强弱状况直接相关。人体衰老的征象是脏腑机能普遍衰退的表现。在《素问·上古天真论》和《灵枢·天年》等篇中都有论述，如：齿发脱落、筋骨懈惰、健忘、耳目失聪属于肝肾衰退；肺萎无力、身体沉重是由脾胃功能衰退所导致的。总而言之，五脏六腑的衰竭导致了衰老的发生与进展。而在五脏衰竭中，尤以脾肾衰竭为主。

肾为人体的"先天之本"，肾气作用于生命过程的始终，人体的生长发育、生殖衰老与肾气的盛衰呈正相关性，肾气的强弱制约着人体脏腑气血的盛衰变化，决定个体生命的衰老速度。因此，衰老多表现为齿、骨、发、耳等肾所主形体官窍的衰退，这正是肾精衰竭的征象。

与肾精衰竭同等重要的是脾胃的衰竭。脾胃同居中焦，是气血化源、气机升降的枢纽，同为人的"后天之本"。因此，《黄帝内经》认为脾胃之气衰竭也是影响人体寿命的重要原因。脾胃机能减退，则肾气无以补益，脏腑无以充养，机体气血衰少，抗病能力下降，则会产生各种疾病，加速人体衰老。

由此可见，五脏六腑既是人的"先天之本"，又是人的"后天之本"。脏腑的气血状况对人如此重要，那么它们的盛衰又是由什么决定的呢？中医认为主要受到先天和后天两个因素的影响。

首先是人的先天禀赋。它可以直接影响到脏腑的气血强弱。每个人都是由父母之精阴阳交感结合而生，受到父母的精气强弱的影响。而且妊娠阶段是胎儿脏腑组织发育的时期，母体营养状况、情志状况、外感邪气等都可能通过气血影响胎儿。因此，女性在孕育胎儿的过程中一定要多加注意，饮食的平衡、心情的平舒等都要保证，以免给孩子的将来造成影响。

其次是后天的调养。中医讲养生就是一种健康的生活习惯，衣食住行等都要"法于阴阳、合于术数"，也就是要"饮食有节、起居有常、不妄作劳"等。只要能够顺应自然规律去养护脏腑，就能使气血强盛终尽天年。

❷ 鹅养五脏，一年四季不咳嗽

鹅是食草动物。从生物学价值上来看，鹅肉是优质蛋白质，含有人体生长发育所必需的各种氨基酸，其组成接近人体所需氨基酸的比例。鹅肉中的脂肪含量较低，仅比鸡肉高一点，比其他肉要低得多。每100克鹅肉含蛋白质10.8克，钙13毫克，磷37毫克，热量602千焦，还含有钾、钠等十多种微量元素。鹅肉不仅脂肪含量低，而且品质好，不饱和脂肪酸的含量高达 66.3%，特别是亚麻酸含量高达4%，均超过其他肉类，对人体健康有利。鹅肉脂肪的熔点亦很低，质地柔软，容易被人体消化吸收。中医养生学"秋冬养阴"，鹅肉性味甘平、鲜嫩松软、清香不腻，秋冬吃鹅肉符合养生观念。鹅肉具有养胃止渴、补气之功效，能解五脏之热，用鹅血、鹅胆、鹅胗等制成的鹅血片、鹅血清、胆红素、鹅胆酸去氧等药品，可用于癌症、胆结石等疾病的治疗。

中医认为，"五脏六腑皆令人咳，非独肺也"。意思是说，咳嗽不仅是人体肺的病变，而且与人体的五脏六腑都有关。即心肝脾肺肾五脏功能失常，都能引起咳嗽。《随息居饮食谱》记载，鹅肉补虚益气，暖胃生津，尤适宜于气津不足之人。凡时常口渴、气短、乏力、食欲不振者，可常食鹅肉。此外，用鹅肉炖萝卜还可大利肺气，止咳化痰平喘。有的人秋冬容易感冒，经常吃一点鹅肉，对治疗感冒和急慢性气管炎有良效。

《本草纲目》中记载："鹅肉利五

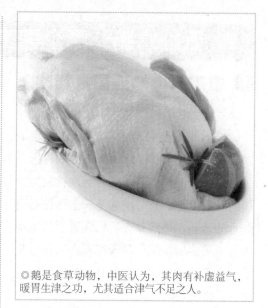

◎鹅是食草动物，中医认为，其肉有补虚益气、暖胃生津之功，尤其适合津气不足之人。

脏，解五脏热，止消渴。"常食鹅肉汤对于老年糖尿病患者还有控制病情发展和补充营养的作用。

❖ 本草养生方 ❖

清蒸鹅肉

| 功效 | 预防三高病。 |

材料 鹅肉500克，姜片10克，葱段10克，盐、胡椒粉、料酒、鸡精各适量

做法 ①将鹅肉洗净后切成块状。②锅中加水煮沸，下入鹅肉块氽烫后捞起滤除血水，再装入碗中，加入盐、胡椒粉、料酒、鸡精腌渍约3小时。③将腌渍好的鹅块与姜片、葱段入锅中蒸约1小时，待熟烂后取出，扣入盘中即可。

❸ 粗制的粮食是心脏的"守护神"

为什么精细食物在市场上的价格往往不如粗制食物的价格高呢？这是因为现在人们已经意识到粗制食物对人体健康的重要性。

经过精加工的食物不仅丢失了皮中的营养，而且丧失了胚芽中的营养。胚芽是生命的起点，它的功效可以直接进入人体的心系统，对人的心脏能起到非常好的保健作用。

因此要保护好心脏，平时一定要多吃粗制的食物，特别是心脏不好的人，在选购粮食时，一定要记得多给自己的心脏选点粗制的粮食，尽量买胚芽没有被加工掉的，比如全麦、燕麦、糙米等。这些食物都是心脏的"守护神"。《本草纲目》记载，燕麦性味甘平，能益脾养心、敛汗。

另外，如果不是很喜欢吃粗粮，那么可以选择粗细搭配的食物，比如表面撒了一层麦麸的面包。

那些看起来透明的食物，都是补养心脏的佳品。比如夏天吃的凉粉，小吃摊上一般都有，现吃现拌，味道不错。凉粉的品种很多，比如绿豆凉粉、蚕豆凉粉、地瓜凉粉等。

藕粉和何首乌粉也是不错的补心食物，可取适量的藕粉放在碗里，加少许水调和，然后用开水冲开即可。藕粉可以作为日常的调养制品，既便宜又方便，特别是家有老人、孩子、或者病人的情况下，藕粉更应常备常食。

◎要保护好心脏，平时一定要多吃一些粗制的食物，尽量买胚芽没有被加工掉的食品，如全麦面包。

另外，还可以用藕粉做成各种食物比如甜点，也算得上餐桌上的一道风景。

❖ 本草养生方 ❖

白玉凉粉

功效 补血养颜。

材料 魔芋丝结200克，盐3克，味精1克，醋8克，红椒适量，香菜少许

做法 ①魔芋丝结洗净；红椒洗净，切丁，用沸水焯熟后待用；香菜洗净。锅内注水烧沸，放入魔芋丝结焯熟后，放入盘中。②用盐、味精、醋调成汤汁，浇在魔芋丝结上，撒上红椒丁、香菜即可出锅。

《本草纲目》中的养脾胃食物

红枣	莲子	南瓜	茼蒿	红薯

❹ 要滋养元气，先调摄胃气

想要强身健体，让自己正气充沛，从而不畏惧一切外来的"邪气"，我们就不能不重视调摄胃气。中医认为脾胃与人的元气有着密切的关系，人体内的元气因脾胃而滋生，脾胃的功能正常运转，人体内的元气才能生长并充实。五谷杂粮、果蔬蛋禽都进入胃中，人体内的各个器官摄取营养都从胃而得来。

除了李时珍，还有很多著名中医谈到调摄胃气的重要，比如李东垣，他认为有胃气则生，无胃气则死。他说："饮食自倍，肠胃乃伤。"也就是说饮食不能过饱，否则会伤脾胃。现代医学研究表明，经常饮食过饱，不仅会使消化系统长期负荷过度，导致内脏器官过早衰老和免疫功能下降，而且过剩的热量还会引起体内脂肪沉积，引发"富贵病"和"文明病"。人的进食方式应该像"羊吃草"那样，饿了就吃点，每次不多吃，胃肠总保持不饥不饿不饱的状态。我国著名营养学家李瑞芬教授总结的秘诀是："一日多餐，餐餐不饱，饿了就吃，吃得很少。"只有这样才能延缓衰老、延年益寿。

此外，要保养脾胃，调摄胃气，人应

该要多吃五谷杂粮，尤其是豆类。《本草纲目》中记载白粥、粳米、绿豆、小豆之类，都能利小便。现代医学认为，五谷杂粮里面含有大量的膳食纤维，可帮助肠道蠕动，排除毒素，预防便秘。

清淡饮食以养生，食物应该多样化，主食以谷类为主；多吃蔬菜水果；经常吃奶类、豆类和适量的鱼、禽、蛋、瘦肉。只有这样才能养胃保胃，促进健康。

✖ 本草养生方 ✖

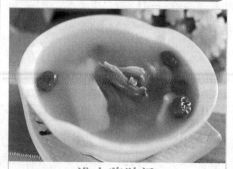

淮山猪肚汤

功效 补肝益胃。

材料 猪肚500克，淮山100克，红枣8颗，盐5克，味精适量

做法 ①猪肚用开水烫片刻，刮除黑色黏膜，洗净切块。②淮山用清水洗净。③将猪肚、淮山和红枣放入砂煲内，加适量清水，大火煮沸后改用小火煲2小时，加入盐和味精调味即可。

⑤ "黑五类"食物保你肾旺人也旺

"肾气"是指肾精所化之气，对人体的生命活动尤为重要。若肾气不足，不仅易早衰损寿，而且还会发生各种病症，对健康极为不利，主要表现为尿频、尿不尽、尿失禁、尿少、尿闭、遗精、早泄、滑精、带下清稀而多、清冷；喘息气短、气不连续、呼多吸少、动则喘甚、四肢发冷、耳鸣、耳聋甚而危及生命。肾气不足，五脏六腑功能减退，则会出现诸如性功能减退、精神萎靡、腰膝酸痛、须发早白、齿摇脱落等衰老现象。

检测你的肾是否健康，可以通过每天的排尿量来判断，一般正常人每天的排尿量应该在1500～2000毫升，正常饮水的情况下多于2500毫升或少于400毫升则有可能是肾出现问题，应及时到医院就诊。

吃的食物越黑越健康，对于补肾尤其重要。中医理论也认为黑色食物滋养肾脏，《本草纲目》记载，黑色食品有益肝补肾、活血养颜的作用。黑色食物一般含有丰富的微量元素和维生素，如我们平时说的"黑五类"，包括黑米、黑豆、黑芝麻、黑枣、黑荞麦，就是最典型的代表。

"黑五类"个个都是养肾的"好手"。这五种食物一起熬粥，更是难得的养肾佳品。

1.黑米

也被称为"黑珍珠"，含有丰富的蛋白质、氨基酸以及铁、钙、锰、锌等微量元素，其维生素B_1和铁的含量是普通大米的7倍。有开胃益中、滑涩补精、健脾暖肝、舒筋活血等功效，冬季食用对补充人体微量元素大有帮助，用它煮八宝粥时不要放糖。《本草纲目》中记载，黑米有滋阴补肾、健脾暖肝、明目活血的功效。

2.黑荞麦

可药用，具有消食、化积滞、止汗之功效。除富含油酸、亚油酸外，还含叶绿素、卢丁以及烟酸，有降低体内胆固醇、降血脂和血压、保护血管功能的作用。它在人体内形成血糖的峰值比较延后，适宜糖尿病人、代谢综合征病人食用。

3.黑枣

有"营养仓库"之称的黑枣性温味甘，有补中益气、补肾养胃补血的功能。

《本草纲目》中的养肾食物

黑米　　荞麦　　黑枣　　黑豆　　黑芝麻

含有蛋白质、糖类、有机酸、维生素和磷、钙、铁等营养成分。

4.黑豆

黑豆被古人誉为"肾之谷"，黑豆味甘性平，不仅形状像肾，还有补肾强身、活血利水、解毒、润肤的功效，特别适合肾虚患者。黑豆还含有核黄素、黑色素，对防老抗衰、增强活力、美容养颜均有帮助。

5.黑芝麻

黑芝麻性平味甘，有补肝肾、润五脏的作用，对因肝肾精血不足引起的眩晕、白发、脱发、腰膝酸软、肠燥便秘等有较好的食疗保健作用。它富含对人体有益的不饱和脂肪酸，其维生素E含量为植物食品之冠，可清除体内自由基，抗氧化效果

❖ 本草养生方 ❖

黑米黑豆汁

功效 滋补肝肾。

材料 黑豆150克，黑米50克

做法 ①黑米、黑豆分别洗净，泡软。
②将所有原材料放入豆浆机中，添水搅打煮沸成汁，滤出装杯即可。

显著。对延缓衰老、治疗消化不良和治疗白发都有一定作用。

❻ 补肝益肾，滋阴养血的何首乌

关于何首乌的来历有一个流传很广的传说，在唐代文学家李翱的《何首乌传》中有记载。何首乌是顺州南河县人，祖父名叫能嗣，父亲名叫延秀。能嗣原名叫田儿，自小身体虚弱，长大后没有性欲，遂到山中从师学道。一天能嗣酒醉后卧在野外石块上醺睡，一觉醒来，天色已晚，忽见二株藤枝叶纷披，渐渐枝叶互相交缠，过了一段时间才分开，片刻后又交缠在一起，使他十分惊奇。

翌日，能嗣顺藤挖根，将块根请人辨认，谁也说不清这是什么药材，有位老者说，可能是一种仙药。他就试着连服了7天，便开始有了性欲。连服三四个月后，体质逐渐强壮；服用1年，宿疾痊愈，容颜焕发，毛发乌黑有光泽。之后的十年中连生了几个儿女，便把田儿改为能嗣。他又把此药给儿子延秀吃，延秀又把药传授给儿子首乌服，祖孙三代都活到了130多岁。首乌的邻居李安期，与首乌是好朋友，他吃了此药后也是长寿，并把它公开了，很多人吃了此药均有效验，便把这种吃了能够延年益寿、乌须黑发的药叫做何首乌。

这个故事显然有其传奇色彩，但何首乌补肾固精的功效却是不容置疑的。《本草纲目》记载何首乌的功效是："养血益肝，固精益肾，健筋骨，为滋补良药，不

◎何首乌是《本草纲目》中最具代表性的补肾固精药，为滋补良药，说其"功在地黄、天门冬诸药之上"。

寒不燥，功在地黄、天门冬诸药之上。"另外，何首乌还有美容和乌发的功效。《本草纲目》记载何首乌"可止心痛，益血气，黑髭发，悦颜色。"何首乌具有良好的益精血、补肝肾作用，经常服用可使人气血充足，面色红润，容光焕发，对于面色无华或面色萎黄的血虚病人，常服制首乌（深加工过的何首乌），可使面容青春久驻。

现代药理研究还证实，何首乌具有延缓衰老、调节血脂、抗动脉粥样硬化、提高机体免疫功能等作用。在调节血脂方面，何首乌能降低对人体有害的低密度脂蛋白，升高对人体有益的高密度脂蛋白，减少肠道对胆固醇的吸收，减轻动脉粥样硬化程度。此外，何首乌还能扩张冠状动脉血流量和改善心肌缺血。

何首乌因制法不同，功效也有所不同。生首乌以黑豆煮汁拌蒸，晒干后变为黑色，即为制首乌，制何首乌，分为黑豆制、黑豆黄酒制、酒制等，为不规则皱缩状的块片，厚约1厘米。表面黑褐色或棕褐色，凹凸不平。质坚硬，断面角质样，棕褐色或黑色。气微，味微甘而苦涩。有补血和补肾益精的功效，适用于未老先衰、须发早白、贫血虚弱、头晕眼花、腰酸遗精的病人；晒干的叫生首乌，功效和制首乌大相径庭，不用于补虚，而是主要用于润肠通便及消痈肿等，适用于老年人或体质虚弱者的便秘及疮疡等；新鲜的叫鲜首乌，与生首乌相似，但润肠、消肿效果更佳。

❖ 本草养生方 ❖

淡菜首乌鸡汤

功效 补肾益精。

材料 淡菜150克，何首乌15克，鸡腿1只，盐1小匙

做法 ①鸡腿剁块，汆烫，捞出冲洗干净。②淡菜、何首乌洗净。③将准备好的鸡腿、淡菜、何首乌入锅中，加水盖过材料，以大火煮开，转小火炖30分钟，加盐调味即可。

❼ 从海狗的超强活力看抗衰老的"武器库"——肾

肾气在推动人体生、长、壮、老、死中起着重要作用。肾气不足，五脏六腑功能减退，就会出现诸如性功能减退、精神疲惫、腰膝酸痛、须发早白、齿摇脱落等衰老现象。

海狗鞭作为一种中药在我国很早便是一种重要的补肾良品。据《海药本草》、《开宝本草》、《本草纲目》等书籍中记载，历代皇亲国戚把海狗鞭奉为"补品中之极品"，大药店把它作为"镇店之宝"。据史料记载，汉朝时期在我国渤海尚有少量海狗繁衍生息。有"智圣"之称的东方朔将海狗鞭献给汉武帝，汉武帝服用后自感进补效果百倍于鹿鞭、虎鞭，龙颜大悦。自此，汉武帝就将海狗鞭视为宫廷至品，诏令天下进贡。

为什么海狗鞭会有如此神奇的补肾效果呢？看看海狗的生活习性就知道了。海狗多以捕食鳕鱼和鲑鱼为生，白天在近海游弋猎食，夜晚上岸休息，除繁殖期外，无固定栖息场所，捕猎一次需走1000千米的路程。每年的春末夏初，海狗进入繁殖季节。一般一头雄海狗要和15～60头雌海狗交配。在长达70天的时间里，雄海狗不吃不喝，每天和雌海狗交配30次，每次持续15分钟。如此强劲的生命活力，也难怪海狗鞭的补肾效果这样神奇。

那么海狗鞭作为一种补肾佳品，又与抗衰老有什么关系呢？中医认为，人体在生、长、壮、老的生命过程中，必将不断消耗能量而伤及肾气，进入老年阶段而出现身体自衰。《素问·阴阳应象大论》说："年过四十，而阴气自半也，起居衰矣，年六十，阴萎，气大衰。"由此可知，肾气的虚衰是人体衰老的根本动力，所以基于此，补肾也就成了一种延缓衰老的重要途径。

❽ 红艳艳的山楂果，为你养肝又去脂

山楂，又叫"山里红"、"胭脂

◎海狗鞭是中药中的补肾良品，汉武帝就将海狗鞭视为宫廷至品，其有温补肾阳、调节肝肾、提高免疫力的功效，对肾阳虚有很好的调节作用。

◎红艳艳的山楂果有很高的营养和药用价值，入胃后能增强酶的作用，促进肉食消化，有助于胆固醇转化，是中老年人保肝养肝的佳品。

果"，它具有很高的营养和药用价值。山楂入胃后能增强酶的作用，促进肉食消化，有助于胆固醇转化。它含有熊果酸，能降低动物脂肪在血管壁的沉积。对于中年人特别是男性来说，由于工作导致精神压力大、情绪压抑，容易造成肝郁不舒、烦躁、焦虑、食欲不振等症，加之男性应酬多，难免喝酒应酬，容易形成脂肪肝，山楂就更具保健作用。

中医认为，肝主疏泄、以通为顺，如果肝气不舒，人的周身气血运行就紊乱，会导致很多身体疾病。建议中年男性与其吃各种滋补品来补肾，不如平常在饮食中注意养肝。具有养肝去脂功效的有益食品当首推山楂。

除了可以多吃些鲜山楂、山楂食品外，平常还可用干山楂泡水喝，在炖肉时也可适当加入，既可调味，也能帮助消化。绿茶清热解毒、消食解腻；菊花平肝明目；玫瑰花舒肝解郁，平时常饮这类茶水也有益养肝。山楂消食去脂，是很好的保肝食品，也是防治心血管病的理想保健食品。长期食用山楂，具有降低血压、血脂的作用，可防治高血压、冠心病、动脉硬化等疾病。

①老年人消化不良、脘腹胀满：山楂5~10克，开水冲泡1小时（或煎煮半小时），加白糖少许调味，代茶饮。

②有高血压病、高脂血症及冠心病的老年人：山楂10克，开水冲泡，可以长期饮用。

③老年人夏季暑热，食欲不振：用山楂5克，陈皮3克，薄荷叶5片，开水冲泡，加白糖少许，代茶饮。

④老年人食肉食或油腻食物后消化不良、脘腹胀闷：山楂10克，麦芽5克，莱菔子（打碎）5克，加水适量，煎煮后分为2次服。

老年人吃山楂以北山楂为宜。健康的人食用山楂也应有所节制，尤其是儿童，正处于牙齿更替时期，长时间贪食山楂或山楂片、山楂糕等，对牙齿生长不利。另外，山楂片、果丹皮含有大量糖分，儿童进食过多会使血糖保持在较高水平，没有饥饿感，影响进食，长期大量食用会导致营养不良、贫血等。山楂酸味较浓，故胃酸过多者慎用。山楂内含有鞣酸，食用过多或与甘薯类同食，易形成胃结石或肠结石而造成梗阻。

❈ 本草养生方 ❈

山楂麦芽猪腱汤

功效 益气和中。

材料 猪腱、山楂、麦芽各适量，盐2克，鸡精3克。

做法 ①山楂洗净，切开去核；麦芽洗净；猪腱洗净，斩块。②锅上水烧开，将猪腱汆去血水，取出洗净。③瓦煲内注水用大火烧开，下入猪腱、麦芽、山楂，改小火煲2.5小时，加盐、鸡精调味即可。

❾ 补肾壮阳，韭菜籽不比人参差

韭菜籽即我们日常所食用的韭菜的种子。据《本草纲目》记载，韭菜籽的功效为补肝肾、暖腰膝、助阳、固精。主要用于阳痿、早泄、遗精、遗尿、小便频数、腰膝酸软、冷痛、白带过多等症的治疗。据现代医学分析，韭菜籽具有如下的养保健功效。

1.补肾温阳

韭菜籽性温，味辛，具有补肾起阳作用，故可用于治疗阳痿、遗精、小便频烦、早泄等病症。

2.益肝健胃

韭菜籽含有挥发性精油及硫化物等特殊成分，散发出一种独特的辛香气味，有助于疏调肝气、增进食欲的功能。

3.行气理血

韭菜籽的辛辣气味有散瘀活血，行气

◎韭菜籽的功效非常多，它能补肝肾、暖腰膝、助阳、固精，其功效堪比人参。

导滞作用，适用于跌打损伤、反胃、肠炎、吐血、胸痛等症。

4.润肠通便

韭菜籽含有大量维生素和粗纤维，能增进胃肠蠕动、治疗便秘、预防肠癌。

韭菜籽可以单独服用，也可以研末蜜丸服，每次5～10克为宜。但要注意，阴虚火旺者忌服。

韭菜籽粉可与枸杞搭配服用用于补肾益精、滋阴补阳、养肝明目、壮阳防早泄、固精止遗等。还可以与锁阳粉搭配使用，常用于补肾壮阳、肾虚阳痿、早泄、夜尿频多、腰膝酸软等。两者按2:1比例打成粉，一天两次，一次8～15克。

需要提醒的是韭菜籽并非人人可用，阴虚火旺者忌服韭菜籽。

❋ 本草养生方 ❋

韭菜子枸杞粥

功效 保肝护肾

材料 大米80克，韭菜子、枸杞各适量，白糖3克，葱花8克

做法 ①大米洗净，下入冷水中浸泡半小时后捞出沥干；韭菜子、枸杞均洗净。②锅置火上，倒入清水，放入大米，以大火煮至米粒开花。③加入韭菜子、枸杞煮至粥呈浓稠状，调入白糖拌匀，撒上葱花即可。

第十五章

《本草纲目》中的终极抗衰老计划

●一提起长寿，很多人便觉得这是老年人的事情，事实上抗击衰老是我们每个人都需要重视的事，一方面快节奏的生活以及长期负荷过重的压力，让身体的衰老与脏腑机能的退化大大提前，若不提早预防与干预，随着年岁增长其影响更会加剧；另一方面，只有半轮时悉心抗衰，才能在暮年保持良好的身体状况，实现健康长寿。本章主要从健脑益智、调节情绪、抵御六邪等角度，阐述本草在日常防老抗衰的应用方法，愿每一个人都能从中获得帮助，掌握切实有效的方法对抗岁月的侵蚀，永驻青春。

提取本草中的脑白金，让大脑时时清醒

① 桑葚，帮你留住年轻的大脑

我们的大脑也会像机体一样，随着年龄增长而衰老。如果能科学地食用桑葚，便可以留住年轻的大脑，让所有的记忆永远存储在脑海里。

生活中，我们总能听到周围的一些人，尤其是中老年人，常常抱怨"最近记性越来越差了"、"这段时间脑子怎么这么迟钝呢"……其实，这些都是大脑衰老的点滴表现。我们的大脑随着年龄的增长会在形态和功能上发生迟行性变化，如智力衰退、思维紊乱、记忆下降、性格改变、行动迟缓等。同时，脑血管不同程度的硬化也会促进脑的老化过程。那么我们如何应对大脑的衰老呢？如何挽救我们慢慢失去的记忆呢？

《本草纲目》中记载，桑葚具有丰

◎《本草纲目》中记载，桑葚具有丰富的胡萝卜素及维生素，对大脑的发育及活动很有补益。

富的胡萝卜素及维生素，含有许多以亚油酸为主要成分的脂肪油，对大脑的发育及活动很有补益。同时桑葚对脾脏有增重作用，对溶血性反应有增强作用，可防止人体动脉硬化、骨骼关节硬化，促进新陈代谢。它含有丰富的葡萄糖、果糖、蔗糖、钙、胡萝卜素、维生素等成分，可以促进血红细胞的生长，防止白细胞减少，对治疗糖尿病、贫血、高血压、高血脂、冠心病、神经衰弱等病症具有辅助功效。《本草纲目》中有："桑葚性寒、味甘、酸。补益肝肾、滋阴养血、息风明目。"

下面，就向各位朋友推荐一款桑葚饮，制作起来非常简单：取桑葚1000克，蜂蜜300克。将桑葚洗净，加水适量煎煮；每隔30分钟取煎液一次，加水再煎，共取煎液2次；将煎液合并，再以小火煎熬浓缩，至黏稠时，加入蜂蜜，煮沸停火，冷却后装瓶备用。此方有滋补肝肾，健脑益智之功。

不过，由于桑葚中含有溶血性过敏物质及透明质酸，过量食用后容易发生溶血性肠炎，少年儿童不宜多吃桑葚。其含糖量很高，糖尿病人应忌食。此外，桑葚忌与鸭蛋同食。

另外，张嘴闭嘴有一定的强身健脑作用。方法是每天早晨到空气新鲜的地方，将嘴最大限度地张开，先向外哈一口气，然后将嘴闭起来，深吸一口气。这样有节奏地张嘴闭嘴，并进行深呼吸运动，连续做100～200下。

张嘴闭嘴为何能强身健脑呢？

①张嘴与闭嘴的动作能使面部40多块肌肉有节奏地进行收缩运动，这些肌肉在运动中得到锻炼，逐渐发达变粗，于是面部显得饱满，可防止中老年人因面部肌肉逐渐萎缩形成的"猴尖脸"。

②向外哈气和用力深吸气能扩张肺脏和胸腔，增大肺活量，可使肺脏吸进较多氧气，增强身体的新陈代谢，从而提高全身各器官的功能，使人的衰老过程减缓，有利于健康长寿。

③早晨起床后大脑还没有完全清醒，嘴一张一闭通过面部的神经反射刺激大脑，使大脑尽快清醒，思路敏捷，工作效率提高。

④张嘴闭嘴能使咽喉部得到活动，耳咽管保持通畅，中耳内外的压力维持平衡，防止出现老年性耳聋、耳鸣等现象。

⑤张嘴闭嘴时牙齿得到叩击，增强了牙齿的坚固性，可防止牙齿过早脱落。

据观察，长年坚持张嘴闭嘴锻炼的人，身体强壮、头脑灵活、耳聪目明、老当益壮。而且这种养生法简单易行，无副作用，大家不妨一试。

❷ 会吃枸杞，健脑益智很简单

《本草纲目》记载："枸杞，补肾生精，养肝，明目，坚精骨，去疲劳，易颜色，变白，明目安神，令人长寿。"它在祖国传统医学中具有重要的地位，其药用价值备受历代医家的推崇。它是传统名贵中药材和营养滋补品。枸杞子能够有效抑制癌细胞的生成，可用于癌症的防治。枸杞子除了当中药使用外，也是卫生部规定的既是食品又是药品的物品。

现代医学研究发现，枸杞子含有丰富的胡萝卜素、维生素A、维生素B_1、维生素B_2、维生素C和钙、铁等保健眼睛的必需营养，故擅长明目，所以俗称"明眼子"。枸杞子还具有免疫调节、抗氧化、抗衰老、抗肿瘤、抗疲劳、降血脂、降血糖、降血压、补肾、保肝、明目、养颜、健脑、排毒、保护生殖系统、抗辐射损伤等功能。

作为益寿养生的天然宝贝，枸杞子一般人均可食用，适宜肝肾阴虚、癌症、高血压、高血脂、动脉硬化、慢性肝炎、脂肪肝患者，用眼过度者，老人更加适合。不过枸杞子不适宜外感实热、脾虚泄泻者服用，一般不宜和温热的补品如桂圆、红参、大枣等共同食用。

枸杞与合适的材料搭配，既美味，又能充分发挥其功效。这里向大家推荐一款

◎《本草纲目》记载："枸杞，补肾生精，养肝，明目，坚精骨，去疲劳，易颜色，变白，明目安神，令人长寿。"

枸杞羊脑炖汤：取枸杞50克，羊脑1副，盐、葱、料酒、姜各适量。先将枸杞子洗净，羊脑去筋膜，放入砂锅内，加入少许盐、葱、料酒、姜，隔水炖熟即可。食用时加少许味精，空腹吃下。对健脑益智大有帮助，尤其适用于脑力劳动者及老年肾虚、记忆力减退者。

③ 民间常用的健脑益智方

中医认为，心主神志，主血脉。心失所养则心悸恐惊，失眠健忘，烦闷不舒。以动物的心脏来调治人的神志病变，常可收到良好的效果。一般来讲，各种动物的心脏均有补心安神的作用，但以猪心最为常用。

民间常用猪心、枸杞等做成羹，用以健脑益智。具体做法如下：猪心1枚，枸杞芽250克，葱白、豆豉各适量。猪心洗净血污，切成细丁状；枸杞芽、葱白切碎；豆豉放入锅内，加清水，煮取豉汁；猪心、枸杞芽、葱白放入豉汁中，加黄酒、食盐小火煮作羹食。

《本草纲目》中说，猪心枸杞羹中以猪心为主料，补心安神；辅以枸杞菜清热补虚，葱白宣通胸阳，豆豉清心除烦。全方具有补心安神、清热除烦之效。对于心血不足兼有热象的人来讲是不错的选择。

另外，中医认为"脑为元神之府"，也就是说，脑是精髓和神经高度汇聚之处，是人体极其重要的器官，也是生命要害之所在。所以，无论年老年少，科学用脑对工作、对健康都非常重要。

那么，我们具体应该如何科学使用大脑呢？

很简单，既不能马不停蹄地过度用脑，也不能整日什么都不想，干脆不用脑。科学用脑要做到张弛有度，因为紧张和放松对于人体都是极为重要的。适当放松自己，有利于机体消除疲劳和产生新的活力，有利于身体健康，也有利于工作。

此外，由于脑是藏神之所，精神愉快则脑不伤；精神紧张，心境不宁，神乱神散，则脑受损。故平时要学会颐神养脑，重道德修养，豁达大度，恬淡寡欲，不患得患失，不追名逐利，保持悠然自得，常常助人为乐。

④ 食疗有法宝，老年痴呆症"束手就擒"

老年痴呆症与脑萎缩密切相关。人到老年，全身各系统器官都有不同程度的退化性萎缩改变，大脑尤其明显。80岁老人脑重与青壮年相比可减少6.6%～11%。老年性痴呆的症状主要表现为：最初多从健忘开始，严重的记忆力减退是其主要症状，如迷路、不识家人、不能进行简单计算等智力下降现象。然后出现精神症状和性格改变，如自私、性情暴躁、吵吵闹闹、打骂别人、毁弃衣物等反常行为，最后发展到缄默、痴呆、生活不能自理，以致卧床不起。

老年痴呆症患者应多进食含维生素C、维生素E、胡萝卜素和富含微量元素硒的抗氧化食品。含维生素C较多的食物如柑橘、柚子、鲜枣、香瓜、绿花椰菜、草莓等；含维生素E较多的食品如麦芽制品、葵花子油、甜杏仁等；含有胡萝卜素的食物如胡萝卜、甘蓝、菠菜等；含硒较多的食物如洋葱、卷心菜、海鲜等。又如鲜豌豆、豇豆、紫苜蓿嫩芽内，都含有较多的过氧化物酶，也能对抗自由基。此外，一些发酵食物如发面馍、酿造醋中均含氧较多，也有益于延缓脑衰老。

老年痴呆症患者还要多进食能合成胆碱的食物，从而加强神经细胞功能，有益于老年痴呆症的防治，故宜多食豆制品。

人体缺铜可引起贫血、皮肤毛发异常(如白癜风)、骨质疏松，也可引起脑萎缩。故缺铜者宜适当补充含铜丰富的食物，如坚果类、叶菜类、甲壳类水产品。如病人胆固醇不高，也可进食动物肝、肾等肉食品。

多补充维生素B_{12}和叶酸，多吃豆类、奶类和蔬菜，增强免疫球蛋白生成率和抗病毒能力，避免对神经细胞的损伤，缓解病情。

此外，患老年痴呆的人应忌吃以下几类食物：

①忌甜食过量，因过量的甜食会降低食欲，损害胃口，从而减少对蛋白质和多种维生素的摄入，进而导致营养不良，影响大脑细胞的营养与生存。

②忌食含铝食品，比如油条等加铝的膨化食品。

③忌嗜酒，少量的醇利于老年痴呆症的防治，但嗜酒就极大损害了身体，加快脑萎缩。

患老年痴呆的人最宜吃的食物有以下几种：

①核桃：含丰富的不饱和脂肪酸——亚油酸，吸收后成为脑细胞组成物质。

②芝麻：补肾益脑、养阴润燥，对肝肾精气不足、肠燥便秘者最宜。

③莲子：养心安神，益智健脑，补脾健胃，益肾固精。

④花生：常食可延缓脑功能衰退，抑制血小板凝聚，防止血栓形成，降低胆固醇，预防动脉硬化。

⑤大枣：养血安神，补养心脾，对气

老年痴呆患者食物保健"伴侣"

核桃　　芝麻　　莲子　　花生

大枣　　桑葚　　松子　　山楂　　鱼

血两虚的痴呆病人较为适宜。

⑥桑葚：补肾益肝，养心健脾，对肝肾亏损、心脾两虚的痴呆病人尤为适宜。

⑦松子：补肾益肝，滋阴润肺，对肠燥便秘、干咳少痰的早老性痴呆病人尤为适宜。

⑧山楂：活血化淤，富含维生素C，适于早老性痴呆并高血脂、糖尿病、痰浊充塞、气滞血淤患者。

⑨鱼：痴呆病人脑部的DHA不饱和脂肪酸水平偏低，而鱼肉中这种脂肪酸含量较高。

此外，桂圆、荔枝、葡萄、木耳、山药、蘑菇、海参等食物对痴呆症患者均颇为有益。

⑤ 卵磷脂，给大脑补充必要的营养

卵磷脂作为一种营养成分，在增进健康及预防疾病方面所起到的重要作用，早已赢得了世界营养专家、药物学家和医学家的普遍认同。虽然它的功效不像消炎药那样立竿见影，但有着全面、长远、稳定的效果，同时又没有药物的副作用，因此是保健养生的上佳之选。关于卵磷脂的具体功效，研究已证实，它不但可以预防脂肪肝，还能促进肝细胞再生。同时，卵磷脂可降低血清胆固醇含量，防止肝硬化，并有助于肝功能的恢复。

长期补充卵磷脂可以减缓记忆力衰退的进程，预防或推迟老年痴呆的发生。卵磷脂还具有乳化、分解油脂的作用，可促进血液循环，改善血清脂质，清除过氧化物，使血液中胆固醇及中性脂肪含量降低，从而对高血脂和高胆固醇具有显著的防治功效。而且它还是糖尿病患者的良好营养品，可以有效化解胆结石，也是良好的心理调和剂。

《本草纲目》中记载，如蛋黄、大豆、芝麻、蘑菇、山药、黑木耳、谷类都含有一定量的卵磷脂。所以，若要给大脑补充营养，尤其是老年人，平时应该多摄入这方面的食物。

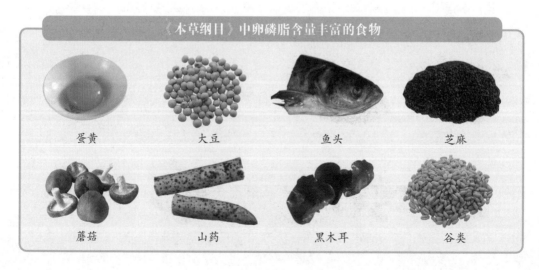

《本草纲目》中卵磷脂含量丰富的食物

| 蛋黄 | 大豆 | 鱼头 | 芝麻 |
| 蘑菇 | 山药 | 黑木耳 | 谷类 |

心态决定青春——适合的本草，永葆"童心"

① 小小食物让你不再有：悲伤、难过、恐惧

人都是有七情六欲的，都会悲伤、难过、恐惧……当我们有这些负面情绪的时候该如何尽快走出情感的沼泽？《本草纲目》中说，食物是调节人们不良情绪的最好的最天然的药物。

孤单了，抑郁了，想家了，就多吃些鱼吧，特别是鲑鱼、沙丁鱼和鲭鱼。鱼肉中的脂肪酸和维生素B_{12}会帮你赶走消极的情绪。

1.悲伤委屈时

人生不如意十之八九，总有悲伤委屈时。这时多吃些香蕉。香蕉含有一种称为生物碱的物质，可以振奋精神和提高信心。而且香蕉是色氨酸和维生素B_6的一大来源，这些都可以帮助大脑制造对人体有益的血清素，能使自尊心受挫、意志力消沉、抑郁不振时，开怀大笑。

2.茫然无绪时

这个时候试一试葡萄柚。葡萄柚有强烈的香味，可以净化繁杂的思绪，也可以提神。此外，葡萄柚里高含量的维生素C，不仅可以维持红细胞的浓度，使身体具有抵抗力，而且还可以抗压。

3.压抑时

心情压抑的时候吃点菠菜。菠菜含有丰富的镁，镁是一种能使人头脑和身体放松的矿物质。菠菜和一些墨绿色、多叶的蔬菜都是镁的主要来源，例如羽衣甘蓝。菠菜还富含另一种降压营养物质——维生素C。

4.昏昏欲睡时

昏昏欲睡时不妨吃几个鸡蛋。鸡蛋富含胆碱，胆碱是B族维生素的一种，有助

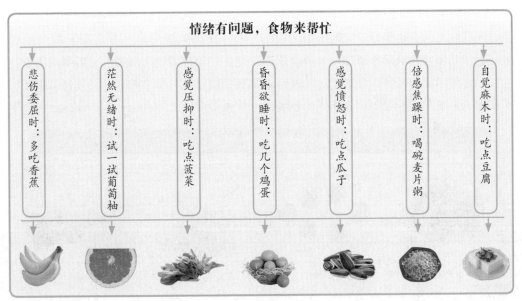

情绪有问题，食物来帮忙

悲伤委屈时：多吃香蕉

茫然无绪时：试一试葡萄柚

感觉压抑时：吃点菠菜

昏昏欲睡时：吃几个鸡蛋

感觉愤怒时：吃点瓜子

倍感焦躁时：喝碗麦片粥

自觉麻木时：吃点豆腐

于提高记忆力，使注意力更加集中。

5.愤怒时

有时候情感会失控。那不妨吃点瓜子，或许会让你口干舌燥，却不会让你火冒三丈。因为瓜子富含可以消除火气的B族维生素和镁，还能够令你血糖平稳，有助于你心情平静。

6.焦虑时

生活节奏快，有很多事情令人焦虑。你可以在早上喝上一碗麦片粥。燕麦富含B族维生素，有助于平衡中枢神经系统，使你慢慢平静下来。麦片粥还能缓慢释放能量，不会出现血糖忽然升高的情况。

7.麻木时

时常觉得什么都无所谓，没感觉，麻木。那就吃点豆腐。豆腐里面丰富的蛋白质会增加人的警觉水平，并增强行事的动机，使人处于比较主动的情绪之中。

② 破译食物中的快乐密码

吃东西不仅能够消除饥饿感，补充营养，还能对人的情绪起到一定的影响。后者是近十几年来营养学家研究的一项重要内容。台湾出版的《快乐食谱》对此进行了详细的阐述。食物是如何影响人的心情的？《快乐食谱》一书指出，科学家们经过长期研究发现，大脑中的神经传导物质将各种信息传递到身体的各个部位，目前已经确认的这种传导物质有100种以上。其中，影响情绪的有肾上腺素、多巴胺、血清素和内啡肽。肾上腺素、内啡肽是传递幸福的元素；多巴胺也有改善情绪的作用；血清素影响人的满足感，如果血清素含量不足，人就会感到疲倦、情绪低落。下面我们一一讲述不良情绪和食物之间的微妙关系。

1.怒：有些暴躁是吃出来的

东西吃多了，几种与能量代谢有关的B族维生素就会被消耗得多，而维生素B_1缺乏会使人脾气暴躁、健忘、表情淡漠；焦虑、失眠与缺乏维生素B_3有关；维生素B_6的不足则导致思维能力下降。

①肉吃得多。体内的肾上腺素水平高会使人冲动。

②糖吃得多。听说过"嗜糖性精神烦躁"吗？怒与吃糖多有关联。

日常生活中的一些食品有顺气的作用，它不仅能使人摆脱不良情绪的影响，还能缓解生气带来的胸闷、气逆、腹胀、失眠等症状。

消除怒气的食物"伴侣"

玫瑰花　　　山楂　　　啤酒　　　萝卜

①玫瑰花：泡茶时放入几朵玫瑰花，饮之即可顺气，也可以单泡玫瑰花饮用。

②山楂：中医认为山楂长于顺气止痛、化食消积，可以缓解气后造成的胸腹胀满和疼痛，对于生气导致的心动过速、心律不齐也有一定疗效。

③啤酒：适量饮用啤酒能顺气开胃，可以使人及时摆脱愤怒的情绪。

④莲藕：藕能通气，并能健脾胃、养心安神，亦属顺气佳品。

⑤萝卜：萝卜最好生吃，如有胃病者可饮用萝卜汤。

2.疑：希望过高，紧张过度

也许是压力太大，也许是期许过高，多疑的人都有些紧张和神经质，通常不快乐甚至常受失眠困扰。

①吃少了。疑虑和忧思之人多是苍白、瘦弱的，主要是能量、蛋白质摄取量很少，导致贫血、体力不足。

②吃素。长年吃素得不到足够的脂肪以及含在动物性食品中的卵磷脂和肉碱，从而影响细胞对能量的利用，影响脑组织神经递质的合成和释放。

③缺锌。缺锌的人容易抑郁、情绪不稳定。

平日多疑虑、忧郁的人宜多进食下列食物：

①绿茶：绿茶可以放松人的情绪，使人处于轻松愉悦的状态。

②蔬菜：蔬菜中的钾有助于镇静神经、安定情绪。

③冬虫夏草：冬虫夏草有扶正固本、镇静安神的功效，有抑郁倾向的人可吃点含冬虫夏草的补药，比如金水宝、百令胶囊等。

④零食：在紧张工作的间隙吃少许零食，可以转移人的视线，缓解焦虑。

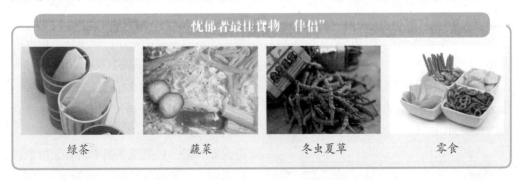

忧郁者最佳食物 "伴侣"

| 绿茶 | 蔬菜 | 冬虫夏草 | 零食 |

3.懒：是一种症状，能反映饮食上的某种偏差

①盐多。食盐过量在体内积蓄，会出现反应迟钝、喜欢睡觉等现象。

②体酸：常言道"酸懒酸懒"，真的是酸了便会懒的。

③缺铁：饮食单调、不注意荤素搭配摄食的人容易缺铁。

可多摄入下列食物：

①血豆腐加青椒：血豆腐含有最易吸收的血红素铁，再加上青椒以其所含

的维生素C辅助铁的吸收，绝对事半功倍。

②青菜豆腐：少油盐、清淡而规律的饮食能使人保持振奋的状态。

4.悲：抑郁伤感和营养不良的恶性循环

①氨基酸不平衡。缺乏色氨酸是诱发抑郁症的重要原因，多补充富含色氨酸的食物，如花豆、黑大豆、南瓜子仁、生鱼片、花生等。

②缺镁。香蕉、葡萄、苹果、橙子能给人带来轻松愉悦的感觉，让忧郁远离。

可多摄入下列几种有助于抑制伤感抑郁的食物。

①鸡汤：浓浓的鸡汤含有多种游离氨基酸，能平衡身体的需要，提高大脑中的多巴胺和肾上腺素，使人充满活力和激情，克服悲观厌世的情绪。

②维生素C：维生素C缺乏可以表现为冷漠、情感抑郁、性格孤僻和少言寡语。

③杂食：每日摄入的食物种类最好不少于20种，以发挥杂食之利，提高膳食营养的覆盖面。

悲观者最佳食物"伴侣"

| 鸡汤 | 维生素C | 各种杂食 |

不仅如此，人的情绪、心理甚至性格与饮食习惯、营养摄入都有着密切关系，只要注意吃得对、吃得好，就可以远离怒、疑、懒、悲等坏情绪。

❸ 不同的性格，不同的饮食处方

1.自我为中心，任性的人

这一性格的人要改掉糖分摄取过量的习惯，鱼肉比现在多吃一倍以上，多吃黄绿色蔬菜及红萝卜，但切记不要吃过咸的食物，这样容易产生焦虑情绪，导致功亏一篑。

2.优柔寡断，拿不定主意的人

优柔寡断的人饭和面包的摄取量比菜多，并且所吃的食物不常变化，致使蛋白质必需的氨基酸缺乏，且维生素也不足。

3.胆小怕事的人

对于胆小的人，首先要调整食物结构，经常服用蜂蜜果汁，少量饮酒，多吃碱性食物和含钙丰富的食物。

4.易激动易发火的人

爱发火的人要减少盐分及糖分的摄取，少吃零食，多吃海产品，如海带、贝、虾、蟹。豆类及牛奶中也有含量丰富的钙质，还要多食桂圆、干核桃仁、蘑菇等，可补充维生素B_1、维生素B_2。

5.焦虑不安的人

焦虑不安的人要多吃含钙、磷的食物，如花生（含钙量多）、牛奶、大豆、鲜橙、牡蛎、蛋类（含磷较多）、菠菜、板栗、葡萄、土豆等，且要吃得清淡一点，不可口味太重。

6.消极，依赖性强的人

要改变这一个性，可少吃一些甜食，如蛋糕、可乐、果汁等，多吃维生素B_1（猪肉、羊肉、小麦），以及鱼、贝类、大豆制品。

7.粗心大意的人

粗心大意的人要多吃卷心菜、笋干、

辣椒、鱼干、牛奶、红枣、田螺等，还要减少摄肉量，少食酸性食物。

8.对别人不信任，多疑的人

多疑的人每日三餐一定要吃含高蛋白的食物，如牛肉、猪肉等。贫血要多吃乳类制品，多喝牛奶。持续一段时间体力将能恢复，猜疑、不安的状态也会消失，转而变成积极、富有行动力的人。

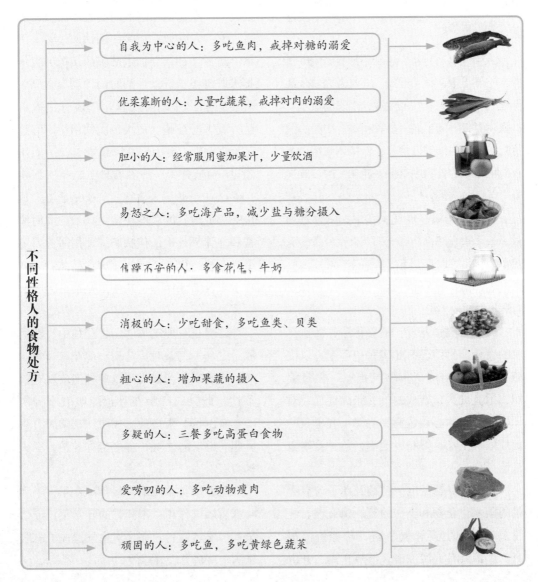

不同性格人的食物处方

- 自我为中心的人：多吃鱼肉，戒掉对糖的溺爱
- 优柔寡断的人：大量吃蔬菜，戒掉对肉的溺爱
- 胆小的人：经常服用蜜加果汁，少量饮酒
- 易怒之人：多吃海产品，减少盐与糖分摄入
- 焦躁不安的人：多食花生、牛奶
- 消极的人：少吃甜食，多吃鱼类、贝类
- 粗心的人：增加果蔬的摄入
- 多疑的人：三餐多吃高蛋白食物
- 爱唠叨的人：多吃动物瘦肉
- 顽固的人：多吃鱼，多吃黄绿色蔬菜

9.爱唠叨的人

唠叨的人多食动物瘦肉、粗面粉、麦芽糖、豆类等。

10.顽固，无法变通的人

这类人要减少肉类食物的摄取，可多吃鱼，尽量吃生鱼片。蔬菜以黄绿色为主，减少盐分，以清淡为主。

④ 让食物中的"顺气丸"帮你消气

人生气以后身体会感到不舒服，胸闷腹胀，吃不下饭，睡不好觉，有时做噩梦，甚至还会气郁化火，气郁生痰，引起高血压、脑血管意外、大出血等多种疾病。中医的健身防病之道强调笑口常开，保持乐观情绪。在我们常吃的食物中有很多能顺气的"顺气丸"。《本草纲目》中记载，萝卜有消积滞、清热、化痰、理气、宽中、解毒之功效，长于顺气健胃。对气郁上火生痰者有清热消痰作用。以青萝卜疗效最佳，红皮白心者次之，胡萝卜无效。萝卜最好生吃，如胃有病可做成萝卜汤。

山楂是健脾开胃、消食化滞、活血化淤的良药。目前已有50多种中药配方以山楂为原料。山楂擅长顺气止痛、化食消积，适宜气裹食造成的胸腹胀满疼痛，对于生气导致的心动过速、心律不齐也有一定疗效。生吃、熟吃、泡水，各种食用方法皆有疗效。

莲藕全身都是宝。鲜藕及莲子含有大量的碳水化合物和丰富的钙、磷、铁、淀粉及多种维生素和蛋白质，营养价值很高。生藕具有消淤凉血、清热止渴、开胃

的作用；熟藕则善于通气，健脾和胃，养心安神，亦属顺气佳品。以水煮或稀饭煮藕疗效最好。

啤酒能顺气开胃，改变恼怒情绪。生气时适量喝点啤酒有益处，但不宜过量。据医学和食品专家们研究，啤酒含有4%的酒精，能促进血液循环；含二氧化碳，饮用时有清凉舒适感；还能帮助消化，促进食欲。适量适用啤酒对心脏和高血压患者亦有一定疗效。但是啤酒饮入过量，酒精绝对量增加，会加重肝脏的负担并直接损害肝脏组织。饮啤酒时同食腌熏食品，可使致癌物亚硝胺及其化学成分进入肝脏，损害肝细胞。成人每次饮用量不宜超过300毫升（不足一易拉罐量），一天不超过500毫升（一啤酒瓶量），每次饮用100～200毫升更为适宜。其次是适温。饮用啤酒最适宜的温度在12～15℃，此时酒香和泡沫都处于最佳状态，饮用时爽口感最为明显。再者不宜与腌熏食品共餐，宜食水果及清淡菜肴，花生米是最好的啤酒酒菜。

玫瑰花有理气解郁、化湿和中、活血散淤之功。沏茶时放几瓣玫瑰花有顺气功效，没有喝茶习惯者可以单独泡玫瑰花代茶饮。此外，呼吸花香也能顺气宁神。《本草纲目》中记载，玫瑰"利肺脾，益肝胆，辟邪恶之气，食之芳香甘美，令人神爽"。

茴香果实作药用，嫩叶可食用，子和叶都有顺气作用；用茴香的叶做菜馅或炒菜都可顺气健胃止痛，对生气造成的胸腹胀满、疼痛有较好疗效。

第十六章

延寿必究寿道，
寿道终在四季轮回中

●四季变幻，春夏秋冬四季更迭不息，中医认为人的生命活动也应遵循时令的变化规律而调节，以此来维护体内的阴阳平衡。我们应诶根据四季变化来调整自己的生活规律表，以四季为主线，紧扣春、夏、秋、冬时序的更迭，温、热、凉、寒四季气候来安排养生。本章主要从四季变幻的角度，揭示根据四季变化调补身体的本草秘方，指导养生与天时气候变幻同步，教你因天之序，因季而变来安排养生活动，守住健康。

养肝祛病之春季长寿养生

❶ 春天让阳气生发得轰轰烈烈

俗话说"一年之计在于春"，春季天气转暖，自然界的阳气开始生发，同时人体内的阳气也开始生发，因此，春天养生应注意保护阳气。

暴怒和忧郁都会伤身，因此要保持心胸开阔、乐观向上、心境恬淡。饮食上最好多吃些扶助阳气的食物，比如面粉、红枣、花生等辛温类食物；新鲜蔬菜如春笋、菠菜等可以补充维生素；酸性食物要少吃，油腻、生冷、黏硬食物最好不吃。体质过敏，易患花粉过敏、荨麻疹、皮肤病者，应禁食如羊肉、蟹之类易过敏的食品，羊肉虽然可以补阳气，但是容易过敏的人还是要少吃为妙。那么用什么来补阳气呢？韭菜就是这个季节最好的选择。

《本草纲目》中记载，韭菜辛、温、无毒，有健胃、温暖作用，常常用于补外阳虚、精关不固等。经常食用韭菜粥可助阳缓下、补中通络。适合背寒气虚、腰膝酸冷者食用。用韭菜熬粥，既暖脾胃，又可助阳。

除了食补养阳以外，春季要保持阳气生发，还要注意时刻保暖。俗话说"春捂秋冻"。"二月休把棉衣撤，三月还有梨花雪"、"吃了端午粽，再把棉衣送"，这些说法对于养生保健来说并不够全面。

首先要把握时机。医疗气象学家发现，许多疾病的发病高峰与冷空气南下和降温持续的时间密切相关。比如感冒、消化不良，在冷空气到来之前便捷足先登。而青光眼、心肌梗死、中风等，在冷空气过境时也会骤然增加。因此，捂的最佳时机，应该在气象台预报的冷空气到来之前24～48小时。

注意这样一个温度临界点——15℃。研究表明，对于多数老年人或体弱多病而需要春捂者来说，15℃可以视为捂与不捂的临界温度。也就是说，当气温持续在15℃以上且维持在相对稳定时，则春捂便可以结束了。

另外需要注意温差，当日夜温差大于8℃时，春捂就是必不可少的。春天的气温，前一天还是春风和煦、春暖花开，转

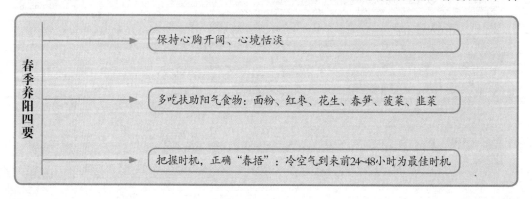

春季养阳四要

- 保持心胸开阔、心境恬淡
- 多吃扶助阳气食物：面粉、红枣、花生、春笋、菠菜、韭菜
- 把握时机，正确"春捂"：冷空气到来前24~48小时为最佳时机

眼间就有可能寒流涌动，让你回味冬日的肃杀。面对孩儿脸似的春天，你得随天气变化加减衣服。

而捂着的衣衫，随着气温回升总要减下来，但若减得太快，就可能出现"一向单衫耐得冻，乍脱棉衣冻成病"的情况。因为你没捂到位。医学家发现，天气转冷需要加衣御寒，即使此后气温回升了，也得再捂7天左右，减得过快有可能冻出病来。所以，春捂7~14天比较合适。

② 像林妹妹的人春季一定要养肝

《红楼梦》中的林黛玉每至春分时节，就屡发咳嗽、痰血之疾，大家都知道她肺不好，却不知道她的毛病也与肝有关系。肝脏在五行中对应"木"，而春季为草木繁荣的季节，是生发的季节，在这种生发之际，自幼多愁善感的林妹妹很容易造成肝气郁结而横逆犯肺，引起痰血。因此，春天一定要注意养好肝。

在饮食保养方面，宜多吃一些温补阳

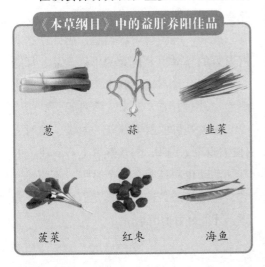

《本草纲目》中的益肝养阳佳品

葱　　蒜　　韭菜

菠菜　　红枣　　海鱼

气的食物。《本草纲目》中记载葱、蒜、韭菜是益肝养阳的佳品，菠菜舒肝养血，宜常吃。大枣性平味甘，养肝健脾，春天可常吃多吃。春季除保肝外，还要注意补充微量元素硒，多吃富含硒的动物、植物，如海鱼、海虾、牛肉、鹌鹑蛋、芝麻、杏仁、枸杞子、豇豆、黄花菜等，以提高人体的免疫力，利于保健养生。另外，春天多吃一点荠菜也能够养肝。《本草纲目》中记载，荠菜"利肝和中，明目益胃"。饮用荠菜汤可以起到补心安神，巩固肝气，和顺脾胃的作用。

下面介绍荠菜鸡蛋汤的制法。

材料：新鲜荠菜，鸡蛋，精盐、味精适量。

制法：新鲜荠菜去杂洗净，切成段，放进盘内，将鸡蛋打入碗内搅匀。炒锅上旺火，放水加盖烧沸，放入植物油，接着放入荠菜，再煮沸，倒入鸡蛋稍煮片刻，加入精盐、味精，盛入大汤碗内即成。

除了饮食上的保养，春季养生还应注重精神调摄。肝主升发阳气，如果你精神上长期抑郁的话，就会郁结一股怨气在体内，不得抒发。想要肝气畅通，首先要重视精神调养，注意心理卫生。如果思虑过度，日夜忧愁不解，会影响肝脏的疏泄功能，进而影响其他脏腑的生理功能，导致疾病滋生。春季精神病的发病率明显高于其他季节，肝病及高血压患者在春季病情会加重或复发，所以春季尤应重视精神调摄、心情舒畅，切忌愤然恼怒。按照中医理论，怒伤肝，故春季养生必须戒怒。

此外，还应注意加强运动锻炼。春天

阳气生发，风和日丽，树林、河水边的空气中负氧离子较多，对人体很有利，人们应尽量多到这些地方去活动。在睡眠充足的情况下，还要坚持体育锻炼，参加适量的体力劳动，以舒展筋骨、畅通气血，增强免疫力与抗病能力。春天里，人们常会出现"春困"，表现为精神不振、困乏嗜睡，可以通过运动消除，绝不能贪睡，因为中医认为"久卧伤气"，久睡会造成新陈代谢迟缓、气血循环不畅、筋骨僵硬、脂肪积聚，吸收与运载氧的功能下降、毒素不能及时排出体外，导致体质虚弱，病患滋生。所以在春天的时候，应多出去活动活动。

③ 春养肝，不要"以形补形"

我国民间有很多关于养生的老经验，比如"以形补形"。所谓"以形补形"，是用动物的五脏六腑来治疗人体相应器官的疾病，或者吃一些跟人体某些器官形状相似的食物，以达到补养的目的，比如用

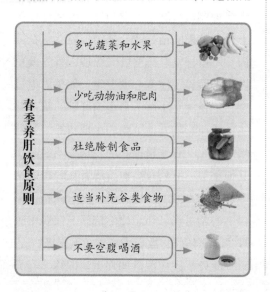

动物血来补血，以核桃补脑等。这些都是可取的，但是"以肝补肝"就有些不妥了，尤其是春天，千万不要以肝补肝。

在春天这一肝脏升发的季节，不要以形补形，否则肝火越吃越旺，也就是《金匮要略》中所说的："春不食肝，夏不食心，秋不食肺，冬不食肾。"而且进食动物肝脏并不能直接作用于人体肝脏。尤其是肝病患者，如果寄希望于吃动物肝脏来治病，不仅不能收效，甚至会引起反作用。像脂肪肝是脂肪代谢异常引起的肝病，病毒性肝炎是病毒引起的脏器性损伤，这些疾病吃动物肝脏是无法治好的。

保肝饮食有这样一些原则：多吃蔬菜和水果；少吃动物油和肥肉；腌制食品容易微生物污染，会伤肝。可适当补充B族维生素和矿物质，如谷类食物。千万不要酗酒、空腹喝酒，空腹喝酒更容易吸收乙醛。这里介绍一些《本草纲目》中的养肝方。《本草纲目》中记载了很多护肝的食物，且其中的里豆，性平、味甘，能"补肝明目，常服有延年益寿的作用"。用野生姜炖米汤有很好的补养效果。

此外，肝脏有解毒功能，因此一些对肝脏好的食品也是优秀的排毒食品。如绿豆、小米、猕猴桃、鲜枣。中医认为肝主藏血，凌晨1:00～3:00这段时间是肝经当令，也就是肝的气血最旺的时候，这时人体内部阴气下降，阳气继续上升，我们的一切活动也应该配合这个过程，不要违逆它。也就是说，这个时候我们最好已经入睡，才能好好养肝血。

春季养肝饮食原则

多吃蔬菜和水果	
少吃动物油和肥肉	
杜绝腌制食品	
适当补充谷类食物	
不要空腹喝酒	

④ 春季补血看"红嘴绿鹦哥"

"红嘴绿鹦哥"指的是红色根绿色叶子的菠菜。菠菜的根是红色的，所以又叫赤根菜。菠菜是一年四季都有的蔬菜，但是以春季为佳，此时食用菠菜，最具养血之功。

中医学认为，菠菜有养血、止血、润燥之功。《本草纲目》中记载，菠菜通血脉，开胸膈，下气调中，止渴润燥。菠菜对解毒、防春燥颇有益处。

菠菜含有维生素A、维生素D、B族维生素、蛋白质、维生素C、胡萝卜素、铁、磷、草酸等，还含有水分、碳水化合物、蛋白质、脂肪、膳食纤维，可养血滋阴，对春季里因为肝阴不足引起的高血压、头痛目眩、糖尿病和贫血等都有较好的治疗作用，并且也有"明目"的作用。这里介绍两款食补方。

◎菠菜一年四季都有，以春季为佳，最具养血之功，《本草纲目》中记载，其对解毒、防春燥颇有益处。

❈ 春季本草养生方 ❈

双仁菠菜猪肝汤

功效 补血养心。

材料 猪肝200克，菠菜100克，酸枣仁10克，柏子仁10克，盐6克

做法 ①将酸枣仁、柏子仁装在棉布袋内，扎紧；猪肝洗净切片；菠菜去根，洗净切段。②将棉布袋入锅，加水1200毫升熬高汤，熬至约剩800毫升。③猪肝汆烫捞起，和菠菜一起加入高汤中，待水一滚即熄火，加盐调味即可。

菠菜鸡胗汤

功效 开胃解毒。

材料 熟鸡胗180克，菠菜125克，金针菇20克，高汤适量，精盐4克

做法 ①将熟鸡胗洗净切片，菠菜择洗净切段焯水备用，金针菇洗净去根切段，备用。②净锅上火倒入高汤，调入精盐，下入熟鸡胗、金针菇、菠菜煲至熟即可。

⑤ 葱香韭美菠菜鲜，春天是多么美妙的季节

春暖花开，我们的身体也从沉寂的冬日苏醒过来，感受春天的气息。春天不仅有美景，更有美食，散发着香气的大葱、独具风味的韭菜、翠绿鲜嫩的菠菜……如果有时间去乡间地头感受一下，更是非常美妙的体验。这些常见的蔬菜能让我们平安地度过春三月。

1.大葱

李时珍在《本草纲目》中说"正月葱，二月韭"。为什么李时珍告诉我们正月里要吃葱，二月要吃韭菜呢？这要从春季的气候特征和葱、韭菜的功效讲起。

《本草纲目》里说，大葱味辛，性微温，具有发表通阳、解毒调味的作用。春季是万物生发的季节，各种害虫、细菌也跟着活跃起来，而身体此时处在阳气刚要生发之际，抵抗力较弱，稍不留神就会感冒生病。大葱有杀菌、发汗的作用，切十数段葱白，加上几片姜，以水熬成汤汁服用，再穿上保暖的衣物并加盖棉被，就可以让身体发汗，收到祛寒散热、治疗伤风感冒的效果。

2.菠菜

菠菜为春天应时蔬菜。中医学认为，菠菜有养血、止血、润燥之功。《本草纲目》中说"菠菜通血脉，开胸膈，下气调中，止渴润燥，根尤良"，对春季因肝阴不足所致的高血压、头晕、糖尿病、贫血等有较好的辅助治疗作用。高血压、便秘、头痛、面红者，可用鲜菠菜洗净放入开水中烫上3～5分钟，取出切碎，用少许香油、盐等拌食，一日2次当菜食用很有疗效。若是糖尿病，可用菠菜根60克洗净，鸡内金15克，水煎代茶饮；或将菠菜根切碎，鸡内金研末同米煮粥食用亦可。若是夜盲症，用鲜菠菜500克捣烂，榨取汁，每日1剂，分3次服用，但需常用才有效。

尽管菠菜药蔬俱佳，但不宜过量。因为菠菜含有草酸，草酸进入人体后，与其他食物中含的钙质结合，形成一种难溶解的草酸钙，会影响人体对钙质的正常吸收。

适合春季常吃的食物还有香椿、荠菜、莴苣、蜂蜜等。

另外，春季饮食要遵循"省酸增甘"的总原则。唐代药王孙思邈就说："春日宜省酸增甘，以养脾气。"意思是当春天来临之时，人们要少吃酸味的食品，多吃甘甜的食品，以补益人体的脾胃之气。故要减少醋等酸味食物的摄入，适度增加山药、大枣等甘味食物的摄入量。山药大枣粥是不错的选择，可取山药50克，大枣20

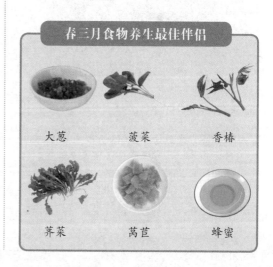

春三月食物养生最佳伴侣

大葱　菠菜　香椿

荠菜　莴苣　蜂蜜

克，米（粳米、糯米各一半）80克，将粳米、糯米洗净，与山药、大枣一起放入砂锅里，加水适量，先用大火烧开，然后用文火熬煮至粥稠，每日1次。

❻ 春天吃荠菜与春捂秋冻的不解之缘

荠菜，广东叫菱角菜，贵州称为地米菜，中药名叫荠菜花。荠菜是最早报春的时鲜野菜。古诗云："城中桃李愁风雨，春在溪头荠菜花。"李时珍说："冬至后生苗，二、三月起茎五六寸，开细白花，整整如一。"荠菜清香可口，可炒食、凉拌、做菜馅、菜羹，食用方法多样，风味特殊。目前市场上有两种荠菜，一种菜叶矮小，有奇香，止血效果好；另一种为人工种植的，菜叶宽大，但不太香，药效也差强人意。

在我国，吃荠菜的历史可谓是源远流长。《诗经》里有"甘之如荠"之句，可见大约在春秋战国时期，古人就知道荠菜味道鲜美了；到了唐朝，人们用荠菜做春饼，有在立春这天有吃荠菜春饼的风俗。许多文人名士也对荠菜情有独钟，杜甫因为家贫就常靠"墙阴老春荠"来糊口，范仲淹也曾在《荠赋》中写道："腌成碧绿青黄，措入口中，嚼生宫商角澂。"苏东坡喜欢用荠菜、萝卜、米做羹，命名为"东坡羹"。

为什么说春天要多吃荠菜呢？这与民谚"春捂秋冻"有关系。冬天结束，春季到来，天气转暖，但是春寒料峭。"春捂"就是要人们不要急于脱下厚重的冬衣，以免受风着凉。按照中医的观点，春季阳气生发，阳气是人的生命之本，"捂"就是要阳气不外露。春天多吃荠菜也是一样的道理，荠菜性平温补，能养阳气，又是在春季生长，春天吃荠菜也符合中医顺时养生的基本原则。

荠菜的药用价值很高，荠菜全株入药，具有明目、清凉、解热、利尿、治痢等药效。荠菜临床上常被用来治疗多种出血性疾病，如血尿、妇女功能性子宫出血、高血压患者眼底出血、牙龈出血等。荠菜性平，一般人都可食用，比较适合冠心病、肥胖症、糖尿病、肠癌等患者食用。但荠菜有宽肠通便的作用，便溏泄泻者慎食。另因荠菜有止血作用，不宜与抗凝血药物一起食用。

❈ 春季本草养生方 ❈

荠菜炒冬笋

功效 清热解毒、开胃消食。

材料 冬笋450克，荠菜末30克，酱油、白糖、味精、麻油、料酒各6克，花椒12克。

做法 ①冬笋洗净切小滚刀块。②锅中入油少许，将花椒炸出香味，捞出，备用。③倒入冬笋煸炒，加酱油、白糖、料酒，加盖焖烧至入味，加荠菜末、味精炒匀，淋麻油出锅即可。

❼ 春困不是不可解，本草是解乏能手

民间有句俗语："春困秋乏夏打盹。"所谓春困，就是春天来临时很多人感觉困倦疲乏，没有精神，一天到晚昏昏欲睡。

为什么春天爱犯困呢？因为春天阳气上升，人体生理机能随气温的上升发生变化，脏腑所需供血量增加，而供给大脑的血与氧就相对减少，这样就影响了大脑的兴奋性，人就变得困倦疲乏。

不过春困也不是不可解。李时珍在《本草纲目》中主张"以葱、蒜、韭、蓼、蒿、芥等辛辣之菜，杂和而食"。这些本草都具有辛甘发散性质，春季适当进食，有助春天阳气生发，而且能够刺激精神，解春困。

此外，现代医学也证明，适当调整饮食对防止春困是很有效果的。除了《本草纲目》提到的以上辛辣本草，我们在春天还可以多吃以下这些食物。

首先是富含钾的食物。人体缺钾，肌肉就会疲乏无力，也容易导致犯困。而海藻类食品一般含钾较多，例如紫菜、海带、羊栖菜等，因此春天应多喝点紫菜汤、海带汤等。此外，菠菜、苋菜、香菜、油菜、甘蓝、芹菜、大葱、青蒜、莴笋、土豆、山药、鲜豌豆、毛豆、大豆及其制品含钾也较多；水果以香蕉含钾最丰富。随着气温升高，多喝茶也大有好处，茶叶中含钾丰富，多喝茶既能解渴，又可补钾，一举两得。

其次，可以多吃一些碱性食物。酸性体质的人经常会无缘无故出现身体疲劳、精神不振，特别在春天比正常人容易犯困，因此多吃碱性食物，将体内的内环境"调到"碱性是预防春困的好方法。需要注意的是，人们通常会认为酸的东西就是酸性食物，比如葡萄、草莓、柠檬等，其实这些东西正是典型的碱性食物。此外，茶叶、海带，尤其是天然绿藻富含叶绿素，都是很好的碱性食物，不妨多吃点。

总而言之，调理好饮食，然后适当增加一些户外运动，对防止春困都是很有好处的。在这个阳气生发的季节里，我们千万不能把时间都消耗在疲劳的困意里。

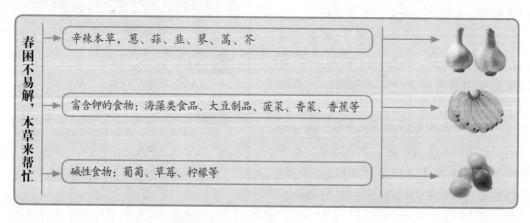

春困不易解，本草来帮忙

辛辣本草，葱、蒜、韭、蓼、蒿、芥

富含钾的食物：海藻类食品、大豆制品、菠菜、香菜、香蕉等

碱性食物：葡萄、草莓、柠檬等

❤ 冬病夏治之夏季长寿养生

① "夏天一碗绿豆汤，解毒去暑赛仙方"

在酷热难耐的夏天，人们都知道喝绿豆汤以清热解毒。民间广为流传"夏天一碗绿豆汤，解毒去暑赛仙方"这一健康谚语。其实，早在古代，人们就懂得用绿豆汤清热解毒。

夏季，人体内的阳气最旺，这个时候由于天气炎热，人们往往会吃很多寒凉的东西，损伤阳气。而绿豆虽性寒，可清热解暑，但它同时有养肠胃，补益元气的功效，实在是夏天的济世良谷。

关于绿豆的功效，唐朝孟洗有云："补益元气，和调五味，安精神，行十二经脉，去浮风，益气力，润皮肉，可长食之。"清朝王士雄在《随息居饮食谱》称其"甘凉。煮食清胆养胃，解暑止渴，润皮肤，消浮肿，利小便，止泻痢，醒酒弭疫……"。中医认为，绿豆性味甘寒，入心、胃经，具有清热解毒、消暑利尿之功效。《本草纲目》记载，绿豆消肿下气，治寒热，止泻痢，利小便，除胀满，厚实肠胃，补益元气，调和五脏，安精神，去浮风，润皮肤，解金石、砒霜、草木等一切毒。

现代研究认为绿豆的功效主要有以下几种。

①绿豆中所含蛋白质、磷脂均有兴奋神经、增进食欲的功能，为机体许多重要脏器增加所必需的营养。

②绿豆中的多糖成分能增强血清脂蛋白酶的活性，使脂蛋白中甘油三酯水解达到降血脂的疗效，从而可以防治冠心病、心绞痛。

③绿豆中含有一种球蛋白和多糖，能促进动物体内胆固醇在肝脏中分解成胆酸，加速胆汁中胆盐分泌并降低小肠对胆固醇的吸收。

④绿豆对葡萄球菌以及某些病毒有抑制作用，能清热解毒。

⑤绿豆含有丰富的胰蛋白酶抑制剂，可以保护肝脏，减少蛋白分解，从而保护肾脏。从中医的角度看，寒证的人也不要多喝。另外，由于绿豆具有解毒的功效，所以正在吃中药的人也不要多喝。

❌ 夏季本草养生方 ❌

大米绿豆粥

功效 增强免疫力。

材料 大米30克，绿豆20克，盐适量

做法 ①将大米和绿豆混合后洗净。②放入清水中浸泡10小时。③先用大火煮开，再改用文火煮，煮至软烂即可。

❷ 夏季消暑佳蔬当属"君子菜"苦瓜

苦瓜营养十分丰富，所含蛋白质、脂肪、碳水化合物等在瓜类蔬菜中较高，特别是维生素C含量，每100克高达84毫克，约为冬瓜的5倍，黄瓜的14倍，南瓜的21倍，居瓜类之冠。苦瓜还含有粗纤维、胡萝卜素、苦瓜苷、磷、铁和多种矿物质、氨基酸等。

中医认为，苦瓜味苦，性寒冷，能清热泻火。苦瓜还具有降血糖的作用，这是因为苦瓜中含有类似胰岛素的物质。苦瓜也是糖尿病症患者的理想食品。

夏季吃苦瓜可以清热解暑，同时又可补益元气，可贵的是苦瓜还有补肾壮阳的功效，这对于男人来说是更好的选择，当然女人同样也需要补肾。

◎炎炎夏日，人们胃口变得懒洋洋的，用苦瓜做菜佐食能消暑涤热，能让人胃口大开。

苦瓜可烹调成多种风味菜肴，可以切丝，切片，切块，作佐料或单独入肴，一经炒、炖、蒸、煮，就成了风味各异的佳肴。如把苦瓜横切成圈，酿以肉糜，用蒜头、豆豉同煮，鲜脆清香。我国各地的苦瓜名菜不少，如青椒炒苦瓜、酱烧苦瓜、干煸苦瓜、苦瓜烧肉、泡酸苦瓜、苦瓜炖牛肉、苦瓜炖黄鱼等，都色美味鲜。苦瓜制蜜饯，甜脆可口，有生津醒脑作用。苦瓜泡制的凉茶，饮后可起到消暑怡神，烦渴顿消的作用。

尽管夏天天气炎热，人们也不可吃太多苦味食物，并且最好搭配辛味的食物（如辣椒、胡椒、葱、蒜），这样可避免苦味入心，有助于补益肺气。

❈ 夏季本草养生方 ❈

苦瓜番茄瘦肉粥

功效 降低血压。

材料 苦瓜80克，猪肉100克，芹菜30克，大米80克，番茄50克，盐3克，鸡精1克

做法 ①锅中注水，放入大米以旺火煮开，加入猪肉、苦瓜，煮至猪肉变熟。②改小火，放入番茄和芹菜，待大米熬至浓稠时，调味即可。

❸ "夏日吃西瓜，药物不用抓"

关于西瓜的功效，《本草纲目》中记载其"性寒，味甘；清热解暑、除烦止渴、利小便"。西瓜含有的瓜氨酸，不仅具有很强的利尿作用，是治疗肾脏病的灵丹妙药，对因心脏病、高血压以及妊娠造成的浮肿也很有效果；西瓜可清热解暑，除烦止渴，西瓜中含有大量的水分，在急性热病发烧、口渴汗多、烦躁时吃上一块又甜又沙、水分充足的西瓜，症状会马上改善；吃西瓜后尿量会明显增加，由此可以减少胆色素的含量，并可使大便通畅，对治疗黄疸有一定作用。

新鲜的西瓜汁和鲜嫩的瓜皮还可增加皮肤弹性，减少皱纹，增添光泽。因此西瓜不但有很好的食用价值，还有经济实用的美容价值。

◎西瓜生食能解渴生津，解暑热烦躁，养生功效非凡，正所谓："夏日吃西瓜，药物不用抓。"

但是西瓜性寒，脾胃虚寒及便溏腹泻者忌食；西瓜含糖分也较高，糖尿病患者当少食。另外，许多人喜欢吃放入冰箱冷藏后的西瓜，以求凉快。西瓜切开后经较长时间冷藏，瓜瓤表面形成一层膜，冷气被瓜瓤吸收，瓜瓤里的水分往往结成冰晶。人咬食"冰"的西瓜时，口腔内的唾液腺、舌部味觉神经和牙周神经都会因冷刺激几乎处于麻痹状态，以致难以品出西瓜的甜味。还可刺激咽喉，引起咽炎或牙痛等不良反应。另外，多吃冷藏西瓜会损伤脾胃，影响胃液分泌，使食欲减退，造成消化不良。特别是老年人消化机能减退，吃后易引起厌食、腹胀痛、腹泻等肠道疾病。

❖ 夏季本草养生方 ❖

西瓜荔枝糯米粥

功效 排毒瘦身。

材料 西瓜、荔枝各30克，糯米、大米各50克，冰糖5克，葱花少许

做法 ①大米、糯米洗净，用清水浸泡；西瓜切开取果肉；荔枝去壳洗净。②锅置火上，放入大米、糯米，加清水煮至八成熟。③放入西瓜、荔枝煮至米烂，放入冰糖熬融后调匀，撒上葱花便可。

④ 夏吃茄子，清热解毒又防痱

茄子是夏秋季节最大众化的蔬菜之一。鱼香茄子、地三鲜更是许多家常菜馆的必备菜肴，深得人们的喜爱。茄子营养丰富，富含蛋白质、脂肪、碳水化合物、维生素及钙、磷、铁等多种营养成分，特别是维生素P的含量很高，每100克中含750毫克，所以经常吃些茄子有助于防治高血压、冠心病、动脉硬化和出血性紫癜等病症。

《本草纲目》中说："茄子性寒利，多食必腹痛下利。"所以，这种寒性的蔬菜最适宜的季节应该是夏季，进入秋冬季节后还是少吃为宜。茄子的吃法有多种，既可炒、烧、蒸、煮，也可油炸、凉拌、做汤，不论荤素都能烹调出美味的菜肴。

◎茄子是夏季最常食的蔬菜之一，其营养丰富，常吃可防治高血压、冠心病、动脉硬化等症。

✕ 夏季本草养生方 ✕

大枣茄子粥

功效 增强免疫。

材料 大米80克，茄子30克，大枣20克，鸡蛋1个，盐、香油、胡椒粉、葱适量

做法 ①大米洗净，用清水浸泡；茄子洗净，切小条，用清水略泡；大枣洗净，去核；鸡蛋煮熟后切碎。②锅置火上，注入清水，放入大米煮至五成熟。③放入茄子、大枣煮至粥成时，放入鸡蛋，加盐、香油、胡椒粉调匀，撒上葱花即可。

茄子炒豆角

功效 保肝护肾。

材料 茄子、豆角各200克，盐、味精各2克，酱油、香油、辣椒各15克

做法 ①茄子、辣椒洗净，切段；豆角撕去荚丝，洗净切段。②油锅烧热，放辣椒段爆香，下入茄子段、豆角段，大火煸炒。③下入盐、味精、酱油、香油调味，翻炒均匀即可。

❺ 正确用膳，预防三种"夏季病"

感冒、腹泻、中暑是夏季常见的三种高发病。中医把夏季的感冒称为热伤风，多由阳气外泄引起。由于夏季人们出汗较多，消耗较大，容易使人体阳气外泄，而且天热很多人吃饭不规律，造成抵抗力下降，易患感冒。所以夏季人们应多补充营养，多吃一些祛湿防感冒的食品，如绿豆粥。中医认为，夏季是阳气最盛的季节，天气炎热很多人都不想吃东西，营养容易缺乏。而且夏天人体出汗多，能量消耗较大，加上不少人在夏天有贪凉的习惯，就容易导致腹泻的发生。若能每天吃饭时可以吃一两瓣蒜，便可有效预防腹泻发生。

✖ 夏季本草养生方 ✖

清补猪瘦肉汤

功效 清润补益、滋养阴寒。

材料 玉竹、百合、莲子、山药、扁豆各15克，北沙参10克，猪瘦肉200克，精盐、味精各适量

做法 ①在500毫升水中放入玉竹、百合、莲子、山药、扁豆、北沙参，煎1小时。②捞出食材后，再将猪瘦肉洗净，切块放入，继续加热，煮熟，下精盐、味精，调匀即可。

鸽子银耳胡萝卜汤

功效 滋阴润燥、增强免疫。

材料 鸽子1个，水发银耳20克，胡萝卜20克，精盐5克

做法 ①将鸽子洗净剁块汆水，水发银耳洗净撕成小朵，胡萝卜去皮洗净切块备用。②汤锅上火倒入水，下入鸽子、胡萝卜、水发银耳，调入精盐煲至熟即可。

西红柿豆腐汤

功效 清热解毒、补血养颜。

材料 西红柿250克，豆腐2块、盐、胡椒粉、水淀粉、味精、香油、熟菜油、葱花适量

做法 ①将豆腐切成小粒；西红柿烫水后切成粒；豆腐与西红柿、胡椒粉、盐、味精、水淀粉、葱花拌匀。②炒锅下菜油烧至六成热，倒入豆腐、西红柿，翻炒至香。③约煮5分钟后，撒上剩余葱花，调入盐，淋上香油即可。

桃李不言杏当前——大自然恩赐的福寿果

夏天是很多瓜果成熟的季节，桃、杏、李子就是这个季节的主要水果。其中桃自古就被看做是福寿吉祥的象征。人们认为桃子是仙家的果实，吃了可以长寿，故又有"仙桃"、"寿果"的美称。《西游记》里提到王母娘娘的蟠桃，吃上一个就可以长生不老。

长生不老的蟠桃自然是神话，但桃的确是一种营养价值很高的水果，并以其果形美观、肉质甜美被称为"天下第一果"。人们常说鲜桃养人。桃子性味平和、营养价值高。桃中除了含有多种维生素、果酸以及钙、磷等无机盐外，它的含铁量为苹果和梨的4~6倍。其含有大量的B族维生素和维生素C，能促进血液循环，使面部肤色健康、红润。中医认为，桃味甘酸，性微温，具有补气养血、养阴生津、止咳杀虫等功效。桃对治疗肺病有独特功效，唐代名医孙思邈称桃为"肺之果，肺病宜食之"。夏季桃成熟，实为大自然对人们的福寿恩赐。

未成熟桃的果实干燥后，称为碧桃干，性味苦、温，有敛汗、止血之功能。阴虚盗汗、咳血的患者将碧桃干10~15克加水煎服，有治疗作用。跌打外伤淤肿患者，可用桃仁、生枝子、大黄、降南香各适量放在一起研成粉末，用米醋调服，可消淤去肿，治愈外伤。杏可生食，也可以用未熟果实加工成杏脯、杏干等，具有止咳平喘、滋润补肺、润肠通便的功效。可降低人体内胆固醇含量，保护视力、预防目疾，补充人体营养，提高抗病能力，对癌细胞有灭杀作用，还具有预防心脏病和减少心肌梗死的作用。常食杏脯、杏干，对心脏病患者有一定好处。适合缺铁性贫血、伤风咳嗽、老年性支气管炎、哮喘、牙痛、肺结核、浮肿患者食用。癌症患者及术后放疗者、化疗者、有呼吸系统问题的人尤其适宜食用，与猪肺同食，可使润肺效果更加显著。

李子也是初夏时期的主要水果之一。祖国中医理论认为，李子味甘酸、性凉，具有清肝涤热、生津液、利小便之功效，特别适合于治疗胃阴不足、口渴咽干、大腹水肿、小便不利等症状。

李子中的维生素B_{12}有促进血红蛋白再生的作用，贫血者适度食用李子对健康大有益处。

李子对肝病也有较好的保养作用。民间俗语有"桃养人，杏伤人，李子树下吃死人"的说法，意思是说桃杏李食用上要有一定的讲究，比如桃子吃多了容易上火；产妇、幼儿、病人，特别是糖尿病患者，不宜吃杏或杏制品；多食李子会使人生痰、助湿，故脾胃虚弱者宜少吃。

《本草纲目》中的福寿果

桃子　　　李子　　　杏

润肺滋阴之秋季长寿养生

① 防秋燥，应季水果要多吃

入秋以后，空气干燥，中医把这种气候特点称为"燥"。秋燥是外感六淫的病因之一，人体极易受燥邪侵袭而伤肺，出现口干咽燥、咳嗽少痰等各种秋燥病症。多吃一些水果，有很好的润燥作用。

这个季节刚好有许多新鲜水果上市，具有滋阴养肺、润燥生津之功效，是秋季养生保健的最佳辅助食品。《本草纲目》中记载了如下最适合秋季的水果。

1.梨

前面我们已经讲到了秋季要多吃梨，在这里不再赘述。

2.柑橘

《本草纲目》说柑橘性凉味甘酸，有生津止咳、润肺化痰、醒酒利尿等功效，适用于身体虚弱、热病后津液不足口渴、

伤酒烦渴等症，榨汁或蜜煎，治疗肺热咳嗽尤佳。

3.柿子

柿子有润肺止咳、清热生津、化痰软坚之功效。《本草纲目》说鲜柿生食对肺痨咳嗽、虚热肺痿、咳嗽痰多、虚劳咯血等症有良效。红软熟柿可治疗热病烦渴、口干唇烂、心中烦热、热痢等症。

4.石榴

《本草纲目》说石榴性温味甘酸，有生津液、止烦渴作用。凡津液不足、口燥咽干、烦渴不休者，可作食疗佳品。石榴捣汁或煎汤饮，能清热解毒、润肺止咳、杀虫止痢，可治疗小儿疳积、久泻久痢等。

5.葡萄

葡萄营养丰富，酸甜可口。《本草纲

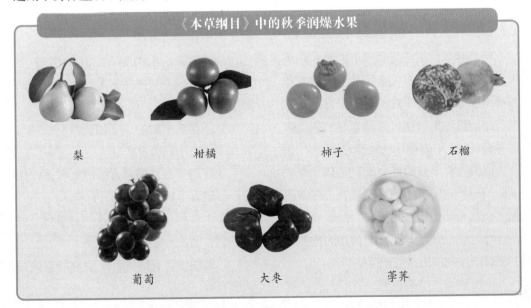

《本草纲目》中的秋季润燥水果

梨　　　　柑橘　　　　柿子　　　　石榴

葡萄　　　　大枣　　　　荸荠

目》说葡萄具有补肝肾、益气血、生津液、利小便等功效。生食能滋阴除烦，捣汁加熟蜜浓煎收膏，开水冲服，治疗烦热口渴尤佳。经常食用，对神经衰弱和过度疲劳均有补益。葡萄制干后，铁和糖的含量相对增加，是儿童、妇女和体弱贫血者的滋补佳品。

6.大枣

枣是《本草纲目》中最常提到的一种水果，具有很好的滋补作用。大枣能养胃和脾、益气生津，有润心肺、补五脏、疗肠癖、治虚损等功效。中医常用其治疗小儿秋痢、妇女脏燥、肺虚咳嗽、烦闷不眠等症，是一味用途广泛的滋补良药。

7.荸荠

荸荠可煮熟食用，《本草纲目》言其具有清热生津、化湿祛痰、凉血解毒等功效，可治疗热病伤津、口燥咽干、肺热咳嗽、痰浓黄稠等症，与莲藕榨汁共饮效果更佳。

❷ 秋令时节，新采嫩藕胜太医

秋令时节，正是鲜藕应市之时。鲜藕除了含有大量的碳水化合物外，蛋白质和各种维生素及矿物质含量也很丰富。其味道微甜而脆，十分爽口，是老幼妇孺、体弱多病者的上好食品和滋补佳珍。

莲藕含有丰富的维生素，尤其是维生素K、维生素C、铁和钾的量较高。它常被加工成藕粉、蜜饯、糖片等补品。莲藕的花、叶、柄、莲蓬的莲房、荷花的莲须都有很好的保健作用，可做药材。

中医认为，生藕性寒，甘凉入胃，可

◎莲藕微甜而脆，十分爽口，而且营养丰富，用其做成的糯米莲藕是老幼妇孺、体弱多病者的上好食品和滋补佳珍。

消瘀凉血、清烦热、止呕渴。适用于烦渴、酒醉、咳血、吐血等症，是除秋燥的佳品。妇女产后忌食生冷，唯独不忌藕，因为藕有很好的消瘀作用，故民间有"新采嫩藕胜太医"之说。熟藕，其性由凉变温，有养胃滋阴、健脾益气的功效，是一种很好的食补佳品。而用藕加工制成的藕粉，既富有营养，又易于消化，有养血止血、调中开胃之功效。

具体说来，莲藕的功效有以下几种。

①莲藕可养血生津、散瘀止血、清热除湿、健脾开胃。

②莲藕含丰富的单宁酸，具有收缩血管和降低血压的功效。

③莲藕含丰富的膳食纤维，对治疗便秘、促进有害物质排出十分有益。

④生食鲜藕或挤汁饮用，对咳血、尿血等症有辅助治疗作用。

⑤莲藕中含有维生素B_{12}，对防治贫血病颇有效。

⑥将鲜藕500克洗净，连皮捣汁加白糖适量搅匀，随时用开水冲服，可补血、健脾开胃，对治疗胃溃疡出血效果颇佳。

藕节是一味著名的止血良药，其味甘、涩，性平，含丰富的鞣质、天门冬素，专治各种出血，如吐血、咳血、尿血、便血、子宫出血等症。民间常用藕节六七个，捣碎加适量红糖煎服，用于止血，疗效甚佳。凡脾胃虚寒、便溏腹泻及妇女寒性痛经者均忌食生藕；胃、十二指肠溃疡者少食。

另外，由于藕性偏凉，所以产妇不宜过早食用，一般在产后1～2周后再吃藕可以逐淤。在烹制莲藕时要忌用铁器，以免导致食物发黑。

❸ 秋季常食百合，润肺、止咳又安神

夏天是百合的收获季节，采摘下的新鲜百合可以洗净剥开，晾晒风干，制成百合干，既便于保存，又方便食用。可以将百合加工成百合粉、百合精冲剂或者百合饼干食用。在干燥的秋季，百合是老幼咸宜的药食佳品。《本草纲目》中记载，百合有润肺止咳、宁心安神、补中益气的功效。

百合中所含的蛋白质、B族维生素、维生素C、粗纤维、多种矿物质以及蔗糖、果胶、胡萝卜素、生物碱等物质，对防止皮肤衰老和治疗多种皮肤疾病都有很好的效果。并且可以舒展皮肤，逐渐消除面部皱纹，治愈一些如皮疹、痱子等皮肤病。

用百合制作羹汤是最常见的食法。百合可以与绿豆、莲子、肉类、蛋类等不同食物同煮成汤，各具风味，可以在一饱口福的同时，达到养颜美容的作用。单用一味百合加糖煮烂制成的百合羹也相当爽口，是既养生又美容的佳肴。

❈ 秋季本草养生方 ❈

双枣莲藕炖排骨

功效 清热利湿。

材料 莲藕600克，排骨250克，红枣10颗，黑枣10颗，盐6克

做法 ①排骨洗净斩件，氽烫，去浮沫，捞起冲净。②莲藕削皮，洗净，切成块；红枣、黑枣洗净去核。③将所有材料盛入锅内，加适量水，煮沸后转小火炖煮约60分钟，加盐调味即可。

◎百合是干燥秋季中老幼咸宜的药食佳品，《本草纲目》记载其有润肺止咳、宁心安神、补中益气之功，用其制作羹汤是最常见的食法。

④ 枇杷，生津、润肺、止咳的良药

枇杷，又称腊兄、金丸等，因外形似琵琶而得名。枇杷清香鲜甜，略带酸味，产自我国淮河以南地区，以安徽"三潭"的最为著名。在徽州民间有"天上王母蟠桃，地上三潭枇杷"之说，枇杷与樱桃、梅子并称为"三友"。

祖国医学认为，枇杷性甘、酸、凉，具有润肺、化痰、止咳等功效。《本草纲目》中说，枇杷"止渴下气，利肺气，止吐逆，主上焦热，润五脏"。"枇杷叶，治肺胃之病，大都取其下气之功耳，气下则火降，而逆者不逆，呕者不呕，渴者不渴，咳者不咳矣"。此外，枇杷中所含的有机酸能刺激消化腺分泌，对增进食欲、帮助消化吸收、止渴解暑有很好的疗效；枇杷中含有苦杏仁苷，能够润肺止咳、祛痰，治疗各种咳嗽；枇杷果实及叶有

◎《本草纲目》中说，枇杷有"止渴下气，利肺气，止吐逆，主上焦热，润五脏"之功。

抑制流感病毒的作用，常吃可以预防四时感冒；枇杷叶可晾干制成茶叶，有泄热下气、和胃降逆的功效，为止呕的良品，可治疗各种呕吐呃逆。

需要注意的是，脾虚泄泻者忌食；枇杷含糖量高，糖尿病患者也要忌食。

✖ 秋季本草养生方 ✖

枇杷桑白茶

功效 开胃消食。

材料 枇杷叶10克，桑白皮15克，葶苈子、瓜蒌各10克，梅子醋30毫升

做法 ①把枇杷叶、桑白皮、葶苈子、瓜蒌洗净放锅里，加水600毫升。②用文火将600毫升水煮至300毫升。③取汁去渣，待冷却后加上梅子醋即可。

补肾补血之冬季长寿养生

❶ 向乾隆学习：冬季喝汤固肾精

清朝乾隆皇帝是皇帝中的高寿者，这是因为乾隆皇帝十分注重冬季喝汤进补。

潜藏阳气，养护阴精，注意补肾。

乾隆爱喝汤，御厨将各种药材按比例配比后研磨，同牛肚一起放入锅内汲取养分，共煮六个时辰熬制成汤。传说此汤可以延缓衰老、滋阴壮阳。现在多用牛肚、牛骨，放入当归、党参、枸杞等中药炖煮两三个小时。牛肉"安中益气，养脾胃"，当归、党参可以补充气血，枸杞是滋肝益肾的佳品。这样慢炖出来的汤，不管是药效成分还是营养成分都溶解在汤里，容易吸收，尤其适合脾胃功能不好的老年人。冬天气候干燥，汤既有营养，还能补水。此外，热汤是御寒佳品。

喝汤是乾隆皇帝的养生良方，现在的生活水平提高了，普通百姓像过去的皇帝一样养生也不是什么难事了，我们在自己家中的厨房就可以做出古时皇帝才能享受的美味汤品。此外，冬季排汗较少，因此冬季养生不宜吃太咸的食物，多吃新鲜蔬菜和水果可有效补充维生素；热量较高的食物往往是滋阴潜阳的佳品，比如羊肉、龟、鳖等。人们在冬季应保持充足的睡眠，最好早睡晚起。

冬季由于气温较低，人易出现脾胃虚寒、腹泻、腹部疼痛等病症，因此要适当做好保暖工作。要添加衣服但不宜过厚，室内温度不要太低也不宜过高，否则出门时易感冒。此外，腮腺炎、麻疹、流感等疾病在这个季节易高发，对付它们的好办法就是注意锻炼身体，提高抗病能力。

❷ 冬食萝卜，温中健脾，不用医生开药方

民间有句养生俗语"冬吃萝卜夏吃姜，不劳医生开处方"，可见冬天多吃点萝卜，是有利于健康的。

为什么提倡冬天多吃萝卜呢？冬季气温低，人们经常待在室内，饮食上常进补。进补加上运动少，人的体内易生热生痰，尤其是中老年人，症状就更明显。《本草纲目》中记载，萝卜可消积滞、化痰、下气宽中、解毒，所以萝卜可以用来消解油腻、去除火气、利脾胃、益中气。多吃一些萝卜，温中健脾，对健康大有补益。

萝卜肉多汁浓，味道甘美，有多种烹调方法。萝卜炖羊肉就是一家老小的养生大餐。

将羊肉去筋膜，洗净，切成小方块，将萝卜去皮，切成滚刀块。将羊肉块放入开水锅中，用微火煮20分钟后放入萝卜块，加入少许精盐、料酒、味精，煮5分钟后，撒上香菜末即成。

不过需要注意的是，吃萝卜也有一些禁忌。现代医学研究证明，萝卜不能与橘子、柿子、梨、苹果、葡萄等水果同食。

因为萝卜与这些水果一同摄入后，产生的一些成分作用相加形成硫氰酸，会抑制甲状腺，从而诱发或导致甲状腺肿。此外，萝卜性凉，脾胃虚寒者不宜多食。

萝卜也经常用作食疗，以下是一些萝卜食疗方。

①治扁桃腺炎：萝卜汁100毫升（用鲜萝卜制成），调匀以温开水送服，每日2~3次。

②治哮喘：萝卜汁300毫升，调匀以温开水冲服，每次服100毫升，每日3次。若与甘蔗、梨、藕汁同饮，则效果更佳。

③治偏头痛：鲜萝卜捣烂取汁，加少许冰片调匀滴鼻，左侧头痛滴右鼻孔，右侧头痛滴左鼻孔。

④治咳嗽多痰：霜后萝卜适量，捣碎挤汁，加少许冰糖，炖后温服，每日2

次，每次60毫升。

⑤治咽喉痛：萝卜300克，青果10个，共煎汤当茶饮，每日数次。

❸ "菜中之王"大白菜让你健康快乐过寒冬

大白菜又称结球白菜、黄芽菜，古称菘菜，是冬季上市最主要的蔬菜种类，有"菜中之王"的美称。由于大白菜营养丰富，味道清鲜适口，做法多种，又耐贮藏，所以是人们常年食用的蔬菜。

冬季天气寒冷，人们都会穿得很厚，长时间待在温暖的室内，人体的阳气处于潜藏的状态，需要食用一些滋阴潜阳理气之类的食物，于是大白菜就成了这个季节的宠儿。

大白菜的营养价值很高，含蛋白质、脂肪、膳食纤维、水分、钾、钠、钙、镁、铁、锰、锌、铜、磷、硒、胡萝卜素、尼克酸、维生素B₁、维生素B₂、维生素C还有微量元素钼等多种营养成分。

大白菜营养丰富，对人体有很好的保健作用。《本草纲目》中说大白菜"甘渴无毒，利肠胃"。祖国医学认为，大白菜味甘，性平，有养胃利水、解热除烦之功效，可用于治感冒、发烧口渴、支气管炎、咳嗽、食积、便秘、小便不利、冻疮、溃疡出血、酒毒、热疮。由于其含热量低，还是肥胖病及糖尿病患者很好的辅助食品；含有的微量元素钼，能阻断亚硝胺等致癌物质在人体内的生成，是很好的防癌佳品。

◎ "冬吃萝卜夏吃姜，不劳医生开处方"，可见冬天吃萝卜好处之多，萝卜可消积滞、化痰、下气宽中、解毒，冬季多吃一些萝卜，对健康大有补益。

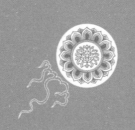